SHIRLEE BUSBEE

Der verruchte Lord

Buch

Im Alter von 17 Jahren hat die zauberhafte, ungestüme Thea Garrett nur eines im Sinn: Sie will mit dem unwiderstehlichen Lord Randall heimlich nach Gretna Green durchbrennen. Ihr wild-romantischer Plan nimmt jedoch ein dramatisches Ende: Um Theas Ehre zu verteidigen, fordert ihr Bruder Tom den körperlich weit überlegenen Lord Randall zum Duell heraus – und stirbt. Untröstlich und von schweren Schuldgefühlen geplagt, zieht sich Thea in der Folge völlig aus der aristokratischen Gesellschaft zurück. Sie ist überzeugt, dass kein Mann ihr Vertrauen verdient oder es gar wert ist, von ihr geliebt zu werden. Zehn Jahre später wird ihre Einstellung jedoch einer schweren Prüfung ausgesetzt: Patrick Blackburne, ein ebenso geistreicher wie attraktiver Mann, ist von Amerika nach London geeilt, um seiner Mutter bei der Entlarvung eines Erpressers zu helfen. Da Thea offensichtlich vom selben Erpresser verfolgt wird, kreuzen sich schon bald ihre Wege – und Patrick ist von der wunderbaren und skandalumwobenen Frau auf Anhieb hingerissen. Unaufhaltsam werden Thea und Patrick in ein Netz aus mörderischen Intrigen hineingezogen …

Autorin

Über ein Dutzend Romane und ebenso viele Spitzenplätze auf der »New York Times«-Bestsellerliste, vielfach preisgekrönt und eine Auflage von insgesamt mehr als elf Millionen Exemplaren: Ohne Zweifel ist Shirlee Busbee eine der erfolgreichsten amerikanischen Unterhaltungsautorinnen. Sie lebt mit ihrem Mann auf einer kleinen Pferderanch in Kalifornien.

Von Shirlee Busbee bei Blanvalet lieferbar:
Skandalöse Küsse (36971)

Shirlee Busbee

Der verruchte Lord

Roman

Deutsch von Elke Iheukumere

blanvalet

Die Originalausgabe erschien 2001 unter dem Titel
»Swear by the Moon«
bei Warner Books, New York.

FSC
Mix
Produktgruppe aus vorbildlich
bewirtschafteten Wäldern und
anderen kontrollierten Herkünften

Zert.-Nr. SGS-COC-1940
www.fsc.org
© 1996 Forest Stewardship Council

Verlagsgruppe Random House FSC-DEU-0100
Das für dieses Buch verwendete FSC-zertifizierte Papier
Holmen Book Cream liefert Holmen Paper, Hallstavik, Schweden.

Einmalige Sonderausgabe September 2008 bei Blanvalet,
einem Unternehmen der Verlagsgruppe
Random House GmbH, München

Dieses Werk wurde vermittelt durch die Literarische Agentur
Thomas Schlück GmbH, 30827 Garbsen.
Umschlaggestaltung: HildenDesign, München
Umschlagbild: © Franco Accornerc via Agt. Schlück GmbH
+ HildenDesign, München
lf · Herstellung: wag
Druck und Einband: GGP Media GmbH, Pößneck
Printed in Germany
ISBN 978-3-442-37195-2

www.blanvalet.de

Prolog

Cheltenham, England 1788

Die beiden kleinen Gestalten, die über die ausgedehnten Ländereien von Lord Garrett liefen, hätte im Licht des Novembervollmonds jeder deutlich erkannt, wenn denn jemand geguckt hätte. Um zwei Uhr am Morgen erwartete allerdings keiner, dass Lord Garretts Schwester Thea, die gerade erst siebzehn Jahre alt geworden war, sich heimlich davonschlich. Genau das war auch beabsichtigt.

Ein etwas aufgeregtes, nervöses Kichern kam aus Theas Mund, als sie und ihre Zofe Maggie Brown es schließlich bis zu den hohen Bäumen geschafft hatten, die den Besitz umgaben. Dies war nicht ihr Plan. Lord Randall hatte ihn ausgeheckt, Thea hatte mit all der Naivität eines jungen Mädchens, das sich zum ersten Mal Hals über Kopf verliebt hatte, den Plan sehr schlau gefunden. Sie fand jedes Wort aus dem Mund von Lord Randall sehr schlau. Sie hatte seinen Plan nur ein wenig verändert, in letzter Minute hatte sie Maggie, die zu ihrer persönlichen Zofe ausgebildet wurde, in das Geheimnis eingeweiht. Sie kannte Maggie schon ihr ganzes Leben lang und hatte gewusst, dass Maggie sie bei diesem ungeheuerlichen Unternehmen unterstützen würde.

Maggie war nur ein Jahr älter als Thea, sie war entsetzlich aufgeregt, seit Thea sie eingeweiht hatte. Es war, wie Maggie an diesem Abend leidenschaftlich beteuert hatte, »so romantisch und aufregend«, dass Miss Thea und Lord Randall sich der Missbilligung der Familie widersetzen und zusammen weglaufen wollten. Maggie fand, es sei zu schade, dass Lord Garrett und Mrs Northrop, die Mutter von Lord Garrett, den schneidigen Lord Randall so sehr ablehnten. War es nicht Lord Garrett selbst gewesen, der Lord Randall der Familie vorgestellt hatte? Hatte er nicht den gut aussehenden Aristokraten im letzten Sommer eingeladen, wochenlang im Herrenhaus von Garrett zu bleiben?

Erst vor wenigen Stunden hatte Thea einer höchst verständnisvollen Maggie mit großen dunklen Augen voller Inbrunst erklärt, dass sie einfach *sterben* würde, wenn sie Lord Randall nicht heiraten könnte! Mama und Tom, Lord Garrett, verstanden das einfach nicht. Sie erwarteten von ihr, noch bis zum Ende ihrer Saison in London im nächsten Jahr zu warten, ehe sie ihre Absicht ankündigte, Lord Randall zu heiraten. Bis dahin dauerte es ja noch Monate! Und was ihren Widerstand gegen die Verbindung betraf, war das doch alles Unsinn! Sie hatte ihr trotziges kleines Kinn gehoben. Bah! Was machte es ihr schon aus, dass Lord Randall älter als sie war? Oder dass ihr Vermögen um so viel größer war als das seine? Oder dass er den Ruf besaß, ein Schwerenöter zu sein? Wurden aus Schwerenötern nicht die besten Ehemänner? Das wusste doch jeder!

Tom war einfach unausstehlich. Das hatte Thea erklärt, als sie Maggie die verschiedensten Dinge zuwarf, die sie einpacken sollte, und Mama ... War Mama nicht gerade einmal ein Jahr älter gewesen als Thea jetzt, als sie Papa geheiratet hatte? Und war Papa nicht als einer der wildesten Schwerenöter überhaupt bekannt gewesen? Und war er nicht zwanzig Jahre älter gewesen als sie? Sie verstand nicht, warum sie nicht auch einen Schwerenöter heiraten konnte. Mama hatte einen geheiratet, eigentlich sogar zwei, wenn man Mr Northrop mitzählte, den Mama geheiratet hatte, nachdem Papa umgekommen war, als sein Pferd und seine Kutsche über die Klippe in Cornwall gestürzt waren, während er in betrunkenem Zustand versucht hatte, eine Wette zu gewinnen. Hatte Mama nicht zwei Jahre später Mr Northrop geheiratet, einen Mann, über den ständig geklatscht wurde und der fünfzehn Jahre älter war als sie? Sie hatte zwei wesentlich ältere Männer mit außerordentlich schlechtem Ruf geheiratet und jetzt wollte sie Thea ihren Herzenswunsch abschlagen. Mama war ganz einfach nicht fair! Thea würde Lord Randall heiraten. Niemand, nicht Mama und auch nicht Tom, würde sie davon abhalten.

Während sie hastig die Koffer für die Reise nach Gretna Green packten, hatte Thea die Tugenden von Lord Randall gepriesen und Maggie beinahe davon überzeugt, dass diese heimliche Eheschließung ihr Gutes hatte und dass Lord Randall ein Ausbund an Tugend war. Beinahe.

Maggie fühlte sich geschmeichelt, weil sie so plötzlich in das aufregendste Geschehen verwickelt wurde, das sie je erlebt hatte. Sie hatte zu Theas Argumenten zustimmend genickt. Lord Randall sah wirklich gut aus. Er war, wenn man Lord Garrett glauben konnte, ein kapitaler Kerl mit guten Verbindungen und einem komfortablen Vermögen. Es stimmte, dass Lord Randall ein wildes und sogar skandalöses Leben gelebt hatte, aber er hatte ihr geschworen, dass sich das alles ändern würde, wenn Thea erst einmal seine Frau wäre. Außerdem, so hatte Thea lässig erklärt, wusste doch jeder, dass die Gentlemen tun konnten, was sie wollten. Sogar Tom war bekannt als harter Kerl, auch am Spieltisch war er kein Fremder, und er liebte den Alkohol. Hatte er nicht auch eine Geliebte in London? Das sollte Thea eigentlich gar nicht wissen, aber ihre junge Halbschwester Edwina, die die böse Angewohnheit hatte, an Schlüssellöchern zu lauschen, hatte gehört, wie Mama ihn wegen einer kleinen Schauspielerin ausgescholten hatte, die er aushielt, und Edwina hatte keine Zeit verschwendet und Thea alles erzählt. Also wie konnte Tom etwas dagegen haben, dass sie einen seiner Freunde heiratete, der sich genauso benahm wie er selbst, hatte Thea höhnisch gefragt. Natürlich hatte Lord Randall geschworen, dass diese Zeit hinter ihm lag.

Maggie, die ganz von Theas Begeisterung angesteckt war, hatte ihrer jungen Herrin zugestimmt, aber jetzt als sie die Sicherheit des Hauses verlassen hatten und auf ihrem Weg zu

Lord Randall waren, war sie plötzlich voller Zweifel. Lord Randall, so musste sie zugeben, als sie Miss Theas schlanker Gestalt durch den Wald folgte, war in der Tat viel älter als ihre junge Herrin. Mit dreiunddreißig war er sogar älter als Theas Bruder Lord Garrett, der gerade im August einundzwanzig geworden war. Und wenn der Klatsch in der Dienstbotenetage stimmte, so war Lord Randall auch ein leidenschaftlicher Spieler – einer aus der wilden Gruppe, zu der Lord Garrett in letzter Zeit gestoßen war. Mrs Northrop war darüber gar nicht erfreut gewesen! Ihr einziger Sohn wurde genauso leichtsinnig, wie sein verstorbener, beklagter Vater in seinen schlimmsten Zeiten gewesen war.

Aber das zählte nicht, sagte sich Maggie fest. Jeder wusste, dass Lord Randall nur einen einzigen Blick auf Miss Thea geworfen und sich in sie verliebt hatte. Und Miss Thea ... Maggie seufzte wohlig. Miss Thea hatte genau das Gleiche gefühlt. Auch wenn Maggie Vorbehalte hatte, ob Lord Randall für eine junge, unschuldige Lady wie ihre Herrin geeignet war und ob die heimlichen Treffen hier und dort richtig waren, so stand es ihr doch ganz sicher nicht an, die Handlungen ihrer Herrschaft in Frage zu stellen. Miss Thea zu betrügen ... also wirklich, sie würde nie wieder in der Lage sein, ihren Kopf hoch zu tragen!

Keiner dieser Vorbehalte störte Theas Gedanken. Sie war viel zu aufgeregt, sie konnte es kaum erwarten, an Lord Randalls Seite zu eilen. Sie war verliebt! Sie war ganz sicher, dass Lord Randall, oder Hawley, wie er sie gebeten hatte, ihn zu nennen, der Mann ihrer Träume war. Mit seinen lächelnden grauen Augen, dem dichten schwarzen Haar und seiner großen, breitschultrigen Gestalt war er der Traum eines jeden Mädchens, dessen war sie ganz sicher. Und zu denken, dass sie die Glückliche war, die er heiraten wollte! Ein finsterer Blick trat in ihr knabenhaftes Gesicht. Tom hatte behauptet, dass es ihr Vermögen sei, hinter dem Hawley her war, aber das konnte nicht wahr sein.

Thea und Maggie traten ganz plötzlich aus dem Wald, dort

standen am Straßenrand der zweirädrige Wagen und die beiden Pferde, genau, wie er es gesagt hatte. Groß und beeindruckend in seinem Mantel lief Lord Randall nervös neben seinen ruhelosen Pferden hin und her. Bei Theas Anblick, ihrem lebhaften Gesicht unter der Kapuze ihres purpurfarbenen Samtumhangs und den übervollen Reisetaschen in ihren Händen, hörte er auf, hin und her zu laufen, und kam schnell auf sie zu.

Er nahm sie in seine Arme und küsste sie leidenschaftlich, viel leidenschaftlicher, als sie je in ihrem Leben geküsst worden war. »Liebling!«, rief er aus. »Endlich bist du da. Ich war schon ganz fiebrig vor Ungeduld – ich habe befürchtet, dass dein sanftes Herz im letzten Augenblick umkehren könnte.«

Verlegen von dem Kuss und ein wenig scheu blickte Thea in sein attraktives Gesicht. »Ich hätte mich durch nichts aufhalten lassen«, erklärte sie leise. »Ich habe dir versprochen, dass ich kommen würde.«

Er lächelte, seine grauen Augen glänzten im Mondlicht, sein fein geschnittener Mund verzog sich zufrieden. »Ich weiß ... aber ich hatte dennoch Angst. Ich würde dir keinen Vorwurf machen, wenn du entschieden hättest, dass deine Familie Recht hat, dass ich deiner nicht würdig bin.« Seine Lider senkten sich, und er mied ihren Blick. »Ich sollte dich eigentlich zurückschicken«, erklärte er entschlossen. »Ich bin ein selbstsüchtiger Schurke, weil ich dich von allem weghole, was du kennst und liebst.«

»Das solltest du nicht sagen!«, protestierte Thea, und aus ihren dunklen Augen strahlten ihm ihre Gefühle entgegen. »Du bist alles, was ich mir wünsche. Wenn wir erst einmal verheiratet sind und sie sehen, was für ein wundervoller Ehemann du für mich bist, dann werden Mama und Tom ihre Meinung schon ändern. Das wirst du sehen.«

Der Augenblick des Zweifels war verschwunden, er schenkte ihr ein betörendes Lächeln und nickte. »Ich bin sicher, du hast Recht. Aber jetzt sollten wir losfahren, ehe du vermisst wirst.«

Er hob Thea in die Kutsche und wollte gerade einsteigen, als er Maggie bemerkte, die unsicher am Straßenrand stand. Er runzelte die Stirn, die tiefen Linien seines ausschweifenden Lebens waren plötzlich deutlich in seinem Gesicht zu sehen.

Mit einem rauen Unterton in der Stimme fragte er: »Und wer ist das? Ich habe dir doch gesagt, dass niemand davon etwas wissen sollte. Niemand.«

»Oh, das ist nur Maggie«, erklärte Thea munter. Eine leichte Röte, die im Licht des Mondes kaum zu erkennen war, huschte über ihr Gesicht. »Ich weiß ja, dass wir heiraten werden, aber ich dachte, es sei nicht anständig, wenn ich allein mit dir den ganzen Weg bis nach Schottland reise. Das wäre wirklich nicht anständig.«

»Und wo«, fragte er kühl, »soll ich sie unterbringen und all die Koffer und was du sonst alles mit dir gebracht hast? Wie du siehst, habe ich nur einen zweirädrigen Zweispänner für uns.«

Thea blinzelte. Sie hatte diesen Ton in seiner Stimme noch nie zuvor gehört, und sie war nicht sicher, wie sie darauf reagieren sollte. Maggie hätte ihr erklären können, dass die Diener des Herrenhauses der Garretts diesen Ton sehr gut kannten und dass er normalerweise eine Ohrfeige zur Folge hatte.

Da Thea fühlte, dass die angespannte Situation ihn ein wenig reizte, schenkte sie ihm ein bezauberndes Lächeln. »Oh, das werden wir schon schaffen. Maggie und ich sind beide nicht sehr groß, ich bin sicher, dass du für alles einen Platz finden wirst.«

»Ich verstehe.« Der Ausdruck auf seinem Gesicht war unergründlich. Er wandte sich zu Maggie und murmelte: »Da meine zukünftige Frau dich mitgebracht hat, steigst du besser ein.« Er warf Thea einen Blick zu. »In Zukunft, meine Liebe«, meinte er, »wäre es mir lieb, wenn du meine Pläne nicht veränderst, ohne vorher mit mir darüber zu reden.«

In dem Schweigen, das seinen Worten folgte, machte er keine Anstalten, Maggie zu helfen, als sie unbeholfen in den Zweispänner kletterte. Sie machte sich so schmal wie möglich und quetschte sich dankbar neben Thea.

Es war eine schweigsame Runde, die dann schließlich durch das silberne Mondlicht reiste. Lord Randall, der so viel Entfernung wie nur möglich zwischen sich und den ganz sicher schrecklich wütenden Lord Garrett bringen wollte, trieb die Pferde zu einem scharfen Tempo an. Der Ausdruck in seinem Gesicht ermutigte Thea nicht dazu, sich mit ihm zu unterhalten. Nachdem die erste Aufregung verschwunden war und sie das Benehmen von Lord Randall nicht gerade ermutigte, fühlte sich Thea ein wenig unsicher und enttäuscht. Maggie, die sich an all den Klatsch unter der Dienerschaft erinnerte, wünschte sich feige, dass Miss Thea nicht ausgerechnet sie ausgewählt hätte, um an diesem Abenteuer teilzunehmen.

Das Herrenhaus der Garretts war nicht weit von der Stadt Cheltenham in Gloucester entfernt, die ungefähr neunzig Meilen nordwestlich von London lag. Gretna Green, ihr Ziel, lag an der Grenze zwischen Schottland und England, was eine ganz schöne Entfernung war. Sie würden mehr als nur ein paar Tage unterwegs sein, selbst wenn Lord Randall mit großer Geschwindigkeit reiste. Seine Hoffnung war, dass sie einen unaufholbaren Vorsprung hätten, wenn Lord Garrett und Mrs Northrop feststellten, dass Thea verschwunden war.

Alles ging gut, bis eines der Pferde, das sie im letzten Gasthaus gemietet hatten, ein Hufeisen verlor und zu lahmen begann. Lord Randall, der seinen Ärger wegen Maggie überwunden zu haben schien und die beiden jungen Frauen fröhlich mit Geschichten über Prinny unterhalten hatte, den Erben und ältesten Sohn König Georges des Dritten, murmelte einen Fluch und ließ die Pferde anhalten. Eine schnelle Untersuchung des Pferdes bestätigte, dass es ein Hufeisen verloren hatte und sie nicht zügig weiterkommen würden, bis das Hufeisen, wahrscheinlich sogar das Pferd, ersetzt werden konnten.

Da sie sich auf einem recht einsamen Abschnitt der Strecke befanden, ließ Lord Randall die beiden Frauen in dem Zweispänner zurück, während er mit dem gesunden Pferd einige Meilen in das letzte Dorf zurückritt. Es dauerte beinahe zwei Stunden, ehe sie endlich weiterreisen konnten, und Lord Randalls schlechte Laune war zurückgekehrt. Auf Theas Versuche, eine Unterhaltung aufrechtzuerhalten, reagierte er mit kaltem Schweigen oder einer knappen Antwort.

Am nächsten Nachmittag, als Thea vorschlug, am nächsten Gasthaus anzuhalten, damit sie und Maggie sich die Beine vertreten und vielleicht einige Erfrischungen zu sich nehmen konnten, warf er ihr einen so düsteren Blick zu, dass sie überrascht war. »Du scheinst vergessen zu haben, wie dringlich es ist, dass wir unser Ziel erreichen, ehe dein Bruder uns einholt«, fuhr er sie an. »Ich werde nicht zulassen, dass meine Pläne zunichte gemacht werden, nur weil du ein wenig Limonade schlürfen möchtest.« Und als sie an dem Gasthaus vorübergeeilt waren, ohne auch nur die Pferde überprüfen zu lassen, ließ der Ausdruck seines Gesichtes all ihren Protest verstummen.

Als das Gasthaus in einer Staubwolke hinter ihnen verschwand, wurde Thea ein wenig spät klar, dass ihr zukünftiger Ehemann sehr charmant sein konnte, so lange alles nach seinen Plänen ging, aber wenn das Gegenteil der Fall war ... Sie warf ihm einen vorsichtigen Blick zu, während er die Pferde lenkte, sein attraktives Profil war grimmig verzerrt. Dies war eine Seite, die sie bisher noch nicht an ihm gesehen hatte, die sie nie erwartet hatte. Natürlich war er aufgeregt, entschuldigte sie ihn. Die Verzögerung mit dem verlorenen Hufeisen hatte sie viel Zeit gekostet, und es war wichtig, dass sie Gretna Green lange vor Tom erreichten. Dennoch glaubte sie nicht, dass er deshalb so unhöflich sein musste. Wenn er schon nicht ihretwegen hielt, dann hätte er das wenigstens Maggie wegen tun sollen, dachte sie unglücklich, nachdem sie einen Blick in Maggies übermüdetes Gesicht geworfen hatte.

Sie waren jetzt seit vierzehn Stunden unterwegs, sicher hätte eine Pause von einer halben Stunde nicht das Verderben bedeutet, zumal die einzigen Pausen, die sie machten, fliegende Wechsel der Pferde waren. Thea warf noch einen Blick auf Maggies Gesicht. Es war nicht Maggies Recht, sich zu beklagen, doch Thea hatte die Pflicht, sich darum zu kümmern, dass ihre Zofe nicht schlecht behandelt wurde. Es war Familientradition, dass die Garretts sich um ihre Leute kümmerten, praktisch seit ihrer Geburt war es Thea eingebläut worden, dass sie für das Wohlergehen ihrer Diener verantwortlich war. Thea war vielleicht schrecklich verliebt, aber sie war auch intelligent, und Lord Randalls absolute Missachtung der Bedürfnisse von ihr und Maggie machte sie nachdenklich und auch ein wenig argwöhnisch.

Etwa eine Meile weiter warf Hawley Thea einen entschuldigenden Blick zu. »Es tut mir Leid«, meinte er. »Ich hätte nicht so kurz angebunden sein dürfen. In meinem Eifer, aus der Reichweite deines Bruders zu kommen, habe ich alle anderen Überlegungen beiseite geschoben.« Er lächelte sie gewinnend an, seine grauen Augen bekamen Lachfältchen in den Augenwinkeln. »Natürlich werden wir am nächsten Gasthaus anhalten, du und deine Zofe, ihr sollt die Limonade bekommen, die ihr haben wollt.« Ein wenig sanfter fügte er hinzu: »Wirst du mir verzeihen, meine Süße, weil ich es kaum erwarten kann, dich zu heiraten, und deshalb alles andere vergessen habe? Selbst deine natürlichsten Bedürfnisse? Ich schwöre, ich werde es nicht noch einmal tun.«

Theas Herz flog ihm entgegen. Natürlich war er schlecht gelaunt und aufbrausend – er machte sich schrecklich Sorgen, dass Tom versuchen würde, sie zu trennen. Jeder in seiner Lage würde wohl genauso handeln.

Sie lächelte ihn strahlend an und nickte. »Aber denke daran, es muss wirklich das nächste Gasthaus sein.«

»Ganz sicher.«

Hawley hielt sein Wort, am nächsten Gasthaus machten sie eine Pause. Während Thea und Maggie in einem privaten Zimmer bewirtet wurden, das er für sie organisiert hatte, bestellte er einen Korb mit Essen und Trinken, den sie auf ihrer weiteren Reise mitnehmen würden.

Einige Minuten später waren sie erfrischt und belebt wieder unterwegs. Während sie Meile um Meile hinter sich brachten und immer mehr Entfernung zwischen sich und ihre möglichen Verfolger legten, entspannte Hawley sich. Die Verzögerung durch das verlorene Hufeisen war gefährlich, doch er beabsichtigte, die Nacht durchzufahren. Es war recht angenehmes Wetter für den frühen November, und das helle, klare Mondlicht machte die Reise möglich.

Er lächelte vor sich hin. Es lag noch immer eine weite Entfernung vor ihnen, aber Thea war bereits jetzt schon so gut wie seine Braut.

Der Gedanke war ihm gerade erst gekommen, als ein lautes Krachen zu hören war und der Zweispänner wild hin und her schwankte, während ein Rad über die Straße davonrollte. Die Pferde stiegen hoch und wichen zur Seite aus, der Wagen wäre beinahe auf die Seite gefallen. Thea und Maggie keuchten und klammerten sich aneinander, während Lord Randall darum kämpfte, die durchgehenden Pferde unter Kontrolle zu bringen.

Endlich gelang es ihm, die Pferde zu beruhigen, im nächsten Augenblick schon sprang er aus dem Wagen, um das Problem zu untersuchen. Das Rad war verschwunden, der Wagen hing gefährlich auf einer Seite. Nach kurzer Suche fand er das Rad einige Meter weiter auf der Straße. Die Radnabe war gebrochen, deshalb hatte sich das Rad von der Achse gelöst. Hawley fluchte, als er den Schaden sah. Es war unwahrscheinlich, einen Schmied zu finden, der zu dieser Stunde das Rad noch reparieren würde. Wenn er überhaupt einen Schmied fand. Mit düsterem Gesicht ging er zu der Stelle zurück, an der Thea auf ihn wartete.

»Ist es sehr schlimm?«, fragte sie ängstlich, und ihre Augen blickten besorgt.

»So schlimm, wie es nur sein kann«, brummte er. Er blickte die Straße auf und ab und entdeckte nicht einmal einen Bauernwagen, dann seufzte er. »Das letzte Dorf, durch das wir gekommen sind, liegt bereits einige Meilen weiter zurück«, meinte er schließlich. »Zweifellos liegt ein Gasthaus oder ein weiteres Dorf vor uns. Ich fürchte, ich werde euch wieder einmal allein lassen müssen, meine Liebe, um zu sehen, ob ich irgendwo Hilfe auftreiben kann.« Er sah Thea an. »Es könnte dunkel sein, ehe ich zurückkomme. Der Mond wird allerdings scheinen, ihr werdet nicht ganz ohne Licht sein. Wirst du dich fürchten, wenn ich dich hier zurücklasse?«

Thea schüttelte den Kopf. »Nein. Maggie und ich werden das schon schaffen.«

Er half den beiden aus dem schief stehenden Wagen, dann breitete er am Rande der Straße eine Decke für sie aus, auf der sie sitzen konnten, und spannte die Pferde aus. Eines der Pferde band er an einen Baum, den Wagen ließ er stehen, wo er stand, dann stieg er auf das andere Pferd und bereitete sich darauf vor loszureiten. Er blickte zu Thea und Maggie, die beide auf der Decke saßen, und zögerte. Eigentlich sollten sie hier sicher sein. Er war vielleicht sorglos, wenn es um die Bequemlichkeit von anderen ging, aber selbst er ließ nicht gern zwei junge Frauen ungeschützt auf einer einsamen Straße zurück. »Ich würde euch ja mitnehmen, aber allein komme ich schneller voran«, entschuldigte er sich.

»Natürlich!«, stimmte ihm Thea zu. Sie lächelte ihn an. »Geh nur. Geh. Mach dir um uns keine Sorgen. Wir sind auf dem Land großgeworden, und die Nacht macht uns keine Angst. Uns wird es hier schon gut gehen. Mach dir keine Sorgen darüber, dass es uns kalt werden könnte, wir haben unsere dicken Umhänge an, die werden uns warm halten.« Sie unterdrückte ein Gähnen. Der Mangel an Schlaf war offensichtlich, und ihre Augen blickten schläfrig. »Wenn du zurückkommst, wirst du uns zweifellos schlafend vorfinden.«

Als Hawley mit dem gemieteten Wagen eines Bauern zurückkam, war seine Laune nicht sehr gut. Selbst der Anblick von Thea und Maggie, die sich aneinander gekuschelt hatten und auf der Decke eingeschlafen waren, besserte seine Laune nicht. Das Dorf, eher ein kleiner Weiler mit Gasthof, war ziemlich weit weg gewesen. Als er es endlich erreicht und erfahren hatte, dass vor dem Morgen wegen des Zweispänners nichts unternommen werden konnte, hatte er gewusst, dass ihre Flucht in ernster Gefahr war. Sie würden die Nacht über hier bleiben müssen, und er war sicher, dass am morgigen Tag Lord Garrett hier auftauchen würde. Sein Gesicht spannte sich an. Er war zu weit gekommen, als dass er jetzt alles verlieren wollte, der Zustand seiner Finanzen machte es dringend notwendig, dass er Thea heiratete. Dieses unvorhergesehene Pech ließ ihm keine andere Wahl, als es Lord Garrett unmöglich zu machen, sich der Hochzeit zu widersetzen.

Wenn Thea bemerkte, dass Lord Randall während der holprigen Fahrt zu dem kleinen Gasthaus, in dem sie die Nacht verbringen würden, zu ruhig war, so machte sie deswegen keine Bemerkung. Sie war müde, hungrig und freute sich darauf, in dieser Nacht in einem Bett schlafen zu können. Ihre Flucht war ziemlich anstrengend und nicht gerade romantisch, entschied sie und unterdrückte ein breites Gähnen.

Thea hatte nicht darüber nachgedacht, was wohl geschehen würde, wenn sie das Gasthaus erreicht hätten, aber sie war verunsichert, als sie feststellte, dass Maggie nicht mit ihr das Zimmer teilen würde. Mit besorgtem Gesicht wandte sie sich an Lord Randall. »Es ist nicht nötig, ein eigenes Zimmer für Maggie zu bestellen, sie kann das Bett mit mir teilen. Ich habe nichts dagegen.«

»Ah, aber ich habe etwas dagegen«, versicherte ihr Hawley lächelnd. »Ich werde nicht zulassen, dass man erzählt, dass meine Frau es nötig hat, mit ihren Dienern in einem Bett zu schlafen. Ich sorge von jetzt an für dich, mein Liebling.«

»Oh«, meinte Thea mit ausdruckslosem Gesicht, sie war zwar gerührt, aber auch eigenartig verunsichert.

Er lächelte noch einmal und strich mit dem Finger über ihre sanfte Wange. »Geh ins Bett, mein Liebling, ich werde mich um alles kümmern.«

»Und was ist mit Tom?«

Sein Lächeln wurde starr. »Mach dir keine Sorgen, ich habe alles im Griff.«

Beruhigt kletterte Thea dankbar in ihr Bett, nachdem sie sich versichert hatte, dass Maggie gut untergebracht war. Sie trug ein züchtiges Baumwollnachthemd, die Decke hatte sie bis zum Kinn hochgezogen, um die kalte Novemberluft abzuhalten, und sie fühlte sich sehr klein und unsicher.

Der Tag war lange und ermüdend gewesen, doch sie stellte fest, dass sie ruhelos war. Ihre Flucht war bei weitem nicht so romantisch und aufregend, wie sie sich das vorgestellt hatte, und Hawleys Benehmen machte ihr Sorgen. Tom und ihre Mutter hatten sie beide vor ihm gewarnt, sie hatten ihr geraten, vorsichtig zu sein, hatten ihr versichert, dass er nicht der charmante Freier war, der er zu sein vorgab. Ganz besonders ihre Mutter hatte sie angefleht, sich nicht von dem eleganten Benehmen und dem gut aussehenden Gesicht irreführen zu lassen. Sie würden beide schrecklich wütend sein, wenn sie herausfanden, dass sie sich ihnen widersetzt hatte, gestand sich Thea schuldbewusst ein. Gedanken an zu Hause und an die Missbilligung von ihrer Mutter und Tom gingen ihr durch den Kopf. Sie hatten sich in Hawley so sehr geirrt. Trotz seines Benehmens an diesem Tag war Thea davon überzeugt, dass Hawley in der Tat ein wundervoller Ehemann sein würde.

Als sie hörte, wie sich die Tür ihres Zimmers öffnete, fuhr sie kerzengerade in ihrem Bett hoch, ihre Augen waren vor Furcht weit geöffnet. Im Licht der Kerze, die er in der Hand hielt, erkannte sie Hawley und seufzte erleichtert auf.

Sie lächelte schüchtern. »Es ist sehr nett von dir, dass du noch einmal nach mir sehen willst, ehe du ins Bett gehst. Wie du siehst, ist alles in Ordnung.« Als Hawley ihr nicht antwortete, sondern weiter in das Zimmer hereinkam und die Kerze auf den kleinen Eichentisch stellte, fragte sie: »Ist dein Zimmer in der Nähe?«

»Nicht unbedingt«, erklärte er mit undeutlicher Stimme und begann sich auszuziehen. Er warf seinen Rock auf einen Stuhl, dann setzte er sich und zog die Stiefel aus.

Thea roch den Alkohol, der Geruch und sein undeutliches Sprechen waren ein sicheres Zeichen dafür, dass er viel getrunken hatte. Sie hatte ihren Bruder ein oder zwei Mal zufällig gesehen, wie er spät in der Nacht durch das Haus geschwankt war, und sie wusste, dass die Männer sich unter dem Einfluss von Alkohol manchmal unberechenbar verhielten, auf keinen Fall wollte sie unter diesen Umständen in der Nähe von Lord Randall sein. Ihre Augen wurden größer, ihr Magen fühlte sich an, als wäre er mit Eis gefüllt. Was hatte er da eben gesagt? »W-was w-willst du damit sagen?«

Er nahm den Spitzenkragen und die Spitzenmanschetten ab, dann zog er das Hemd aus. »Nichts, mein Liebling«, meinte er. Er sah sie an, und als sie das Blitzen in seinen Augen erkannte, wurde ihr ganz übel. »Mein Zimmer ist nicht in der Nähe, mein Zimmer ist gleich hier.«

»Hier!«, quietschte sie, und ihr Blick löste sich von seinem nackten Oberkörper. »Aber das ist nicht möglich! Du kannst nicht hier bleiben. Wir sind nicht verheiratet.«

Er nickte. »Ich weiß. Ich hätte es auch lieber anders gemacht, aber die Verzögerung des heutigen Abends macht es nötig.«

»W-w-was meinst du damit?«, fragte sie, und das Herz schlug laut in ihrer Brust.

Sanft sagte er: »Wir werden doch heiraten, nicht wahr, mein Liebling?« Als Thea vorsichtig nickte, fügte er hinzu: »Ich zweifle nicht daran, dass morgen früh dein Bruder vor unserer Tür stehen wird. Wir müssen es ihm unmöglich machen, uns zu trennen.«

Ganz plötzlich hatte Thea Angst, und sie ahnte, was Hawley damit meinte. Sie runzelte die Stirn. Sie war recht unschuldig, und auch wenn sie wusste, dass sie und Hawley das Bett miteinander teilen würden, wenn sie erst einmal verheiratet waren, so hatte sie doch über diesen Teil ihrer Ehe noch nicht nachgedacht. Sie war auf dem Land geboren und aufgewachsen, daher hatte sie eine schwache Vorstellung, was es bedeutete, das Bett mit Hawley zu teilen – doch sie war nicht darauf vorbereitet, dass das alles jetzt schon geschehen sollte. Und ganz sicher nicht, ohne dass sie verheiratet war!

»Du meinst, du willst mich lieben?«, fragte sie ganz leise.

Hawley nickte. Er kam zum Bett, dann setzte er sich auf die Bettkante und nahm eine ihrer Hände in seine. Er küsste die Fingerspitzen. »Wir werden es doch sowieso tun, mein Liebling. Wir werden unsere Schwüre nur ein paar Tage früher einlösen.«

Ihr gefiel dieser Gedanke nicht. Er sah es an ihrem Gesicht, deshalb beugte er sich vor und sagte drängend: »Thea, das ist die einzige Möglichkeit. Dein Bruder wird morgen früh hier sein. Du weißt, dass er dich von mir wegreißen wird.«

Thea konnte ihn nicht ansehen, Panik machte sich in ihrer Brust breit. Was noch vor wenigen Stunden so romantisch und aufregend gewesen war, schien ihr jetzt schmutzig zu sein. Sie wünschte sich, so stellte sie mit Entsetzen fest, bei ihrer Mutter zu sein. Ihr wurde plötzlich klar, dass sie diesen gut aussehenden Mann gar nicht kannte, als er sich zu ihr beugte und ihre Handgelenke küsste. Diese heimlichen Begegnungen im Garten des Herrenhauses, die leidenschaftlichen Botschaften, die er ihr in die zitternden Hände geschoben hatte, und die brennenden Blicke, die sie in Gesellschaft der anderen miteinander getauscht hatten, all das hatte sie nicht auf die Wirklichkeit vorbereitet.

Elend erkannte sie jetzt, dass diese kurzen Begegnungen ganz sicher nicht genug gewesen waren, um eine Ehe darauf aufzubauen. Sie hatte sich, das gestand sie sich unglücklich ein, in das Neue, das Aufregende verliebt, sie hatte sich geschmeichelt und erregt gefühlt, dass ein so gut aussehender Mann aus der Stadt sie überhaupt bemerkte, geschweige denn, dass er ihr erklärte, vollkommen verzaubert von ihr zu sein. Die Missbilligung von ihrer Mutter und von Tom hatte sie nur noch entschlossener gemacht, mit Lord Randall durchzubrennen, um ihnen zu zeigen, dass sie sich irrten, dass sie alt genug war, um ihre eigenen Entscheidungen zu treffen, zu beweisen, dass sie kein Kind mehr war. Aber jetzt …

Thea schluckte und sah sich in dem kleinen Zimmer um. Es war sehr nett, ordentlich und sauber, aber es war ein fremdes Zimmer für sie, die Möbel zerkratzt und abgenutzt. Es war ganz sicher nicht das Zimmer mit Samt und Seide, das sie sich für ihre Hochzeitsnacht vorgestellt hatte.

Verwirrt und mit den widersprüchlichsten Gedanken in ihrem Kopf sah sie Hawley an. »Könnten wir nicht einfach nur so tun? Es genügt doch schon, dass ich mit dir allein bin, um mich zu ruinieren. Würde Tom nicht zustimmen, dass nur unsere Ehe meine Ehre wiederherstellen kann?«

»Möchtest du mich denn nicht lieben?«, fragte er, und seine grauen Augen ruhten auf ihr.

Sie senkte den Blick. Die Art, wie er sie ansah, gab ihr das Gefühl, ganz nackt zu sein – und verängstigt. »Ich … ich … ich weiß nicht«, stotterte sie. »Ich dachte, ich wollte es, aber jetzt weiß ich es nicht mehr.«

Er presste die Lippen zusammen. Das hatte er befürchtet, deshalb hatte er sie so weit und so hart gedrängt, wie er nur konnte. Er hatte nicht gewollt, dass sie Zeit hatte, nachzudenken, Zeit um zu begreifen, was geschah.

»Es ist zu spät, um deine Meinung noch zu ändern«, erklärte er. »Und ich werde nicht zulassen, dass dein Bruder dich von mir wegholt und versucht, dies alles zu vertuschen – viel, zu viel hängt von unserer Eheschließung ab.«

Panik hatte jetzt ihren ganzen Körper ergriffen, sie bemühte sich, ihm die Hand zu entziehen, und meinte atemlos: »Lass mich los. Ich möchte, dass du dieses Zimmer verlässt – sofort! Wir werden morgen früh darüber reden.«

»Nein, das werden wir nicht. Nach der heutigen Nacht wird es nichts mehr zu reden geben, mein Liebling. Die Tat wird vollbracht sein.«

Er griff nach ihr, und Thea wich vor ihm zurück, sie kämpfte dagegen, dass er sie festhielt. »Oh, bitte«, rief sie, »lass mich los.«

»Nein«, erklärte er und lächelte eigenartig, die Lust stieg in ihm auf. »Du wirst mein sein … meine Frau.«

Thea war ihr ganzes Leben lang verwöhnt und verhätschelt, beschützt und von allem fern gehalten worden, so wie es bei der einzigen Tochter einer mächtigen aristokratischen Familie üblich war, jetzt hatte sie den Boden unter den Füßen verloren – eigentlich schon seit dem Augenblick, in dem ihr Bruder Lord Randall der Familie vorgestellt hatte. Im Augenblick wünschte sie sich nur eines, in ihrem eigenen Bett im Herrenhaus aufzuwachen und zu wissen, dass das alles nur ein schrecklicher Alptraum gewesen war. Doch leider war das nicht so, wie Lord Randalls nächste Handlung bewies.

Er ignorierte Theas heftige Gegenwehr, warf sie auf das Bett und presste seinen Mund auf ihren. Der Geschmack ihres süßen Mundes, das Gefühl ihres schlanken Körpers unter ihm erregte ihn und weckte das Tier in ihm. Er kümmerte sich nicht um ihre Bemühungen, ihm zu entkommen, das Baumwollnachthemd war kein großes Hindernis für ihn, der dünne Stoff zerriss unter seinen Händen, und sie lag nackt vor ihm.

Er gab ihren Mund wieder frei und blickte auf ihre blassen Brüste, deren Spitzen rosig und verlockend waren. Sein Atem ging schwer beim Anblick ihrer schlanken Gestalt, er nahm eine ihrer Brüste in die Hand, legte den Mund darauf und saugte daran, dann biss er in die rosige Spitze.

Thea hob bei dem plötzlichen Schmerz ihren Körper, sie war beinahe besinnungslos vor Entsetzen und vor dem Unglauben, dass dies wirklich geschah. Sie drängte die Tränen der Angst zurück und stieß gegen seine Schulter, weil sie einfach nur wollte, dass er sie in Ruhe ließ.

»Oh, bitte«, flehte sie, »lass mich los – wenn du mich liebst, dann wirst du mich nicht zwingen.«

Er sah sie an und lächelte. »Natürlich liebe ich dich, und wenn du mich auch lieben würdest, dann würdest du mir nicht vorenthalten, was ich mir am meisten wünsche.«

Sie unterdrückte ein Schluchzen, Tränen hingen an ihren Wimpern. »Ich habe g-geglaubt, ich liebe dich, aber du machst mir Angst.«

»Das macht nichts, jetzt ist es sowieso zu spät, deine Meinung zu ändern«, murmelte er, und seine Hände glitten mit erschreckender Intimität über ihren Körper. Sie keuchte auf und wand sich unter ihm, und als er in ihr Gesicht sah, überraschte es ihn nicht, dass sie errötete. So unschuldig. So unberührt. Und so verlockend.

»Bist du schüchtern, mein Liebling? Das brauchst du nicht zu sein. Wenn ich mit dir fertig bin, wirst du überhaupt nicht mehr schüchtern sein.«

Da irrte er sich. Als endlich die Dämmerung das kleine Zimmer erhellte, waren Theas Erniedrigung und ihre Scham kaum noch zu ertragen. Sie war sich ihres Körpers schmerzlichst bewusst und wäre vor Scham am liebsten im Boden versunken. Sie war sicher, dass sie noch nie jemanden so sehr verabscheut hatte, dass sie nie wieder jemanden so verabscheuen würde wie Lord Randall.

Die ganze lange Nacht hatte er ihre verzweifelten Versuche, ihm zu entkommen, verhindert und hatte sie mehr als nur einmal gegen ihren Willen besessen, er hatte ihre Schreie und ihren Abscheu ignoriert. Er war nicht absichtlich brutal gewesen – immerhin liebte er sie, wenigstens hatte er ihr das in ihr Ohr geflüstert, als er ihren Körper besaß. Er war so besessen gewesen, seine eigenen Bedürfnisse und Wünsche zu befriedigen, dass er sich einfach genommen hatte, was er wollte, dass er getan hatte, was er wollte, und es hatte ihn nicht gestört, dass Thea vor Abscheu und Entsetzen ganz steif gewesen war.

Als er dann endlich aufstand und sich hastig wusch, mit dem Wasser, das der wortkarge Wirt ihnen gebracht hatte, als er sich angezogen und das Zimmer verlassen hatte, hatte Thea ihr zerrissenes, blutbeschmiertes Nachthemd um ihren nackten Körper geschlungen und sich auf dem Bett zu einem Bündel aus misshandelten, zerbrochenen Träumen zusammengerollt. Sie weinte nicht, sie hatte keine Tränen mehr, seit er zum ersten Mal schmerzlich in ihren Körper eingedrungen war.

Maggie betrat schüchtern das Zimmer, sie klopfte gar nicht erst an. Es gab nur sehr wenige in dem kleinen Gasthaus, die nicht wussten, was geschehen war, die Wände waren dünn, und Lord Randall war nicht in der Lage gewesen, Theas tränenreiches Flehen zu unterdrücken. Maggie hatte am gestrigen Abend gewusst, dass etwas nicht stimmte, als Lord Randall sie von ihrer Herrin weggeschickt hatte, aber sie hatte nicht gewusst, wie schlimm es gewesen war, bis sie heute Morgen in der Küche gehört hatte, wie sich der Wirt und seine Frau unterhalten hatten.

Maggie hatte im hinteren Teil des Hauses geschlafen und hatte daher Theas Schreie nicht gehört, doch der Wirt und seine Frau hatten alles mitbekommen und waren verstört über das, was geschehen war. Sie waren gute Menschen, aber sie kannten Theas Herkunft nicht, und es war undenkbar, dass sie versucht hätten, sich einzumischen, wenn ein Mitglied des Adels sich mit einem Mädchen vergnügte, ob es nun willig war oder nicht. Solche Dinge passierten eben, aber es gefiel ihnen nicht.

Während Maggie mit wachsendem Entsetzen gelauscht hatte, hatte die Frau mit wütendem Gesicht und voller Zorn zu ihrem Mann gesagt: »Ich will nicht, dass sie noch eine weitere Nacht hier bleiben. Wir führen kein solches Gasthaus, und es ist mir gleich, ob er ein Gentleman ist. Ich möchte diese Art von Gästen nicht bewirten, ganz gleich, wie viel Geld er dir gegeben hat. Was er getan hat, war abscheulich. Es ist mir ganz gleich, was er dir erzählt hat. Er hat dieses arme Kind vergewaltigt, das weißt du auch. Sie ist noch ein so junges Ding. Was haben sich ihre Leute nur dabei gedacht, sie mit ihm gehen zu lassen?«

Der untersetzte Wirt hatte sich am Ohr gezupft. »Also wirklich, Bessie, rede doch nicht so. Er hat gesagt, es sei nur ein kleiner Streit unter Liebenden gewesen und dass es dem Mädchen gut geht. Es ist nicht unsere Pflicht, ihn zur Rechenschaft zu ziehen.«

Bessie hatte nur geschnüffelt. Als sie über die Schulter ihres Mannes hinweg Maggies entsetztes Gesicht gesehen hatte, war sie gegangen.

Maggie hatte das Frühstück vergessen und war in Theas Zimmer gelaufen. Die blutbeschmierten Laken und Theas weißes, benommenes Gesicht erzählten eine eigene Geschichte.

Wortlos half Maggie Thea, zu baden und sich anzukleiden, der Wirt hatte freundlicherweise einen großen Eimer heißes Wasser und Handtücher in ihr Zimmer geschickt. Als sie das Zimmer verließen, war Maggie außer sich, weil ihre Herrin nichts sagte und vollkommen teilnahmslos war. Miss Thea plapperte sonst immer, immer lag ein Lächeln auf ihrem Gesicht, doch diese blasse, schweigsame Fremde hatte keine Ähnlichkeit mit der Miss Thea, die sie kannte, und Maggie sorgte sich um Theas Wohlergehen.

Thea war ganz gesund, doch konnte sie im Augenblick nicht mit dem fertig werden, was man ihr angetan hatte, sie konnte nicht glauben, wie schrecklich falsch alles in ihrem Leben plötzlich gelaufen war. Sie war ruiniert. Und jetzt würde sie gezwungen sein, diese abscheuliche Kreatur zu heiraten, die ihr das angetan hatte. Sie hatte keine andere Möglichkeit, und ihr Elend und ihre Schmerzen waren nur noch größer, weil sie wusste, dass das alles ganz allein ihr Fehler gewesen war. Ihr dummer, dummer Fehler, nur weil sie geglaubt hatte, sie hätte sich verliebt.

Beim Frühstück konnte Thea sich nicht dazu überwinden, etwas zu essen. Dass sie am gleichen Tisch mit einem lächelnden, mitteilsamen Lord Randall sitzen musste, nahm ihr jeglichen Appetit.

Nachdem er ihr Schweigen einige Minuten lang ertragen hatte, meinte Hawley: »Oh, komm schon, mein Schatz, so schlimm ist es doch gar nicht. Ich weiß, dass du noch Jungfrau warst, aber du wirst schon feststellen, dass dir das, was wir getan haben, gefallen hat.«

Thea sah ihn an, blinde Wut brannte in ihrer Brust. Sie verzog den Mund und sagte: »Nenne mich nicht Liebling.«

Sein Gesicht spannte sich an. »Und du wirst mit mir nicht in diesem Ton sprechen.«

»Werde ich das nicht?«, fragte Thea, und ihr Temperament erwachte zu neuem Leben. »Ich werde genau das tun, mein Lord, was mir gefällt – was kannst du denn schon dagegen tun? Mich noch einmal vergewaltigen? Denn das ist es doch, was in der letzten Nacht geschehen ist, nicht wahr? Vergewaltigung?«

»Nenne es, wie du willst«, brummte er, stand auf und warf seine Serviette auf den Tisch. »Ich habe nur das getan, was ich tun musste, um sicherzugehen, dass dein Bruder uns nicht mehr trennen kann.«

»Aber musstest du es auch so sehr genießen, mein Lord?«, fragte sie übertrieben freundlich. »Musstest du so viel Freude haben an meinem Widerstand?«

»Du bist überreizt«, erklärte er kalt. »Ich würde vorschlagen, dass du hier bleibst und wieder zu Sinnen kommst, während ich mich darum kümmere, ein neues Rad für den Wagen aufzutreiben.« Er hatte gerade die Hand auf die Türklinke gelegt, als man das Geräusch donnernder Hufe hörte, das die Ankunft schneller Reiter ankündigte. Er hielt inne und sah sie an. »Zweifellos ist das dein Bruder.«

Theas Mut schwand. Dass Tom sie hier fand, mit diesem Kerl, dass er wusste, was in der letzten Nacht geschehen war, dass sie ihm ins Gesicht sehen musste, nachdem er sie vor Lord Randall gewarnt hatte, war die größte Erniedrigung und die äußerste Scham. Sie wollte sterben.

Die Tür wurde aufgerissen und Hawley dadurch einige Schritte weit zurückgeworfen. Herrliche dunkle Augen, die denen von Thea so ähnlich waren, blitzten gefährlich. Lord Garrett betrat mit mörderischem Gesicht das Zimmer, erst als er Thea entdeckte, blieb er stehen.

Der mörderische Gesichtsausdruck verschwand, jetzt zeigte sein attraktives Gesicht nur noch angespannte Sorge. Als er Theas erschüttertes Gesicht sah, wurden seine Züge ganz weich, er vergaß Hawley und kam durch den Raum auf sie zu. Er kniete vor ihr nieder, nahm ihre kalten Hände in seine und sagte mit rauer Stimme. »Hallo, mein Kätzchen. Du hast uns aber vielleicht eine Verfolgungsjagd geliefert. Aber jetzt haben wir dich gefunden und werden dich nach Hause bringen. Mama kann es kaum erwarten, dich in Sicherheit zu sehen.«

Bei seinen freundlichen Worten füllten sich Theas Augen mit Tränen. »Oh, Tom«, rief sie. »Ich war ja so böse – aber Maggie darfst du keinen Vorwurf machen. Es ist nicht ihr Fehler, ich habe sie gezwungen, mit mir zu kommen.« Thea unterdrückte ein Aufschluchzen. »Du musst mich hier lassen, ich bin ruiniert. Mama wird nicht wollen, dass ein so sündiger Mensch wie ich ihr noch einmal unter die Augen tritt. Und auch du wirst mich nicht mehr in deiner Nähe haben wollen. Niemand wird das wollen. Ich kann nie wieder nach Hause zurück.«

»Psst«, sagte er und strich zärtlich eine Locke ihres Haares, das genauso schwarz war wie seines, aus ihrem Gesicht. »Wie kannst du nur so etwas sagen? Es gibt nichts, was du tust, das unsere Liebe zu dir ändern wird.«

Zwei weitere Männer betraten das Zimmer, ihre Gesichter waren ernst und aufmerksam. Theas Entsetzen wurde nur noch größer, als sie den Bruder ihrer Mutter erkannte, Baron Hazlett, und seinen ältesten Sohn John. John war genau ein Jahr älter als sie, sie waren am gleichen Tag geboren und standen einander sehr nahe. Dass John und ihr Onkel ihre Schande mit ansahen, machte die Situation nur noch schlimmer.

Lord Hazlett schloss die Tür hinter ihnen. Er und John standen dort, groß und einschüchternd in ihren Mänteln, die Arme vor der Brust verschränkt.

Lord Garrett legte beruhigend eine Hand auf die von Thea und blickte zu seinem Onkel und seinem Cousin. »Wir werden eine Kutsche für sie und Maggie brauchen.«

Lord Randall, der bis jetzt geschwiegen hatte, räusperte sich plötzlich. Er trat näher zu Lord Garrett, der noch immer vor Thea kniete, und sagte: »Das wird nicht nötig sein. Thea wird meine Frau werden. Ich werde von jetzt an für sie sorgen.«

In einer schnellen Bewegung war Tom wieder auf den Beinen, mit dem Handrücken schlug er Hawley heftig in das

Gesicht. »Nein, das wirst du nicht«, erklärte Tom leise, seine dunklen Augen waren beinahe schwarz vor unterdrückter Wut. »Du wirst dieses Zimmer verlassen und froh sein, dass ich dich nicht umgebracht habe wie einen Hund, der du bist.«

Ein Muskel zuckte in Hawleys Wange, und es war offensichtlich, dass er sich bemühte, sich unter Kontrolle zu halten. »Weil wir Freunde sind, werde ich deinen Angriff übersehen«, erklärte er mit angespannter Stimme. »Aber du kommst zu spät. Ich fürchte, dass wir, äh, unsere Hochzeitsschwüre in der letzten Nacht schon ein wenig vorweggenommen haben. Es gibt nichts …«

Toms Faust traf Hawleys Mund. »Halte deinen schmutzigen Mund!«, fuhr Tom ihn an, während Blut von Hawleys Lippen tropfte und sein Kopf von dem Schlag nach hinten gerissen wurde. »Nichts, was du getan haben könntest, wird unsere Pläne ändern, Thea zu ihrer Mutter und ihrem Zuhause zu bringen.« Verachtung lag auf seinem jungen Gesicht. »Glaubst du etwa, wir würden sie deiner zärtlichen Gnade ausliefern?« Sein Gesichtsausdruck wurde bitter. »Ich schäme mich, dass ich dich je meinen Freund genannt habe, dass ich je so dumm war und so irregeführt, dich meiner Familie vorzustellen. Das ist alles mein Fehler, und ich werde mit diesem Wissen den Rest meines Leben verbringen müssen.«

»O nein, Tom«, protestierte Thea und stand auf. »Es ist mein Fehler. Du darfst dir selbst keinen Vorwurf machen. Ich war dumm und unvernünftig, ich hätte auf dich und Mama hören sollen.«

Er warf ihr einen Blick zu. »Nein, Kätzchen. Der Vorwurf gebührt mir. Es war kriminell von mir nach allem, was ich von ihm wusste, dich ihm vorzustellen, ihn auch noch einzuladen, im Herrenhaus der Garretts zu wohnen.« Er warf Lord Randall einen vernichtenden Blick zu. »Ich habe geglaubt, er sei mein Freund, und ich war arrogant genug, zu glauben, dass er seine schmutzigen Tricks nicht bei meiner Schwester ausprobieren würde. Ich habe mich geirrt, und du hast den Preis für meine Arroganz zahlen müssen.«

»Ich habe mehr als genug von all dem«, fuhr ihn Hawley an. »Ich habe versucht, dich zu entschuldigen, wegen deiner starken Gefühle für Thea und deinem Gefühl, es sei etwas Ungerechtes geschehen, aber es gibt verdammt gar nichts, was du oder sonst jemand daran ändern kann. Thea wird meine Frau werden.«

»Nein, das wird sie nicht«, erklärte Lord Hazlett und mischte sich in den Streit ein. »Wir, die Familie, hatten uns bereits entschieden, ehe wir Sie verfolgt haben, dass diese Affäre nicht weitergehen würde. Thea wird mit uns nach Hause kommen, und Sie«, er verzog den Mund, »Sie, mein Lord, können zum Teufel gehen!«

Hawley sah aus, wie vom Donner gerührt. Das war eine Möglichkeit, an die er noch gar nicht gedacht hatte. »Wollen Sie mir etwa sagen«, begann er ungläubig, »dass Sie die Absicht haben, zu verschweigen, dass sie mehr als vierundzwanzig Stunden mit mir allein war, obwohl Sie wissen, dass wir miteinander geschlafen haben?«

Lord Hazlett nickte, in seinem Blick lag all seine Verachtung und Geringschätzung.

Hawley lachte unangenehm. »Oh, bei Gott, das ist toll! Das Mädchen ist ruiniert, und Sie haben die Absicht, diese Tatsache zu verheimlichen. Und was«, spottete er weiter, »wollen sie einem zukünftigen Bewerber um ihre Hand sagen? Dass sie nur ein wenig beschmutzt ist? Nur ein wenig ruiniert?«

Er hatte diese Worte noch nicht ganz ausgesprochen, da ging Tom schon auf ihn los. Er legte die Finger um Hawleys Hals. »Halte den Mund!«, brummte er. »Du wirst kein weiteres Wort darüber sagen! Ich persönlich wünsche nicht, dass du Theas Namen auch nur noch einmal aussprichst. Hast du mich verstanden? Wenn du ihren Namen noch einmal aussprichst, werde ich dich umbringen.«

Hawley war blind vor Wut. Er hatte gehofft, ohne Blutvergießen aus der ganzen Sache herauszukommen, deshalb hatte er sich gezwungen, die Beleidigungen dieses unverschämten jungen Kerls zu ertragen, doch beim Himmel, das würde er nicht länger tun. Er hatte jetzt nichts mehr zu verlieren, ohne Theas Vermögen wartete der finanzielle Ruin auf ihn; all seine Pläne waren zunichte gemacht worden.

Hawley löste Toms Finger von seinem Hals und schlug dem jungen Mann absichtlich ins Gesicht. »Nenne mir deine Sekundanten!«, forderte er ihn auf.

Toms Augen blitzten, der Abdruck von Hawleys Fingern auf seiner Wange war deutlich zu sehen. »Mit Vergnügen.«

»Tom! Bist du verrückt geworden?«, fragte Lord Hazlett. »Ein Duell ist das Letzte, was wir wollen. Wenn wir die ganze Sache ohne einen Skandal hinter uns bringen wollen, dann müssen wir Schweigen bewahren.«

Tom nickte zögernd. Er sah Hawley an. »Theas Ruf ist mir mehr wert als die Befriedigung, die ich gewinnen würde, wenn ich dich aufspieße, mein Lord.« Bissig fügte er noch hinzu: »Du wirst mir verzeihen, wenn ich deine Herausforderung ablehne.«

Hawley, dem immer mehr Hindernisse in den Weg gelegt wurden, dessen Stolz angeschlagen und dessen Zukunft ruiniert war, wollte den Kampf. Er brauchte jemanden, gegen den er angehen konnte, jemanden, an dem er seine Wut auslassen konnte, und Tom stand gleich vor ihm.

»Feigling?«, fragte er böse.

Tom wurde blass. »Feigling? Du wagst es, mich einen Feigling zu nennen? Ausgerechnet du, der sich an jungen und unschuldigen Mädchen vergeht?«

Lord Randall betrachtete seine Fingernägel. »Nun ja, ich weiß nicht, wie ich sonst einen Mann nennen sollte, der eine Herausforderung verweigert.«

Tom ballte die Hände zu Fäusten. »Ich nehme deine Herausforderung an, wenn du damit einverstanden bist, dass mein Cousin dein Sekundant ist, dass mein Onkel mein Sekundant ist und wir den Kampf jetzt gleich hier austragen.«

Hawley lächelte. »Mit Degen?«

»Mit Degen.«

Trotz des Protestes und der Bitten der anderen war keiner

der Männer dazu zu überreden, einen Rückzieher zu machen. In beängstigend kurzer Zeit waren die Regeln aufgestellt und ein Platz in dem Raum freigeräumt worden, die Möbel hatte man an die Wand geschoben, um Platz für die beiden Kämpfer zu machen. Die Gentlemen von Theas Familie versuchten, sie aus dem Zimmer zu bringen, doch Thea weigerte sich.

Die Augen in ihrem blassen Gesicht waren riesig und schwarz. »Was macht das denn jetzt noch für einen Unterschied?«, fragte sie heftig. »Ich weiß, dass ihr versucht, mich zu beschützen, aber es ist zu spät. Ich muss bleiben. Ich muss.«

Sie ließ sich nicht überzeugen, und nach einem hilflosen Schulterzucken wandte sich Tom ab und trat seinem Gegner gegenüber, der in der Mitte des freigeräumten Platzes stand. Seine Klinge berührte die Spitze von Hawleys Klinge. »En garde.«

Beide Männer hatten die Jacken ausgezogen, damit sie sich freier bewegen konnten. Der Kampf, der nun folgte, war schnell und heftig. Es war von Anfang an deutlich, dass Hawley die Absicht hatte, zu gewinnen, er machte einen wütenden Angriff, der Tom sofort zurückweichen ließ. Wieder und wieder trafen die Klingen aufeinander, der tödliche Klang von Stahl auf Stahl erfüllte das kleine Zimmer.

Die beiden Männer waren gleich groß, doch Hawley war wesentlich muskulöser und hatte weit mehr Erfahrung, Theas Herz blieb ein Dutzend Mal beinahe stehen, während es unausweichlich schien, dass Tom unter Hawleys Angriff fallen würde. Wieder und wieder wich Tom vor den geschickten Angriffen von Hawleys blitzender Klinge zurück, er schien nur mit Mühe verhindern zu können, dass Hawley seine Abwehr durchbrach.

Es war still in dem Zimmer, bis auf das schwere Atmen der beiden Kämpfer, das Klirren der Degen und das Stampfen der Füße auf dem Holzfußboden. Thea stand an der Wand, der Arm ihres Onkels lag beschützend um sie. Sie sah schweigend zu, entsetzt von der Gewalt, die sie ausgelöst hatte.

Das Tempo des Kampfes änderte sich leicht, Toms fliegender Degen schien Wunder zu vollbringen, während es gegen Hawleys Klinge krachte und so seinen Angriff abwehrte. Ein grimmiges Lächeln lag um Toms Mund, als Hawley begann, sich zurückzuziehen. Toms Klinge zischte durch die Luft, als er seinem Feind immer näher rückte und es ihm dann gelang, Hawleys Abwehr zu durchbrechen und ihm einen langen Schnitt an der Schulter beizubringen.

Das Blut der Wunde war rot auf dem weißen Hemd von Hawley, er schien erstaunt, dass Tom es geschafft hatte, ihn zu treffen. Tom atmete schwer und trat zögernd einen Schritt zurück. Er senkte den Degen und meinte: »Das erste Blut. Sollen wir aufhören?«

»Niemals!«, rief Hawley. Er fletschte die Zähne in einer tödlichen Grimasse, dann sprang er auf Tom los, seinen Degen war auf Toms Herz gerichtet.

Thea schrie auf, doch Tom wehrte den Stoß geschickt ab, und der Kampf begann erneut. Jetzt wussten alle, dass er mit dem Tod enden würde. Tom kämpfte stetig, seine dunklen Augen blickten eindringlich, sein junges Gesicht war grimmig verzogen, als er jeden tödlichen Schlag von Hawleys Klinge abwehrte. Während die Zeit verging, gewann Tom noch einmal die Oberhand und zwang Hawley, sich zurückzuziehen.

Hawley, der durch Toms Angriff zurückgezwungen wurde, stolperte und fiel gegen den Tisch, der an eine Wand geschoben worden war und auf dem noch die Überreste des Frühstücks standen, das er und Thea eingenommen hatten. Seine Klinge traf die von Tom, als Tom sich über den Tisch beugte, er suchte nach einem Weg, um Toms Angriff abzuwehren. Als er seinen Degen wieder befreit hatte und Tom zum endgültigen Stoß ausholte, stieß Hawleys freie Hand plötzlich gegen den Topf mit Tee vom Frühstück, der noch immer heiß war. In einem Anfall von Wut schlossen sich seine Finger um den Topf, und mit einem Fluch hob er ihn und schüttete den Inhalt in Toms Gesicht.

Geblendet stolperte Tom zurück, ohne sich zu verteidigen.

Lord Hazlett und John staunten ungläubig über die ehrlose Tat von Hawley. Noch ehe einer von beiden den Kampf unterbrechen konnte, stieß Hawley Tom seinen Degen mit einem schnellen Stoß in die Brust. Tom stöhnte auf und sank auf ein Knie, die Hand drückte er auf die Brust, Blut floss zwischen seinen Fingern hindurch.

Thea schrie auf und löste sich aus Lord Hazletts Arm. Aber es war zu spät, noch einmal stieß Hawley den Degen in Toms Brust. Tom sank in sich zusammen, sein dunkler Kopf beugte sich, während er gegen die Dunkelheit ankämpfte, die über ihm zusammenzuschlagen drohte.

»Stirb, du verdammt arroganter junger Hund!«, schrie Hawley, sein Gesicht war hässlich verzogen vor Wut, als er über Tom stand.

Tom hob den Kopf, er lächelte ein wenig schief und nahm seine schwindende Kraft zusammen. Als er zustieß, traf seine Klinge tief in Hawleys Herz.

Einen Augenblick lang sah Hawley ihn ungläubig an, als könne er nicht glauben, was gerade geschehen war – im nächsten Augenblick schon sank er tot auf den Boden.

Thea flog durch den Raum an Toms Seite. Nachdem er seinen Feind besiegt hatte, brach er in Theas Armen zusammen. Sein Kopf lag in ihrem Schoß, die Augen hatte er geschlossen, und Thea starrte voller Entsetzen auf die immer größer werdende Blutlache auf seinem Hemd.

»Oh, Tom«, flehte sie. »Du darfst nicht sterben. Ich bitte dich. Es ist alles meine Schuld. Du darfst nicht sterben. Du darfst nicht!«

Toms Augenlider flatterten, er blickte in Theas tränenüberströmtes Gesicht. Mit einem Finger fuhr er über ihre tränenfeuchte Wange. »Weine nicht, mein Kätzchen«, sagte er schwach. »Es ist nicht deine Schuld. Es war ganz allein meine Schuld.« Ein heftiges Zittern erfasste seinen Körper. Beinahe flüsternd fügte er noch hinzu: »Nicht deine. Meine.« Dann schlossen sich seine Augen, und er war still.

Sie hielt ihn in ihren Armen, ihre Tränen fielen auf ihn. Sie war außer sich vor Kummer und Schuldgefühl, sie hielt Toms leblosen Körper in ihren Armen und schaukelte ihn hin und her, dabei bemerkte sie gar nicht, dass der Körper des Mannes, den sie einmal heiraten wollte, nur wenige Meter neben ihr lag.

Schließlich gelang es Lord Hazlett, ihr Toms Körper aus den Armen zu nehmen. John legte seine starken Arme um sie und schob sie zur Tür, an der der Wirt und seine Frau sich drängten, um in das Zimmer sehen zu können. An der Tür warf sie noch einen Blick auf den Körper ihres Bruders, das Schuldgefühl zerriss sie fast. Beinahe wie durch Zufall ging ihr Blick zu Hawleys Körper. Ein Hass, wie sie ihn niemals für möglich gehalten hätte, erfasste sie. Niemals, so schwor sie heftig, niemals wieder würde sie den süßen Versprechen eines Mannes glauben.

Niemals.

Kapitel Eins

London, 1798

Patrick Blackburn pfiff leise vor sich hin und stürmte die Stufen des Hauses am Hamilton Place hinauf, das er gemietet hatte. Es war ein wunderschöner Septembermorgen in London, und weil er gerade von einem Verkauf bei Tattersall kam, wo er eine hübsche kastanienbraune Stute gekauft hatte, die ihm ins Auge gestochen war, war er sehr zufrieden mit sich.

Das Leben war gut zu Patrick. Er war gesegnet mit einem gut aussehenden Gesicht und einer edlen Gestalt, außerdem war er so reich, dass er leben konnte, wie und wo immer er wollte. Auf der anderen Seite des Atlantiks besaß er eine große Plantage und ein herrliches Haus in Natchez, an den Ufern des Mississippi. Sein Vater war ein reicher Engländer aus guter Familie gewesen, der ein beachtliches Vermögen geerbt und es in der neuen Welt noch vermehrt hatte. Seine Mutter, die aus einer noch besseren Familie stammte, war mit der Hälfte des Adels in England verwandt und besaß ihr eigenes riesiges Vermögen. Patricks Vater war vor fünfzehn Jahren gestorben, so dass der junge, dreiundzwanzigjährige Patrick sein Vermögen geerbt hatte. Irgendwann würde auch das Erbe seiner Mutter noch dazukommen.

Patricks Mutter Alice hatte ihren Sohn im Alter von zwölf Jahren verlassen, als sie sich entschied, nicht länger in der Herrlichkeit von Willowdale, der abgelegenen Plantage der Blackburnes in der Nähe von Natchez, zu leben. Nur England, besser gesagt London, könnte ihr genügen. Ihr Ehemann und Patricks Vater, Robert, hatte erleichtert aufgeseufzt und ihr geholfen zu packen, er wollte ihr keine Möglichkeit lassen, ihre Meinung noch zu ändern.

Jeder wusste, dass die Ehe von Patricks Eltern damals arrangiert worden war und dass die beiden von Anfang an kein Interesse aneinander hatten. Nur wenige Monate nach der Hochzeit wandelte sich dieses Desinteresse in offenen Abscheu voreinander. Patrick, der beinahe auf den Tag genau neun Monate nach der Hochzeit geboren wurde, wuchs in einem Haushalt auf, der einem bewaffneten Lager glich.

Patrick war als Waffe zwischen den kämpfenden Ehepartnern benutzt worden und war immer wieder Mittelpunkt der häufigen und heftigen Schlachten geworden. Das hatte in ihm nicht gerade den Wunsch nach einer Ehe geweckt, und so war er im stattlichen Alter von achtunddreißig Jahren immer noch unverheiratet.

Die Ablehnung seiner Mutter von Natchez und von allem, was damit zu tun hatte, hatte ihn als Kind verletzt und verwirrt. Patrick liebte sein Zuhause und fand, dass das geräumige, dreistöckige Haus in Willowdale bequem und elegant war. Bis zum heutigen Tag genoss er es, durch die Wildnis zu streifen, die die Plantage umgab. Er hatte nie ganz verstanden, warum seine Mutter alles ablehnte, was mit Willowdale und Natchez zu tun hatte. Als er zwölf Jahre alt war, hatte das Benehmen seiner Mutter ihn vor ein Rätsel gestellt. In gewisser Weise tat es das heute noch, doch er hatte gelernt, ihre Verachtung für sein Zuhause und den Ort, den er liebte, zu akzeptieren, obwohl ihre gelegentlichen Kommentare immer noch Ärger in ihm wecken konnten.

Man konnte nicht zwei Menschen miteinander verbinden, die unvereinbar waren, das musste Patrick akzeptieren. Als seine Frau weg war, hatte Robert endlich seinen Frieden gefunden und die Jahre, die ihm noch blieben, genossen. Er hatte England nie wieder besucht, aus Angst, dort seiner Frau zu begegnen. Und was Alice betraf, so war sie außerordentlich glücklich in England. Heute hatte sie keine Ähnlichkeit mehr mit der unglücklichen Frau, die in Willowdale gelebt hatte.

Wenn Patrick nach England kam, begrüßte sie ihn immer mit warmer Zuneigung, und er genoss es, bei ihr zu sein.

Seine Mutter war der letzte Mensch, an den Patrick an diesem besonderen Morgen dachte, als er das Haus betrat. Er legte den Hut mit der schmalen Krempe auf den Tisch in der Eingangshalle des Hauses und runzelte dann die Stirn, als er einen Umschlag mit der feinen Handschrift seiner Mutter entdeckte.

Was jetzt?, fragte er sich. Womöglich wünschte sie schon wieder, dass er an irgendeinem Ball teilnahm? Seit seiner Ankunft in England vor zwei Wochen hatte er seine Mutter bereits auf eine Soiree begleitet, war dreimal mit ihr in seinem Zweispänner durch den Hyde Park gefahren und hatte ein unangenehmes Abendessen mit ihrem Mann Henry, dem zehnten Baron Caldecott, über sich ergehen lassen, mit dem sie seit einem Jahr verheiratet war. Damit hatte er seine Pflicht als Sohn doch zur Genüge erfüllt, konnte sie ihn jetzt nicht in Ruhe lassen, damit er seinen eigenen Vergnügungen nachgehen konnte?

Seufzend öffnete er den Brief, seine gerunzelte Stirn schwand auch nicht, als er ihre Botschaft las. Sie wollte ihn noch an diesem Nachmittag sehen. Dringend.

Mit einem nachdenklichen Blick in seinen schläfrigen grauen Augen ging Patrick in sein Arbeitszimmer. Warum wollte seine Mutter ihn nur so dringend sehen? Er hatte sie doch erst vor zwei Tagen zu einer Fahrt durch den Hyde Park mitgenommen, und da war sie entspannt und sorglos gewesen. Ihr hatte nichts Dringenderes auf der Seele gelegen als die Frage, was sie wohl zu Lady Hilliards Ball anziehen sollte, der am Donnerstag stattfand.

Er setzte sich hinter den beeindruckenden Schreibtisch aus Mahagoni und machte sich daran, seiner Mutter eine Antwort zu schreiben. Nachdem er das erledigt hatte, schrieb er noch eine Nachricht und sagte eine Verabredung mit seinem Freund Adam Paxton ab, mit dem er sich ein Spiel auf dem Lord's Cricket Ground auf der St. John's Wood Road hatte ansehen wollen. Natürlich hatten sie auf den Ausgang des Spiels gewettet.

Um zwei Uhr stieg er die Stufen des Stadthauses der Caldecott auf dem Manchester Square hinauf, gekleidet in eine graue Hose und einen pflaumenblauen Rock, seine dunkelgraue Weste war aufwändig bestickt und die Krawatte über dem Rüschenhemd kunstvoll gebunden. Nachdem er Grimes, dem Butler, seinen Hut gegeben hatte, ging er durch die große Eingangshalle in den vorderen Salon.

Seine Mutter saß auf dem Sofa, ihr blassblauer, bauschiger Rock fiel bis auf den Boden. Ein silbernes Tablett mit Tee stand vor ihr, und als Patrick den Raum betrat, sagte sie: »Ah, sehr pünktlich. Ich hatte mir schon Sorgen gemacht, dass Grimes mir den Tee zu früh gebracht hat.«

Die Ähnlichkeit zwischen Mutter und Sohn war nicht sehr auffällig. Bis auf die Tatsache, dass beide groß waren und die gleichen weit auseinander stehenden grauen Augen und schwarzes Haar besaßen, ähnelten sie sich gar nicht. Patrick war zu Alic' Verzweiflung das genaue Abbild seines Vaters. Es war immer wieder ein Schock für sie, wenn er einen Raum betrat. Das feste, entschlossene Kinn und die gerade lange Nase, die arrogant geschwungenen schwarzen Augenbrauen gaben ihr sekundenlang immer wieder das Gefühl, dass ihr erster Ehemann gekommen war, um sie zurück auf die gottverlassene Plantage Willowdale zu bringen.

Nachdem Patrick einen Kuss auf Alices gepuderte Wange gedrückt hatte, setzte er sich ihr gegenüber. Die langen Beine streckte er vor sich aus und sah ihr zu, wie sie Tee eingoss und ihm dann die Tasse reichte.

»Zweifellos«, meinte sie nach einer Weile, als sie Zucker und Zitrone in ihren Tee rührte, »wunderst du dich, warum ich dich sehen wollte.«

Patrick senkte den Kopf. Seine Mutter sah so königlich aus wie immer, ihr Haar war elegant in einer Fülle von Locken auf ihrem Kopf aufgetürmt, die breiten silbernen Schläfen waren einige der wenigen Zeichen ihres zunehmenden Alters. Für eine Frau, die gerade im Juni ihren neunundfünfzigsten Geburtstag gefeiert hatte, hatte Lady Caldecott sich gut gehalten. Die blasse, fleckenlose Haut zeigte nur ein paar Fältchen, das stolze Kinn war vielleicht ein wenig voller als in ihrer Jugend, und in den Augenwinkeln hatte sich ein leichtes Netzwerk von kleinen Falten gebildet. Dennoch war sie noch immer eine beeindruckende Frau, ihr Körper war schlank und wohlgeformt, und es überraschte Patrick nicht, dass Lord Caldecott sie gebeten hatte, ihn zu heiraten. Was ihn allerdings überrascht hatte war, dass sie nach so vielen Jahren der Witwenschaft und nach ihrer ersten desaströsen Ehe seinen Antrag angenommen hatte. Noch mehr erstaunte es ihn, dass diese Ehe eine Liebesheirat gewesen zu sein schien, wenn die offene Zuneigung, die er zwischen Lord und Lady Caldecott bemerkt hatte, ein Beweis dafür sein konnte. Um die Wahrheit zu sagen, die zweite Ehe seiner Mutter verwirrte Patrick. Warum sollte jemand, der einmal dem Henker entkommen war, freiwillig noch einmal den Hals riskieren?

Als er jetzt seine Mutter beobachtete, wie sie den Tee umrührte, bemerkte er, dass sie erschöpfter und müder aussah, als er sie je gesehen hatte, und zum ersten Mal kam ihm der Gedanke, dass ihr Wunsch, ihn zu sehen, vielleicht einen ernsthaften Grund hatte. Er ließ ihr ein paar Minuten Zeit, doch als sie dann noch immer nichts sagte, als sie stattdessen von dem Tee in ihrer Tasse fasziniert schien, fragte er: »Mutter, was ist los? In deiner Nachricht hast du gesagt, dass du mich dringend sehen wolltest.«

Sie zwang sich zu einem Lächeln und stellte dann ihre Tasse beiseite. »Es ist wirklich dringend«, gestand sie ihm dann. »Ich weiß allerdings nicht, wie ich anfangen soll.«

»Vielleicht am Anfang?«

Sie verzog das Gesicht, ihr Zögern war offensichtlich. Hätte er es nicht besser gewusst, Patrick hätte schwören können, dass seine Mutter verlegen war – sie benahm sich ganz sicher nicht so offen wie sonst immer.

Als einige Minuten vergangen waren und seine Mutter noch immer schwieg, meinte Patrick: »Vielleicht hast du deine Meinung geändert?«

Sie schüttelte den Kopf und seufzte. »Nein, du bist der Einzige, an den ich mich wenden kann. Es ist einfach nur so, dass ich mich … erniedrigt fühle, jemandem, ganz besonders meinem Sohn, erklären zu müssen, in welcher Zwangslage ich mich befinde.«

Bei diesen Worten lag ein Ausdruck solchen Elends auf ihrem Gesicht, dass Patrick die ersten Anzeichen von Unbehagen fühlte.

»Ich bin dein Sohn«, meinte er langsam. »Sicher weißt du doch, dass du dich nicht schämen musst, was auch immer du mir sagst?«

Der Blick aus ihren grauen Augen traf sich mit seinem, sie sah ihn unglücklich an. »Du irrst dich. Ich weiß, dass wir uns nicht immer verstanden haben … und ich zögere, dir etwas zu erzählen, das deine Meinung von mir negativ beeinflussen könnte.«

Jetzt war Patrick ernsthaft besorgt, er beugte sich vor. »Mutter, sag es mir! So schlimm kann es doch gar nicht sein.«

»Wahrscheinlich hast du Recht«, gestand sie zögernd. »Es ist ganz einfach so, dass ich …« Sie hielt inne, biss sich auf die Lippe, dann gab sie sich offensichtlich einen Ruck und begann zu sprechen. »Ich muss dir etwas erzählen, das schon vor über zwanzig Jahren passiert ist, als ich deinen Vater verlassen habe und nach England zurückgekehrt bin.« Sie zögerte, und dann stieg plötzlich eine heiße Röte in ihre Wangen. Sie räusperte sich und sprach weiter. »Ich war noch immer eine junge Frau, und ich habe den Fehler gemacht, mich wahnsinnig in einen Mann zu verlieben. Er war verheiratet und von hohem Stand.« Sie vermied es, ihn anzusehen. »Wir haben uns Hals über Kopf in eine Affäre gestürzt. Die Tatsache, dass wir beide verheiratet waren und dass er ein Mitglied des Hofes war, machte es nötig, dass wir unsere Affäre geheim hielten. Ich wäre vollkommen ruiniert gewesen, wenn die Affäre an die Öffentlichkeit gedrungen wäre, und er, nun ja, er wäre aus der Anwesenheit des Königs verbannt worden.« Sie verzog das Gesicht. »George der Dritte ist bekannt dafür, dass er Ehebruch nicht duldet.« Sie warf Patrick einen Blick zu. »Bist du schockiert?«

Patrick zuckte mit den Schultern, er war nicht sicher, was er fühlte. Er war überrascht, dass seine Mutter eine Affäre gehabt hatte, aber er war nicht schockiert. Immerhin war er ein Mann von Welt und kannte die verschiedensten Dummheiten, die Menschen im Namen der Liebe begingen – ein weiterer Grund, warum er diesen Zustand vermied. Als er bemerkte, dass seine Mutter schwieg, gestand er ihr: »Ich bin eher überrascht. Aber warum erzählst du mir das?«

Alice holte tief Luft. »Weil mich jemand damit erpresst.«

»Womit?«, fragte Patrick und runzelte die Stirn. »Nach allem, was du mir gerade erzählt hast, liegt die ganze Sache zwei Jahrzehnte zurück, wen sollte das jetzt noch interessieren? Deinen früheren Geliebten?«

Sie schüttelte den Kopf. »Nein, er ist tot – schon seit mindestens zehn Jahren.« Sie senkte den Blick. »Ich habe einige Briefe geschrieben. Einige sehr deutliche Briefe.« Müde fügte sie hinzu: »Die Affäre hat nicht lange gedauert, weniger als ein Jahr, aber sie war sehr eindringlich. Und als sie vorbei war, als ich wieder zu Verstand kam und mir klar wurde, dass ich mich nicht besser benahm als einige der schmutzigen Täubchen von Covent Garden, wollte ich das alles ganz einfach nur noch hinter mir lassen. Ich habe dem Gentleman gesagt, dass es vorbei wäre zwischen uns und dass ich ihn nicht mehr sehen wollte. Er hat es recht gut aufgenommen.

Er war ein treuer und ehrlicher Ehemann gewesen, bis ich in sein Leben trat, und ich bin sicher, dass unsere Verbindung ihm genauso viel Kummer und Schmerzen bereitet hat wie mir.« Ein verträumter Blick trat in ihre Augen. »Er war ein ehrenwerter Mann, und ich glaube, wenn ich jetzt an diese Tage zurückdenke, dass unsere Leidenschaft füreinander ihn genauso entsetzt wie verzückt hat. Ich nehme an, dass er insgeheim froh war, als alles vorüber war. Auf jeden Fall, nachdem wir uns getrennt hatten, habe ich an die Briefe nicht mehr gedacht.« Ihre Mundwinkel zogen sich nach unten. »Ich habe ganz sicher nicht daran gedacht, dass jemand mir zwanzig Jahre später einmal Geld dafür abverlangen würde, um sie mir zurückzugeben.«

Trotz seines unbeteiligten Gesichtsausdruckes gingen Patrick Dutzende von Gedanken durch den Kopf. Das Geständnis seiner Mutter zeigte sie ihm in einem ganz anderen Licht, er sah sie nicht länger als die unglückliche Frau aus seiner Kindheit, und auch nicht als die würdevolle Matrone, zu der sie geworden war, sondern als eine Frau mit eigenen Wünschen und Bedürfnissen. Es fiel ihm schwer, sich sie in den Fängen einer verbotenen, leidenschaftlichen Affäre vorzustellen, aber er hatte ihr Wort, dass es so gewesen war – und dass sie jetzt damit erpresst wurde. Er presste die Lippen zusammen. Das war etwas, das er nicht zulassen würde.

»Wie ist man mit dir in Verbindung getreten?«, fragte er, und das Herz tat ihm weh, als er den verletzlichen Blick in ihren Augen sah.

Er hatte seine Mutter noch nie zuvor verletzlich gesehen, hatte nicht geglaubt, dass sie verletzlich sein konnte, und er bemerkte einen wachsenden Zorn auf diesen Menschen, der diesen Ausdruck auf ihr Gesicht gebracht hatte.

»Eine Nachricht erwartete mich«, erklärte Alice, »als ich am Montag von unserer Fahrt durch den Park zurückkam. Ich habe die Handschrift nicht erkannt, aber der Inhalt bezog sich auf die Affäre und auf die Briefe. Und es wurde Geld für ihre Rückgabe gefordert.« Sie seufzte.

»Es war alles sehr geschickt formuliert – nichts wurde offen angesprochen, aber wer immer diese Nachricht geschrieben hatte, weiß von der Affäre und den Briefen und will bezahlt werden, um Schweigen zu bewahren.«

»Wann und wie viel?«, fragte Patrick grimmig.

»Ich habe die erste Rate bereits bezahlt«, gestand Alice. »Der Absender wusste, dass Henry und ich Mrs Penningtons

Einladung an diesem Abend folgen würden. Man hat mir gesagt, ich solle tausend Pfund in meine Tasche stecken und sie nach der Ankunft bei meinem Umhang lassen. Als ich nach Hause kam, habe ich in meine Tasche gesehen, und das Geld war nicht mehr da. Wie versprochen, lag stattdessen einer meiner Briefe darin … nur für den Fall, dass ich Zweifel hatte, ob der Erpresser wirklich im Besitz der Briefe ist.«

Sie presste die Lippen zusammen. »Ich habe den Brief verbrannt, sobald ich allein war.«

»Der Erpresser ist sehr schlau – diese Einladungen sind immer sehr gut besucht, und Menschen kommen und gehen die ganze Zeit über. Jeder hätte sich in die Garderobe schleichen und das Geld nehmen können.« Er warf ihr einen scharfen Blick zu. »Da nur ein Brief zurückgegeben wurde, ist es offensichtlich, dass dies unendlich weitergehen kann.«

Sie nickte. »Ich hatte gehofft, dass eine einmalige Forderung denjenigen zufrieden stellen würde – dumm, das weiß ich jetzt. Das hier ist heute Morgen gekommen.«

Es war eine weitere Nachricht, die auf dem Tisch lag, neben dem Teetablett. Sie streckte die Hand aus und reichte ihm das gefaltete Blatt Papier. Patrick überflog es schnell.

»Zweitausend Pfund diesmal.« Er warf ihr einen betroffenen Blick zu. »Kannst du das bezahlen? Oder soll ich einspringen?«

»Geld ist nicht das Problem – obwohl es dazu werden könnte, wenn diese Forderungen weitergehen und sich immer wieder verdoppeln.«

»Hast du mit Caldecott darüber gesprochen?«

Sie senkte den Blick. »N-n-nein«, gestand sie nach einer Weile. Als Patrick sie weiter anstarrte, stand sie auf und machte ein paar nervöse Schritte durch das Zimmer. Dann blieb sie vor ihm stehen. »Ich liebe Henry sehr«, erklärte sie heftig. »Und er liebt mich. Er glaubt, ich sei perfekt.« Sie lächelte reumütig. »Ich weiß, es fällt dir schwer, dir das vorzustellen, aber das tut er wirklich.« Ihr Lächeln verschwand, und der Ausdruck der Verletzlichkeit, der ihn so sehr gestört hatte, kehrte zurück. »Niemand hat mich je so geliebt, wie Henry es tut. Niemand, nicht einmal der Geliebte von vor so langer Zeit, hat je so tief und so echt für mich empfunden, wie er es tut.« Eine ihrer Hände ballte sich zur Faust. »Ich würde alles tun, um ihn davor zu bewahren, etwas von diesem abscheulichen Vorfall aus meiner Vergangenheit zu erfahren. Es ist dumm von mir, ich weiß, aber ich möchte nicht, dass Henrys Bild von mir befleckt wird.«

»Nun«, meinte Patrick ruhig, »dann werde ich ganz einfach den Erpresser finden und ihm die Zähne ziehen müssen, nicht wahr?«

Seine Mutter kehrte zu ihrem Platz auf dem Sofa zurück, ihre grauen Augen blickten ängstlich, als sie sich vorbeugte. »Kannst du das denn? Kannst du wirklich herausfinden, wer hinter all dem steckt? Und kannst du Henry da heraushalten?«

»Über meinen geehrten Stiefpapa brauchst du dir keine Sorgen zu machen«, erklärte Patrick spöttisch. »Wir bewegen uns nicht in den gleichen Kreisen – meine Aktivitäten in dieser Angelegenheit werden ihm sicher nicht zu Ohren kommen.«

»Ich wünschte«, meinte Alice, und etwas von ihrer früheren Bissigkeit kehrte zurück, »du würdest dich nicht in diesen Kreisen bewegen.«

»Nun ja, das glaub ich dir, aber in diesem Fall könnten meine flotten Freunde und Genossen wirklich hilfreich sein.«

»Du wirst doch niemandem davon erzählen, nicht wahr?«, fragte sie, und eine Hand ging zu ihrem Hals.

Patrick sah sie an, und sie entspannte sich.

Lächelnd entschuldigte sie sich. »Natürlich wirst du das nicht tun. Es war dumm von mir, so etwas auch nur zu denken. Verzeih mir.«

Er nickte. Er las die Nachricht noch einmal und runzelte die Stirn. »Wie mir scheint, hat er, im Augenblick nehmen wir wohl an, dass es ein er ist, sich entschieden, dass du ein leichtes Opfer bist. Ich nehme an, dass seine Forderung nach Geld am Montag nur ein Versuch war, um zu sehen, ob du auch anbeißen würdest. Da du das getan hast, weiß er jetzt, dass er dich an der Angel hat. Du kannst sicher sein, dass du noch mehr dieser Briefe bekommen wirst.«

»Genau das befürchte ich auch, deshalb habe ich dich auch gebeten zu kommen.« Sie schloss einen Augenblick lang die Augen. »Ich kann nicht glauben, dass ich in meinem Alter für etwas erpresst werde, das vor so langer Zeit passiert ist. Das ist lächerlich!«

»Hast du eine Ahnung, wer der Erpresser sein könnte?«

»Überhaupt keine. Der Empfänger der Briefe ist tot – er ist schon seit zehn Jahren tot. Es hat keine direkten Erben gegeben. Als er starb, ist der Titel und alles andere an seinen Bruder gegangen. Sein Bruder ist auch schon tot, ungefähr ein halbes Dutzend Jahre. Jetzt besitzt der älteste Sohn seines Bruders den Titel.«

»Nach allem, was du mir erzählt hast, kannst du mir nicht den Namen deines Geliebten nennen?«, fragte Patrick vorsichtig.

Alice verzog das Gesicht. »Es war Lord Embry, der sechste Graf von Childress. Ich glaube, du kennst seinen Neffen, den augenblicklichen Lord Embry.«

Patrick nickte. »In der Tat kenne ich ihn. Und obwohl er an jedem Unfug in der Stadt beteiligt ist, kann ich mir nicht vorstellen, dass er dein Erpresser ist.«

»Und ich kann mir nicht vorstellen, warum sein Onkel meine Briefe nicht vernichtet hat, als unsere Affäre beendet war.«

»Vielleicht hat er eure Trennung doch nicht so leicht verkraftet, wie du geglaubt hast.«

»Da könntest du Recht haben«, stimmte sie ihm unglücklich zu. »Aber da ich annehmen muss, dass er meine Briefe behalten hat, warum werde ich gerade jetzt mit ihnen erpresst?«

»Die offensichtliche Antwort ist, dass sie gerade jetzt jemand anderem in die Hände gefallen sind. Aber in wessen Hände und wie?« Er runzelte die Stirn. »Embry segelt vielleicht hart am Wind, aber ich kann nicht glauben, dass er so tief sinken würde, die Mutter eines Freundes zu erpressen – und er ist mein Freund. Außerdem, falls nicht das Vermögen der Familie auf dramatische Weise verloren gegangen ist, braucht er gar kein Geld. Ich kann mir auch nicht vorstellen, dass Nigel über den Dachboden von Childress Hall kriecht, denn das ist einer der wenigen Orte, an dem die Briefe hätten aufbewahrt werden können, wenn sie bis heute nicht entdeckt worden sind.«

Alice seufzte. »Ich nehme an, du hast Recht. Es fällt mir so schwer zu glauben, dass sie nach zwanzig Jahren wieder aufgetaucht sind.«

Ein aufmerksamer Blick trat plötzlich in Patricks Gesicht. »Was ist mit seiner Frau? Hätte sie die Briefe haben können?«

Alice schüttelte den Kopf. »Nein, sie ist etwa sechs Monate nach dem Ende der Affäre gestorben.« Ihr kam ein Gedanke, und sie beugte sich vor. »Warte einmal! Er hat ein paar Jahre danach noch einmal geheiratet. Wie war gleich ihr Name? Ah, ich erinnere mich wieder – Levina Ellsworth.«

»Glaubst du, dass sie die Briefe gefunden haben könnte?«

»Levina kann ich mir in dieser Rolle überhaupt nicht vorstellen, sie ist überhaupt nicht boshaft. Hätte sie gewusst, was in den Briefen steht, sie hätte sie mir wahrscheinlich einfach gegeben.«

»Aber angenommen«, überlegte Patrick langsam weiter, »sie hat überhaupt nichts von den Briefen gewusst? Angenommen, sie lagen in einem alten Koffer, den sie aus Childress Hall mitgebracht hat, nachdem ihr Mann gestorben ist? Ich nehme an, dass sie nach seinem Tod dort in das Witwenhaus gezogen ist?«

»Ich habe keine Ahnung«, gestand Alice ihm. »Nachdem die Affäre zu Ende war, habe ich mich nicht mehr darum gekümmert, was in seinem Leben geschah. Ich wollte einfach alles vergessen und so tun, als wäre ich nie so wild und dumm gewesen. Der einzige Grund, warum ich mich an Levina erinnere, ist der, dass sie mir Leid getan hat. Sie hatte wenig Glück, sie sah auch nicht sehr gut aus, und ihre Familie behandelte sie wie ein Arbeitstier. Sie kommt aus einer großen Familie, ihre Schwestern und ihre Brüder kamen mir immer vor wie ein Haufen habgieriger Raben – ihre eigenen Bedürfnisse kamen zuerst. Ich erinnere mich an Levina nur, weil sie besonders freundlich war. Als ich die Ankündigung ihrer Hochzeit mit Embry las, war ich erfreut, dass sie in ihrem Alter noch eine so gute Partie gemacht hatte.« Sie sah nachdenklich aus. »Die beiden waren sicher gut füreinander.«

»Glaubst du, dass sie noch lebt?«

»Das könnte sein – sie war ungefähr zehn Jahre älter als ich, daher liegt es im Bereich der Möglichkeit.«

»Ich denke, ich sollte damit anfangen herauszufinden,wo Levina ist«, meinte Patrick und stand auf. »Ich gehe von der Annahme aus, dass Levina die Briefe besaß, ohne davon zu wissen, und dass sie sie mitgenommen hat, wohin auch immer sie gegangen sein mag. Dort sind die Briefe dann geblieben, bis jemand sie entdeckt hat. Wahrscheinlich hat sie die Briefe in das Witwenhaus in Childress mitgenommen. Es wäre einfach, Nigel dazu zu bringen, mich mit dorthin zu nehmen.«

»Und was ist mit der letzten Forderung? Was soll ich deswegen unternehmen?«, fragte seine Mutter.

Patricks Gesicht verhärtete sich. »Wir werden wohl zahlen müssen, aber ich denke, ich sollte eine andere Art von Bezahlung liefern.«

»Ist das auch klug? Könnte es den Erpresser nicht verärgern?«

Patrick lächelte wie ein Tiger. »Oh, glaube mir, es wäre mir ein Vergnügen, unseren Erpresser zu verärgern!«

Er blickte auf die Adresse, zu der seine Mutter am heutigen Abend das Geld bringen sollte. »Du solltest besser heute Abend um zehn Uhr dort sein, wie? Curzon Street – eine recht nette Gegend für einen Erpresser, findest du nicht?«

Seine Mutter zuckte mit den Schultern. »Ich denke schon, wenn dort überhaupt jemand wohnt.«

Patrick nickte und stand auf. »Außer dein Erpresser ist ein Dummkopf oder sehr übermütig, stimme ich dir zu. Er wird dich kaum heute Abend in sein Haus kommen lassen – das wäre genauso gut, als würde er dir eine Nachricht schicken, wer er ist.«

Er ging durch das Zimmer, beugte sich vor und gab seiner Mutter einen Kuss auf die Wange. »Ich nehme an, es würde nur wenig nützen, wenn ich dir sage, du solltest dir keine Sorgen machen? Oder wenn ich dir versichere, dass ich mich an deiner Stelle um die ganze Sache kümmern werde?«

»Das gibt mir nur noch mehr Grund, mir Sorgen zu machen«, meinte Alice reumütig. Sie blickte zu ihrem großen Sohn auf, in ihrem Blick lag Angst. »Du wirst doch vorsichtig sein?«, bat sie. »Wir wissen nicht, wie gefährlich dieser Mensch ist. Ich könnte nicht mit dem Gedanken leben, dass dir wegen meiner Dummheit etwas zugestoßen ist.«

Patrick lachte. »Wenn ich an die Risiken denke, die ich wegen einiger meiner Wetten eingegangen bin, dann ist dies hier ein Spaziergang.« Er gab ihr noch einen Kuss. »Mach dir keine Sorgen, Mama.«

Patrick verließ das Haus und fuhr gleich zur Curzon Street. Er war nicht überrascht, als er herausfand, dass das Haus, das der Erpresser angegeben hatte, leer stand. Es war ein hübsches Herrenhaus im georgischen Stil, sehr ähnlich den anderen Häusern in dieser Straße, doch als er an der Tür klopfte, bekam er keine Antwort, es gab auch kein Anzeichen von Bewohnern. Eine kurze Unterhaltung mit einem gut betuchten Mann, der die Treppe des Nachbarhauses herunterkam, informierte ihn darüber, dass das Haus einem Rechtsanwalt gehörte, der in den letzten sechs Monaten versucht hatte, es zu vermieten. Der vorherige Eigentümer war vor einem Jahr gestorben, und die Erbin, eine unverheiratete Frau mittleren Alters, hatte nicht den Wunsch, in London zu leben.

Nachdem er sich den Namen und die Adresse des Anwaltes hatte geben lassen, es handelte sich um einen Mr Beaton, bedankte sich Patrick bei dem Herrn und stattete dem Anwalt sofort einen Besuch ab. Er tat so, als wolle er ein Haus mieten, und es gelang ihm, zusammen mit dem Assistenten von Mr Beaton, das Haus zu besichtigen. Das Haus war zwar großzügig und gut ausgestattet, doch in der Luft lag der feuchte Geruch eines Hauses, das schon lange nicht mehr bewohnt war. Die mit Laken gegen den Staub verhüllten Möbel erhoben sich geisterhaft im schwachen Licht, das durch die geschlossenen Fensterläden fiel. Eine kurze Besichtigung der zwei Etagen enthüllte ihm nichts, was ihm einen Anhaltspunkt über den Aufenthalt des Erpressers oder seine Identität gegeben hätte. Nachdem er versprochen hatte, den Assistenten von Mr Beaton wissen zu lassen, wie er sich wegen des Hauses entschieden hatte, ging er nach Hause, um nachzudenken.

Er saß in seinem Arbeitszimmer, die Füße hatte er auf den Schreibtisch aus Mahagoni gelegt, und dachte eine Weile über die Situation nach. Doch er fand keine Lösung und war sich bewusst, dass er vor dem heutigen Abend gar nichts tun konnte. Inzwischen jedoch würde er seinen Freund Nigel Embry besuchen. Da Levina durch die Hochzeit seine Tante geworden war, würde Lord Embry zweifellos der beste Informationsquell für Neuigkeiten über Levina sein.

Er sagte seinem Butler, dass er noch nicht wüsste, wann er wieder zurückkommen würde, dann setzte er seinen Hut auf und verließ noch einmal den Hamilton Place. Das Glück war ihm hold, und er fand Lord Embry gleich am ersten Ort, an dem er nach ihm suchte, im Embry Hous in der Albemarle Street. In der Tat stieg Lord Embry gerade in seinen Zweispänner, als Patrick ankam. Nigel war ein sympathischer, liebenswerter Kerl, er bestand darauf, dass Patrick seinen eigenen Wagen stehen ließ und ihn bei einer Ausfahrt durch den Hyde Park begleitete.

Die Neuigkeiten, die er von Lord Embry bekam, bestätigten seine Vermutungen: Levina war in diesem Januar gestorben. Ihr Besitz war an ihre Nichten und Neffen gegangen, das geldgierigste Pack, das Nigel je gesehen hatte.

Da er alles erfahren hatte, was im Augenblick möglich war, lehnte Patrick sich zurück und genoss die Ausfahrt, mit halbem Ohr lauschte er Lord Embrys Bemerkungen. Zu dieser Stunde war der Park voll mit den verschiedensten Mitgliedern der gehobenen Gesellschaft in ihrer besten Kleidung und in ihren elegantesten Wagen. Da Embry jeden kannte und auch Patrick bei vielen Mitgliedern der Gesellschaft bekannt war, kamen sie nur sehr langsam voran, weil sie immer wieder anhielten, um mit diesem oder jenem zu reden und den anderen höflich zuzunicken.

Sie wurden auch im Augenblick wieder angehalten und tauschten Späße mit einigen Freunden aus, als das Geräusch eines schnell herannahenden Wagens Patrick aufblicken ließ.

Eine Sekunde später kam ein Paar langbeiniger schwarzer Vollblüter in Sicht, die einen hohen Phaeton zogen.

Mit kaum einem Seitenblick lenkte der rot gekleidete Fahrer des Phaetons geschickt die Pferde durch den überfüllten Park. Als das Gefährt an ihnen vorüberfuhr, blickte Patrick zu dem Fahrer, um festzustellen, ob er diesen verdammten Dummkopf erkannte, der mit so hoher Geschwindigkeit durch den überfüllten Park fuhr. Er war erstaunt, als er feststellte, dass der Wagen von einer Frau gelenkt wurde. Ihr Gesicht war nur kurz zu sehen, als das Gefährt an ihnen vorüberrauschte, und er bekam nur den Eindruck einer Masse schwarzer Locken unter einem kecken roten Hut, dunkler, blitzender Augen und eines roten, lachenden Mundes.

»Wer um alles in der Welt ist dieses ausgelassene Mädchen?«, wollte er wissen.

»Ah«, meinte Nigel, »wie ich sehe, hast du noch nicht das Vergnügen gehabt, der berüchtigten Miss Thea Garrett vorgestellt zu werden.«

»Er hat Thea noch nicht kennen gelernt?«, rief der Gentleman, der an Lord Embrys Zweispänner lehnte. »Du liebe Güte, Mann! Über sie wird in ganz England geredet. Schon seit einem ganzen Jahrzehnt – seit der üblen Geschichte mit Randall und ihrem Bruder, Lord Garrett. Sag bloß nicht, dass du dich nicht mehr daran erinnerst.«

Patrick nickte langsam. »Natürlich. Jetzt erinnere ich mich wieder. Das Mädchen war ruiniert, und als ihr Bruder die beiden eingeholt hatte, hat er mit Hawley gekämpft. Beide Männer sind dabei umgekommen, nicht wahr?«

»In der Tat. Ein schrecklicher Skandal. Die Familie hat versucht, ihn zu vertuschen, aber da war nichts mehr zu machen. Ich meine, wenn zwei Edelleute bei einem Duell getötet werden? Und natürlich kam dann auch der Grund für das Duell heraus. Wochenlang hat niemand von etwas anderem geredet.«

»Ich kann gar nicht glauben, dass du ihr noch nie begegnet bist«, meinte Nigel. »Wahrscheinlich sind deine Reisen nach England nicht mit ihren Aufenthalten in London zusammengefallen. Natürlich war sie nicht oft in London – noch Jahre nach dem Skandal blieb sie mit ihrer Mutter und ihrer Halbschwester Edwina auf dem Land.«

Einer der anderen Männer warf ein: »Es ist eine verdammte Schande, dass der Skandal auch die Chancen ihrer Halbschwester auf dem Heiratsmarkt ruiniert hat. Wenn ich mich recht erinnere, ist sie ein hübsches Mädchen. Hat das Mädchen nicht am Ende vor vier oder fünf Jahren einen dieser Proleten geheiratet?«

»Alfred Hirst«, antwortete Nigel. »Ein elender Kerl, aber er war mit genügend Mitgliedern der gehobenen Gesellschaft verwandt, um Zugang zu gewissen Kreisen zu haben.«

Patrick war nicht an Edwina Hirst interessiert. Es war diese bezaubernde Fahrerin mit dem roten Mund, die seine Aufmerksamkeit geweckt hatte, und er lenkte Nigels Worte zurück zu diesem Thema, indem er ungeduldig fragte: »Aber wie kommt es, dass Miss Garrett dreist durch den Hyde Park fährt, inmitten der gehobenen Gesellschaft? Besitzt sie denn kein Schamgefühl?«

Nigel lachte. »Das ist unsere Thea! Sie hat ihren berüchtigten Ruf in einen verdammten Aktivposten verwandelt! Sie ist so stolz wie der Teufel selbst. Es kümmert sie keinen Deut, ob sie akzeptiert wird oder nicht – sie geht ihre eigenen Wege, und in letzter Zeit weigern sich nur noch die größten Eiferer, sie in ihrem Haus zu begrüßen. Außerdem ist sie mit so vielen Mitgliedern der gehobenen Gesellschaft verwandt und besitzt ein so großes Vermögen, dass sie überall eingeladen wird, Skandal hin oder her.« Er sah nachdenklich aus.

»Natürlich würden sich diese Türen im Bruchteil einer Sekunde wieder schließen, wenn es auch nur einen kleinen Hinweis darauf gäbe, dass einer der Gentlemen den Kopf verlöre und daran dächte, das Frauenzimmer zu heiraten.«

»Aber habe ich nicht etwas davon gehört, dass Lord Gale im letzten Jahr eine Vorliebe für sie entwickelt hatte?«, fragte einer der Männer. »Er hat geschworen, er würde nur sie heiraten oder keine.«

Nigel nickte. »Das hat einen ziemlichen Aufruhr gegeben. Die Familie hat eine harte Zeit durchgemacht, ehe es ihr gelungen ist, ihn aus dem Land zu bringen.«

»Warum«, verlangte Patrick zu wissen, »sollte wohl ein Gentleman von hohem Stand ein solches Mädchen heiraten wollen?«

»Warte nur, bis du Thea kennen lernst«, meinte Nigel gedehnt und lächelte so selbstgefällig, dass es Patrick wütend machte.

Patrick schüttelte den Kopf. »Ich habe nicht den Wunsch, die junge Frau kennen zu lernen.«

Nigels blaue Augen blitzten. »Sollen wir darauf wetten?«

»Was für eine Wette?«

»Dass du, ehe du im Winter London verlässt, deine Meinung änderst.«

»Du verschwendest dein Geld. Das werde ich nicht tun.«

»Also, wetten wir nun oder nicht?«, drängte Nigel.

Patrick grinste plötzlich, seine grauen Augen blitzten belustigt. »Also gut, wenn du dein Geld verlieren willst. Ich nehme deine verdammte Wette an. Aber ich kann dir versprechen, dass ich nicht den Wunsch habe, Thea Garrett kennen zu lernen.«

Kapitel Zwei

Thea konzentrierte sich auf ihre Fahrkünste und war sich gar nicht bewusst, dass sie das Thema der Unterhaltung in der Gruppe war, an der sie gerade vorbeigefahren war. Sie wusste, dass sie Aufmerksamkeit erregen würde, weil sie in diesem Tempo durch den Park fuhr, aber wie so vieles in ihrem Leben kümmerte sie auch das keinen Deut. Warum auch? Sie war die berüchtigte Thea Garrett, und die Leute redeten über sie, ganz gleich, was sie tat – also sollte der Fremde mit den grauen Augen sie ruhig anstarren!

In Gedanken war sie bei ganz anderen Dingen, als sie die Pferde und den Wagen ihrem Stallknecht übergab und dann das Haus auf dem Grosvenor Square betrat, das sie vor vier Jahren gekauft hatte, gleich nach dem Tod ihrer Mutter. Sie zog ihre schwarzen, ledernen Handschuhe aus, dann nickte sie ihrem Butler Tillman zu, als sie durch die Eingangshalle ging, um nach oben zu gehen und sich umzuziehen. Als Tillman höflich hüstelte und ihre Aufmerksamkeit auf eine Nachricht lenkte, die gekommen war, während sie unterwegs war, verzog sie das Gesicht und nahm das Schreiben von dem silbernen Tablett, auf dem es gelegen hatte.

Natürlich erkannte sie die Handschrift sofort, und ein harter Blick trat in ihre normalerweise immer lächelnden dunklen Augen. »Hat er die Nachricht selbst gebracht oder wurde sie von jemand anderem abgegeben?«, fragte sie Tillman.

»Er hat sie selbst gebracht, Miss.« Tillman sah unbehaglich aus, als er weitersprach. »Ich habe Ihren Befehl befolgt und ihn nicht ins Haus gelassen, obwohl es mich geschmerzt hat, ein Mitglied der Familie so zu behandeln.«

Da Tillman schon vor Theas Geburt bei der Familie Garrett gearbeitet hatte, erlaubte sie ihm einige Freiheiten, was er als selbstverständlich ansah, weil er ein treues Faktotum der Familie war.

Sie zog eine ihrer schmalen Augenbrauen hoch und murmelte: »Ich erinnere mich nicht daran, den Namen Hirst irgendwo im Stammbaum der Familie Garrett gesehen zu haben. Vielleicht irre ich mich?«

Tillman reckte sich zu seiner ganzen Größe, dann meinte er knapp: »Ein Familienmitglied durch Heirat, Miss, das wissen Sie sehr gut.«

Thea schnaufte. »Nun, Sie können ihn als ein Mitglied der Familie ansehen, wenn Sie das möchten, ich tue das nicht.« Sie ging schnell zur Treppe, dann sagte sie über ihre Schulter hinweg: »Und unter keinen Umständen werden Sie diese schändliche Kreatur in mein Haus lassen – nicht einmal, wenn Edwina bei ihm ist!«

»Miss! Sie wollen doch nicht etwa sagen, dass Sie Ihrer eigenen Schwester den Zugang zu Ihrem Haus verwehren würden?«, keuchte er.

»Halbschwester«, sagte Thea und ging die Treppe hinauf. »Und ich habe nicht gesagt, dass ihr die Tür versperrt ist – nur ihrem Ehemann.«

Als Thea ihre Zimmer erreicht hatte, legte sie die Handschuhe auf die Kommode und warf ihren kecken roten Hut quer durch das Zimmer, wo er auf dem Bett landete. Sie setzte sich eilig auf einen Stuhl und riss den Umschlag auf, um die Nachricht zu lesen. Es war das Gleiche wie immer – eine weitere Bitte, eine Forderung eigentlich nach Geld. Die dreiste Unverschämtheit des Mannes ihrer Schwester erstaunte sie. In den vier Jahren ihrer Ehe hatte erst sein eigenes Vermögen durchgebracht und dann auch große Löcher in das Vermögen von Edwina gerissen.

Es bereitete Thea keine Befriedigung, dass sie Alfred Hirst gleich am ersten Tag, als sie ihn vor sechs Jahren gesehen hatte, als Glücksritter erkannt hatte. Keine ihrer Warnungen hatte Edwina, die damals achtzehn Jahre alt gewesen war, davon abhalten können, ihn zu heiraten. Thea hatte ihre jüngere Halbschwester angefleht, Hirst nicht zu heiraten, zu warten, bis sie älter war, doch Edwina, die sich Hals über Kopf in den gut aussehenden, kultivierten Hirst verliebt hatte, wollte nicht auf sie hören. Thea sehe Hindernisse, wo es keine gab, hatte Edwina hochmütig behauptet. Nicht alle gut aussehenden älteren Männer seien aus dem gleichen Holz geschnitzt wie Lord Randall. Thea sei ganz einfach eifersüchtig! Und das sei sie schon immer gewesen, hatte Edwina beteuert, weil Mama Papa geheiratet und sie und Tom zurückgelassen hatte, damit sie von den Garretts großgezogen wurden.

Thea war drei Jahre alt gewesen, als ihr Vater gestorben war. Sie war damals zu jung, um viele Erinnerungen an ihn zu haben, und die meisten Gedanken an ihren Vater waren durch die Erzählungen anderer entstanden. Die Ehe ihrer Mutter mit Mr Northrop ein Jahr später und Edwinas Geburt noch ein Jahr später, als Thea fünf Jahre alt gewesen war, hätte vielleicht bei einem anderen Menschen Eifersucht geweckt, weil die Northrops eine so glückliche kleine Familie gewesen waren, doch nicht bei Thea. Sie war ein liebenswertes Kind gewesen und hatte die Handlungen der Erwachsenen ohne jede Frage akzeptiert. Außerdem war sie von ihrer kleinen Schwester fasziniert gewesen, und von dem Augenblick an, als sie das blauäugige, engelhafte Baby zum ersten Mal gesehen hatte, war sie von dem Gefühl erfüllt, es beschützen zu müssen. Ihre Mutter hatte dieses Gefühl noch verstärkt, weil sie eine Bindung zwischen den beiden Schwestern wollte. Theas Zuneigung zu Edwina war noch gewachsen und hatte sich auch mit den Jahren nicht verringert. Sie war nicht ein einziges Mal eifersüchtig auf ihre jüngere Halbschwester gewesen und hatte sich auch nicht dagegen gewehrt, dass ihre Mutter sich entschieden hatte, sie und Tom bei ihrer Tante und ihrem Onkel zu lassen. Sie hatte ihre Tante und ihren Onkel angebetet und hegte nur geringe Zuneigung zum zweiten Mann ihrer Mutter.

Northrop, ein langjähriger Junggeselle, hatte gleich von

Anfang an deutlich gemacht, dass er die Kinder eines anderen Mannes nicht täglich um sich dulden würde. Tom und Thea, die bereits bei ihrer Tante und ihrem Onkel lebten, hatten Mr Northrop abgelehnt – ein Gefühl, das Mr Northrop erwiderte. Selbst ein Dummkopf konnte erkennen, dass die Situation unerträglich war. Und daher hatte die frisch gebackene Mrs Northrop nach vielen Überlegungen und unter Tränen zugestimmt, dass Tom und Thea im Herrenhaus von Garrett bleiben sollten, um vom jüngeren Bruder ihres Vaters und dessen Frau großgezogen zu werden. Mrs Northrop war keine herzlose Frau gewesen, sie handelte ganz einfach praktisch.

Tom und Thea hatten nicht viel Kontakt mit Edwina gehabt, bis Northrop gestorben war und man festgestellt hatte, dass er tief in Schulden steckte. Mrs Northrop war verzweifelt arm, und sie und die elfjährige Edwina hatten keine andere Wahl gehabt, als das großzügige Angebot ihrer früheren Verwandten anzunehmen, im Herrenhaus der Garretts zu leben. Mrs Northrop konnte sich glücklich schätzen, dass die Garretts so freundlich waren – das Einzige, was ihr geblieben war, war ein hübscher kleiner Treuhandfonds für Edwina, den sie bekommen sollte, wenn sie heiratete oder das Alter von einundzwanzig Jahren erreichte.

Nach dem Tod von Tom und dem daraus resultierenden Skandal hatten die beiden Schwestern sich sehr nahe gestanden. Erst als Edwina älter wurde und den Unterschied zwischen ihrem Vermögen und dem von Thea erkannte, begannen sich ihre Gefühle zu verändern. Es war während Edwinas Saison in London, im Jahr nach Mrs Northrops Tod, als sie begann, ihre ältere Halbschwester abzulehnen. Ihre Träume, London im Sturm einzunehmen, hatten sich nicht erfüllt, und Edwina war davon überzeugt, dass der alte Skandal daran schuld war, dass es Theas Ruf war, der ihr schadete. Als Hirst begann, Edwina zu umwerben, hatten Theas Versuche, seine Werbung abzulehnen, Edwina nur entschlossener gemacht, ihn zu heiraten. Ein immer tiefer werdender Graben hatte sich zwischen den Halbschwestern aufgetan. Thea hatte sich nach dem ruhigen, nüchternen Verstand ihrer Mutter gesehnt, die es immer verstanden hatte, mit Edwina umzugehen, und sie hatte über ihren Tod getrauert. Zur Zeit des Todes von Mrs Northrop hatten Edwina, Thea und ihre Mutter im Witwenhaus auf dem Landgut der Garretts gelebt. Thea war dort glücklich gewesen, und wäre ihre Mutter nicht gestorben, würde sie vielleicht heute noch dort leben. Aber nachdem Mrs Northrop gestorben war, fand die Familie es unschicklich, dass sie und Edwina, die damals siebzehn Jahre alt war, allein lebten, ohne eine ältere Person, die sich um sie kümmerte. Thea hatte protestiert und darauf bestanden, dass sie mit ihren zweiundzwanzig Jahren vollkommen in der Lage war, ihren eigenen Haushalt zu führen, doch Lord Garrett hatte sich nicht überzeugen lassen. Eine entfernte Cousine hatte sich dazu drängen lassen, bei den beiden jungen Frauen zu leben.

Miss Modesty Bradford, die ein kleines Vermögen besaß, das sie unabhängig machte, hatte glücklich in London gelebt, als Lord Garrett auf sie zugekommen war, und obwohl sie Thea und Edwina sehr mochte und versucht hatte, sich an das ruhigere Leben zu gewöhnen, hatte es ihr auf dem Land nicht gefallen. Sie war eine forsche, große, schlanke Frau von zweiundvierzig Jahren gewesen, und nachdem sie beinahe neun Monate lang die Langeweile ertragen hatte, gelang es Modesty in kürzester Zeit, Thea davon zu überzeugen, dass sie sich nicht für immer auf dem Land vergraben konnte und sollte. Es gab eine ganze Welt, die auf sie wartete, und London war erst der Anfang. Thea weigerte sich zunächst, doch Modesty kam immer wieder auf das einzige Argument zurück, dem sie sich nicht verschließen konnte; sie musste an Edwina denken. Vor dem Tod ihrer Mutter war für sie eine Saison in London geplant gewesen, wenn sie achtzehn Jahre alt wurde. Konnte Thea Edwina die Möglichkeit nehmen, eine gute, wenn auch nicht überwältigende, Partie zu machen?

Thea kapitulierte. Sie mussten nach London ziehen. Lord

Garrett wäre sehr glücklich gewesen, wenn sie im Stadthaus der Garretts in London gelebt hätten, doch Thea wollte ein eigenes Haus haben. Und da sie ausreichend vermögend war, ließ sie sich von ihrem Wunsch nicht abhalten. Ein Jahr nach dem Todestag von Mrs Northrop hatte Thea mit der Zustimmung von Lord Garrett das Haus am Grosvenor Square gekauft, und sie, Modesty und Edwina waren dort eingezogen. Nachdem das Trauerjahr beendet war, begannen Modesty und Thea sofort, Edwinas Debüt in der Gesellschaft zu planen.

Thea verzog das Gesicht, sie legte den Brief von Hirst beiseite und dachte an Edwinas erste Schritte in die Gesellschaft vor vier Jahren zurück. Es war berauschend gewesen, schmerzlich, belebend, ärgerlich, aufregend und erniedrigend – für Thea. Der ganze alte Skandal war wieder hochgekommen, das Geflüster, wann immer sie in der Öffentlichkeit erschien, hatte sie beinahe zurück aufs Land fliehen lassen. Es war Modesty gewesen, die mit einem Leuchten in ihren wilden dunklen Augen Thea dazu gebracht hatte, den Kopf hoch und den Rücken gerade zu halten. Nach einem ganz besonders anstrengenden Abend hatte sie ihre jüngere Cousine angesehen und mit scharfer Stimme gefragt: »Wirst du zulassen, dass dich eine Gruppe von Menschen, die du nicht einmal kennst, aus der Stadt treibt? Ich habe geglaubt, du hättest mehr Rückgrat, Mädchen! Sie haben keine Macht über dich – du bist selbst schuld, wenn sie es schaffen, dass du dich elend fühlst. Was soll's denn, wenn Lady Bowden dich hochmütig über ihre lange dünne Nase hinweg ansieht? Oder wenn Mrs Rowland ihre schreckliche Tochter von dir wegholt, als hättest du die Pest? Wirst du zulassen, dass sie dein Leben bestimmen?« Sie hatte Thea mit dem Finger vor der Nase gewedelt und hatte in ernstem Ton weitergesprochen. »Du hast Freunde, Freunde mit Titeln und eine große Familie, die an deiner Seite stehen wird. Warum sollte dich interessieren, was kleinliche Menschen denken? Der einzige Fehler, den du gemacht hast, war, dass du jung und dumm warst und dich von einem Halunken und

Spitzbuben hast verzaubern lassen. Dir wurde unrecht getan, nicht anders herum.«

In Theas Augen hatten die Tränen geglänzt, sie hatte in Modestys schlichtes Gesicht gestarrt. »Ich habe Tom umgebracht«, hatte sie gemurmelt.

»Nein! Du hast Tom nicht umgebracht. Randall hat Tom umgebracht.«

Modesty hatte sie kräftig, aber nicht unfreundlich geschüttelt. »Und um Toms willen darfst du nicht zulassen, dass all die alten Tantchen und Hühner es schaffen, dass du vor ihnen davonläufst und dich versteckst. Für Tom musst du ihnen gegenübertreten.« Modesty hatte sie angegrient. »Wie mein Vater zu sagen pflegte, zeig ihnen die Zähne, Mädchen.« Und mit Modestys Hilfe hatte Thea genau das getan. Nach einiger Zeit hatte es sie sogar stolz und froh gemacht, den steifen, alten Matronen und ihren verwöhnten Töchtern ins Gesicht zu sehen. Es war nicht leicht gewesen, aber in den letzten Jahren hatte sie gelernt, den Kopf hoch zu tragen und den Klatsch zu ignorieren, der ihr überall folgte.

Thea war es die meiste Zeit über gelungen, das Geflüster und die heimlichen Blicke zu ignorieren, Edwina hatte das nicht geschafft. Sie war jung, verwöhnt und verzogen. Sie war überzeugt davon, dass sie mit ihrem engelhaften Aussehen, ihren blonden Locken und den saphirblauen Augen sehr begehrenswert sei und dass sie schnell mit einem wohlhabenden Mitglied des Adels verlobt wäre. Sie hatte einen ordentlichen Schock erlitten, als offensichtlich wurde, dass keiner der Gentlemen von hohem Stand oder mit großem Reichtum, die mit ihr tanzten und flirteten, die Absicht hatte, eine Bindung mit der Schwester von Thea Garrett einzugehen, auch nicht mit ihrer Halbschwester. Und natürlich war da auch noch die Sache mit Edwinas Vermögen – es war nicht sehr groß. Es war richtig, dass ein Vermögen und die familiären Verbindungen, wie Thea sie hatte, einen mittellosen Lord vielleicht dazu gebracht hätten, den Skandal zu übersehen, aber Edwinas Vermögen war nicht so großartig, und sie besaß auch keine mächtigen Verbindungen – bis natürlich auf die, die sie durch Thea hatte.

Als Alfred Hirst, der so kultiviert war und zudem noch Mitglied des Kreises um den Prinz von Wales, auf der Bildfläche erschien und deutliches Interesse an Edwina zeigte, war sie außer sich vor Glück. Hirst besaß ein ansehnliches Vermögen, und wie er behauptete, war er ein guter Freund von Prinnny. Mit der Vorstellung in ihrem Kopf, mit den Mitgliedern des Königshauses zu verkehren, war Edwina davon überzeugt gewesen, dass er der Mann war, auf den sie ihr ganzes Leben lang gewartet hatte.

Thea war davon nicht überzeugt. Die Tatsache, dass Hirst fünfunddreißig Jahre alt und ein Mitglied des lärmenden Gefolges des Prinzen von Wales war, sprach in ihren Augen nicht für ihn. Prinnys Freunde waren nicht gerade für ihren Anstand bekannt, es gab viel Klatsch über seine wilden und verwegenen Freunde. Diskrete Nachforschungen enthüllten Thea die Tatsache, dass Hirst tief in Schulden steckte und dass bekannt war, dass er nach einer reichen Frau suchte.

Edwina wollte das alles nicht hören, sie und Hirst waren schließlich weggelaufen und hatten heimlich geheiratet. Für Thea waren schmerzliche Erinnerungen ihrer eigenen Vergangenheit wieder aufgetaucht.

Thea nahm den Brief von Hirst noch einmal in die Hand und las ihn seufzend. Sie nahm an, dass sie sich heute Abend mit ihm würde treffen müssen, um herauszufinden, was für einen neuen Plan er sich ausgedacht hatte, um ihr noch mehr Geld zu entlocken. Dabei hatte sie Hirst und Edwina schon oft genug davor gerettet, in finanzielle Schwierigkeiten zu geraten. Erst vor nicht einmal sechs Monaten hatte sie zum dritten Mal innerhalb kürzester Zeit die Schulden der beiden bezahlt. Damals hatte sie ihnen wieder einmal angeboten, sie in einem hübschen kleinen Ort auf dem Land unterzubringen, mit einem kleinen Einkommen, doch Hirst hatte ihre Großzügigkeit rundweg abgelehnt.

»Sehr gut«, hatte sie ihnen damals erklärt. »Da ihr nicht bereit seid, London zu verlassen, fürchte ich, dass ich einige harte Worte aussprechen muss.« Sie hatte ihre Schwester angesehen, und das Herz hatte ihr wehgetan. »Das ist das dritte Mal, dass ich eure Schulden bezahlt habe, hauptsächlich die Spielschulden deines Mannes. Ich habe eine beachtliche Summe auf der Bank für euch hinterlegt. Ich werde das nicht noch einmal tun – denn ihr gebt euch keine Mühe, euren Lebenswandel zu ändern.«

»Du willst uns nicht mehr helfen, meinst du doch damit«, hatte Edwina gesagt, und ihre blauen Augen hatten wütend geblitzt. »Ich verstehe gar nicht, warum du so selbstsüchtig bist – du hast viel Geld, du brauchst es gar nicht. Alfred kann nichts dafür, dass die Karten ihm in letzter Zeit nicht hold sind. Es würde dich überhaupt nicht schmerzen, wenn du dein Vermögen mit mir teilen würdest. Mutter würde sich das wünschen – und das weißt du auch.«

»Edwina hat Recht«, hatte sich Alfred eingemischt, und in seinem dunklen, gut aussehenden Gesicht hatte Spott gelegen. »Ich bin sicher, dass Mrs Northrop entsetzt sein würde, wenn sie sähe, dass du nicht bereit bist, deiner Schwester in Zeiten der Not zu helfen.«

Thea hatte ihn überaus freundlich angelächelt. »Ich helfe Edwina wirklich sehr gern – du bist es, dem ich nicht helfen möchte. Und da du ihr Ehemann bist und die Kontrolle über ihre Finanzen hast, und da du weiterhin die Absicht hast, das Geld zu verspielen, das ich ihr gebe, habe ich keine andere Wahl.« Sie hatte Edwina angesehen.

»Dies ist das letzte Mal. Ich werde nicht noch einmal seine Spielschulden bezahlen.«

Diese unangenehme Szene hatte sich in diesem Frühling zugetragen, kurz bevor Thea den Sommer über aufs Land fuhr. Sie war erst vor wenigen Wochen nach London zurückgekehrt, zur »kleinen« Saison, und bis jetzt hatte sie noch keinen Kontakt mit Edwina oder Alfred gehabt. Sie warf noch einen Blick auf die Nachricht. War sie ein Dummkopf? Sollte sie das Blatt Papier nicht einfach zerreißen und Edwina dazu bringen, sich mit den Konsequenzen auseinander zu setzen?

Sie biss sich auf die Lippe. Nein. Das konnte sie nicht tun. Wenn ihre Familie damals ihr gegenüber eine solche Haltung eingenommen hätte, als sie sie so verzweifelt brauchte, wer weiß, wie ihr Leben heute aussehen würde? Nein. Sie konnte Edwina nicht im Stich lassen.

Sie verzog das Gesicht. Das bedeutete, dass sie auch Edwinas abscheulichen Ehemann nicht im Stich lassen konnte.

Wie immer, wenn sie an den Mann dachte, den Edwina geheiratet hatte, überkam sie ein Schuldgefühl. Sie war sicher, dass Edwina die großartige Partie gemacht hätte, an die sie ihr Herz gehängt hatte, wäre nicht ihr beschämender Ruf gewesen. Es war, so gestand sie sich traurig ein, ihre eigene Schuld, dass Edwina mit einem Mann wie Hirst verheiratet war. Sie hatte keine andere Wahl, als sich mit ihm zu treffen und zu versuchen, eine Art Sicherheit für Edwina mit ihm auszuhandeln – das hätte ihre Mutter sich gewünscht.

Thea war an diesem Abend beim Essen nicht bei der Sache, Modesty entging das nicht. Sie wartete, bis sie im vorderen Salon saßen und Thea mit halbem Herzen einen Roman der Minerva-Presse las, ehe sie etwas sagte.

Modesty ließ ihre Stickarbeit sinken. »Was ist los, meine Liebe?«, fragte sie. »Du warst sehr ruhig während des Essens, und jetzt siehst du dieses arme Buch böse an. Ist es denn wirklich so schrecklich?«

Thea warf ihr einen liebevollen Blick zu. Sie wollte lieber gar nicht daran denken, was aus ihr geworden wäre, hätte ihr Onkel nicht darauf bestanden, dass Modesty zu ihr und Edwina zog.

Modesty hatte nicht zugelassen, dass sie Trübsal blies, und Modesty würde es auch nicht zulassen, dass sie etwas vor ihr verbarg. Sie schuldete dieser großen, knochigen, grauhaarigen Frau eine ganze Menge.

Thea schüttelte den Kopf. »Nein, es ist alles in Ordnung mit dem Buch – es geht um Alfred. Er hat heute Mittag eine Nachricht für mich hinterlassen. Er möchte, dass ich mich heute Abend mit ihm treffe.«

Modesty schürzte ihre schmalen Lippen. »Ich nehme an, er will Geld?«

»Es stand nichts davon in seiner Nachricht, aber ich kann mir nicht vorstellen, dass er etwas anderes von mir will!«

»Wirst du dich mit ihm treffen?«

Thea seufzte. »Ich glaube nicht, dass ich eine andere Wahl habe. Wenn ich es nicht tue, wird Edwina darunter leiden.«

Modesty schnaufte. »Ich denke, du machst dir wegen dieser kleinen Madam viel zu viele Sorgen. Edwina wird immer wieder auf die Füße fallen.«

»Ich weiß, du hast immer geglaubt, dass sie zu verwöhnt ist …« Thea verzog das Gesicht. »Und ich gebe zu, das ist sie, aber ich kann sie nicht einfach fallen lassen – es ist meine Schuld, dass sie mit dieser elenden Kreatur verheiratet ist.« Theas Hand ballte sich zur Faust, und sie erklärte heftig: »Wäre ich doch nur nicht ein so verdammter kleiner Dummkopf gewesen und hätte mich von einem Glücksritter wie Hawley Randall beeinflussen lassen.«

»Wenn du nicht aufhörst, dir selbst Leid zu tun, dir Vorwürfe zu machen wegen etwas, das vor einem Jahrzehnt geschehen ist, dann sorgst du dafür, dass er zuletzt lacht«, erklärte Modesty geradeheraus, obwohl ihre blauen Augen freundlich blickten.

»Ich tue mir nicht selbst Leid«, erklärte Thea wütend. »Warum sollte ich auch? Ich habe alles, was ich mir wünsche, mein eigenes Haus, mein eigenes Vermögen, einen Kreis lieber Freunde und eine Familie, die mich liebt – was könnte ich mir mehr wünschen? Aber ich bin verantwortlich für das, was geschehen ist. Wenn ich nicht gewesen wäre …«

»Also, das reicht jetzt wirklich!«, erklärte Modesty. »Ich weiß, du fühlst dich schuldig wegen allem, was passiert ist, aber es war nicht ausschließlich dein Fehler. Du hattest den Boden unter den Füßen verloren. Randall hat deine Jugend und deine Unschuld ausgenutzt, es waren einfach nur tragische Umstände, dass dein Bruder gestorben ist – aber es war nicht deine Schuld! Er wollte sich mit Randall duellieren. Du hättest ihn nicht aufhalten können, ganz gleich, was du getan hättest.« Ihr Gesicht wurde weicher. »Glaubst du nicht, dass du lange genug gelitten hast, nur weil du jung und dumm warst?«

Thea lächelte ein wenig schief. »Und störrisch. Und eigensinnig. Und leichtsinnig.«

Modesty erwiderte ihr Lächeln. »Ja. Ich stimme dir zu, du bist all das, aber das sind viele andere Menschen auch. Es macht dich nicht einzigartig«, erklärte sie bissig.

»Nun, jetzt hast du mir den Kopf zurecht gerückt, nicht wahr?«, antwortete Thea lachend, ihre dunklen Augen blitzten.

»Das hoffe ich, aber ich bezweifle, dass es lange anhalten wird – da du ja so leichtsinnig und eigensinnig bist.«

Wieder lachte Thea, dann stand sie auf. Sie kam durch das Zimmer zu Modesty und sank neben ihr auf das Sofa. Dann nahm sie sie in den Arm. »Danke. Das habe ich gebraucht«, murmelte sie.

»Das hast du wirklich«, antwortete Modesty und griff ruhig nach einem Faden ihrer Stickerei. Sie warf Thea einen fragenden Blick zu. »Was wirst du wegen Hirst unternehmen?«

»Ich weiß es nicht. Ich nehme an, das hängt ganz davon ab, was er von mir will.« Sie verzog den Mund. »Oder vielmehr, wie viel er will.«

Thea warf einen Blick auf die vergoldete Uhr auf dem Kaminsims. »Ich lasse besser den Wagen holen, wenn ich pünktlich sein will.«

»Wirst du allein gehen?«, fragte Modesty und runzelte ein wenig die Stirn.

Thea nickte. »Ich bin schon siebenundzwanzig Jahre alt und nicht mehr in der Blüte meiner Jahre – vielleicht war ich das nie, dafür hat Randall gesorgt. Jeder in London weiß, dass ich exzentrisch und berüchtigt bin, warum also sollte sich jemand darüber wundern, dass ich mich allein mit meinem Schwager treffe? Es ist eine respektable Adresse, und es wird nicht lange dauern.« Sie griente Modesty an.

»Ich nehme den Wagen und werde den Kutscher und einen Stallknecht mitnehmen. Ich verspreche dir, ich werde keinen Skandal anzetteln.«

Doch als Thea erst einmal in dem Wagen saß, war sie nicht mehr ganz so selbstsicher. Sie gab dem Kutscher die Anweisung, vor dem Haus mit der Hausnummer anzuhalten, die in der Nachricht angegeben war, dann steckte sie den Kopf aus dem Fenster der Kutsche und beobachtete die Straße. Es war ganz sicher eine respektable Gegend, aber sie fragte sich, warum Hirst ihr diese Adresse gegeben hatte.

Er und Edwina lebten in einem hübschen Haus in der Bolton Street. Warum hatten sie sich nicht dort treffen können? Wollte er nicht, dass Edwina etwas von dem Treffen erfuhr?

Thea war unsicher, deshalb befahl sie dem Kutscher, weiterzufahren. Sie lehnte sich in die blauen Samtkissen zurück und dachte über ihre Situation nach. Sie hatte keine Angst davor, sich mit Hirst zu treffen, oder etwa doch? Nein, natürlich nicht! Aber warum war sie dann nicht aus der Kutsche gestiegen und hatte an der Haustür geklopft? Weil sie Alfred Hirst nicht über den Weg traute!

Sie wünschte, sie hätte die Nachricht mitgebracht, um sie noch einmal zu lesen. Einige Minuten lang saß sie in der Kutsche, die über die Straße holperte, und überlegte, was sie tun sollte. Sollte sie mit eingekniffenem Schwanz wieder nach Hause fahren? Sicher nicht! Ihr voller Mund verzog sich. Nun, dann blieb ihr also nur eines übrig.

Sie klopfte an die Trennwand zwischen ihr und dem Kutscher, dann befahl sie ihm, die Kutsche zu wenden und auf der gegenüberliegenden Straßenseite zu halten, ein paar Häuser von dem Haus entfernt, zu dem sie wollte. Nachdem der Stallknecht ihr aus der Kutsche geholfen hatte, stand sie einen Augenblick auf der Straße und schlang den dicken Umhang aus rotem Samt fester um sich, dabei sorgte sie dafür, dass die Kapuze ihren Kopf bedeckte. Sie versuchte nicht, sich zu vermummen, redete sie sich ein, aber es gab auch keinen Grund, hier auf dem Präsentierteller zu warten.

Thea überquerte die Straße und blieb dann vor der Treppe stehen, die zu dem georgianischen Haus führte. Bis auf ein paar flackernde Kerzen in den Haltern zu beiden Seiten der breiten Tür sah das Haus verlassen aus, kein Licht kam aus einem der großen Fenster. Dennoch war es die richtige Adresse, das zeigte ihr die Hausnummer.

Sie hielt den Umhang fest mit einer Hand, dann ging sie die Treppe hinauf, klopfte laut an die Tür und wartete dann mit laut klopfendem Herzen. Als einige Sekunden vergingen und nichts geschah, klopfte sie noch einmal. Nichts. Sie wollte sich gerade abwenden, weil sie davon überzeugt war, dass Hirst sich auf ihre Kosten einen Spaß erlaubt hatte, als sich die Tür hinter ihr plötzlich schwungvoll öffnete.

»Ah, Thea, ich hatte gehofft, dass du das bist«, meinte Alfred Hirst freundlich. »Bitte, komm doch rein. Es tut mir Leid, dass du so lange warten musstest, aber ich war im hinteren Teil des Hauses beschäftigt.«

Thea betrachtete ihren Schwager vorsichtig. Er lächelte breit, seine verwegenen blauen Augen zogen sich ein wenig zusammen, seine dünnen Lippen waren rosig und feucht, sein volles Gesicht zeigte nicht mehr als höfliche Freude über ihre Ankunft.

Zögernd folgte ihm Thea in das Haus. Als sich die Tür hinter ihr schloss und er sie in den hinteren Teil des Hauses führen wollte, blieb sie stehen. »Was hat das alles zu bedeuten?«, fragte sie. »Warum ist es hier so dunkel? Warum sind keine Kerzen angezündet und keine Diener in der Nähe?«

Alfred lachte leise. »So misstrauisch, Schwägerin? Du brauchst dich vor mir nicht zu fürchten. Dieses Haus gehört einem meiner Freunde, und als ich erwähnte, dass ich mich mit jemandem treffen wollte, äh, privat, mit einer Lady, da erwähnte er, dass er dafür genau den richtigen Ort hätte. Das Haus ist leer, weil es einer Verwandten von ihm gehört, die auf dem Land lebt und für die Stadt nichts übrig hat.«

Thea blieb wie angewurzelt stehen, das Herz hämmerte in ihrer Brust, sie war sich Alfreds großer, breitschultriger Gestalt hinter ihr deutlich bewusst. Sie wandte sich schnell um. »Was hast du mir zu sagen, das du mir nicht auch in deinem eigenen Haus sagen könntest?«, wollte sie wissen. »Oder an einem Ort, der ein wenig belebter ist?«

Er lachte noch einmal, und Thea biss die Zähne zusammen. Ob es vor Angst war oder vor Abscheu, das wusste sie nicht.

»Du willst mir doch nicht sagen, dass du Angst vor mir hast?«, fragte er ungläubig. »Ach, komm schon, Thea, du brauchst dich vor mir nicht zu fürchten. Wir sind Verbündete. Wir haben ein Ziel – dafür zu sorgen, dass Edwina glücklich ist. Nicht wahr?«

»Das ist wahr«, stimmte sie ihm zu. »Das Problem ist, dass unsere Vorstellungen, wie wir sie glücklich machen können, weit voneinander abweichen.«

Wieder lachte er und drängte sie weiter. »Sie sind gar nicht so sehr verschieden. Nicht so verschieden, wie du vielleicht glauben magst. Komm mit. Ich möchte mit dir ins Arbeitszimmer, dort habe ich ein Feuer angezündet und Kerzen brennen. Es wird dort wesentlich gemütlicher sein, als hier im Dunkeln zu stehen.«

Ohne ein Wort ging Thea auf das Licht zu, das sie sah, sie stieß die Tür auf und betrat ein hübsches Zimmer. Ein Paar silberner Kerzenhalter mit Kerzen erhellte das Zimmer, die Wände waren mit Büchern in roten, blauen und grünen Einbänden bedeckt, mit gelbem Chintz bezogene bequeme Möbel standen in dem Raum. Ein Schreibtisch aus Mahagoni, auf dem einige Papiere lagen, eine Feder und ein Tintenfass, stand am anderen Ende des Zimmers. Im Kamin brannte ein gemütliches Feuer, der Schein der Flammen warf ein goldenes Licht auf einen Dolch am Rande des Schreibtisches.

Thea war nicht mehr ganz so misstrauisch, sie stand mitten in dem Zimmer und sah zu, wie Alfred sich ein Glas Brandy aus einer Flasche eingoss, die zusammen mit anderen Flaschen und Gläsern auf einem Tablett auf einer Anrichte an der Wand stand. Er sah sie über die Schulter hinweg an und zog eine Augenbraue hoch, doch Thea schüttelte den Kopf.

Mit dem Brandy in der Hand wandte er sich wieder zu ihr um. »Willst du dich nicht setzen?«, murmelte er.

»Ich stehe lieber. Warum wolltest du mich sehen? Geht es um Geld?«

Er lächelte und schien überhaupt nicht aus der Fassung gebracht. »Nun ja, meine Liebe, darum geht es.«

»Ich habe dir gesagt, wie ich darüber denke. Ich habe meine Meinung nicht geändert.«

Er nickte. »Das ist mir klar. Ich habe dir einen Vorschlag zu machen.«

Ihr Gesicht war von der Kapuze ihres roten Samtumhanges beschattet, ihre Augen waren wie dunkle Höhlen in ihrem weißen Gesicht. »Ich kann mir nicht vorstellen, dass einer deiner Vorschläge mich interessieren könnte, aber worum geht es?«, fragte sie.

»Was würdest du davon halten, wenn ich für eine, äh, gewisse Summe weggehen und dich – und auch Edwina – nie wieder belästigen würde?«

Thea runzelte die Stirn. »Du willst, dass ich dich dafür bezahle, dass du sie verlässt?« Als er nickte, verzog sie den Mund. »Ich habe gedacht, du liebst sie – hast du das nicht immer behauptet? Dass sie dein Herzenswunsch war? Dass du sie anbetest?«

Er zuckte mit den Schultern. »Das war vielleicht am Anfang so, aber die Leidenschaft schwindet nun einmal, und ich sehe jetzt, dass es vielleicht das Beste für sie wäre, wenn wir uns trennen würden.«

»Du würdest ihr das Herz brechen?«, fragte Thea ungläubig. »Du würdest sie verlassen und sie dem Klatsch und Geflüster aussetzen?«

»Nun, was zum Teufel erwartest du von mir?«, wollte er wissen, und seine Wangen röteten sich plötzlich voller Zorn. »Wäre es dir lieber, ich würde bei ihr bleiben und wir beide enden zusammen im Schuldgefängnis? Denn das wird passieren, wenn du deine Börse nicht öffnest.«

»Oh, du bist abscheulich!«, erklärte Thea heftig, ihre Augen sprühten Feuer. »Ich weiß nicht, warum ich überhaupt hierher gekommen bin!«

Sie wirbelte herum, in der Absicht, so viel Abstand zwischen sich und Hirst zu bringen wie nur möglich. Er holte sie an der Tür ein, seine Hand schloss sich um ihren Arm.

»Du musst mir zuhören«, brummte er. »Ich brauche das Geld. Ich schulde es einigen Leuten, die kein Nein als Antwort akzeptieren werden. Ich muss dieses Geld haben – und wenn ich dafür meine Frau verlassen muss, dann werde ich das bei Gott tun!«

Thea entriss ihm ihren Arm, ihre Kapuze fiel ihr auf die Schultern, und ihr schwarzes Haar wehte ihr in wilder Unordnung um ihr wütendes Gesicht. »Wie kannst du es wagen! Nimm die Hände von mir!«

Alfred trat einen Schritt zurück und hob beide Hände. »Es tut mir Leid – ich habe mich vergessen. Aber du musst mich anhören. Ich brauche bis zum Ende der Woche siebzehntausend Pfund oder ...« Er lächelte ausdruckslos. »Oder Edwina wird Witwe sein. Möchtest du auch noch meinen Tod auf dem Gewissen haben? Sind zwei Männer nicht schon genug?«

Thea ignorierte die Anspielung. »Siebzehntausend Pfund?«, platzte sie heraus und sah ihn dabei ungläubig an. »Das ist ja ein ganzes Vermögen.« Das war es ganz sicher, denn ein Gentleman konnte mit ungefähr vierhundert Pfund im Jahr gut leben.

»Ich weiß. Der ursprüngliche Betrag war auch bei weitem nicht so hoch, aber die unverschämten Zinsen, die diese Blutsauger verlangen, haben ihn so hoch getrieben.« Er setzte sich in einen der bequemen Sessel und barg den Kopf in den Händen. »Ich bin am Ende meiner Weisheit. Ich weiß nicht, was ich tun soll.« Er hob den Kopf und starrte sie an. »Du musst mir helfen! Wenn nicht meinetwegen, dann für Edwina.«

»Als ich deine letzten Schulden bezahlt habe, hast du davon nichts erwähnt«, bemerkte Thea mit gerunzelter Stirn. »Sicher hast du doch nicht in sechs Monaten so viel Schulden gemacht.«

»Ich dachte, ich würde es schaffen, aber diese verdammten Karten …«

»Du hast gespielt? Du hast versucht, deinen Verlust wieder hereinzuholen?«

»Was zum Teufel erwartest du denn von mir?«, fragte er. »Du hast mich fallen gelassen. Ich musste mir einen Weg einfallen lassen, wie ich das Geld zusammenbekommen konnte.«

»Und dir ist nie der Gedanke gekommen, mit dem Spielen aufzuhören? Ein wenig sparsam zu sein?« In ihrer Stimme lag echtes Entsetzen.

»Nein. Warum sollte ich?«, fragte er. »Einer der Gründe, warum ich bereit war, Edwina zu heiraten, war der, dass ich wusste, dass sie deine Schwester ist – ihr Vermögen allein hätte mich nicht gelockt, aber der Reichtum der Garretts …« Er lächelte schwach. »Also, das war etwas, das sie beinahe unwiderstehlich machte.«

Theas Abscheu war deutlich in ihrem Gesicht zu lesen, als sie ihn ansah und überlegte, was sie als Nächstes tun sollte. Sie wollte nicht für den Tod des Ehemannes ihrer Schwester verantwortlich sein, obwohl es Edwina ohne ihn weitaus besser gehen würde. Aber Edwina liebte ihn, und Thea hatte die Absicht, dafür zu sorgen, dass Edwina glücklich war.

Sie dachte über eine Lösung nach. Sein Angebot, Edwina zu verlassen, war sehr verlockend, aber Thea wusste, dass sie niemals einen so fragwürdigen Schritt tun konnte – obwohl Edwina am Ende wahrscheinlich glücklicher sein würde. Aber diese Entscheidung konnte sie nicht treffen.

»Falls«, begann sie langsam, »und ich sage nur falls ich bereit wäre, diese siebzehntausend Pfund zu bezahlen, welche Garantie hätte ich, dass du nicht in ein paar Monaten schon wieder kommst, mit einer anderen jämmerlichen Geschichte?«

Er lächelte mit dem ganzen Charme, den er aufbringen konnte. »Ich wusste, dass du uns nicht im Stich lassen würdest! Edwina kann sich glücklich schätzen, eine Schwester wie dich zu haben.« Ein Blick, der Thea sofort vorsichtig machte, schlich sich in sein Gesicht. »Weißt du, ich hätte eigentlich dich heiraten sollen. Ich fand schon immer, dass du wesentlich interessanter bist als deine Schwester. Glaubst du, wir hätten es zusammen geschafft?«

Thea schenkte ihm nur ihre halbe Aufmerksamkeit. In den letzten Minuten hatte sie sich mehr und mehr unsicher gefühlt. Es war ein absolut merkwürdiges Gefühl. Die Haare in ihrem Nacken sträubten sich, und sie hatte das beunruhigende Gefühl, dass jemand sie beobachtete.

Sie sah sich um, doch sie entdeckte nichts, das sie beunruhigte. Das Zimmer war hübsch und freundlich, die Tür, durch die sie gekommen waren, stand halb offen, der Flur dahinter war ein schwarzes Loch. Sie sah sich diskret noch einmal um, doch immer wieder ging ihr Blick zu der halb geöffneten Tür, und das Gefühl, beobachtet zu werden, wurde stärker. Ein eisiger Schauer rann ihr durch den Körper bei dem Gedanken, dass jemand in dem dunklen Flur stehen und sie beobachten könnte.

Sie war dumm, das wusste sie, und obwohl sie auf die halb geöffnete Tür starrte, entdeckte sie dort nichts. Sie konzentrierte sich eindringlich auf den Gedanken, dass sie nicht allein waren, deshalb war sie völlig erstaunt, als Hirst aufstand, vor ihr niederkniete und eine ihrer Hände in seine nahm.

Er drückte einen Kuss auf ihren Handrücken. »Du hast meine Frage noch nicht beantwortet«, sagte er mit rauer Stimme. »Glaubst du, ich hätte um dich werben sollen anstatt um dieses Kind Edwina? Wenn du das glaubst, dann bin ich sicher, dass wir zu einer Art Regelung zwischen uns beiden kommen könnten.«

Plötzlich begriff sie die Bedeutung seiner Worte, sie wäre beinahe umgefallen in ihrer Eile, von ihm wegzukommen, als sie einige Schritte rückwärts machte, auf die Tür zu, die in den Flur führte.

»Bist du verrückt?«, rief sie, höchst erschrocken, entsetzt und abgestoßen, sowohl von seinen Worten als auch von seiner Handlung.

»Du bist abscheulich! Wirklich, ich würde lieber einen Leprakranken umarmen, als mich von dir berühren zu lassen.«

Ein hässlicher Ausdruck trat in sein Gesicht. »Vielleicht werde ich deine Meinung ändern müssen«, meinte er und kam auf sie zu.

So verängstigt wie seit zehn Jahren nicht mehr, lief Thea zur Tür, doch er holte sie ein, und seine Hände schlossen sich brutal um sie. Er wirbelte sie herum, riss sie an sich und senkte den Kopf, um sie zu küssen.

Erinnerungen an ihre Nacht mit Hawley Randall stiegen in ihr auf, und Thea kämpfte wie eine wilde Kreatur, sie wand sich und kratzte ihn. Genau wie Hawley, so war auch Hirst größer und stärker, doch Thea war keine schüchterne, entsetzte Jungfrau mehr – sie hatte zwar Angst, aber sie war auch mächtig wütend. Sie ignorierte den Abscheu, der in ihr aufstieg, als sich sein Mund auf ihren presste und seine Zunge sich in ihren Mund drängte. Ihre Finger bohrten sich in seinen Arm, und sie biss hart in seine Zunge.

Mit einem knurrenden Geräusch stieß er sie von sich, sie fiel gegen einen kleinen Tisch in der Nähe der Tür. Während sie sich bemühte, ihre Balance zu halten, berührte sie mit der ausgestreckten Hand eine Figurine aus Marmor, die mitten auf dem Tisch stand. Als sie wieder auf festen Beinen stand, bereitete sie sich instinktiv darauf vor, seinen Angriff abzuwehren, und ihre Finger schlossen sich um die Figurine.

Als er diesmal nach ihr griff, schlug sie mit der Figurine gegen seine Schläfe, so fest sie nur konnte. Er stieß ein eigenartiges kleines Geräusch aus und sank zu ihren Füßen zusammen.

Schwer atmend und mit laut klopfendem Herzen starrte sie auf ihn hinunter, einige Tropfen Blut flossen aus der tiefen Wunde an seinem Kopf. Er bewegte sich nicht mehr. Er lag einfach nur da. Thea starrte auf seine Gestalt, entsetzt von dem schrecklichen Wissen, dass sie ihn hatte umbringen wollen und dass sie das auch wirklich getan hatte. Benommen sah sie ihn an, unfähig zu glauben, dass sie es wirklich getan hatte. Sie hatte ihn umgebracht. Lieber Gott! Sie hatte den Ehemann ihrer Schwester umgebracht.

Kapitel Drei

Thea erinnerte sich später nicht daran, wie lange sie dort gestanden und auf Hirsts Körper auf dem Boden gestarrt hatte, doch schließlich brachte etwas, ein Instinkt zum Überleben vielleicht, sie dazu, sich zu bewegen. Sie war entsetzt darüber, was geschehen war, doch das stärkste Gefühl im Augenblick war die Panik.

Sie hielt die Statue aus Marmor noch immer in der Hand, als sie sich umwandte und das Geräusch hörte. Angst ergriff sie, sie konnte nicht einmal feststellen, aus welcher Richtung das Geräusch kam – ob aus dem Flur oder aus dem Raum hinter ihr. Sie wusste nur, dass sie etwas gehört hatte: einen Plumps, ein Kratzen, vielleicht ein Aufkeuchen. Sie wusste es nicht. In dem Zustand, in dem sie sich befand, könnte es alles gewesen sein, aber es elektrisierte sie so, dass sie in den dunklen Flur rannte.

Die Gedanken nur auf ihre Flucht ausgerichtet, stürmte sie durch das dunkle Haus, beinahe hätte sie erleichtert aufgeschrien, als ihre Hand den Türknauf der Haustür berührte. Sie riss die Tür weit auf und rannte direkt in die Arme des Mannes, der gerade die Treppe hinaufgekommen war.

Starke Hände schlossen sich um ihre Schultern, und Thea unterdrückte einen Schrei. Mit weit aufgerissenen Augen starrte sie in das dunkle, kräftige Gesicht eines Fremden. Er war kein vollkommen Fremder. Sie hatte ihn schon einmal gesehen, selbst in ihrer Aufregung erkannte sie ihn – es war der Fremde mit den grauen Augen aus dem Park.

Einen Augenblick stand sie nur da und starrte ihn an, ihr rabenschwarzes Haar wehte um ihre Schultern, ihre Augen waren ganz dunkel vor Gefühlen, ihr Gesicht kreidebleich.

Dann keuchte sie auf, murmelte etwas Unverständliches und riss sich von ihm los. Die Figurine fiel ihr aus der Hand vor seine Füße, während Thea die Treppe hinunterlief und ihr Umhang hinter ihr herwehte.

Sie hörte, wie er sie rief, doch trotz der Kutsche mit den feurigen Pferden, die schnell auf sie zukamen, rannte sie auf die Straße. Sie bemerkte die schnaubenden, nervösen Pferde gar nicht, die gefährlich nahe an ihr vorüberdonnerten, während sie in die Sicherheit ihrer eigenen Kutsche eilte.

Sie ignorierte den erstaunten Blick ihres Dieners, kletterte in den Wagen und rief: »Nach Hause. Sofort.«

Gehorsam befolgte der Kutscher ihren Befehl. Als Thea das wohl bekannte Holpern und die Bewegung des Wagens fühlte, sank sie in die Samtkissen und zitterte unkontrolliert.

Sie barg das Gesicht in den Händen. Ich habe ihn umgebracht, dachte sie halb hysterisch. Ich habe ihn umgebracht – den Mann meiner Schwester – ich habe ihn geschlagen und ihn umgebracht!

Patrick stand auf der Treppe, er starrte erstaunt auf die Stelle, an der Thea auf die Straße gelaufen war, und fragte sich, ob er sich den ganzen Vorfall nur eingebildet hatte. Er riss sich zusammen, weil er wusste, dass es nicht seine Einbildung war. Ihre Schultern waren warm und nachgiebig gewesen, er würde niemals den erstaunlichen Eindruck vergessen, den ihr weißes, hübsches Gesicht, die riesigen schwarzen Augen und der rote Mund auf ihn gemacht hatten.

Selbst jetzt noch war er eigenartig atemlos, er konnte sich noch immer an die schwache Wärme erinnern, die von ihrem Körper ausgegangen war – und an die schreckliche Furcht in ihren Augen.

Nachdenklich beobachtete er, wie die Kutsche, die auf der anderen Straßenseite gestanden hatte, sich in den schwachen Verkehr einfädelte, der auf der Straße herrschte.

Natürlich hatte er sie erkannt: Thea Garrett. Und was, so fragte er sich, wollte sie in dem Haus, in dem er den Erpresser seiner Mutter treffen sollte? Er überlegte, dass Thea vielleicht der Erpresser war, doch im gleichen Augenblick verwarf er diesen Gedanken wieder.

Er konnte sich keine Verbindung zwischen Thea und dem verstorbenen Liebhaber seiner Mutter vorstellen, und was noch wichtiger war, er konnte sich keinen Grund vorstellen, warum Miss Garrett jemanden erpressen sollte – es sei denn, wegen des Nervenkitzels.

Die Kutsche verschwand, und Patrick schob für den Augenblick das Geheimnis um Thea Garrett beiseite und wandte sich wieder dem Haus zu. Er starrte auf das schwarze Viereck, das ihn einlud einzutreten. Was hatte Thea Garrett so erschreckt, dass sie wie ein scheues Reh davongelaufen war? Und was immer sie erschreckt hatte, erwartete es auch ihn? Oder vielleicht seine Mutter?

Er presste die Lippen zusammen. Jemand, so entschied er, würde eine Überraschung erleben. Ein räuberischer Ausdruck trat in sein Gesicht. Und es würde keine hübsche Überraschung sein! Entschlossen betrat er das Haus, doch er blieb sofort stehen, weil sein Fuß gegen etwas gestoßen war. Er bückte sich und hob die Figurine auf, die Thea fallen gelassen hatte. Er wurde immer neugieriger.

Mit der kleinen Statue in der Hand trat er vorsichtig durch die geöffnete Tür und stellte fest, dass von irgendwoher Licht durch die Dunkelheit drang. Vorsichtig schloss er die Tür hinter sich und ging auf den Lichtschein zu.

Vor der Tür, unter der das Licht hervorkam, blieb er stehen und lauschte. Er hörte und sah nichts, was ihn hätte beunruhigen können, deshalb blickte er in das Zimmer. Es war ein hübsches Zimmer, mit einem Feuer, das fröhlich im Kamin brannte, doch dann wurde sein Blick von dem Körper des Mannes angezogen, der auf dem Boden lag. Blut rann aus einer hässlichen Wunde an seinem Kopf. Patrick warf einen Blick auf die kleine Statue und war überhaupt nicht überrascht, als er Blut daran entdeckte.

Er betrachtete das Gesicht des Mannes auf dem Boden. Er

wusste, dass er den Mann in der Stadt schon einmal gesehen hatte, dass er ihn wahrscheinlich kannte, doch er konnte sich nicht an den Namen erinnern. War das etwa der Mann, der seine Mutter erpresste? Erpresste er vielleicht auch Thea Garrett? Er bezweifelte das. Nach allem, was er über Thea Garrett erfahren hatte, gab es kaum etwas über sie zu klatschen, was nicht schon bekannt war. Und da sie sich wenig daraus zu machen schien, was die Leute dachten, wäre sie kaum ein angemessenes Opfer für eine Erpressung.

Er sah sich in dem Zimmer um. Es war ein bezauberndes Zimmer. War es etwa ein Liebesnest? Das wäre wahrscheinlicher, überlegte er zynisch. War Miss Garrett hierher gekommen, um ihren Geliebten zu treffen, und hatte mit ihm gestritten? Er lächelte spöttisch. Die Lady musste eine heftige Geliebte sein, nach dem Zustand des Mannes auf dem Boden zu schließen. Nachdem er glaubte, den Tathergang einigermaßen rekonstruiert zu haben, stellte er die Statue ab und wollte gerade nachsehen, wie schwer der Mann auf dem Boden verletzt war, als er hörte, wie hinter ihm die Treppe knarrte.

Patrick erstarrte. Er lauschte aufmerksam und stellte fest, dass jemand heimlich über die Treppe ging. Ging er nach oben, oder kam er nach unten?

Wieder hörte er ein Geräusch von der Treppe, Patrick trat schnell in den Flur und rief: »Halt! Wer ist da?«

Wer auch immer derjenige war, er machte sich nicht die Mühe, seine Anwesenheit zu verbergen, er sprang die restlichen Stufen nach oben hinauf. Patrick fluchte leise vor sich hin, nahm sich in aller Eile eine der Kerzen aus dem Kerzenleuchter, dann lief er hinter dem flüchtigen Eindringling her.

Als er oben an der Treppe angekommen war, fiel Patrick plötzlich auf, dass er keine Waffe bei sich hatte. Aber er hatte keine andere Wahl, er musste nach dem Flüchtigen suchen. Vielleicht war er der Erpresser, wenn es nicht der Verletzte war, der unten lag.

Er sah den Flur entlang, in beide Richtungen, seine Kerze spendete nur wenig Licht. Die düsteren Umrisse der Möbel waren zu sehen, und er erkannte mehrere Türen, die von dem breiten Flur abgingen.

Vorsichtig ging er zur nächsten Tür, und während er die Kerze von sich weg hielt, öffnete er die Tür langsam. Er sah sich in dem Zimmer um, das schwache Licht der Kerze zeigte ihm aufgetürmte Möbel, die mit Tüchern gegen den Staub bedeckt waren. Er sah sich lange um und fragte sich, ob er zwischen den Möbeln suchen sollte. Wenn die anderen Zimmer genauso aussahen, hatte er eine lange Suche vor sich.

Er entschied sich, in den anderen Zimmern nachzusehen, ehe er sich gründlicher umsah. Gerade wollte er die Tür schließen, als sein Blick auf einen riesigen Schrank aus Mahagoni fiel, der an der gegenüberliegenden Wand stand. Er war das einzige Möbelstück, das nicht mit einem Laken verhüllt war. Vor dem Schrank lag etwas, das wie ein großes, zerknülltes Laken aussah.

Nachdenklich betrachtete Patrick den Schrank. Er war sicher groß genug, dass sich ein Mensch darin verstecken konnte. Er sah sich nach etwas um, das er als Waffe benutzen konnte, doch er entdeckte nichts.

Er näherte sich dem Schrank. Sein Körper war bereit zum Kampf, er hielt die Kerze hoch und riss die rechte Tür des Schrankes auf. Die Tür knarrte, und dann sprang eine verhüllte Gestalt aus dem Schrank, die einen schweren Kerzenhalter aus Messing in der Hand hielt.

Obwohl er darauf vorbereitet war, jemanden in dem Schrank zu finden, stolperte Patrick zurück, die Wucht, mit der dieser Mensch aus dem Schrank gesprungen kam, riss ihn von den Füßen. Noch ehe er sich wieder fangen konnte, war der Angreifer über ihm, und er bekam einen heftigen Schlag auf den Kopf. Ohne ein Geräusch sank er in sich zusammen und landete auf dem Boden, die Kerze fiel aus seiner Hand und rollte über den Boden.

Patrick hatte keine Ahnung, wie lange er bewusstlos auf dem Boden gelegen hatte. Endlich bewegte er sich und kam langsam wieder zu sich, sein schmerzender Kopf erinnerte ihn sofort daran, was geschehen war.

Vorsichtig öffnete er die Augen. Das Zimmer war dunkel, durch die Tür schien schwach das Licht von unten. Er setzte sich auf und unterdrückte ein Aufstöhnen, als ein heftiger Schmerz durch seinen Kopf fuhr. Er berührte mit der Hand die Stelle, die am meisten schmerzte, und murmelte dann leise vor sich hin, als sein Finger vom Blut feucht wurde. Er lächelte humorlos. Es schien die Nacht zu sein, in der unvorsichtige Gentlemen einen Schlag auf den Kopf bekamen. Er wartete einen Augenblick, um sich ein wenig zu erholen, dann stand er auf.

Er hatte sich wie ein Dummkopf verhalten, dachte er, als er durch die Tür ging und den Weg nach unten suchte. Er bewegte sich vorsichtig, immer auf der Hut vor einem weiteren Angriff, doch er fühlte, dass derjenige, der ihn zu Boden geschlagen hatte, längst verschwunden war. Am Fuß der Treppe blieb er stehen, er lauschte und sah sich um. Alles schien wie zuvor zu sein.

Er blickte in den erhellten Raum in der Nähe der Treppe, sein Atem stockte bei dem Anblick des Mannes, der halb im Zimmer und halb auf dem Flur lag. Er trat einen Schritt näher, um besser sehen zu können. Seine Lippen pressten sich zusammen. Selbst aus der Entfernung sah er sofort, dass der Mann tot war.

Vorsichtig trat Patrick über den toten Mann, er verschwendete kostbare Zeit, indem er das Zimmer durchsuchte. Doch er fand nichts.

Nichts, womit er den Toten auf dem Boden identifizieren könnte, und keine Spur, die zu seiner Mutter hätte führen können.

Nach einem letzten langen Blick schlich er sich durch die Hintertür aus dem Haus. Er wollte kein Risiko eingehen und womöglich gesehen werden. Er hoffte bei Gott, dass niemand außer Thea Garrett ihn beim Betreten des Hauses beobachtet hatte.

Thea sorgte sich über andere Dinge als über den Fremden mit den grauen Augen, mit dem sie auf der Treppe des Hauses zusammengestoßen war. Als sie endlich wieder zu Hause war, schickte sie die Diener weg und rannte die Treppe hinauf in ihr Zimmer. Sie warf den Umhang ab und lief dann unruhig in dem Zimmer hin und her, sie war völlig konfus.

Was um Himmels willen sollte sie tun? Sollte sie gestehen, dass sie den Mann ihrer Schwester umgebracht hatte? Sie schauderte. Sie war tapfer, doch nicht so tapfer, und ihr Instinkt zum Überleben war stark.

Sie schloss die Augen, Tränen rannen über ihre Wangen. Sie hatte nicht die Absicht gehabt, ihn zu töten. Sie verachtete ihn, doch sie hatte nie gewünscht, dass er tot wäre. Sie hatte gewünscht, er würde verschwinden, ja. Aus Edwinas Leben, ja. Aber nicht, dass er tot wäre. Und ganz sicher hatte sie niemals die Absicht gehabt, ihn umzubringen. Aber würde man ihr glauben? Oder würde sie nach einer entsetzlichen öffentlichen Verhandlung schuldig gesprochen und gehängt werden?

Noch ein Schauer rann durch ihren Körper. Konnte sie dieses Risiko eingehen?

Ein leichtes Klopfen an der Tür unterbrach ihre Gedanken, doch noch ehe sie demjenigen den Eintritt verwehren konnte, der geklopft hatte, öffnete Modesty die Tür und kam in das Zimmer.

Modesty warf nur einen Blick in Theas Gesicht und kam dann schnell zu ihr hinüber. Sie nahm eine von Theas eisigen Händen in ihre. »Was ist los?«, wollte sie wissen. »Was ist geschehen?«

Thea wäre niemals der Gedanke gekommen, Modesty nicht zu erzählen, was geschehen war. Modesty lauschte angespannt, sie sagte nichts, und als ihr Thea alles erzählt hatte, zog sie sie zum Bett und drängte sie, sich zu setzen.

Sie tätschelte Theas Hand. »Ich denke, eine heiße Tasse Tee mit einem gehörigen Schuss Brandy wäre jetzt genau das Richtige für dich«, meinte sie.

Nachdem Modesty nach einem Diener geläutet hatte, kam sie wieder zu Thea und setzte sich auf das Bett neben sie. »Es war nicht dein Fehler, das weißt du. Er hat dich angegriffen, du hattest keine andere Wahl.« Modesty seufzte. »Es ist wirklich ein Unglück, dass er gestorben ist – ich habe schon immer gesagt, dass er ein unvorsichtiger Mann ist. Jetzt hat er meine Behauptung bestätigt. Stell dir einmal vor, dass er sich von einem so dummen kleinen Schlag auf seinen Kopf hat umbringen lassen! Das sieht ihm ähnlich. Tölpelhaft bis zum letzten Augenblick.«

»Ich bin sicher, dass das nicht seine Absicht war«, antwortete Thea spöttisch.

Modesty lächelte sie an, erfreut stellte sie fest, dass der ausdruckslose Blick aus Theas Augen verschwunden war.

Es klopfte an der Tür, und nachdem Modesty dem Diener den Auftrag erteilt hatte, Tee und Brandy zu bringen, kehrte sie wieder zu Thea zurück. Wieder tätschelte sie ihr die Hand. »Ich würde dir raten, diesen Vorfall aus deinen Gedanken zu vertreiben, aber ich weiß, dass du das nicht tun wirst. Du darfst allerdings nicht zulassen, dass dich dieser Gedanke quält.« Sie sah Thea fest in die Augen. »Du hattest nicht die Absicht, ihn umzubringen. Es war ein Unfall. Ein schrecklicher Unfall, das ist sicher, aber es war ein Unfall.« Als Thea etwas sagen wollte, hob sie ermahnend den Finger. »Was noch viel wichtiger ist, du hast nichts davon, wenn du irgendjemandem erzählst, was geschehen ist. Wenn man seine Leiche findet, dann wirst du genauso überrascht und erstaunt sein wie alle anderen auch.«

Modesty beugte sich vor. »Thea, wenn du gestehst, was geschehen ist, wird das nichts ändern«, behauptete sie drängend. »Es wird ihn nicht zurückbringen, doch es wird dein Leben ruinieren. Zwar besteht die Möglichkeit, dass man dich nicht hängen würde, wenn die ganze Wahrheit ans Licht kommt, doch du musst begreifen, dass man dich auch zum Tode verurteilen könnte. Jeder weiß, wie sehr du ihn verachtet hast, und es würde genügend Menschen geben, die glauben, dass du ihn absichtlich umgebracht hast – auch wenn wir wissen, dass es nicht so war«. Modesty presste die Lippen zusammen. »Alfred Hirst ist es nicht wert, dass du dich noch einmal ruinierst oder sogar stirbst. Das musst du begreifen.« Als Theas Gesichtsausdruck sich nicht veränderte, fügte sie noch hinzu: »Denke an Edwina! Sie hat gerade ihren Ehemann verloren. Muss sie nun auch noch ihre Schwester verlieren? Muss sie wissen, ganz gleich wie die Umstände auch waren, dass du ihren Mann umgebracht hast? Sie wird dich jetzt mehr als je zuvor brauchen. Denke daran, wann immer du den Wunsch verspürst, die Wahrheit zu gestehen. In diesem Fall würde die Wahrheit wesentlich mehr Unheil anrichten, als wenn du ganz einfach den Mund halten würdest.«

»Aber es scheint mir so falsch – so feige«, murmelte Thea. »O Gott! Ich weiß nicht, was ich tun soll. Ich habe ihn umgebracht. Das kann ich nicht leugnen.« Sie schloss die Augen und ballte eine Hand zur Faust. »Aber lieber Gott, das habe ich nicht gewollt!«

»Natürlich hast du das nicht gewollt! Du bist keine Mörderin! Und du bist auch kein Dummkopf, und für den Augenblick würde ich dich sehr bitten, den Mund zu halten, warte wenigstens, bis man seine Leiche findet. Wenn dein Gewissen dich dann noch immer quält, dann kannst du auch später noch gestehen, was passiert ist. Aber im Augenblick, heute Abend, möchte ich, dass du an den Skandal und an die Schande denkst, den ein solch drastischer Schritt nicht nur für dich bedeuten würde, sondern für die ganze Familie.«

Thea nickte elend. »Ich habe daran gedacht. Ich habe an nichts anderes gedacht. Ich habe in meinem Leben bereits für einen hässlichen Skandal gesorgt, der meinen Bruder das Leben gekostet hat. Glaube mir, mir wäre es ganz sicher lieber, wenn es den heutigen Abend niemals gegeben hätte.« Sie blickte in Modestys betroffenes Gesicht. »Aber es ist geschehen. Ich habe ihn umgebracht.«

Wieder klopfte es an der Tür, und Modesty ging, um zu öffnen. Sie nahm dem Diener das Tablett ab, schloss die Tür hinter sich und kam dann durch den Raum, das Tablett stellte sie auf einen Tisch in der Nähe.

Sie goss eine Tasse dampfenden Tee aus der Porzellankanne und gab dann aus der Kristallkaraffe, die neben der Teekanne stand, einen großzügigen Schluck Brandy hinein, dann brachte sie Thea die Tasse. »Trink das. Danach wirst du dich besser fühlen – wenigstens für den Augenblick.«

Modesty hatte Recht. Nach einigen Schlucken fühlte Thea, dass das Entsetzen und die eisige Kälte in ihrem Bauch ein wenig nachließen.

Thea biss sich auf die Lippe, sie sah Modesty an, die auch eine Tasse Tee trank, mit einem noch großzügigeren Schluck Brandy darin. Thea lächelte ein wenig. Wenn die Menge Brandy, die Modesty trank, ein Maß war, dann war Modesty wesentlich besorgter, als sie zeigte. Ein Schwall von Liebe für ihre manchmal bissige unverheiratete Cousine stieg in ihr auf. Modesty würde zu ihr stehen, sie würde sie verstehen und sie lieben, ganz gleich, was sie tat.

Thea schwieg, während die beiden Frauen ihren Tee mit Brandy tranken und über den Tod von Alfred Hirst nachdachten. Keine von ihnen kam zu einem endgültigen Schluss.

Thea stand auf und ging zu dem Tisch hinüber, auf dem das Tablett stand, um dort ihre Tasse abzustellen. Sie wandte sich zu Modesty um. »Ich denke, für den Augenblick werde ich tun, was du vorgeschlagen hast, und nichts sagen«, gestand sie unglücklich. »Wie du schon gesagt hast, kann ich noch immer ein Geständnis ablegen.«

Modesty seufzte erleichtert auf. »Gott sei Dank! Ich wusste, dass du ein vernünftiges Mädchen bist.«

Thea verzog das Gesicht. »Warum gibt mir das das Gefühl, ein Feigling zu sein?«

»Weil du kein Dummkopf bist – du weißt, dass du ihn umgebracht hast, aber du weißt auch, dass es ein tragisches Unglück war. Du musst auch daran denken, dass du versucht hast, dich selbst zu schützen. Es war nicht dein Fehler – die Verantwortung dafür liegt ganz allein bei Alfred. Deshalb wählst du diesen Weg.« Ihre blauen Augen blickten warm und besorgt, als Modesty hinzufügte: »Thea, du tust das Richtige. Das musst du glauben! Durch ein Geständnis hast du nichts zu gewinnen. Es wird ihn nicht zurückbringen, und es wird auch nichts ändern. Alles, was es bringen würde, wäre weitere Schande und Scham für dich und die Familie – und es könnte sehr gut zu deiner Hinrichtung führen. Edwina wird schon genug leiden müssen, sie braucht nicht zu wissen, dass du ihren Mann umgebracht hast. Niemand braucht das zu wissen.« Sie zögerte, dann frage sie ruhig: »Ich nehme an, dass sonst niemand weiß, dass du dort warst?«

Dieser angespannte, gequälte Ausdruck trat wieder auf Theas Gesicht. »Leider«, erklärte sie bedrückt, »weiß es doch noch jemand – du erinnerst dich doch daran, dass ich dir gesagt habe, dass ich mit einem Mann zusammengestoßen bin, als ich das Haus verließ.«

Modesty stieß einen wenig damenhaften Fluch aus. »Den hatte ich ganz vergessen. Bist du sicher, dass er dich erkannt hat?«

»Ich bin sicher, dass er mein Gesicht ganz deutlich gesehen hat – und wenn er nicht weiß, wer ich bin, dann wird er es bald wissen. Er schien ein Mitglied des Adels zu sein. Er war zusammen mit Lord Embry im Park.«

»Hmm. Vielleicht vergisst er dein Gesicht wieder, wenn wir die Stadt schon früh verlassen und uns bis zum Frühling aufs Land zurückziehen.«

Thea zuckte mit den Schultern. »Das ist möglich. Aber ich nehme an, Nigel hat ihm gesagt, wer ich bin – du weißt doch, was für ein Klatschmaul er ist.« Etwas säuerlich fügte sie hinzu: »Natürlich werden wir einen vollkommen legitimen Grund haben, uns aufs Land zurückzuziehen – Hirsts Tod. Ich nehme an, dass Edwina nicht in London bleiben will, sie wird bestimmt einige Monate lang an keinen Bällen oder anderen Unterhaltungen teilnehmen wollen.«

»Nun, da haben wir es doch! Ich werde den Dienern

gleich morgen früh sagen, dass wir unsere Sachen packen und uns den Winter über nach Halsted zurückziehen.«

Halsted war ein Landhaus, das Thea vor zwei Jahren gekauft hatte. Während Modesty viel lieber in London war, gab es Zeiten, in denen Thea den Lärm und das geschäftige Treiben keinen Augenblick länger ertragen konnte und aufs Land floh, nach Halsted. Sie liebte Halsted auch noch aus einem anderen Grund: es lag nicht einmal fünf Meilen vom Herrenhaus der Garretts entfernt, und wenn sie über die dreihundert Hektar Land lief, die zu dem Besitz gehörten, brachte das all die glücklichen Erinnerungen an ihre Kindheit zurück.

Modestys Vorschlag war verlockend, doch dann kam ihr ein Gedanke.

»Sollten wir nicht warten, bis uns jemand von Alfreds Tod berichtet, ehe wir anfangen zu packen?«, fragte Thea.

Modesty sah verärgert aus. »Natürlich. Ich bin manchmal wirklich ein solcher Dummkopf.« Sie stand auf. »Nun, heute Abend können wir nichts mehr entscheiden«, erklärte sie entschlossen. »Wir werden einfach warten, bis man uns die Neuigkeit seines Todes bringt, ehe wir unseren Plan in die Tat umsetzen.«

Ein plötzliches Klopfen an der Tür ließ die beiden Frauen zusammenfahren, sie warfen einander einen verängstigten Blick zu. Thea holte tief Luft, dann rief sie: »Ja, was ist?«

Die Tür öffnete sich, und Tillman steckte seinen kahlen Kopf durch die Öffnung. »Miss, ich weiß, es ist spät, aber unten ist ein Gentleman, der darauf besteht, Sie zu sehen. Ich habe ihm gesagt, dass Sie keine Besucher mehr empfangen«, beklagte er sich. »Doch er hat darauf bestanden.« Er kam in das Zimmer und reichte ihr ein gefaltetes Blatt Papier. »Er hat gesagt, Sie würden dies hier haben wollen und er würde auf Ihre Antwort warten.«

Wie es Thea gelang, sich nicht durch ihren Gesichtsausdruck zu verraten, wusste sie später nicht mehr. Sie nahm das Blatt Papier mit einer Begeisterung, als würde sie eine lebendige Kobra in die Hand nehmen, dann öffnete sie es und las. Sie ignorierte die Angst, die sie beschlich, dann zerknüllte sie das Papier und sagte kühl: »Sagen Sie dem Gentleman, dass ich gleich nach unten kommen werde. Führen Sie ihn in den blauen Salon – bieten Sie ihm eine Erfrischung an, wenn er das möchte.«

Tillman sah beleidigt aus. »Sehr wohl, Miss, wenn Sie das wünschen, aber wenn Sie meine Meinung hören wollen …«

»Das will ich nicht!«, unterbrach ihn Thea scharf. »Und jetzt tun Sie, was ich gesagt habe.«

Tillman murmelte etwas vor sich hin und zog sich zurück.

Thea warf Modesty einen Blick zu. »Das ist der Mann, mit dem ich zusammengestoßen bin, als ich das Haus verließ. Er will mit mir reden.«

»Solltest du wirklich allein zu ihm gehen? Soll ich nicht lieber mitkommen?«

Thea dachte einen Augenblick nach, dann schüttelte sie den Kopf. »Nein, ich spreche besser allein mit ihm.« Sie lächelte bitter. »Wenn ich erwischt worden bin und verurteilt werde, dann möchte ich dich nicht mit hineinziehen. Im Augenblick soll er ruhig denken, dass nur er und ich wissen, was geschehen ist.«

Mit ihrem hochmütigsten Ausdruck im Gesicht betrat Thea ein paar Augenblicke später den blauen Salon. Sie sagte sich, dass er nicht beweisen konnte, dass sie das Haus verlassen hatte – ihre Diener waren treu und würden sie niemals verraten. Deshalb hatte sie sich entschieden, dass es im Augenblick das Beste wäre, alles zu leugnen.

Sie schloss die Tür hinter sich und trat dem großen Fremden mit den grauen Augen gegenüber. Sofort ging sie zum Angriff über. »Wie kommen Sie dazu, meine Diener zu bedrohen und sich auf diese Art Zugang zu meinem Haus zu erzwingen? Ich denke daran, nach der Polizei zu schicken.«

»Vielleicht sollten Sie das tun, wenn man bedenkt, was heute Abend in der Curzon Street geschehen ist«, meinte Patrick gedehnt.

Thea stockte der Atem. »Was wollen Sie damit sagen?«, verlangte sie zu wissen.

Patrick bewunderte ihre Haltung, weniger allerdings ihr Benehmen, unter anderen Umständen hätte er es genossen, sich mit ihr zu streiten. Aber nicht heute Abend, nicht in diesem Augenblick.

»Ich denke, Sie wissen sehr gut, was ich damit meine«, erklärte er, und der Blick seiner grauen Augen hielt den ihren gefangen.

Thea biss sich auf die Lippe. Er schien sich nicht so leicht täuschen zu lassen, aber sie hatte keine andere Wahl, als den Weg weiterzugehen, den sie eingeschlagen hatte. Sie hob das Kinn und fuhr ihn an: »Es ist schon sehr spät. Ich habe kein Interesse an Ihrem merkwürdigen Spielchen, und ich fürchte, Sie stellen meine Geduld auf eine harte Probe. Ich würde vorschlagen, dass Sie jetzt gehen.«

Von der anderen Seite des großen, angenehmen Zimmers aus betrachtete Patrick sie. Sie war groß, doch nicht so groß, wie er zuerst angenommen hatte, für eine junge Frau mit einer so schlimmen Vergangenheit und einem so wilden Ruf schien sie eigenartig unschuldig und verletzlich zu sein. Bisher hatte er sie nur zweimal kurz gesehen, so dass er nur einen flüchtigen Eindruck von blitzenden dunklen Augen und einem sanften roten Mund bekommen hatte. Ihre Augen waren tatsächlich dunkel und bezwingend und dieser rote Mund … Er runzelte die Stirn. Tändelei war nicht der Grund für seinen Besuch, aber er war in der Tat nicht nur wegen des Toten an ihr interessiert.

Seit er sie im Park zum ersten Mal gesehen hatte, hatte sie, obwohl er das abgestritten hätte, sein Interesse geweckt. Er hatte das damals nicht verstanden und verstand es auch jetzt nicht. Nach allem, was er über sie wusste, hatte Patrick erwartet, einer berechnenden, habgierigen Person gegenüberzutreten – einer habgierigen Person, die sein Interesse im Keime ersticken würde, wenn er sie erst einmal näher kannte. Stattdessen stand er jetzt einer schlanken Person mit einem hübschen Gesicht gegenüber, die aussah, als hätte sie das Schulzimmer erst vor kurzem verlassen. Und sie war auch, das gestand er sich unsicher ein, bei weitem die beeindruckendste Frau, der er seit langer Zeit begegnet war – die er je gesehen hatte.

Zu seinem Schrecken fand er diese weiten, ausdrucksstarken Augen und das ansprechende Gesicht außerordentlich attraktiv.

Mit noch immer gerunzelter Stirn sagte er: »Ist das Ihr letztes Wort?«

Als sie schwieg, fügte er noch hinzu: »Wenn Sie diese Haltung einnehmen, lassen Sie mir keine andere Wahl, als mich mit meinen Beweisen an den Magistrat zu wenden.«

Ihre Fassade änderte sich ein wenig. Sie vermied es, ihn anzusehen, und betrachtete stattdessen das blaue und cremefarbene Muster des Teppichs auf dem Boden.

Sie befand sich in einer entsetzlichen Zwangslage. Sie wagte es nicht, ihn aufzufordern, seine Beweise vorzulegen.

Patrick beobachtete sie und fragte sich, ob sie wohl wusste, wie reizvoll sie in dem schlichten Kleid aus rosafarbener Seide aussah, ihr Gesicht wurde von der Fülle ihres glänzenden Haares verborgen, das ihr bis auf die Schultern fiel. Er war gekommen, bereit für einen Kampf, entschlossen, ihr die Wahrheit zu entlocken, ganz gleich, wie brutal er auch sein musste. Sein Problem war, dass sein Opfer in Wirklichkeit nicht zu dem Bild der hinterhältigen, hartherzigen kleinen Dirne in seinen Gedanken passte.

Patrick seufzte. »Ich bezweifle, dass Sie mir glauben werden, aber ich will Ihnen wirklich keinerlei Schwierigkeiten machen«, meinte er. »Ich möchte ganz einfach nur wissen, warum sie dort waren, was geschehen ist und wer der tote Mann ist.« Mit einem einschmeichelnden Ton in seiner Stimme fügte er hinzu: »Ich schwöre, dass alles, was Sie mir sagen, zwischen uns beiden bleibt. Wir könnten einander vielleicht sogar helfen.«

»Warum sollte ich Ihnen trauen? Warum sollten Sie mir

helfen wollen? Sie sind ein Fremder – ich kenne nicht einmal Ihren Namen.«

Patrick lächelte, es war ein besonders attraktives Lächeln, in den Augenwinkeln seiner verräterisch schläfrigen grauen Augen bildeten sich kleine Fältchen. Er verbeugte sich voller Anmut und murmelte: »Erlauben Sie, dass ich mich vorstelle: Ich bin Patrick Blackburne aus Amerika.«

»Das sagt mir gar nichts«, murmelte Thea, die nicht bereit war, auf seinen unbestreitbaren Charme hereinzufallen. Charmante Männer waren ihrer Meinung nach ganz besonders hinterhältig und gefährlich – Hawley Randall hatte sie das vor über einem Jahrzehnt gelehrt!

Patrick reckte sich, sein Lächeln wurde ein wenig schwächer. »Vielleicht ist Ihnen der Name Lady Caldecott ein wenig bekannter? Sie ist meine Mutter. Der Baron ist ihr zweiter Ehemann.«

»Natürlich kenne ich Lady Caldecott – jeder kennt sie«, gestand sie schwach, und ihr Herz sank. Guter Gott! Lady Caldecott – eine der gebieterischsten gesellschaftlichen Matronen in ganz England, und dieser Mann war ihr Sohn. Von allen Gentlemen in London, die sie heute Abend in der Curzon Street hätte sehen können, musste es ausgerechnet er sein? Wenn er seiner Mutter gegenüber auch nur ein einziges Wort von ihrer Anwesenheit andeutete, würde es in wenigen Stunden ganz London wissen.

Ruin und Skandal, wahrscheinlich sogar eine Exekution, starrten ihr ins Gesicht.

Patrick zog eine Augenbraue hoch. »Nun? Macht mich das ein wenig vertrauenswürdiger?«

»Nicht sehr«, gestand sie ihm. »Ich habe Sie heute zusammen mit Lord Embry gesehen, das bedeutet wahrscheinlich, dass Sie ein Freund von ihm sind.« Ihre Stimme wurde härter. »Lord Embry und seine Gesellschaft sind eine wilde Horde von Taugenichtsen, ein Freund von ihm zu sein, hebt Sie in meiner Achtung nicht.«

Betroffen fuhr Patrick sie an: »Ich nehme an, Ihr Ruf ist

fleckenlos?« Es war eine unfaire Bemerkung, das wusste er, sobald er sie ausgesprochen hatte.

Er kam zu ihr hinüber, nahm eine ihrer Hände in seine und bat: »Verzeihen Sie mir! Das war ungehörig und nicht passend für einen Gentleman.«

Sie entzog ihm ihre Hand und lächelte bitter. »Sie haben keinen Grund, sich zu entschuldigen – ich kenne meinen Ruf.«

Er sah sie eindringlich an. »Und ist er gerechtfertigt?«, fragte er leise.

»Das ist nicht wichtig«, meinte sie und trat ein paar Schritte von ihm weg, weil ihr plötzlich bewusst wurde, wie attraktiv er aussah mit seinem schwarzen Haar und seinem gut aussehenden Gesicht. Es war schon lange her, eigentlich seit Hawley Randall, dass ihr ein Mann begegnet war, der in ihr etwas anderes weckte als Vorsicht oder Gleichgültigkeit. Aber dieser große Amerikaner hatte etwas an sich, das sie unerklärlicherweise anzog, etwas an ihm weckte in ihr Gefühle, die sie nie wieder zu fühlen geglaubt hätte, sie war erschüttert und misstrauisch.

Sie brachte einen Sicherheitsabstand zwischen sich und ihn und sah ihn beunruhigt an. »Diese Unterhaltung bringt uns nichts. Ich gestehe Ihnen zu, dass Sie das Beste wollen, aber ich habe Ihnen nichts zu sagen. Ich schlage vor, Sie gehen jetzt.«

Patrick starrte sie an, es verwirrte ihn, wie enttäuscht er darüber war, dass sie ihm nicht traute, obwohl es ihn nicht überraschte. Immerhin kannte sie ihn nicht, und die Umstände waren auch alles andere als beruhigend. Aber er brauchte ihre Hilfe. Wer auch immer seine Mutter erpresste, hatte das gleiche Haus in der Curzon Street benutzt, in dem Thea und der Tote gewesen waren. Ob sie oder der Tote etwas mit seiner Mutter zu tun hatten, wusste er nicht, aber Thea Garrett war die einzige Möglichkeit, die Identität des Erpressers herauszufinden.

Patrick zupfte sich am Ohr, sein Gesicht war spöttisch verzogen. Er wollte ihre Hilfe, aber es gab nur eine einzige Möglichkeit, die ihm einfiel, wie er sie bekommen konnte, und er spielte nur ungern die einzige Trumpfkarte aus, die er in der Hand hatte. Ganz besonders, weil ihre Reaktion auf ihn nicht gerade positiv war. Es könnte die ganze Sache zu seinen Gunsten wenden, aber es könnte ihr auch die Möglichkeit geben, vor ihm zu fliehen. Er betrachtete Thea einen Augenblick lang. Ihre störrische Haltung und die Art, wie sie die Lippen zusammenpresste, zeigten deutlich, dass sie nicht von ihrer Meinung abweichen würde. Mist!

Thea war unter seinem prüfenden Blick unsicher geworden. »Mr Blackburne, ich möchte nicht unhöflich sein, aber ich habe Sie jetzt bereits mehrere Male gebeten zu gehen. Würden Sie das bitte tun und uns beiden eine peinliche Szene ersparen?«, bat sie.

Patrick seufzte. »Ich habe Verständnis für Ihre Situation – wirklich, aber ich befinde mich selbst auch in einer Zwangslage. Sie könnten mir helfen.« Sein Blick hielt den ihren gefangen. »Wir könnten einander helfen.«

»Es tut mir Leid, aber Ihre Probleme gehen mich wirklich nichts an«, erklärte Thea steif und wünschte sich verzweifelt, dass er gehen würde, doch gleichzeitig fürchtete sie sich vor dem, was er tun würde, wenn er ging. Leugnen, leugnen und nochmals leugnen, rief sie sich ins Gedächtnis, aber das wurde immer schwieriger. Ihre Nerven waren zum Zerreißen gespannt, die Anspannung dieser Nacht war nicht spurlos an ihr vorübergegangen. Wie lange sie noch Haltung bewahren konnte, wusste sie nicht – der Amerikaner war wirklich sehr ansprechend, und seine angebotene Hilfe hätte sie vor lauter Angst schon fast angenommen – das beunruhigte sie noch mehr. Ihr Schicksal einem Mann anzuvertrauen, war etwas, an das sie in den letzten zehn Jahren nicht gedacht hatte, Hawley hatte ihr eine zu gute Lektion erteilt. Aber der Amerikaner rührte etwas in ihr an, er weckte ein erschreckendes Verlangen in ihr, ihm zu vertrauen. Sie fühlte sich verletzlich auf eine Art, die sie gar nicht für möglich gehalten hätte, deshalb zögerte sie. Konnte sie es wagen? Konnte sie ihrem eigenen Instinkt trauen? Sie schwankte, hin- und hergerissen zwischen dem Wunsch, ihm zu vertrauen, und ihrer Angst. Am Ende gewann das Misstrauen die Oberhand. Sie wollte, dass er verschwand, weil sie wusste, dass jede Sekunde, die er länger blieb, die Gefahr vergrößerte, dass sie jede Vorsicht vergaß, dass sie zusammenbrach und ihm alles erzählte – und das wollte sie auf keinen Fall. Es wäre tödlich, ihm eine Waffe in die Hand zu geben, ihm die Wahrheit anzuvertrauen. Oh, aber es war so verlockend, ganz besonders wenn diese grauen Augen sie dazu drängten, genau das zu tun.

Sie vermied es, ihn anzusehen, und zwang sich zu sagen: »Bitte, gehen Sie.«

Patrick ging durch den Raum und blieb vor ihr stehen. »Sie haben keinen Grund, mir zu vertrauen, aber ich flehe Sie an, es zu tun«, sagte er ruhig.

Ihre dunklen Augen sahen in seine. Selbst jetzt, da sie ihre Entscheidung getroffen hatte, war sie erstaunt darüber, wie gern sie ihm glauben wollte, wie sehr sie sich wünschte, dass er alles wusste, doch sie schüttelte den Kopf. »Es tut mir Leid«, murmelte sie. »Aber Sie verlangen zu viel von mir.«

»Würde es Ihnen helfen«, fragte er sanft, »wenn ich Ihnen sage, dass Sie ihn nicht umgebracht haben?«

Kapitel Vier

Thea starrte ihn mit offenem Mund an. »Aber das ist nicht wahr«, platzte sie heraus. »Er war tot, ich sage es Ihnen! Er war tot, als ich ihn verließ.« Ganz plötzlich begriff sie, was sie gesagt hatte. Sie schlug die Hand vor den Mund und sah ihn mit weit aufgerissenen, entsetzten Augen an.

Patrick umfasste ihre Schultern und schüttelte den Kopf. »Nein. Sie haben ihn nicht umgebracht.« Er lächelte schwach. »Sie haben ihn hart genug getroffen, um ihm verdammt heftige Kopfschmerzen zu bereiten, wenn er aufgewacht wäre, das ist ganz sicher, aber Sie haben ihn nicht umgebracht.«

»Sind Sie ganz sicher?«, fragte sie beinahe flüsternd, hin- und hergerissen zwischen dem Entsetzen, so unvorsichtig mit ihrem Geständnis herausgeplatzt zu sein, und der Hoffnung, dass er die Wahrheit sagte, dass sie Alfred nicht umgebracht hatte.

Er drehte sie sanft zu dem blauen Samtsofa, seine Stimme war warm und einschmeichelnd, als er sagte: »Können wir uns setzen? Ich habe Ihnen viel zu erzählen.«

Sie nickte und ließ sich von ihm durch das Zimmer führen. Als sie neben ihm auf dem Sofa saß und ihre Hände im Schoß fest zusammengeballt hatte, forderte sie ihn auf: »Erzählen Sie mir alles. Erzählen Sie mir, was Sie wissen.«

»Glauben Sie nicht, es ist fair, wenn Sie mir zuerst etwas erzählen?«, fragte Patrick vernünftig. »Zum Beispiel den Namen des Gentleman, den ich bewusstlos auf dem Boden vorgefunden habe?«

Erleichterung ergriff sie. Sie hatte Alfred nicht umgebracht! Sie hatte ihn nur bewusstlos geschlagen – Gott sei

Dank! Aber sie konnte das noch nicht so recht glauben, nach dem Schrecken dieser Nacht sehnte sie sich verzweifelt danach, dass dieser Amerikaner seine Behauptung bestätigte. Sie beugte sich zu ihm, ihr Blick lag auf seinem Gesicht. »Wollen Sie etwa sagen, dass er noch lebt? Dass ich ihn nicht umgebracht habe?«

Patrick verzog das Gesicht. »Nein und ja.«

Thea fuhr zurück. »Was soll das bedeuten? Was für eine Antwort ist das?« Ihre Augen zogen sich zusammen. »Spielen Sie mir etwa einen bösen Streich?«

»Nein. Ganz und gar nicht! Was ich Ihnen zu sagen versuche ist, dass der Gentleman bewusstlos war, als ich ihn zum ersten Mal gesehen habe.« Verärgert über die missliche Rolle, die er in dieser Nacht gespielt hatte, erzählte er ihr schnell von der Person, die sich auf der Treppe versteckt hatte und von seiner eigenen Bewusstlosigkeit. »Als ich endlich wieder zu mir kam«, beendete er die Geschichte reumütig, »und nach unten stolperte, lag der Gentleman, den Sie bewusstlos geschlagen hatten, noch immer dort, nur war er jetzt wirklich tot. Aber nicht«, fügte er schnell hinzu, weil Thea scharf den Atem eingezogen hatte, »von dem Schlag auf den Kopf. Jemand hatte ihm einen langen Dolch in den Hals gestoßen.«

Thea wurde kreidebleich, die riesigen dunklen Augen und ihre schmalen Augenbrauen waren die einzige Farbe in ihrem Gesicht. Sie erinnerte sich an den Dolch, er hatte auf dem Schreibtisch gelegen. Und jemand – die Person, von der sie sich beobachtet gefühlt hatte – hatte ihn benutzt, um Alfred umzubringen. Bei dem Gedanken wurden selbst ihre Lippen blass.

»Jemand anderes hat ihn umgebracht?«, brachte sie mit zitternder Stimme heraus. »Aber warum? Und wer?«

Patrick wusste, dass sie in diesem Augenblick eine Idee hatte, wer der Mörder sein könnte. Sie wich vor ihm zurück und sah ihn voller Entsetzen und wachsendem Misstrauen an.

Patrick schüttelte den Kopf. »Nein, ich habe ihn nicht umgebracht – ich kenne nicht einmal seinen Namen, daher ist es höchst unwahrscheinlich, dass ich einen Grund hatte, ihn umzubringen. Wenn ich es wirklich getan hätte, warum wäre ich dann zu Ihnen gekommen? Sie waren offensichtlich davon überzeugt, dass Sie ihn umgebracht hatten – und das hätte mir ein perfektes Alibi gegeben. Warum also sollte ich hierher kommen und Sie von Ihrer Überzeugung abbringen?« Er sah sie an und sagte leise: »Sie haben ihn nicht umgebracht, das kann ich beschwören, wenn es nötig ist. Und ich habe ihn auch nicht umgebracht, das schwöre ich. Und nachdem ich hoffentlich ihre Gedanken von diesen Sorgen befreit habe, finden Sie es da nicht fair, mir seinen Namen zu nennen?«

Thea senkte den Kopf und biss sich auf die Lippen. Konnte sie es wagen, ihm zu trauen? Er verlangte nicht viel von ihr, rief sie sich ins Gedächtnis, nur Alfreds Namen. Er wusste bereits eine ganze Menge. Dank ihrer unvorsichtigen Zunge wusste er auch, dass sie geglaubt hatte, Alfred sei tot, als sie aus dem Haus gelaufen war. Was er gesagt hatte, ergab einen Sinn; wenn er Alfred selbst umgebracht hätte, hätte er keinen Grund gehabt, sie aufzusuchen. Nachdem ihr all das bewusst war, war es dumm, ihm Alfreds Identität zu verschweigen.

Sie seufzte. »Sein Name ist, war, Alfred Hirst. Er war der Ehemann meiner Schwester.«

»Ah, ich verstehe, Ihr Schwager«, meinte er gedehnt, und sein männlicher Mund verzog sich in schwachem Abscheu. »Sie haben wohl besonders enge familiäre Bindungen, wie?«

Sie warf ihm einen Blick voller Verachtung zu. »Sie, Sir, haben entschieden böse Gedanken. Wir hatten kein schmutziges Stelldichein! Diese Art von abscheulichem Benehmen überlasse ich Gentlemen wie Ihnen!«

»Touché«, murmelte Patrick und lächelte spöttisch. Sie ignorierte seine Bemerkung und war überrascht, als sie den Wunsch verspürte, sein Lächeln zu erwidern. »Ich mochte Alfred überhaupt nicht, er war nichts anderes als ein gewöhnlicher Glücksritter, aber den Tod habe ich ihm auch nicht gewünscht.« Sie stand auf. »Es ist schon sehr spät«, murmelte sie.

»Ich weiß Ihre Freundlichkeit zu schätzen, mich von meinen Ängsten zu befreien, dass ich ihn unbeabsichtigt umgebracht habe, aber ich sehe nicht, dass wir einander sonst noch etwas zu sagen hätten.«

Patrick lehnte sich in die dicken Samtkissen zurück, als würde er es sich für die Nacht bequem machen. »Ganz so einfach ist es nicht«, meinte er gedehnt. »Jemand hat Ihren Schwager umgebracht – stört Sie das nicht? Möchten Sie nicht wissen, wer das war? Oder auch warum?«

Sie verzog den Mund. »Sie haben mir sicher nicht richtig zugehört – ich habe ihn verabscheut – ich hätte ihm nicht den Tod gewünscht, aber ich kann auch nicht behaupten, dass es mir Leid tut, dass er tot ist.«

»Nun, ich fürchte, für mich ist das nicht ganz so einfach.« Er warf ihr einen harten Blick zu. »Glauben Sie wirklich, ich würde mich jetzt höflich verabschieden und in die Nacht verschwinden, wo wir doch beide wissen, dass ein Mann umgebracht worden ist?«

»Ich kann ja wohl nicht hingehen und seinen Tod melden – nicht ohne einige äußerst peinliche Fragen zu beantworten.«

»Ich stimme Ihnen zu und fühle auch mit Ihnen. Sich der Öffentlichkeit zu stellen, wäre wohl höchst unangenehm, aber solange Sie nicht ehrlich zu mir sind und mir helfen herauszufinden, was heute Abend geschehen ist, wird genau das passieren.«

»Was meinen Sie damit?«, fragte sie scharf.

»Sie wissen ganz gut, was ich damit meine«, antwortete Patrick. »Ich hatte meine eigenen Gründe, heute Abend dort zu sein. Über einen Mord zu stolpern, gehörte nicht dazu. Da es jedoch einen Mord gegeben hat, während ich bewusstlos oben im Haus gelegen habe, fühle ich wegen seines Todes gewisse Schuldgefühle.«

»Das wäre nicht so, wenn Sie ihn gekannt hätten«, murmelte Thea.

»Das mag ja sein, ich habe ihn nicht gekannt, aber sein Name ist mir nicht unbekannt, ich habe bei meinen früheren Besuchen in England von ihm gehört. Sein Ruf war selbst unter den wildesten Schwerenötern und Lebemännern nicht gerade gut.«

»Und dennoch haben Sie Schuldgefühle?«

»Vielleicht ist Schuldgefühl das falsche Wort«, gestand Patrick mit einem Lächeln. »Ich finde das Wissen unerhört, dass er vor meiner Nase ermordet wurde.« Er beugte sich vor, und sein Gesicht war plötzlich eindringlich. »Ich möchte wirklich zu gern wissen, wer ihn ermordet hat und warum er ermordet wurde. Sie nicht?«

Thea blickte von den bezwingenden grauen Augen weg. Sie wollte es auch wissen, aber sie wollte auch die ganze Angelegenheit vergessen. Sie hatte Alfred nicht umgebracht. Jemand anderes war das gewesen, und sie würde liebend gern so tun, als ginge sie die ganze Sache nichts an. Aber das konnte sie nicht. Die Frage, wer Alfred umgebracht hatte, würde sie immer verfolgen, und sie wollte auch wissen, warum er umgebracht worden war, wenn auch nur um ihrer Schwester willen.

Sie war noch nicht bereit, mit dem großen Amerikaner zusammenzuarbeiten, deshalb wandte sie sich ihm wieder zu, starrte ihn an und wollte wissen: »Warum waren Sie dort? Woher soll ich wissen, dass Sie mir die Wahrheit sagen? Woher weiß ich, dass Sie nicht versuchen, mich in einen teuflischen Plan hineinzuziehen?«

Patrick verzog das Gesicht. »Ah, also jetzt haben Sie mich wirklich in die Enge getrieben. Ich fürchte, das kann ich Ihnen nicht erzählen. Es ist nicht mein Geheimnis, ich darf es nicht verraten.«

»Aber ich soll Ihnen sagen, warum ich dort war?«, fuhr Thea wütend auf.

»Nun, ich würde es zu schätzen wissen, wenn Sie das tun würden«, meinte er, und seine Augen blitzten plötzlich neckend.

»Das kann ich mir gut vorstellen«, antwortete sie heftig,

und auch in ihren Blick trat ein Anflug von Belustigung, ihr großzügiger Mund hätte sich beinahe zu einem Lächeln verzogen.

Die Veränderung in ihrem Gesicht war bemerkenswert, Patrick hatte das Gefühl, als hätte er einen Schlag in den Magen bekommen. Sie war nicht schön auf die gewöhnliche Art – ihr Mund war zu breit, ihre Nase ein wenig zu lang, und dieses Kinn war, wenn auch hübsch geformt, doch viel zu entschlossen für das Ideal der geistlosen Frau, die im Augenblick in England in Mode war. Patrick jedoch war sicher, dass er noch nie ein faszinierenderes Geschöpf gesehen hatte, und er war sicher, dass er noch nie einer Frau begegnet war, die ihn so ansprach wie diese schlanke Frau mit den Rehaugen und dem berüchtigten Ruf. Er schüttelte den Kopf, als wolle er ihn klären, und fragte sich, ob der Schlag auf seinen Kopf wohl seinem Verstand geschadet hatte.

»Stimmt etwas nicht?«, fragte Thea, die sein Blick nervös gemacht hatte.

»Äh, nein, es geht mir gut«, murmelte er und war wütend auf sich selbst, weil er sich ablenken ließ. Er setzte sich gerader hin.

»Ich weiß, Sie trauen mir nicht – Sie haben keinen Grund, mir zu trauen, aber ob es Ihnen nun gefällt oder nicht, wir stecken zusammen in dieser Sache drin. Jemand weiß, dass wir beide heute Abend in diesem Haus waren. Ob der Mörder nun mit Hirst zusammengearbeitet hat oder ob er sich mit ihm gestritten hat, das weiß ich nicht. Ich weiß allerdings, dass ich Ihre Hilfe brauche. Können wir nicht bitte in dieser Sache zusammenarbeiten?«

Thea wurde plötzlich klar, dass er wirklich ein sehr attraktiver Mann war, seine Haut war viel dunkler als die eines Londoners, sein dichtes, rabenschwarzes Haar hatte er im Nacken ordentlich mit einem Seidenband zusammengebunden. Sein Gesicht war fein geschnitten, als hätte jemand einen Block Granit genommen und vorsichtig und elegant die hohen Wangenknochen und die Stirn herausgearbeitet, die glatte, arrogante Nase und den langen, etwas spöttisch verzogenen Mund. Er sah, so musste sie mit einem leichten Herzklopfen zugeben, wirklich sehr gut aus. Zu gut, mit diesem engelhaften Gesicht, den breiten Schultern, den schmalen Hüften und dem kräftigen Körper – oh, sie hatte ihn schon bemerkt, sie hatte ganz einfach nur versucht, nicht daran zu denken. Er sah viel zu gut aus. Und er war viel zu selbstsicher und charmant. Und wahrscheinlich konnte man ihm nicht trauen, dachte sie bitter, selbst noch als sie fühlte, dass ihr Widerstand immer schwächer wurde. Nicht wegen seiner männlichen Schönheit, rief sie sich heftig ins Gedächtnis, sondern weil sie verängstigt und müde war und keinen Sinn darin sah, ihre ablehnende Haltung noch weiter aufrechtzuerhalten. Zu viel von dem, was er gesagt hatte, war richtig. Es ergab einen Sinn.

Sie sank auf das Sofa neben ihm und fragte erschöpft: »Was wollen Sie wissen?«

»Warum waren Sie heute Abend dort?«

Sie seufzte. »Er hat mir eine Nachricht geschickt und hat verlangt, dass ich mich dort mit ihm treffe, allein.« Sie warf Patrick einen reumütigen Blick zu. »Er brauchte Geld – er brauchte ständig Geld. Er hat ernsthafte Eingriffe in das Vermögen meiner Schwester gemacht und wollte, dass ich ihm wieder einmal aus der Klemme helfe.« Sie verzog das Gesicht. »Ich wusste von Anfang an, dass er ein Glücksritter war, doch Edwina, meine Schwester, wollte nichts Schlechtes über ihn hören. Sie war«, fügte sie zynisch hinzu, »davon überzeugt, schrecklich in ihn verliebt zu sein, und sie wollte ihn auf alle Fälle heiraten.«

»Dem Ton Ihrer Stimme entnehme ich, dass Sie weder von der Ehe noch von der Liebe sehr viel halten.«

Sie warf ihm einen sarkastischen Blick zu, der in diesem elfenhaften Gesicht eigenartig aussah. »Mr Blackburne, wenn Sie meinen Ruf kennen, dann wissen Sie, dass ich einen guten Grund habe, Liebesschwüren nicht zu glauben.« Ihr Gesicht wurde ausdruckslos. »Weil ich einmal die süßen Worte eines charmanten Schurken geglaubt habe, habe ich mich selbst ruiniert und mein Bruder ist gestorben. Und was die Ehe betrifft – ich bin sicher, dass es möglich ist, eine gute Ehe zu führen, ich habe nur bis jetzt sehr wenige davon gesehen. Edwinas Ehe mit Hirst war sicher keine gute Ehe. Sie hat das vielleicht einmal geglaubt, aber ich habe zu viele Abende mit ihr verbracht, in denen sie mir ihr Herz ausgeschüttet hat, weil er ihr wieder einmal untreu gewesen ist, um zu glauben, dass sie noch immer davon überzeugt ist. Und genauso weiß ich, dass seine Spielsucht und seine Gewohnheit, Geld zu verschwenden, sie an den Rand des Ruins gebracht haben. Ihr Vermögen war nicht gerade herrschaftlich, aber es war sicher ein angenehmes Polster, das mehr als angemessen für die beiden gewesen wäre, sie hätten ein angenehmes Leben führen können, ohne große Sorgen, wenn er es richtig verwaltet hätte.«

Er nickte und war erstaunt, wie tief ihre Worte ihn berührten und wie gern er mit ihr über die Vorzüge von Liebe und Ehe diskutiert hätte. Noch vor wenigen Monaten hätte er ihr zugestimmt und ihren Ansichten applaudiert. Aber nachdem er die Liebe gesehen hatte, die zwischen seinem Freund Tony Daggett und Tonys Frau Arabella herrschte, nachdem er aus erster Hand das Glück miterlebt hatte, das ihre Ehe ihnen schenkte, hatte er begonnen, seine Ansichten über Liebe und Ehe in Frage zu stellen.

»Ich verstehe«, meinte er und schob seine Gedanken beiseite. »Wenn es nur Geld war, hinter dem er her war, warum ist er dann nicht einfach in Ihr Haus gekommen und hat es verlangt? Das wäre doch nur logisch.«

Sie lächelte gequält. »Vor einigen Monaten, als ich den beiden das letzte Mal aus ihrer Verlegenheit geholfen habe, hat es ein recht, äh, erbittertes Wortgefecht gegeben. Seither habe ich mit keinem der beiden mehr gesprochen. Ich habe Hirst auch den Zugang zu meinem Haus verwehrt – er wusste, dass ich ihn nicht sehen wollte.«

»Sie haben ihn nicht in Ihr Haus gelassen, Sie sind allerdings gegangen, um ihn unter solch geheimnisvollen Umständen zu treffen?«

Thea vermied seinen Blick, sie dachte daran, wie viel einfacher ihr Leben wäre, wenn sie ihrem ersten Impuls nachgegeben und Hirsts Nachricht einfach weggeworfen hätte. Zögernd gab sie zu: »Ich weiß, es klingt fadenscheinig, aber ich hatte das Gefühl, dass es besser wäre, mich mit ihm zu treffen und herauszufinden, was er von mir wollte.« Ein wenig spöttisch fügte sie hinzu: »Es schien mir eine einfache Lösung zu sein, ich wusste, wenn ich mich nicht mit ihm traf, würde er sich etwas einfallen lassen, um mich zu belästigen – auf eine peinliche Art. Für Sie ergibt das vielleicht keinen Sinn, aber ich wollte mich einfach nur mit ihm treffen und die ganze Sache hinter mich bringen.«

»Und das war alles, was er von Ihnen wollte? Einfach nur Geld? Hätte er nicht eine bessere Chance gehabt, es zu bekommen, wenn er Ihre Schwester geschickt hätte, um Sie darum zu bitten? Ich nehme an, Sie mögen Ihre Schwester sehr.«

»Oh, ja. Er wusste, dass ich Edwina nur selten etwas abschlage. In der Tat hat er heute Abend zugegeben, dass er Edwina geheiratet hat, weil er nicht nur ihr Vermögen zu seiner Verfügung haben würde, sondern auch das meine in Reserve hätte.« Sie lächelte bitter. »Und bis zu einem gewissen Grad hatte er sogar Recht, ich habe in den letzten Jahren große Summen für die beiden ausgegeben. Natürlich haben mir beide jedes Mal geschworen, dass es das letzte Mal sein würde. Aber meine Geduld war am Ende angekommen, ich wusste, auch wenn es sehr schmerzlich sein würde, dass Edwina ihn nur dann realistisch sähe, wenn sie die Konsequenzen ihrer eigenen Taten tragen müssten. Ich weiß, das klingt hochtrabend und herzlos, aber ich wusste wirklich nicht mehr weiter. Ich konnte nicht zulassen, dass er mein Vermögen auch noch durchbringt.« Ihr Gesicht verhärtete sich. »Und das hätte er getan, wenn ich dumm genug gewesen wäre, es zuzulassen.«

Patrick runzelte die Stirn. »Und er hat nichts gesagt? Außer natürlich, dass er Geld von Ihnen wollte? Nichts, das darauf hindeutete, dass er in Gefahr war?«

Thea zuckte zusammen. Sie sah ihn an. »Oh, das hatte ich ganz vergessen. Er hat wirklich etwas darüber gesagt, dass er in Gefahr ist, darüber, dass Edwina Witwe werden würde, wenn er nicht siebzehntausend Pfund bezahlt.« Sie runzelte die Stirn und versuchte, sich an die Unterhaltung zu erinnern. »Es war, glaube ich, eine alte Schuld. Er hatte etwas von Geldverleihern geliehen, und ihre Zinsen und Gebühren hatten dazu geführt, dass der Betrag in astronomische Höhen gegangen war.« Sie sprach leiser. »Glauben Sie, dass die ihn umgebracht haben?«

»Das weiß ich nicht«, gestand ihr Patrick. »Aber ich denke eher, dass sie es nicht waren – Geldverleiher wollen Geld verdienen, ein toter Hirst wäre schlecht für ihr Geschäft. Sie hätten ihn vielleicht zusammengeschlagen, um ihm begreiflich zu machen, dass er bezahlen muss. Aber ihn umbringen … das glaube ich nicht.« Er zuckte mit den Schultern. »Alles ist möglich. Vielleicht haben sie ein Exempel statuiert. Für andere Schuldner. Ich weiß es wirklich nicht.«

Patrick kam der Gedanke, dass Hirst vielleicht gar nichts mit dem Erpresser seiner Mutter zu tun hatte. Es könnte, so gestand er sich grimmig ein, Zufall sein, dass Hirst den gleichen Ort gewählt hatte wie der Erpresser, um sich mit Thea zu treffen. Wenn er dem Makler glaubte, so stand das Haus auf der Curzon Street schon seit Monaten zur Vermietung, es war gut möglich, dass halb London wusste, dass es leer stand. Einen Schlüssel dafür zu bekommen, wäre einfach. Es könnte Zufall sein, dass er und Thea sich heute Abend dort getroffen hatten. Aber das glaubte er nicht. Es waren zu viele Zufälle. War Hirst in die Erpressung verwickelt? Hatte er einen Partner, der ihn umgebracht hatte? Aber warum? Hatten sie sich gestritten? Vielleicht.

Er warf Thea einen Blick von der Seite zu und war wieder einmal betroffen darüber, wie verletzlich sie aussah. Gar nicht wie die berüchtigte Frau, als die sie bekannt war. Er konnte sich wesentlich passendere Worte vorstellen, um sie zu beschreiben, Worte wie attraktiv, bezaubernd und begehrenswert. Oh ja, gestand er sich ein, als sein Blick auf ihren großzügigen Mund fiel, begehrenswert stand ganz am Beginn der Liste, sehr, sehr begehrenswert.

Thea fühlte seinen Blick und sah auf, ihre Blicke trafen sich und hielten einander gefangen. Sie konnte nicht von ihm wegsehen, von seinem eindringlichen Blick, und ihr Herz begann schmerzlich zu schlagen.

Sinnlichkeit stand zwischen ihnen, beide waren sich körperlich des anderen intensiv bewusst. Thea war benommen von den machtvollen Gefühlen in ihrem Inneren, sie fürchtete sich vor ihrer Macht und ihrer Bedeutung. Sie durfte sich nicht von diesem Mann angezogen fühlen, dachte sie voller Entsetzen. Nach Hawley hatte sie geschworen, dass sie nie wieder etwas fühlen würde, das dieser leichtsinnigen Erregung gleichkam und dem berauschenden Wunder, das ihre ersten entsetzlichen Schritte in die Liebe begleitet hatte. Und dennoch hatte Patrick Blackburne so etwas an sich …

Thea sprang auf die Füße. »Äh«, stotterte sie, »w-wie ich schon sagte, es ist s-sehr spät. Ich würde vorschlagen, dass wir uns weiter über die Angelegenheit unterhalten, nachdem wir die Möglichkeit gehabt haben, darüber nachzudenken.«

Patrick wusste, dass sie unruhig war, und es war offensichtlich, dass die junge Dame dem, was sich zwischen ihnen entwickelte, mit genauso viel Begeisterung entgegensah wie einer Horde wilder Indianer. Lächelnd stand er auf.

»Natürlich haben Sie Recht. Da die Ereignisse des heutigen Abends ein Geheimnis zwischen uns beiden bleiben müssen, soll ich vielleicht ein öffentliches Treffen für uns beide arrangieren?«

»J-j-ja, das wäre viel besser«, erklärte Thea erleichtert. Er schien so groß und so einschüchternd, als er vor ihr stand. Sie war sich bewusst, dass er ein äußerst lebhafter, attraktiver Mann war, deshalb wollte sie, dass er verschwand. Irgendwohin, weit weg von ihr, bis sie ihre ungebärdigen Gedanken wieder unter Kontrolle hatte.

Er verbeugte sich anmutig vor ihr. »Sehr gut. Ich werde dann jetzt gehen.«

Patrick griff nach ihrer Hand, er hatte die Absicht, lediglich einen höflichen Kuss auf ihre Hand zu drücken, doch in dem Augenblick, als sich seine Finger um ihre Hand schlossen, hatte er das Gefühl, als hätte ihn der Blitz getroffen. Seine Haut schien zu prickeln, und als er seine Lippen auf ihre Haut drückte, war er davon überzeugt, dass er sie verbrannt hatte.

Thea entriss ihm ihre Hand, und an der Art, wie sie die dunklen Augen weit aufriss, wusste Patrick, dass sie etwas Ähnliches gefühlt hatte. Erschüttert starrten sie einander sprachlos an, als wären sie aus einer Trance erwacht. Patrick blinzelte. »Guten Abend«, murmelte er. »Ich freue mich, Sie wiederzusehen.«

Thea nickte, sie war sicher, dass sie nur Unsinn herausbringen würde, wenn sie versuchen würde zu sprechen. Als sich die Tür hinter ihm geschlossen hatte, sank sie auf das Sofa und starrte blicklos vor sich hin.

Was war zwischen ihnen geschehen? Es war, so dachte sie benommen, als wäre sie in einen Gewittersturm hineingezogen und vom Blitz getroffen worden. Sie zitterte, ihre Haut prickelte noch immer dort, wo seine Lippen ihre Hand berührt hatten. Es war, so entschied sie, ein höchst erregendes und angenehmes Gefühl. Und sie fürchtete sehr, dass dieses Gefühl abhängig machen konnte.

Das Geräusch der Tür riss sie aus ihren Gedanken, und sie lächelte, als Modesty das Zimmer betrat.

»Ich bin so lange weggeblieben, wie ich konnte«, meinte Modesty. Eine leichte Röte lag auf ihren Wangen. »Und ich muss gestehen, dass ich wie ein dummes Hausmädchen über das Treppengeländer geblickt habe, als er gegangen ist.« Sie zog eine Augenbraue hoch. »Er ist ein sehr gut aussehender Mann, nicht wahr? Wer war er? Und was hat er gewollt?«

Thea beeilte sich, Modesty alles zu erklären. Modestys Augen leuchteten vor Erleichterung, als sie sich neben Thea setzte, ihre Hand drückte und sagte: »Oh, Gott sei Dank! Ich war sicher, dass du Hirst nicht hättest umbringen können, aber du schienst so überzeugt, dass ich fürchte, ich habe mich von dir beeinflussen lassen.« Sie strahlte Thea an. »Ist das nicht wundervoll? Du hast ihn nicht umgebracht.«

»Aber ein anderer hat es getan.«

»Nun ja, und das ist wirklich sehr schlimm, aber das geht dich jetzt nichts mehr an, nicht wahr?«

Thea verzog das Gesicht. »Das habe ich im ersten Augenblick auch gedacht, aber Mr Blackburne hat mich davon überzeugt, dass es falsch ist, so zu denken.« Sie sah ihre Cousine an. »Möchtest du denn nicht wissen, wer Hirst umgebracht hat und warum?«

Modesty seufzte, und ihre Unterlippe bewegte sich. »Ich denke schon. Und ich nehme an, um Edwinas willen sollten wir die Wahrheit herausfinden. Sie wird sein Tod hart treffen, ganz besonders die Art seines Todes, und solange der Mörder nicht gefunden ist, wird sie sich immer fragen, wer ihn umgebracht hat und warum. Ich nehme an, diese Fragen werden auch uns zweifellos verfolgen.«

»Also glaubst du nicht, dass es falsch war, dass ich zugestimmt habe, Mr Blackburne zu helfen?«

»Nein, obwohl ich dir gestehen muss, dass ich nicht begreife, wie du ihm helfen kannst. Du hast ihm alles gesagt, was du weißt, was man von ihm nicht behaupten kann.« Modesty runzelte die Stirn. »Er hat dir nicht gesagt, welche Geschäfte ihn heute Abend in dieses Haus geführt haben?«, fragte sie.

Thea schüttelte den Kopf. »Nein.«

»Nun, das scheint keine sehr faire Partnerschaft zu sein, nicht wahr? Wenn du ihn das nächste Mal triffst, wird er vielleicht ein wenig offener sein.«

Thea zuckte mit den Schultern. »Vielleicht.« Plötzlich musste sie laut gähnen.

Modesty stand auf. »Komm schon. Ins Bett mit dir, du hattest einen sehr anstrengenden Abend, gelinde gesagt, und der morgige Tag wird noch schlimmer werden, wenn Edwina erst die Neuigkeit von Hirsts Tod erfährt.«

»Ich frage mich, ob sie sich wohl an uns wenden wird«, überlegte Thea. »Sie könnte uns gegenüber nur noch feindseliger werden, jetzt wo Hirst tot ist.« Thea biss sich auf die Lippe. »Sie könnte sogar mich für seinen Tod verantwortlich machen. Auch wenn sie gar nicht weiß, welche Rolle ich heute Abend gespielt habe, so fürchte ich doch, wird sie glauben, er wäre nicht in der Curzon Street gewesen und demzufolge auch nicht ermordet worden, wenn ich zugestimmt hätte, ihnen finanziell zu helfen.« Sie ging langsam die Treppe hinauf und lächelte bitter. »Und sie hat vollkommen Recht. Wenn ich ihnen nicht gesagt hätte, dass ich ihnen nicht mehr helfen würde, wären sie zu mir gekommen, ich hätte schließlich nachgegeben und ihnen wieder Geld gegeben, und Alfred wäre heute Abend nicht in diesem Haus gewesen.«

»Das weißt du doch gar nicht«, erklärte Modesty fest, und ihre blauen Augen blitzten. »Alfred Hirst war ein gieriger Mensch. Er hätte immer wieder versucht, Geld von dir zu bekommen. Und woher«, fragte sie, als sie die obere Etage erreicht hatten, »willst du wissen, dass du die Einzige bist, von der er Geld verlangte? Er hätte alle möglichen anderen Leute um Geld angehen können.«

Thea sah sie erstaunt an. »Oh! Daran habe ich noch gar nicht gedacht.«

»Nun, das hättest du aber tun sollen! Und jetzt geh in dein Bett und mach dir keine Gedanken mehr um etwas, das nicht dein Fehler ist. Hirst war ein Schuft, und ich für meinen Teil bin kein bisschen traurig, dass er tot ist«, erklärte sie entschlossen.

Patrick war auch nicht traurig, doch erfreut war er auch nicht. Hirsts Tod komplizierte die ganze Angelegenheit für ihn nur noch. Komplizierte sie auf eine Art und Weise, mit der er nicht gerechnet hatte. Und Thea Garrett war entschieden auch eine Komplikation.

Als er sein eigenes Haus erreicht und seinen Butler weggeschickt hatte, war Patrick nach oben in sein Zimmer gegangen. Nachdem er seinen dunkelgrauen Rock beiseite geworfen hatte, goss er sich einen Brandy ein, von dem Tablett mit den Erfrischungen, das man ihm hingestellt hatte. Danach wanderte er durch sein Schlafzimmer, die Stirn hatte er gerunzelt, als er an die letzten Augenblicke mit Thea Garrett dachte.

Es war schon lange her, seit eine Frau solche Gefühle in ihm geweckt hatte wie heute Abend Thea, wenn ihm das überhaupt schon einmal passiert war. Einige der Gefühle waren ihm bekannt – Verlangen, ganz sicher. Immerhin war sie eine sehr attraktive junge Frau, aber es war nicht nur Verlangen, das in ihm erwacht war und das ihm jetzt solche Sorgen machte. Er wollte sie beschützen, und er fühlte auch eine brennende Wut auf den Mann, der sie so verletzt hatte. Diese Gefühle allein waren schon schlimm genug, aber was ihn wirklich die Stirn runzeln ließ, war die Tatsache, dass er sich mitten in einem Mordfall befand, der mit dem Erpresser seiner Mutter zu tun hatte.

Patrick nahm einen großen Schluck von seinem Brandy und dachte über das nach, was er morgen seiner Mutter erzählen wollte. Wahrscheinlich, so dachte er mit einem schwachen Lächeln, würde er ihr so wenig wie möglich erzählen. Sicher nichts über seine eigene unehrenhafte Rolle bei den Ereignissen des Abends. Und ganz sicher nichts über Hirsts Tod – es war nicht nötig, sie zu beunruhigen. Und er würde ganz sicher auch nichts von der Anwesenheit von Thea Garrett erwähnen. Er verzog den Mund.

Sie wäre sicher außerordentlich beunruhigt, wenn sie vermutete, dass ihr einziges Kind sich von einer Frau mit einem befleckten Ruf angezogen fühlte.

Patrick dachte über diesen Ruf nach. Nachdem er Thea im Hyde Park gesehen hatte, hatte er die erste Gelegenheit genutzt, um alle hässlichen Einzelheiten aus ihrer Vergangenheit von Nigel zu erfahren. Sie war zwar nicht darauf aus,

Klatsch zu erregen, doch sie scherte sich auch keinen Deut darum, was die Leute über sie erzählten.

»Erinnerst du dich an den alten Rivers?«, hatte Nigel gefragt und den Namen eines reichen, berüchtigten Schwerenöters genannt, der für die Verführung unvorsichtiger Mädchen bekannt war. Als Patrick nickte, hatte Nigel weitererzählt. »Sie hat ihn so verwirrt, dass er ihr sogar einen Antrag gemacht hat. Sie hat ihm ins Gesicht gelacht und hat ihn aus dem Haus geworfen.« Nigel sah nachdenklich aus. »Dennoch komisch – Lord Gale war gar nicht so ein netter junger Mann, reich, gut aussehend, passend, und ich kann nicht behaupten, dass ich je davon gehört hätte, dass sie versucht hätte, ihn zu betören. So wie ich das gesehen habe, hat sie eher versucht, ihn zu entmutigen, aber er war vollkommen vernarrt, er wollte ein Nein einfach nicht akzeptieren. Offenbar hat sie seine Familie davon überzeugt, dass er London verlassen sollte – und sie. Ich weiß nicht, ob ich das glauben soll oder nicht, aber möglich ist es schon. Was ich allerdings weiß, ist, dass sie es genießt, einige der schlimmsten Wüstlinge so abzuweisen, dass sie ziemlich geknickt sind.«

Patrick hatte reumütig gelächelt. »Nun, ich muss zugeben«, gestand er dann, »dass ich ihre Art ein wenig bewundere. Nur wenige Menschen würden es wagen, sich nach so einem Skandal in der Gesellschaft zu zeigen. Und sie zeigt sich nicht nur, sie scheint auch keinen Deut darum zu geben, was die Menschen von ihr denken. Und wenn sie es genießt, es einigen dieser schlimmen Wüstlinge zu zeigen, wer könnte ihr da nach allem, was geschehen ist, einen Vorwurf machen? Ich sicher nicht.«

Nigel hatte Patrick scharf angesehen und dann gesagt: »Du bist besser vorsichtig – sie hat schon einige Kerle erregt, die bisher vor der Ehe zurückgeschreckt sind. Sorge dafür, dass du nicht auch zu ihnen gehörst.«

Patrick hatte ihn erstaunt angesehen. »Guter Gott, du glaubst doch nicht etwa, dass auch ich mich von ihr bezaubern lassen würde, wie?«

Nigel hatte nur gelächelt und ihn weise angesehen. »Man weiß nie, mein Freund, man weiß nie.«

Patrick erinnerte sich an Nigels Worte, und seine Stirn runzelte sich noch mehr. Er zwang seine Gedanken von Thea Garrett weg und begann zu überlegen, was er heute Morgen seiner Mutter sagen wollte. Dieses Thema beschäftigte ihn, bis er im Bett lag. Doch dann, als wäre sie entschlossen, das, was von der Ruhe der Nacht noch blieb, zu zerstören, erstand Theas Gesicht wieder vor seinem inneren Auge. Zu seinem Erschrecken stellte er fest, dass er Entschuldigungen für sie fand und dass er glauben wollte, dass sie genau das war, was sie zu sein schien, eine charmante Dame, die er sehr gern viel intimer gekannt hätte. Äußerst intim.

Der Besuch bei Lady Caldecott am nächsten Morgen verlief recht erfreulich. Sie war enttäuscht, dass er so wenig zu berichten hatte, und fand es eigenartig, dass der Erpresser nicht aufgetaucht war.

Er saß ihr gegenüber, adrett gekleidet in einen dunkelblauen Rock vom feinsten Stoff und einer Hose aus gelbem Nankingstoff. »Wie ich schon sagte«, murmelte Patrick, »es könnte ganz einfach auch nur ein Trick von ihm sein, um genau herauszufinden, wie du reagierst. Ich habe ihn zwar nicht gesehen, aber ich bin doch sicher, dass er weiß, dass ich an deiner Stelle gekommen bin. Das hat ihm zweifellos zu denken gegeben.«

»Nun ja«, meinte seine Mutter unsicher und sah ihn ängstlich an. »Ich bin sicher, dass es so ist. Du glaubst doch nicht, dass deine Anwesenheit ihn verärgert haben könnte?«

Patrick zuckte mit den Schultern. »Alles ist möglich. Ich weiß nur, dass außer mir niemand in diesem Haus war, und ich habe beinahe eine ganze Stunde nach der vereinbarten Zeit gewartet, niemand ist gekommen.« Innerlich wand sich Patrick, als er seine Mutter anlog, auch wenn es zu ihrem Besten war. Er beruhigte sein Gewissen, indem er sich sagte, dass er immerhin wirklich über eine Stunde dort gewartet hatte. Was er nicht erwähnte, war, dass er die meiste Zeit davon bewusstlos gewesen war. Er stand auf. »Bis du wieder von ihm hörst, kann ich nur wenig gegen ihn unternehmen, außer die Informationen weiterzuverfolgen, die ich von Nigel bekommen habe. Nigel hat gesagt, dass seine Tante Levina im Januar gestorben ist und dass ihre Familie, die Ellsworths, die meisten ihrer privaten Sachen und Papiere an sich genommen haben. Ich werde bei ihnen anfangen.«

»Ellsworth?«, meldete sich eine neue Stimme. »Kennen wir wirklich jemanden mit diesem Namen, meine Liebe?«

Alice erstarrte. Sie warf ihrem Sohn einen schnellen Blick zu, dann wandte sie sich um und lächelte den großen, schlanken Gentleman warm an, der das Zimmer betreten hatte. Lord Caldecott schenkte seinem Stiefsohn ein gütiges Lächeln, dann setzte er sich lässig auf das Sofa neben seine Frau und meinte: »Ich dachte, ich kenne all deine Freunde, mein Liebling, aber ich kann mich nicht erinnern, dass dieser Name mir schon einmal untergekommen ist. Sicher ist es doch nicht diese aufdringliche Familie, in die der arme Lord Talbot geheiratet hat? Es war seine älteste Tochter, wenn ich mich recht erinnere.« Er runzelte ein wenig die Stirn. »Wenn es diese Familie ist, denke ich, dass einer der Söhne die Tochter von Lord Bettison geheiratet hat – Spielschulden, du weißt schon.«

Lord Caldecott war in seiner Jugend der unbestrittene Anführer eines modebewussten Kreises gewesen, das war immer noch an der eleganten Brüsseler Spitze um seinen Hals und seine Handgelenke und dem untadeligen Schnitt seiner blauen Jacke und der eleganten Passform seiner taubengrauen Hose zu sehen. Im Gegensatz zu vielen seiner Freunde besaß er auch im Alter von zweiundsechzig Jahren noch einen vollen Schopf silberblonder Locken, die er sorgsam frisiert hatte. Selbst in diesem Alter war er noch ein gut aussehender Mann. Unter den schmalen Augenbrauen blickten eisig blaue Augen, und sein Gesicht war kantig. Lord Caldecott behauptete, ein hirnloser Geck zu sein, doch für alle, die ihn näher kannten, war er das genaue Gegenteil.

Patrick wusste, dass er einen scharfen Verstand besaß, und er war unsicher, weil Lord Caldecott so plötzlich erschienen war. Er verbeugte sich lächelnd. »Guten Morgen, mein Lord«, murmelte er. »Es ist mir eine Freude, Sie zu sehen.«

Lord Caldecott sah ihn abwesend an. »Ja, aber haben wir dich nicht schon gesehen in dieser Woche, mein lieber Junge?«

»Du kannst doch sicher nichts dagegen haben, wenn mein Sohn mich ab und zu besuchen kommt?«, fragte Alice.

Lord Caldecott lächelte freundlich und tätschelte ihre Hand. »Aber natürlich nicht, meine Liebe – du weißt doch, dass ich dir nichts abschlagen würde, was dich glücklich macht. Ich habe nur versucht, mich zu erinnern, ob ich deinen Sohn in dieser Woche bereits gesehen habe.«

Lord Caldecott hob das Monokel, das an einem weißen Seidenband um seinen Hals hing. Er sah Patrick mit schläfrigem Blick an, dann fragte er: »Wolltest du gerade gehen, lieber Junge? Du wolltest diese, äh, Ellsworths finden, nicht wahr? Vielleicht sind es Freunde der Familie?«

»Nicht unbedingt«, versicherte ihm Alice schnell und plauderte dann über Levina Ellsworth, die in die Embry-Familie geheiratet hatte und die eine Bekannte von ihr gewesen war. »Ich habe kürzlich gehört, dass sie gestorben ist, und Patrick hat mir erzählt, dass ihre Nichten und Neffen, die Ellsworths, ihre Erben sind.« Sie warf Patrick einen hilflosen Blick zu. »War das nicht so, mein Lieber?«

»Ja, genau«, antwortete Patrick gedehnt und fragte sich, wie viel sein verehrter Stiefvater wohl mit angehört hatte und was er über die Erpressung von Lady Caldecott wusste. Er begegnete dem Blick aus den klaren blauen Augen und fühlte einen Anflug von Unsicherheit. Trotz seines lässigen Benehmens entging diesem Mann gar nichts. Wusste er etwas von der Erpressung? Und wenn er davon wusste, warum hatte er nichts zu seiner Frau gesagt? Hatte er seine eigenen Geheimnisse? Geheimnisse, die etwas mit der Erpressung seiner Frau zu tun hatten? Patricks Blick verhärtete sich. War es möglich, dass Caldecott unverschämt und verzweifelt genug war, seine eigene Frau zu erpressen?

Patrick verabschiedete sich ein paar Minuten später und entschied, ehe er irgendetwas anderes tat, würde er eine diskrete Untersuchung der Finanzen von Lord Caldecott anstrengen. Sein Gesicht verzog sich grimmig. Das Letzte, was er wollte, war, die Ehe seiner Mutter zu zerstören. Also, was sollte er tun, wenn seine Nachforschungen zu ihrem Mann führten?

Kapitel Fünf

Thea verbrachte eine ruhelose Nacht. Am Dienstagmorgen wachte sie müde und teilnahmslos auf. Die Ereignisse des vergangenen Abends weckten in ihr nicht den Wunsch, aus dem Bett zu springen und den neuen Tag zu begrüßen. Doch schließlich stand sie auf, und nach einem leichten Frühstück mit Kaffee und Toast in ihrem Zimmer ging sie die Treppe hinunter, als die große Uhr im Flur gerade die halbe Stunde schlug. Sie warf einen Blick darauf und stellte erstaunt fest, dass es bereits halb zwölf war.

Thea brauchte nur ein paar Minuten, um Modesty zu finden. Sie stand vor einem Strauß spät blühender Lilien und Rosen und starrte die Blumen an. Als Thea das Zimmer betrat, blickte sie über ihre Schulter. »Nun, das sind wahrscheinlich die letzten Blumen bis zum nächsten Jahr«, meinte sie. »Ich werde es vermissen, ihren süßen Duft im Zimmer zu haben.«

Thea schenkte ihr ein flüchtiges Lächeln, dann ging sie durch das hübsche Zimmer und starrte aus einem der großen, schmalen Fenster, das zur Straße hinaus ging. Sie stand einige Minuten dort und sah eigentlich die Pferde und Wagen gar nicht, die am Haus vorbeiholperten.

Schließlich ging sie zu einem der gepolsterten Sofas hinüber, das mit feinem Seidenstoff bezogen war, und sank darauf. Sie sah Modesty an, die sich kurz zuvor auf einen zierlichen, hochlehnigen Stuhl neben dem Sofa gesetzt hatte.

»Was sollen wir tun?«, fragte Thea mit besorgtem Gesicht.

»Im Augenblick können wir gar nichts tun«, antwortete Modesty. »Bis wir die Nachricht von seinem Tod bekommen, können wir nichts anderes tun, als zu warten.«

Thea sprang auf, sie lief ein paar Schritte durch das Zimmer. »Ich konnte noch nie gut warten – ganz besonders nicht auf so etwas! Es ist, als würde man darauf warten, dass einem der Himmel auf den Kopf fällt.«

»Sicher ist es nicht so dramatisch, meine Liebe.«

Thea seufzte. »Wahrscheinlich nicht. Ich fühle mich nur so hilflos. Ich kann nicht einmal zu Edwina gehen und ihr meinen Beistand anbieten, wenn sie von seinem Tod erfährt.« Sie warf Modesty einen Blick zu. »Sie wird doch sicher zu uns kommen, nicht wahr? Du glaubst doch nicht, dass sie uns in einer solchen Zeit den Rücken kehrt? Vielleicht sollte ich ihr eine Nachricht schicken, in der ich andeute, dass ich diesen dummen Streit zwischen uns beenden möchte?«

»Auf keinen Fall!« Als sie Theas störrischen Blick sah, lenkte Modesty ein. »Siehst du denn nicht, wie verdächtig das aussehen würde? Nach Monaten der Entfremdung schreibst du ihr plötzlich, genau an dem Tag, an dem sie die Nachricht erhält, dass man ihren Mann umgebracht hat. Das geht ganz einfach nicht.«

»Oh, ich weiß ja, dass du Recht hast, ich kann es ganz einfach nicht ertragen, gar nichts zu tun!«

»Hättest du von Anfang an gar nichts getan«, meinte Modesty spöttisch, »dann wärst du jetzt nicht in dieser Lage.«

Thea verzog das Gesicht. »Auch damit hast du Recht, und glaube mir, der Gedanke ist mir auch schon gekommen.«

»Also«, meinte Modesty und bemühte sich absichtlich, fröhlich zu sein. »Werden wir heute Abend auf Lady Hilliards Ball gehen? Immerhin haben wir ihr unsere Teilnahme bestätigt.«

Thea sah sie entsetzt an. »Modesty! Wir können nicht zu einem Ball gehen, wo doch Edwinas Mann tot ist.«

»Aber das wissen wir doch gar nicht, Liebes«, widersprach Modesty sanft. »Und bis wir es wissen, müssen wir all das tun, was wir normalerweise auch tun würden. Und das bedeutet, zu diesem Ball zu gehen.«

»Musst du denn immer Recht haben?«, fragte Thea, halb verzweifelt, halb spöttisch.

Modesty lächelte. »Nun ja, ich versuche es, meine Liebe, ich versuche es.«

Thea lachte zögernd und bemühte sich, von etwas anderem zu reden. Es gelang ihr auch recht gut, und ein Außenstehender hätte wohl nicht bemerkt, dass etwas anderes ihre Gedanken beschäftigte als der Hilliard-Ball. Aber innerlich war sie auf einen Schlag vorbereitet.

Während der Tag verging, zuckte sie bei jedem Geräusch zusammen, und wann immer Tillman das Zimmer betrat, sah sie ihm ängstlich entgegen, weil sie überzeugt davon war, dass er kam, um ihr zu sagen, dass Edwina gekommen sei, mit der entsetzlichen Nachricht, dass ihr Mann umgebracht worden war. Als sie dann endlich nach oben gegangen war, um sich für den Ball umzuziehen, schmerzte ihr Kopf und ihr Magen hatte sich zusammengekrampft.

Warum hatten sie noch nichts gehört? Sie wunderte sich. Sicher hatte man Hirsts Leiche doch mittlerweile gefunden und Edwina die schreckliche Nachricht gebracht. War die Entfremdung zwischen ihnen so groß, dass ihre Schwester nicht das Gefühl hatte, zu ihr kommen zu können?

Ängstlich, unsicher und voller Furcht vor dem Abend, der vor ihnen lag, ging Thea noch einmal die Treppe hinunter und bemerkte kaum das blassgelbe Seidenkleid mit dem glockenförmigen Rock, in das ihre Zofe, die treue Maggie Brown, ihr geholfen hatte. Das Kleid hatte winzige Puffärmel, und das abgerundete, tief ausgeschnittene Mieder war mit kostbarer Spitze besetzt. Maggie hatte auch Theas glänzendes Haar auf dem Kopf hochgesteckt, zu einer Masse von Locken, die förmlich darum baten, von einer Männerhand gelöst zu werden. Einige Strähnen rahmten ihr hübsches Gesicht ein. Niemand, der sie ansah, der ihre dunklen Augen und den rosigen Mund betrachtete, hätte je etwas von dem Aufruhr in ihrem Inneren hinter der charmanten Fassade vermutet.

Modesty war auch hübsch gekleidet. Ihr Kleid war wesentlich weniger gewagt, doch offensichtlich war das Kleid aus pflaumenblauer Seide von meisterhafter Hand geschneidert. Ein schwarzer Seidenschal hüllte ihre Schultern ein, und eine Kette aus kleinen, aber kostbaren Perlen lag um ihren Hals. Ihr dichtes Haar mit den grauen Strähnen war in ihrem Nacken zu einem Knoten hochgesteckt, der von einem goldenen Netz verhüllt wurde. Sie sah genauso aus, wie sie war: eine modebewusste ältere Frau von unabhängigem Stand.

Der Ball war so schrecklich, wie Thea es befürchtet hatte. Während sie mit Freunden und Verwandten lachte und sich unterhielt, versuchte sie, nicht an Hirsts Körper zu denken, der auf dem Boden des Hauses in der Curzon Street lag, oder an den Schmerz ihrer Schwester, wenn sie von seinem Tod erfuhr. Soweit es Thea betraf, war er ein entsetzlicher Mann gewesen, und sie konnte seinen Tod nicht bedauern – höchstens die Art seines Todes. Aber Edwina, rief sie sich unglücklich ins Gedächtnis, hatte ihn geliebt, und ihr Herz tat ihr wegen ihrer Schwester weh.

Der Hilliard-Ball war sehr erfolgreich. Der herrliche Ballsaal war mit blassgelben Rosen und weißen Gardenien geschmückt, die im Gewächshaus auf dem Landsitz der Hilliards gezogen worden waren, der Duft der Gardenien lag über dem ganzen Raum. Die Gesellschaft war erstklassig, die Kleidung, die die Gäste trugen, war ein Meer aus herrlicher Seide und Satin, die Damen erstrahlten in blassrosa, blauen und cremefarbenen Schattierungen. Auch die Herren waren gut gekleidet, mit sorgfältig gebundenen weißen Krawatten und Röcken aus bestickter Seide in Schattierungen von Burgunder, Dunkelblau und Dunkelgrau. Helle, eng anliegende Hosen verhüllten wohlgeformte Männerbeine – oder auch weniger wohlgeformte.

Die Musiker spielten wundervoll, Diener in schwarzen Livreen eilten mit riesigen Tabletts mit Erfrischungen durch den Raum. Zu trinken gab es Limonade, Punsch, Portwein und dazu noch eine riesige Auswahl an Weinen, zu knabbern gab es kleine Pasteten, gefüllt mit Shrimps, Hähnchen und Kalbfleisch sowie Kristallschalen voller Bonbons und zierlichen Mandel- und Zitronentörtchen.

Aber Thea hätte genauso gut mitten in einem Misthaufen stehen können, so viel Freude machten ihr die Bilder, die Geräusche und Gerüche. Sie musste diesen Abend ganz einfach ertragen, sie vertrieb sich nur die Zeit, bis sie und Modesty endlich gehen konnten.

Als sie gekommen waren, hatte sich Modesty zu einigen älteren Matronen und Witwen aus ihrer Bekanntschaft gesellt, und nachdem sie mit fröhlicher Begeisterung begrüßt worden war, hatte sie sich in ihrer Mitte niedergelassen. Thea zweifelte nicht daran, dass sie den Abend mit Klatsch und Fröhlichkeit verbrachte und zusammen mit ihren Freunden die lustigen Streiche der jüngeren Gäste beobachtete. Auch Thea hatte Freunde, und normalerweise genoss sie deren Gesellschaft, sie redete und lachte mit einigen jungen, bezaubernden Matronen und mit einigen genauso jungen, doch entschieden kultivierten Witwen.

Trotz des alten Skandals und der Gerüchte, die sie umgaben, wurde sie in diesen Tagen in den meisten Häusern der guten Gesellschaft willkommen geheißen. Aber Thea vergaß nie, dass sie die Rückkehr an den Busen der zögerlichen Gesellschaft nur ihrer Familie verdankte, sie hatten unermüdlich für sie gearbeitet, um ihr zu helfen, wieder ein gewisses Maß an Akzeptanz zu erreichen. Sie konnte sich glücklich schätzen, durch Blutsverwandtschaft und durch Heirat mit zwei Baronen, einer Gräfin und einem Herzog verwandt zu sein und ihr eigenes Vermögen zu besitzen; all das hatte die teilweise Aussöhnung mit der Gesellschaft möglich gemacht.

Natürlich war sie sich sehr wohl bewusst, dass ihr ihr Verbrechen niemals vollkommen verziehen würde, und es gab noch immer Menschen, die sich sehr höflich darum bemühten, ihre Gesellschaft zu vermeiden. Unschuldige junge Damen und begehrte junge Männer hatte man schon immer vorsichtig aus ihrer Nähe fern gehalten, und das war auch heute noch so. Als ihr bewusst wurde, was vor sich ging, hatte sie das verletzt, doch heute war das nicht mehr so. Die Strategien, die einige Eltern anwendeten, um ihre unschuldigen kleinen Täubchen und Hündchen davon abzuhalten, unter ihren bösen Einfluss zu geraten, ließen sie nur noch spöttisch lächeln. Ab und zu setzte sie alles daran, um aus einem Anflug von Schelmerei heraus absichtlich einige Mitglieder aus dieser beschützten und verwöhnten Gruppe unter der Nase ihrer hilflosen Eltern zu bezaubern. Aber schon sehr bald machte sich immer wieder ihr Gewissen bemerkbar, und sie beendete das Tête-à-Tête sanft und schnell, ehe Schaden angerichtet wurde. Sie war niemals absichtlich grausam.

Thea war es gelungen, den Abend so gut wie möglich zu verbringen. Sie hatte einige der Ländler mit ihrem Cousin John und einigen alten Freunden getanzt und hatte einen Teil des Abends fröhlich zusammen mit anderen Freunden und Bekannten verbracht. Der Ball war bereits fast vorüber, als eine besondere Freundin, Lady Elizabeth Roland, zu ihr kam.

Lady Roland hatte darauf bestanden, dass Thea sie Lisbeth nannte, bereits wenige Augenblicke, nachdem sie einander vor drei Jahren zum ersten Mal begegnet waren. Sie sah auch gar nicht so aus, wie man es von einer Frau erwartete, die bereits seit einigen Jahren Witwe war. Sie war ein Jahr jünger als Thea, war groß und stattlich und hatte fröhliche, seegrüne Augen und eine Masse wilden, silberfarbenen Haares. Lady Roland war bei den älteren, ein wenig spießigeren Mitgliedern der feinen Gesellschaft als sehr flott bekannt, das machte sie in Theas Augen sofort sympathisch. Sie hatten viele nette Stunden miteinander verbracht, in denen sie sich schreckliche Schicksale für die hochmütigsten Mitglieder der Gesellschaft ausgedacht hatten und in denen sie über die Eigenarten derjenigen gelacht hatten, die sich als Führer in Modedingen betrachteten. Sie waren beide leichtsinnig und hatten nur wenig Respekt für Konventionen. Sie hatten sich von Anfang an zueinander hingezogen gefühlt, weil man sie beide als »nicht unbedingt passend« ansah und sie beide genügend familiäre Verbindungen und Vermögen besaßen, um all denen eine Nase zu drehen, die sie schief ansahen.

Thea hatte gerade John und seine Freunde weggeschickt und überlegte, ob sie Modesty suchen und nach Hause gehen sollte, als Lisbeth zu ihr kam.

Lisbeth hatte sich allen Konventionen widersetzt und trug ein hübsches Kleid in strahlendem Smaragdgrün. Der seidene Rock war so eng, dass er sich an ihre langen Beine anschmiegte, das Mieder war wagemutig tief ausgeschnitten und enthüllte einen verlockenden Teil ihres herrlichen Busens. Lisbeth hatte keine Hemmungen, die Gesellschaft zu schockieren.

Ihre seegrünen Augen blitzten, das silberne Haar hatte sie zu einer Masse aus Locken aufgesteckt, und ein spöttisches Lächeln lag um ihren breiten Mund, als sie neben Thea schwebte. Sie begrüßten einander, und Lisbeth sah ihre Freundin lange prüfend an.

Liebevoll kniff sie Thea in das Kinn. »Was ist los mit dir, mein Schatz?«, fragte sie. »Du siehst heute Abend richtig vergrämt aus. Sage mir bloß nicht, dass dein schrecklicher Schwager dir schon wieder Schwierigkeiten macht.«

Thea zuckte zusammen, und nur ihre Geistesgegenwart verhinderte es, dass sie Lisbeth verriet, wie Recht sie hatte. Sie zwang sich zu einem Lächeln, sah Lisbeth an und murmelte: »Ich glaube, ich habe Kopfschmerzen. Ich wollte mich gerade auf die Suche nach Modesty machen, als du kamst. Amüsierst du dich?«

»Hmm. Schon möglich. Ich bin beinahe davon überzeugt, dass ich mit diesem Kleid mindestens zwei der alten Katzen beleidigt und ihnen genügend Anlass gegeben habe, zwei Wochen lang glücklich zu sein, weil sie etwas haben, worüber sie klatschen können«, antwortete Lisbeth, ihre intelligenten grünen Augen ruhten noch immer auf Theas Gesicht. Sie schüttelte Thea ein wenig. » Du wirst mich so schnell nicht los. Ich kenne dich viel zu gut. Etwas stimmt nicht. Was ist los?«

Thea lächelte sie an. »Nichts. Wirklich nichts. Ich fühle mich heute Abend nur nicht sehr wohl. Aber das ist kein Grund, dass du dir Sorgen machst.«

»Und warum glaube ich dir nicht?«

»Weil du von Natur aus eine böse, misstrauische Frau bist?«, fragte Thea übertrieben freundlich, und ihre Augen blitzten belustigt.

»Hmm, da könntest du Recht haben«, stimmte Lisbeth ihr bereitwillig zu, ein bezauberndes Grübchen erschien in ihrer Wange, als sie Thea anlächelte.

Lisbeth war offensichtlich bereit, das Thema schnell zu wechseln, sie sah sich in dem hübschen Raum um. »Lady Hilliard muss man ein Kompliment machen, dass es ihr gelungen ist, so viele Besucher zu haben, wenn man bedenkt, wie wenige Familien in diesem Herbst zur kleinen Saison nach London zurückgekehrt sind.« Sie sah Thea an.

»Wirst du mit Modesty in London bleiben? Oder gehst du den Winter über nach Halsted?«

Thea dachte an Edwina und an die Trauerzeit, die nach Hirsts Tod notwendig war. »Wir werden wahrscheinlich nach Halsted fahren. Ich denke, wir werden schon bald abreisen.«

»Kommen deine Pläne nicht etwas plötzlich? Ich dachte, du wolltest bis zum ersten November in der Stadt bleiben.«

Thea zuckte mit den Schultern. »London hat für mich seinen Glanz verloren. Ich freue mich darauf, wieder einmal auf dem Land zu sein.«

Lisbeth gab ihr eine vage Antwort, ihr ruheloser Blick änderte sich plötzlich. »O je«, schnurrte sie. »Ich frage mich, wer dieser teuflisch gut aussehende Gentleman wohl ist? Ich kann mich gar nicht daran erinnern, ihn vorher schon einmal gesehen zu haben.«

Thea blickte in die Richtung, in die Lisbeth sah, und ihr Herz machte einen kleinen Sprung, als sie Patrick Blackburne entdeckte. Seine Mutter, Lady Caldecott, war bei ihm, und es war offensichtlich, dass die beiden auf sie und Lisbeth zukamen.

Lady Caldecott, die nicht gerade begeistert schien, nachdem sie die beiden Frauen begrüßt hatte, sagte steif: »Darf ich Ihnen meinen Sohn vorstellen, Patrick Blackburne. Er ist auf Besuch aus Amerika da.«

Thea bewunderte Patricks Geschick, einen so öffentlichen Ort für ihr angebliches erstes Treffen auszuwählen. Sie musste auch zugeben, dass er in Abendkleidung sehr gut aussah. Sein Rock war aus feiner, burgunderfarbener Seide, sein Gesicht dunkel und bezwingend über der strahlend weißen, diskret gebundenen Krawatte. Seine Hose war aus cremefarbener Seide und schmiegte sich an seine langen Beine. Er hatte wirklich bewundernswerte Schenkel und Beine.

Lisbeth fand das anscheinend auch, denn der Blick, den sie ihm schenkte, war beinahe lächerlich anerkennend. Sie hatte ihn mit ihren grünen Augen förmlich ausgezogen, und Thea war überrascht über den Anflug von Eifersucht, den sie fühlte.

Weil ihre Gedanken ihr nicht gefielen, lächelte Thea und fragte schnell: »Und wie gefällt es Ihnen in England, Mr Blackburne?«

Ein spöttisches Blitzen erschien in Patricks grauen Augen, und er erwiderte ernst: »Es war bis jetzt recht, äh, interessant – gar nicht so, wie ich es erwartet hatte.«

»Und was haben Sie erwartet?«, wollte Lisbeth wissen.

Patrick sah sie an, sein Mund verzog sich belustigt. »Ganz sicher nicht das, was ich gefunden habe.« Sein Blick ging wieder zu Theas Gesicht. »Ganz bestimmt nicht das, was ich gefunden habe«, wiederholte er noch einmal ein wenig sanfter.

Lady Caldecott schnaufte beinahe, doch dann entdeckte sie eine Bekannte. »Entschuldigt mich, ich sehe da gerade Lady Blanchard und möchte gern ein paar Minuten mit ihr reden«, sagte sie.

Patrick bemerkte kaum, dass seine Mutter ging, seine grauen Augen ruhten voller Freude auf dem Bild, das Thea bot. Gestern Abend hatte er sie attraktiv gefunden, aber heute Abend … heute Abend war sie bezaubernd in ihrem gelben Seidenkleid, und er fühlte plötzlich etwas, das mehr war als nur flüchtiges Interesse.

Lisbeth sah von einem zum anderen und grinste innerlich. Nun, nun. Wer hätte das gedacht? Sie wusste nicht genau, was geschah, aber es war offensichtlich, wenigstens für sie, dass zwischen Thea und dem verlockenden Mr Blackburne etwas vorging. Jedes Interesse, das sie selbst an dem gut aussehenden Amerikaner gehabt hatte, erstarb sofort. Lisbeth hatte nicht die Absicht, jemandem ins Gehege zu kommen, und ihr war klar, dass Thea diesen Gentleman mit mehr als der üblichen Verachtung ansah, das hatte sie noch nicht erlebt. Sie entschied, dass sie überflüssig war, murmelte einen höflichen Abschied und verschwand. Weder Thea noch Patrick schienen zu bemerken, dass sie ging.

Patricks Blick ruhte auf Theas Gesicht. »Sie sehen sehr hübsch aus heute Abend«, meinte er. Er zögerte ein wenig, dann fragte er: »Haben Sie noch nichts gehört? Da Sie heute Abend hier anwesend sind, nehme ich an, dass man noch nichts entdeckt hat.«

Er begann, sie etwas abseits zu führen, und Sekunden später waren sie nach draußen auf die Terrasse getreten. Es war kühler hier draußen, am schwarzen Himmel leuchteten hell die silbernen Sterne. Einige Paare wanderten im Licht der Laternen über die Wege des kleinen Gartens. Die Terrasse war relativ abgeschieden und beinahe leer, bis auf zwei Gentlemen, die am anderen Ende eine Zigarre rauchten.

»Sie haben richtig angenommen«, erklärte Thea leise und war sich Patricks warmer Haut unter ihrer Hand, die auf seinem Arm lag, sehr bewusst. »Es ist möglich, dass meine Schwester schon benachrichtigt worden ist, dass sie es mir aber noch nicht gesagt hat, aber ich kann nicht glauben, dass sie nicht zu mir kommen würde, im Angesicht einer solchen Tragödie.«

»Da ich die junge Dame nicht kenne, kann ich dazu nichts sagen.« Er seufzte. »Bis der Tod öffentlich gemacht wird, können wir nichts anderes tun als warten.«

Thea sah zu ihm auf. »Glauben Sie, dass wir etwas Neues erfahren werden, wenn der Tod erst einmal bekannt wird?«

Sie waren stehen geblieben und befanden sich jetzt im tiefen Schatten auf der anderen Seite der Terrasse. Die beiden Zigarren rauchenden Gentlemen waren wieder ins Haus gegangen, sonst war niemand zu sehen.

Thea wurde sich plötzlich bewusst, wie abgeschieden sie waren, obwohl man das Gelächter und die Geräusche des Balls durch die weit geöffneten Terrassentüren hören konnte, sie wurde nervös. Die Tatsache, dass sie Patrick attraktiv fand, machte die ganze Sache nur noch beunruhigender.

Ein wenig ihrer Nervosität musste sich auf Patrick übertragen haben. Mit einem Anflug von Belustigung in der Stimme sagte er: »Ich verspreche Ihnen, ich werde nicht über Sie herfallen. Und wenn Sie sich wegen Ihres Rufes Sorgen machen, dann versichere ich Ihnen, dass es vollkommen in Ordnung ist, dass wir beide uns hier ruhig unterhalten – wenigstens für einige Minuten.«

Thea errötete in der Dunkelheit. »Vielleicht wäre das mit einer anderen Frau der Fall, aber Sie haben vergessen, dass ich die berüchtigte Thea Garrett bin.« Sie sah ihn unter halb gesenkten Augenlidern an. »Sie haben Ihre Mutter gebeten, uns einander vorzustellen, nicht wahr? Und sie wollte das nicht, nicht wahr?«

Patrick griente, seine weißen Zähne blitzten in der Dunkelheit. »Nein, sie war nicht sehr glücklich über meine Bitte. Aber sie hat bereits jede Hoffnung aufgegeben, mich je verheiratet zu sehen, und die Tatsache, dass ich mich überhaupt für eine junge Frau interessiere, hat sie überzeugt.«

Wieder errötete Thea. »Und haben Sie ihr gesagt, dass Sie an mir interessiert sind?«, fragte sie förmlich.

»Nicht ganz so. Ich habe nur erwähnt, dass ich wissen wollte, wer diese bezaubernde Person in dem gelben Kleid war. Der Rest war ganz einfach.«

Obwohl sie wusste, dass er seiner Mutter einen Grund hatte geben müssen, damit sie einander vorgestellt wurden, so verspürte Thea doch bei seinen Worten ein heißes Glücksgefühl. Fand er sie wirklich bezaubernd? Sie ermahnte sich, keine dumme Gans zu sein, und zwang ihre Gedanken von einem so gefährlichen Weg weg.

Patrick erschreckte sie, als er eine Hand unter ihr Kinn legte. Er starrte in ihr vorsichtiges Gesicht. »Und das sind Sie auch, müssen Sie wissen. Bezaubernd. In der Tat sind Sie viel zu bezaubernd, als dass es gut für Sie wäre.«

Sie blickte zu ihm auf, ihr stockte plötzlich der Atem. »W-wie meinen Sie das?«, brachte sie heraus, und ihre Augen wurden ganz groß.

Er senkte den Kopf. An ihren zitternden Lippen murmelte er: »Also wirklich, ich meine damit, dass kein Mann mit gutem, rotem Blut Ihnen widerstehen kann.«

Er küsste sie. Seine Lippen waren warm und weich auf ihren, die Weichheit überraschte sie und weckte in ihr den Wunsch, sie noch weiter auszukosten. Sanft neckte sein Mund sie, weckte Gefühle in ihr, an die sie sich kaum noch erinnerte. Verloren in dem erwachenden Wunder dieses Augenblicks, mit dem verführerischen Druck seiner Lippen auf ihren, bemerkte Thea kaum, dass er die Arme um sie legte. Erst als er sie an seinen muskulösen Körper zog, wurden ihr mehrere beunruhigende Dinge gleichzeitig bewusst. Zunächst einmal küsste er sie bereits sehr lange, dann genoss sie diesen Kuss viel zu sehr, und noch dazu schien Mr Blackburne unmissverständlich und gründlich erregt zu sein, wenn sie nach der Beule urteilen konnte, die sich gegen ihre Schenkel drängte.

Doch was noch viel erstaunlicher war, auch sie war erregt, sie war sich ihres Körpers bewusst, auf eine Art, die sie schon seit langer Zeit nicht mehr gefühlt hatte, wenn überhaupt schon einmal. Elektrisiert von dem Wissen, wohin ein solches Benehmen führen konnte, löste sich Thea aus seinen Armen. Sie fühlte sich beschämt durch ihre eigene Schwäche und war wütend auf sich selbst, deshalb fuhr sie ihn an: »Ich bin nicht einverstanden mit Ihrem Versuch, mich zu verführen. Hat Nigel Ihnen das eingeredet? Haben Sie beide vielleicht sogar darum gewettet?«

Sein Atem ging schneller, sein Unterleib schmerzte auf eine Art, die er nie für möglich gehalten hätte, Patrick bemühte sich darum, die Kontrolle über seinen Körper zurückzubekommen. Er war wütend auf sich selbst, weil er diese

Kontrolle verloren hatte, und ihre Worte hatten ihn getroffen. »Weder Nigel noch eine verdammte Wette hat etwas mit dem zu tun, was gerade zwischen uns geschehen ist«, entgegnete er heftig. »Und ich habe etwas gegen Ihre Anschuldigung, dass ich so tief sinken könnte.«

Ein zynisches Lächeln lag um ihren Mund. »Nun, Sie wären nicht der erste Gentleman, der versucht hätte, mich zu verführen, oder der um den Ausgang einer solchen Verführung gewettet hätte.«

»Ich habe seit meiner Zeit als unreifer Junge keinerlei Wetten mehr um junge Damen abgeschlossen«, erklärte Patrick steif. »Und ich habe bedauert, jemals so etwas getan zu haben.«

»Ach, wirklich?«

Erinnerungen an gewisse, recht erbärmliche Wetten, die er in der Vergangenheit abgeschlossen hatte, kamen ihm wieder in den Sinn, einschließlich der letzten Wette, in der es darum ging, Thea vorgestellt zu werden. Er verzog das Gesicht. Er konnte nicht einmal schwören, dass er nie eine Wette abgeschlossen hatte, die sie betraf.

Er unterdrückte einen Fluch. »Eine Wette hatte nichts mit dem zu tun, was gerade zwischen uns geschehen ist«, murmelte er. »Ich habe Sie gewarnt, dass Sie viel zu bezaubernd sind, als dass es gut für Sie wäre.«

»Oh, dann war das also mein Fehler?«, fragte Thea ungläubig.

»Nein, verflixt, das war es nicht! Ich wollte damit nur sagen, dass ich Sie so bezaubernd fand, dass ich nicht widerstehen konnte.« Er warf ihr einen verärgerten Blick zu. »Es wird nicht mehr vorkommen«, erklärte er grimmig.

»Das will ich auch hoffen – wenn wir zusammenarbeiten wollen«, erklärte Thea gelassen. Sein Geständnis, dass er sie bezaubernd fand, hatte sie nicht ungerührt gelassen, wenigstens bis ihr klar wurde, dass er ganz einfach versuchen könnte, sie mit leeren Komplimenten gefügig zu machen. Sie hatte genug davon gehört, von skrupellosen Gentlemen, die darauf aus waren, sie zu verführen. Sie hatte von diesen Komplimenten genug für den Rest ihres Lebens. Dennoch, trotz all der Gründe, warum sie nicht glauben durfte, dass er es ernst meinte, wollte sie ihm so gern glauben, dass er die Wahrheit gesagt hatte – es war ein Wunsch, den sie bis heute noch nie gefühlt hatte. Er war gefährlich für ihren Seelenfrieden.

Thea entschied sich, den Rückzug anzutreten, deshalb wandte sie sich um und ging auf die offene Tür zu, als sie eine Frau in der Dunkelheit lachen hörte. Sie kannte dieses Lachen, und sie blieb stehen, als sei sie plötzlich zu Stein erstarrt.

Edwina? Aber das konnte nicht sein! Nicht einmal Edwina wäre dreist genug, an dem Tag, an dem sie vom Tod ihres Ehemannes erfahren hatte, an einem Ball teilzunehmen!

Sie ging schneller, eilte in den Raum und blieb dann ungläubig stehen, als sie die lachende Frau entdeckte. Es war wirklich Edwina, sie sah absolut reizend aus in einem atemberaubenden Kleid aus durchsichtiger Seide, das genau den gleichen Ton hatte wie ihre Augen. Ihr goldenes Haar war modisch zu kleinen Löckchen frisiert, die ihr hübsches Gesicht einrahmten. Lachend versteckte sie ihr Gesicht hinter einem bemalten silbernen Fächer und sah wirklich bezaubernd aus.

Es war deutlich an dem Gesicht des jungen Mannes an Edwinas Seite abzulesen, dass sie ihn verzaubert hatte. Thea presste die Lippen zusammen, als sie sah, wie Edwina geschickt ihren Fächer benutzte und mit den Augenwimpern klimperte. Der kleine Dummkopf! Welches Spiel spielte sie? Wollte sie etwa von der vornehmen Gesellschaft ausgeschlossen werden?

Thea machte ein paar Schritte nach vorn in der Absicht, Edwina von dem Ball wegzubringen, als sie einen stahlharten Griff um ihren Arm fühlte.

»Nicht«, sagte Patrick.

»Wie meinen Sie das?«, zischte ihn Thea an. »Das ist Edwina. Die Frau von Hirst – seine Witwe. Sie sollte heute Abend nicht hier sein.«

Er zog eine Augenbraue hoch. »Sind Sie ganz sicher, dass sie bereits etwas vom Tod ihres Mannes weiß? Es ist möglich, dass man die Leiche noch nicht gefunden hat – haben Sie einmal darüber nachgedacht? Und wenn seine Leiche noch nicht gefunden wurde, wie wollen Sie da Ihr Wissen über seinen Tod erklären, hmm?«

Thea erstarrte. Sie hatte an diese Möglichkeit noch gar nicht gedacht. Das war wahrscheinlicher, als dass Edwina offen an einem Ball teilnahm, wenn ihr Mann gerade gestorben war. Ein weiterer schrecklicher Gedanke kam ihr.

Sie sah Patrick an. »Glauben Sie, dass er noch immer dort liegt?«, fragte sie unsicher. »Dass niemand außer uns beiden weiß, dass er tot ist?«

»Noch jemand weiß das – der Mörder, haben Sie das vergessen?«

Thea holte tief Luft. »Wie könnte ich?«, murmelte sie. »Es scheint Ihnen großen Spaß zu machen, mich an diese unangenehme Tatsache zu erinnern.«

Patrick lächelte sie freundlich an. »Nein, meine Liebe, Sie machen mir großen Spaß – nicht Ihr Schwager.«

Benommen blickte Thea weg, ihr Blick traf unerwartet den von Edwina. Einen entsetzlichen Augenblick lang glaubte sie, dass Edwina sie einfach ignorieren würde, doch dann warf Edwina ihre Locken zurück und kam auf sie zu.

Ihre himmelblauen Augen waren voller Anklage. »Guten Abend, liebe Schwester. Gefällt es dir auf dem Ball?«, fragte sie.

Thea murmelte eine Antwort, all die Dinge, die sie Edwina sagen wollte, hatten sich in ein Durcheinander von zusammenhanglosen Gedanken in ihrem Kopf verwandelt. Glücklicherweise mussten sie ihre Gesprächspartner vorstellen, und als jeder den Namen des anderen kannte, hatte Thea sich wieder gefangen. Wenigstens hoffte sie das. Immer, wenn sie Edwina ansah, musste sie an Alfreds Leiche auf dem Boden im Haus in der Curzon Street denken. Sie musste sich wirklich zusammenreißen, um nicht mit dieser schrecklichen Neuigkeit herauszuplatzen.

Der Gentleman an Edwinas Seite war Lord Pennington, ein schüchterner junger Mann, der vor achtzehn Monaten den Titel seines Vaters geerbt hatte. Thea hatte ihn in den letzten Monaten in der Londoner Gesellschaft gesehen, aber sie war ihm bis jetzt noch nicht vorgestellt worden. Seit seinem Besuch in London im letzten Frühling war er heiß begehrt als Heiratskandidat. Er war reich, sah gut aus, besaß sehr angenehme Manieren, gute Verbindungen und zeigte eine charmante Schüchternheit, was ihm sofort die Herzen der Mamas zufliegen ließ, die nach einer guten Partie Ausschau hielten. Kein Wunder, dass man den beiden wegen seiner offensichtlichen Faszination für Edwina Hirst von allen Seiten böse Blicke zuwarf.

Thea war sich dieser Blicke bewusst und auch der Tatsache, wie leicht man Edwinas Ruf mit ihrem eigenen in Verbindung bringen könnte, deshalb dachte sie nur daran zu fliehen, und wenn es möglich wäre, würde sie ihre Schwester mitnehmen. Doch als sie eine Bemerkung darüber machte, dass es schon spät war, sie daran dachte zu gehen und Edwina einlud, mit ihr zu kommen, wurde ihr Angebot abgelehnt.

»Oh, nein«, rief Edwina fröhlich. »Es ist noch viel zu früh, um jetzt schon zu gehen.« Sie klimperte mit den Augen und sah Lord Pennington an, der errötete. »Ich habe Lord Pennington den nächsten Ländler versprochen. Du willst doch sicher nicht, dass ich ihm gegenüber unhöflich bin, nicht wahr?«

Pennington stotterte etwas davon, dass er nicht erwartete, dass seine Wünsche über die der Schwester gestellt wurden, doch Edwina schlug ihm mit dem Fächer auf den Arm. »Dummer Junge«, murmelte sie. »Als würde ich mir die Freude entgehen lassen, mit Ihnen zu tanzen, und lieber meiner Schwester zuhören, die mir eine Strafpredigt halten will.« Sie sah Thea an. »Das ist es doch, was du willst, nicht wahr?«

Jetzt war es an Thea, zu stottern. Sie wurde von Patrick davor gerettet, sich wie ein Dummkopf zu benehmen. Er hatte die reizende Mrs Hirst sehr gut durchschaut, und nachdem er entschieden hatte, dass es Thea war, die seinen Schutz brauchte, und nicht das bezaubernde kleine Biest mit den blauen Augen, meinte er gedehnt: »Ich glaube nicht, dass ich das Vergnügen hatte, Ihren Ehemann kennen zu lernen, Mrs Hirst. Ist er heute Abend auch hier?«

Thea hätte ihn beinahe mit offenem Mund angestarrt, sie brauchte ihre ganze Kraft, um sich unter Kontrolle zu halten. Sie sah in Patricks Gesicht, das nichts von seinen Gefühlen verriet, und wusste nicht, ob sie schockiert oder erfreut sein sollte.

»Nein, Alfred ist heute Abend nicht hier. Er ist noch nicht einmal in der Stadt.« Sie lächelte Lord Pennington an. »Eigentlich erwarte ich ihn noch für einige Tage nicht zurück. Er hat mir gestern Morgen gesagt, dass er für ein paar Wochen weg sein wird.« Ein wenig nüchterner fügte sie noch hinzu: »Ich weiß ganz einfach nicht, wie ich mich ohne männliche Begleitung in London bewegen soll. Ich gehe wirklich nicht gern aus, ganz besonders nicht am Abend, ohne einen Gentleman an meiner Seite. So viele schreckliche Dinge können einer Frau passieren, wenn sie allein ist.«

Lord Pennington beeilte sich, ihr zu versichern: »W-würde mich geehrt fühlen, Sie zu be-begleiten, bis Ihr E-Ehemann zurückkommt.«

»Oh, würden Sie das wirklich?«, meinte Edwina. »Es ist so freundlich von Ihnen, mir ein solches Angebot zu machen.« Sie warf Thea einen Blick zu. »Siehst du, ich habe einen anständigen Gentleman, der mich begleitet. Es gibt keinen Grund, dass du dir Sorgen um mich machst.«

Thea hatte das wenig schwesterliche Gefühl, Edwina eine Ohrfeige geben zu wollen, doch sie hielt sich zurück. Sie kehrte zum einzigen Punkt der Unterhaltung zurück, der sie interessierte, und fragte: »Hat Hirst gesagt, wohin er wollte?«

Edwina sah nachdenklich aus. »Devonshire? Wiltshire? Oder war es Leicestershire? Weißt du, dass ich mich einfach nicht mehr erinnern kann?« Sie runzelte die Stirn. »Also, lass mich nachdenken. Ah, jetzt weiß ich es wieder. Ehe er gestern abreiste, hat er für mich eine Nachricht geschrieben, für den Fall, dass ich ihn erreichen müsste, mit dem Ort und dem

Namen der Leute, bei denen er sich aufhält. Soll ich danach suchen und dir sagen, wo er ist?«

Thea hätte liebend gern ja gesagt, aber aus Vorsicht hielt sie den Mund. Das Letzte, was sie wollte, war, dass Edwina sich fragte, warum sie so neugierig war und den Aufenthaltsort ihres Ehemannes wissen wollte – ganz besonders, weil sie und Hirst einander nicht mochten.

»Nein, nein, das wird nicht nötig sein«, wehrte Thea schwach ab. »Ich habe mich nur gewundert.«

Da eine weitere Unterhaltung nichts bringen würde und es offensichtlich war, dass Edwina sie weit weg wünschte, gingen Thea und Patrick in eine andere Richtung davon. Der berechnende Blick in Edwinas Augen, als sie Patrick angesehen hatte, machte ihr Sorgen. Edwina war eine verheiratete Frau. Es war schon schlimm genug, überlegte Thea, dass Edwina schamlos mit dem armen Lord Pennington flirtete, aber ganz sicher hatte sie doch nicht die Absicht, ihr Netz nach jemandem wie Blackburne auszuwerfen?

»Nun, das hat wenigstens eine Frage beantwortet, nicht wahr?«, meinte Patrick, der neben ihr herging.

Thea seufzte. »Wirklich. Mir wird ganz übel, wenn ich daran denke, dass er tot in einem leeren Haus liegt, nur wenige Straßen von hier entfernt, während seine Frau hier lacht und ihren Spaß hat und davon überzeugt ist, dass ihr Ehemann irgendwo auf dem Land ist.«

»Es ist eigenartig, dass man seine Leiche noch nicht gefunden hat«, murmelte Patrick, während er gleichzeitig Thea an den Rand der Menschenmenge führte, um ein wenig abgeschieden mit ihr reden zu können. »Ich erinnere mich vage daran, dass der Agent, der das Haus vermietet, mir gesagt hat, dass jeden Tag jemand nach dem Haus sieht, um sicherzugehen, dass dort alles in Ordnung ist, dass keine Ratten eindringen oder Fenster zerbrochen sind, dass niemand dort einbricht und so weiter. Und während es ganz gut möglich ist, dass derjenige einmal einen Tag auslässt …« Er sah nachdenklich aus. »Ich frage mich …«

Als er nicht weitersprach, sah ihn Thea scharf an. »Was fragen Sie sich?«

»Ich frage mich, ob er wohl noch immer dort liegt.«

Theas Augen weiteten sich. Sie bemerkte kaum das Geplapper und Gedränge der Menschenmenge um sie herum, sie wandte sich zu ihm und meinte drängend: »Er muss noch dort liegen! Er kann doch nicht einfach aufstehen und weggehen.«

»Nein, aber jemand könnte seine Leiche weggebracht haben.«

»Gütiger Himmel, aber warum nur?«

Patrick sah ihr in die Augen. »Um seinen Tod geheim zu halten.«

Thea öffnete den Mund, dann schloss sie ihn hörbar wieder. Ein entschlossener Ausdruck lag auf ihrem Gesicht, dann stürzte sie sich in die Menschenmenge.

»Wo wollen Sie denn hin?«, fragte Patrick, der sich bemühen musste, mit ihr Schritt zu halten.

»Ich werde meine Cousine suchen, Miss Bradford, dann werden wir uns von Lord und Lady Hilliard verabschieden und nach Hause gehen.« Sie warf ihm einen herausfordernden Blick zu. »Und dann werde ich in das Haus in der Curzon Street gehen und mich davon überzeugen, was dort los ist.«

Kapitel Sechs

Patrick achtete nicht auf ihre Umgebung, er packte Thea fest am Oberarm. »Sind Sie verrückt geworden?«, wollte er wissen.

»Ah, Patrick, mein Freund, da bist du ja«, ertönte eine bekannte Stimme.

Patrick stöhnte auf. Er warf einen Blick in Nigels blitzende Augen und murmelte: »Jawohl, wie du siehst, bin ich hier.«

Nigel hob sein Lorgnon und warf einen langen, lässigen Blick auf Thea. »Und mit Miss Garrett, wie ich sehe.«

Patrick verfluchte die Launenhaftigkeit des Schicksals. Von all den Menschen, die er im Augenblick nicht treffen wollte, stand Nigel Embry ganz oben auf der Liste. Nicht nur würde Nigel ihn gnadenlos necken, er war auch eine unverbesserliche Klatschtante. Noch vor Mitternacht würde halb London über seine Verbindung mit Thea Bescheid wissen.

»Jawohl, mit Miss Garrett. Mutter hat uns gerade einander vorgestellt«, erklärte Patrick kühl.

»Ah.«

»Und was wollen Sie damit sagen?«, wollte Thea wissen.

Patrick lächelte sie an. »Das, meine Liebe, hätte ich eigentlich sagen sollen.« Er zog arrogant eine schwarze Augenbraue hoch und warf seinem Freund einen herausfordernden Blick zu.

Nigel sah unschuldig aus. »Also wirklich, nichts, mein Freund, gar nichts.« Er sah über Patricks Schulter, dann erklärte er fröhlich: »Hier kommt Paxton.« Er sah Thea an. »Ich glaube, Sie kennen Blackburnes Freund, Adam Paxton, noch nicht. Es wird mir eine Freude sein, Sie ihm vorzustellen.«

Wenn Adam überrascht war, Thea Garrett zusammen mit Patrick zu sehen, so ließ er sich nichts anmerken. Das Licht der riesigen Kristallkronleuchter ließ sein lohfarbenes Haar aufleuchten, während er sich höflich verbeugte und die angemessenen Bemerkungen machte. Er war genauso groß wie Patrick, und nachdem sie einander erst einmal vorgestellt worden waren, trafen sich seine goldbraunen Augen mit denen Patricks, und Patrick wusste, dass er einen großen Teil Spott würde erdulden müssen, wenn sein Freund erst einmal allein mit ihm war.

Die vier standen zusammen und unterhielten sich einen Augenblick lang, dann erklärte Thea fröhlich: »Nun, wenn mich die Herren bitte entschuldigen würden, ich muss jetzt gehen.«

Sie warf Patrick und Paxton einen Blick zu. »Es war mir eine Freude, Sie heute Abend kennen zu lernen.Vielleicht sehen wir uns ja einmal anderswo in der Stadt.« Als Patrick einen Schritt nach vorn machte, in der offensichtlichen Absicht, sie zu begleiten, lächelte sie ihn strahlend an. »Oh, nein, Sir, ich möchte Sie nicht von Ihren Freunden wegholen«, erklärte sie. Ihr Lächeln wurde spöttisch. »Ich bin ganz sicher, dass Sie viele Themen haben, über die Sie sich unterhalten möchten. Guten Abend.«

Nachdem Patrick gründlich der Boden unter den Füßen weggezogen worden war, konnte er nur noch ohnmächtig zusehen, wie Thea davonsegelte. Er sah, wie sie sich einer gut gekleideten älteren Frau näherte, und nur Sekunden später waren die beiden Frauen auf dem Weg zu ihrem Gastgeber und der Gastgeberin.

»Ich glaube, das ist ihre Cousine und ihre Begleiterin, Miss Modesty Bradford«, erklärte Nigel hilfreich, als er sah, in welche Richtung Patricks Blick ging. »Die Familie hat dafür gesorgt, dass Miss Bradford zu Miss Garrett und ihrer jüngeren Halbschwester Edwina Northrop zog, nachdem ihre Mutter gestorben war. Als Edwina Alfred Hirst heiratete, ist Miss Bradford bei Miss Garrett geblieben.«

»Ich weiß«, erklärte Patrick mit ausdrucksloser Stimme und warf seinem Freund einen entschieden unfreundlichen Blick zu. Ihm kam ein Gedanke. »Du kennst doch beinahe jeden in der Gesellschaft«, meinte er bedächtig. »Hast du, äh, kennst du Hirst auch?«

Paxton schnaufte. »Natürlich kennt er ihn. Wir kennen ihn alle. Hirst bewegt sich am Rand unserer Gruppe. Er ist ein aufgeblasener Spieler und ein Faulpelz.«

»Nachdem er dieses Northrop-Mädchen geheiratet hat«, fügte Nigel noch hinzu, »hat er eine Menge Geld ausgegeben, er hat unentwegt gespielt, aber er besitzt weder den Kopf dafür noch das Glück.« Nigel runzelte die Stirn. »Ich glaube, die Blutsauger haben ihn fest in ihren Fängen. Schade.« Nigel sah sich um. »Ich sehe ihn gar nicht.« Er hob das Lorgnon. »Aber seine Frau ist hier. Das Mädchen macht dem jungen Pennington schöne Augen. Schlechte Gesellschaft.«

»Und Pennington ist so unerfahren, er wird sich zweifellos von diesen unschuldigen blauen Augen betören lassen«, meinte Paxton spöttisch. »Wenn ihr mich entschuldigen wollt, ich gehe besser und rette den jungen Dummkopf, ehe er sich ruiniert.«

Patrick sah seinem Freund erstaunt nach, als Paxton in der wogenden Menge verschwand. »Warum fühlt er sich verpflichtet, Pennington zu retten?«, fragte er, offensichtlich verwirrt. Paxton war kaum bekannt für seine selbstlose Art.

»Sie sind Cousins, ich weiß nicht, welchen Grades. Seine Großtante oder seine Großmutter oder irgendeine andere alte Familienverwandte hat ihn dazu überredet, ein Auge auf den Jungen zu werfen.« Nigel grinste. »Es ist manchmal sehr lustig, zuzusehen, wie einer der berüchtigtsten Schwerenöter in London einen jungen unschuldigen Kerl durch die Fallgruben der Gesellschaft führt.«

»Nun, wenn irgendjemand diese Fallgruben kennt, dann ist es sicher Adam«, antwortete Patrick spöttisch, sein Blick folgte unermüdlich Theas Bewegungen durch den Ballsaal. Sie und Miss Bradford hatten sich gerade von Lord und Lady Hilliard verabschiedet und waren auf dem Weg zur Eingangshalle. Wenn er Nigel irgendwie loswerden könnte, dann könnte er sie noch einholen, ehe ihre Kutsche gebracht wurde.

»Ich glaube, dass ich die Wette gewinnen werde«, erklärte Nigel, und seine blauen Augen blitzten. »Ich denke, du schuldest mir fünfhundert Pfund, mein lieber Junge.«

»Fünfhundert! Ich kann mich gar nicht daran erinnern, dass wir über einen Betrag gesprochen haben.«

Nigel hustete. »Es ist so, lieber Junge, dass wir das auch gar nicht getan haben, aber fünfhundert ist eine so hübsche runde Summe, findest du nicht auch?« Als Patrick ihn anstarrte, lächelte Nigel übertrieben freundlich und murmelte: »Wenn es natürlich zu viel für dich ist ...«

»Verdammter Kerl!«, sagte Patrick und lachte. »Du sollst deine fünfhundert morgen früh bekommen. Und jetzt entschuldigst du mich bitte?«

Thea war ganz zufrieden mit sich selbst, als ihre Kutsche endlich sie und Modesty vor ihrem Stadthaus absetzte. Sie war unter der hochmütigen Nase von Mr Patrick Blackburne verschwunden, und in ein paar Minuten würde sie selbst feststellen, was im Inneren des Hauses in der Curzon Street vor sich ging. Mit diesem Gedanken bat sie den Kutscher, auf sie zu warten.

Modesty zog die Augenbrauen hoch, als sie diesen Befehl hörte, doch sie sagte erst etwas, als sie im Haus waren. Als sie Thea fragte, was die wartende Kutsche zu bedeuten hätte, lächelte Thea, und Modesty musste sich damit zufrieden geben, nach dem großen, dunkelhaarigen Gentleman zu fragen, der während des letzten Teils des Balles nicht von Theas Seite gewichen war. Als sie die Treppe hinaufgingen und dann Theas Schlafzimmer betraten, berichtete ihr Thea alles, auch Edwinas Anwesenheit auf dem Ball.

Modesty interessierte sich überhaupt nicht für Edwina. »Das ist also Patrick Blackburne, wie?«, murmelte sie. Sie warf Thea einen scharfen Blick zu. »Mein Blick über das Treppengeländer gestern Abend hat mir zwar gezeigt, dass er gut aussieht, aber bis ich ihn heute Abend gesehen habe, habe ich nicht gewusst, wie gut er wirklich aussieht.«

»Als ob das etwas mit dem Mord an Alfred zu tun hätte!«, erklärte Thea verärgert und läutete nach Maggie. Während sie auf Maggie wartete, zog sie ihre zierlichen Slipper aus Satin aus. »Ich habe die Absicht, heute Abend noch einmal zu diesem Haus zu gehen und mir Alfreds Leiche anzusehen.« Sie presste ihre Lippen zusammen. »Oder nicht.«

»Guter Gott! Bist du verrückt geworden? Wenn man dich sieht und dich erkennt, das wäre ja entsetzlich.«

»Ich habe die Absicht, mich zu verkleiden. Niemand wird wissen, dass ich das bin«, beeilte sich Thea ihr zu versichern. »Bitte, mach dir keine Sorgen. Ich habe schon einen Plan.«

Modesty sah sie skeptisch an, doch noch ehe sie etwas sagen konnte, erschien Maggie.

Maggie Brown hatte sich in den zehn Jahren nur wenig verändert, seit der Nacht, in der Thea sich heimlich aus dem Haus geschlichen hatte, um sich mit Lord Randall zu treffen. Ihre braunen Augen blickten vorsichtiger, klüger, ihr stämmiger Körper war größer, doch noch genauso stämmig, und ihr Haar, das weder blond noch braun war, wehte nicht länger wild um ihre Schultern, sondern war auf ihrem Hinterkopf ordentlich zusammengesteckt.

Maggie hatte gerade erst das Zimmer betreten, als Thea sie schon überfiel. »Hast du mir nicht gesagt, dass man einen Koffer mit alten Sachen von Tom gefunden hat, als im Herrenhaus in diesem Frühjahr der Dachboden aufgeräumt wurde?«

Maggie gefiel das Blitzen in den Augen ihrer Herrin gar nicht und auch nicht die Erregung, die von ihr auszugehen schien. »Ja, das habe ich«, meinte sie ein wenig brummig. Sie sprach mit der Vertrautheit einer Dienerin, die ihren Wert kennt, dann fügte sie noch hinzu: »Wenn Sie sich recht erinnern, habe ich Ihnen das damals erzählt – und Sie haben darauf bestanden, dass Ihr Onkel den Koffer sofort zu Ihnen nach London schicken sollte.«

Thea lächelte. »Bin ich wirklich eine solche Prüfung für dich, Maggie?«

Maggies Gesicht wurde sanft. »Also, Miss, die Antwort auf

diese Frage kennen Sie doch.« Ihre Augen zogen sich zusammen. »Es gibt allerdings Zeiten, da haben Sie eine Made in Ihrem Gehirn und machen uns alle verrückt. Ich hoffe, dies wird nicht wieder so eine Zeit sein.« Als Thea nur lachte, rief Maggie alarmiert aus: »Miss! Was für einen Streich haben Sie denn jetzt schon wieder ausgeheckt?«

Thea verzog das Gesicht. »Nichts, über das du dir Sorgen machen müsstest. Und jetzt sage mir, wo befindet sich dieser Koffer im Augenblick?«

Maggie wusste, dass es keine Ausrede gab, wenn Thea sich etwas in ihren Kopf gesetzt hatte, deshalb zuckte sie nur mit den Schultern und sagte: »Oben, auf dem Dachboden, Sie haben sich geweigert, sich die Sachen anzusehen, als sie hier ankamen. Soll ich einen der Lakaien schicken, damit er ihn holt?«

Thea nickte.

Ein paar Minuten später standen die Frauen vor dem ledernen Koffer. Theas fröhliche Laune war verschwunden, und Modesty konnte Thea nicht ansehen, als sie den Gesichtsausdruck sah, mit dem Thea auf den Koffer starrte.

Thea schien erstarrt, und es vergingen einige Minuten, ehe Modesty sagte: »Vielleicht hast du ja deine Meinung geändert?«

Als würde sie aus einem Alptraum aufwachen, zuckte Thea zusammen und schüttelte den Kopf. »Nein«, meinte sie, »ich habe keine andere Wahl. Ich muss mich selbst davon überzeugen, was in diesem Haus geschehen ist.« Nachdem sie tief Luft geholt hatte, kniete sie sich vor den Koffer und löste vorsichtig die Riemen, mit denen er verschlossen war.

Sie hatte geglaubt, sie sei vorbereitet auf das, was im Inneren des Koffers war, doch beim Anblick der gepunkteten Weste und des breitrandigen Hutes, an den sie sich so gut erinnerte, wie Tom ihn stolz nur eine Woche vor seinem Tod getragen hatte, wurden ihre Augen feucht. Sie biss sich auf die Lippe, um ein Aufschluchzen zu unterdrücken.

Sie blinzelte heftig, um die Tränen zurückzudrängen, die über ihre Wangen zu rinnen drohten, dann begann sie vorsichtig, beinahe ehrfürchtig in dem Koffer nach den Dingen zu suchen, die sie brauchte. Es war ein schmerzlicher Prozess, jedes Kleidungsstück brachte die Erinnerung an ihren Bruder zurück, doch während die Minuten vergingen, legte sich eine eigenartige Ruhe über sie. Sie konnte es nicht erklären, aber es war beinahe so, als würde Tom an ihrer Seite stehen, beinahe, als könnte sie seine Stimme hören, die ihr leise sagte, dass es in Ordnung war, dass sie sich an die Dinge aus seinem Leben erinnern sollte und nicht an die Art seines Todes. Es war nicht nötig, so stellte sie fest, sich an diese körperlichen Dinge aus seinem Leben zu klammern – ihre Erinnerung an ihn, an ihre Kindheit und die kleinen Freuden, an die Streitereien unter Geschwistern, war heil und strahlend, als wäre es erst gestern gewesen.

Es fiel ihr dennoch schwer, Toms Sachen zu durchsuchen, der Anblick jedes Kleidungsstücks und die Erinnerungen, die diese Teile auslösten, waren bittersüß. Schließlich hatte sie gefunden, was sie suchte, sie nahm die Sachen heraus, schloss leise den Koffer, und ihre Finger ruhten noch einen Augenblick darauf.

Sie starrte darauf, dann fragte sie: »Was soll ich damit anfangen?«

»Der jüngste Sohn meines Bruders wäre sehr dankbar, wenn er so feine Kleidungsstücke bekommen könnte – trotz ihres Alters. Er ist sehr geschickt mit der Nadel und hofft, eines Tages ein Kammerdiener oder ein Schneider werden zu können. Sie würden ihm sehr gut gefallen.«

Thea nickte. »Sorge dafür, dass er sie bekommt.«

Als Maggie und der Koffer, der auf der Schulter eines kräftigen Lakaien ruhte, wieder verschwunden waren, begann Thea sofort damit, ihr Ballkleid auszuziehen und in die Männerkleidung zu schlüpfen. Modesty half ihr dabei, obwohl sie missbilligend die Lippen geschürzt hatte.

»Das ist verrückt, weißt du das?«, meinte Modesty, als sie eine zerknüllte schwarze Krawatte um Theas Hals band.

Die Sachen rochen ein wenig muffig, der Duft von Lavendel, mit dem sie gepackt worden waren, hing in der Luft. Obwohl sie ordentlich gefaltet und sorgfältig weggeräumt worden waren, ließen sich die vielen Falten im Stoff nicht verbergen, aber da Thea nicht die Absicht hatte, sich von jemandem näher betrachten zu lassen, machte ihr das nichts aus.

Als sie sich schließlich im Spiegel ansah, war sie nicht enttäuscht. Die Kleidung war zwar seit zehn Jahren aus der Mode, aber es würde reichen. Tom war schlank gewesen, und die lederne Reithose schmiegte sich angenehm an Theas Beine, ganz besonders an ihren festen Po. Sein weißes Leinenhemd war ein wenig groß für Theas schlankeren Körper, aber die Weste, die Modesty schnell im Rücken ein wenig zusammengenäht hatte, verbarg das. Den nicht gerade perfekten Sitz der Jacke konnte man nicht verbergen, aber da es eine Jacke war, die Tom als junger Bursche getragen hatte, passte sie besser, als anzunehmen war. Die Schuhe waren allerdings ein Problem, doch das löste Thea, indem sie ein paar ihrer eigenen Reitstiefel anzog.

Als sie sich im Spiegel betrachtete, sah Thea einen großen, schlanken Jüngling, der angemessen gekleidet war, wenn auch nicht nach der neuesten Mode. Ihre Locken hatte sie verschwinden lassen und ihr Haar zu einem festen Pferdeschwanz zurückgebunden. Nachdem sie eine unmoderne Schnalle von dem breitkrempigen Hut gelöst hatte, der oben auf der Kleidung in dem Koffer gelegen hatte, und ihn dann auf den Kopf gesetzt hatte, war sie zufrieden mit dem Bild, das sie bot.

Sie wandte sich zu Modesty um und zog eine Augenbraue hoch. »Nun?«, fragte sie.

Modesty schnaufte. »Es wird schon gehen – solange niemand genauer hinsieht.«

»Ich habe nicht die Absicht, jemandem zu erlauben, genauer hinzusehen. Ich werde in dieses Haus gehen und so schnell wie möglich wieder herauskommen.«

Es gab noch etwas, das sie mitzunehmen beabsichtigte.

Mit Modesty auf ihren Fersen ging sie nach unten in die

Bibliothek. Sie ging hinüber zu dem Schreibtisch aus Mahagoni, öffnete die unterste Schublade und zog eine alte Duellpistole daraus hervor, sie hatte zuerst ihrem Vater gehört und dann ihrem Bruder.

Modestys Augen weiteten sich beim Anblick der Pistole und der kühlen Geschicklichkeit, mit der Thea die Pistole untersuchte und sie dann lud. »Thea!«, rief sie aus. »Was denkst du dir? Wenn deine Aufgabe so gefährlich ist, dass du dich bewaffnen musst, dann will ich nichts mit deinem verrückten Plan zu tun haben!«

Thea griente sie an, ihre dunklen Augen blitzten. »Es ist nicht unbedingt gefährlich, ich folge nur Toms Anweisung: spiele oder zahle.« Ihr Gesicht verhärtete sich. »Und jemand wird zahlen, wenn er versucht, heute Abend mit mir zu spaßen.«

Modesty betrachtete die Pistole voller Bedenken, dann fragte sie: »Wie gut kannst du denn damit umgehen?«

»Tom hat es mir vor vielen Jahren beigebracht – wir haben Schießwettbewerbe veranstaltet, wenn wir uns gelangweilt haben«, erklärte Thea. »Es ist zwar schon eine Weile her, aber ich denke, dass ich mich nicht schämen müsste, wenn ich die Pistole benutzen müsste.«

Die Pistole verstaute sie sicher in der Jackentasche, dann reckte Thea die Schultern und bereitete sich darauf vor, das Haus zu verlassen.

Modesty war deutlich unglücklich mit dieser Situation, aber sie konnte nichts tun, um ihre störrische Cousine aufzuhalten, dennoch machte sie einen letzten Versuch, es ihr auszureden. Sie folgte Thea hinaus in die Eingangshalle und murmelte: »Du willst mir doch nicht etwa sagen, dass du zu dieser Zeit in der Nacht allein in das Haus auf der Curzon Street gehen willst!«

Thea lachte. »Liebe Modesty, ich würde niemals deine Empfindsamkeit verletzen, indem ich etwas so Unglaubliches tue. Du weißt doch, dass ich den Kutscher gebeten habe, zu warten.«

»Mir wäre es lieber, du würdest heute Nacht allein herumlaufen, anstatt deinen Plan auszuführen«, erklärte Modesty gereizt.

Thea gab ihrer Cousine einen Kuss auf die Wange. »Hör auf, dir Sorgen zu machen, meine Liebe. Ich werde schon wieder zu Hause sein, ehe du überhaupt bemerkst, dass ich weg bin.«

Erst als die Kutsche einige Häuser vor ihrem Ziel anhielt, stellte Thea die Weisheit dessen in Frage, was sie zu tun gedachte. Wenn man sie allein entdeckte, in Männerkleidung, zu dieser Zeit in der Nacht, dann würde kein Druck aus der Familie sie mehr vor dem vollkommenen Ruin retten können. Der Klatsch und die Spekulationen würden schrecklich sein. Ihre Onkel, Tanten und all ihre Cousins hatten hart daran gearbeitet, ihr ein gewisses Maß an Erleichterung zu verschaffen, und sie wünschte sich verzweifelt, dass all ihre Bemühungen nicht umsonst gewesen waren. Einen neuen Skandal hervorzurufen schien eine schäbige Art, ihnen ihre Freundlichkeit zu vergelten.

Dennoch musste sie wissen, was in dem Inneren des Hauses vor sich ging. Lag Hirsts Leiche noch immer dort?, oder war sie weggebracht worden? Wenn jemand sie weggebracht hatte, wer war dieser Mensch, wann hatte er sie weggeschafft und warum hatte er es getan?

Sie war zu glücklich gewesen, gestand sie sich, und vielleicht ein wenig leichtgläubig, sie hatte Patrick Blackburne alles geglaubt, was er ihr von dieser Nacht erzählt hatte. Jetzt musste sie sich selbst davon überzeugen, wie die Dinge standen, und je länger sie damit wartete, desto mehr Zweifel würde sie haben. Sie gab sich gar nicht erst die Möglichkeit, noch weiter darüber nachzudenken, sondern sprang aus der Kutsche. Sie befahl dem Kutscher, zu warten, dann ging sie schnell die wenigen Schritte zu ihrem Ziel.

Kein flackerndes Licht erhellte an diesem Abend die Tür, und als sie dort stand und gerade die Türklinke anfassen wollte, kam ihr der Gedanke, dass die Tür auch abgeschlossen sein könnte. Sie murmelte leise vor sich hin, weil sie nicht weiter gedacht hatte, dann griff sie nach der Türklinke und drückte sie herunter.

Die Tür öffnete sich. In dem schwachen, flackernden Licht der Straßenlaternen lag der Eingang wie eine schwarze Höhle vor ihr. Sie war unsicher, ob sie erfreut oder verängstigt sein sollte über die Leichtigkeit, mit der sich ihr die Tür geöffnet hatte, deshalb zögerte Thea. Sie wollte nicht in diese beängstigende Dunkelheit eintreten.

Sie hatte keine Wahl mehr, als aus der Dunkelheit plötzlich eine starke Hand nach ihrer Jacke griff, sich fest darum schloss und sie ins Haus zog. Eine Hand wurde über ihren Mund gelegt, und sie wurde fest an einen großen, muskulösen Körper gezogen.

Der Mann, der sie überwältigt hatte, warf mit einer achtlosen Bewegung seiner Schulter die Tür hinter ihr zu, und Thea fand sich in dem dunklen, verlassenen Haus wieder, gefangen von einem Fremden. Ihr Herz schlug laut in ihrer Brust, Angst hatte sie erfasst, und sie fürchtete, dass sie ohnmächtig zu Boden sinken könnte.

Ein leises Lachen an ihrem Ohr ließ sie erstarren. Als er die Hand von ihrem Mund nahm, murmelte Patrick: »Ich wollte dich nicht erschrecken, meine Süße, aber ich musste dich ins Haus bekommen, je länger du dort draußen herumgetrödelt hast, desto wahrscheinlicher war es, dass dich jemand hätte sehen können.«

»Getrödelt!«, zischte Thea und stampfte mit dem Absatz heftig auf seinen Fuß. Sie ignorierte seinen Aufschrei und sprach weiter. »Ich habe nicht getrödelt!« Sie rückte ihre Jacke wieder zurecht und murmelte dann: »Ich habe lediglich die Situation eingeschätzt.«

»Verzeih mir«, sagte Patrick, und das unterdrückte Lachen in seiner Stimme machte Thea ärgerlich. »Ich habe die ganze Situation gründlich missverstanden.«

»Ich bin erfreut, dass Sie die Situation so lustig finden«, erklärte sie kalt und bemerkte, dass ihr Herz noch immer schnell schlug, doch dass der Grund dafür nicht ihre Angst war. Ganz im Gegenteil: Sie war erregt von Patricks Anwesenheit und ärgerte sich gleichzeitig über sich selbst, weil das so war. Das Innere des Hauses war stockdunkel, und die Dunkelheit und das Wissen, dass sie allein waren, schuf eine Art Intimität, die Thea angenehm erregend fand, das ärgerte sie noch mehr.

»Was tun Sie hier?«, fragte sie steif. »Ich dachte, Sie wären noch immer auf dem Ball.«

»Das kann ich mir vorstellen«, antwortete er, legte ihr die Hand in den Rücken und schob sie durch die Dunkelheit. »Nachdem ich mich von Nigel befreit hatte, habe ich mich von unseren Gastgebern verabschiedet und bin so schnell ich konnte hierher gekommen.« Wieder lag das unterdrückte Lachen in seiner Stimme. »Sie haben doch nicht etwa geglaubt, ich würde zulassen, dass Sie allein den ganzen Spaß haben?«

Thea ignorierte den Ansturm der Gefühle, den seine Berührung auslöste. »Können wir nicht eine Kerze anzünden?«, fragte sie verärgert. »Ich kann ja noch nicht einmal die Hand vor dem Gesicht sehen.«

»Sicher, wenn Sie möchten, dass man von unserer Anwesenheit erfährt. Da ich bezweifle, dass das Ihre Absicht ist, werden wir uns ganz einfach im Dunkeln den Weg bis zum hinteren Teil des Hauses suchen müssen.«

Seine Worte ergaben einen Sinn. Leise schimpfend suchte sich Thea mit ausgestreckten Händen den Weg zu dem Zimmer, in dem sie sich mit Hirst getroffen hatte, Patrick folgte ihr dichtauf. Bei dem Gedanken, in der Dunkelheit über Hirsts Leiche zu stolpern, hob sich ihr Magen, und sie war unendlich dankbar, als sie in dem Zimmer ankamen und Patrick die Tür hinter ihnen schloss.

Einen Augenblick später hatte er bereits eine Kerze angezündet. Er hielt sie hoch und sah sie an, ein belustigtes Lächeln lag um seinen hübschen Mund, als er sah, dass sie Männerkleidung trug. Die grauen Augen glitten langsam über ihre langen, wohlgeformten Beine, und Thea war nicht sicher, ob sie sich von dem Ausdruck in den Tiefen seiner Augen beleidigt oder geschmeichelt fühlen sollte.

»Sie sind sehr einfallsreich, das muss ich Ihnen zugestehen«, meinte Patrick schließlich und stellte die Kerze auf einen Tisch in der Nähe.

»Danke«, antwortete sie, und ihre Stimme troff vor Sarkasmus. Sie sah sich um und runzelte die Stirn. Eines war sofort offensichtlich, Hirst war verschwunden – lebendig oder tot.

»Hier ist keine Leiche, entweder lebt er oder Sie haben seine Leiche weggeschafft«, wandte sie sich an Patrick und sah ihn böse an.

Patrick runzelte sie Stirn und sah sich sorgfältig in dem Raum um. »Ich hatte keinen Grund, seinen Körper wegzuschaffen, und ja, er war tot. Sehr tot.« Als Thea ihn skeptisch ansah, meinte er: »Er lag hier, mit dem Gesicht nach oben, gleich vor dem Schreibtisch, und den Dolch steckte in seinem Hals.«

Thea sah blass aus. Sie blickte von der Stelle weg. »Als ich ihn verließ, lag er dort drüben, an der Tür«, sagte sie.

Patrick nickte. »Ich weiß. So habe ich ihn gefunden, als ich in das Haus kam. Erst als ich einige Zeit später von oben kam, habe ich seinen Körper vor dem Schreibtisch gefunden. Es ist offensichtlich, dass Ihr Schwager wieder zu sich gekommen sein muss – zweifellos während ich oben bewusstlos geschlagen wurde. Dann wird er mit demjenigen, der ihn schließlich umgebracht hat, gekämpft haben. Das ist die einzige Erklärung, die ich habe.«

Thea betrachtete ihn in dem schwachen Licht der einzigen Kerze. »Eine recht praktische Erklärung, nicht wahr?«

Patrick lächelte, doch es lag etwas in seinem Lächeln, das Thea bewusst werden ließ, wie groß und stark er war … und wie allein und abgeschieden sie hier waren. Langsam kam er auf sie zu, und es gelang ihr nur mit größter Mühe, stehen zu bleiben und nicht wegzulaufen. Nur wenige Zentimeter vor ihr blieb er stehen, legte einen Finger unter ihr Kinn und hob ihren Kopf.

Sein Blick hielt den ihren gefangen. »Sie sollten mich wirklich nicht gegen Sie aufbringen, meine Süße, ich bin auf Ihrer Seite, müssen Sie wissen.«

Aufgebracht und in dem bitteren Bewusstsein, wie sehr ihr Herz bei seiner Berührung klopfte, entriss Thea ihm den Kopf und fragte verärgert: »Woher soll ich das wissen? Warum sollte ich Ihnen trauen?«

Er grinste, seine Augen blitzten, und er sah so ganz anders aus als zuvor. »Fragen Sie sich doch bitte dies: Wenn Sie mir so misstrauen, warum sind Sie dann hier allein mit mir? Warum haben Sie nicht geschrien und sind so schnell wie möglich weggelaufen, als ich Sie wieder losgelassen habe? Sie können nicht alles haben, mein Schatz. Entweder trauen Sie mir oder nicht.« Sein Grinsen verschwand, er drehte ihr Gesicht wieder zu sich und fragte: »Also, was soll es sein?«

»Verdammter Kerl! Ich muss Ihnen vertrauen, ich habe gar keine andere Wahl«, erklärte Thea, und ihre dunklen Augen sprühten Blitze.

Zufrieden mit ihrer nicht gerade liebenswürdigen Antwort, ließ Patrick sie wieder los. »In der Tat haben Sie das nicht«, murmelte er.

»Da wir diese Frage jetzt geklärt haben, sollten wir unsere Gedanken darauf konzentrieren, was hier gestern Abend geschehen ist – vor allem mit Hirsts Leiche.«

Ohne Ergebnis suchten sie das Zimmer ab, sie entdeckten nichts, was ihnen einen Anhaltspunkt gab. Selbst eine genaue Untersuchung der Stelle, an der Hirst gelegen hatte, verriet nichts von dem schrecklichen Verbrechen, das hier geschehen war.

Thea gab sich damit zufrieden, sie war nicht erpicht darauf, einen blutverschmierten Teppich zu finden.

Sie warf sich wenig damenhaft auf einen der Stühle in der Nähe des Schreibtisches und fragte entmutigt: »Warum haben sie die Leiche nur weggeschafft?«

Patrick, der an dem Schreibtisch lehnte und die Arme vor

der Brust verschränkt hatte, betrachtete sie mit einem schwachen Lächeln.

»Nun, zum einen verhindert es die Entdeckung des Verbrechens durch die Behörden. Es könnte sogar sein«, schloss er, »dass man seine Leiche weggeschafft und versteckt hat, um dem Mörder Zeit zu geben, eine Tat zu vollbringen, die Hirsts Tod vielleicht verhindert hätte.«

Thea zuckte mit den Schultern. »Schon möglich. Edwina hat gesagt, dass Hirst ihr eine Notiz zurückgelassen hat, er fahre für ein paar Wochen aufs Land. Sie macht sich gar keine Sorgen um seinen Aufenthaltsort.«

»Das ist vielleicht gar nicht einmal so schlecht. Bis wir mehr wissen, ist es wahrscheinlich besser, dass so wenig Menschen wie möglich Fragen nach dem Aufenthaltsort von Mr Hirst stellen.«

Thea erschauderte. »Ich weiß nicht, ob es mir gefällt, dass wir die Einzigen sind, bis auf den Mörder natürlich, die wissen, dass er tot ist.«

Patrick nickte, seine Augen ruhten auf ihrem Gesicht.

Thea sprang auf und lief nervös in dem Raum hin und her. »Das alles ist ziemlich scheußlich, nicht wahr?« Sie sah ihn über ihre Schulter hinweg an. »Werden Sie mir je verraten, warum Sie gestern Abend hier waren?«

»Wahrscheinlich«, antwortete er mit einem schiefen Lächeln. »Aber im Augenblick ist es nicht mein Geheimnis, und deshalb darf ich es nicht erzählen, Sie werden also Ihre Neugier noch eine Weile zügeln müssen.«

Thea schnaufte. »Nun, das hier war Zeitverschwendung. Ich habe nichts erfahren, bis natürlich auf die Tatsache, dass jemand seine Leiche weggeschafft hat.« Sie runzelte die Stirn. »Wohin hätte man ihn bringen können, frage ich mich.« Ihr kam ein Gedanke. »Sollten wir vielleicht das Haus durchsuchen? Vielleicht liegt seine Leiche ja noch immer hier, versteckt in einem der anderen Zimmer.«

»Sind Sie sicher, dass Sie eine Leiche finden wollen?«

Thea verzog das Gesicht. »Nein, aber ich kann es nicht ertragen, nichts zu wissen – Edwinas wegen, aber auch, weil ich es selbst wissen will. Es ist nicht schön, ihr zuzusehen, wie sie weiter ihren Weg geht und nicht weiß, dass sich ihre ganze Welt verändert hat.«

Thea biss sich auf die Lippe. »Sie mag ja jung und dumm sein, aber sie hat ihn geliebt. Sie wird leiden, wenn sie von seinem Tod erfährt.«

Patrick stieß sich von dem Schreibtisch ab und kam zu ihr hinüber. Beruhigend legte er ihr eine Hand auf die Schulter. »Ist es nicht besser, sie ihren Traum noch eine Weile länger leben zu lassen?«, fragte er. »Der Kummer wird schon noch früh genug kommen.«

Thea nickte. Sie sah zu ihm auf. »Und was tun wir jetzt?«, wollte sie wissen.

Patrick seufzte. »Ihr Vorschlag, dass wir das Haus durchsuchen sollten, war gar nicht so schlecht. Ich denke, wir sollten uns wenigstens versichern, dass die Leiche nicht in diesem Haus ist.« Er sah sie an. »Ich würde vorschlagen, dass Sie hier bleiben, während ich mich schnell umsehe.«

Thea schüttelte den Kopf. »Nein, danke. Ich würde lieber eine Leiche mit Ihnen an meiner Seite finden, als ganz allein in diesem Zimmer hier zu bleiben.« Ein Schauer rann durch ihren Körper. »Er wurde hier ermordet, ich würde lieber nicht allein in diesem Zimmer bleiben.«

Patrick zuckte mit den Schultern.

Er hielt die Hand vor die Kerzenflamme, dann wandte er sich um und führte sie aus dem Zimmer. Thea blieb dicht hinter ihm und gestand sich ein wenig spöttisch ein, dass sie sich in seiner Nähe sicher fühlte und dass sie ihm unerklärlicherweise vertraute. So, wie du Hawley vertraut hast, neckte sie eine kleine Stimme in ihrem Inneren. Sie riss sich verärgert zusammen. Natürlich vertraute sie ihm nicht so blind und vollkommen, nicht so unschuldig, wie sie Hawley vertraut hatte! Sie wäre ein Dummkopf, wenn sie das täte. Aus Erfahrung hatte sie nur zu gut gelernt, wie die Männer sich verhielten, und auch wenn nicht alle Männer schreckliche

Schufte waren – die Männer in ihrer Familie waren Beweis dafür –, so waren es doch viele. Sie vertraute Blackburne zwar, aber auf eine sehr vorsichtige Weise.

In Gedanken versunken, hatte sie gar nicht bemerkt, dass Patrick stehen geblieben war. Sie stieß gegen ihn und musste sich an ihm festhalten, um nicht zu fallen.

Er wandte sich zu ihr um. »Also wirklich, meine Liebe, wenn Sie mich umarmen wollen, wäre es doch viel angenehmer, wenn wir einander dabei ins Gesicht sehen würden.«

»Ich will Sie ganz sicher nicht umarmen«, murmelte Thea, verwirrt durch den Vorfall und das spöttische Lächeln, das um seinen Mund lag.

»Hmm, schade«, murmelte er und wandte sich wieder um.

In den nächsten Minuten unterhielten sie sich nicht. Die Fenster in der oberen Etage waren fest geschlossen, deshalb war es ihnen möglich, die ganze obere Etage zu durchsuchen, ohne sich Sorgen machen zu müssen, dass man das Licht der Kerze von draußen hätte sehen können. Doch die Suche verlief enttäuschend. Bis auf das Zimmer, in dem Patrick angegriffen worden war, und ein anderes Zimmer war das Haus bedrückend leer. Sie verbrachten längere Zeit in den beiden Zimmern, in denen die verhüllten Möbel standen, und überzeugten sich davon, dass die Laken nur Möbel verhüllten und keine Leiche. Patrick erklärte, dass das Zimmer, in dem er angegriffen worden war, nicht anders aussah als am gestrigen Abend, der Schrank stand noch immer offen, das Tuch, mit dem er abgedeckt gewesen war, lag noch immer an der gleichen Stelle auf dem Boden.

Beide waren davon überzeugt, dass es keinen Grund dafür gab, auch noch die nächste Etage des Hauses zu durchsuchen, doch um gründlich zu sein, taten sie es dennoch. Die Zimmer dort waren ziemlich klein und leer.

Auch wenn sie sich nicht darauf gefreut hatten, eine Leiche zu finden, so gestand Thea doch, als sie die Treppe wieder hinuntergingen, dass sie irgendwie von dem Ergebnis ihrer Untersuchung enttäuscht war.

Patrick lächelte sie an, als sie neben ihm herging. »Wir haben die untere Etage noch nicht untersucht«, meinte er. »Vielleicht finden wir die Leiche ja in der Küche – hübsch hingelegt in der Vorratskammer.«

Thea warf ihm einen bösen Blick zu. »Nehmen Sie die ganze Angelegenheit nicht ein wenig zu leicht?«

Patricks Gesicht verhärtete sich. »Ganz und gar nicht«, erklärte er mit einer Stimme, bei der Thea froh war, dass er behauptet hatte, auf ihrer Seite zu stehen.

Weil sie Angst hatten, dass man das Licht von draußen sehen konnte, bewegten sie sich sehr vorsichtig in der unteren Etage. Mit Patricks Bemerkung in ihrem Kopf seufzte Thea erleichtert auf, als sie auch in der Küche und der großen Vorratskammer Hirsts Leiche nicht entdeckten.

Die Suche in der unteren Etage dauerte eine Weile. Während die oberen Etagen beinahe leer gewesen waren, war das hier unten nicht der Fall. Jedes Zimmer schien mit Möbeln voll gestopft zu sein. Vorsichtig hoben sie ein Staublaken nach dem anderen hoch und fürchteten sich davor, jeden Augenblick Hirsts Leiche zu entdecken, Hirsts verwesende Leiche, dachte Thea, und ihr Magen hob sich. Sie war sehr froh, als sie ihre selbst auferlegte Aufgabe beendet hatten.

Sie kehrten in das Zimmer zurück, in dem der Mord geschehen war. Thea setzte sich noch einmal vor den Schreibtisch. »Nun ja, wir wissen wenigstens, wo seine Leiche nicht ist«, meinte sie halb enttäuscht, halb erleichtert.

Patrick hatte sich wieder gegen den Schreibtisch gelehnt, er betrachtete seine Stiefel. »Ich stimme Ihnen zu, aber das hilft uns nicht weiter«, murmelte er. Er legte die Stirn in Falten. »Die Leiche wegzubringen war gefährlich. Mir scheint, es wäre klüger gewesen, sie hier zu lassen, damit man sie entdecken konnte.«

»Es sei denn, wie Sie schon zuvor gesagt haben, es hat einen wichtigen Grund gegeben, sie von hier wegzubringen und zu verstecken.« Ihr kam ein schrecklicher Gedanke. »Was ist, wenn wir die Leiche niemals finden?«

Patrick verzog das Gesicht. »Die Möglichkeit besteht leider. Ich denke, es gibt eine Sache, die wir tun können. Sie könnten Ihre Schwester besuchen und genau herausfinden, wo Hirst hinreisen wollte. Vielleicht wird uns das einen Anhaltspunkt geben.«

Jetzt war es an Thea, das Gesicht zu verziehen. »Edwina wird sich wundern, warum ich mich so sehr für ihren Ehemann interessiere.« Sie hielt inne, es war gar nicht nötig gewesen, dass Patrick warnend die Hand gehoben hatte, auch sie hatte deutlich gehört, dass die Haustür geschlossen worden war.

Sie blickten beide auf, sahen einander an. Patrick sah sich schnell in dem Zimmer um, sein Blick ging zu dem eleganten, dreiteiligen, mit Seide bespannten Wandschirm in der Ecke. Er packte Thea am Arm, blies die Kerze aus, schob sie ihr in die Hand und flüsterte: »Halten Sie die fest, ja?«

Das Zimmer war jetzt vollkommen dunkel, er wartete gar nicht auf Theas Antwort, sondern zog sie durch das Zimmer und versteckte sich mit ihr zusammen hinter dem Wandschirm. Es war nur sehr wenig Platz dahinter, und Theas Rücken lag an Patricks Körper, die Arme hatte er um sie geschlungen und hielt sie fest an sich gespresst.

»Keinen Ton«, murmelte er, während er den sich schnell nähernden Schritten lauschte, die genau zu dem Zimmer kamen, in dem sie sich versteckt hatten.

Den schweren Schritten nach war der Eindringling ein Mann, und er wusste ganz genau, wohin er ging. Während sie atemlos seinem Näherkommen lauschten, gab es in Theas Kopf nur einen einzigen Gedanken: Ist dies der Mann, der Hirst umgebracht hat?

Kapitel Sieben

Als sich die Tür öffnete, drängte sich Thea noch näher an Patrick. Die intime Art, in der er sie hielt, störte sie gar nicht, sie war sehr dankbar für seine Wärme an ihrem Rücken und für seine starken Arme, die unter ihren Brüsten lagen. Die ausgeblasene Kerze umklammerte sie fest in der Hand, sie hielt den Atem an und wartete darauf, dass derjenige, der an der Tür stand, den nächsten Schritt machte.

Er stand dort und schien eine lange Zeit zu warten, so kam es Thea vor, doch in Wirklichkeit waren es nur Sekunden, dann hörte sie, wie er in das Zimmer kam und offensichtlich die Tür hinter sich schloss. Obwohl sie wusste, dass Patrick bei ihr war, fürchtete sich Thea – es könnte sein, dass ein Mörder in dem Raum stand. Die Ungewissheit brachte Thea beinahe um, und sie hätte fast erleichtert aufgeseufzt, als ein schwaches Licht die Dunkelheit auf der anderen Seite des Wandschirms erhellte. Er musste eine der Kerzen angezündet haben, die auf dem Tisch in der Nähe der Tür gelegen hatten. Von ihrer Position hinter dem Wandschirm erkannte sie ein schwaches, flackerndes Licht, aber auf keinen Fall durfte einer von ihnen beiden riskieren, ihre Anwesenheit zu verraten, indem sie einen Blick um den Wandschirm herum warfen, um zu sehen, wer es war, der das Zimmer betreten hatte.

Den Geräuschen seiner Bewegungen nach war es offensichtlich, dass er sich in dem Zimmer auskannte. Er ging schnell zu dem Schreibtisch, dann zu dem Wandschirm, der Patrick und Thea verbarg, doch im letzten Augenblick bog er ab, und es hörte sich an, als würde er zu den Büchern gehen, die in der Nähe an der Wand standen.

Patrick war sich Theas schlanken Körpers überdeutlich bewusst und auch ihres festen Pos, der sich gegen seinen Unterleib drängte. Er kämpfte darum, seine Gedanken bei den Dingen zu halten, die wichtig waren, und nicht bei den erotischen Gefühlen, die ihr Körper in ihm auslöste. Genau wie Thea, so wusste auch er, dass die Person auf der anderen Seite des Wandschirmes der Mann sein konnte, der Hirst umgebracht hatte, und was für ihn noch wichtiger war, der Mann, der seine Mutter erpresste. Er ignorierte den warmen Körper in seinen Armen und überlegte, ob er hinter dem Wandschirm hervortreten und dem Neuankömmling gegenübertreten sollte.

Einige Dinge hielten ihn davon ab, eines davon war Theas Anwesenheit. Er durfte nichts tun, um sie in noch größere Gefahr zu bringen, und er hatte keine Ahnung, wie der geheimnisvolle Ankömmling reagieren würde, wenn er ihm plötzlich gegenübertrat. Er selbst war bereit, dieses Risiko einzugehen, doch er durfte Thea nicht schaden. Dennoch konnte er nicht einfach nur hier stehen und sich die Gelegenheit entgehen lassen, etwas über die Person zu erfahren, die das Zimmer betreten hatte.

Sein Blick fiel auf einen schmalen Spalt in dem Wandschirm, dort, wo sich zwei Teile trafen. Konnte er es wagen, hindurchzusehen?

Thea musste das Gleiche gedacht haben, denn gerade war ihm dieser Gedanke gekommen, als sie sich schon vorbeugte und vorsichtig durch den Spalt sah.

Sie konnte nur sehr wenig erkennen, der Spalt war zu schmal und schränkte ihre Sicht ein, bis auf die Stelle, wo das Kerzenlicht das Zimmer erhellte, war alles dunkel. Atemlos wartete sie und hoffte, dass die Person, die die Kerze in der Hand hielt, zu sehen sein würde.

Es war ärgerlich, dass man nur so wenig sehen konnte, doch schließlich wurde sie belohnt, sie sah einen Arm in einem Rock. Sie sah, wie der Eigentümer des Armes mit einigen Büchern kämpfte, sie beiseite schob und einige davon auf den Boden fielen. Er griff in den Zwischenraum, den er geschaffen hatte, suchte eine Sekunde lang darin herum und stieß dann ein zufriedenes Geräusch aus, als er ein kleines Päckchen aus seinem Versteck zog. Thea konnte nicht genau erkennen, was er in der Hand hielt, aber das schien der Grund für seinen Besuch in diesem Haus gewesen zu sein. Er wandte sich ab, und sie erhaschte einen Blick auf einen breiten Männerrücken, als er zur Tür ging.

Thea dachte nicht weiter nach. Der geheimnisvolle Besucher konnte Alfreds Mörder sein, er war offensichtlich zurückgekehrt, um etwas Wichtiges zu holen, und nachdem er es gefunden hatte, würde er jetzt wieder gehen. Sie hatte keinen Grund, ihn entkommen zu lassen, ganz besonders nicht, weil sie eine geladene Pistole in der Tasche hatte.

Sie drückte dem erstaunten Patrick die Kerze in die Hand, dann riss sie die Pistole aus der Tasche. Sie sprang hinter dem Wandschirm hervor, hielt die Waffe auf den Mann gerichtet und schrie: »Halt! Stehen bleiben oder ich schieße!«

Beim Klang der Stimme erstarrte der Mann und blies beinahe im gleichen Augenblick die Kerze aus, die er in der Hand hielt. Der Raum versank in Dunkelheit. Thea, die begriff, dass ihre Tat ein wenig voreilig gewesen war und dass sie in der Dunkelheit keine Möglichkeit mehr hatte, irgendetwas zu treffen, unterdrückte einen wenig damenhaften Fluch.

Doch Patrick hielt seinen Fluch nicht zurück, er hob sie aus seinem Weg und lief dann in der Dunkelheit an ihr vorbei. Theas Ohren brannten, bei dem entschieden hässlichen Satz: »Sich ständig einmischendes Gör mit dem Verstand einer Gans.«

Die nächsten Sekunden waren chaotisch. Der Mann lief aus dem Zimmer, Patrick hetzte hinter ihm her. Thea bildete das Schlusslicht, ihre Füße donnerten über den Boden. Niemand bemühte sich, leise zu sein.

Die Jagd führte in den hinteren Teil des Hauses, und Patrick war klar, dass der Mann versuchen würde, den Dienstboteneingang in der Nähe der Küche zu erreichen. Wenn er das erst einmal geschafft hatte, wäre es einfach für ihn, auf der Straße zu verschwinden.

Patrick achtete nicht auf die Dinge, die ihm vielleicht im Weg standen, er lief schneller und hätte den Mann in der Dunkelheit beinahe umgerannt. Er machte sich nicht die Mühe, zu taktieren, sondern sprang los, und sie beide fielen zu Boden.

Es war ein hässlicher Kampf, der Eindringling kämpfte hart, um sich von Patrick zu befreien, doch Patrick war genauso entschlossen, ihn festzuhalten. Sie rollten über den Boden, ihr Ächzen war laut, während die Fäuste flogen.

Thea, die in der Dunkelheit gleich hinter Patrick gewesen war, fiel auf die ineinander verschlungenen Männer. Mit einem Aufkeuchen ging sie zu Boden, die Pistole fiel ihr aus der Hand. Sie hatte keine Ahnung, welcher Mann der richtige war, aber sie mischte sich mit Entschlossenheit in den Kampf ein. Sie musste Patrick helfen.

Die sich windenden Körper kämpften in der Dunkelheit heftig miteinander, ihr schmerzliches Aufkeuchen ließ den Schaden ahnen, der durch die fliegenden Fäuste und gezielten Tritte angerichtet wurde. Nachdem Thea einen Stoß mit dem Knie gegen ihre Rippen ertragen hatte, eine aufgeplatzte Lippe und einen Ellbogen gegen das Auge, gelang es ihr, einen Arm um den Hals des Eindringlings zu schlingen und so fest zuzudrücken, wie sie konnte. Er war wesentlich kräftiger, als sie angenommen hatte, und trotz ihrer Bemühungen, ihn zu ersticken, hörte er nicht auf, die Fäuste gegen Patrick einzusetzen. Wütend und voller Angst biss ihn Thea so fest sie konnte in das Ohr. Er schrie auf und hob seinen Körper, beinahe wäre er nach hinten gefallen. Sie klammerte sich an ihn wie eine Bulldogge und biss noch fester zu, ihre schlanken Arme waren noch immer um seinen Hals gepresst, während sie ihren ganzen Körper einsetzte, um ihn zu Boden zu werfen.

Es klappte, zusammen sanken sie zu Boden, der Eindringling lag auf ihr, und sie hatte die Arme noch immer um seinen Hals geschlungen, sein Gewicht drückte sie zu Boden. Sic hörtc, wic Patrick auf die Beine kam, dann gab sie das

Ohr des Mannes frei und holte gerade genug Luft, um fröhlich zu rufen: »Ich habe ihn! Ich habe ihn!«

»Nein, verdammt«, brummte Patrick über ihr. »Sie haben mich, Sie kleiner Dummkopf!«

Mehrere Dinge passierten gleichzeitig, der Eindringling rannte davon, Thea riss die Arme von Patricks Hals, als hätte sie gerade festgestellt, dass sie eine Kobra im Arm hatte, ihr Mund formte ein großes »O«, und Patrick löste sich aus ihrem Griff.

Das Geräusch einer zuschlagenden Tür war in der Dunkelheit zu hören. Schweigen senkte sich über den Raum. Der Eindringling war entkommen.

Patrick und Thea saßen im Dunkeln auf dem Fußboden, das Schweigen zwischen ihnen dehnte sich. Nach ein paar Sekunden wurde die Stille unangenehm, und Thea rückte ein Stück von Patrick ab und stand dann auf. Einen Augenblick später hörte sie, wie auch er aufstand. Er sagte kein Wort, und die Stille machte sie nervös.

»Äh, ich habe gedacht, ich könnte helfen«, murmelte sie schließlich. »Ich dachte, er wäre Sie, ich dachte, ich hätte ihn vielleicht davon abgehalten, Sie zu verletzen.«

Patrick zündete die Kerze an, die er in die Tasche gesteckt hatte, ehe er an Thea vorbei hinter dem Mann hergelaufen war. In dem schwachen Licht sahen sie einander an.

Beide trugen Spuren des Kampfes. Obwohl die ganze Sache nur ein paar Minuten gedauert hatte, war doch einiger Schaden angerichtet worden. Betroffen fragte sich Thea, wie viel sie einander wohl zu verdanken hätten.

Unsicher sah sie Patrick an und dachte, dass er sehr groß und einschüchternd aussah, als er sie über die flackernde Flamme hinweg anstarrte. Sein Haar war zerzaust, seine schöne Jacke hing schief, seine Krawatte hatte sich gelöst, und er hatte eine blutige Schramme über einem Auge, auf einer seiner Wangen formte sich ein blauer Fleck. Er sieht schrecklich aus, dachte sie, und sehr liebenswert. Sie verspürte den Wunsch, ihm die rabenschwarzen Locken aus dem Gesicht zu streichen und die verletzte Wange zu küssen.

Thea sah nur wenig besser aus als Patrick. Ihre Kleidung war genauso unordentlich wie die von Patrick, einer der Arme ihrer Jacke war ausgerissen, und ihr Hemd hing an einer Seite aus der Hose. Der größte Teil ihres Haares war noch zurückgebunden, doch Löckchen kräuselten sich um ihr Gesicht. Der Schnitt an der Unterlippe hatte aufgehört zu bluten, doch die Lippe selbst war ein wenig geschwollen, und wenn Patrick das richtig sah, würde sie ein herrliches blaues Auge bekommen.

»Ich habe wirklich versucht zu helfen«, verteidigte sie sich, als er sie noch immer anstarrte und sie an seinem Gesicht nichts von seinen Gefühlen ablesen konnte. »Ich habe geglaubt, ich würde dem Eindringling die Luft abdrücken und nicht Ihnen. Ich dachte …«

»Nein«, wehrte Patrick verärgert ab. »Sie haben nicht gedacht. Sie sind einfach mir nichts, dir nichts hinter dem Wandschirm hervorgesprungen, haben die Pistole gezückt und uns so jede Gelegenheit genommen, dem Mann zu folgen oder herauszufinden, wer er war – ohne, das möchte ich betonen, dass er davon etwas gemerkt hätte.«

»Ich habe nicht die Pistole gezückt«, murmelte sie und sah ihn böse an.

»Ah, verzeihen Sie mir. Da muss ich mich wohl geirrt haben.« Er warf ihr einen übertrieben höflichen Blick zu. »Und wie würden Sie das beschreiben, was Sie getan haben?«

Erst jetzt wurde ihr bewusst, dass sie gehandelt hatte, ohne nachzudenken, deshalb war sie auch bereit, die Schande für das Fiasko auf sich zu nehmen. Es war alles ihr Fehler, und das wusste sie auch. Sie hätte nicht so voreilig und so eifrig sein dürfen, den Eindringling zu stellen. Sie fühlte sich gescholten und schuldig und blickte in sein angespanntes Gesicht. Er sah nicht besonders wütend aus, obwohl er offensichtlich nicht erfreut war, dafür konnte sie ihm nicht einmal einen Vorwurf machen. Zögernd gab sie zu, dass sie das ganze Durcheinander angerichtet hatte. Aber mit den besten Absichten, lenkte sie ein. Sie hatte wirklich helfen wollen, und hätte sie den richtigen Mann erwischt, dann hätten sie den Eindringling gefasst. Doch Patrick hatte Recht, sie hatte jede Möglichkeit ruiniert, heimlich herauszufinden, wer der Eindringling war und wohin er gegangen war. Sie betrachtete einen Augenblick lang ihre Fußspitzen, voller Schuldgefühl und Bedauern. Wenn sie doch nur lernen könnte, nachzudenken, ehe sie etwas tat. Sie riskierte noch einen Blick auf sein Gesicht und seufzte dann. Es wäre ihr wirklich lieber, wenn er schimpfen würde, als in einem so eisigen, höflichen Ton mit ihr zu sprechen.

Patrick betrachtete ihr ausdrucksstarkes Gesicht und konnte beinahe jeden Gedanken lesen, der ihr durch den Kopf ging. Er war sich bewusst, dass sie bedauerte, was vorgefallen war, doch genauso sehr war er sich auch bewusst, dass er nicht noch einmal die nackte Angst fühlen wollte, die ihn überkommen hatte, als sie hinter dem Wandschirm hervorgesprungen war. Der Eindringling hätte genauso gut bewaffnet sein können und hätte im Bruchteil einer Sekunde auf sie schießen können. Sie hätte schwer verwundet werden können … oder sogar getötet. Etwas Kaltes und Schmerzliches ballte sich in seinem Magen zusammen bei dem Gedanken, dass diese bezaubernde kleine Hexe mit den großen dunklen Augen, die ihn so schrecklich wütend machen konnte, jetzt leblos vor ihm auf dem Boden liegen könnte. Er hatte sich noch nie so hilflos und so voller Entsetzen gefühlt wie in diesem Augenblick, als ihm klar wurde, wie schnell er sie verlieren konnte.

Er warf ihr einen langen Blick zu, ungewollt zogen sich seine Mundwinkel zu einem Lächeln hoch. Sie sah wirklich entsetzlich aus. Ihren Hut hatte sie verloren in dem Kampf, und in ihrer Jungenkleidung, mit dem einen Auge, das schnell blau wurde, und ihrer geschwollenen Lippe, sah sie genauso berüchtigt aus, wie ihr Ruf war. Er hatte sich immer als einen Mann von guter Herkunft gesehen, ihre Taten und ihre Erscheinung hätten eigentlich nichts als Abscheu in der Brust eines Gentlemans von guter Herkunft hervorrufen dürfen. Er schüttelte den Kopf. Abscheu war bei weitem nicht das Gefühl, das er hatte, wenn er sie ansah. Nein, gestand er sich reumütig, Abscheu war nicht unter den Gefühlen, die in ihm aufstiegen. Anerkennung ihres fehlgeleiteten Mutes, ja. Belustigung über ihre Situation, ja. Eine eigenartige Zärtlichkeit fühlte er auch, und was das Verlangen betraf … Oh ja, Verlangen brannte ganz sicher in seiner Brust … und in seinen Lenden.

Er war sich bewusst, dass der Beweis für sein Verlangen schon bald offensichtlich würde, deshalb wandte sich Patrick ab. »Kommen Sie«, meinte er und ignorierte all seine anderen Gefühle. »Ich bezweifle, dass es noch einen Sinn hat, länger hier zu bleiben.«

Es dauerte nur eine Sekunde, bis sie die Pistole vom Boden aufgehoben hatte, dann folgte ihm Thea. Unsicher fragte sie: »Ich weiß, dass wir wahrscheinlich nichts anderes mehr erfahren werden, aber sollten wir nicht vielleicht das Bücherregal untersuchen, ehe wir gehen? Sie haben es zwar nicht gesehen, aber er hat etwas hinter den Büchern hervorgeholt, vielleicht finden wir noch etwas, das er vergessen hat.«

Eine genaue Untersuchung der Bücherregale enthüllte nichts Neues, außer ein wenig Mäusekot und Staub, und Thea war sehr enttäuscht.

Mit hängender Unterlippe ließ sie es zu, dass Patrick sie aus dem Zimmer führte.

»Wir hätten doch wenigstens etwas finden können«, murmelte sie, als sie sich dem Ausgang näherten.

»Ich denke, für einen Abend haben wir genug gefunden«, meinte Patrick spöttisch, als er die Tür öffnete und sich vorsichtig umsah.

Zu dieser Stunde gab es nur wenig Verkehr, er zog Thea mit sich aus dem Haus und die Treppe hinunter auf die Straße. Einen Augenblick später kletterten sie in Theas Kutsche.

»Wenigstens haben Sie daran gedacht, eine Kutsche mitzubringen«, meinte er grimmig, als er sich in die Samtkissen zurücklehnte und die Kutsche zu rollen begann.

»Schließlich bin ich kein vollkommener Dummkopf«, erklärte Thea hochmütig, die noch immer unter ihrer nicht gerade großartigen Vorstellung am heutigen Abend litt.

Patrick lächelte in der Dunkelheit. »Eigentlich war es sehr tapfer von Ihnen, mir zu Hilfe zu kommen, wenn auch fehl am Platze. Ich danke Ihnen für Ihre guten Absichten.«

»Sie brauchen mich nicht so herablassend zu behandeln«, erklärte Thea verärgert. »Ich habe mich wie ein vollkommener Dummkopf benommen, das wissen Sie genauso gut wie ich.« Sie seufzte. »Ich wollte nicht alles verderben, ich wollte nur verhindern, dass er weglief.«

»Seien Sie nicht zu böse auf sich selbst, wir werden noch andere Möglichkeiten bekommen.«

»Glauben Sie?«, fragte sie und lehnte sich vor, in der Dunkelheit versuchte sie, den Ausdruck auf seinem Gesicht zu erkennen.

Er zuckte mit den Schultern. »Da wir nicht die Absicht haben, unsere Bemühungen aufzugeben, ist es nur ein logischer Schluss, dass sich früher oder später unsere Wege mit denen des geheimnisvollen Eindringlings noch einmal kreuzen werden.« Er verzog das Gesicht. »Hoffentlich mit einem besseren Ausgang.«

»Ich frage mich, was wohl in dem kleinen Päckchen war, das er hinter den Büchern hervorgeholt hat«, überlegte Thea. »Es war nicht sehr groß. Es war flach und gefaltet. Briefe vielleicht?«

Patrick konnte sich sehr gut vorstellen, dass dieses Päckchen wohl die Briefe seiner Mutter enthalten hatte, aber das würde er Thea natürlich nicht verraten. Es war schon gefährlich genug, dass sie den Mord an ihrem Schwager untersuchte und sein Verschwinden, er musste sie nicht auch noch in die Erpressung mit hineinziehen. Besonders da diese Erpressung mit ihr gar nichts zu tun hatte.

Er runzelte die Stirn. Oder vielleicht doch? Was hatte der Mord an Alfred Hirst mit demjenigen zu tun, der seine Mutter erpresste? Waren die beiden Ereignisse miteinander verbunden? Der Ort, an dem Hirst umgebracht worden war, schien diesen Schluss nahe zu legen. Oder war es ganz einfach nur einer dieser unglaublichen Zufälle?

Patrick bezweifelte das. Er mochte keine Zufälle. Also, gab es in der Tat vielleicht sogar zwei Erpresser? War Hirst einer der beiden gewesen? War Hirsts Treffen mit Thea eine persönliche Angelegenheit gewesen? Ein Geschäft, das Hirst hatte abschließen wollen, bevor Lady Caldecott an die Reihe gekommen wäre? Und der Mord an Hirst – war er ein Streit unter den Partnern gewesen?

Er hatte keine Zeit für längere Überlegungen, denn die Kutsche war vor Theas Haus angekommen. Einige Augenblicke später saß er in einem kleinen, hübschen Zimmer, das in Schattierungen von Creme, Blau und Gold eingerichtet war und in dem Theas Cousine, Modesty Bradford, schon ängstlich auf die Rückkehr ihrer jungen Verwandten gewartet hatte.

Modesty war von seinem unerwarteten Erscheinen zu dieser ungewöhnlichen Stunde nicht im Geringsten überrascht gewesen und auch nicht von ihrem üblen Zustand. Patrick hatte das Gefühl, dass es nur sehr wenig gab, was Miss Bradford überraschen konnte. Sie waren einander vorgestellt worden, Erfrischungen waren von einem kahlköpfigen Butler mit missbilligendem Gesicht gebracht worden, und Patrick lehnte sich im Augenblick in einem großen, gepolsterten Sessel zurück, der sehr gemütlich war, in einer Hand hielt er ein halb geleertes Glas mit Brandy. Thea hatte gerade die Geschichte ihrer Erlebnisse beendet.

»Nun ja«, meinte Modesty, hin- und hergerissen zwischen Neid und Entsetzen. »Das entwickelt sich wirklich zu einer Sache, die wesentlich weiter geht, als wir es angenommen hatten.« Sie warf Patrick einen Blick zu. »Ich nehme an, Sie haben nicht die Absicht, uns zu sagen, warum Sie eigentlich ursprünglich in diesem Haus waren?«

Patrick lächelte schwach und schüttelte den Kopf. »Das kann ich nicht – es geht hier nicht um mein Geheimnis.«

Modesty betrachtete ihn nachdenklich. Instinktiv vertraute sie ihm, und sie wusste wesentlich mehr über ihn, als sie verraten hatte. Außerdem war er ihrer Meinung nach der erste Gentleman, abgesehen von den männlichen Verwandten, dessen Gesellschaft Thea mit mehr als nur Ungeduld und Verachtung zu dulden schien. Sie fand es sehr interessant, dass Thea sein Eindringen in eine so intime Familiensache tolerierte. Patricks Beweggründe waren genauso interessant, und Modesty fragte sich, ob sie wohl die Einzige war, die neugierig war, warum er nicht sofort den Mord an Hirst gemeldet hatte, sondern sich stattdessen Thea förmlich, ja, es gab kein anderes Wort dafür, aufgedrängt hatte. Und noch interessanter war die Tatsache, dass er nicht im mindesten von Theas Ruf oder ihrem wenig anständigen Benehmen abgestoßen zu sein schien. Heute Abend, dachte sie, hatte Thea wirklich ein sehr gutes Beispiel dafür gegeben! Sie hatte schon immer gewusst, dass ein außergewöhnlich schlauer Mann nötig war, der hinter die Skandalgeschichten sehen konnte, die Thea umgaben, um die warme, großzügige Frau hinter der Fassade zu erkennen. War Patrick Blackburne dieser Mann? Das könnte sehr gut möglich sein, und dieser Schluss erfreute sie.

»Und was tun wir jetzt?«, fragte Modesty und beobachtete diskret das Zusammenspiel zwischen Thea und Patrick.

»Es gibt nur sehr wenig, was wir tun können«, antwortete Patrick und blickte in seinen Brandy. »Mit Theas Beschreibung des Eindringlings können wir nichts anfangen.«

»Kann ich denn etwas dafür, dass das, was ich gesehen habe, unbrauchbar ist«, wollte Thea wissen. »Es ist doch nicht mein Fehler, dass er kein Riese mit flammend rotem Haar war.«

Patrick lachte leise, und Modesty lächelte über Theas Bemerkung.

Thea warf den beiden einen verärgerten Blick zu und stand dann auf. Sie ignorierte die beiden und begann, unruhig in dem Zimmer auf und ab zu laufen, mit dieser ruhelosen Energie, die ihr angeboren war. Sie war wirklich eine beachtenswerte Gestalt. Irgendwann an diesem Abend musste sie ihren Hut verloren haben, ihre zerrissene Jacke hatte sie ausgezogen und das Hemd wieder in die Hose gesteckt. Auf den ersten Blick sah sie aus wie ein kleines Bürschchen und dann doch wieder nicht.

Unter den gesenkten Augenlidern hervor beobachtete Patrick sie, und ihm kam der Gedanke, dass die Verkleidung als Junge genauer Beobachtung nicht standgehalten hätte.

Er war dankbar, dass es dunkel und die Straßen verlassen gewesen waren. Er beobachtete den sanften Schwung ihrer Hüften. Das weiße Hemd war ihr zu groß, aber dennoch war er in der Lage, die sanfte Rundung ihrer Brust zu erkennen, während sie in dem kleinen Zimmer auf und ab ging. Er fühlte, dass seine Hose ihm plötzlich zu eng wurde, und verfluchte sein unruhiges Blut, dann lenkte er entschlossen seine Gedanken in eine andere Richtung.

»Sind Sie wirklich sicher, dass Sie gar nichts gesehen haben, was uns helfen könnte, den Mann zu identifizieren?«, fragte Patrick.

Thea zuckte mit den Schultern. »Ich habe Ihnen doch gesagt, ich habe nur seinen Arm gesehen, als er hinter die Bücher gegriffen hat, und dann seinen Rücken, als ich hinter dem Wandschirm hervorkam. Was ich von seiner Kleidung gesehen habe, schien von guter Qualität zu sein. Er sah nicht aus wie ein Dandy, auch nicht wie ein gemeiner Mann. Seine Jacke war dunkelbraun – tabakfarben – und passte ihm sehr gut.« Sie runzelte die Stirn. »Er trug Hosen, Lederhosen, wenn ich mich recht erinnere, und Stiefel. Ich hatte den deutlichen Eindruck, dass er ein Mitglied der guten Gesellschaft ist. Sein Haar war ordentlich geschnitten und dunkel – nicht schwarz, wahrscheinlich braun.« Sie seufzte und warf sich neben Modesty auf das Sofa. »Was seine Größe betrifft, so habe ich Ihnen doch schon gesagt, dass er nicht groß und auch nicht klein war. Er schien nicht sehr dünn, aber auch nicht sehr fett, wenigstens nicht von hinten. Wir könnten zweifellos auf der Straße an ihm vorbeigehen, ohne ihn zu bemerken.«

»Glauben Sie, er ist derjenige, der Hirst umgebracht hat?«, fragte Modesty und sah von einem zum anderen.

Patrick zuckte mit den Schultern.

Thea verzog das Gesicht.

Schweigen senkte sich über sie.

»Nun ja«, meinte Modesty schließlich. »Da wir heute Abend nicht mehr tun können, sage ich euch beiden gute Nacht.« Sie stand auf und streckte Patrick die Hand hin.

Patrick war auch aufgestanden. Er beugte sich anmutig über Modestys schlanke Hand und verabschiedete sich von ihr. Als er ihre Hand wieder losließ, richtete er sich auf. »Ich werde jetzt auch gehen. Es ist schon spät, und ich bin sicher, dass Sie beide ins Bett wollen.«

»Machen Sie sich doch nicht lächerlich«, erklärte Modesty geradeheraus. »Wenn man an die Ereignisse des heutigen Abends denkt und an alles, was Sie über unsere Angelegenheiten wissen, dann habe ich beinahe das Gefühl, als würden Sie zur Familie gehören. Und deshalb ist es auch nicht nötig, dass Sie sich beeilen.« Ihre blauen Augen blitzten, als sie sagte: »Ich bin sicher, Sie und Thea haben noch eine ganze Menge zu besprechen, besonders Ihre Pläne, was diesen Bösewicht betrifft. Normalerweise würde ich Thea nicht allein in der Gesellschaft eines Mannes mit Ihrem Ruf lassen ...« Als sie Patricks unsicheren Blick sah, musste Modesty lachen. »Mein lieber Sir, ich bin ja vielleicht eine alte Frau, aber was in der Gesellschaft vor sich geht, weiß ich dennoch – ganz besonders unter den etwas, äh, verwegeneren Mitgliedern.« Als sein Gesicht noch unsicherer wurde, fügte sie noch hinzu: »Jawohl, ich fürchte, dass ich Ihren Ruf sehr gut kenne.« Das Blitzen ihrer Augen wurde noch deutlicher. »Ich nehme an, ich sollte zugeben, dass ich Ihre Mutter schon seit Jahren kenne, auch wenn wir beide einander noch nicht begegnet sind. Sie hat oft von Ihnen erzählt, auch von Ihren eher unfeinen, äh, Eskapaden.«

Patrick war nicht sicher, ob er lachen oder fluchen sollte, deshalb wählte er das Erstere. Er lachte fröhlich, dann murmelte er: »Das bestätigt nur, was ich schon immer vermutet habe: Mutter hat wirklich das wirksamste Spionagenetzwerk, das der Menschheit bekannt ist!«

»Und Augen in ihrem Hinterkopf, wenn es um Sie geht, junger Mann«, meinte Modesty und lachte leise.

Sie waren überaus freundlich zueinander, als Patrick sie zur Tür führte. Als er die Tür hinter ihr schloss, wandte er sich zu Thea um. Sie saß noch immer auf dem Sofa, doch jetzt hatte sie die Beine unter sich gezogen und sah ihn mit ihren unglaublich dunklen Augen an.

Er war sich seiner Gefühle für Miss Thea Garrett unsicher, deshalb betrachtete er sie nachdenklich.

»Was ist?«, fragte Thea scharf. »Warum sehen Sie mich so an? Ich habe Ihnen doch gesagt, dass ich Sie nicht absichtlich angegriffen habe.«

»Ich bin sicher, dass das so ist«, antwortete Patrick freundlich und ging zu seinem Sessel zurück. Er setzte sich und streckte die langen Beine vor sich aus, dann schüttelte er den Kopf. »Ich fürchte, wir sind in einer Sackgasse angekommen. Ich bezweifle, dass der Kerl noch einmal in das Haus in der Curzon Street zurückkehren wird. Hirsts Leiche ist verschwunden – Gott allein weiß, wohin –, und unser Besucher hat offensichtlich das gefunden, wonach er gesucht hat. Es gibt keinen Grund, dass er noch einmal zurückkommen sollte.«

»Ich frage mich, was er wohl mitgenommen hat«, murmelte Thea. »Wenn er der gleiche Mann ist, der Hirst umgebracht und seine Leiche versteckt hat, und das ist doch eigentlich logisch, warum hat er das, was er jetzt geholt hat, nicht schon damals mitgenommen? Warum ist er das Risiko eingegangen, noch einmal zurückzukommen?«

Das war eine gute Frage, eine, die Patrick ihr nicht beantworten konnte. Er hatte mehrere Ideen, aber keine davon wollte er Thea mitteilen. In der Tat wünschte er sich heftigst, dass sie aus der ganzen Sache herausbleiben würde, und das war, so gestand er sich verdrießlich ein, genau das Gegenteil von dem, was er noch vor vierundzwanzig Stunden gefühlt hatte. Er hatte gehofft, dass sie ihn durch den verstorbenen Hirst zu demjenigen führen würde, der seine Mutter erpresste. Doch im Augenblick schien diese Hoffnung nur wenig begründet zu sein.

Heute Abend hatten sie festgestellt, dass Hirsts Leiche verschwunden war, und wer wusste, wo und wann sie wieder auftauchen würde? Es stimmte, sie hatten beinahe den geheimnisvollen Fremden erwischt, der in das Haus eingedrungen war und ein ebenso geheimnisvolles Päckchen mitgenommen hatte. Für Patrick war dieses Päckchen überhaupt nicht geheimnisvoll, er war davon überzeugt, dass es die Briefe seiner Mutter enthielt. Es ärgerte ihn, dass diese verdammten Briefe die ganze Zeit über dort gewesen sein mussten, hätte er gestern Abend den Raum nur gründlicher durchsucht, hätte er die Briefe heute Morgen in die Hände seiner Mutter legen können. Natürlich hätte es dann für ihn keinen Grund mehr gegeben, seine Verbindung mit Thea noch weiter zu verfolgen …

Sein Blick ruhte auf Theas ausdrucksstarkem Gesicht, und er war gezwungen zuzugeben, dass sich in den letzten vierundzwanzig Stunden eine ganze Menge verändert hatte. Das hatte mit diesem Wesen zu tun, das ihm gegenübersaß, das ihn so schrecklich wütend machte und ihn gleichzeitig so sehr bezauberte.

Ihren Ruf tat er mittlerweile als unwichtig ab. Hawley Randall war für seinen Geschmack schon immer ein wenig zu sehr am Wind gesegelt, dachte Patrick voller Verachtung. Und während er sich selbst als genauso wild und leichtsinnig ansah wie alle anderen Mitglieder der flotten Gesellschaft, zu der sie beide gehört hatten, so hätte er nie mit dem Gedanken gespielt, ein unschuldiges Mädchen zu verführen, auch wenn er es dann am Ende geheiratet hätte. Nachdem er Thea kennen gelernt hatte, war ihm dieser Gedanke sogar noch mehr zuwider, und er wünschte sich mit einer für ihn uncharakteristischen Blutrünstigkeit, dass er derjenige gewesen wäre, der Hawleys Leben ein Ende gesetzt hätte. Er lächelte grimmig. Und das, so gestand er sich ein, war wahrscheinlich das, was ihn am meisten beunruhigte – er hatte noch nie eine

Frau getroffen, von der er geglaubt hatte, sie sei es wert, dass er seine Haut für sie riskierte, und jetzt saß er hier und sehnte sich danach, zu ihrer Verteidigung das Degen zu ziehen, dazu noch mit einem toten Mann!

»Warum lächeln Sie?«, fragte ihn Thea plötzlich.

Patrick schüttelte den Kopf. »Nichts, das Sie verstehen würden, ich bin nicht einmal sicher, dass ich selbst es verstehe.« Er stand auf. »Es ist schon spät. Ich denke, wir werden die Ereignisse dieses Abends in einem viel deutlicheren Licht sehen, nachdem wir eine Nacht darüber geschlafen haben.« Er griff nach ihrer Hand und zog sie hoch. »Darf ich Sie morgen aufsuchen?«

Thea fühlte sich in seiner Nähe ein wenig atemlos, sie starrte in sein Gesicht. Voller Neugier fragte sie: »Und wenn ich nein sagen würde, würden Sie dann wegbleiben?«

Er lächelte, und seine grauen Augen blitzten. »Was denken Sie?«

»Ich denke«, erklärte sie bissig, »dass Sie genau das tun würden, was Ihnen gefällt.«

»Ah, eine so seltene Erscheinung – eine intelligente Frau.«

»Und Sie sind das, was es leider viel zu oft gibt – ein grober, überheblicher, brutaler Kerl«, erklärte Thea schroff, doch ein Lächeln umspielte ihre Mundwinkel.

Später sagte er sich, dass der Grund dafür die späte Stunde war, der Stress, unter dem sie gestanden hatten, und dieses verdammt verlockende Lächeln, das ihn dazu gebracht hatte, den Kopf zu verlieren. Der Fluss sexuellen Bewusstseins war schon den ganzen Abend über zwischen ihnen spürbar gewesen, der Kuss, den sie einander auf dem Ball gegeben hatten, hatte diese Kraft nur noch größer werden lassen. Es gab viel in seiner Beziehung zu Thea Garrett, das ihn verwirrte und unsicher machte, aber eines wusste er – er verlangte nach ihr. Instinktiv wurde der Griff um ihre Hand fester, und er zog sie in seine Arme. Ihre Lippen fanden einander, und er küsste sie.

Ihr Mund war weich und überrascht, ihr Körper warm und nachgiebig, als er sie an sich zog. Sie fühlte sich herrlich an, schlank und weiblich. Die Jungenkleidung war eigenartig erregend, ganz besonders, als sich eine seiner Hände weiter vorwagte und er ihren festen Po fühlte, nur bedeckt durch das dünne, eng anliegende Leder.

Verlangen, scharf und drängend, stieg in Thea auf. Sie war machtlos gegen die Kräfte, die in ihr gelöst wurden, deshalb wehrte sie sich auch nicht, als sein Kuss eindringlicher und verlangender wurde. Sie zitterte vor Schreck und Erregung; ihm zu entkommen war ein Gedanke, der ihr nicht kam, während sie schamlos diesen Kuss genoss, den drängenden Druck seines Mundes und seiner Hände. Sie wurde von einem Wirbel an Gefühlen hinweggetragen und konnte nicht dagegen ankämpfen, selbst als er ihr offen zeigte, wie bereit er für sie war, blieb sie gefügig in seinen Armen.

Alle seine Sinne waren gefangen von der Frau in seinen Armen, als Patrick Thea mühelos hochhob und sie zum Sofa trug, während ihre Lippen sich nicht voneinander lösten. Langsam legte er sie auf das Sofa und kniete neben ihr nieder. Er hob den Kopf, und sie starrten einander an.

Theas Mund war rot und geschwollen, ihre dunklen Augen blicklos, als sie in sein Gesicht sah, aus dem ihr die Leidenschaft entgegenstarrte. Dies, so begriff sie, war das, was sie bei Hawley hätte fühlen müssen, dieses Verlangen und die Erwartung dessen, was geschehen würde – und nicht die Angst und die Furcht. Zum ersten Mal verlangte sie wirklich nach einem Mann. Was sie in Patricks Armen fühlte, war kein dummer Traum eines unschuldigen Schulmädchens, den sie nicht einmal richtig verstand, sie wusste jetzt endlich, wie groß bei dem richtigen Mann die Sehnsucht nach einer Vereinigung sein konnte. Hilflos streckte sie die Hand aus und fuhr mit den Fingern den Umrissen seines Mundes nach, dabei verspürte sie ein heißes Glücksgefühl, als er sanft in ihre Finger biss und daran saugte.

Ihre Berührung war nur vorsichtig gewesen, doch sie berührte Patrick mit aller Macht, und voller Verlangen pressten sich seine Lippen noch einmal auf ihre, schnell öffnete er die

Knöpfe ihres Hemdes. Er schob das Kleidungsstück beiseite und nahm eine ihrer kleinen Brüste in seine Hand. Was auch immer an klarem Verstand ihm noch geblieben war, verschwand in diesem Augenblick. Er musste sie besitzen, oder er würde verrückt werden!

Thea keuchte auf bei der Berührung seiner Hand auf ihrer Brust und hob ihm ihren Körper entgegen. Sie hatte noch nie etwas so Erregendes erlebt wie Patricks Liebesspiel, und sie verlangte nach mehr.

Es war das Klirren von Geschirr im Flur, das sie beide mit einem Ruck in die Wirklichkeit zurückbrachte. Der Butler war draußen vor der Tür, und er würde schon sehr bald anklopfen. Die Leidenschaft kühlte sich ab, als hätten sie einen Sprung in kaltes Wasser getan, und sie fuhren auseinander.

Patrick fluchte leise, er zog Thea hoch und schloss schnell ihr Hemd, dann stopfte er es in die Hose zurück. Gott sei Dank, dachte er mit einer Heftigkeit, die er schon seit Jahren nicht mehr gefühlt hatte, waren sie nicht schon weiter gegangen. Als kultivierter Mann von Welt konnte selbst er den Gedanken nicht ertragen, in flagranti erwischt zu werden.

Er hatte gerade noch Zeit, seine Krawatte zurechtzurücken, ehe es leise an der Tür klopfte.

Thea war so durcheinander, dass sie erstaunt war, wie normal ihre Stimme klang, als sie zur Tür lief und sie öffnete.

»Miss Bradford dachte, Sie wollten noch einige Erfrischungen haben«, meinte Tillman, der mit einem silbernen Tablett voller Porzellanschüsselchen vor ihr stand. Sein missbilligender Gesichtsausdruck machte deutlich, dass er vermutete, was in dem Zimmer vor sich gegangen war.

»Das wird nicht nötig sein«, antwortete Thea. »Mr Blackburne wollte gerade gehen.« Sie sah zu Patrick, der Blick aus ihren dunklen Augen bat und forderte, ihr zuzustimmen.

»In der Tat, das wollte ich wirklich gerade«, murmelte er und ging zu der Tür, neben der Thea wie erstarrt stand. Er nahm ihre zitternde Hand in seine und küsste sie. »Ich werde Sie morgen besuchen kommen.«

Thea nickte, sie traute ihrer Stimme nicht.

Einen Augenblick später stand Patrick draußen in der kühlen Nachtluft und fragte sich, ob er nun wirklich den Verstand verloren hatte. Wie sonst konnte er erklären, was geschehen war – sein Mund verzog sich bei dem Gedanken, was heute Abend beinahe passiert wäre.

Er schüttelte den Kopf über seine eigene Dummheit, dann trat er auf die Straße. Er verstand nicht genau, was los war, doch der heutige Abend hatte ihm eines bewiesen: Er war gefährlich und vollkommen vernarrt in die berüchtigte Miss Thea Garrett.

Kapitel Acht

Während Thea und Patrick sich vom Boden des Hauses in der Curzon Street erhoben, war der Eindringling, mit dem Päckchen in der einen Hand, in blinder Panik durch die gewundene Gasse hinter den eleganten Häusern halb gestolpert und halb gelaufen. Es dauerte einige Augenblicke, ehe er begriff, dass seine Angreifer ihm nicht folgten.

Er rang nach Atem, lehnte sich dann gegen eines der Gebäude und erholte sich einige Minuten lang. Solange er lebte, wollte er nie wieder die Angst fühlen, durch die er gegangen war, als er diese Stimme gehört hatte, die ihm befohlen hatte, stehen zu bleiben. Dass überhaupt jemand ihm aufgelauert hatte, war schon schlimm genug, doch dass gleich zwei Personen in dem Haus gewesen waren, um ihn zu schnappen, machte ihm schreckliche Angst. Wer waren sie gewesen? Und woher hatten sie gewusst, dass er an diesem Abend dort sein würde? Diese Frage würde wohl zunächst einmal unbeantwortet bleiben, aber wer es gewesen war, könnte er selbst herausfinden – wenn er schnell genug war.

Er schlüpfte auf die Hauptstraße und lief sie dann entlang, gleich gegenüber von dem Haus, in dem er angegriffen worden war, versteckte er sich. Er hatte sich dafür einen schmalen Weg zwischen zwei schönen Häusern ausgesucht, er wartete, und sein Blick war auf die Tür des Hauses ihm gegenüber gerichtet, das Päckchen hielt er noch immer in der Hand.

Das Licht einiger Straßenlampen warf einen schwachen gelben Schein, wenig mehr als kleine goldene Lichtflecken in der Dunkelheit der Nacht. Er begriff sofort, dass es unmöglich sein würde, die Leute, die ihn angegriffen hatten, in dem schwachen Licht aus dieser Entfernung zu erkennen, daher bereitete er sich darauf vor, ihnen zu folgen, wenn sie das Haus verließen, falls sie das nicht bereits getan hatten. Er war kein tapferer Mann, und als sich die Tür des Hauses auf der gegenüberliegenden Straßenseite öffnete, zog er sich noch tiefer in die Schatten seines Versteckes zurück. Erst jetzt stellte er fest, dass er nicht der Einzige war, der sich auf diesem schmalen Weg versteckte.

Als er weiter in den Weg zurückwich, stieß er hart gegen den Körper eines anderen Menschen. Seine Nerven lagen bereits blank, deshalb schrie er erstickt auf und sprang davon, doch dabei stolperte er heftig über das Bein, das der andere absichtlich ausgestreckt hatte. Er fiel, seine Arme wedelten heftig, als er versuchte, seine Balance zu halten. Doch seinen Fall konnte er nicht mehr aufhalten, sein Kopf schlug gegen die Mauer des Gebäudes und dann auf den gepflasterten Weg, auf dem er schließlich liegen blieb. Er war bewusstlos. Das Päckchen flog aus seiner Hand und landete auf dem Boden neben seinem regungslosen Körper.

»O je«, murmelte der andere Mann auf dem Weg. »Ich hoffe, du bist nur bewusstlos und nicht tot.« Eine schnelle Untersuchung des Mannes auf dem Boden zeigte ihm, dass er keinen Mord auf sein Gewissen geladen hatte. Er trat über den regungslosen Körper und beobachtete, wie zwei Gestalten die Treppe des Hauses gegenüber hinuntereilten und dann in der Kutsche verschwanden, die einige Häuser weiter gewartet hatte.

Als der Kutscher an ihm vorübergefahren war, trat er wieder in den schmalen Weg und zündete eine Kerze an, die er mitgebracht hatte. Er entdeckte das Päckchen, hob es auf und betrachtete es nachdenklich, dann schob er es sicher in die Tasche seiner Jacke. Vorsichtig drehte er das Gesicht des bewusstlosen Mannes so, dass es vom Licht seiner Kerze erhellt wurde, er erkannte den Mann sofort.

»Ah«, sagte er, »es macht immer wieder Freude, wenn man

seine Vermutungen bestätigt bekommt.« Er zögerte einen Augenblick und war nicht glücklich darüber, den Kerl in seiner so verletzlichen Lage zurückzulassen. Aber er konnte nichts tun – er wollte nicht dort sein, wenn der Gentleman das Bewusstsein wiedererlangte. Das wäre wirklich sehr unangenehm.

Er richtete sich auf und seufzte. »Es tut mir Leid, mein Freund, aber ich muss jetzt weg. Ich denke, Sie werden sicher aufwachen, mit nicht mehr als heftigen Kopfschmerzen.« Er blies die Kerze aus, und nachdem er vorsichtig nach beiden Seiten die Straße entlang gesehen hatte, trat er aus seinem Versteck.

Einige Minuten später, als er es sich vor einem knisternden Feuer in seinem Arbeitszimmer gemütlich machte und an einem Glas Brandy nippte, war er erst in der Lage, sich das Päckchen genauer anzusehen. Er öffnete es und stellte fest, dass es etwa ein halbes Dutzend Briefe enthielt, die von einer Frauenhand geschrieben worden waren.

Nachdem er die leidenschaftlichen Worte des ersten Briefes gelesen hatte, zogen sich seine Augenbrauen hoch. Wie interessant.

Sein Blick fiel auf die Unterschrift, und er lächelte. »Also wirklich«, murmelte er und lächelte noch einmal. »Was werde ich hiermit für einen Spaß haben.«

Er stand auf und ging zu dem goldgerahmten Porträt eines schon seit langer Zeit verstorbenen Ahnen hinüber, er schob es beiseite und enthüllte einen Safe dahinter. Er nahm einen kleinen Schlüssel aus der Tasche seiner Weste, öffnete den Safe und legte die Briefe hinein. Nachdem er den Safe wieder abgeschlossen hatte, rückte er das Bild zurecht und kehrte zu seinem Platz am Feuer zurück.

Er sah in die Flammen, spielte mit den Fingern und dachte darüber nach, wie er diese Briefe am besten nutzen könnte.

Ein Sturm toste in den frühen Stunden des nächsten Morgens durch London, und Thea erwachte an einem Tag, der genauso wild und ungemütlich aussah, wie sie sich fühlte. Selbst nachdem sie gebadet und sich angekleidet hatte, waren die turbulenten Gefühle noch nicht verschwunden, doch zumindest das blaue Auge, das Patrick nach den Geschehnissen des gestrigen Abends befürchtet hatte, hatte sich nicht entwickelt. Es gab jedoch ein Anzeichen eines blauen Flecks, doch sie sagte sich, das könne man auch als das Ergebnis einer ruhelosen Nacht abtun. Thea frühstückte mit Modesty, und während ihre Cousine sich mit dem Koch unterhielt, zog sie sich in das Zimmer zurück, in dem Patrick und sie dieses leidenschaftliche Zwischenspiel gehabt hatten. Sie sah hinaus auf die regennasse Straße und runzelte die Stirn.

Sie hätte schwören können, nie wieder dem Charme eines Mannes zu verfallen, und jetzt stand sie hier und begann, einen Mann wirklich zu mögen, der ihr noch nicht einmal einen Grund gegeben hatte, ihm zu vertrauen. Aber, so überlegte sie erschrocken, sie hatte auch keinen Grund, ihm nicht zu vertrauen. Er hätte ihren großen Kummer und ihre Verlegenheit immer wieder ausnutzen können, seit sie ihm zum ersten Mal unter solch eigenartigen Umständen begegnet war, doch das hatte er nicht getan. Und er schien auch nicht die Absicht zu haben, das tun zu wollen. Sie wusste nicht so recht, was sie von ihm halten sollte.

Sie wandte sich ab und lief ruhelos in dem hübschen Zimmer hin und her, die Geräusche von der Straße hörte sie gar nicht, weil sie in Gedanken bei dem beunruhigenden Mr Patrick Blackburne war. Sie war sich auch nicht bewusst, wie viel Zeit vergangen war, deshalb zuckte sie erschrocken zusammen, als die Tür plötzlich aufgerissen wurde und Edwina vor ihr stand.

Thea erstarrte. Sie war sicher, dass man Hirsts Leiche endlich entdeckt hatte, und bereitete sich darauf vor, die junge Witwe zu trösten. Doch Edwina, so stellte sie plötzlich fest, sah gar nicht bekümmert aus. In der Tat trug sie ein modisches Kleid aus blauem Musselin, goldene Löckchen rahmten ihr hübsches Gesicht ein, und sie sah ganz besonders bezaubernd aus. Ganz sicher erschien sie nicht von Kummer bedrückt, es konnte also nicht die Entdeckung sein, dass sie zur Witwe geworden war, die sie hierher gebracht hatte. Doch warum sonst war sie gekommen? War Edwina vielleicht endlich zu Verstand gekommen und hatte begriffen, dass es an der Zeit war, ihren Streit beizulegen? Thea entschied sich, vorsichtig zu sein. »Edwina! Meine Liebe, was tust du hier, an einem so schlimmen Tag wie heute?«

»Ich musste dich sehen«, erklärte Edwina atemlos, ihre blauen Augen ruhten auf Theas Gesicht. »Ich habe mich dir gegenüber schrecklich benommen, gestern Abend. Ich bin gekommen, um mich zu entschuldigen.« Sie lächelte ein wenig unsicher, dann fügte sie hinzu: »Oh, Thea, du weißt gar nicht, wie sehr ich dich vermisst habe. Bitte, lass uns nicht mehr streiten! Ich war so glücklich, dich auf diesem Ball zu sehen, auch wenn ich mich nicht so benommen habe.« Sie blickte weg. »Ich hatte solche Angst, dass du mich vor den Kopf stoßen würdest, und als du das dann nicht getan hast, habe ich mich wie eine dumme Gans benommen.« Sie sah Thea an. »Bitte, sage mir, liebe Schwester, dass du mir mein Benehmen von gestern verzeihst. Ich möchte, dass dieser dumme Streit zwischen uns beiden endlich aufhört.«

Theas Herz schwoll. Sie streckte die Arme aus und sagte: »Oh, liebe, liebe Edwina, du weißt gar nicht, wie sehr ich mich danach gesehnt habe, dich diese Worte sagen zu hören.«

Edwina flog in ihre ausgestreckten Arme, und einige Augenblicke lang gab es Tränen und gemurmelte Entschuldigungen auf beiden Seite, und schließlich lächelten sich die beiden Schwestern unter Tränen an. Edwina wischte sich die Augen mit einem zierlichen Taschentuch, dann sank sie auf das Sofa. »Ich bin so glücklich, dass wir unsere Missverständnisse endlich beigelegt haben. Diese letzten Monate waren wirklich entsetzlich! Ein Dutzend Mal wäre ich dich beinahe besuchen gekommen und hätte dich gebeten, mir mein schlechtes Benehmen zu verzeihen.« Edwina verzog das Gesicht. »Ich habe mich benommen wie ein schreckliches Gör.

Noch schlimmer, ich habe mich geirrt, und das weiß ich, ich war dumm.« Sie blickte traurig in ihren Schoß. »Mein Stolz hat es nicht zugelassen, dass ich mir die Wahrheit eingestanden habe.« Sie sah auf und blickte Thea in die Augen. »Ich begreife jetzt, eigentlich habe ich es schon seit einigen Monaten begriffen, dass ich Alfred niemals hätte heiraten dürfen. Du hattest Recht mit deiner Meinung von ihm, alles, was du gesagt hast, hat gestimmt, aber ich konnte mich nicht dazu überwinden, es mir einzugestehen, ganz besonders nicht dir gegenüber!«

In diesem Augenblick kam Modesty in das Zimmer gesegelt und beendete das Geständnis. Mit hochgezogenen Augenbrauen sah sie Edwina an. »Nun!«, meinte sie schließlich. »Tillman hat gesagt, dass du hier bei Thea bist, aber ich wollte mich selbst davon überzeugen.« Sie ging zu Edwina hinüber, die aufgestanden war, als Modesty das Zimmer betreten hatte, und gab ihr einen Kuss auf die Wange. »Willkommen, Kind. Du bist viel zu lange von uns weg gewesen.«

Edwina schlang die Arme um Modesty. »Oh, Cousine, wie habe ich dich vermisst!«, rief sie. »Ich habe Thea gerade gesagt, was für ein Dummkopf ich gewesen bin.« Ihre blauen Augen blickten reumütig. »Wirst du mir verzeihen?«

Modesty tätschelte ihr die Wange. »Natürlich, mein Kind, es wird Thea sehr glücklich machen, wenn die Schwierigkeiten zwischen euch beiden gelöst worden sind. Und jetzt setz dich, ich werde nach Tillman läuten, damit er uns einige Erfrischungen bringt.«

Die Damen setzten sich und unterhielten sich, bis Tillman Modestys Befehle befolgt hatte und mit einem Tablett zurückkehrte, das beladen war mit allen möglichen kleinen Kuchen und Keksen und einem großen Topf Kaffee und einem anderen mit Tee. Nachdem Tillman wieder gegangen war, bedienten die Damen sich.

Erst als Modesty sich auf ihrem Stuhl zurücklehnte und in ihrem Kaffee rührte, kam die Unterhaltung auf das Thema, das sie und Thea am meisten berührte. Modesty nippte an ihrem Kaffee, dann fragte sie: »Und wo ist dein abtrünniger Ehemann? Sag bloß nicht, dass er dich verlassen hat?«

Thea wartete angespannt auf Edwinas Antwort, die Kaffeetasse in ihrer Hand umklammerte sie fest.

Edwina lächelte spöttisch. »Er hat gesagt, er reist zu Freunden in Salisbury.« Sie zuckte mit den Schultern. »Soweit ich weiß, könnte er genauso gut mit seiner Geliebten hier irgendwo in der Stadt sein.«

Modesty und Thea warfen einander einen schnellen Blick zu. Modesty stellte ihre Tasse ab und fragte dann so ganz nebenbei: »Hat er vielleicht auch zufällig den Namen seiner Freunde genannt, zu denen er reisen wollte?«

Edwina runzelte die Stirn und blickte dann von einem zum anderen. »Warum interessiert ihr beide euch so sehr für Alfred? Thea hat mir gestern Abend die gleiche Frage gestellt.« Ihr Blick wurde aufmerksamer. »Gibt es vielleicht etwas, was ihr beide mir verschweigt?«

Modesty schüttelte den Kopf. »Natürlich nicht, meine Liebe. Ich war ganz einfach nur neugierig, ob er jemanden besucht, den wir vielleicht kennen.« Sie lächelte und nahm noch einen Schluck von ihrem Kaffee. »Ich habe mehrere Freunde, die in Salisbury wohnen, es wäre gar nicht so überraschend, wenn wir gemeinsame Bekannte hätten.«

Nachdem ihr Misstrauen beschwichtigt war, lächelte Edwina, wenn auch ein wenig bitter. »Ich bezweifle, dass Alfred jemanden kennt, den du auch kennst. Thea hatte Recht, er ist nicht sehr angesehen, und in letzter Zeit ist mir diese Tatsache deutlich bewusst geworden.« Eine leichte Röte stieg in ihre Wangen. »Der Ball der Hilliards war das erste gesellschaftliche Ereignis eines Mitgliedes der vornehmen Gesellschaft, zu dem ich seit langer Zeit eingeladen worden bin.« Sie lachte. »Es ist schon so lange her, dass ich bei einem solchen Ereignis war, dass ich entschlossen war hinzugehen, selbst wenn Alfred gestorben wäre!«

Thea zuckte zusammen, als hätte etwas sie gestochen, es war der eiserne Griff um ihre Kaffeetasse, der verhinderte, dass sie etwas davon verschüttete. »Edwina! Wie kannst du nur etwas so Schreckliches sagen«, brachte sie schließlich heraus.

Edwina verzog das Gesicht. »Ich weiß. Es wäre nicht sehr christlich oder sehr anständig von mir, aber ich denke, ich hätte nicht anders gekonnt.« Sie warf Thea einen Blick zu. »Du weißt nicht, wie die letzten Monate waren. Alfred und ich haben nichts anderes getan, als uns zu streiten und uns anzuschreien.« Ihre Unterlippe zitterte. »Er hat schreckliche Dinge zu mir gesagt und hat mich sehr verletzt. Es gab Zeiten, da habe ich ihn wirklich gehasst.« Sie lachte ein wenig befangen. »Verzeih mir! Ich wollte nicht hierher kommen und so offen über alle meine Schwierigkeiten reden.«

»Natürlich verzeihen wir dir«, versicherte ihr Thea schnell, und ihre Wut auf Hirst wurde immer größer. »Wir sind deine Familie, deine Schwierigkeiten sind auch unsere Schwierigkeiten. Wir könnten uns niemals von dir abwenden.« Jetzt war es an Thea, befangen zu sein. »Stell dir doch nur einmal vor, was aus mir geworden wäre, wenn die Familie mir den Rücken gekehrt hätte. Du hast keinen Skandal über uns gebracht und hast auch nicht nutzlos den Tod eines Menschen verursacht, den du geliebt hast, du hattest nur das Pech, jung zu sein und dich in den falschen Mann zu verlieben.«

Modestys Gesicht spannte sich bei Theas Worten an. Der liebe kleine Dummkopf! Begriff sie denn nicht, dass man das Gleiche auch über sie sagen konnte? Thea konnte Edwina verzeihen, nicht aber sich selbst. Modesty hielt die Bemerkung zurück, die sie am liebsten gemacht hätte, und fragte stattdessen: »Was willst du denn jetzt tun, Edwina? Wirst du ihn verlassen? Willst du getrennt von ihm leben? Eine Scheidung ist etwas, das nicht stillschweigend hingenommen werden wird.«

»So weit habe ich noch gar nicht gedacht«, antwortete Edwina. Sie lächelte die beiden an. »Mein einziger Wunsch heute Morgen war, mich wieder mit dir und Thea zu versöhnen.«

»Nun, das hast du auch getan«, meinte Thea voller Wärme. »Und wir werden nicht mehr darüber reden. Modesty und ich sind glücklich, dass du heute Morgen zu uns gekommen bist.«

Modesty sagte nichts, sie griff nur nach ihrer Tasse und nahm einen Schluck von ihrem Kaffee.

Die Unterhaltung war eine Weile lang zwanglos, die drei Damen sprangen von einem Thema zum anderen. Erst eine Stunde später stand Edwina auf und sagte: »Ich muss jetzt gehen. Ich habe Lord Pennington versprochen, dass er mich heute Nachmittag ins Museum begleiten darf.«

Thea lachte laut auf. »Ins Museum?«, fragte sie. »Du?«

»Ich habe entschieden, dass es an der Zeit ist, meinen Verstand zu verbessern«, erklärte Edwina hochmütig, doch dann ruinierte sie alles, indem sie zu kichern begann. »Ich weiß, ich kann es selbst nicht glauben. Aber er hat mich gebeten, ihn zu begleiten, und ich konnte seine Gefühle nicht verletzen – ganz besonders nicht, nachdem ich ihn gestern Abend so kühn ermuntert hatte.« Als sie Theas Gesichtsausdruck sah, lenkte sie ein: »Ich weiß, ich weiß. Es ist ein Fehler. Ich hätte nicht so offensichtlich mit ihm flirten dürfen.« Sie seufzte. »Manchmal ist es sehr schwer, sich zu benehmen, nicht wahr?«

Thea dachte an ihre eigenen Eskapaden in der letzten Nacht, Eskapaden, die viel schlimmer waren, als nur mit einem leicht zu beeindruckenden jungen Mann zu flirten, deshalb behielt sie ihre warnenden Worte für sich. Stattdessen nickte sie nur. »In der Tat, das ist es«, stimmte sie Edwina zu. »Es scheint so, als wären immer die Dinge, die man tun möchte, auch diejenigen, die man nicht tun kann.«

»Regeln geben der Gesellschaft ihre Ordnung«, murmelte Modesty. »Ohne sie wäre das Leben ein reines Chaos.«

Edwinas Augen blitzten. »Nun, ich für meinen Teil glaube, dass das Chaos ganz sicher sehr interessant sein könnte.«

Noch ehe Modesty die Antwort geben konnte, die ihr auf der Zunge lag, klopfte Tillman und betrat das Zimmer. »Mister Patrick Blackburne ist gekommen«, erklärte er säuerlich.

»Dann bringen Sie ihn rein«, befahl Modesty, noch ehe

Thea es ablehnen konnte. Sie wollte Thea nicht die Möglichkeit geben, den faszinierendsten Gentleman vor den Kopf zu stoßen, der ihnen seit langer Zeit begegnet war.

Nur Sekunden später betrat Patrick das Zimmer, und Modesty hatte den Eindruck, dass es zwecklos gewesen wäre, wenn Thea ihn hätte abweisen lassen. Er hatte etwas an sich, etwas lag um sein festes Kinn und in seinem ruhigen Blick, das andeutete, dass dieser Mann nur selten etwas nicht bekam, was er haben wollte. Modesty nippte noch einmal an ihrem Kaffee und lehnte sich dann zurück, um sich unterhalten zu lassen.

Patrick wurde begrüßt, dann wurden ihm Erfrischungen angeboten. Er wählte Kaffee, und während er vor dem kleinen Feuer stand, das im Kamin brannte, nippte er an seiner Tasse und unterhielt sich mit den drei Damen.

Er sah sehr gut aus in seiner dunkelblauen, eng anliegenden Jacke und der genauso engen Hose, und Modesty beobachtete das Zusammenspiel zwischen den drei jungen Leuten. Edwinas offenes Flirten ließ sie die Stirn runzeln, und sie hätte Thea schütteln können, weil sie einfach nur dort saß und die jüngere Frau die Unterhaltung dominieren ließ.

Trotz ihres Benehmens war Edwina neugierig, warum Patrick hier war. Sie wusste so gut wie jeder andere auch, dass ihre Schwester normalerweise männliche Gesellschaft mied. Wenn Blackburne ein älterer männlicher Freund der Familie gewesen wäre, dann hätte Edwina an seinem Besuch nichts gefunden, doch er war nicht alt, und soweit sie wusste, war er auch kein alter Bekannter. Was also hatte ihn hierher geführt? Nachdenklich blickte sie von Thea zu Patrick. Hmmm.

»Wie lange werden Sie in England bleiben, Mr Blackburne?«, fragte Edwina. Sie schenkte ihm ihr hübschestes Lächeln. »Da ich Sie gerade erst kennen gelernt habe, würde mir das Herz brechen, wenn Sie mir sagen, dass Sie schon sehr bald in dieses barbarische Land zurückreisen wollen. London hat so viele … Freuden zu bieten. Bitte sagen Sie, dass Sie noch mehrere Monate lang hier bleiben werden.«

Patrick sah Thea an, die neben Edwina auf dem Sofa saß.

Der Kontrast zwischen den beiden Schwestern hätte nicht größer sein können. Thea war dunkel und lebhaft, groß und schlank. Edwina war blond, klein und besaß einen wohl gerundeten Körper, sie strahlte ein sexuelles Versprechen aus. Die Neigung ihres Kopfes mit dem goldenen Haar, ihre geschürzten Lippen und das sinnliche Blitzen ihrer Augen sagten ihm deutlich, dass sie nichts dagegen hätte, ihn auf die intimste Art und Weise kennen zu lernen.

Es hatte einmal eine Zeit gegeben, und das war noch gar nicht so lange her, zu der er diese offensichtlichen Signale zurückgegeben hätte, aber das, so dachte er reumütig, war zu der Zeit gewesen, als sich seine Wege noch nicht mit denen der berüchtigten Thea Garrett gekreuzt hatten. Er stellte fest, dass seine Vorliebe für zierliche Blondinen verschwunden war und dass in letzter Zeit seine Vorliebe, nein, seine Faszination, schlanken, dunkeläugigen Frauenzimmern galt, und ganz besonders einem unmöglichen, lebhaften Frauenzimmer.

Der Blick seiner grauen Augen ruhte auf Theas abgewandtem Gesicht.

»Ich weiß noch nicht, wann ich wieder nach Hause fahre. Das hängt alles vom Ausgang eines, äh, Geschäftes ab.« Weil er sie beobachtet hatte, sah er, wie Theas Schultern sich plötzlich anspannten. Mit beinahe schnurrender Stimme sprach er weiter. »Aber ganz davon abgesehen habe ich einen noch weit wichtigeren Grund, meine Rückkehr nach Natchez aufzuschieben. Ich habe entdeckt, so könnte man sagen, dass London nicht nur viele Freuden bereithält, sondern auch Schätze. Ich habe die Absicht, einen dieser Schätze mitzunehmen, wenn ich nach Hause reise.«

Modesty strahlte ihn an. »Ausgezeichnet!«, rief sie. »Ich habe schon immer vermutet, dass Sie ein Mann von Verstand sind. Ihre Worte haben es gerade bewiesen.«

Sein Mundwinkel zog sich hoch, und er hob die Tasse in einem schweigenden Toast. »Und Sie, meine liebe Lady, sind viel zu schlau, als dass es gut für Sie wäre!«

In perfektem Einverständnis lächelten die beiden einander an.

Edwina ärgerte sich, dass er ihren Köder nicht geschluckt hatte, sie hatte das Gefühl, als hätte sie den ersten Akt des Schauspiels verpasst, deshalb sagte sie mit erzwungener Fröhlichkeit: »Nun, ich bin glücklich, dass Ihnen Ihr Aufenthalt in London gefällt.«

Sein Lächeln wurde herzlicher, als Thea ihn ansah. »Oh, das tut er«, sagte er leise. »Das tut er ganz sicher.«

Dass Thea das Objekt seines Interesses war, war offensichtlich, und Edwina presste die Lippen zusammen. Sie stand auf. »Nun, ich muss gehen«, erklärte sie. Dann machte sie noch einen Versuch. Sie lächelte Patrick freundlich an. »Ich habe meine Kutsche dabei. Vielleicht kann ich Sie irgendwo absetzen?«

»Ich bin Ihnen sehr dankbar für Ihr Angebot«, erklärte Patrick schnell. »Aber ich muss leider ablehnen. Trotzdem vielen Dank.«

Edwina küsste Thea und Modesty pflichtschuldigst und stolzierte dann offensichtlich irritiert aus dem Zimmer.

Die Tür hatte sich noch nicht ganz hinter ihr geschlossen, da meinte Patrick: »Ich fürchte, ich habe die Lady aufgeregt.«

»Wahrscheinlich«, antwortete Modesty. »Aber das tut ihr ganz gut. Sie ist ihr ganzes Leben lang verhätschelt und verwöhnt worden. Es ist Zeit, dass sie lernt, dass sie nicht alles haben kann, was sie will.«

»Sie ist noch sehr jung«, verteidigte Thea ihre Schwester. »Und es ist wahr, dass sie schrecklich verwöhnt worden ist, weil sie so schön ist.«

Sie sah Patrick an und erklärte ernsthaft: »Sie hat einen solch natürlichen Charme und eine Wärme, dass man ihr immer nur Freude machen möchte. Sie kann nichts dafür, wenn sie ein wenig verwöhnt ist.«

Modesty schnaufte.

Mit einem Blitzen in seinen Augen wandte sich Patrick an Thea. »Wenn Sie sagen, dass es so ist, meine Süße, dann wird es wohl auch so sein. Ich werde mich sicher nicht mit Ihnen darüber streiten, dass sie sehr schön ist. Zu jung«, meinte er, und das Blitzen seiner Augen verschwand, »um Witwe zu sein.«

Modesty legte einen Finger auf die Lippen, und zu Patricks Überraschung stand sie auf und ging zur Tür. Sie öffnete die Tür, steckte den Kopf hinaus und sah zu beiden Seiten den Flur entlang.

Sie schloss die Tür wieder und kehrte zu ihrem Platz zurück. Sie sah Patrick an. »Eine von Edwinas weniger charmanten Angewohnheiten ist es, an Türen zu lauschen«, erklärte sie. »Sie ist eine schreckliche Schnüfflerin, und sie hat auch nichts dagegen zu lauschen, wenn sie der Wunsch überkommt.« Sie verzog den Mund. »Leider scheint dieser Wunsch sie sehr oft zu überkommen.«

Es war offensichtlich, dass Thea Modesty widersprechen wollte, aber was Modesty gesagt hatte, war die Wahrheit, deshalb fragte sie nur: »Was tun wir jetzt? Wir wissen noch immer nicht, wo Hirsts Leiche versteckt worden ist oder warum.« Ein Ausdruck des Schuldbewusstseins überzog ihr Gesicht. »Und nach der letzten Nacht ist es ziemlich unwahrscheinlich, dass wir noch etwas in dem Haus in der Curzon Street erfahren können.«

»Da stimme ich Ihnen zu«, meinte Patrick. Er hatte lange über das nachgedacht, was geschehen war, und eines war für ihn offensichtlich, es gab nicht länger einen Grund, Thea in das, was vor sich ging, einzubeziehen. Sie hatte nur wegen Hirst mit der Angelegenheit zu tun, nun, wo Hirst nicht nur tot, sondern seine Leiche auch noch verschwunden war, war ihr Teil beendet. Da er davon überzeugt war, dass sie nichts mit der Erpressung seiner Mutter zu tun hatte, konnte sie ihm in dieser Sache nicht mehr nützen. Man könnte beinahe glauben, dass es an der Zeit war, die Verbindungen abzubrechen, die sie zusammengebracht hatten. Er lächelte ein wenig. Beinahe. Er hatte die starke Vorahnung, dass die Hölle einfrieren würde, ehe die Gefühle, die sie aneinander banden, wieder erkalteten. Aber er müsste trickreich vorgehen, um seinen stacheligen Schatz nicht zu vergraulen.

Mit diesem Gedanken sagte er: »Ich wollte eine Ausfahrt im Hyde Park am heutigen Nachmittag vorschlagen, aber das Wetter hat leider meine Idee zunichte gemacht. Vielleicht könnte ich Sie und Miss Bradford heute Abend ins Theater begleiten? Danach könnte ich noch ein spätes Abendessen für uns arrangieren?«

Thea sah ihn mit verwirrt gerunzelter Stirn an. »Aber wie soll uns das dabei helfen, Alfreds Leiche zu finden? Wir haben nichts erfahren, das darauf schließen ließe, dass der Hyde Park oder das Theater eine Verbindung zum Tode von Hirst haben.«

Modesty hob die Augen gen Himmel. Sie wusste, dass Thea eine intelligente junge Frau war, aber manchmal zweifelte sie daran. Das Kind war wirklich noch ein Baby, wenn es um Gentlemen ging – kein Wunder, dass dieser Schuft Hawley Randall es so leicht gehabt hatte, sie davon zu überzeugen, mit ihm wegzulaufen.

»Sie haben Recht, der Hyde Park hat mit Hirst nichts zu tun«, stimmte ihr Patrick zu.

Mit gerunzelter Stirn fragte Thea: »Warum also sollten wir dorthin fahren? Wir wollen doch herausfinden, wer meinen Schwager umgebracht hat, mehr nicht. Außerdem weiß doch jeder, dass ich eine ruinierte Frau bin, und wenn man sieht, dass Sie in meiner Gesellschaft sind, wenn ich mit Ihnen durch den Hyde Park reite, dann wird es eine Menge Klatsch geben und hässliche Gerüchte.« Thea biss sich auf die Lippe und blickte zu Boden. »Ich möchte nicht unfreundlich sein, aber zu Ihrem eigenen Wohl sollten Sie klug genug sein, meine Gesellschaft zu meiden.«

Patrick seufzte. Er blickte zu Modesty und fragte: »Könnte ich wohl einen Augenblick allein mit ihr sprechen?«

»Aber sicher!«

Noch ehe Thea etwas sagen konnte, hatte Modesty sie verlassen, sie schloss die Tür fest hinter sich, als sie aus dem Zimmer ging.

Verwirrt sah Thea Patrick an. »Was haben Sie mir zu sagen, das Sie nicht auch vor ihr sagen können? Seid ihr beide verrückt geworden?«

Patrick kam mit einem großen Schritt zu ihr hinüber und zog sie in seine Arme. »Nein, mein Schatz, sie ist nicht verrückt«, behauptete er. »Aber ich bin es ganz sicher … nach dir.« Seine Lippen legten sich auf ihre, und er schloss die Arme um sie.

Erschrocken, sowohl von seinen Worten als auch von seiner Tat, stand Thea regungslos in seinen Armen, und zu ihrem Erstaunen wurden all ihre Sinne lebendig. Ein Zauber hüllte sie ein, sie verlor sich in der süßen Macht seines Kusses, in dem berauschenden Gefühl seiner starken Arme, die sie hielten, und in der honigsüßen Wärme, die durch ihren Körper rann.

Ihre Arme schlangen sich um seinen Hals, und sie erwiderte seinen Kuss, genoss ihre eigene Kühnheit, ihre Freude, seine Lippen auf ihren zu fühlen. Er riecht so gut, dachte sie voller Freude, als sie sich an ihn schmiegte.

Er küsste sie sehr lange, und als er schließlich seine Lippen von ihren löste, war Thea atemlos und ihr war schwindlig.

Zärtlich sah er ihr ins Gesicht und murmelte: »Verstehst du es jetzt?«

Mit einem Ruck kehrte Thea in die Wirklichkeit zurück, und all ihr altes Misstrauen war plötzlich wieder da. Vorsichtig trat sie aus seiner Umarmung und legte einen anständigen Abstand zwischen sie beide. Innerlich war sie ganz krank vor Angst, sie fürchtete sich vor seiner Antwort, als sie fragte: »Versuchen Sie etwa, mich zu verführen? So, wie Hawley das getan hat?«

Patrick unterdrückte einen Fluch. Was würde er dafür geben, zwei Minuten allein mit Hawley sein zu können!

Seine grauen Augen blickten hart. »Denken Sie das von mir?«, wollte er wissen. »Dass ich bin wie Hawley?«

Thea zuckte mit den Schultern. »N-n-nein, nicht unbedingt. Aber was sollte ich denn sonst glauben. Sie kennen doch meinen Ruf.« Eine leichte Röte stieg in ihre Wangen. »Gentlemen haben nur zwei Gründe, mich besuchen zu kommen, entweder um eine Wette zu gewinnen, oder um zu versuchen, mich zu verführen.«

Wütend auf sein ganzes Geschlecht, bemühte sich Patrick, nicht mit der Faust gegen die Wand zu schlagen. Würde sie je in der Lage sein, ihr Misstrauen den Männern gegenüber zu überwinden? Ein begründetes Misstrauen, gestand er sich ein, einige Taten aus der Vergangenheit stiegen vor seinem inneren Auge auf. Es war deutlich, dass seine Werbung um sie nicht einfach sein würde und dass er mit großer Sorgfalt vorgehen musste.

»Vielleicht hatte ich ja auch einen ganz anderen Grund«, meinte er sanft. »Haben Sie schon einmal daran gedacht?«

Thea runzelte die Stirn. Was für einen anderen Grund konnte er wohl haben? Natürlich, dachte sie betrübt. Sie hätte es sich denken können. Er wollte sie als seine Geliebte haben! Im ersten Augenblick wollte sie ihm ins Gesicht schlagen und ihn aus dem Haus werfen, doch dann zögerte sie. Wäre es denn so schrecklich, seine Geliebte zu werden? Sie war sowieso ruiniert, kein anständiger Mann würde ihr irgendetwas anderes anbieten als die Beziehung, die Patrick offensichtlich beabsichtigte. Andere Männer hatten auf das Gleiche angespielt, und sie hatte sie weggeschickt, aber Patrick hatte etwas an sich, das sie unwiderstehlich fand. Unglücklich gestand sie sich ein, dass sie in seinen Armen liegen wollte, dass sie all die intimen Dinge kennen lernen wollte, die sie von Hawley nicht gelernt hatte. Durfte sie dieses Risiko eingehen? Durfte sie einen Skandal riskieren, wenn ihre Verbindung entdeckt wurde? Nein, sie durfte ihrer Familie nicht noch einmal so etwas zumuten. Aber es wäre nicht das Gleiche, riet ihr eine kleine Stimme in ihrem Inneren. Sie war kein junges, unschuldiges Mädchen mehr, das weglief, um einen Mann zu heiraten, von dem sie glaubte, ihn zu lieben. Sie war jetzt älter, und ihr Ruf war bereits ruiniert. Sie hatte heutzutage viel mehr Freiheit und konnte sich viel mehr erlauben, und sie zweifelte nicht daran, dass Patrick es so einrichten würde, dass sie sich sehr, sehr heimlich treffen könnten …

Sie sah ihn unsicher an. »Sie möchten, dass ich Ihre Geliebte werde, nicht wahr?«

Patrick unterdrückte einen Fluch, sein Gesicht wurde hart, und er fragte: »Und Sie wären bereit, meine Geliebte zu werden, wenn ich das möchte?«

Als ihr diese Frage so direkt gestellt wurde, zauderte Thea, weil sie wusste, dass die Antwort ihr Leben für immer verändern würde. Ihr Verstand riet ihr, sein Angebot rundweg abzulehnen, aber der Wunsch, die Freuden der Liebe kennen zu lernen, und ihre eigene impulsive Art arbeiteten gegen sie. Sie ließ sich selbst keine Zeit, nachzudenken oder ihre Meinung noch einmal zu ändern, und platzte heraus: »Jawohl – wenn Sie das m-m-möchten.«

Er wandte sich ab und ballte die Hände zu Fäusten. Er starrte in das Feuer und überlegte, ob es wohl klug wäre, ihr zu erklären, dass er viel ehrenhaftere Absichten hatte. Sie war wie besessen von ihrem ruinierten Ruf, und er hatte das unangenehme Gefühl, dass sie ihn sofort abweisen würde, natürlich in dem Glauben, das zu seinem eigenen Besten zu tun.

Er beruhigte sich langsam wieder, als er in die gelbroten Flammen des Feuers blickte. Sie war bereit, wenigstens in diesem Augenblick, seine Geliebte zu werden, und es war sehr unwahrscheinlich, dass sie ein anderes Angebot von ihm annehmen würde. Wenn er sie drängte, wenn er von ihr verlangte, ihn zu heiraten, würde sie ihn zweifellos wegschicken. Sie war sicher, dass sie in seinem Interesse handelte, deshalb würde sie ihn immer wieder abweisen – das machte es ein wenig schwierig, sie zu umwerben.

Er schüttelte verärgert den Kopf. Sie war bereit, seine Geliebte zu werden, eine Stellung, die jede andere Lady ihres Standes mit Entsetzen abgelehnt hätte – er nahm an, dass ihre Zustimmung nicht sehr lange anhalten würde. Die Gefahr, der sie sich aussetzte, wenn sie seine Geliebte wäre, würde ihr schon bald bewusst werden, wahrscheinlich schon dann, wenn er den Raum verließ und sie einen Augenblick Zeit hatte nachzudenken. Aber vielleicht könnte er diese augenblickliche Schwäche zu seinen Gunsten nutzen? Er hatte die Absicht, sie zu heiraten, doch wenn sie etwas anderes annahm, bis er die Pläne für ihre Heirat abgeschlossen hatte, würde das schaden?

Er wandte sich zu ihr um. »Ich verlange wirklich nach dir, mein Schatz, mehr als du weißt.« Er kam zu ihr hinüber, nahm ihre Hand und drückte einen Kuss hinein. »Ich würde mich geehrt fühlen.«

Thea holte tief Luft, sie schob all ihre Zweifel und ein eigenartiges Gefühl der Enttäuschung beiseite. Dies ist es, was ich will, sagte sie sich.

»Wann?«, fragte sie nur.

Patrick starrte sie an, seine Gefühle waren an seinem Gesicht nicht abzulesen, und er fragte sich, ob sie wirklich wusste, wie sehr sie ihr Schicksal und ihre Zukunft in seine Hände legte. Er schwor sich, ihr niemals einen Grund zu geben, ihre Entscheidung zu bedauern, dann zog er sie in seine Arme. »Schon bald, mein Liebling«, flüsterte er an ihrem Mund. »Du wirst mir gehören, sobald ich die passenden Regelungen treffen kann.«

Kapitel Neun

Patrick war sehr nachdenklich, als er einige Minuten später Theas Haus verließ. Er hatte keine endgültigen Verabredungen mit Thea getroffen, was ihre neue Beziehung betraf. Die Unterhaltung dieses Morgens machte es jedoch nötig, dass er schnell handelte.

Er schob diese Gedanken beiseite und begann sich darauf zu konzentrieren, den Erpresser seiner Mutter zu finden. Ein Besuch bei dem Anwalt, der das Haus auf der Curzon Street verwaltete, schien die einzige Möglichkeit zu sein – noch einmal in das Haus zurückzukehren, würde nichts bringen, aber vielleicht könnte er von Mr Beaton etwas Neues erfahren.

Patrick erfuhr wirklich etwas Neues. Das Haus stand nicht länger zum Verkauf. Der Eigentümer, eine Jungfer vom Land, Miss Martha Ellsworth, hatte sich entschieden, das Haus nicht zu verkaufen, sie überschrieb es ihrem Neffen, Thomas Ellsworth.

»Ist das der gleiche Thomas Ellsworth, dessen Tante, Lady Levina Embry, in diesem Jahr gestorben ist?«, fragte Patrick.

Erstaunt rief Mr Beaton aus: »Also wirklich, ja, das ist er. Es ist wirklich eine kleine Welt, kennen Sie den jungen Mann?«

Patrick lächelte. »Ich kenne ihn nicht, man könnte sagen, ich habe von ihm gehört. Ich glaube, er ist mit der Tochter von Lord Bettison verheiratet?«

»Ja, das ist er.«

Patrick verabschiedete sich von Mr Beaton und machte als Nächstes einen Besuch bei seiner Mutter. Er hatte das Glück, sie allein zu Hause vorzufinden.

Sie begrüßten einander, und er erzählte ihr, was er von Mr Beaton erfahren hatte. Er saß mit Lady Caldecott in dem gemütlichen Zimmer, in dem er sie gefunden hatte. »Denk einmal nach, Mama. Du hast Levinas Schwestern und Brüder erwähnt – war eine davon eine alte Jungfer, die auf dem Land lebt? Eine Miss Martha Ellsworth?«

Verwirrt schüttelte Lady Caldecott den Kopf. »Das glaube ich nicht. In der Tat bin ich beinahe sicher, dass sie das nicht ist – die Namen ihrer Schwestern waren Anne und Cecilia – ich erinnere mich nicht an ihre Namen, nachdem sie geheiratet hatten. Und Levina war in der Familie die Jungfer, bis sie Lord Embry heiratete. Oh, warte!« Sie runzelte die Stirn. »Lass mich nachdenken. Mir scheint, da ist etwas. Ah, jetzt weiß ich es wieder!« Sie beugte sich vor. »Levinas Bruder, Thomas' Vater, hat eine Cousine geheiratet, die auch Ellsworth hieß, und ich glaube, sie hatte eine Schwester, die eine alte Jungfer war.«

Patrick betrachtete sie voller Verwunderung. »Gibt es eigentlich einen Stammbaum, den du nicht in deinem charmanten Kopf hast?«

»Natürlich nicht!«, behauptete Lady Caldecott. Ein belustigter Blick trat in ihre hübschen Augen. »Ich habe mich nie um die Dinge der gemeinen Menschen gekümmert«, murmelte sie.

Patrick lachte. Er stand auf, ging zu ihr hinüber und gab ihr einen Kuss auf ihre zarte, duftende Wange. »Ich weiß noch nicht, was ich mit dieser neuen Information anfangen soll, aber mach dir keine Sorgen wegen des Erpressers. Lass es mich nur wissen, wenn er weitere Forderungen stellt.«

Ein paar Minuten später ging er wieder. Als er vom Haus seiner Mutter wegging, dachte er über den nächsten Schritt nach.

Er entschied, dass eine Begegnung mit Mr Ellsworth warten konnte, bis er erfuhr, wo dieser wohnte. Patrick verbrachte den Nachmittag damit, einige Dinge zu erledigen. Er aß mit seinen Freunden Lord Embry und Adam Paxton in ihrem Lieblingsgasthaus auf der Gerrard Street, und erst als sie das letzte Glas Portwein tranken, kam er auf das Thema Thomas Ellsworth zu sprechen.

Patrick stellte sein Glas ab und fragte: »Weiß einer von euch, wo ich Thomas Ellsworth finden kann?«

Nigel betrachtete ihn genauer. »Wie mir scheint, entwickelst du in letzter Zeit ein ungewöhnliches Interesse für die Familie Ellsworth. Hast du nicht erst vor ein paar Tagen nach ihnen gefragt?«

»Schuldig«, antwortete Patrick leichthin. »Aber ich interessiere mich nicht so sehr für die Familie, sondern für Thomas.«

»Warum?«, wollte Adam wissen.

»Oh, man könnte sagen, ich bin einfach nur neugierig«, murmelte Patrick, und seine grauen Augen blickten trügerisch schläfrig.

Lord Embry schnaufte. »Nenne es, wie du willst, mir gefällt das nicht. Ich mag Ellsworth nicht, und auch nicht seinen Cousin Hirst. Ein verteufelt gut aussehendes Paar Schufte, aber gefährliche Schufte. Ich habe da einigen Klatsch gehört, dass die beiden in letzter Zeit dicke Freunde sind. Du wirst keinen von beiden kennen lernen wollen – besonders nicht Ellsworth. Der Kerl ist ein Prolet. Er gehört nicht zur feinen Gesellschaft, obwohl er die arme, schielende Tochter von Bettison geheiratet hat. Das ist nicht unsere Art.« Er drohte Patrick mit dem Finger. »Das sieht dir gar nicht ähnlich, dass du dich für solche Menschen interessierst. Du heckst etwas aus, mein Freund.«

Patrick ignorierte Embrys letzte Bemerkung, er zog die Augenbrauen hoch und fragte: »Was meinst du damit, nicht unsere Art? Der Himmel weiß, dass wir unseren Anteil an Trinkgelagen und Hurereien hinter uns haben. Halb London beklagt sich, dass unser Ruf verdorben ist.« Er lächelte reumütig. »Meine eigene Mutter gehört auch dazu. Und vergiss nicht, die Tante von Thomas Ellsworth war sicher von so hoher Geburt, dass sie in deine Familie hätte einheiraten können.«

»Ich habe ja auch gar nicht behauptet, dass die Ellsworths kein gutes Blut hätten. Ich habe nur behauptet, dass Thomas und sein Cousin Hirst, ganz gleich, wen sie auch heiraten, nicht zu unserer Art gehören.«

Adam mischte sich ein. »Ich denke«, murmelte er, »was Nigel meint, ist, dass Ellsworth und Hirst nicht, äh, ganz richtig sind. Es stimmt, dass Teile der Familie recht anständige Verbindungen haben. Und es stimmt auch, dass Hirst das kleine Northrop-Mädchen geheiratet hat und dass Ellsworth in den Adel eingeheiratet hat. Aber es ist auch allgemein bekannt, dass Hirst zusammen mit dem Mädchen weggelaufen ist, um es heiraten zu können, gegen den Wunsch der Familie des Mädchens, und dass Bettison die Hand seiner Tochter nur angeboten hat, um die Schulden zu tilgen, die er bei Ellsworth hatte, es ging um eine große Wette zwischen ihnen, die Bettison verloren hat.«

Adam verzog das Gesicht. »Es war sehr unwahrscheinlich, dass das Mädchen je eine bessere Partie hätte machen können, Bettison konnte es gar nicht erwarten, sie loszuwerden. Es wird auch gemunkelt, dass Ellsworth und Hirst dabei geholfen haben sollen, grüne Jungs vom Land auszunehmen, in einer der berüchtigten Spielhöllen auf der Pall Mall.« Er grinste Patrick an. »Wir spielen und huren vielleicht, mein Freund, aber junge Männer zu ruinieren, die noch zu unerfahren sind, um es besser zu wissen, das war nie eines unserer Laster.«

»Da stimme ich dir zu. Thomas Ellsworth scheint kein sehr angenehmer Kerl zu sein«, meinte Patrick und verbarg, dass er bei der Nennung von Hirsts Namen erschrocken war. »Aber ich habe, äh, Geschäfte mit ihm.«

»Du brauchst nicht lange nach ihm zu suchen«, brummte Nigel, der den störrischen Blick auf Patricks Gesicht bereits kannte. Zögernd fügte er hinzu: »Er wohnt ein paar Blocks weiter in dieser Straße hier, in der wir gerade sitzen.«

»Danke«, meinte Patrick, und seine grauen Augen blitzten Nigel an. »Wenn ihr mich jetzt bitte entschuldigen würdet, ich muss gehen und diesem schrecklich klingenden Ellsworth einen Besuch abstatten.«

Patrick schob für den Augenblick alle Spekulationen über die Verbindung zwischen Ellsworth und Hirst beiseite, es war leicht, die Adresse zu finden. Das Haus war groß, und im schwachen, gelben Licht der Straßenlaternen konnte er feststellen, dass es auch ein hübsches Haus war. Es schien verlassen zu sein. Kein Licht drang durch die Fensterläden auf die Straße, und als er genauer hinsah, stellte er fest, dass der Türklopfer entfernt worden war – ein sicheres Zeichen dafür, dass die Familie nicht da war.

Er klopfte dennoch, und nach einigen Augenblicken hörte er Schritte hinter der dicken Eichentür. Er klopfte noch einmal mit seinem Spazierstock, eine Sekunde später wurde die Tür geöffnet.

Ein dürrer Mann, dessen Alter undefinierbar war, stand vor ihm, in der knochigen Hand hielt er eine kurze, flackernde Kerze. »Was wollen Sie?«, fragte er Patrick. »Die Familie ist aufs Land gereist.«

Patrick zeigte sich von seiner charmantesten Seite und erfuhr schließlich, dass Mr Thomas Ellsworth heute Morgen unerwartet auf seinen Landsitz in Surrey, Apple Hill, abgereist war. »Er hat gesagt, er wird vor dem Frühling nicht mehr in die Stadt zurückkommen.«

Patrick gab dem Mann ein paar Münzen und bedankte sich für die Information. Mit der Vermutung, dass Thomas Ellsworth der Erpresser seiner Mutter war und zweifellos der Kerl, mit dem er und Thea in der letzten Nacht gekämpft hatten, wandte sich Patrick um und ging die Stufen zur Straße hinunter. War Ellsworth auch der Mann, der Hirst umgebracht hatte? Das war sicher möglich. Seine Gedanken waren bei Ellsworth und Hirst, und er hatte gerade den ersten Schritt getan, als er mit einem untersetzten Gentleman zusammenstieß, der die Treppe hinaufgeeilt kam.

Der Mann entschuldigte sich. »Verzeihen Sie mir, Sir! Ich war in Gedanken bei anderen Dingen und habe Sie nicht gesehen. Sie sollen nicht denken, dass Yates ein unhöflicher Kerl ist. Es tut mir sehr Leid, dass ich Ihnen im Weg war.«

Patrick warf ihm einen schnellen, abschätzenden Blick zu und bemerkte die fröhlichen blauen Augen und das rötliche Gesicht. Yates? Wer war dieser Mann, hatte seine Anwesenheit irgendetwas mit dem Mord an Hirst und mit der Erpressung seiner Mutter zu tun? Er entschied, dass es sicher interessant wäre zu sehen, was geschah, deshalb nahm Patrick seine Entschuldigung an und ging langsam weiter. Langsam genug, dass er hörte, wie der Gentleman mit dem verdrießlichen Diener sprach.

»Ich weiß, dass Tom aufs Land gereist ist«, hörte er den Neuankömmling sagen, als der Diener endlich die Tür öffnete. »Aber er wird nichts dagegen haben, wenn ich hereinkomme und ihm eine Nachricht hinterlasse. Und jetzt gehen Sie zur Seite, Sie alte Made, und lassen Sie mich rein, wenn Sie wissen, was gut für Sie ist – und für Ihren Herrn.«

Es lag eine Drohung in diesen letzten Worten, die Patrick faszinierte. Er würde Nigel fragen müssen, ob er einen Kerl mit dem Namen Yates kannte.

Mit nachdenklichem Gesicht ging Patrick von Ellsworths Haus weg. Die Ereignisse, so fand er, setzten sich langsam in Bewegung. Ellsworths übereilte Abreise aufs Land schien verdächtig, und die Neuigkeit, dass Ellsworth und Hirst miteinander verwandt waren, Partner in dem üblen Geschäft, junge Männer auszunehmen, die noch zu grün waren, um es besser zu wissen, war das Stück in dem Puzzle, das noch fehlte. Hatten Ellsworth und Hirst vielleicht auch gemeinsam seine Mutter erpresst? Er glaubte schon. Und der Mord an Hirst, war Ellsworth der Täter? Hatten sie sich gestritten und sich geprügelt, und hatte Ellsworth dabei Hirst umgebracht? Es passte alles mit dem zusammen, was Patrick wusste. Das Verschwinden von Hirsts Leiche störte ihn, und auch wenn es logisch schien, das Verbrechen zu vertuschen, falls Ellsworth Hirst wirklich umgebracht hatte, so musste er doch wissen, dass Patrick die Leiche gesehen hatte. Warum also versteckte er sie? Ellsworth hatte nicht wissen können, dass Patrick seine eigenen Gründe hatte, den Mord nicht sofort zu melden. Er fand keine Erklärung, während er zu seinem Haus zurückging. Die ganze Situation war wie eine Klette an seiner Hose – er konnte sie nicht ignorieren aber er konnte sich auch nicht davon befreien.

Er betrachtete das Problem aus einem anderen Blickwinkel und fragte sich, warum Ellsworth noch einmal zurück in das Haus gekommen war, um das Päckchen zu holen, das Thea in der letzten Nacht in seiner Hand gesehen hatte. Warum hatte er es nicht mitgenommen, als er Hirsts Leiche weggebracht hatte? Er schüttelte den Kopf. Rätsel über Rätsel.

An diesem Samstagnachmittag, als Thea in dem kleinen Salon auf und ab lief, der in sonnigen Schattierungen von Gelb und Aprikose eingerichtet war, gestand sie sich, dass es an ihrem Horizont einige dunkle Wolken gab. Wie Patrick angenommen hatte, hatte sie einige Bedenken über ihre Zustimmung, seine Geliebte zu werden, und ihr wurden all die Gefahren und Fallstricke bewusst, die vor ihr lagen. Sie hatte schon den ganzen Tag über versucht, nicht daran zu denken, aber so einfach ließ sich das nicht beiseite schieben. Wenn Patrick endlich kam, um sie zu ihrem ersten Stelldichein abzuholen, würde sie Modesty anlügen müssen, und dieses Wissen erfüllte sie mit Schuldgefühlen. Modesty vertraute ihr, und sie würde dieses Vertrauen damit vergelten, sie anzulügen. Was sie ihrer Familie schuldig war, lag noch schwerer auf ihrem Gewissen. Ohne die Unterstützung ihrer Familie hätte sie niemals den Klatsch und den Skandal überlebt, der im letzten Jahrzehnt über ihr zusammengeschlagen war. Ihre augenblickliche Akzeptanz durch die meisten Mitglieder der gehobenen Gesellschaf hatte sie ihrer Familie und ihrer Loyalität zu verdanken. Das Wissen, dass sie sich absichtlich noch einmal einem Skandal aussetzte, ließ sie begreifen, wie dumm es war, Patricks Plänen zuzustimmen.

Ihre sanften Lippen pressten sich zusammen. Oh, sie war wirklich der größte Dummkopf auf der Welt! Wieder einmal hatte sie es zugelassen, dass ein gut aussehendes Gesicht mit einer gewandten Zunge sie in seinen Bann gezogen hatte. Würde sie denn niemals lernen?

Thea war in dem kleinen Salon allein gewesen als Modesty den Raum betrat, hatte Thea finster die Stirn gerunzelt.

Modesty warf einen Blick in Theas Gesicht, und als sie sich dann auf einen Sessel setzte, der mit blassgelbem Damast bezogen war, meinte sie: »Ich hoffe, dass nicht ich der Grund für deinen Gesichtsausdruck bin.«

Thea schüttelte den Kopf, ihr düsterer Gesichtsausdruck verschwand. »Nein, der bin ich. Ich bin manchmal eine so dumme Gans.«

»Oh, wirklich?«

Thea nickte. »Wieder einmal scheint es so, als hätte ich meinen Verstand von einigen flüchtigen Küssen und einem Paar starker Arme einlullen lassen. Man sollte doch glauben, dass ich nach Hawley etwas hätte lernen müssen. Ich bin ein Dummkopf.«

»Ah, und jetzt hast du deine Meinung geändert über diese, äh, flüchtigen Küsse und die starken Arme?«

Thea sah ihre Cousine neugierig an. Sie sah nicht schlecht aus, und in ihrer Jugend musste sie sehr hübsch gewesen sein, wenn nicht sogar eine Schönheit. »Hast du dich je nach den Küssen eines Mannes gesehnt?«, fragte Thea.

»Oh, in der Tat habe ich das getan«, antwortete Modesty, und ihre Augen blitzten. »Es gab da einen ganz besonderen jungen Mann, als ich zwanzig Jahre alt war, mit dem ich mehr als eine heimliche Umarmung geteilt habe.« Modesty seufzte, ihr Blick ging weit in die Ferne.

»Wir haben geplant, zu heiraten, aber er ist gestorben. Das war das Ende.«

Thea sah sie erschrocken an. »Nie wieder? Du hast nie wieder einen anderen Mann getroffen, der dein Herz angerührt hat?«

Modesty lächelte und schüttelte den Kopf. »Nein. Ich fürchte nicht. Es hat ein paar andere gegeben, die ich vielleicht geheiratet hätte, aber als ich endlich meinen Kummer überwunden hatte, habe ich festgestellt, dass mir meine Unabhängigkeit viel lieber war als der Titel ›Ehefrau‹.«

Thea sank auf den Boden neben dem Sessel, in dem Modesty saß.

Ihr frühlingsgrünes Kleid bauschte sich um ihren schlanken Körper, und sie legte den Kopf auf Modestys Knie.

Modesty streckte die Hand aus und strich ihr zärtlich über das dichte, schwarze Haar. »Was ist denn los, mein Hühnchen? Was macht dir Kummer?«

Thea blickte auf, ihre dunklen Augen waren voller Kummer. »Oh, Modesty! Ich bin so verwirrt. Ich habe wirklich zugestimmt, seine Geliebte zu werden.«

Modesty brauchte nicht zu fragen, um wen es sich handelte. Ihre Hand hörte nicht auf, Theas Haar zu streicheln. »Ist es wirklich das, was du willst? Seine Geliebte zu werden?«

Thea zögerte. »Ich weiß es nicht. Ich weiß nur, wenn ich bei ihm bin, scheint die Welt und alles andere um so vieles aufregender und berauschender. Ich kenne nichts, was so wundervoll ist, wie in seinen Armen zu liegen und von ihm geküsst zu werden.«

»Und wie steht es mit deinem Herzen? Was sagt dir dein Herz?«

Thea sah sie erstaunt an. »Ich weiß nicht, ich …«

Modesty beugte sich vor, sie legte einen Finger unter Theas Kinn und hob es hoch. »Liebst du ihn, Kind?«

Thea unterdrückte ein Aufschluchzen. »Oh, Modesty, ich fürchte, das tue ich!« Sie war nicht in der Lage, die Freundlichkeit in Modestys Blick zu ertragen, deshalb vergrub sie den Kopf in ihrem Schoß und murmelte: »Was soll ich nur tun? Ich habe Angst, meinem Herzen zu trauen. Sieh doch nur, was beim letzten Mal passiert ist. Und ich kann die Familie nicht noch einmal entehren – oh, aber ich verlange nach ihm.«

»Und seine Geliebte zu werden ist der einzige Weg, der dir offen steht?«

»Was gibt es denn sonst noch für einen Weg?«, fragte Thea grob. »Ich bin ruiniert, das weiß doch jeder! Kein Gentleman würde mich h-h-heiraten wollen.«

»Bist du da so sicher? Vielleicht hast du Mr Blackburne ja gar keine Möglichkeit gelassen. Vielleicht fühlt er ja das Gleiche wie du. Hast du daran auch schon einmal gedacht?«

Theas Kopf fuhr hoch.

»Oh, sei doch nicht dumm! Selbst wenn er mich lieben würde, würde ich ihn nicht heiraten.« Die dunklen Augen brannten. »Ich würde niemals Schande über jemanden bringen, den ich liebe, und wenn ich wirklich dumm genug wäre, ihn zu heiraten, so würde er mich doch schon sehr bald hassen. Ich bin eine ruinierte Frau, das weiß doch jeder! Mein Ruf wird mir immer folgen, und mit der Zeit würde jeder Mann, den ich heirate, mich verachten und es bedauern, dass er einen Augenblick lang unvernünftig war. Wenn ich annehmen würde, dass Patr… dass Mr Blackburne zärtliche Gefühle für mich hegt, dann wäre es meine Pflicht, ihn abzuweisen, ihn dazu zu bringen, mich so sehr zu verachten, dass jegliches Gefühl der Zuneigung ersterben würde. Entweder das, oder ich würde ihn wegschicken müssen und mich weigern, mit ihm zu reden und ihn überhaupt zu sehen. Es wäre der einzige Weg, um ihn davon abzuhalten, einen schrecklichen, schrecklichen Fehler zu machen.« Sie sah weg und seufzte auf. »Nein, für mich wird es keine Ehe geben.«

Modesty sah sie lange an. »Bist du sicher?«

Thea nickte. »Jawohl«, antwortete sie, und ihre Stimme war angespannt und entschlossen. »Ich werde nicht für das Unglück eines anderen Menschen verantwortlich sein. Ich habe Tom umgebracht und Schande über meine Familie gebracht. Sogar Edwinas schreckliche Ehe ist mein Fehler. Ich könnte es nicht ertragen, die Familie noch einmal zu entehren.«

Thea stand auf. »Und deshalb muss ich ihm schreiben und

ihm sagen, dass ich meine Meinung geändert habe und nicht seine Geliebte werden kann.«

Nachdem Thea nach oben gegangen war, um Patrick die Nachricht zu schreiben, saß Modesty noch einige Minuten lang in dem Sessel und starrte in die Luft. Ein nicht sehr ehrenwerter Plan kam ihr in den Sinn. Sie sagte sich, dass ihre Motive rein waren, wenn auch nicht die Methode, und sie betrachtete die Sache von allen Seiten. Sie seufzte. Es wäre riskant, aber angesichts Theas Entschlossenheit, sich weiterhin für das zu strafen, was in der Vergangenheit geschehen war, und ihrer Weigerung, zu heiraten – ganz gleich, wie passend der Mann auch sein mochte oder was ihr Herz ihr riet – fühlte Modesty, dass sie keine andere Wahl hatte. Sie verzog das Gesicht. In der Tat sähe es dem lieben kleinen Dummkopf ähnlich, eine vollkommen unangemessene Partie zu machen, nur um allen zu zeigen, dass sie nichts Besseres verdient hatte. Nachdem sich Modesty entschlossen hatte, stand sie auf und ging nach oben, um Mr Blackburne ihre eigene Nachricht zu schreiben und noch einige andere mehr.

Nach kurzer Zeit übergab sie all diese Nachrichten Tillman und wies ihn an, dass alle so bald wie möglich zugestellt werden sollten.

Wenn Patrick überrascht war, gleich zwei Nachrichten am Samstagnachmittag von den Damen am Grosvenor Square zu bekommen, so ließ er es sich nicht anmerken. Er las Theas Nachricht zuerst, erleichtert und nicht sehr überrascht, dass sie ihre Bereitschaft zurückzog. Wie er es angenommen hatte, machte es ihr Spaß, die Gesellschaft herauszufordern, doch war sie nicht bereit, eine der striktesten Regeln zu überschreiten. Sie segelte vielleicht gefährlich nahe am Rande, doch sie würde die Grenze nicht überschreiten. Er lächelte. Sein Schatz war wesentlich konventioneller, als ihr klar war.

Er legte Theas Nachricht beiseite und brach das Siegel von Modestys Nachricht auf. Seine Augenbrauen zogen sich hoch, als ihm die Bedeutung dessen aufging, was darin geschrieben war. Ihr Plan war verlockend und, so musste er gestehen, wahrscheinlich die einzige Möglichkeit, wie er Theas Hand bekommen konnte. Aber, herrje, Thea würde schrecklich wütend sein! Und dafür konnte er ihr nicht einmal einen Vorwurf machen. Konnte er es riskieren?

Er dachte den größten Teil des Nachmittags über die Situation nach. Unterschied sich Modestys Plan so sehr von seinem? Es war ganz sicher eine schwierige Situation. Er las Modestys Nachricht noch einmal, und sein Herz sank. Wenn er so dumm wäre, Thea einen Antrag zu machen, so würde sie ihn sofort ablehnen – daran zweifelte er nicht, und Modestys Nachricht bestätigte seine Vermutung. Thea selbst war wieder zu Verstand gekommen und hatte den Gedanken, seine Geliebte zu werden, abgelehnt. In Zukunft wäre sie in seiner Gesellschaft unruhig und misstrauisch. Er seufzte. Sein Schatz mit den dunklen Augen machte die Dinge wirklich für alle sehr schwierig.

Unglücklich schrieb er seine Antwort auf Modestys Plan. Die Antwort bestand nur aus einem einzigen Wort: Nein.

Modesty las seine Antwort und schüttelte den Kopf.

Trotz seines Rufes war Patrick Blackburne zu ehrenhaft, als gut für ihn war. Sie setzte sich hin und schrieb noch eine Nachricht. Diese gab sie Tillman mit den gleichen Anweisungen wie die vorherigen Nachrichten, dann wartete sie ungeduldig auf eine Antwort. Sie brauchte nicht lange zu warten. Diesmal bekam sie die Antwort, die sie wollte.

Nachdem Patrick Modestys Nachricht beantwortet hatte, schrieb er sofort an Thea und sagte ihr, dass er, auch wenn ihre Entscheidung ihn enttäuscht hatte, ihre Gefühle vollkommen verstand. Er hoffte, dass sie ihm weiter erlauben würde, sie zu besuchen und sie ab und zu in die Stadt zu begleiten. Thea antwortete sofort. Solange er begriff, dass es zwischen ihnen niemals etwas anderes als Freundschaft geben konnte, würde sie sich ab und zu über seine Gesellschaft freuen.

Er grinste, als er am Montagmorgen Theas kleine Nachricht las. Wenn sie glaubte, dass es zwischen ihnen nur Freundschaft gab, so machte sie sich selbst etwas vor! Und wenn sie glaubte, dass er seine Hände von ihr lassen könnte, war sie verrückt!

Doch für den Augenblick verbannte er Thea aus seinen Gedanken und widmete sich wieder Ellsworth. Eines war klar. Er würde Mr Ellsworth in Surrey besuchen müssen.

Er warf einen Blick auf den Kalender mit seinen Terminen und entschied, dass eine Reise nach Surrey bis Mittwoch oder Donnerstag würde warten müssen. Er hatte eine gesellschaftliche Verpflichtung, die er auch mit aller Höflichkeit nicht absagen konnte: Abendessen bei seiner Mutter am Dienstagabend, sie hatte ganz besonders darauf bestanden, dass er kam.

Kurz überlegte er, sofort abzureisen und zur Dinnerparty von Lady Caldecott am nächsten Abend zurückzukommen. Nach einem schnellen Blick auf die Uhr und auf das Wetter draußen verwarf er den Gedanken wieder. Es war schon beinahe Mittag, und es hatte den ganzen Morgen geregnet. Er verzog das Gesicht. Durch den strömenden Regen zu fahren und mit lehmigen Straßen zu kämpfen, war nicht gerade eine seiner Lieblingsbeschäftigungen. Ellsworth konnte warten.

Er entschied, dass seine dunkeläugige Zauberin einige Zeit brauchte, um mit ihrer neuen Regelung klarzukommen, deshalb verwarf er den Gedanken, sie zu besuchen, obwohl der Instinkt von ihm verlangte, das zu tun. Sie beherrschte seine Gedanken, und wenn er nicht so unsicher wäre, wie alles ausgehen würde, hätte er die Situation lustig gefunden. Hier war er, ein angeblicher Schwerenöter, und wenn es um Thea ging, war er genauso verletzlich und unsicher wie der unerfahrenste Jüngling, der sich zum ersten Mal verliebt hatte.

Patrick sah erschrocken aus. Verliebt? Langsam breitete sich ein Lächeln auf seinem harten Gesicht aus. Bei Gott! Das war er! Und das Geschöpf, das sein schwarzes Herz erobert hatte, war keine andere als die berüchtigte Thea Garrett. Patrick lachte laut auf. Es war passend, dachte er, ein Schwerenöter und eine Skandallady. Oh, was würden sie für ein Paar abgeben. Er konnte es kaum erwarten, bis Tony und Arabella Thea kennen lernten. Sie wären bezaubert, dessen war er sicher. Patrick hatte nicht erwartet, die Dinnerparty seiner Mutter genießen zu können, sondern hatte sich auf einen langweiligen Abend vorbereitet. Er wollte sie von dem unterrichten, was er entdeckt hatte, deshalb kam er bereits früher, um sich einige Augenblicke lang allein mit ihr unterhalten zu können, ehe ihre Gäste kamen.

Lady Caldecott sah königlich aus. Ihr Haar war mit Perlen und Diamanten geschmückt, und in dem dunkelblauen Satinkleid, das mit Spitze besetzt war, erschien sie genau wie die Aristokratin, die sie war. Mutter und Sohn unterhielten sich kurz in ihrem Boudoir, und Patrick erzählte ihr alles, was er erfahren hatte, und erklärte ihr seine Absicht, so bald wie möglich Ellsworth aufzusuchen.

Mit ängstlichem Blick fragte Lady Caldecott: »Du glaubst, dass er der Mann ist, der mich erpresst?«

»Entweder ist er es selbst, oder er hat sich mit demjenigen zusammengetan, der dich erpresst.«

Lady Caldecott zögerte. »Es hat keine Forderungen mehr gegeben. Vielleicht sollten wir die Dinge einfach ruhen lassen? Könnten wir mit deinen Nachforschungen nicht schlafende Hunde wecken? Ich möchte nicht, dass du dich in Gefahr begibst.« Sie legte die Hand auf seinen Arm, ihr Blick ruhte auf seinem Gesicht. »Du bist mein einziges Kind. Ich war nie eine sehr offene Frau und auch nicht in der Lage, über meine Gefühle zu sprechen, aber ich liebe dich, mein Sohn, und wenn dir etwas zustoßen würde …« Ihre Stimme brach. Sie lächelte, wenn auch ein wenig tränenfeucht. »Je älter ich werde, desto sentimentaler werde ich.«

Es hatte einmal eine Zeit gegeben, in der Patrick seine Mutter nur als eine kalte Matrone der Gesellschaft gesehen hatte. Erst vor kurzer Zeit hatte er begonnen, die Frau hinter der höflichen Fassade zu erkennen. Wegen des Erpressers hatte er in letzter Zeit mehr Zeit in Gesellschaft seiner Mutter verbracht als in den letzten Jahrzehnten. Er hatte bemerkt, was er zuvor nicht gewusst hatte, nämlich dass sie ein warmer, liebevoller Mensch war, und das Wissen, dass sie einmal töricht und ungestüm geliebt hatte, ließ sie in einem ganz anderen Licht erscheinen. Ihre Verletzlichkeit dem Erpresser gegenüber und ihre Bitte um Hilfe hatten all seine Beschützerinstinkte geweckt und hatten ihr einen Teil seines Herzens geöffnet, den er ihr gegenüber bis jetzt verschlossen hatte.

Patrick war gerührt von ihren Worten, er gab ihr einen Kuss auf ihre duftende Wange. »Das muss eine Schwäche sein, die in der Familie liegt«, meinte er, »denn ich stelle fest, dass Dinge, die ich früher als unwichtig abgetan hätte, mit den Jahren große Bedeutung bekommen. Deine Zuneigung zu besitzen, gehört auch dazu.« Sein Gesichtsausdruck war weich und verletzlich, als er murmelte: »Ich liebe dich, Mama, und ich werde dafür sorgen, dass mir nichts zustößt.«

Ihr ängstlicher Blick verschwand nicht, und Patrick lächelte, in seinen Augen blitzte das Lachen. »Du kennst mich doch, Mama – ich habe meinen Teil an Duellen ausgefochten und an mehr als einem gefährlichen Unsinn teilgenommen, und mir ist bis jetzt noch nichts passiert. Wie du einmal selbst gesagt hast: Der Teufel passt auf seine Leute auf. Mach dir meinetwegen keine Sorgen.«

»Also wirklich«, fragte sie ein wenig spöttisch, »warum erfüllen mich deine Worte mit der größten Sorge?«

Er griente sie an und gab ihr noch einen Kuss auf die Wange. »Mach dir keine Sorgen, Mama. Alles wird gut werden, das schwöre ich dir. Sollen wir jetzt nach unten gehen und auf deine Gäste warten?«

Auf einen langweiligen Abend eingestellt, war Patrick begeistert, als er sah, dass Modesty und Thea unter den Gästen von Lady Caldecotts sehr exklusiver Dinnerparty waren. Er hatte sich unterhalten, das hieß, er hatte dem ältlichen Lord Markley zugehört, der sich über die wilde und respektlose Jugend heutzutage ausließ, als ein Aufblitzen leuchtender Farbe sein Auge anzog.

Er blickte zur anderen Seite des großen Gesellschaftszimmers seiner Mutter, und sein Herz machte einen kleinen Sprung, als er Thea entdeckte, die bezaubernd in einem Kleid aus burgunderfarbener Seide aussah und die gerade Lord und Lady Caldecott begrüßte. Modesty und Thea wurden von einem älteren Paar begleitet, das er nicht kannte, sie unterhielten sich mit seiner Mutter und seinem Stiefvater. Dem Lächeln und der lebhaften Unterhaltung nach zu urteilen, war es offensichtlich, selbst wenn Modesty nicht bereits darauf angespielt hätte, dass seine Mutter und Modesty mehr waren als nur flüchtige Bekannte. Lady Caldecott begrüßte auch den großen, gut aussehenden Mann und seine untersetzte kleine Frau mit mehr als nur gesellschaftlicher Höflichkeit. Patrick war plötzlich sehr neugierig, wer diese beiden wohl sein mochten.

Er verließ Lord Markley mitten in seinen Klagen und ging auf die Gruppe zu, die im Salon in der Nähe der großen Doppeltüren stand.

Er verbeugte sich höflich, begrüßte Thea und Modesty und wartete darauf, dass seine Mutter ihm das andere Paar vorstellte.

»Ah, du hast Lord und Lady Garrett noch gar nicht kennen gelernt, nicht wahr, mein Lieber«, murmelte Lady Caldecott und sah ihren Sohn mit einem Lächeln an. »Erlaube mir, sie dir vorzustellen. Das sind Miss Garretts Tante und Onkel, die vom Land nach London gekommen sind und eine Weile bleiben werden. Ich zähle sie zu meinen liebsten Freunden. Wir kennen einander schon seit Jahren.«

Sie wurden einander vorgestellt, und als Patrick Theas Onkel ansah, wusste er sofort, von welcher Seite der Familie Theas dunkle, blitzende Augen kamen. Lord Garrett hatte beinahe die gleichen, fast schwarzen Augen, und er hatte eine Art, jemanden anzusehen, die Patrick sofort an Thea erinnerte.

»Es ist mir eine Freude, Sie beide kennen zu lernen«, sagte Patrick und beugte sich über die kleine Hand von Lady Garrett. »Ich hoffe, Sie werden eine schöne Zeit haben.«

Lady Garretts freundliches Gesicht erstrahlte unter einem warmen Lächeln. »Oh, das hoffen wir auch! Es ist eine solche Freude, Sie endlich kennen zu lernen, Ihre Mutter hat so oft von Ihnen gesprochen, aber wir schienen immer gerade auf dem Land zu sein, wenn Sie London besuchten.«

»Wir haben uns seit einigen Monaten nicht gesehen, und wir haben so viel, über das wir reden müssen«, meinte Patricks Mutter. »Während wir uns unterhalten, könntest du Miss Garrett herumführen. Ich denke, sie kennt die meisten der anderen Gäste noch nicht.«

Da er bereits über eine Möglichkeit nachgedacht hatte, Thea von den anderen zu entführen, strahlte Patrick sie jetzt an. »Es wird mir eine Freude sein.« Und als Theas Hand dann auf seinem Arm lag, führte er sie weg.

Die fünf älteren Leute sprachen eine Weile miteinander, ehe Lord und Lady Garrett von einem alten Freund begrüßt wurden, der sie dann von der Gruppe wegholte.

Modesty und Lady Caldecott, die endlich die Möglichkeit hatten, Thea und Patrick zu beobachten, nahmen diese Möglichkeit gern wahr. Auch Lord Caldecott beobachtete die beiden, eine kleine Falte stand dabei auf seiner Stirn.

Als keine der Ladys die Absicht zu haben schien, etwas zu sagen, fragte er: »Äh, findest du das sehr weise, meine Liebe?«

Lady Caldecott sah nachdenklich aus, ihre Gedanken waren bei der Frau, die sie vor zehn Jahren gewesen war, eine verheiratete Frau, die sich in eine Affäre gestürzt hatte. Mit ihrer eigenen Geschichte, die auf ihrem Gewissen lag, wie konnte sie da Thea ihre Vergangenheit vorhalten? Der Himmel allein wusste, wenn ihre Affäre an die Öffentlichkeit gekommen wäre, wäre sie genauso ruiniert gewesen wie Thea. Wie also konnte sie hochmütig sein oder den ersten Stein werfen?

»Weisheit hat damit überhaupt nichts zu tun. Ich habe mich seit über zehn Jahren danach gesehnt, dass Patrick heiraten wird«, meinte Lady Caldecott. »Und Miss Garrett ist nicht nur die erste Frau, bei der er Anzeichen gezeigt hat, sie zu heiraten, sie ist auch die einzige.« Sie sah wehmütig aus. »Alles, was wirklich zählt, ist Patricks Glück, und wenn sie ihn glücklich macht, dann werde auch ich glücklich sein.« Sie lächelte Modesty an. »Außerdem ist Thea mit einer meiner besten Freundinnen verwandt, wie könnte ich da also gegen eine solche Verbindung sein? Es ist vielleicht nicht die Verbindung, die ich mir für ihn erhofft hatte, aber es könnte genauso gut sein, dass er nicht die Verbindung ist, die ihre Familie sich für sie gewünscht hätte!«

»Nun ja, das stimmt ja alles«, murmelte Lord Caldecott. »Aber wie steht es mit ihrer Vergangenheit? Macht dir das denn keine Sorgen?«

Modesty, die es sich nicht verkneifen konnte, Thea zu Hilfe zu kommen, fuhr auf. »Ihre Familie und ihr Vermögen sind mehr als ansehnlich. Und was den Skandal betrifft, der liegt schon ein Jahrzehnt zurück. Mein armes Lämmchen hat nichts Falsches getan, sie hat nur die Worte eines Schuftes geglaubt!« Sie sah Lord Caldecott wütend an. »Sie sollten sich daran erinnern, dass Ihr Stiefsohn auch kein Engel ist!« Sie warf Lady Caldecott einen entschuldigenden Blick zu. »Ich weiß, er ist dein Sohn, Alice, und ich würde nie etwas sagen, um dich zu verletzen, das weißt du. Die Hälfte dessen, was ich über ihn weiß, weiß ich von dir, und du wärst wohl die Erste, die zugibt, dass das Wort harmlos nicht zu ihm passen würde.«

»Nein, das würde es wirklich nicht!«, stimmte ihr Lady Caldecott zu, und ihre Augen blitzten belustigt auf. »Obwohl ich seine Mutter bin, wäre ich die Erste, die das zugeben würde! Er ist wild, übermütig und störrisch gewesen, und auch überheblich. Seine Taten haben mich oft zur Verzweiflung getrieben, und als die Jahre vergingen, war der Gedanke, der mich am meisten verzweifeln ließ, der, ob er wohl jemals heiraten würde oder ob, wenn er es denn wirklich tat, es jemand sein würde, der überhaupt nicht passend wäre.« Sie warf den jungen Leuten noch einen Blick zu, während Patrick Thea Lord Markley vorstellte. Ein sanftes Lächeln umspielte ihren Mund. »Thea wird gut für ihn sein. Sehr gut sogar.«

Nachdem Patrick seine Pflicht getan und Thea den Gästen seiner Mutter vorgestellt hatte, entschied er sich, auch sich selbst eine Freude zu machen. Aber noch ehe er das tun konnte, wonach er sich sehnte, nämlich Thea für einen kurzen privaten Augenblick von den größten Eiferern der Gesellschaft zu entführen, blieb Thea plötzlich stehen und rief aus: »Also, da ist ja Onkel Hazlett! Wie wundervoll!«

Patrick musste ihr folgen, als sie durch den Raum ging, zu der Stelle, an der ein untersetzter Mann in einem herrlich geschnittenen dunkelblauen Rock sich mit Lord Garrett unterhielt. Thea lief zu den beiden Männern hin und gab einem von ihnen einen schnellen Kuss auf die Wange.

»Onkel! Ich habe gar nicht erwartet, dich heute Abend hier zu sehen.«

Lord Hazlett lächelte. »Warum denn nicht? Lord Caldecott und ich kennen einander seit Jahren.« Seine Augen blitzten. »Du bist nicht die Einzige, meine Liebe, die einen Aufstand in der Gesellschaft hervorrufen kann. Wie ist es dir in den letzten Wochen ergangen?«

Ehe Thea noch etwas sagen konnte, hatte Patrick sie eingeholt und verbeugte sich höflich vor Lord Hazlett. »Mein Lord. Wie geht es Ihnen heute Abend?«

Patrick kannte Lord Hazlett flüchtig, und es überraschte ihn zu erfahren, dass er Theas Onkel mütterlicherseits war. Aber er hätte es sich eigentlich denken können, in den aristokratischen Kreisen kannte jeder jeden.

Das Abendessen wurde angekündigt, und Patrick gab für den Augenblick den Gedanken auf, mit Thea allein sein zu können. Sein gut aussehender Mund verzog sich. Nun ja, das war wahrscheinlich sogar besser so. Sie hielt ihn auf Armeslänge von sich ab, und jede voreilige Bewegung von ihm würde sie sofort wieder an die Seite von Modesty fliehen lassen oder an die ihres Onkels. Er seufzte. Er würde langsam vorgehen müssen. Leider war Geduld nie eine seiner besten Eigenschaften gewesen.

Patrick wäre wahrscheinlich wesentlich fröhlicher gewesen, wenn er gewusst hätte, wie schwer es Thea fiel, ihn auf Armeslänge von sich entfernt zu halten. Immer, wenn sie ihn ansah, begann ihr Herz auf eine höchst unziemliche Weise zu schlagen. Er sah so gut aus. Und er war so charmant. Und groß. Und aufregend. Und oh, er war einfach alles. War sie wirklich so dumm gewesen, sich zu entscheiden, nicht seine Geliebte zu werden?

Eine kleine Falte erschien auf ihrer Stirn. Vielleicht hatte er sie ja gar nicht zu seiner Geliebten haben wollen? Immerhin hatte er ihre Ablehnung ohne jeden Protest hingenommen. Sicher hätte er doch nicht so leicht nachgegeben, wenn er sie wirklich gewollt hätte. Wenn er wirklich gewollt hätte, dass sie seine Geliebte würde, hätte er da nicht versucht, ihre Meinung zu ändern?

Sie warf ihm einen verblüfften Blick zu und errötete charmant, als er sie ansah und entdeckte, dass sie ihn angestarrt hatte. Er lächelte ein so warmes, einladendes Lächeln, dass ihr ganz warm ums Herz wurde. Sie war wirklich ein Dummkopf! Ein Dummkopf, weil sie sich die Freuden seiner Liebe versagte.

Patricks Gedanken bewegten sich in eine ähnliche Richtung, während sein Blick anerkennend über ihr errötendes Gesicht und die schlanken weißen Schultern glitt, die ihr Kleid enthüllten. Sie war all das, was er sich wünschte, und sein Körper regte sich voller Verlangen. Er seufzte. Nein, Geduld war wirklich nicht eine seiner Tugenden!

Das lange Essen ging schließlich zu Ende. Fünfzig Gäste saßen um den langen Tisch mit der Leinendecke – Lady Caldecotts Vorstellung eines kleinen, intimen Zusammenseins mit lieben Freunden – Patrick fragte sich, was sie wohl ein großes Abendessen nennen würde.

Als er sah, wie seine Mutter von ihrem Platz am Kopf des Tisches aufstand, hätte er beinahe aufgestöhnt. Das Abendessen war schon ermüdend genug gewesen, aber jetzt würden sich die Damen zurückziehen, und er würde nicht einmal mehr den Anblick von Theas lieblichem Gesicht genießen können. Er würde mindestens ein Glas Portwein mit den Gentlemen trinken müssen, ehe er aus dem Speisesaal entkommen könnte.

Mit einem Lächeln klopfte Lady Caldecott mit dem Löffel gegen ihr Kristallglas. Als alle Gäste zu ihr hinsahen, sagte sie: »Ich habe eine Ankündigung zu machen – eine Ankündigung, die mich sehr glücklich macht und die ich nie zu machen gehofft hätte.«

Sie lächelte Patrick warm an, und ein schreckliches Misstrauen stieg in ihm auf. Er warf Modesty einen schnellen Blick zu, und ihr gelassener Blick ließ ihm einen Schauer über den Rücken laufen. Oh Gott! Jetzt passierte es!

»Ich möchte die Verlobung meines lieben Sohnes Patrick mit der sehr charmanten Miss Thea Garrett bekannt geben. Eine Nachricht ist bereits an die *Times* geschickt worden und wird morgen in der Zeitung erscheinen.« Mit einer winzigen Pause schloss sich die Falle. »Die Eile, mit der die Hochzeit geplant worden ist, scheint vielleicht ungewöhnlich, aber da so viele unserer Freunde und Bekannten bereits die Stadt für den Winter verlassen haben, gibt es keinen Grund, sie noch weiter hinauszuzögern. Vergessen Sie nicht – die Forderungen der Plantage meines Sohnes in Amerika begrenzen seinen Aufenthalt hier in England. Ich glaube, dass er die Absicht hat, in ein paar Wochen nach Amerika abzureisen, und dann wird er seine Braut mitnehmen. Sie werden mit einer besonderen Erlaubnis schon an diesem Samstag heiraten.« Sie lächelte die Menschen entlang des Tisches zufrieden an, dabei überging sie schnell Patricks angespanntes Gesicht und das verständnislose von Thea. »Sie sind alle eingeladen. Lord und Lady Garrett haben zugestimmt, meinem Ehemann und mir zu erlauben, dass die Hochzeit und der Empfang danach hier stattfinden können.« Lady Caldecott strahlte. »Ist das nicht wundervoll!«

Kapitel Zehn

»Sie sind der hinterhältigste, tückischste, schlimmste Mensch, der mir je begegnet ist!«, explodierte Thea in dem Augenblick, in dem sie mit ihrem Verlobten allein war. »Wie habe ich Ihnen nur vertrauen können? Sie haben alle angelogen – sogar Ihre eigene Mutter. Wie konnten Sie nur? Ich habe geglaubt, ich hätte den Menschen mit dem schwärzesten Herzen bereits kennen gelernt, als Hawley Randall mich betrogen hat, aber Sie …!« Ihr fehlten die Worte, und sie schloss den Mund mit einem hörbaren Geräusch, Patrick zuckte zusammen.

In der schattigen Dunkelheit der Kutsche, die sie zu Theas Haus in London brachte, konnte Patrick Theas Gesicht nicht deutlich sehen, doch zweifelte er nicht an ihren Gefühlen. Er verzog das Gesicht. Er machte ihr für diese Gefühle keine Vorwürfe. Seine Mutter und Modesty hatten sie regelrecht in eine Falle geführt, und während er wusste, dass er an all den Verbrechen, für die seine wütende Braut ihn verantwortlich machte, unschuldig war, so war es doch unwahrscheinlich, dass sie ihm glauben würde, wenn er ihr widersprach.

Wenigstens hatte sie gewartet, bis sie allein waren, um ihrer Wut freien Lauf zu lassen, dachte Patrick, dafür war er dankbar. Und sie hatte nicht öffentlich der Ankündigung seiner Mutter widersprochen, dafür war er ihr noch dankbarer. Er wollte Thea heiraten. Er hatte die Absicht, sie zu heiraten. Und obwohl er sich gewünscht hätte, das auf seine eigene Art und Weise zu erreichen, so war er doch nicht abgeneigt, seinen Vorteil aus dieser ganzen Situation zu ziehen. Seine Mutter und Modesty hatten ihnen vielleicht eine geschickte Falle gestellt, aber er hatte nicht die Absicht, daraus zu entkommen. Nicht, wenn er diese Falle mit der dunkeläugigen Hexe teilte, die sein Herz erobert hatte.

»Sie sind abscheulich!«, erklärte Thea. »Abscheulich und ohne jegliche Prinzipien, und ich werde Sie nicht heiraten! Nicht einmal, wenn Sie der einzige Mann auf der ganzen Welt wären. Nicht einmal, wenn …!«

»Doch, das wirst du tun«, murmelte Patrick und zog sie von ihrem Sitz ihm gegenüber in der Kutsche.

»Lassen Sie mich los!«, keuchte Thea und bemühte sich, sich aus seinem Griff zu befreien. »Wer glauben Sie eigentlich zu sein? Lassen Sie mich augenblicklich los, Sie Lump.«

Sie bebte vor Zorn, doch Patrick zog sie ohne Mühe auf seinen Schoß. Er hatte Mitleid mit ihren Gefühlen, aber ob es ihr nun gefiel oder nicht, sie saßen regelrecht in der Falle, durch ein Paar Verschwörer, wie er sie noch nie kennen gelernt hatte. Keine Wut und auch kein Zorn würde die Dinge ändern, und Thea musste begreifen, dass sie das Beste aus der Situation machen mussten. Sie würden heiraten. Am Samstag.

Er unterband ihre Versuche, sich aus seinem Griff zu befreien.

»Würdest du mir glauben, wenn ich dir sage, dass ich nichts mit dem zu tun habe, was heute Abend geschehen ist? Würdest du mir glauben, dass die Ankündigung meiner Mutter mich genauso schockiert hat wie dich? Würdest du mir glauben, dass meine Mutter und Modesty die Köpfe zusammengesteckt haben und uns beide hinters Licht geführt haben? Dass ich genauso unschuldig bin wie du?«

Thea warf ihm einen bösen Blick zu. »Nein«, fuhr sie ihn an. »Und Sie sind abscheulich, weil Sie auch noch versuchen, zwei der freundlichsten, nettesten Frauen, die ich kenne, für Ihre Falschheit verantwortlich zu machen.«

Patrick seufzte. Er hatte nicht gedacht, dass sie ihm glauben würde, doch es war einen Versuch wert gewesen. »Was soll ich denn tun, mein Schatz?«, fragte er. »Soll ich der *Times* schreiben und ihnen mitteilen, dass die Ankündigung ein Versehen war? Soll ich behaupten, dass meine Mutter gelogen hat? Soll ich einen Widerruf drucken lassen? Würde dir das gefallen? Das wird mindestens einen doppelt so starken Sturm auslösen, wie die Neuigkeit unserer Verlobung es getan hat. Vielleicht liebst du es ja, das Ziel des Klatsches zu sein?«

Thea holte wütend Luft. »Wie kann man nur etwas so Böses sagen! Natürlich möchte ich nicht das Ziel des Klatsches sein. Nach allem, was ich mitgemacht habe, glauben Sie, es würde mir gefallen, berüchtigt zu sein? Sind Sie verrückt?«

Er lächelte. »Nur nach dir, mein Schatz. Nur nach dir.«

Thea starrte ihn wütend an, sie glaubte ihm keinen Augenblick lang. Aber sie war sich seiner Nähe sehr wohl bewusst und wünschte, es wäre nicht so. Sie wollte, dass er so schlecht und widerwärtig wäre, wie sie es behauptet hatte. Aber das war er nicht. Schlimmer noch, sie war sich seiner auf eine Art bewusst, die sie deutlich unsicher machte. Seine festen Schenkel lagen unter ihrem Po, seine Arme hielten sie fest, und sein Mund war nur wenige Zentimeter von ihrem entfernt. Sie war sich dieses Mundes überaus deutlich bewusst, Erinnerungen an seine Berührungen, die süßen Gefühle, die er in ihr weckte, stiegen in ihr auf. Oh, verflixt! Er hatte ihre Gefühle verwirrt, in diesem Augenblick hasste sie ihn. Er hatte sie ausgetrickst. Er hatte sie betrogen. Er hatte seine arme Mutter und die liebe Modesty dazu verleitet, ihm bei seinem verruchten Plan zu helfen, und dann versuchte er noch, die beiden dafür verantwortlich zu machen!

Sie hob das Kinn. »Warum sollte ich Ihnen glauben? Ich weiß, dass Sie mich nicht heiraten wollen – Sie wollten mich zu Ihrer Geliebten machen.« Sie keuchte, als ihr ein Gedanke kam. »Sie haben das getan, weil ich nicht Ihre Geliebte werden wollte!« Ihre Augen zogen sich zusammen. »Rache! Deshalb haben Sie das getan. Weil ich meine Meinung geändert habe und nicht Ihre Geliebte werden wollte, rächen Sie sich jetzt an mir, indem Sie mich zwingen, Sie zu heiraten.«

Patrick unterdrückte ein Lachen. Nur Thea konnte glauben, dass es ehrenwerter sei, seine Geliebte zu werden als seine Frau.

»Bist du sicher, dass du darüber nicht lieber noch ein wenig länger nachdenken möchtest?«, neckte er sie. »Die meisten Frauen wären erfreut über einen Heiratsantrag.«

Thea verschränkte die Arme vor der Brust. »Wenn ich mich recht erinnere«, murmelte sie, »haben Sie mir keinen Antrag gemacht. Wenigstens keinen Heiratsantrag.«

Sein Mund verzog sich. »Also gut.« Er senkte den Kopf, und ihre Lippen berührten sich. »Miss Garrett, wollen Sie mir die große Ehre erweisen, meine Frau zu werden? Bitte?«

Theas Herz sprang ihr beinahe aus dem Hals, als sie seine Lippen auf ihren fühlte, und ihr Magen rutschte ihr bis in die Knie. Aber sie würde nicht zulassen, dass er sie ablenkte – ganz gleich, wie angenehm das auch war. Ihre Lippen prickelten noch immer von der leichten Zärtlichkeit, und sie versuchte, ihren verwirrten Verstand zusammenzunehmen.

Sie rückte so weit von ihm ab, wie es seine Umarmung erlaubte. »Absolut nicht«, erklärte sie ihm genüsslich.

»Du hast mich verletzt, mein Schatz«, erklärte Patrick. »Aber ich fürchte, du hast keine andere Wahl. Selbst wenn all die Gäste, die meine Mutter heute Abend hatte, zum Schweigen verdammt würden, ist da doch noch immer diese verflixte Nachricht an die *Times*.«

Thea starrte ihn einige Sekunden lang an, ihre Gedanken befanden sich in einem vollkommenen Chaos. Würde es denn wirklich so schlimm sein, mit ihm verheiratet zu sein? In ihrem Herzen kannte sie die Antwort auf diese Frage, und auch wenn sie sich unendlich von ihm angezogen fühlte, änderte das nichts an der Tatsache, dass sie ihm misstraute und seine Motive nicht verstand. Dass jemand wie Patrick Blackburne sie wirklich heiraten wollte, daran hätte sie niemals gedacht – trotz des vergangenen Jahrzehnts und der Tatsache, dass sie in der vornehmen Gesellschaft offenbar wieder akzeptiert wurde, vergaß sie niemals, dass sie eine ruinierte Frau war und dass sie den Tod ihres Bruders verschuldet hatte. Sie wusste nicht, wie sie Patrick beurteilen sollte. Ihr Ruf schien ihn nicht zu stören. Auch ihr Leichtsinn, zum Beispiel der Besuch eines gewissen Hauses auf der Curzon Street, hatte keine Abneigung in ihm gegen sie geweckt. War es vielleicht ihr Ruf, der ihn anzog? Nutzte er ihn, um der feinen Gesellschaft eine lange Nase zu machen? Glaubte er, ihre Vergangenheit würde sie zu einer willfährigen Ehefrau machen, die bereit war, andere Frauen in seinem Leben zu tolerieren?

Ihr war ganz übel, als sie aus dem Fenster der Kutsche sah. Die Richtung, in die ihre Gedanken gingen, gefiel ihr gar nicht, aber nichts anderes ergab einen Sinn. Alles in ihr rebellierte bei dem Gedanken, dass er ein solch schlechter Mensch sein sollte, so berechnend, doch sie konnte nicht leugnen, dass er sie mit einem Trick in die Ehe gelockt hatte, aus welchen Gründen auch immer. Es war alles plötzlich zu viel für sie. Ihre Gefühle zerrissen sie, ihr Herz ging in die eine Richtung, ihre Erfahrung in eine andere. Zwei Dinge jedoch waren deutlich: Er rührte sie an, auf eine Art, die sie nicht erklären konnte, und auch wenn sie wütend und voller Zorn war, so hatte doch die Ankündigung des heutigen Abends in einem Raum voll mit den führenden Mitgliedern der Gesellschaft und die schreckliche Nachricht an die *Times* ihr Schicksal besiegelt. Sie würde Patrick Blackburne heiraten.

»Ich kann dem, was Sie sagen, nicht widersprechen«, erklärte sie mit ausdrucksloser Stimme. »Meine Familie scheint von der Verbindung begeistert zu sein, und ich würde alles tun, um ihnen eine Freude zu machen.« Sie warf ihm einen unfreundlichen Blick zu. »Sogar Sie zu heiraten.«

»Solange du mich heiratest«, murmelte Patrick und schämte sich, weil er sich so erleichtert fühlte. Sie würde seine Frau werden, und er würde sie umwerben und sie verführen und von ihr verlangen, dass sie ihn liebte. Wenn er erst einmal ihr Herz gewonnen hatte, dann würde er ihr sein eigenes Herz zu Füßen legen. Voller Erwartung des Kampfes um ihre Liebe zog er sie an sich, und seine Lippen legten sich auf ihre. Er küsste sie mit all dem Verlangen, das er bis jetzt zurückgehalten hatte, mit all der Sehnsucht in seinem Inneren.

Thea erstarrte in seinen Armen. Sie war nicht in der Stimmung, umworben zu werden, ganz sicher nicht in der Stimmung für eine Romanze, doch ihr Körper und ihr Herz fühlten ganz anders. Als sich seine Arme fester um sie schlossen und sein Kuss eindringlicher wurde, erwachte das Verlangen in ihr, und jeder Gedanke, sich ihm zu widersetzen, verschwand. Sie liebte ihn – auch wenn er ein Schuft war! Mit einem leisen Seufzer, der halb ein Aufschluchzen war, schlang sie die Arme um seinen Hals und schmiegte sich an ihn, um seinen Kuss zu erwidern.

Sie war so süß und nachgiebig, ihre Lippen so sanft und bereit, ihr Duft berauschend, Patrick nahm alles, was sie ihm gab. Wie ein berauschender Wein stieg sie ihm sofort zu Kopf, sein Atem ging rau, und der Schmerz zwischen seinen Beinen wurde beinahe unerträglich.

Patrick achtete nicht auf die schwankende Kutsche, auch nicht darauf, dass sie sich ihrem Haus näherten, er küsste sie mit wachsender Leidenschaft, sein hart aufgerichtetes Glied drängte sich gegen ihren Po, die sanfte Rundung ihrer Brust fühlte er an seinem Oberkörper. Er musste sie berühren. Er musste es tun.

Seine Hand strich über ihre Brust, er nahm sie sanft in die Hand, dann glitt seine Hand weiter nach unten. Die Falten ihres seidenen Rockes behinderten ihn nur wenig, und er stöhnte auf, als sich seine Hand schließlich unter den Stoff des Rockes schob und er die nackte Haut ihres Beines berührte.

Thea fühlte sich benommen und schwindlig, sie klammerte sich an ihn, das Gefühl seiner warmen Hand auf ihrem Bein weckte eine herrliche Erregung in ihr. Als er ihren Oberschenkel umfasste und ihn sanft knetete, stieß sie ein unverständliches Geräusch aus. Noch nie in ihrem Leben hatte sie so etwas gefühlt. Noch niemals. Ihr ganzer Körper schmerzte. Sie wollte, dass er sie überall berührte. Doch am meisten sehnte sie sich danach, dass er seine Erforschungen fortführte.

Als er das tat, als seine suchenden Finger schließlich das krause Haar zwischen ihren Schenkeln berührten, rann ein Schauer durch ihren Körper. Thea wand sich auf seinem Schoß, hin und her gerissen zwischen unbekannten, verwirrenden Gefühlen. Sein hart aufgerichtetes Glied, das sich gegen ihren Po drängte, verstärkte noch den Tumult in ihrem Inneren.

»Deine Beine, mein Schatz, spreize sie ein wenig und lass mich dich berühren«, murmelte Patrick an ihrem Mund und drängte sie nach hinten.

Berauscht von den Gefühlen, gehorchte Thea. Wie hätte sie sich ihm widersetzen können? Jeder Nerv in ihrem schlanken Körper sehnte sich danach, dass dieses Wunder anhielt. Ihr Verstand und ihr Körper waren vereint in einem sehnsüchtigen Schmerz, aber Patricks Berührung machte diesen Schmerz nur noch größer, als er die sanften Falten, die sich unter dem dichten, krausen Haar verbargen, auseinander schob und sie streichelte, und wieder rann ein Schauer durch ihren Körper. Er macht mich verrückt, dachte sie benommen, sie atmete schwer und bewegte sich unter seinen Liebkosungen. Plötzlich glitt einer seiner Finger in sie hinein, und sie hätte vor Lust beinahe aufgeschrien. Die ursprünglichsten Gefühle stiegen in ihr auf, ließen ihren Körper erbeben und weckten das nackte Verlangen in ihr.

Sie verlangte nach ihm. Zitternd und unsicher küsste sie ihn wieder und wieder, ihre Finger vergruben sich in seinem dichten, dunklen Haar, ihr Körper verlangte nach seinen Liebkosungen.

Patrick war genauso ein Gefangener seiner Gefühle wie Thea, er stöhnte auf, als sie sich unter seinen Händen wand. Er wünschte sich nichts sehnlicher, als sich mit ihr zu vereinen, als die Leidenschaft loszulassen, die in ihm wütete, doch er war sich schmerzlich der Tatsache bewusst, dass sie keine Zeit hatten. Oh, aber es blieb genügend Zeit, sagte ihm ein Teil seines Verstandes, für ihn …

Beinahe hätte er es getan. Beinahe hätte er Thea auf den

Sitz zurück gedrängt, sich aus seiner störenden Kleidung befreit und Erleichterung zwischen ihren sanften Schenkeln gesucht. Aber er tat es nicht. Da war dieser andere Teil von ihm, der vernünftige Teil, der nicht wollte, dass ihre erste Vereinigung etwas Schmutziges war, das man schnell auf dem Sitz einer Kutsche erledigte. Und er wollte auch nicht, dass ihr erstes Mal unter diesen Umständen stattfand, er wünschte sich Zeit, Zeit, in der er ihr Glück schenken konnte, Zeit, in der er sie die Freuden lehren konnte, die ein Mann und eine Frau miteinander teilen konnten.

Der Gedanke war ihm gerade gekommen, als die Kutsche anhielt. Er unterdrückte einen frustrierten Aufschrei und zog bedauernd seine Hand unter Theas Rock zurück, hob sie hoch und setzte sie auf den Sitz ihm gegenüber.

»Ich fürchte«, murmelte er, »wir werden die gemeinsamen Freuden auf einen anderen Zeitpunkt verschieben müssen. Du bist zu Hause.«

Thea starrte ihn ausdruckslos an. Ihr Körper brannte noch immer, das Verlangen, das er in ihr geweckt hatte, beherrschte noch jeden ihrer Gedanken, und es dauerte einen Augenblick, ehe sie in die Wirklichkeit zurückkehrte. Als es so weit war, wurde sie überwältigt von Scham und Verlegenheit.

Plötzlich konnte sie es nicht erwarten, ihm zu entkommen, und noch ehe Patrick sie daran hindern konnte, griff sie nach der Tür der Kutsche, riss sie auf und sprang hinaus. Als Patrick ihr folgen wollte, hob sie abwehrend die Hand.

»Nicht«, bat sie mit zitternder Stimme. »Ich möchte deine Gesellschaft nicht. Lass mich allein.«

Er presste die Lippen zusammen. »Das wird allerdings schwierig werden, findest du nicht auch, immerhin sind wir verlobt und werden heiraten.«

Thea unterdrückte ein Aufschluchzen, die ganze Situation überwältigte sie. »Lass mich allein«, wiederholte sie. Sie hob die Röcke, lief die Stufen hinauf und verschwand im Haus.

Patrick unterdrückte einen Fluch, er setzte sich in die Kissen zurück. Dann öffnete er die Trennwand zwischen ihm und dem Kutscher und brummte: »Zu White's.«

In der Nähe des Eingangs zum Club stieg er aus, dann ging er die Stufen hinauf und trat ein. Er war ein Mitglied von White's, seit sein Vater vor einer Ewigkeit seinen Namen zur Zulassung hatte einschreiben lassen. Da es noch früh war, war Patrick gar nicht überrascht, Lord Embry, Adam Paxton und noch ein weiteres halbes Dutzend seiner Bekannten an den Spieltischen vorzufinden.

Er sah dem Spiel einige Minuten lang zu, ehe es ihm gelang, den Blick Lord Embrys aufzufangen. Mit dem Kopf deutete er die Notwendigkeit einer privaten Unterhaltung an und wartete dann, bis Embry sich aus dem Spiel zurückziehen konnte. Paxton war die schweigende Nachricht nicht entgangen, und er zog die Augenbrauen hoch. Patrick verzog das Gesicht. Einen Augenblick später warf auch Paxton seine Karten hin und verließ den Spieltisch.

Eingerahmt von seinen beiden Freunden suchte Patrick nach einer ruhigen Ecke. Als die drei Freunde sich gesetzt und von einem der Diener in den schwarzen Kniehosen ein Glas Portwein serviert bekommen hatten, erklärte Patrick: »Ich habe eine Ankündigung zu machen. Nachdem ich es euch gesagt habe, habe ich die Absicht, mich schrecklich zu betrinken. Macht ihr mit?«

»Also wirklich, es würde mich freuen, mich mit dir zu betrinken«, antwortete Nigel. »Ich bin schon seit drei Tagen nicht mehr betrunken gewesen.«

Adam lächelte und hob sein Glas in Patricks Richtung. »Das scheint eine hübsche Art, den Abend zu verbringen.«

Patrick nahm einen großen Schluck von seinem Portwein. Er sah in die erwartungsvollen Gesichter seiner Freunde. »Ihr sollt unter den Ersten sein, die es erfahren – ich werde heiraten – schon bald. Morgen früh wird die Notiz in der *Times* erscheinen. Die Hochzeit ist am Samstagnachmittag – im Haus meiner Mutter.« Ein Lächeln überflog sein Gesicht, als er die benommenen Gesichter von Embry und Paxton sah.

»Ihr werdet euch freuen zu hören, dass meine zukünftige Frau Thea Garrett ist.« Als Nigel aufkeuchte und Paxton ihn mit großen Augen anstarrte, griente Patrick.

Und als Paxton und Embry ihn noch immer weiter anstarrten, als wären ihm plötzlich Hörner gewachsen und er hätte Feuer gespien, murmelte er: »Ihr könnt mir ruhig gratulieren.«

»Donnerwetter!«, stotterte Nigel. »Bist du verrückt geworden? Ich habe dich doch vor ihr gewarnt. Hast du denn kein Wort von dem verstanden, was ich gesagt habe?«

Sein Gesichtsausdruck warnte seine beiden Freunde, vorsichtig zu sein. »Du solltest daran denken, mein Freund, dass du von der Lady sprichst, die ich zu heiraten gedenke ... muss ich noch mehr sagen?«

Nigel wurde blass. Er sah sich als tapferen Kerl, aber er würde noch wesentlich tapferer sein müssen, wenn er der Möglichkeit ins Auge sehen wollte, Patrick auf dem Duellplatz gegenüberzutreten. Patricks Geschick sowohl mit der Pistole als auch mit dem Degen war allgemein bekannt.

Paxton räusperte sich. »Ah ... wie ist das denn passiert? Ich kann mich gar nicht daran erinnern, dass du die Lady, äh, umworben hast.«

Patrick lächelte und nippte an seinem Portwein. »Das habe ich, glaube mir. Und ich bin der Erste, der zugibt, dass meine, äh, Werbung sehr ungewöhnlich war. Aber ich habe die Lady überzeugt, und ich habe die Absicht, sie zu heiraten.«

Nigels Blick wurde schärfer. »Du hast dich in dieses Mädchen verliebt!«

»Ich fürchte ja«, antwortete Patrick, und seine grauen Augen blitzten.

»Es ist eine Liebesheirat?«, fragte Paxton und konnte nicht glauben, was er gerade gehört hatte.

Patrick nickte. »Ganz sicher.« Er verzog das Gesicht. »Obwohl die Lady mich im Augenblick wahrscheinlich lieber begraben als heiraten würde.«

»Aha!«, rief Nigel aus. »Ich habe dich gewarnt.« Doch bei

dem Blick, den Patrick ihm zuwarf, schloss er schnell den Mund.

»Die Hochzeit ist also am Samstag, wie?«, fragte Paxton. Und als Patrick nickte, meinte er: »Dann würde ich vorschlagen, wir suchen uns einen Ort, der weniger anständig ist, an dem wir uns entsetzlich betrinken können.«

»Genau das habe ich auch gedacht«, antwortete Patrick.

Während Patrick und seine Freunde bei White's waren, saß Thea in ihrem Schlafzimmer, und Maggie half ihr beim Auskleiden. Thea brauchte eigentlich gar keine Hilfe, doch Maggie wäre beleidigt gewesen, wenn sie ihre Dienste abgelehnt hätte, und daher duldete sie, dass Maggie Dinge für sie tat, die sie auch sehr leicht allein hätte tun können.

Maggie bemerkte, dass Theas Gesicht angespannt und dass ihre Herrin ungewöhnlich still war. Als Thea dann endlich ein langes Nachthemd aus feiner Baumwolle trug und sich im Bett in die Kissen lehnte, zögerte Maggie, sie allein zu lassen.

Sie stand neben dem Bett und fragte: »Kann ich Ihnen noch etwas holen, Miss? Vielleicht etwas Heißes zu trinken?«

Thea schüttelte den Kopf. »Nein, danke, Maggie. Es geht mir gut. Geh ins Bett.«

Maggie zögerte, und Thea wedelte mit der Hand. »Geh.«

Nachdem Maggie das Zimmer verlassen hatte, saß Thea in ihrem Bett und dachte über die Wendungen des Schicksals nach. Nach den schrecklichen Folgen von Hawleys und Toms Tod war sie sicher gewesen, nie wieder lieben zu können. Sie hatte sich in diesen kummervollen Tagen geschworen, dass sie nie wieder einem Teufel mit einer silbernen Zunge trauen würde. Mit dem Wissen, dass sie vollkommen ruiniert war und dass die ganze Welt das wusste, hatte sie sich damit abgefunden, niemals zu heiraten. Sicher hatte sie niemals daran gedacht, dass es überhaupt einen passenden Gentleman geben könnte, der sie heiraten wollte. Sie seufzte. Im Augenblick konnte sie nicht behaupten, dass Patrick sie heiraten wollte.

Er wollte sie vielleicht dafür bestrafen, dass sie nicht seine Geliebte werden wollte.

Ihre Gedanken waren nicht so verschlungen, wie es schien. Es gab Männer, und sie hatte einige davon gekannt, die unglaubliche Dinge tun würden, um sich zu rächen, wenn ihnen auch nur das geringste Unrecht angetan wurde. Es war nicht unmöglich, dass auch Patrick zu ihnen gehörte.

Sie runzelte die Stirn. Er hatte nie den Eindruck auf sie gemacht, kleinlich zu sein, aber man wusste ja nie. Sicher kannte sie ihn noch nicht gut. Sie seufzte noch einmal, ihr Gesicht hatte einen verdrießlichen Ausdruck angenommen. Nein, sie kannte ihn nicht gut, aber was sie von ihm wusste, fand sie sehr gewinnend und attraktiv.

Sie hörte, als Modesty nach Hause kam, dann wurde die Tür zu Modestys Zimmern geöffnet und wieder geschlossen. Als der Abend bei den Caldecotts zu Ende ging, hatte Thea erfahren, dass Lord und Lady Garrett Modesty in ihrer Kutsche nach Hause bringen würden. Da es sehr unwahrscheinlich war, dass Modesty nicht mehr über die Ereignisse des Abends reden wollte, bereitete sich Thea innerlich auf ihren Besuch vor.

Sie brauchte nicht lange zu warten. Es klopfte leise an der Tür, dann betrat Modesty Theas Schlafzimmer in einem wehenden bernsteinfarbenen Morgenmantel aus Seide und Spitze über ihrem Nachthemd.

Modesty schloss die Tür hinter sich, setzte sich auf die Bettkante und sagte: »Ich hatte gehofft, dass du noch nicht schlafen würdest. Ich war froh, als ich das Licht unter deiner Tür gesehen habe.« Sie griff nach Theas Hand und nahm sie in ihre beiden Hände. »Nun, mein Hühnchen«, meinte sie mit einem Lächeln. »Das war ein sehr ereignisreicher Abend, nicht wahr?«

Thea lächelte schwach. »Das war es wirklich.« Sie sah Modesty fragend an. »Warst du genauso überrascht wie ich?«

Modesty blickte in ihren Schoß. »Eigentlich nicht«, gestand sie. »Es war doch offensichtlich, wenigstens für mich, dass Mr Blackburne von dir bezaubert ist.«

Thea seufzte. »Er wollte mich zu seiner Geliebten machen, Modesty, nicht zu seiner Frau.«

»Wenn das so wäre, um was ging es dann heute Abend?«

Thea verzog das Gesicht. »Das weiß ich nicht. Ich weiß nur, dass ich ganz benommen war, als Lady Caldecott ihre Ankündigung gemacht hat. Das Wort Ehe ist zwischen mir und Patrick niemals gefallen.« Mit einem misstrauischen Aufblitzen in ihren Augen wollte sie wissen: »Hast du etwas davon gewusst? Und meine Onkel? Haben alle außer mir gewusst, was geplant war?«

Modesty schien erstaunt. »Thea! Wie kannst du nur so etwas denken? Glaubst du etwa, ich würde, äh, so tief sinken, dass deine Familie dich zu einer Heirat drängt mit jemandem, den du nicht willst? Ich muss gestehen, ich finde diese Unterhaltung äußerst beunruhigend. Willst du etwa behaupten, du willst Mr Blackburne gar nicht heiraten?«

»N-n-nein«, gestand Thea. »Nicht unbedingt.«

»Was dann?«, wollte Modesty wissen. »Hast du denn nicht selbst noch vor ein paar Tagen zu mir gesagt, dass du ihn liebst? Haben sich deine Gefühle geändert?«

Thea schüttelte den Kopf, sie sah verwirrt und unglücklich aus. »Ich liebe ihn wirklich. Ich kann einfach nur nicht verstehen, dass er in der einen Minute damit einverstanden ist, dass ich seine Geliebte werde, und dass er im nächsten Augenblick verkündet, wir werden am Samstag heiraten! Wenn ich nicht einen schrecklichen Skandal auslösen will, habe ich gar keine andere Wahl, als ihn zu heiraten.« Unsicher meinte sie: »Glaubst du vielleicht, dass er der Gesellschaft eine lange Nase drehen will oder dass er sich an mir rächen will, weil ich mich geweigert habe, seine Geliebte zu werden?«

Modesty zog die Augenbrauen hoch. »Das ist das Lächerlichste, was ich je gehört habe! Ein Gentleman vom Stand Mr Blackburnes würde niemals so tief sinken. Außerdem, findest du nicht, dass es ein recht verzweifelter Schritt wäre für eine solche Kleinigkeit?«

»Ich nehme an, du hast Recht«, gab Thea zu. »Aber du

musst mir doch zustimmen, dass es höchst hinterhältig war, dass seine Mutter heute Abend diese Ankündigung gemacht hat, ohne mich zu fragen, ob ich ihn überhaupt heiraten will! Das war sehr arrogant und vollkommen charakterlos.«

Modestys Wangen röteten sich plötzlich. »Äh, vielleicht hat er es ja gar nicht gewagt, das Risiko einzugehen, dass du so hochmütig wärst, ihm eine Absage zu erteilen«, meinte sie. Und schnell fügte sie noch hinzu: »Natürlich aus den falschen Gründen. Er hat vielleicht geglaubt, es sei die einzige Möglichkeit, dich dazu zu bringen, ihn zu heiraten, wenn er dir gar keine andere Wahl ließ.«

Verwirrt sah Thea Modesty an. »Und du findest es ehrenwert, was er getan hat?«

Modesty räusperte sich und sah entschieden unbehaglich aus. »Ich würde es nicht, äh, ehrenwert nennen, aber es war auch nicht unehrenhaft.« Sie begann zu strahlen. »Man könnte sagen, es ging sehr schnell.«

»Das kann man wirklich sagen«, stimmte ihr Thea spöttisch zu.

Modesty tätschelte ihre Hand. »Mach dir deswegen keine Gedanken, meine Liebe. Denke doch nur, am Samstag wirst du einen der begehrtesten Junggesellen in London heiraten. Wir haben noch eine Menge zu erledigen und zu planen.« Modesty legte einen Finger an die Lippen. »Wir müssen uns sofort um ein Hochzeitskleid kümmern. Wir werden unseren Lieblingsschneider davon überzeugen müssen, die Wünsche all seiner anderen Kunden für einen Tag zurückzustellen.« Sie strahlte Thea an. »Oh, ist das nicht aufregend? Du wirst heiraten!«

Trotz ihrer bedrückten Laune und ihres Misstrauens Patricks Motiven gegenüber begann ein wenig der Begeisterung Modestys auf Thea abzufärben. Ein kleiner Funke der Aufregung erwachte in ihrer Brust. Sie würde heiraten! Patrick Blackburne! Eine solche Verbindung, so dachte sie verträumt, als sie sich an sein strahlendes Lächeln erinnerte und an die Augenblicke in der Kutsche, hatte auch ihre Vorteile.

Thea wachte am nächsten Morgen auf und stellte fest, dass beinahe jeder in der Gesellschaft die Ankündigung ihrer bevorstehenden Hochzeit gelesen hatte und sie besuchen kam. Sie und Modesty hatten kaum ihr Frühstück beendet und sich im Morgenzimmer getroffen, um ihre Pläne zu besprechen, als die ersten Besucher bereits ankamen. Zu ihrem Erstaunen konnte sich Thea in der Zustimmung einiger der mächtigsten Leute der Gesellschaft sonnen. Sie wurde umschmeichelt und verwöhnt, und sie betrachtete ihre plötzliche Stellung mit großer Verwirrung. Die frühen Besucher reichten von echten Freunden, so wie Lady Roland, die von der Neuigkeit ganz aufgeregt war, bis hin zu Mitgliedern ihrer eigenen Familie, wie Lord und Lady Garrett, Lord Hazlett und ihr Lieblingscousin, sein Sohn John. Thea bezweifelte nicht, dass die Familie als Zeichen der Solidarität gekommen war, dass sie so der Welt zeigten, dass sie nicht glaubten, dass die Eile und die Umstände ihrer schnellen Hochzeit irgendetwas zu bedeuten hätten.

Ein dicker Kloß bildete sich in Theas Hals, und sie schwor, dass die Tage ihres Leichtsinns vorüber waren – sie würde sie nie wieder in Verlegenheit bringen oder beschämen.

Die Tatsache, dass die Gesellschaft ihr alles verziehen hatte, wurde offensichtlich, als Lady Jersey, die augenblickliche Geliebte des Prinzen von Wales und eine der Patroninnen von Almacks, in das Zimmer schwebte. Sie setzte sich auf das Sofa neben Thea und schnurrte: »Liebe, liebe Thea, wie wundervoll für Sie! Ich war so begeistert, als ich heute Morgen die Ankündigung las. Es ist eine Schande, dass ein so charmanter Bursche wie Patrick entschlossen ist, Sie schon so schnell von uns wegzubringen und Ihnen nicht einmal Zeit zu lassen, eine anständige Hochzeit zu planen. Oh, aber es ist so schrecklich romantisch, finden Sie nicht auch?«

Thea nickte und warf Lisbeth ein belustigtes Lächeln zu, die ihr in dem überfüllten Morgenzimmer gegenübersaß. Zusätzlich zu den frühen Besuchern war das Zimmer jetzt angefüllt mit schnatternden Frauen, von flotten Matronen bis hin zu schüchternen jungen Damen mit ihren beeindruckenden Müttern im Schlepptau. Sogar Patricks Freunde Lord Embry und Adam Paxton waren gekommen, um sie zu beglückwünschen. Nach der Art, wie Nigel zusammenzuckte, als eine der jungen Damen in seiner Nähe ein wenig zu laut lachte, und der leicht grünlichen Farbe von Paxtons Gesicht nahm Thea an, dass sie und ihr Verlobter den vergangenen Abend damit verbracht hatten, sich gründlich zu betrinken. Sie hoffte nur, dass Patrick entsetzlich litt.

Tillman und ein eilig dazugeholter Lakai gingen mit Tabletts voller Erfrischungen zwischen den Gästen hin und her und benahmen sich, als würde so etwas jeden Tag vorkommen. Der hochmütige Ausdruck auf dem Gesicht des Butlers verriet Thea, dass er seinen Auftritt genoss.

Thea nippte an einer Tasse Kaffee und warf einen belustigten Blick durch das Zimmer. Sie konnte noch nicht so recht glauben, dass sie der Grund all dieses strahlenden Wohlwollens war. Natürlich war sie klug genug zu begreifen, dass es darum ging, wen sie heiratete. Ihr Verlobter war der Sohn eines der Pfeiler der Gesellschaft, der Sohn von Lady Caldecott.

Als Thea die Reaktionen ihrer Besucher sah, als Lady Caldecott eine halbe Stunde später ankam, musste sie ein Lächeln unterdrücken. Lady Caldecott schwebte großartig in das Zimmer, ihr modisches blaues Kleid wehte um ihre Knöchel, und sie lächelte zufrieden, als sie die Menschenmenge vor sich sah. Mit all dem hochmütigen Charme eines Herrschers, der seine Untertanen begrüßt, nickte sie diesem und jenem zu, während sie sich den Weg an Theas Seite bahnte. Sie drückte Thea einen warmen Kuss auf die Wange und murmelte: »Mein liebes Kind! Wie geht es dir unter all diesen prüfenden Blicken?«

Thea lächelte sie an. »Es ist wirklich erstaunlich! Sie scheinen mich alle zu mögen.«

Lady Caldecott lachte leise, und nachdem sie sich umgesehen hatte, sagte sie leise: »Und sie sind so klug, das zu tun, denn sonst bekämen sie es mit mir zu tun.«

Thea kicherte. »Wissen Sie, es gibt Zeiten, da ähnelt Ihr Sohn Ihnen erstaunlich.«

»Was für eine charmante Bemerkung«, antwortete Lady Caldecott, und ihre Augen blitzten. »Und jetzt sage mir, habt ihr, du und Modesty, schon entschieden, wer dein Kleid nähen wird?«

Modesty und Lisbeth kamen zu ihnen hinüber, und schon bald ergab sich eine angeregte Unterhaltung über die Verdienste einiger wohl bekannter Schneider, die im Augenblick in London arbeiteten. Lady Caldecott tätschelte Theas Hand. »Ich hatte nie das Glück, eine Tochter zu haben, ich hoffe, du wirst mir erlauben, dich in dieser Sache zu beraten.« Sie lächelte sanft. »Und erlaube mir, für dein Kleid zu bezahlen. Das würde mir eine solche Freude machen.«

Thea war sich später nicht mehr sicher, wie es geschehen war, aber sie stimmte Lady Caldecotts Bitte lammfromm zu. Nachdem Lady Caldecott erreicht hatte, was sie sich vorgenommen hatte, stand sie auf. »Überlass alles mir, meine Liebe.«

Langsam verschwand die Menschenmenge wieder, und die Neuankömmlinge wurden immer weniger. Der Letzte war gerade gegangen, und nur noch Lisbeth, Modesty und Thea waren zurückgeblieben, die alle drei erschöpft in die Kissen sanken, als Edwina in das Zimmer geplatzt kam.

Ihre blauen Augen blickten stürmisch, als sie das Zimmer betrat und Thea eine Ausgabe der *Times* in den Schoß warf. »Ist das wahr?«, wollte sie wissen. »Wirst du wirklich Patrick Blackburne heiraten?«

Modesty und Lisbeth warfen einander einen schnellen Blick zu, beide setzten sich gerader.

Thea, die erschrocken über das Erscheinen ihrer Schwester war, blinzelte und gestand dann: »Ja, das ist es. Wir werden am Samstag heiraten.«

Edwina zog scharf den Atem ein. »Also wirklich, du gerissenes kleines Ding! Du zwingst mich, einen Niemand wie Hirst zu heiraten, und dann schnappst du dir selbst einen reichen Gentleman mit guten Beziehungen!«

»Das reicht, Edwina!«, fuhr Modesty auf. »Niemand hat dich gezwungen, Hirst zu heiraten. Du hast darauf bestanden, trotz aller Bitten Theas, es nicht zu tun. Du solltest glücklich sein für deine Schwester.«

Edwina schürzte schmollend die Lippen und sank in einen Sessel in der Nähe. »Ich freue mich auch für Thea«, erklärte sie in einem Ton, der ihre Worte Lügen strafte. »Es scheint mir nur nicht fair zu sein«, beklagte sie sich, »dass Thea diejenige in der Familie ist, die eine großartige Partie macht. Ich habe schon immer so jemanden wie ihn heiraten wollen, und das hätte ich sicher auch getan, wäre da nicht dieser schreckliche Skandal gewesen, den Thea verursacht hat.« Edwina rückte ihre goldenen Löckchen zurecht. »Jeder hat immer behauptet, dass ich viel hübscher bin als sie, und außerdem – ich habe nicht ihren Ruf.«

Edwinas Worte trafen Thea tief, und das Strahlen verschwand von ihrem Gesicht. Edwinas Eitelkeit hatte Thea schon immer schwer verstehen können, aber sie hatte immer sich selbst dafür verantwortlich gemacht. Immerhin hatte sie dabei geholfen, Edwina zu verwöhnen, als sie noch ein Kind war, jung und hübsch.

Lisbeth entschuldigte Edwina nicht. Es war ihre oft geäußerte Meinung, dass Edwina Hirst eine verzogene, störrische, selbstsüchtige kleine Hexe war. Mit einem Aufblitzen ihrer Augen murmelte sie: »Hübsch ist ja schön und gut, und was den Ruf betrifft … ich wäre mir da nicht so sicher, dass dein Ruf makellos ist.«

Edwina warf ihr einen bösen Blick zu. »Was willst du damit sagen? Wer redet über mich? Verbreitet jemand Lügen über mich?«

»Nicht, dass ich wüsste«, antwortete Lisbeth achtlos. »Aber ich wäre vorsichtig, mein Schatz, dass du dir nicht den Ruf einhandelst, ein verwöhntes Gör zu sein. Oder eine Frau, die ihrem Ehemann Hörner aufsetzt, und damit meine ich nicht Lord Pennington.«

»Wie kannst du es wagen!«, rief Edwina aus und sprang

auf. Sie sah Thea an und verlangte: »Lässt du zu, dass sie so mit mir spricht?«

Der Wunsch, Edwina zu beruhigen, kam Thea instinktiv, dennoch zögerte sie. Sie übersah vielleicht vieles, entschuldigte viele der kindischen und arroganten Angewohnheiten ihrer Schwester, aber sie war ihnen gegenüber nicht blind. Auch wenn sie es nicht zugeben wollte, es lag genug Wahrheit in Lisbeths Worten, um ihr die nächsten Worte zu entlocken: »Du steitest mit Lisbeth, nicht mit mir.« Ihr Entschluss, Edwina sich selbst verteidigen zu lassen, verstärkte sich noch. »Wie du mir oft genug gesagt hast: Du bist eine erwachsene Frau, eine verheiratete Frau und alt genug, um deine eigenen Entscheidungen zu treffen. Wenn Lisbeths Bemerkungen dich beleidigt haben, dann musst du dich selbst dagegen wehren.«

Edwinas hübscher Mund stand offen, sie hätte nicht erstaunter sein können, wenn Thea sie angespuckt hätte. Modesty sah weg und biss sich auf die Lippe, ein kleines Lächeln lag um ihren Mund.

Lisbeth warf Thea einen zustimmenden Blick zu. »Gut gemacht, meine Liebe. Ich habe mich schon gefragt, wie lange du dir ihre Ausfälle noch gefallen lässt.«

Edwina keuchte auf. Sie sah von einem zum anderen, und als sie sah, dass niemand ihr zu Hilfe kommen würde, sprang sie auf. »Nun! Wenn ihr so fühlt, dann sehe ich keinen Grund mehr, noch länger zu bleiben.« Sie stürmte zur Tür und verließ das Zimmer.

Thea wollte aufstehen, doch Modestys fester Griff um ihren Arm hielt sie an ihrem Platz. »Lass sie gehen«, murmelte Modesty. »Alles, was du gesagt hast, war die Wahrheit. Es ist an der Zeit, dass sie lernt, ihre Zunge im Zaum zu halten, und beginnt, daran zu denken, wie sie auf andere Menschen wirkt. Zu lange hat Edwina nur an sich gedacht und daran, was sie will.«

Thea lächelte unglücklich. »Ich weiß, und das ist mein Fehler. Ich möchte mit dem Kind nicht zu hart sein.«

»Sie ist kein Kind«, ermahnte sie Lisbeth. Du tust ihr keinen Gefallen damit, wenn du sie immer wieder verhätschelst.« Lisbeth stand auf. Sie kniff Thea liebevoll in die Wange. »Sei glücklich, meine Süße, du hast es verdient. Ich freue mich schon darauf, am Samstag auf deiner Hochzeit zu tanzen.«

Es war sehr still im Zimmer, nachdem Lisbeth gegangen war. Modesty und Thea sahen einander an.

»Dieser Morgen war sehr unterhaltsam«, meinte Modesty. »Aber weißt du, ich bin froh, wenn wieder Frieden herrscht – wenigstens für eine Weile.«

Thea lächelte. »Es ist vielleicht nicht richtig, aber mir geht es genauso!«

Tillman klopfte und trat in das Zimmer. Er hielt ein silbernes Tablett in der Hand, das voller Karten und Nachrichten war. »Würde die Miss sich diese jetzt durchsehen, oder soll ich sie wegstellen für später?«

Thea zuckte mit den Schultern, und nachdem Tillman gegangen war und das Tablett für sie dagelassen hatte, begannen sie und Modesty die sehr dankbare Aufgabe, die Nachrichten zu lesen und den Triumph dieses Morgens noch einmal zu durchleben.

Thea fand die Notiz, nachdem sie etwa die Hälfte der Karten gelesen hatte. Mit einem Lächeln öffnete sie den Umschlag und begann, den Inhalt zu lesen. Ihr erschrockenes Aufkeuchen ließ Modesty alarmiert aufblicken.

Theas Gesicht war kreidebleich, ihre Augen waren riesengroß und dunkel in ihrem weißen Gesicht, als sie Modesty die Nachricht reichte. Schnell überflog Modesty sie, und ihre Lippen pressten sich zusammen.

Ich weiß, was Sie getan haben, und ich habe die Beweise. Wenn Sie wünschen, dass ich schweige, dann werden Sie meine Anweisungen genau befolgen. Erzählen Sie niemandem etwas davon. Wenn Sie in die Bow Street gehen, werde ich es erfahren und werde entsprechende Pläne machen. Wenn irgendjemand sich in die Schritte einmischt, die ich geplant habe, werde ich Sie verraten.

Heute Nachmittag um dreißig Minuten nach fünf wird eine schwarze Kutsche am Eingang zum Hyde Park warten. Die Kutsche wird leer sein. Der Kutscher weiß nichts. Legen Sie neuntausend Pfund in kleinen Scheinen in einem Beutel auf den Sitz der Kutsche. Machen Sie keinen Versuch, der Kutsche zu folgen – wenn Sie das tun, wird es schlimm für Sie ausgehen.

Kapitel Elf

Später an diesem Tag stieg Lady Caldecott endlich die Stufen zu ihrem eigenen Haus hinauf. Sie war sehr beschäftigt gewesen mit Patricks und Theas Angelegenheiten und war sehr erfreut über ihren Erfolg. Nachdem sie Theas Haus verlassen hatte, war der erste Punkt auf ihrer Liste der Besuch bei ihrem Lieblingsschneider gewesen. Nachdem sie das diskrete kleine Geschäft nach zwei Stunden intensiver Unterhaltung wieder verlassen hatte, war sie sicher, dass die Braut ihres Sohnes am Samstagnachmittag absolut umwerfend aussehen würde … und dass das Kleid wirklich fertig wäre. Danach hatte sie Besuche bei einem halben Dutzend der mächtigsten Damen der Stadt gemacht und hatte höflich ihre Beziehungen zu ihnen gepflegt, wegen der Unterstützung für Patrick und Thea. Alles in allem war sie sehr zufrieden.

Nachdem sie ihr Haus betreten hatte, bestellte sie ein Tablett mit Tee und machte es sich in ihrem blauen Wohnzimmer gemütlich, bereit, einen angenehmen Nachmittag mit den Planungen für Samstag zu verbringen. Die Lords Garrett und Hazlett hatten ihre Bereitschaft angekündigt, alle Dinge, die mit der Hochzeit zu tun hatten, zu erledigen, doch Lady Caldecott hatte ihre Angebote höflich abgelehnt. Das sollte ihre Sache werden. Und wenn Lady Caldecott so freundlich wissen ließ, dass sie bestimmte Pläne hatte, waren kluge Menschen normalerweise bereit, ihr ihre Wünsche zu erfüllen.

Ihr Butler betrat das Zimmer, zusammen mit dem silbernen Tablett mit dem Tee brachte er seiner Herrin auch all die Karten und Notizen, die angekommen war, während sie unterwegs war. Sie suchte in dem Stapel Karten herum, las die Namen einiger wohl bekannter Mitglieder der Aristokratie, die zu Besuch gekommen waren, und ihre letzten Zweifel über das Spiel, das sie und Modesty begonnen hatten, schwanden langsam. Die hastig geplante Hochzeit mochte zweifellos ungewöhnlich sein, doch sie würde ein Erfolg werden – dafür würde sie schon sorgen.

Sie hatte gerade einen Schluck Tee getrunken und wollte den Stapel mit Karten beiseite schieben, um sie später in Ruhe zu lesen, als ein gefaltetes Blatt Papier ihre Aufmerksamkeit erregte. Sie nahm es in die Hand, brach das Siegel auf und las den Inhalt.

Ich habe die Briefe. Sie sind faszinierend zu lesen. Wenn Sie wünschen, dass ich sie Ihnen zurückgebe, dann tragen Sie am Sonntag zur Hochzeit Ihres Sohnes die Caldecott-Perlen. Sollten Sie jedoch die Blackburne-Rubine tragen, dann werde ich wissen, was ich daraus schließen muss … und ich werde meine Pläne ändern.

Mit zitternden Fingern las Lady Caldecott die Notiz noch mindestens ein Dutzend Mal. Ihr erster Impuls war, Patrick eine Notiz zu schreiben, damit er zu ihr kam, doch sie zögerte. Ihr Sohn würde in weniger als vier Tagen heiraten, sie würde ihn in einer solchen Zeit nicht in ihre Probleme mit hineinziehen.

Ihr Mund verzog sich. Es war schon schlimm genug, dass sie und Modesty Patrick und Thea in die Falle gelockt hatten, selbst wenn sie dabei das Beste für das Paar wollten. Patrick in einer solchen Zeit noch mehr Schwierigkeiten zu machen, war undenkbar. Sie würde sich nicht durch ihre Sorgen ablenken lassen. Nein. Sie würde die verdammten Perlen tragen und dann sehen, wohin das führte. Es würde nach der Hochzeit noch genügend Zeit sein, Patrick zu sagen, was sie getan hatte. Inzwischen würde sie ihre Perlen tragen – das hatte sie sowieso vorgehabt, die Blackburne-Rubine hätten auch überhaupt nicht zu dem braunroten Kleid gepasst, das sie am Samstag tragen wollte.

Lord Caldecott betrat das Zimmer, in seinem dunkelgrauen Rock und der schwarzen Hose sah er sehr gut aus. Sein silbernes Haar hatte er aus der Stirn zurückgekämmt, seine himmelblauen Augen ruhten zärtlich auf ihr. Lady Caldecotts Herz schlug bei seinem Anblick schneller. Sie hätte sich niemals vorstellen können, so tief zu lieben, so gründlich, und die mächtigen Gefühle, die dieser Mann in ihr weckte, erstaunten sie noch immer. Und was noch viel erstaunlicher war – er schien genau das Gleiche für sie zu fühlen.

Sie war immer glücklich, wenn sie ihn sah, doch seine Anwesenheit jetzt gerade in diesem Augenblick war besonders beruhigend. Solange sie in seiner Gesellschaft war, konnte sie all ihre Sorgen und Ängste beiseite schieben, sie konnte einen Augenblick lang vergessen, dass ein Erpresser sie verfolgte und dass ihr lieber Sohn seine eigene Sicherheit aufs Spiel setzte, um den Schuldigen zu finden. Die Tage, die vor ihnen lagen, würden sehr geschäftig sein und angefüllt mit Arbeit, sie war entschlossen, sie nicht von ängstlichen Gedanken ruinieren zu lassen.

»Hallo, meine Liebe«, murmelte Lord Caldecott, als er sich zu ihr beugte und ihr einen Kuss auf den Mund gab. »Du siehst heute Nachmittag sehr hübsch aus.« Er lächelte. »Und sehr, sehr zufrieden mit dir selbst.«

Er setzte sich neben sie, und erst, nachdem sie ihm eine Tasse Tee eingegossen und er einen Schluck davon genommen und seine Tasse wieder abgestellt hatte, sagte er: »Wie es scheint, kann man dir und deiner Freundin Modesty gratulieren. Wirklich, ich hätte nicht gedacht, dass du das schaffen würdest, aber es sieht so aus, als hätte euer Spiel sich ausgezahlt. Überall, wo ich heute gewesen bin, wurde von nichts anderem gesprochen als der bevorstehenden Hochzeit deines Sohnes.« Er lächelte. »Ich habe in den verschiedenen Clubs mein Bestes getan, jegliche Spekulationen über die Ankündigung und die Eile der Hochzeit zu zerstreuen.«

Lady Caldecott strahlte ihn an, Dankbarkeit breitete sich als warmes Gefühl in ihrer Brust aus. »Das habe ich mir gedacht«, murmelte sie mit einem neckenden Lächeln.

Er lachte leise. »Du kennst mich zu gut, meine Süße.« Sein Blick wurde eindringlich. »Du hältst mein Glück in diesen kleinen Händen«, meinte er und griff nach ihrer Hand auf dem Sofa zwischen ihnen. »Weißt du«, fügte er leise hinzu, »dass es nichts gibt, was ich dir abschlagen würde – denke immer daran, meine Süße, dass ich alles tun würde, was in meiner Macht steht, um dich glücklich zu machen.« Er griente sie an. »Selbst, wenn das bedeutet, die Gesellschaft wegen der plötzlichen Hochzeit deines Sohnes an der Nase herumzuführen.«

Tief gerührt legte Lady Caldecott den Kopf an seine Schulter. »Du bist zu gut zu mir.«

Er küsste sie. »Und du bist alles, was ich mir je in einer Frau erträumt habe.« Sie küssten einander noch einmal.

Lord und Lady Caldecott genossen ihren Tee, als Patrick wenige Minuten später an ihre Tür klopfte.

»Guten Tag«, begrüßte er sie und ging durch den Raum, um sich vor den Kamin zu stellen. »Ich hoffe, euch beiden geht es gut.«

Lord Caldecott murmelte ein paar höfliche Worte, er stellte seine Teetasse ab und stand auf. »Wirklich sehr gut. Nach dem gestrigen Abend«, meinte er, und seine Augen blitzten spöttisch, »bin ich sicher, dass du vieles mit deiner Mutter zu besprechen hast, daher werde ich euch verlassen, damit ihr an die Arbeit gehen könnt.«

»Feigling«, murmelte Lady Caldecott über den Rand ihrer Teetasse.

Lord Caldecott warf ihr einen Blick zu. »In der Tat nicht, meine Liebe, nur klug.«

Nachdem ihr Mann gegangen war und Patrick ihr Angebot einer Erfrischung abgelehnt hatte, sah sie ihren Sohn herausfordernd an, der noch immer vor dem Kamin stand und einen Arm auf den Kaminsims aus weißem Marmor gestützt hatte. »Nun?«, fragte sie. »Bist du sehr böse auf mich?«

Patrick lächelte, wenn auch ein wenig bissig. »Warum sollte ich böse auf dich sein, wo du mir doch das gegeben hast, was ich mir mehr als alles andere wünsche – Thea als meine Frau.«

Seine Mutter betrachtete ihn eindringlich, aus seinem dunklen, verschlossenen Gesicht waren seine Gefühle nicht abzulesen. Seine Worte gaben ihr Hoffnung, dass er nicht allzu wütend auf sie war, doch ganz sicher konnte sie nicht sein. Es war schon immer schwer gewesen, Patrick zu durchschauen. Sie holte tief Luft. »Ich muss sagen, du nimmst es besser auf, als ich erwartet habe«, murmelte sie.

»Und du, liebe Mama, hast verdammtes Glück, dass der Plan, den du zusammen mit Modesty gestern Abend ausgeheckt hast, nicht vor deiner Nase explodiert ist«, meinte er. »Sag mir, was du getan hättest, wenn ich aufgestanden wäre und deine Ankündigung abgewiesen hätte oder wenn Thea das getan hätte?«

»Wir haben in der Tat mit dem Überraschungseffekt gerechnet … und mit den Gefühlen, die ihr, wie wir vermutet haben, füreinander hegt.« Sie legte den Kopf ein wenig schief und sah ihn fragend an. »Und es hat geklappt, nicht wahr?«

»Wundervoll«, antwortete Patrick, und ein Lächeln breitete sich auf seinem Gesicht aus. »Ich hätte es nicht besser arrangieren können.«

Er warf ihr einen warnenden Blick zu. »Aber ich an deiner Stelle würde so etwas nicht noch einmal versuchen. Beim nächsten Mal könntest du es sein, die überrascht ist – unangenehm überrascht.«

Sie nickte. »Ja, das ist mir bewusst, und wenn die Angelegenheit nicht so dringend und so notwendig gewesen wäre, hätten wir niemals einen so drastischen Schritt gewählt.« Sie beugte sich vor. »Du weißt doch, dass ich nur will, dass du glücklich bist. Als Modesty mir schrieb und die ganze Situation erklärt hat, konnten wir uns keinen anderen Weg vorstellen – sowohl für dich als auch für Thea. Wirst du mir verzeihen, dass ich mich wie eine abgöttisch liebende Mutter benommen habe?«

»Diesmal hast du gewonnen«, gab er zu. »Und ich bin dir

nicht böse – in der Tat könnte man sagen, dass ich dir sogar dankbar bin – ein wenig brummig, aber dennoch dankbar.« Er sah sie aus zusammengezogenen Augen an. »Aber ich warne dich, in Zukunft solltest du dich lieber nicht mehr in meine Angelegenheiten einmischen, ganz gleich, wie dringend oder notwendig du das auch finden magst.«

»Oh, natürlich nicht«, antwortete Lady Caldecott sanftmütig. »Wirklich, ein solcher Gedanke würde mir niemals kommen.«

Patrick lachte laut auf. »Versuche nicht, mich mit diesem sanftmütigen Blick hereinzulegen!« Er hielt inne, und seine grauen Augen blitzten auf. »Ich frage mich … du willst mir doch nicht etwa sagen, dass du auch bereits Pläne für unsere Hochzeitsreise gemacht hast?«

»Also, der Gedanke ist uns gekommen«, begann Lady Caldecott mit einer Sorglosigkeit, die sofort sein Misstrauen weckte. »Nun ja, bei all der Eile habt ihr vielleicht nicht …«

Während Patrick sich mit seiner Mutter unterhielt, tat Modesty ihr Bestes, Thea von einem Fehler abzuhalten. Trotz all ihrer Argumente und Bitten, Patrick von der Nachricht zu erzählen, ließ Thea sich nicht von ihrer Meinung abbringen. Ihr Gesicht war verschlossen, und sie blickte störrisch. »Ich werde weder ihn noch sonst jemanden in diese Angelegenheit mit hineinziehen. Es war meine eigene Dummheit, dass ich mich allein mit Hirst getroffen habe, die mich in diese Lage gebracht hat. Und jetzt werde ich sie auch allein lösen, oder ich werde zahlen müssen.« Sie warf Modesty einen ärgerlichen Blick zu. »Das musst du doch verstehen!«

»Ich verstehe nur, dass du ständig meinst, alles was schief läuft, müsste deine Schuld sein«, fuhr Modesty auf. »Woher willst du überhaupt wissen, dass diese Nachricht etwas mit Hirst zu tun hat? Sein Name wird gar nicht erwähnt, und du weißt doch – Patrick, der an diesem Abend auch dort war, hat gesagt, du hättest Hirst nicht umgebracht. Du hast ihm einen Schlag auf den Kopf versetzt, und er war bewusstlos, aber du hast ihn nicht umgebracht, wieso also interessiert es dich, was in dieser Nachricht steht?«

»Weil die Person, die die Nachricht geschrieben hat, offensichtlich die gleiche Person ist, die Hirsts Leiche versteckt hat.«

»Und? Was hat das mit dir zu tun? Wenigstens würde dann sein Tod bekannt werden.« Zum ersten Mal sah Thea unschlüssig aus, und Modesty drängte weiter. »Wenn der Erpresser vorhat, die Leiche den Behörden zu übergeben, wäre das denn nicht sogar gut? Es wird hart sein für Edwina, aber die Tatsache, dass ihr Mann tot ist, dass er ermordet wurde, wird doch irgendwann einmal ans Licht kommen müssen. Wäre es dann nicht besser, wenn es früher als später herauskommt? Ist es denn fair, Edwina in dem Glauben zu lassen, dass ihr Mann noch lebt und dass er irgendwo auf dem Land Freunde besucht, wo wir doch wissen, dass es gar nicht so ist?«

Thea war hin- und hergerissen von Modestys Argumenten. Zögernd meinte sie: »In der Nachricht steht etwas von Beweisen. Wenn diese Person nun wirklich Beweise hat, die mich mit dem Tod von Hirst in Verbindung bringen?«

Modesty seufzte. »Thea, höre dich doch nur einmal an! Du hast Hirst nicht umgebracht. Du hast auch seine Leiche nicht versteckt. Warum willst du dich diesem Menschen in die Hand geben? Wenn du dumm genug bist, seinen Forderungen nachzugeben, dann wird das die erste Forderung von vielen sein – das musst du doch auch wissen! Du hast Hirst nicht umgebracht, warum also sollte es dich interessieren, was irgend so ein feiger Opportunist denkt?«

Modestys Argumente klangen in Theas Ohren immer vernünftiger. Es gab noch einen anderen Grund, warum ihr Entschluss zu wanken begann: Sie hatte begriffen, dass all ihre Schwierigkeiten damit begonnen hatten, dass sie allein zu Hirst gegangen war. Womöglich würde sie ihre Probleme noch vergrößern, wenn sie die gleiche, voreilige Entscheidung noch einmal traf. Sie sah nachdenklich aus. Kannte vielleicht jemand ihre Reaktionen so gut, dass er damit rechnete, dass sie so leichtsinnig handelte … wieder einmal?

Thea lief unruhig in dem Zimmer hin und her, die Hände hatte sie zu Fäusten geballt, ihr Kinn kampfeslustig gehoben. Es gefiel ihr nicht, manipuliert zu werden. Es war schon schlimm genug, dass Patrick das getan hatte, aber sie wollte verdammt sein, wenn sie es zuließ, dass ein Fremder sie wie eine Marionette kontrollierte.

Sie sah Modesty an. »Du hast gewonnen. Ich werde die Nachricht einfach ignorieren.«

»Oh, meine Liebe, da hast du eine kluge Entscheidung getroffen«, erklärte Modesty ernst. »Das weiß ich ganz einfach.«

Thea war noch nicht vollkommen überzeugt, doch war sie bereit, für den Augenblick Modestys Drängen zu folgen.

Erschöpft von dem stetigen Strom der Besucher an diesem Morgen und auch von der Aufregung des gestrigen Abends, freuten sich beide Damen auf einen ruhigen Nachmittag. Patricks Besuch etwas später ließ sie diesen Gedanken allerdings vergessen.

Patrick verzichtete darauf, dass Tillman ihn bei den Damen ankündigte, er betrat das Zimmer, in dem die Damen saßen. Er sieht viel zu gut und viel zu selbstsicher aus, als dass es gut für ihn wäre, dachte Thea bei seinem Anblick. Man hätte glauben können, dass nach den Ereignissen des gestrigen Abends – sowohl denen im Haus seiner Mutter als auch denen in der Kutsche – er wenigstens den Anstand hätte, ein wenig zurückhaltend zu sein. Aber nein. Er betrat das Zimmer, ihr Wohnzimmer, wie ein König auf einem Eroberungsfeldzug und benahm sich, als sollte sie eigentlich froh sein, ihn zu sehen. Und das war sie auch, wenn das plötzliche Flattern in ihrem Magen ein Anzeichen dafür war, aber das hatte mit der ganzen Situation gar nichts zu tun!

Er begrüßte Modesty zuerst und unterhielt sich einen Augenblick mit ihr. Dann wandte er sich zu Thea, die in einem weich gepolsterten Sessel in der Nähe des Fensters saß. Seine grauen Augen blitzten neckend auf, als er ihr einen warmen Kuss auf das Handgelenk drückte. »Ich hoffe, du hast gut geschlafen, meine Liebe.«

»Natürlich«, behauptete sie. »Gibt es denn einen Grund, warum ich das nicht hätte tun sollen?«

»Nun ja, junge Damen sind normalerweise etwas aufgeregt, wenn sie sich verloben«, meinte er mit einem Lächeln.

Trotz all ihrer Bemühungen, ihm ihre Hand zu entziehen, hielt er sie noch immer fest, und sie warf ihm einen bösen Blick zu. Er griente sie an, und Theas verräterisches Herz schlug ein wenig schneller.

Sie hatte sich vor dieser ersten Begegnung gefürchtet, weil sie nicht wusste, was sie nach ihrer etwas abrupten Verabschiedung am gestrigen Abend erwartete, aber wenn sein Benehmen ein Anzeichen dafür war, so brauchte sie sich keine Sorgen zu machen. Er war genauso irritierend wie immer. Sie versuchte noch einmal, ihm ihre Hand zu entziehen, doch mit einem spöttischen Aufblitzen seiner Augen hielt er sie fest.

Als sie in dieses dunkle, gut aussehende Gesicht sah, besonders auf den breiten, lächelnden Mund, rann ein leiser Schauer über ihren Rücken. Erinnerungen an das leidenschaftliche Zwischenspiel in der Kutsche stiegen in ihr auf. Diese intimen, erotischen Dinge, die er gestern Abend getan hatte, waren ihr nicht wieder aus den Gedanken gegangen, und sie stellte zu ihrem Entsetzen fest, dass sie sich wünschte, er würde diese Dinge noch einmal tun – schon bald.

Wütend über ihre Schwäche biss sie die Zähne zusammen. »Ich bin keine junge Dame, wenn du dich recht erinnerst. Du kannst nicht vergessen haben, dass ich schon einmal kurz vor einer Hochzeit gestanden habe.«

»Über die Sache mit dem Alter lässt sich streiten, und was das andere betrifft …« Patrick hob ihre Hand an seine Lippen und biss sie sanft in einen Finger. Dabei rann ein erregender Schauer durch ihren Körper. »Kurz vor der Hochzeit mit irgendeinem Mann zu stehen, ist etwas ganz anderes, als mit mir verlobt zu sein.« Er küsste die Spitzen ihrer zitternden Finger. »Daran wirst du doch denken, nicht wahr, mein Schatz?«

Zorn stieg in ihr auf, aber sie gab sich damit zufrieden, ihm die Hand zu entreißen. »Nach der Ankündigung in der *Times* heute Morgen ist es schwer, das zu vergessen, das versichere ich dir.«

»Ausgezeichnet! Man soll doch nicht behaupten, dass meine Braut vergessen hat, zu ihrer eigenen Hochzeit zu erscheinen.«

»Darüber brauchst du dir keine Sorgen zu machen, Sir«, murmelte Thea. »Nachdem ich bereits einmal Teil eines hässlichen Skandals war, würde ich meine Familie niemals wieder diesem Klatsch und dieser Spekulation aussetzen, nicht einmal, um deine Pläne zu vereiteln.«

»Daran habe ich niemals gezweifelt, meine Liebe«, meinte er sanft.

»Hattest du einen besonderen Grund für deinen Besuch?«, fragte sie mit versteinertem Gesicht.

»Eigentlich schon – außer natürlich, meine charmante Verlobte aus selbstsüchtigen Gründen zu sehen. Ich komme auf Geheiß meiner Mutter«, erklärte er. »Sie entschuldigt sich für ihre eigenmächtigen Methoden, aber sie hat mit ihrem Schneider abgemacht, dass du heute Nachmittag um vier zur Anprobe kommst. Sie hofft, du wirst ihr verzeihen und dir passt der Termin. Ich bin mit der Kutsche der Caldecotts gekommen, und ich werde dich begleiten.«

»Das wird nicht nötig sein«, antwortete Thea. »Ich bin sicher, wenn du mir den Namen und die Adresse des Schneiders gibst, werden Modesty und ich keine Schwierigkeiten haben, das Haus zu finden.«

»Eigentlich denke ich, dass es besser wäre, wenn Patrick dich zum Schneider begleitet«, meinte Modesty schnell. Sie dachte noch immer an die Drohung des Erpressers, und sie traute Theas Entschluss in dieser Sache nicht. »Während du weg bist, werde ich Lady Caldecott besuchen und sehen, wie weit sie mit den Vorbereitungen für die Hochzeit gekommen ist.«

Patrick sah sie an, seine Augen blitzten. »Noch mehr Verschwörungen, meine liebe Miss Bradford?«

Modesty schien verlegen zu sein, und eine deutliche Röte stieg in ihre Wangen, doch sie hielt seinem Blick stand. »Verschwörungen?« Sie riss die Augen weit auf. »Also wirklich, was meinen Sie damit, Sir?«

Sie hielt den Atem an, während sie auf seine Antwort wartete, sie rechnete damit, dass er die Situation akzeptiert hatte, und was noch wichtiger war, dass er ihr darum nicht böse war. Dennoch atmete sie erleichtert auf, als er nur leise lachte und sich übertrieben tief verbeugte. »Ich denke, diese Runde geht an Sie, Miss Bradford.«

Modesty senkte den Blick, ein kleines Lächeln umspielte ihre Mundwinkel. »Ihre Mutter hat mich gewarnt, dass Sie eine ganz besondere Art haben – jetzt verstehe ich, was sie damit gemeint hat.«

Modesty war Theas verwirrter Gesichtsausdruck nicht entgangen, und da sie nicht wollte, dass Thea zu viel über die Sache nachdachte, warf sie einen Blick auf die graue Marmoruhr auf dem Kaminsims. Sie stand auf. »Es ist schon beinahe Zeit, für deine Verabredung. Soll Tillman dir deinen rostfarbenen Seidenumhang bringen? Oder möchtest du lieber den aus blauem Samt?«

Thea hatte das Gefühl, man hätte ihr den Boden unter den Füßen weggezogen, deshalb gab sie anmutig nach. »Den rostfarbenen, bitte.«

Patrick und Thea unterhielten sich nur wenig, während sie darauf warteten, dass Tillman den Umhang brachte, und auch nicht auf ihrer Fahrt zu der Schneiderin in der Bond Street. Thea war sich nur zu sehr bewusst, was in dieser Kutsche erst vor kurzem geschehen war, und auch Patrick mit seinen breiten Schultern hielt sie davon ab, mehr als nur ein paar dumme Bemerkungen zu machen. Sie entschied sich, lieber zu schweigen, anstatt sich wie ein Dummkopf zu benehmen. Doch ohne Unterhaltung wanderten ihre Gedanken und landeten immer wieder bei seinen Küssen oder dem Gefühl seiner Hand auf ihrer Brust und der erotischen Erregung seiner warmen Finger auf ihrem Schenkel. Eine angenehme Wärme breitete sich in ihrem Bauch aus, ihre Brüste prickelten, und ihr Mund sehnte sich nach seinen Küssen.

Patrick war sich Theas Nähe genauso sehr bewusst wie der Dinge, die gestern Abend geschehen waren. So sehr, dass sein Glied hart wie Stein war, als sie gerade einmal einen Häuserblock weit gefahren waren. Er fragte sich, wie er aus der Kutsche steigen sollte, ohne dass alle bemerkten, woran er dachte. Er bewegte sich unruhig auf dem Sitz hin und her und versuchte, sein widerspenstiges Glied unter Kontrolle zu bringen. Er zwang seine Gedanken zu allerlei banalen Dingen und war erleichtert, dass sein Verlangen sich gelegt hatte, als sie endlich den Schneider erreichten.

Aber die Gedanken, die sie beide verfolgten, verschwanden nicht so einfach, und selbst als Thea von Mrs De Land begrüßt wurde, war sie sich der Tatsache bewusst, dass Patrick sie aus dem Hintergrund beobachtete. Auch er konnte sie nicht vergessen. Ungewollt streichelten seine Blicke sie, ein verlangendes Leuchten trat in seine Augen, als er ihr zusah, wie sie sich mit Mrs De Land unterhielt.

Der Laden von Mrs De Land wurde als einer der besten in ganz London angesehen, und ihre Kundschaft kam ausschließlich aus reichen, adligen Kreisen. Es war ihr Geschick mit den Entwürfen, den Farben und Stoffen, das die Damen in ihr Geschäft lockte, und es war ihre Verschwiegenheit, die die Gentlemen mit ihren Geliebten zu ihr brachte. Mrs De Lands Umkleideräume waren dafür bekannt, geräumig und privat zu sein, mit bequemen Sesseln und Tischen, sogar Erfrischungen wurden gereicht. Aber das Bemerkenswerteste war das weiche, breite Sofa in jedem Raum, auf dem sich die jungen Damen während der langen, schwierigen Anproben ausruhen konnten und auf denen die ungeduldigen Gönner, wenn sie der Wunsch überkam, die Reize ihrer neuesten Geliebten schnell einmal auskosten konnten.

Thea wurde in einen dieser Umkleideräume geführt und wartete darauf, dass Mrs De Land mit den Stoffmustern und dem Entwurf, den Lady Caldecott für sie ausgesucht hatte, zu ihr kam. Ihr Gesicht hatte einen etwas störrischen Ausdruck angenommen, während sie wartete. Das Gefühl, dass sie ohne ihr Zutun auf einen Weg geführt worden war, den sie nicht selbst gewählt hatte, wurde jeden Augenblick stärker. Es war ihre Hochzeit. Und ihr Kleid. Sicher sollte man ihr auch diese Entscheidung überlassen!

Als Mrs De Land mit einem hübschen bestickten weißen Satin zurückkam und einem Ballen rosa Gaze für das Oberkleid, verschwand Theas Groll sofort wieder, und sie bewunderte den ausgezeichneten Geschmack von Lady Caldecott. Der Entwurf war genauso, wie auch sie ihn ausgewählt hätte: schlicht, ohne dabei mädchenhaft zu sein. Das Kleid mit der hohen Taille hatte einen bauschigen Rock und ein eckig ausgeschnittenes Mieder, das mit reicher Brüsseler Spitze besetzt werden würde, genau wie die kleinen Puffärmel. Das durchsichtige Überkleid aus rosafarbener Gaze würde verhindern, dass das Kleid zu schlicht erschien, und es würde all die Zungen zum Schweigen bringen, die etwas dagegen hatten, dass Thea an ihrem Hochzeitstag ein weißes Kleid trug.

Die Anprobe dauerte nicht sehr lange, Mrs De Land und ihre Helferinnen nahmen schnell Maß und schnitten den Stoff zu.

Während man sich um Thea kümmerte, genoss Patrick ein Glas Portwein und las in einer Ausgabe der Rennzeitung in einem der privaten Warteräume, abgeschieden von dem Hauptraum des Geschäftes. Immerhin war Mrs De Land sehr diskret. Es würde niemals passieren, dass eine Ehefrau ihr einen Besuch abstattete und feststellte, dass ihr Ehemann bereits mit seiner Geliebten dort war.

Theas Besuch dauerte nicht sehr lange. Nachdem erst einmal Maß genommen war und sie den Stoff und den Entwurf gutgeheißen hatte, gab es nichts mehr zu tun. Nachdem Mrs De Land eine Schüssel mit warmem Wasser hatte bringen lassen, für den Fall, dass Thea sich waschen wollte, und nachdem Thea ihr erklärt hatte, dass sie keine weitere Hilfe mehr brauchte, verschwand Mrs De Land. Thea kleidete sich nicht sofort an, nur in ihrem Hemdchen und in dem blassgelben Morgenmantel aus Seide, den man ihr gegeben hatte, goss sie sich aus einem Krug ein Glas Limonade ein und starrte dann vor sich hin.

Sie war so verwirrt. Sie fühlte sich gefangen und gleichzeitig aufgeregt. Sie würde Patrick heiraten, daran bestand kein Zweifel mehr, aber der störrische Teil von ihr wollte die bevorstehende Hochzeit als betrügerischen Plan enthüllen, der er ja auch war. Sie seufzte und nippte abwesend an ihrer Limonade.

Sie wünschte sich, so stellte sie mit Erschrecken fest, dass Patrick sie liebte. Sie wusste bereits, dass sie ihn liebte und dass dieses Gefühl so ganz anders war als das, was Hawley vor so vielen Jahren in ihrer jungen, unschuldigen Brust geweckt hatte. In Hawley war sie vernarrt gewesen, das verstand sie jetzt, aber Patrick … Patrick war all das, was sie sich von einem Mann erträumt hatte, von einem Ehemann, und am Samstag würde sie ihn heiraten, aber seine Motive machten ihr Sorgen. Er verlangte nach ihr – das war offensichtlich –, aber genügte das auch?

Sie stand auf und stellte ihr Glas zurück. Es würde genügen müssen. Als sie sich an diese heißen Augenblicke in der Kutsche erinnerte, schlug ihr Herz schneller.

Thea hatte gerade den Gürtel des Morgenmantels geöffnet, als es an der Tür klopfte. »Ja?«, rief sie. »Herein.«

Als Patrick in der Tür erschien, waren beide erschrocken von dem Anblick des anderen – Thea, weil sie Mrs De Land erwartet hatte, und Patrick, weil der Anblick von Thea nur in ihrem Hemdchen und in einem geöffneten seidenen Morgenmantel eine Woge der Lust in ihm weckte.

Lange starrten sie einander an, Theas Mund hatte sich ein wenig geöffnet, ihr Atem ging schneller, und Patrick stand wie erstarrt an der Tür. Seine Blicke hielten die ihren gefangen, ihm entging nicht das schnelle Heben und Senken ihres Busens, der verlockend zwischen den Aufschlägen des Morgenmantels und unter ihrem tief ausgeschnittenen Hemdchen zu sehen war.

Der kleine, abgeschiedene Raum war plötzlich erfüllt von Spannung, mächtigen, primitiven Gefühlen, die darum kämpften, an die Oberfläche zu gelangen. Ursprüngliches Verlangen erfüllte die Luft zwischen ihnen, und Patrick fühlte sofort die Reaktion seines Körpers, er war erregt und bereit, der heiße Druck in seinen Lenden verlangte nach Erlösung.

Thea war genauso gefesselt wie er, der süße Schmerz der Erwartung stieg in ihr auf, ihr Blut floss schneller, und ihr Körper sehnte sich nach seiner Berührung.

Ohne nachzudenken schloss Patrick die Tür hinter sich ab, ein weiteres Zeichen der ausgezeichneten Diskretion von Mrs De Land, dann kam er langsam auf Thea zu. Im Blick seiner grauen Augen lag sowohl eine Frage als auch eine Forderung, als er ihr tief in die Augen sah. Thea konnte den Blick nicht abwenden, sie konnte nicht verbergen, dass sie das gleiche elektrisierende Verlangen fühlte.

Er legte die Hände auf ihre Schultern, und seine Lippen pressten sich auf ihre. Die Berührung seiner Lippen auf ihren war wie eine Fackel an sommertrockenem Stroh, das sofort in Flammen aufgeht, und ein Schauer rann durch ihren Körper. Patricks Kuss war nicht sanft, doch Thea genoss den beinahe schmerzlichen Druck und seine kühne Zunge, die ihren Mund erforschte. Jede Berührung mit seiner Zunge, das Gefühl seiner Zähne auf ihrer Unterlippe, ließ einen Schauer des Verlangens durch ihren Körper rinnen, sie drängte sich näher an ihn, Verlangen nach mehr erwachte in ihr.

Sie schlang die Arme um seinen Hals und erwiderte seinen Kuss so leidenschaftlich, wie er sie küsste. Nichts anderes zählte als die Tatsache, dass sie in Patricks Armen lag und dass er die fleischliche Lust in ihr weckte.

Sie hielten einander fest, Mund an Mund, Brust an Brust, Schenkel an Schenkel. Thea konnte jeden einzelnen Muskel seines Körpers fühlen … ganz besonders das steinharte Glied, das sich gegen ihren Bauch drängte. Ein Schauer rann durch ihren Körper, als ihr bewusst wurde, dass sie, auch wenn alles andere zwischen ihnen nicht stimmte, wenigstens dies hier hatten, diesen unglaublichen Zauber der Sinne.

Patrick legte die Hände auf ihre Hüften und zog sie langsam gegen sein hartes Glied, er erregte sie beide unerträglich. Irgendwann hatte er die Jacke ausgezogen, seine Krawatte hing schief, und sein Hemd war halb geöffnet. Theas blassgelber Morgenmantel fiel zu Boden, Patricks suchende Finger hatten ihn ungeduldig beiseite geschoben.

Patrick fand das, wonach er suchte, seine Hände legten sich um ihre Brüste, er zog das Hemdchen herunter, so dass sie wie reife, süße Pfirsiche in seine Hände fielen. Er konnte der Versuchung nicht widerstehen, sie zu schmecken, doch als er seine Lippen von ihren löste, fühlte Thea eine tiefe Enttäuschung, eine Enttäuschung, die allerdings sofort wieder schwand, als sich seine Lippen um ihre hart aufgerichtete Brustspitze legten. Er saugte daran, biss leicht in die empfindsame Knospe, und ein heißes Glücksgefühl rann durch ihren Körper, ein Glücksgefühl, das einen untrüglichen, sehnsüchtigen Schmerz zwischen ihren Schenkeln weckte. Sie stöhnte auf, ihr Kopf fiel zurück, und sie bot ihren Körper seinen suchenden Lippen dar.

Blind vor Leidenschaft, getrieben von seinem eigenen, drängenden Verlangen, schob Patrick sie zurück und folgte ihr dann, als sie auf das mit grünem Satin bezogene Sofa sank. Er küsste ihre Brüste, knetete sie, zupfte mit den Fingern an den rosigen Knospen und nahm sie dann wieder in den Mund, ihre Reaktion berauschte ihn und weckte ein beinahe wahnsinniges Verlangen in ihm nach einer Vereinigung.

Theas Blut rauschte in ihren Ohren, jeder einzelne Zentimeter ihrer Haut schien zu brennen, doch es war das herrlichste Feuer, das sie je erlebt hatte, und sie sehnte sich nach mehr, sie wollte, dass dieses Feuer noch heißer brannte, noch heller.

Ihr Wunsch wurde erfüllt, als seine Hand über ihren Schenkel glitt und er sie berührte, sie wirklich zwischen ihren Schenkeln berührte. Bei der ersten zarten Berührung seiner Hand stand sie in Flammen, und sie zitterte vor der Macht der Gefühle, die sie erfassten. Sie krallte eine Hand in sein Haar und hob ihm ihren Körper entgegen, als er ihre

Schenkel auseinander schob und die sanfte, geheime Stelle erforschte. Sie war feucht und heiß und bereit für seine Zärtlichkeiten, die Gefühle, die er in ihr weckte, als er einen Finger in sie schob, die Berührung seiner Finger auf ihrer seidigen Haut drängten sie an den Rand der Erfüllung.

Er konnte nicht warten. Ungelenk wie ein Junge bei seiner ersten Frau, versuchte er, seine Hose zu öffnen, er stöhnte auf, als sein hartes Glied sich aus dem beengenden Stoff drängte. Er kniete zwischen ihren Schenkeln, legte eine Hand unter ihren Po und rückte sie so zurecht, dass sie ihn in sich aufnehmen konnte. Die Berührung ihrer krausen Locken an der Spitze seines Gliedes erregte ihn, doch nicht so sehr, nicht so berauschend süß wie das Gefühl, ganz langsam in ihre glatte, enge Scheide einzudringen.

Sie waren vereint, ihre Körper waren eins, Thea lag unter ihm, benommen und willfährig. Sie hatte sich danach gesehnt, doch das Verlangen hatte sie nicht auf die Ekstase dieses Augenblicks vorbereitet. Obwohl sie sein Gewicht auf sich fühlte, obwohl er in ihren Körper eingedrungen war, war es wie ein Wunder. Eine Verzauberung. Es machte nichts, dass er noch immer halb bekleidet war, dass ihr Hemd hochgeschoben war wie bei einem Dienstmädchen oder dass ihre Brüste aus dem Hemd hingen, es machte nicht einmal etwas aus, dass all das im Geschäft der Schneiderin stattfand. Alles, was zählte, war, dass er in ihren Armen lag, dass sein Körper den ihren besaß, dass seine Lippen Macht über die ihren hatten.

Patrick erschauerte von den herrlichen Gefühlen, die seinen Körper erfasst hatten, als er in sie eingedrungen war. Sie umschloss ihn so fest, so eng, dass er fürchtete, sie verletzt zu haben.

Nur mit Mühe löste er seine Lippen von ihren. Er blickte in ihre dunklen Augen. »Habe ich dir wehgetan, mein Schatz?«, fragte er. »Das wollte ich nicht.«

Thea schüttelte den Kopf, ihr benommener Blick erfüllte ihn mit Zärtlichkeit. Er küsste sie, küsste sie so zärtlich, dass Thea glaubte, ihr Herz würde zerbersten.

Ihr Kopfschütteln war die Antwort, die er brauchte. Sein Mund legte sich auf ihren, seine Hände umfassten ihre Hüften, und er begann sich zu bewegen, tief drang sein Körper in ihren ein.

Verlangen stieg in ihr auf, das Gefühl seines Körpers auf ihrem, sein Geschmack auf ihrer Zunge, als er sie in eine leuchtende Welt herrlichster Gefühle führte. Es war eine Welt, die nur sie beide miteinander teilten, das süße Gefühl ihrer Vereinigung, die Macht der Gefühle, die sie antrieb, schaltete alles andere aus, nur noch das, was sie fühlten, war wichtig, das, was sie miteinander taten.

Thea bewegte sich unruhig unter ihm, sie stöhnte vor Glück auf, als er ihre Hüften hob, um noch tiefer in sie einzudringen, um sie noch mehr auszufüllen. Ganz plötzlich umklammerte sie seine Schultern, ihre Finger krallten sich tief hinein, als ein Gefühl, das dem des Schmerzes ähnlich war, sie erfasste. Sie bewegte sich heftig, suchte Erlösung von dem süßen, süßen Schmerz, der in ihr wuchs, sich anspannte. Es war unerträglich, sie wollte, dass er aufhörte, sie wollte, dass es für immer so weiterging, und gerade als sie sicher war, dass sie dieses Gefühl des Glücks und des Schmerzes keine weitere Sekunde lang würde ertragen können, ergriff Ekstase ihren Körper, eine solche Ekstase, wie sie sie noch nie erlebt hatte. Die Welt verblasste, und es gab nur noch dieses unglaubliche Gefühl des explodierenden Glücks, unter dem sie in Tausende von Stücken zerbarst.

Patrick konnte genau den Augenblick bestimmen, in dem sie ihre Erfüllung fand, ihre inneren Muskeln schlossen sich fester um ihn, und sie führte ihn Hals über Kopf in das gleiche, herrliche Universum des Glücks.

Kapitel Zwölf

Es dauerte einige Augenblicke, bis sie beide in die Wirklichkeit zurückkehrten. Benommen und matt lag Thea auf dem grünen Sofa. Nichts in ihrem Leben, ganz besonders nicht die hässliche Nacht, die sie mit Hawley verbracht hatte, hatte sie auf die Freuden von Patricks Liebesspiel vorbereitet.

Sie fühlte sich schwach, so entspannt, dass sie sich kaum bewegen konnte. Patrick ging es nicht viel besser. Er glitt matt von ihrem Körper und lag neben ihr auf dem breiten Sofa. Einen Arm legte er über ihren Körper, als müsse er sie an seiner Seite festhalten, er drückte ihr sanfte, lässige Küsse auf ihre Wange und den Mundwinkel.

Schließlich drang die Wirklichkeit in ihre Welt, es klopfte leise an der Tür, und sie beide erstarrten. Patrick kam sich sehr dumm vor, und eine kurze, lähmende Sekunde lang fühlte er sich wie ein Schuljunge, der von seinem Lehrer bei einem schlimmen Streich erwischt wird. Er sprang auf. Dann strich er sich seine zerzausten Locken aus der Stirn, schloss seine Hose, steckte das Hemd zurück in die Hose und mühte sich mit seiner Krawatte ab. Es dauerte nur einen kurzen Augenblick, einen Augenblick, in dem ihm die Dummheit seiner Tat bewusst wurde.

Als Thea das Klopfen an der Tür hörte, setzte sie sich auf, zupfte ihr Hemdchen zurecht und versuchte das, was Patrick getan hatte, ungeschehen zu machen. Benommen rang sie nach Fassung und versuchte alle Anzeichen dessen, was gerade geschehen war, auszulöschen. Es war hoffnungslos – der Duft ihrer Liebe lag noch in der Luft, ihr Haar hing zerzaust über ihre Schultern, und sie wusste, dass ihr Mund rot und geschwollen von seinen Küssen war. Auch wenn Patrick seine Jacke schon wieder angezogen hatte, lag etwas in seinem Aussehen … Mrs De Land würde wahrscheinlich nur einen Blick auf ihn werfen müssen, um zu wissen, dass etwas nicht stimmte. Ein Gefühl der Erniedrigung erfasste Thea.

Verzweifelt versuchte sie, sich zu fangen, und als es dann noch einmal an der Tür klopfte, warf sie Patrick einen entsetzten Blick zu und murmelte: »Ja? Wer ist da?«

Von der anderen Seite der Tür hörte man Mrs De Lands unterdrückte Stimme. »Ist alles in Ordnung, meine Liebe? Hier ist Mrs De Land. Kann ich Ihnen vielleicht helfen?«

Thea unterdrückte ein hysterisches Kichern. »Nein, nein. Alles ist in Ordnung. Ich komme gleich.«

»Sehr gut, meine Liebe«, antwortete Mrs De Land. »Wenn Sie Hilfe brauchen, in der Ecke ist ein Klingelzug. Sie brauchen nur daran zu ziehen, und jemand wird Ihnen helfen kommen.«

Ein unangenehmes Schweigen breitete sich aus, nachdem Mrs De Land sich zurückgezogen hatte.

Thea konnte Patrick nicht in die Augen sehen, sie wandte ihm den Rücken zu und schlang den Morgenmantel aus gelber Seide schützend um ihren Körper – um einen Körper, der noch immer vor Glück sang und noch immer den warmen, schweren Druck seines Körpers auf sich fühlte. Ihre Schultern waren starr. »Würdest du bitte gehen«, bat sie. »Ich möchte mich ankleiden … ehe Mrs De Land noch einmal zurückkommt.«

Patrick, der kein solcher Neuling war wie Thea, erfasste die Komik dieser Situation, auch wenn er sich für seinen Leichtsinn verfluchte. Seit vielen Jahren hatte er sich nicht mehr so jung und so grün gefühlt wie in dem Augenblick, als es an der Tür geklopft hatte, und er konnte sich nicht erinnern, dass man ihn je in einer solch kompromittierenden Situation erwischt hatte. Wäre Theas deutliche Verlegenheit nicht gewesen, hätte er vielleicht über das, was geschehen war, gelacht, aber als er ihre starre Haltung sah, war er sicher, dass er seine Belustigung besser für sich behielt, wenn er wollte, dass sein Kopf noch eine Weile auf seinen Schultern blieb.

»Thea, mein Liebling«, begann er sanft. »Es tut mir so Leid, dass ich dich in eine solch unangenehme Lage gebracht habe. Normalerweise verhalte ich mich bei der Liebe nicht so überstürzt und auch nicht so gedankenlos und unvorsichtig. Ich hätte es besser wissen müssen, und ich kann mich nicht genug entschuldigen dafür, dich in eine solche Verlegenheit gebracht zu haben.«

Patrick trat hinter sie. Er legte die Hände auf ihre Schultern und drückte einen warmen Kuss auf die Stelle, an der ihr Hals in ihre Schultern überging. »Mach dir deswegen keine Sorgen, meine Süße, wir werden in ein paar Tagen heiraten, und auch wenn die Gesellschaft etwas dagegen hat, so sind wir doch nicht das erste Paar, das seinen Heiratsschwur vorweggenommen hat.«

Thea wirbelte zu ihm herum. »Und das soll wohl genügen, damit ich mich besser fühle?«, fragte sie.

»Nein, du sollst nur begreifen, dass die Unterbrechung durch Mrs De Land nur unzeitgemäß war und bei weitem keine Katastrophe, und du sollst wissen, dass das, was wir getan haben, nicht schrecklich war.« Er sah ihr tief in die Augen. »Was geschehen ist, war mein Fehler – ich hätte es besser wissen sollen, aber ich habe nach dir verlangt – so sehr, dass ich nicht anders konnte.« Er lächelte reumütig. »Wenn es um dich geht, dann benehme ich mich manchmal leider absolut nicht wie ein Gentleman.«

»Du hast dich in meinem Beisein noch nie wie ein Gentleman benommen«, murmelte Thea und dachte an den leidenschaftlichen Kuss auf dem Ball der Hilliards und an den Zwischenfall mit dem Eindringling im Haus in der Curzon Street.

Er lächelte, und in seinen Augenwinkeln bildeten sich kleine Fältchen. »Nein, das habe ich noch nie, nicht wahr? Wenn ich in deiner Nähe bin, dann, fürchte ich, verschwindet jegliches Benehmen als Gentleman. Es ist schon gut, dass wir bereits am Samstag heiraten werden, eine lange Verlobungszeit würde mich wahrscheinlich umbringen.«

Theas Kopf fuhr hoch. »Und natürlich müssen wir ständig an deine Bedürfnisse denken, nicht wahr? Du und Hawley, ihr beide habt mich nur für eure eigenen Bedürfnisse ausgenutzt.«

Sein Lächeln verschwand. »Denkst du wirklich so? Dass ich so niedrig und selbstsüchtig bin, dass nur meine eigenen Wünsche für mich wichtig sind? Dass ich wie Randall bin?«

Sie hob das Kinn. »Warum sollte ich denn nicht so denken?«

Ein Muskel in Patricks Kinn zuckte. »Es überrascht mich, dass du bereit bist, mich zu heiraten, wenn du so fühlst.«

»Ich habe doch keine andere Wahl«, brachte sie heraus.

»Doch, die hast du«, meinte Patrick gedehnt und bemühte sich, sein Temperament unter Kontrolle zu halten. »Aber natürlich ist unser Schicksal jetzt besiegelt, nach dem, was vor ein paar Minuten geschehen ist, nicht wahr?« Als sie ihn verständnislos ansah, meinte er: »Du könntest immerhin schwanger sein.«

Thea sah ihn mit offenem Mund an – dieser Gedanke war ihr nie gekommen. Zu gut erinnerte sie sich an ihre schreckliche Angst vor einem Jahrzehnt, dass sie nicht nur für den Tod zweier Männer verantwortlich war, sondern dass sie auch noch die Erniedrigung würde erdulden müssen, das uneheliche Kind von Hawley zur Welt zu bringen. Die Möglichkeit, dass sie sich zum zweiten Mal in eine solche Lage gebracht hatte, erzeugte einen bitteren Geschmack in ihrem Mund. Sie konnte nicht glauben, dass sie so dumm und leichtsinnig gewesen war … wieder einmal. Bei Hawley hatte sie keine andere Wahl gehabt, er hatte sie vergewaltigt. Hawley war entschlossen gewesen, ihr keine andere Wahl zu lassen, als ihn zu heiraten – ganz gleich, ob sie das wollte oder nicht.

Sie zog scharf den Atem ein und betrachtete Patrick mit wachsendem Misstrauen. Hatte er das Gleiche getan? Sie konnte nicht abstreiten, dass sie ein bereitwilliger Partner gewesen war bei diesem Liebesspiel, aber konnte Patricks Anfall von Leidenschaft einen anderen Grund gehabt haben? Es war ein hässlicher Gedanke.

»Hast du mich deshalb geliebt?«, fragte sie. »Benimmst du dich, wie Hawley sich benommen hat – kompromittierst du mich, nur damit ich dich am Samstag heirate?«

Patrick starrte sie mit wachsendem Ärger an. Er unterdrückte einen Fluch. »Deine Meinung von mir ist äußerst erfreulich«, fuhr er sie an. Er trat einen Schritt näher zu ihr, packte die Aufschläge ihres Morgenmantels und zog sie an sich. Seine grauen Augen blitzten vor Wut. »Wenn du ein Mann wärst und hättest so etwas zu mir gesagt, dann würde ich dich umbringen. Da du allerdings nur eine Frau bist, die Frau, mit der ich den Rest meines Lebens zu verbringen verdammt bin, werde ich mich mit einer Warnung zufrieden geben – du solltest nie wieder an meiner Ehre zweifeln.«

Er ließ die Aufschläge ihres Morgenmantels wieder los, mit einer fast verächtlichen Bewegung stieß er sie von sich. Dann wirbelte er auf dem Absatz herum und ging zur Tür. Er sah sie noch einmal über seine Schulter hinweg an. »Ich werde im Warteraum vorn auf dich warten«, erklärte er eisig.

Es kümmerte ihn nicht, ob ihn jemand sah, er schlug heftig die Tür hinter sich zu und ging mit schnellen Schritten den breiten Flur hinunter. Er hatte die Zähne zusammengebissen und verspürte den heftigen Wunsch, etwas zu zerschlagen. Dass sie glauben konnte, er sei so niederträchtig!

Thea starrte einige Augenblicke auf die geschlossene Tür, es hatte sie erstaunt, dass er sich nur mit Mühe unter Kontrolle halten konnte. Es schien, als habe sie ihn beleidigt. Sie presste die Lippen zusammen. Er hatte es verdient. Er war verdammt, sein Leben mit ihr zu verbringen? Ha!

Ein übertrieben höfliches Paar fuhr schließlich zurück zur Grosvenor Street. Patrick begleitete sie ins Haus, und mit einer höflichen Verabschiedung ging er, seine gestrafften Schultern und seine zusammengepressten Zähne zeigten ihr, wie wütend er war.

Thea sagte sich, dass sie keinen Grund hatte, sich schuldig zu fühlen – wenn er von ihren deutlichen Worten beleidigt war, dann war das sein Problem. Sie hatte das Recht auf ihrer Seite.

Voll gerechter Entrüstung verbrachte sie einen ruhigen Abend zu Hause mit Modesty. Sie lauschte Modesty, die überschäumte vor Plänen für die Hochzeit, und verbrachte eine ruhelose Nacht, in der sie nicht schlafen konnte.

Am Donnerstagmorgen wachte sie müde und mit Kopfschmerzen auf. Nach einem langen Bad, einem leichten Frühstück mit Brötchen und Schinken, gefolgt von einigen Tassen starken Kaffees, fühlte sie sich besser.

Eine Stunde später kam eine Nachricht von Mrs De Land, in der sie um eine Anprobe bat, so bald wie möglich. Thea und Modesty hatten im Morgenzimmer gesessen, als Tillman die Nachricht brachte.

Als Modesty hörte, worum es ging, zog sie die Augenbrauen hoch. »Gütiger Himmel, die Frau hat ihre Näherinnen die ganze Nacht über arbeiten lassen!«

»Ich bin sicher, dass sie das getan hat – immerhin ist die Hochzeit schon am Samstag, falls du das vergessen haben solltest«, murmelte Thea.

Modesty warf ihr einen besorgten Blick zu. »Stimmt etwas nicht, meine Liebe?«

Thea verzog das Gesicht und schüttelte den Kopf. »Nein. Wahrscheinlich ist das nur die Nervosität einer Braut.« Sie lachte freudlos. »Glücklicherweise muss ich nicht lange darunter leiden.«

Modesty wollte gerade etwas sagen, als die Tür des Morgenzimmers aufgerissen wurde und Edwina in das Zimmer gestürmt kam. Ihr hübsches Gesicht sah blass und verängstigt aus, als sie zu Thea lief.

Sie sank auf das Sofa neben Thea. »Oh, Thea!«, rief sie. »Du musst mir helfen. Du musst es ganz einfach tun! Ich weiß nicht, an wen ich mich sonst wenden sollte.«

»Was ist denn los?«, fragte Thea, aufgeschreckt von Edwinas Benehmen.

Edwina brauchte einen Augenblick, um sich zu beruhigen. Sie senkte den Kopf mit den goldenen Locken und knetete die Hände im Schoß. »Da gibt es diesen schrecklichen Kerl, diesen Mr Yates. Er ist ein fürchterlicher Mann, und heute Morgen hat er sich Zugang zu meinem Haus erzwungen und von mir verlangt, ihm siebzehntausend Pfund zu bezahlen. Er hat gesagt, Alfred sei ihm dieses Geld schuldig, und wenn es nicht bis Montagmittag bezahlt wäre, würde er weitere Schritte unternehmen.« Ihre Stimme wurde zu einem Flüstern. »Er hat gedroht, wenn Alfred wüsste, was gut für ihn wäre, dann sollte es besser keine weiteren Verzögerungen mehr geben … nicht, wenn er möchte, dass seine hübsche Frau so hübsch bleibt.«

Thea legte den Arm um die Schultern ihrer Schwester und zog Edwinas zitternden Körper an sich. Ihre Blicke trafen sich mit denen von Modesty, und sie beide dachten daran, dass Alfred in der Nacht, in der er ermordet worden war, den gleichen Betrag von ihr verlangt hatte. Als Thea sich an seinen verängstigten Gesichtsausdruck erinnerte, dachte sie, dass Alfred wenigstens ein Mal die Wahrheit gesagt hatte. Er war wirklich verzweifelt gewesen, das war offensichtlich keine Schauspielerei gewesen.

Edwina schluchzte an Theas Schulter, und Thea tat das Herz weh. »Psst, meine Süße, ganz ruhig. Hab keine Angst, ich werde nicht zulassen, dass dir etwas geschieht. Mr Yates soll seine verdammten siebzehntausend Pfund bekommen.«

Modesty presste die Lippen zusammen, doch sie schwieg.

Edwina hob den Kopf, sie lächelte unter Tränen. »Oh, Thea, ich habe gebetet, dass du mich nicht verlassen würdest. Ich hatte solche Angst – ich wusste nicht, an wen ich mich sonst wenden sollte – du warst meine allerletzte Hoffnung.«

»Ja, ja, ich bin sicher, dass es so ist«, meinte Modesty. »Aber was ist mit deinem Ehemann?« Da Edwina nichts vom Tod ihres Mannes wusste, war Modesty neugierig zu hören, ob sie sich überhaupt bemüht hatte, sich mit ihm in Verbindung zu setzen. »Hast du einmal daran gedacht, ihm zu schreiben und ihm zu berichten, was geschehen ist? Immerhin sind es seine Schulden und nicht die deiner Schwester.«

Edwinas Lächeln wurde ein wenig schwächer. »N-n-nein, daran habe ich nicht gedacht.« Sie sah erstaunt aus. »Außerdem, was würde es denn schon nützen? Alfred hat kein Geld, das weißt du doch.« Und als Erklärung fügte sie hinzu: »Er spielt.«

Thea drückte Edwina kurz an sich, dann stimmte sie Modesty zu. »Aber wir müssen wirklich mit Alfred reden, meine Liebe«, meinte sie. »Ich kann nicht ständig seine Schulden bezahlen, wann immer er in eine Klemme kommt. Und ich werde nicht zulassen, dass man dich auf diese Art bedroht oder verängstigt. Wir müssen eine endgültige Lösung finden.«

»Aber es gibt keine Lösung«, jammerte Edwina. »Wir sind nicht so reich wie du, und Alfred wird immer wieder spielen – so wie er es mir erklärt hat, liegt es ihm im Blut, er kann gar nicht anders. Und falls du uns nicht hilfst oder er stirbt oder ich ein Vermögen erbe, sehe ich keinen Weg, diese Situation je zu ändern.«

Ein Gefühl des Unbehagens rann über Theas Rücken. Zum ersten Mal sah sie Edwina nicht voller blinder Liebe an. So kalt und unbeteiligt hatte sie gesagt, »falls er nicht stirbt oder ich ein Vermögen erbe«, das machte sie nachdenklich. Edwina wusste nicht, dass ihr Ehemann bereits tot war, aber sie müsste wissen, dass unter normalen Umständen Alfreds frühes Ableben sehr unwahrscheinlich war – er war ein abscheulich robuster Mann gewesen. Spielte Edwina bereits mit dem Gedanken, sich von einem zwanghaften Spieler und einem Ehemann, der niemals etwas Gutes zustande bringen würde, zu befreien? Oder spekulierte sie darauf, dass ihre Schwester starb und sie ein riesiges Vermögen erbte?

Thea wurde es ganz kalt, und ihr Arm glitt von Edwinas Schulter. Sie riss sich zusammen. Was für ein Unsinn!

Edwina liebte sie, auch wenn sie verwöhnt war und zur Selbstsucht neigte, so würde Edwina sich doch niemals ihren Tod wünschen.

Sie schämte sich und drückte Edwina schnell einen liebevollen Kuss auf die Wange. »Nun, ich glaube, du würdest eine bezaubernde Witwe abgeben, meine Liebe, aber bitte, du solltest nicht darauf wetten, dass ich schon bald sterben werde.«

Edwinas Augen weiteten sich, und sie sah erschrocken aus. »Als ob ich so etwas denken würde! Wie kannst du nur etwas so Schreckliches sagen.«

»Aber unpraktisch wäre es nicht«, mischte sich Modesty milde ein, und als Edwina sie wütend anstarrte, fügte sie noch hinzu: »Du warst es doch, die davon gesprochen hat, ein Vermögen zu erben – Thea ist die Einzige, die auch nur entfernt dafür in Betracht kommen würde.«

»Nun ja, aber ich habe wirklich nicht daran gedacht, was meine Worte bedeutet haben.« Sie lächelte Thea strahlend an. »Ich würde dir niemals etwas Böses wünschen.«

»Das weiß ich doch«, antwortete Thea. »Aber ich fürchte, wir kommen vom Thema ab. Was werden wir in deiner Sache unternehmen, wenn ich am Montag den bedrohlichen Mr Yates bezahlte habe? Wenn du doch nur versuchen würdest, ein wenig zu sparen, dann könntest du von deinem eigenen Vermögen recht angenehm leben.« Sie sah Edwina streng an. »Das muss wirklich das letzte Mal sein, dass ich dich vor den Schulden von Hirst rette, meine Liebe. Und zwar nicht nur, weil ich das wünsche, sondern weil ich am Samstag heiraten werde. Von dem Zeitpunkt an wird mein Ehemann über mein Vermögen verfügen – es könnte also sein, dass ich ihm Rechenschaft über meine Ausgaben ablegen muss, und Pat…, Mr Blackburne scheint mir nicht der Mann zu sein, der zulässt, dass die Verwandten seiner Frau sie belästigen oder ihn.«

»Ich finde es schrecklich, dass du so etwas sagst!«

»Das kann schon sein«, mischte sich Modesty ein. »Aber es ist wahr.«

»Ich bin sicher, dass Mr Blackburne nicht möchte, dass Theas Schwester in das Schuldgefängnis geworfen wird«, meinte Edwina und sah entschieden unglücklich aus. Sie seufzte. »Ich weiß, ich weiß, ich bin selbstsüchtig – ich nehme an, ich muss ganz einfach versuchen, sparsamer zu sein, obwohl ich keine Ahnung habe, wie ich Alfreds Spielsucht unter Kontrolle bringen soll.«

»Mein Angebot mit dem Haus auf dem Land und einer finanziellen Regelung, um dir einen angenehmen, wenn auch nicht gerade eleganten Lebensstil zu ermöglichen, gilt nach wie vor«, murmelte Thea.

Edwina zögerte, sie holte tief Luft und sagte dann schnell: »Vielleicht ist es an der Zeit, dass ich wirklich über dieses Angebot nachdenke.«

Thea strahlte sie an. »Oh, Liebling, ich weiß, du wirst glücklich sein, wenn du dich erst einmal eingerichtet hast. Auf dem Lande zu leben ist nicht so aufregend wie das Leben in London, aber ein ländliches Leben bietet auch große Freuden.«

Edwina sah nicht überzeugt aus, aber zum ersten Mal schien sie darüber nachzudenken. »Ich nehme an, du hast Recht, und im Augenblick scheint es die einzige Lösung zu sein.« Sie seufzte. »Oh, aber ich werde London vermissen – die Geschäfte, die Soireen und das ganze Durcheinander, das dazugehört.« Sie verzog das Gesicht. »Ich glaube nicht, dass Alfred auf dem Land sehr glücklich sein wird.«

Modesty, die sehr gut wusste, dass Alfreds Glück nichts war, über das sie sich noch weiter Sorgen machen mussten, meldete sich. »Nun ja, ich bin sicher, dass er sich anpassen wird – und da es in der Nähe keine Spielhöllen gibt, könnte er sogar lernen, seine Gewohnheit als Spieler unter Kontrolle zu bringen.«

Edwinas Gesichtsausdruck zeigte deutlich ihre Zweifel daran, doch sie nickte. »Vielleicht hast du Recht.« Sie warf Thea einen Blick zu. »Hattest du an einen besonderen Ort für uns gedacht?«

»Nein, eigentlich nicht. Bist du schon einmal in einer Gegend gewesen, die dir besonders gefällt?«

Edwina schüttelte den Kopf mit dem hellen Haar. »Wenn

ich schon nicht in London leben kann, dann ist es mir ganz gleich, in welchem Teil des Landes ich lebe.«

Thea zögerte. »Wenn ich mich recht erinnere«, meinte sie schließlich, »gibt es einen sehr hübschen Besitz, der zu verkaufen ist, gar nicht weit weg von meinem eigenen Halsted House in Gloucestershire.«

Edwina sah noch immer zweifelnd aus, doch dann gestand sie: »Alfred würde das sicher gefallen, er sagt, das ist das beste Jagdgebiet.«

»Äh, ja, ich bin sicher, dass es ihm während der Jagdsaison sehr gut gefallen wird«, murmelte Thea und fühlte sich schuldig.

Sie tauschte einen unangenehmen Blick mit Modesty, dann verzog sie das Gesicht und hoffte nicht zum ersten Mal, dass Alfreds Leiche bald gefunden würde. Edwina über den Tod ihres Mannes im Dunkeln zu lassen, schien grausam zu sein, doch was konnte sie sonst tun? Sie konnte doch wohl kaum sagen: »Oh, übrigens, ich weiß zufällig, dass Alfred tot ist, dass er umgebracht wurde. Aber leider scheint seine Leiche verschwunden zu sein, und ich habe nicht die leiseste Ahnung, wo sie ist. Und auch nicht, wer sie weggebracht hat. Oder warum.« Nein. Etwas so Lächerliches würde sie nicht sagen.

Ihre unglücklichen Gedanken kamen zu einem plötzlichen Ende, als Modesty einen Blick auf die Uhr warf und meinte: »Da wir die Dinge fürs Erste geregelt zu haben scheinen, würde ich vorschlagen, dass ich nach der Kutsche schicken lasse. Es ist Zeit für die Anprobe deines Hochzeitskleides bei Mrs De Land.«

»Mrs De Land macht dein Hochzeitskleid? Wie aufregend!«, rief Edwina aus. »Für mich ist sie bei weitem zu teuer. Du kannst dich sehr glücklich schätzen, dass du sie dir leisten kannst.«

»Eigentlich ist es gar nicht deine Schwester, die das Kleid bezahlt«, erklärte Modesty steif. »Lady Caldecott besteht darauf, dass es ein Geschenk für ihre Schwiegertochter ist.« Sie warf Thea einen Blick zu. »Und es ist nicht weise, Mrs De Land warten zu lassen.«

Edwina sprang auf. Sie sah Thea ganz besonders bittend an. »Oh, darf ich mit dir kommen? Ich habe es noch nie gewagt, Mrs De Lands Laden zu betreten. Bitte, sag, dass ich mitkommen darf.«

»Natürlich darfst du das«, sagte Thea. »Und danach könntest du doch mit hierher zurückkommen. Immerhin haben wir viel zu besprechen.«

Edwina stimmte zu, und die beiden Schwestern bereiteten sich in glücklicher Übereinstimmung darauf vor, loszufahren. Modesty sah ihnen nach, als sie das Zimmer verließen, und fragte sich, ob Edwina es wohl schaffen würde, Thea ein Kleid abzuluchsen. Natürlich nicht zur Hochzeit am Samstag, aber vielleicht als Belohnung dafür, dass sie sich so vernünftig verhalten hatte. Ja. Das war genau die Art, wie Edwina vorgehen würde, dachte Modesty und schüttelte den Kopf. Das Kind war verwöhnt, und Thea mit ihrem großzügigen Herzen machte die Sache auch nicht einfacher.

Zu ungefähr der gleichen Zeit wachte Patrick in seinem Stadthaus am Hamilton Place auf. An dem Abend, an dem seine Verlobung mit Thea angekündigt worden war, war es ihm trotz seiner Absicht nicht gelungen, sich zusammen mit seinen Freunden zu betrinken: Er war bereits viel zu berauscht gewesen von dem Wissen, dass Thea seine Frau werden würde, um noch mehr Anregung zu brauchen. Aber am vergangenen Abend war das nicht so gewesen.

Wütend über den scharfen Wortwechsel mit Thea, war er den ganzen Rest des Mittwochnachmittags in schlechter Stimmung gewesen. Seine schlechte Laune war auch noch nicht verschwunden, als er sich am Abend mit Lord Embry und Adam Paxton in einer beliebten Spielhölle traf. Er war entschlossen gewesen, nicht länger über Theas Reaktion auf seine Liebesattacke und das schlimme Ende nachzudenken, doch war er bereit zu einem Streit. Nach einem Blick in sein angespanntes Gesicht hielten seine Freunde ihren Mund und sorgten dafür, dass sein Glas den ganzen Abend über gefüllt war. Als sie ihm dann nach Hause halfen, brach die Morgendämmerung bereits an, und er war in der Tat gründlich betrunken.

Als er aufwachte, erinnerte ihn das donnernde Dröhnen in seinem Kopf, warum ihm solche Exzesse wie in der letzten Nacht keine Freude mehr machten. Genau wie Thea früher am Tag, so half auch ihm ein Bad und ein Frühstück, um wieder zu einem gewissen Maß an Normalität zu finden.

Der Streit mit Thea ging ihm noch immer durch den Kopf. Und je mehr er darüber nachdachte, desto weniger überrasche ihn ihre Reaktion. Er presste die Lippen zusammen. Wie gern würde er Hawley Randall in die Finger bekommen. Der Bastard hatte nicht nur alles getan, um ihr Leben zu ruinieren, sein grauenhaftes Benehmen hatte bewirkt, dass Thea keinerlei Vertrauen mehr ins männliche Geschlecht setzte. Warum, zum Teufel, sollte sie seine Motive *nicht* in Frage stellen?

Er goss sich die sechste Tasse bitteren schwarzen Kaffee ein und ging in Gedanken die ganze Sache noch einmal durch, zum hundertsten Mal wünschte er sich, er hätte bei Mrs De Land nicht nach ihr gesucht. *Hätte ich im Warteraum gewartet, wie ich es eigentlich hätte tun sollen, dann wäre das alles nicht passiert,* gestand er sich bitter ein. Und dennoch tat es ihm nicht Leid, dass er Thea geliebt hatte. Nein, das Glück, das sie ihm geschenkt hatte, würde ihm niemals Leid tun. Sein Bedauern galt dem Zeitpunkt und der Umgebung.

Ein eigenartiges Gefühl machte sich plötzlich in seinem Inneren breit. Wenn sie einander das nächste Mal lieben würden, dann wäre sie seine Frau, dachte er. Seine Frau. Ein dümmliches Grinsen breitete sich auf seinem Gesicht aus.

»Sir?«, fragte sein Butler, der das Zimmer betrat, in dem Patrick saß. »Es wartet ein, äh, Gentleman auf Sie, der Sie sprechen möchte.«

Patrick zog die Augenbrauen hoch.

Chetham hüstelte leicht. »Ich glaube, es ist dieses, äh, Individuum, das Sie schon vor ein paar Tagen besucht hat. Ein Mr Hackett.«

Patrick runzelte die Stirn, dann erinnerte er sich wieder. »Natürlich. Schicken Sie ihn rein.«

Ein schmerzlicher Ausdruck huschte über Chethams ernstes Gesicht, und Patrick griente. Sein Butler war in Bezug auf gesellschaftliche Konventionen wesentlich kleinlicher als er, er war ziemlich sicher, dass es Chetham lieber gewesen wäre, er hätte sich überhaupt nicht mit Hackett getroffen, und schon gar nicht im Frühstückszimmer.

Das Individuum, das Chetham ein paar Sekunden später zu Patrick führte, war ganz sicher wenig einnehmend in seiner unscheinbaren und entschieden unmodernen Kleidung. Hackett war ein kleiner Mann, mit dem Gesicht eines armen Sünders, er sah aus, als käme er gerade von der Beerdigung eines Freundes.

Auch heute war das nicht anders, er hielt seinen schwarzen Schlapphut in der Hand, seine seelenvollen braunen Augen begegneten Patricks Blick. »Guten Morgen, mein Herr. Ich habe die Information, die Sie haben wollten.«

Patrick nickte, dann bedeutete er Hackett, sich zu ihm zu setzen und sich von den Resten des großen Frühstücks zu bedienen, das noch immer auf dem Tisch stand. Patrick wartete geduldig, bis der kleine Mann seinen Teller bis zum Rand gefüllt hatte. Als Patrick sah, wie er den ersten Bissen des zarten Landschinkens kostete, lächelte er.

Mit einem glückseligen Gesichtsausdruck kaute Hackett und schluckte dann. »Ausgezeichnet, Sir, höchst ausgezeichnet.«

»Es freut mich, dass es Ihre Zustimmung findet«, antwortete Patrick, und seine Augen blitzten belustigt. »Also, was haben Sie für mich?«

Der Mann hielt nicht inne damit, den Schinken, Rühreier und Nieren in Sauce von seinem Teller in sich hineinzuschaufeln, dabei griff er mit einer Hand in die Tasche seiner schäbigen Jacke und holte ein kleines Päckchen heraus. Er reichte es Patrick, dann sagte er, mit dem Mund voller Nieren und Sauce: »Ich denke, es ist alles dabei. Ihr Mann ist sauber. Mein Freund konnte keine Fliegen finden, die ihn umschwirren.«

Patrick hatte keine anderen Neuigkeiten erwartet, aber er war dennoch erleichtert, dass sein Stiefvater sich nicht in finanziellen Schwierigkeiten zu befinden schien. Als er den Bericht las, den er in der Hand hielt, schüttelte er den Kopf. Nein. Lord Caldecott brauchte kein Geld, und er hatte keinen Grund, seine Frau zu erpressen. Er bedauerte die Notwendigkeit, sich in Caldecotts Angelegenheiten eingemischt zu haben, aber er hatte sichergehen müssen.

Er warf noch einen Blick auf die vielen privaten Informationen, die der Mann zusammengetragen hatte, dann zog er die Augenbrauen hoch. »Ich hätte nicht geglaubt, dass diese Art von Informationen so einfach zu bekommen ist«, sagte er. »Der, äh, Mann, der Sie beschäftigt, muss seine Quellen und seine Augen überall haben.«

Etwas, das beinahe einem Lächeln ähnelte, huschte über Hacketts langes Gesicht. »Wirklich, Sie wären überrascht, was er alles herausfinden kann, wenn er es sich in den Kopf setzt.«

Patrick drang nicht tiefer in den Mann. Hackett würde ihm nichts verraten, er war lediglich der Bote.

Nachdem er Hackett bezahlt und ihn wieder weggeschickt hatte, verließ Patrick das Morgenzimmer mit den Informationen in der Hand und ging in das vordere Wohnzimmer. Ein kleines Feuer brannte im Kamin, und als er vor den orangegelben Flammen stand, warf er das Päckchen, für das er gerade eine beachtliche Summe bezahlt hatte, ins Feuer. Als er sah, wie die Flammen das Papier verschlangen, kam er sich nicht mehr ganz so schlecht vor.

Patrick dachte daran, Thea einen Besuch abzustatten, doch dann verwarf er den Gedanken wieder. Er hatte seinen Ärger über den Vorfall von gestern verdaut, aber er wusste nicht sicher, was Thea fühlte. Es war wohl besser, er ließ sie eine Weile in Ruhe, als das Risiko einzugehen, einen Keil zwischen sie zu treiben. Er wollte am Samstag keine Frau heiraten, die mit dem Gedanken an sein frühes Ableben spielte. Aber er wollte auch nicht, dass sie zu lange über dieser Sache brütete.

Nachdem er sich entschieden hatte, zog er seinen hohen Hut auf und verließ das Haus. Sein Ziel war ein teurer Juwelier auf der King Street. Als er das kleine Geschäft betrat, wurde er vom Eigentümer Mr Greenberg begrüßt.

Nachdem er seine Wünsche erklärt hatte,dauerte es nicht lange, bis er ein erstaunliches Paar Topase ausgewählt hatte, die von Diamanten umgeben waren. Nachdem er Anweisungen für die Lieferung erteilt hatte, verließ Patrick das Geschäft wieder mit dem Gefühl, dass er Thea wenigstens einen Olivenzweig gereicht hatte. Wie sie darauf reagierte, lag an ihr. Sie könnte sein Geschenk in die Gosse werfen oder in sein Gesicht. Aber er hoffte, dass sie die Steine als das Friedensangebot ansehen würde, die sie auch waren.

Er stellte fest, dass er noch genügend Zeit hatte, deshalb schlenderte er zu Brooks und fand schließlich einen Tisch voller Männer, die Karten spielten und denen er sich anschloss. Andere Männer, die er kannte, kamen herein, und da die Neuigkeit seiner Verlobung noch immer die ganze feine Gesellschaft zum Summen brachte, stellte er fest, dass er ein beliebter Mann war.

Während des restlichen Nachmittags und Abends wurde ihm öfter zugeprostet, als es ihm lieb war. Da er das Besäufnis der letzten Nacht nicht wiederholen wollte, hatte er an den vielen Gläsern mit Alkohol, die man ihm in die Hand gedrückt hatte, nur genippt. Als Nigel und Adam ihn dann um Mitternacht endlich fanden, war er noch immer völlig klar.

»Wir haben überall nach dir gesucht«, beklagte sich Nigel, als er sich auf den leeren Platz neben Patrick setzte. »Nach dem gestrigen Abend haben wir uns Sorgen um dich gemacht. Es ist schon sehr lange her, dass ich dich so betrunken gesehen habe. Das hat mir nicht gefallen. Ich habe mir Sorgen gemacht.«

Patrick saß in einer ruhigen Ecke des Clubs, weil er einen Weg gesucht hatte, sich von der Menge modisch gekleideter Gentlemen abzusondern, die sich in den Räumen drängten. Paxton, der seine elegante Gestalt in den weichen Ledersessel auf der anderen Seite von Patrick sinken ließ, griente ihn an. »So benimmt er sich schon, seit er entdeckt hat, dass du weg warst. Wir haben in jeder Lasterhöhle, die er kannte, nach dir gesucht.« Seine goldbraunen Augen blitzten belustigt. »Und glaube mir, er kennt sie alle.«

»Das weiß ich – ich habe ihm ja schließlich die Hälfte davon gezeigt«, erklärte Patrick trocken.

»Ach, lass nur«, wehrte Nigel ungeduldig ab. »Ich habe etwas für dich herausgefunden.«

Als er sah, wie Patrick die Augenbrauen hochzog, sprach er weiter. »Da du dich so sehr für Ellsworth interessiert hast, habe ich gedacht, ich höre mich einmal um. Dem Klatsch nach heißt es, dass er und dieser Cousin von ihm, dieser Hirst, sich in den Fängen eines Geldverleihers befinden – dem schlimmsten Blutsauger von allen, einem Kerl mit Namen Yates.«

Patrick erstarrte. »Ich glaube, ich bin diesem Gentleman bereits begegnet«, meinte er. »Vor ein paar Tagen, vor Ellsworths Haus.«

»Es würde mich gar nicht überraschen, wenn Ellsworth ihm Geld schuldet. Yates ist ein ganz schlimmer Kerl. Er hat sich mit kriminellen Elementen zusammengetan – mit ganz und gar nicht anständigen Menschen. Selbst die fanatischsten Spieler gehen ihm aus dem Weg, aber es gibt immer welche, die sich an niemand anderen mehr wenden können, um ihre Schulden zu bezahlen – wie Ellsworth. Das, was Yates von den anderen unterscheidet, ist, dass er nicht davor zurückschreckt, die Familie und Freunde eines Mannes zu bedrohen, wenn einer seiner Schuldner sich mit einer Zahlung verspätet hat oder überhaupt nicht zahlen kann. Er ist bekannt dafür, dass er die Gesichter der Ehefrauen und Töchter seiner Schuldner mit dem Messer zerschneidet oder den männlichen Familienmitgliedern – jung oder alt – die Knochen bricht. Yates macht das nichts aus. Und wenn das keinen Erfolg hat …«

»Wenn das keinen Erfolg hat«, unterbrach ihn Paxton mit grimmiger Miene, »dann hat er auch nichts dagegen zu morden, um seinen Standpunkt deutlich zu machen. Weil ihm Menschen in hohen Positionen verpflichtet sind, kann ihm niemand etwas anhaben. Hinzu kommt noch, dass Yates sehr vorsichtig ist und keine Beweise hinterlässt. Er ist sowohl rücksichtslos als auch gerissen, und er bekommt sein Geld *immer*, oder die Hölle ist los. Mit diesem Mann ist nicht zu spaßen.«

»Es klingt ganz so, als sei er ein äußerst unangenehmer Kerl«, gestand Patrick, und seine Gedanken gingen in alle Richtungen. War es Yates gewesen, der Hirst umgebracht hatte? Weil Hirst seine Schulden nicht bezahlen konnte? Und war es Yates gewesen und nicht Ellsworth, den Thea und er in dieser Nacht damals überrascht hatten? Darüber würde er nachdenken müssen, wenn seine Hochzeit hinter ihm lag.

Zu seinen Freunden sagte er nur: »Ich bin dankbar für die Information, und ich werde dafür sorgen, dass ich Mr Yates nicht in die Quere komme.«

Nigel starrte Patrick misstrauisch an. »Also, irgendwie kann ich dir das nicht glauben.« Er drohte Patrick mit dem Finger. »Ich sage noch immer, du heckst etwas aus.«

Patrick zuckte mit den Schultern. »Nichts, worüber du dir Sorgen machen müsstest. Wenn ihr mich jetzt entschuldigen würdet, ich denke, ich werde nach Hause gehen.« Er griente die beiden an. »Die Nachwirkungen der letzten Nacht sind noch nicht vollkommen verschwunden, und ich habe Sehnsucht nach meinem Bett.«

Nigel schnaufte. »Wenn du nicht vorsichtig bist, mein Freund, dann wird aus dir noch ein ganz anständiger Kerl.«

»Besser als ein alter Schwerenöter, hinter dessen Rücken über ihn gelacht wird.«

»Sehr gut«, meinte Paxton und lachte. »Ganz bestimmt ein Volltreffer.«

Nigel lächelte reumütig. »Geh du nur in dein Bett, Patrick. Ich werde über deine weisen Worte nachdenken.«

Patrick verließ seine Freunde und schlenderte zum Ausgang des Clubs. Er verabschiedete sich von dem Portier. Als er dann ins Freie trat, stellte er zu seiner Überraschung fest, dass es regnete. Als er an diesem Nachmittag sein Haus verlassen hatte, war das Wetter sonnig gewesen, mit ein paar Wolken, und er hatte sich dementsprechend gekleidet. Nach seiner Fahrt in die King Street hatte er nicht daran gedacht, sich eine Kutsche zu besorgen, weil er kein anderes Ziel mehr gehabt hatte. Er starrte in den Regen, der im flackernden Licht der Wandlampen am Eingang des Clubs zu sehen war, dann verzog er das Gesicht, weil ihm der Gedanke nicht gefiel, in einem solchen Regen zu Fuß nach Hause zu gehen.

Er entschied, dass er keine andere Wahl hatte, deshalb zog er die Schultern hoch und ging die Treppe zur Straße hinab. Das Geräusch einer herannahenden Kutsche erregte seine Aufmerksamkeit, er hob den Arm und winkte die schwarze Kutsche heran, die aus der Dunkelheit erschien. Er rief dem Kutscher seine Adresse zu, dann sprang er hinein.

Kapitel Dreizehn

Kräftige Hände schlossen sich um Patricks Hals und würgten ihn, gleichzeitig wurde sein Kopf gegen die hintere Wand der Kutsche geschlagen, so dass er halb bewusstlos war. Benommen kämpfte er darum, bei Bewusstsein zu bleiben, bunte Punkte tanzten vor seinen Augen. Seine Luftröhre wurde zusammengepresst, er versuchte vergebens, Luft zu holen. Die Finger seines Angreifers drückten in seinen Hals, schnitten ihm die Luft ab, und er kämpfte gegen eine weitere Woge der Benommenheit. Er wusste, wenn er überleben wollte, musste er sich aus dieser Umklammerung befreien. Er fürchtete sich nicht davor zu sterben, doch der Gedanke, Thea nie wiederzusehen, machte ihn schrecklich wütend.

Er handelte aus einem blinden Überlebensinstinkt heraus, er zog die angewinkelten Arme hoch, stieß sie dann nach außen und lockerte so die Hände um seinen Hals. Die Erleichterung kam sofort, und er sog verzweifelt die Luft in seine strapazierte Lunge. Sein Angreifer ging auf ihn los, und sie kämpften in der schwankenden Kutsche. Das schwache Licht von den vereinzelten Straßenlampen erlaubte Patrick ab und zu einen flüchtigen Blick auf den großen Mann, dem er gegenüberstand.

Draußen prasselte der Regen auf das Dach der Kutsche, die Räder machten ein zischendes Geräusch auf dem nassen Pflaster, die Hufe der Pferde ließen das Wasser in alle Richtungen spritzen. Im Inneren der Kutsche, sicher vor dem Sturm, tobte ein tödlicher Kampf, der Geruch von feuchtem Leder, altem Parfüm und kaltem Tabak mischte sich mit dem Geruch der Gefahr.

Patrick konnte seinen Gegner nicht deutlich erkennen, schemenhaft sah er eine riesige, tödliche Gestalt – beinahe einen Riesen. Sein Eindruck täuschte nicht. Eine Faust, so dick wie ein Schinken, kam aus dem Schatten und krachte gegen Patricks Kopf, der zurückflog. Funken explodierten in seinem Gehirn, und er schüttelte verzweifelt den Kopf, um wieder klar denken zu können. Sein Angreifer schlug noch einmal zu, doch diesmal gelang es Patrick, ihn abzuwehren und heftig zurückzuschlagen. Es war ein Glückstreffer, und Patrick fluchte, als der Schmerz durch seinen ganzen Arm fuhr, während seine Faust seinen Gegner im Gesicht traf. Der Mann stöhnte auf und fiel halb auf den anderen Sitz, Patrick folgte ihm und setzte noch ein paar Schläge nach. Der Schmerz in seinem Hals und das Dröhnen in seinem Kopf machten Denken beinahe unmöglich, doch Patrick hatte schon immer instinktiv gehandelt, und das tat er auch jetzt. Wenn man die Größe seines Gegenübers bedachte, konnte er diesen Kampf gar nicht gewinnen. Theas Gesicht tauchte in Gedanken vor ihm auf. Bei Gott!, schwor er sich. So würde es nicht enden. Er würde Thea heiraten, und niemand, nicht einmal der riesige Ochse ihm gegenüber, würde ihn davon abhalten. Es gefiel ihm nicht, vor einem Kampf davonzulaufen, aber jetzt kam ihm doch der Gedanke, dass ein eiliger Rückzug nötig wäre.

Die dunkle Gestalt sprang auf ihn zu, und Patrick trat mit beiden Füßen zu. Er traf den anderen voll an der Brust und warf ihn zurück. Ohne einen weiteren Gedanken riss er die Tür der Kutsche auf und sprang hinaus in den Regen. Er landete hart auf der gepflasterten Straße, rollte und überschlug sich heftig, ehe er schließlich liegen blieb.

Er unterdrückte ein Aufstöhnen, als sich seine gequälten Muskeln bemerkbar machten, er stolperte auf die Füße, bereit, den Kampf fortzuführen, falls es nötig war. Zu seiner Erleichterung war er allein, die Lampe der Kutsche verschwand schnell in der Nacht.

Ein schneller Blick nach allen Seiten und er wusste, wo er

war. Mit dem Gedanken, dass sein Angreifer zurückkehren könnte, verschwendete er keine Zeit und kehrte in die Sicherheit von Hamilton Place zurück. Was auch immer Chetham über die abgerissene Erscheinung seines Herrn dachte, als Patrick ins Haus stolperte, er behielt es für sich.

Er warf nur einen Blick auf Patricks nasse und lehmverschmierte Kleidung, dann murmelte er: »Eine recht unangenehme Nacht, Sir.« Er warf noch einen zweiten Blick auf den Zustand seines Arbeitgebers. »Soll ich ein Bad vorbereiten lassen?«, fragte er.

Es war schon spät, die meisten der Diener waren bereits im Bett, und auch wenn Patrick sich nach der Wohltat eines heißen Bades sehnte, schüttelte er den Kopf. »Nein, für heute Abend wird es schon gehen. Morgen wird es dafür noch früh genug sein. Sorgen Sie bitte dafür.«

Patrick wandte sich um und begann, die Treppe hinaufzugehen. Chetham räusperte sich diskret und seufzte, und Patrick wandte sich noch einmal zu dem Butler um.

»Ja?«, fragte er erschöpft. »Gibt es noch etwas anderes, was Sie mir zu sagen haben?«

»Der Koch hat ein frisches Beefsteak im Vorratsraum hängen«, meinte Chetham. »Wenn Sie möchten, kann ich es Ihnen bringen.«

»Ein Beefsteak?«, fragte Patrick.

»Für Ihr Auge, Sir. Falls ich mich nicht irre, werden Sie morgen früh ein ziemlich, äh, blaues Auge haben.«

Patrick warf einen Blick in seinen Rasierspiegel und musste seinem Butler zustimmen. Er würde in der Tat am Morgen ein herrliches blaues Auge haben. Er erinnerte sich gar nicht mehr an den Schlag, doch als er seine anderen Wunden untersuchte, nahm er an, dass er einige davon bekommen hatte, als er aus der Kutsche gesprungen war. Er hatte eine lange breite Schramme auf einer Seite des Gesichtes, die in der Farbe mit seinem Auge wetteifern würde. Er verzog das Gesicht. In weniger als achtundvierzig Stunden sollte er heiraten. Was für einen herrlichen Anblick würde er am Samstag den vielen Gästen bieten, die seine Mutter genötigt, äh, eingeladen hatte, als Zeugen für sein Eheversprechen an Thea. Er grinste. Zweifellos war die Hälfte von ihnen überzeugt, dass er dazu gezwungen worden war, seine Verlobte zu heiraten.

Chetham kam mit dem Beefsteak, und nachdem Patrick ihn wieder weggeschickt hatte, sank er auf das Bett, das kühle Beefsteak lag auf seinem verletzten Auge. Jeder Knochen in seinem Körper tat ihm weh, er überlegte, dass er langsam zu alt wurde, um sich mit solchen Dingen wie heute Abend zu beschäftigen.

Er runzelte die Stirn. Dabei hatte er sich am heutigen Abend doch nur um seine eigenen Angelegenheiten gekümmert, er hatte nichts Aufregenderes getan, als eine Kutsche zu rufen, um dem Regen zu entkommen. Es war ja nicht so, sagte er sich, dass er in einem gefährlichen Teil Londons gewesen war, wo man mit solchen Angriffen rechnen musste. Brooks war im Großen und Ganzen ein sehr respektabler Club. Noch dazu in einem respektablen Teil der Stadt – nicht wie einige dieser zweifelhaften Spielhöllen, die er und seine Freunde vor zehn Jahren oder mehr besucht hatten.

Patrick dachte über den Angriff nach und stand vom Bett auf. Das Beefsteak legte er für einen Augenblick beiseite, dann zog er seine zerrissenen und schmutzigen Sachen aus. Er ließ alles auf dem Boden liegen, dann ging er in sein Ankleidezimmer.

Aus dem Krug auf dem Waschtisch aus Marmor goss er Wasser in die Porzellanschüssel und begann, sich vorsichtig zu waschen, immer wenn er eine verletzte Stelle berührte, zuckte er zusammen. Er betrachtete die roten Flecken an seinem Hals, wo der Angreifer versucht hatte, ihn zu ersticken, und schüttelte den Kopf. Er bot einen herrlichen Anblick mit seinem zerschlagenen Gesicht und seinem langsam blau anlaufenden Körper – der Traum einer jeden Braut. Er schlüpfte in einen weinroten Morgenmantel, dann ging er zurück in sein Schlafzimmer, legte sich auf das Bett, griff nach dem Beefsteak und hielt es wieder an sein Auge.

Es war schon spät, und er war müde, doch konnte er nicht einschlafen, die Ereignisse des Abends gingen ihm nicht aus dem Kopf. Überfall und Körperverletzung waren in London nicht selten, aber das, was heute Abend geschehen war, war eigenartig. Die Mietkutsche und das schlechte Wetter dazu zu nutzen, ein Opfer zu finden, war schlau, das musste er ihnen zugestehen, doch es schien eher ein fraglicher Plan zu sein. Patrick fielen Dutzende von Gründen ein, warum dieser Plan gar nicht erfolgreich sein konnte. Die Täter hätten auf einen einzelnen Gentleman warten müssen, ehe sie ihren Plan hätten ausführen können, und da die meisten der Gentlemen die Clubs zu mehreren verließen, konnten sie nicht sicher sein, Beute zu machen. Sie hatten auch nicht wissen können, ob ihr Opfer viel Geld bei sich hatte oder nicht, und sie wussten nicht, ob das Opfer Schmuck trug, den es sich zu stehlen lohnte. Und, sie hatten nicht wissen können, ob ihr Opfer nüchtern oder sehr betrunken war, wenn es den Club um diese Zeit verließ.

Er hätte ein zufälliges Opfer sein können, vermutete Patrick, doch das glaubte er nicht. Er verzog grimmig das Gesicht. Aber es war wirklich Zufall gewesen, dass er den Club allein verlassen hatte. Und es war auch Zufall, dass er nicht betrunken gewesen war. Aber es war kein Zufall gewesen, der sie zusammengebracht hatte, woher hatten sie gewusst, dass er bei Brooks war? Selbst er hatte sein Ziel nicht gekannt, als er heute Nachmittag sein Haus verließ – oder vielmehr gestern Nachmittag, denn jetzt war es schon früher Freitagmorgen. Es schien unwahrscheinlich, dass die Mietkutsche, ihr Kutscher und der Passagier ganz allein auf ihn gewartet hatten, und dennoch konnte er diesen Gedanken nicht abschütteln. War er ganz einfach nur grundlos misstrauisch?

Das war möglich, aber wenn er über die Ereignisse der letzten Woche nachdachte, war er nicht davon überzeugt. Es war ein Erpresser am Werk, und er, Patrick, hatte sich eingemischt. Außerdem war es noch gar nicht so lange her, dass er vor Hirsts Leiche gestanden hatte, und kurz darauf hatten

Thea und er mit dem geheimnisvollen Eindringling gekämpft. Und was war mit diesem Yates, den Nigel und Adam heute Abend erwähnt hatten? Der Angriff hatte ganz sicher einen kriminellen Hintergrund, und da bekannt war, dass Yates mit Hirst und Ellsworth zu tun hatte, konnte es sein, dass aus irgendeinem unbekannten Grund Yates auf der Bildfläche erschienen war. Darüber musste er nachdenken.

In der Tat, je mehr er darüber nachdachte, desto überzeugter war er, dass das alles kein Zufall gewesen war. Der Erpresser musste versucht haben, das Haupthindernis zu beseitigen, das zwischen ihm und dem unbegrenzten Zugang zur Börse von Lady Caldecott stand. Er vermutete schon lange, dass es der Erpresser gewesen war, der Hirst umgebracht hatte. Wenn das so war, warum sollte der Kerl dann zögern, noch einmal zu töten?

Seine bevorstehende Hochzeit hatte den Gedanken an Hirsts Ermordung und in gewisser Weise auch an die Erpressung seiner Mutter in den Hintergrund treten lassen. Leider gab es im Augenblick nichts, was er tun konnte. Er runzelte die Stirn. Er könnte herausfinden, ob Ellsworth nach London zurückgekehrt war. Nigel würde das wissen.

Am nächsten Morgen starrte Patrick sein Spiegelbild an und entschied, dass er eher einem der Flusspiraten ähnelte, die sich in Natchez in der Silver Street herumtrieben, als einem anständigen Gentleman, der London besuchte. Er konnte sich nicht erinnern, je so, äh, bunt ausgesehen zu haben.

Sein Auge stand auf halbmast, umgeben von einem höchst beeindruckenden Kreis aus Schwarz und Rot, an seinem Kinn zog sich eine rote Schramme entlang, die ihm, so sagte er sich, ein verwegenes Aussehen gab. Die Abdrücke der Finger seines Angreifers um seinen Hals waren unter der sorgfältig gebundenen Krawatte versteckt, genau wie die anderen, wesentlich schmerzhafteren Erinnerungen an seinen verzweifelten Sprung aus der Kusche.

Der Gedanke, nicht auszugehen und der Welt sein zerschlagenes Gesicht vorzuenthalten, war verlockend, aber es gab einige Dutzend Dinge, die getan werden mussten. Und eines davon, so rief er sich ins Gedächtnis, war es, herauszufinden, ob Ellsworth in die Stadt zurückgekehrt war.

Als Nigel Patricks Gesicht sah, als dieser ihn besuchen kam, war er entsetzt. Es vergingen einige Sekunden, bis Patrick ihm versichert hatte, dass er wesentlich schlimmer aussah, als er sich fühlte.

»Gütiger Himmel«, murmelte Nigel, als Patrick seine Geschichte zu Ende erzählt hatte. »Wenn das, was dir zugestoßen ist, nicht Grund genug ist, sicher zusammen mit seinen Freunden im Club zu sitzen und zu trinken, dann weiß ich es nicht!«

Patrick lächelte gequält. »Im Augenblick kann ich dir wohl kaum widersprechen.«

Sie saßen in dem Zimmer neben Nigels Schlafzimmer – Nigel war erst vor ein paar Minuten aufgestanden. Patrick riss seine Gedanken zusammen und nippte an seinem Kaffee.

»Da du alles zu wissen scheinst, was passiert …«, begann er. »Hast du auch gehört, ob Ellsworth wieder in der Stadt ist?«

Nigels Augen wurden ganz groß. Immerhin war er nicht dumm – auch nicht nach einer durchzechten Nacht. »Sag bloß nicht, dass Ellsworth etwas mit dem zu tun hat, was dir in der letzten Nacht zugestoßen ist!«

Patrick zuckte mit den Schultern. »Wie kommst du denn auf den Gedanken?«

Nigel schnaufte. »Weil du so etwas nicht einfach hinnimmst, ohne dich zu rächen. Und hier stehst du, früh am nächsten Morgen, und willst etwas über diesen Halunken Ellsworth wissen. Selbst ein Dummkopf würde einen Zusammenhang vermuten und ich bin kein Dummkopf.«

»Angenommen, ich würde denken, es wäre wirklich Ellsworth gewesen«, murmelte Patrick. »Würde dich das überraschen?«

»Ja und nein. Ellsworth ist ein schmutziger Kerl, das habe ich dir schon gesagt«, antwortete Nigel mit Behagen. »Noch schlimmer, er ist ein Feigling.« Nigels Augen zogen sich zusammen. »Was mit dir passiert ist, klingt mehr nach der Arbeit von Yates. Und es würde mich nicht überraschen, wenn Ellsworth Yates angeheuert hätte, um die Sache für ihn zu erledigen.« Er verzog verächtlich den Mund. »So eine feige Tat sieht ihm ähnlich.«

Patrick nickte. »Du könntest Recht haben. Aber um Yates anzuheuern, müsste er ihn zuerst einmal benachrichtigen, und ich glaube kaum, dass er so dumm ist, eine solche Forderung schriftlich niederzulegen. Weißt du, ob Ellsworth wieder in der Stadt ist?«

»Nicht, dass ich wüsste.« Er warf Patrick einen schnellen Blick zu. »Warum interessierst du dich so sehr für Ellsworth?«

»Aus keinem besonderen Grund«, wehrte Patrick lässig ab.

»Ich frage mich, warum es mir so schwer fällt, dir das zu glauben«, meinte Nigel, griff nach seiner Tasse und nahm einen großen Schluck. Dann stellte er die Tasse ab und sah Patrick eindringlich an. »Du hast doch etwas vor. Was ist es?«

Patrick seufzte. Er und Nigel waren schon seit so langer Zeit Freunde, er vertraute ihm, und Nigel hatte auch eine Art Erklärung verdient. Patrick lächelte ironisch. »Ich kann es dir nicht sagen. Es handelt sich hier nicht um mein Geheimnis.«

Nigel betrachtete ihn einen Augenblick lang nachdenklich. »Thea? Steckt sie vielleicht in Schwierigkeiten?«

»Nein – nicht, dass dich das etwas anginge. Und wenn ich lange genug darüber nachdenke«, meinte Patrick gedehnt, »könnte ich deine Schlussfolgerung beinahe als Beleidigung auffassen.«

»Wenn du das tust, kümmert es mich nicht. Ich werde mich nicht von dir zu einem Duell provozieren lassen«, meinte Nigel verträglich und griff noch einmal nach seiner Tasse.

Patrick lachte und stand auf. »Wie dem auch sei – du schießt beinahe so gut wie ich.«

Patrick lächelte noch immer, als er Nigels Haus auf der Albemarle Street verließ. Als er unten an der Treppe stand, blickte er zu beiden Seiten die Straße entlang und überlegte, was er als Nächstes tun sollte. Er nahm an, dass er jetzt seine Mutter und seine Verlobte besuchen sollte. Sie beide sollten einen Augenblick mit ihm allein sein, um sich vor der Hochzeit an sein Gesicht zu gewöhnen, das in allen Farben des Regenbogens leuchtete.

Seine Vermutungen behielt er für sich und erzählte seiner Mutter, dass er das Opfer eines versuchten Raubes geworden war. Sie war entsetzt, als sie seine Geschichte gehört hatte, aber es war ihm gelungen, sie davon zu überzeugen, als sie selbst es zur Sprache brachte, dass das, was geschehen war, in keiner Verbindung zu dem Erpresser stand.

Bei Thea war es nicht ganz so einfach. Er stand vor ihr in dem kleinen Wohnzimmer, in dem sie ihn empfangen hatte, Modesty saß auf dem Sofa neben ihr, und er erzählte seine Geschichte noch einmal.

Ihr Blick ruhte noch immer auf seinem zerschlagenen Gesicht, und als er seine Geschichte zu Ende erzählt hatte, holte sie tief Luft. »Es war der Mann, der Hirst umgebracht hat, nicht wahr? Er hat versucht, auch dich umzubringen.«

Modesty keuchte auf. »Natürlich. So muss es gewesen sein.«

Patrick verzog das Gesicht. Also wurde nichts aus seiner Hoffnung, dass sie es lediglich als einen Raub abtun würden, der schief gelaufen war. Er hätte es eigentlich wissen müssen. Sein Schatz war viel zu klug, als dass es gut für sie war.

Er setzte sich den beiden gegenüber. »Das könnte sein, ich kann es nicht abstreiten. Aber das Wichtigste ist, dass ich unverletzt bin.«

»Diesmal«, meinte Thea hohl.

Patrick warf Modesty einen Blick zu. »Darf ich einen Augenblick mit ihr allein sein?«

»Oh, natürlich«, rief Modesty aus, stand auf und verließ das Zimmer.

Er setzte sich neben Thea auf das Sofa und nahm eine ihrer Hände in seine. »Liebling, wir wissen nicht, ob das, was gestern Abend passiert ist, irgendetwas mit dem Mord an Hirst zu tun hat.«

Sie sah ihm in die Augen. »Das glaubst du doch nicht wirklich, nicht wahr?«

Patrick wollte lügen, aber als er in ihr intelligentes Gesicht sah, blieben ihm die Worte im Hals stecken. »Das tust du doch nicht, nicht wahr?«, wiederholte sie.

Mit einem spöttisch verzogenen Gesicht schüttelte Patrick den Kopf. »Nein. Genau wie du glaube ich, dass derjenige, der mich angegriffen hat, eine Verbindung zu dem hat, der Hirst umgebracht hat.«

Thea stockte der Atem, und ihre Hand schloss sich fester um seine.

»Da gibt es noch etwas, das ich dir sagen muss, ehe wir weiter über diese Sache reden.« Sie wandte das Gesicht ab, und ihre Stimme war leise. »Ich habe kaum noch an etwas anderes denken können als an das, was am Mittwochnachmittag bei Mrs De Land zwischen uns geschehen ist.« Sie schluckte, und mit blassem, angespanntem Gesicht sprach sie weiter. »Es hätte nicht passieren dürfen, aber da es nun einmal geschehen ist, hätte ich dich nicht beschuldigen dürfen, so hinterhältig zu handeln wie Lord Randall. Ich war unfreundlich und unfair. Ich entschuldige mich dafür.«

Patrick kam sich niedriger vor als Schmutz, er nahm ihr Gesicht in seine Hand und drehte es zu sich. Er sah sie zärtlich an. »Liebling, ich bin es, der sich entschuldigen sollte. Ich hatte die Verantwortung für dich – und ich bin, das muss ich zu meiner Schande gestehen, weit erfahrener, als du es dir je träumen lassen würdest. Ich hätte dich niemals anrühren dürfen. Ich bin derjenige, der einen großen Fehler gemacht hat – nicht du. Niemals du.« Er lächelte reumütig. »Was ich gesagt habe, ist die reine Wahrheit – wenn ich bei dir bin, kann ich die Hände nicht von dir lassen. Und da ich das weiß, hätte ich niemals zulassen dürfen, dass sich die Sache so weit entwickelt. Was geschehen ist, war ganz allein mein Fehler.«

Ein Lächeln erschien in ihrem Mundwinkel. »Wenn du

dich weiter so nett entschuldigst, dann, denke ich, werde ich feststellen, dass du ein ganz annehmbarer Ehemann sein wirst.«

Was konnte er anderes tun, als sie an sich zu ziehen und sie gründlich zu küssen? Sie erwiderte seinen Kuss voller Begeisterung, ihre Arme legten sich um seinen Hals. Nur zu schnell fühlte Patrick, wie die Leidenschaft in ihm aufstieg, und nur mit Mühe löste er seine Lippen von ihren.

Ihre Augen leuchteten vor Verlangen, und er stöhnte auf und drückte schnell einen Kuss auf ihren rosigen Mund, dann schob er sie von sich. »Wenn du mich weiterhin auf diese Art ansiehst«, murmelte er, »dann bin ich für meine Taten nicht mehr verantwortlich.«

Ein herrliches Gefühl breitete sich in ihr aus. Thea dachte daran, alle Vernunft in den Wind zu schlagen, nur um zu sehen, wie stark seine Entschlusskraft war. Nur der Gedanke, dass Modesty jederzeit zurückkommen könnte, ließ sie sich zurückhalten.

»Ich frage mich, ob du dich nach der Hochzeit auch noch so zurückhalten wirst«, neckte sie ihn.

Seine Augen wurden ganz dunkel, und Thea fühlte, wie ein Schauer der Erregung durch ihren Körper rann. Nein. Ganz sicher würde er keinerlei Zurückhaltung mehr zeigen, wenn sie erst einmal seine Frau war!

Sie blickte hinunter auf ihren bernsteinfarbenen Rock. »Dein Geschenk ist gestern Nachmittag angekommen. Danke.«

Patrick lächelte. »Was? Du wirst es mir nicht ins Gesicht werfen?«

Sie lachte. »Ich habe daran gedacht, aber das konnte ich nicht. Modesty hat geglaubt, du hättest sie mir geschickt, weil wir einen Streit gehabt haben – sie hat gewusst, dass etwas nicht stimmte, als ich von Mrs De Land zurückkam; was wirklich zwischen uns geschehen ist, konnte sie natürlich nicht ahnen. Sie hat mich davon überzeugt, dass die Juwelen bei weitem zu teuer sind, um sie dir ins Gesicht zu werfen oder in die Gosse.« Sie zögerte. »Also habe ich sie ihr gegeben.«

Patrick erstickte fast. »Was hast du getan?«

»Nun ja, du hast doch nicht erwarten können, dass ich sie behalte, nicht wahr? Nicht, nachdem ich so wütend auf dich war?«, fragte sie mit einer so vernünftigen Stimme, dass er grinsen musste.

»Nein, wohl nicht«, gestand er ironisch und dachte an das kleine Vermögen, das er für diese Topase und Diamanten ausgegeben hatte. Er hob ihre Hand und drückte einen Kuss darauf. »Ich vertraue darauf, dass du, wenn ich dir in Zukunft Geschenke mache, sie nicht weitergeben wirst.«

»Aber nur, wenn ich zu der Zeit nicht wütend auf dich bin«, murmelte sie, und ihre Augen blitzten. Ihre Laune veränderte sich von einem Augenblick zum anderen, sie streckte die Hand aus und legte sie sanft auf sein zerschlagenes Gesicht. »Zweifelst du daran, dass das, was in der letzten Nacht passiert ist, etwas mit Hirst zu tun hat?«

Er schüttelte den Kopf und seufzte. »Nein. Ich bin davon überzeugt, dass der Mann in der Mietkutsche, wer immer er auch war, entweder der Mann war, der Hirst umgebracht hat, oder unser Eindringling.«

»Du glaubst also nicht, dass es sich bei beiden um den gleichen Mann handelt?«

»Das könnte natürlich sein, aber wir können es nicht einfach annehmen.« Mit dem Gedanken an den Erpresser seiner Mutter fügte er hinzu: »Es ist möglich, dass hier zwei verschiedene Kräfte am Werk sind und wir … ich, befinde mich in der Mitte.«

Thea sah wütend aus. »Wir müssen denjenigen finden, der hinter all dem steckt.« Einen Augenblick lang überlegte sie, ob sie ihm den Inhalt der Nachricht mitteilen sollte, die sie vor ihrem Besuch bei Mrs De Land bekommen hatte. Ein leises Schuldgefühl beschlich sie. War es unfair von ihr, wenn sie ihm diese Information vorenthielt? Vielleicht sollte sie ihm davon erzählen.

Ein Klopfen an der Tür unterbrach sie in ihren Gedanken. Ohne auf eine Antwort zu warten, öffnete sich die Tür, und Edwina betrat das Zimmer.

Sie sah bezaubernd aus. Eine breitkrempige, mit Spitzen besetzte Haube saß auf ihrem Kopf, ein paar goldene Löckchen hatte sie so gekämmt, dass sie bis zu ihren Wangen hingen. Zierliche Rosenknospen waren auf die weißen Handschuhe gestickt, die sie trug, und ihr recht schlichtes blaues Musselinkleid mit der Stickerei lenkte die Aufmerksamkeit auf ihren wohl gerundeten Körper. Lächelnd kam sie auf Thea zu, doch als sie Patricks Gesicht sah, verschwand ihr Lächeln. Sie stieß einen erschrockenen Schrei aus und lief auf ihn zu.

Seufzend stand Patrick auf und erklärte schnell, dass er in der vergangenen Nacht Räubern in die Hände gefallen war. Edwina war über seine Geschichte empört, gleichzeitig aber auch fasziniert. »Man kann Ihnen nur gratulieren, dass Sie im letzten Augenbick entkommen sind, Sir«, meinte sie, als er seine Geschichte beendet hatte. »In der Tat können Sie sich höchst glücklich schätzen.« Sie sah ihn bewundernd an. »Es war sehr mutig, aus der Mietkutsche zu springen. Ich bin sicher, ich wäre in Ohnmacht gefallen, wenn mir so etwas passiert wäre.«

Patrick gab all die höflichen Antworten und war erleichtert, als das Thema schließlich fallen gelassen wurde. Edwina wandte sich an Thea. »Ich wollte nicht aufdringlich sein. Da Hirst nicht in der Stadt ist, habe ich mich heute Morgen einsam gefühlt, und ich dachte, ich könnte ein wenig Zeit mit dir verbringen.« Sie senkte die Augenlider, dann sprach sie klagend weiter. »Natürlich sehe ich jetzt, dass du anderweitig beschäftigt bist und meine Gesellschaft nicht brauchst. Dann werde ich eben wieder gehen.«

»Oh, sei doch nicht so theatralisch«, schalt Modesty, die hinter ihr das Zimmer betrat. »Setze dich und bleibe hier, das war doch deine Absicht, nicht wahr?«

Einen Augenblick lang sah es so aus, als wäre Edwina beleidigt, aber dann lachte sie und gestand: »Wie immer, liebe, *liebe* Modesty, hast du vollkommen Recht.« Sie sah Thea an, dann fragte sie: »Hast du wirklich nichts dagegen, wenn ich bleibe? Ich werde sofort gehen, wenn ich euch bei etwas Wichtigem unterbrochen habe.«

Thea schüttelte den Kopf. »Nein. Patrick hat mich nur besucht, um mir von seinen schlimmen Erfahrungen der letzten Nacht zu erzählen.«

Patrick stand neben dem Sofa. »Und da ich meine Aufgabe hier erledigt habe, denke ich, ich sollte derjenige sein, der geht. Ich bin sicher, dass die Damen viel haben, über das sie diskutieren wollen.« Er griente Thea an. »Über Hochzeitskleider und so.«

»Oh, das haben wir in der Tat«, stimmte ihm Edwina zu. »Ich bin gestern mit Thea zu einer Anprobe bei Mrs De Land gegangen – ihr Kleid ist einfach verschwenderisch – ich bin ganz grün vor Neid.«

»Dazu hast du aber keinen Grund«, meinte Modesty spöttisch. »Hat deine Schwester denn nicht dafür gesorgt, dass Mrs De Land zu einem späteren Zeitpunkt ein Ballkleid für dich macht?«

Edwina besaß den Anstand, schuldbewusst auszusehen. »Äh, ja, das hat sie.« Sie lächelte Thea strahlend an. »Meine Schwester ist das liebste Geschöpf, das man sich vorstellen kann.«

Edwina blieb nur noch ein paar Minuten länger. Sie war gerade einige Minuten weg, als Tillman das Zimmer betrat. Er sah sehr unbehaglich aus. »Miss, ich entschuldige mich für die Unterbrechung, aber dies hier ist gerade gekommen.« Er runzelte die Stirn. »Es wurde von einem Straßenjungen gebracht.«

Eine unheimliche Vorahnung beschlich Thea, und nachdem sie dem Butler das gefaltete Blatt Papier abgenommen hatte, schickte sie ihn weg. Sie wusste, dass die beiden anderen sie beobachteten, als sie das Papier öffnete und den Inhalt las. Sie wurde ganz blass und keuchte auf. Wortlos reichte sie

Patrick das Blatt Papier. Sein Gesicht verzog sich grimmig, als er las:

Sie waren sehr unklug, unsere Verabredung am Mittwoch nicht einzuhalten. Wenn Sie noch einmal einen Fehler machen, wird Ihr gut aussehender, zukünftiger Ehemann nicht mehr so leicht davonkommen.

Kapitel Vierzehn

»Und was für eine Verabredung hast du nicht eingehalten?«, fragte Patrick mit ausdrucksloser Stimme.

Thea schluckte und sah zu Modesty.

Modesty streckte die Hand aus. »Darf ich?«

Patrick wandte den Blick nicht von Thea, als er Modesty die Nachricht reichte.

»Oje!«, rief Modesty aus, als sie den Inhalt las. »Das ist ja schrecklich.« Sie sah Thea mitleidig an.

Patrick sah Modesty an. »Offensichtlich bin ich der Einzige, der nichts von der Verabredung weiß, die in dieser Nachricht erwähnt wird. Würde eine von euch beiden mich vielleicht aufklären?« Seine Stimme bekam einen bissigen Unterton. »Immerhin hatte ich die Rache dafür zu ertragen, dass es nicht zu dieser Verabredung kam, daher denke ich, es wäre nur fair, dass ich weiß, worum es geht.«

»Modesty wollte, dass ich es dir sage, als ich die erste Nachricht bekam, aber ich …« Thea hielt inne, schuldbewusst und ein wenig unsicher wegen ihres Benehmens. »Aber ich wollte das nicht«, fügte sie dann leise hinzu.

Patricks Gesichtsausdruck verriet nichts von seinen Gedanken, als er fragte: »Darf ich die erste Nachricht einmal sehen?«

Thea nickte und läutete nach Tillman. Als der Butler kam, bat sie ihn, dass einer der Diener ihr die kleine mit Blumen bemalte Porzellandose von ihrer Ankleidekommode holen sollte.

Alle drei warteten schweigend. Als Tillman zurückkam, reichte er Thea die Dose und ging wieder. Sie öffnete sie und gab Patrick die zusammengefaltete Nachricht.

Argwöhnisch warteten Thea und Modesty auf seine Reaktion. Er schwieg einen Augenblick lang, während er über die Situation nachdachte.

Dann sah er Thea an und fragte: »Gab es einen besonderen Grund, warum du mir nichts von dieser ersten Nachricht erzählt hast? Abgesehen von der Tatsache, dass du ganz einfach nur dumm, störrisch und aufreizend bist wie immer?«

Thea hob das Kinn. »Ich bin nicht zu dieser Verabredung gegangen – wenigstens so dumm war ich nicht«, fuhr sie ihn an, und ihre Augen blitzten. »Und da ich diese Verabredung nicht eingehalten habe, gab es auch keinen Grund, dir davon zu erzählen.«

In seinen Augen blitzte etwas auf, das für die nächsten Minuten nichts Gutes verhieß. Doch dann überlegte er es sich anders, er wandte sich um und lief einige Minuten im Raum auf und ab, dabei kämpfte er darum, sich unter Kontrolle zu halten. Dabei war es nicht einmal die Tatsache, dass ihre Handlung dazu geführt hatte, dass er am vergangenen Abend zusammengeschlagen worden war, die ihn so wütend machte, es war viel eher das Wissen, dass sie ihm offensichtlich nicht vertraute. Er holte tief Luft. Aber warum zum Teufel sollte sie ihm auch vertrauen? Sie glaubte bereits, dass er sie mit einem Trick dazu gebracht hatte, ihn zu heiraten, und sie konnte sich nur auf sein Wort verlassen, dass sie Hirst nicht umgebracht hatte. Und außerdem, so gestand er sich mit grimmig verzogenem Gesicht ein, hatte er sich geweigert, ihr seine eigenen Gründe dafür zu nennen, warum er am Ort des Mordes von Hirst aufgetaucht war. Wenn man das alles bedachte, hatte sie eine bemerkenswerte Zurückhaltung gezeigt … und Vertrauen. Er lächelte reumütig. Weit mehr Zurückhaltung und Vertrauen, als er unter den gleichen Umständen aufgebracht hätte.

Noch einmal blickte er auf die beiden Nachrichten in seiner Hand.

»Ist die erste Nachricht auf die gleiche Art gekommen wie die zweite?«, fragte er.

Thea schüttelte den Kopf. »Nein. Am Mittwochmorgen sind unzählige Menschen hier gewesen. Tillman fand die Nachricht, nachdem die meisten Besucher wieder gegangen waren.«

Patrick seufzte. »Der Schuldige scheint uns keinen Anhaltspunkt für seine Identität geben zu wollen.« Er sah zu Thea, und sein Gesicht wurde weicher. »Es hat keinen Zweck, zu hadern.« Er lächelte sie an. »Glaube mir, mein Schatz, ich würde mich lieber noch einmal von diesem Halunken zusammenschlagen lassen, als dich am Mittwochnachmittag bei dieser Verabredung zu wissen.«

Thea sah ihn erstaunt an. »Wie meinst du das? In der Nachricht wurde doch nur Geld verlangt – ich war nicht in Gefahr. Außerdem kann ich mit diesem Unsinn umgehen.«

»Das kannst du zweifellos, aber ich mag es nicht, wenn ich ausgenommen werde – ob ich es mir nun leisten kann oder nicht. Und ich stelle fest, dass es mir noch weniger gefällt, dass die Frau, die ich heiraten werde, erpresst wird. Noch dazu, wenn ich weiß, dass sie sich nichts anderes hat zu Schulden kommen lassen, als leichtsinnig zu sein.«

»Dafür danke ich dir«, murmelte Thea und war unsicher, ob sie sich geschmeichelt fühlen oder beleidigt sein sollte.

Patrick sah mit gerunzelter Stirn auf die beiden Nachrichten in seiner Hand. »Wie es scheint, sind zumindest die beiden Nachrichten von gleicher Hand geschrieben worden, doch sonst verraten sie uns sehr wenig.« Er sah zu Thea. »Ich wünschte wirklich, ich hätte von der ersten Nachricht gewusst.«

»Genau deshalb wollte ich es dir nicht erzählen«, meinte Thea. »Wenn du es gewusst hättest, dann hättest du etwas getan, was genauso dumm gewesen wäre wie das, was du mir vorgeworfen hast.«

Er verzog das Gesicht. »Touché.«

»Also, was sollen wir jetzt tun?«, fragte Modesty. »Sollen wir bei der nächsten Forderung bezahlen? Ich denke, es besteht nur wenig Zweifel, dass es eine nächste Forderung geben wird. Wie es scheint, werden wir zahlen müssen, es sei denn, wir wollen das Risiko eingehen, dass Sie weiteren Schaden erleiden.«

Patrick setzte sich in den Sessel den beiden Damen gegenüber. Seine langen Beine streckte er vor sich aus und rieb sich das Kinn. »Im Augenblick, denke ich, können wir weiter nichts tun, als auf eine weitere Nachricht zu warten. Und je nachdem, was verlangt wird, werden wir sehen, ob wir nicht denjenigen, der hinter dem Ganzen steckt, erwischen können.«

»Das gefällt mir nicht«, sagte Thea, die die Hände fest im Schoß verschränkt hatte. »Ich fühle mich so hilflos und wütend.«

»Ich auch, mein Schatz«, antwortete Patrick sanft. »Die Nachricht verrät uns nichts. Obwohl es erklärt, was gestern Abend mit mir passiert ist.«

Mit einem schuldbewussten Gesicht beugte sich Thea vor. »Oh, Patrick, es tut mir so Leid, dass ich dir nichts von der Nachricht gesagt habe. Wenn ich das getan hätte, wärst du nicht angegriffen worden. Das ist alles ganz allein mein Fehler!«

Modesty schnaubte. »Natürlich, wie könnte es auch anders sein? Sicher ist es nicht der Fehler desjenigen, der die Nachricht geschrieben hat oder der den Auftrag gegeben hat, dass Patrick überfallen wurde. Natürlich können wir *ihn* nicht dafür verantwortlich machen – das musst du schon sein.«

Thea errötete und starrte in ihren Schoß. »Du hast Recht, dich über mich lustig zu machen«, sagte sie leise. »Aber ich kann mich des Gefühls nicht erwehren, dass all das nicht passiert wäre, wenn ich nicht so dumm gewesen wäre, mich mit Hirst zu treffen.« Sie sah Modesty an. »Also siehst du, es ist wirklich mein Fehler.«

Modestys Gesicht wurde sofort sanfter. »Nein, mein Hühnchen, es ist nicht dein Fehler. Es ist alles der Fehler desjenigen, der Hirst umgebracht und all diese Dinge ins Rollen gebracht hat. Wenn es deinem vom Schuldgefühl überwältigten Gewissen nicht schadet, solltest du wissen, dass du nicht mehr bist als nur eine Figur im Spiel eines anderen.«

»Sie hat Recht«, stimmte ihr Patrick zu. »Dein einziger Fehler ist es, dass du ein impulsives Wesen hast, eine Tatsache, die unser Täter zu seinem Vorteil nutzt.«

»Wenn ihr beide damit fertig seid, mir begreiflich zu machen, was für ein niedriges, unwichtiges, impulsives Rädchen ich im Getriebe eines anderen Menschen bin, dann würde ich vorschlagen, dass wir uns daranmachen, einen Plan auszuarbeiten, wie wir mit der nächsten Nachricht umgehen wollen. Wir wissen, dass es eine nächste Forderung geben wird.«

Sie unterhielten sich noch einige Minuten lang über die Sache, doch einen besonderen Plan entwickelten sie nicht. Sie entschieden sich lediglich, dass Thea und Modesty Patrick sofort eine Nachricht schicken sollten, wenn Thea die nächste Forderung erhielt, in der Geld oder irgendetwas anderes verlangt wurde.

»Natürlich wird es schon bald gar nicht mehr nötig sein, mir eine Nachricht zu schicken«, murmelte Patrick und griente. »Denn nach dem morgigen Nachmittag habe ich nicht die Absicht, meine Braut noch aus den Augen zu lassen.«

Wieder errötete Thea, diesmal allerdings aus einem anderen Grund. Die Vorstellung, mit ihrem Ehemann im Bett zu liegen, ging ihr durch den Kopf. Sie hatte sich noch kaum davon erholt, als Patrick ein paar Minuten später aufstand und ging.

Der Rest des Nachmittags und des Abends verging wie im Flug. Am späten Nachmittag gab es noch eine Reihe von Gratulanten, und am frühen Abend gingen Thea und Modesty zu Mrs De Land zur letzten Anprobe des Hochzeitskleides. Sie verließen den Laden mit dem festen Versprechen von Mrs De Land, dass das Kleid nicht später als um zehn Uhr am nächsten Morgen am Grosvenor Square abgeliefert werden würde.

Lady Caldecott hatte darauf bestanden, dass Braut und Bräutigam und einige andere Mitglieder der Familie an diesem Abend bei ihr aßen, und nach der Anprobe waren Thea und Modesty mit Edwina sofort zum Haus der Caldecotts gefahren. Der Abend schien recht angenehm, aber Thea fühlte sich benommen und orientierungslos und konnte kaum glauben, dass am nächsten Abend um diese Zeit ihre Ehe mit Patrick Blackburne Wirklichkeit sein würde.

Wieder und wieder ging ihr Blick zu Patrick, und eine eigenartige Erregung erfasste sie, wenn sie in diese so kühlen grauen Augen sah. Heute Abend benahm er sich wie ein Gentleman, und trotz der blauen Flecke auf seinem verletzten Gesicht sah er gewandt und herzerweichend gut aus in seiner eng anliegenden grauen Jacke und den schwarzen, seidenen Kniehosen, sein Leinenhemd war leuchtend weiß auf seiner bronzefarbenen Haut. Immer wenn ihre Blicke sich trafen, fühlte Thea, wie die süße Erwartung in ihrem Inneren anstieg.

Sie riss die Blicke von ihm los und versuchte, sich auf die anderen zu konzentrieren. Es fiel ihr schwer, doch schließlich gelang es ihr, Patrick und die Anziehungskraft, die er auf ihre Sinne hatte, beiseite zu schieben und sich auf einige der anderen Gäste zu konzentrieren.

Edwina war aufgeregt, weil sie ehrenwerter Gast im Heim einer der exklusivsten und mächtigsten Damen der Gesellschaft war. Sie war geblendet davon, sich in einer so ausgewählten Gesellschaft bewegen zu können; ihr Tischherr auf der einen Seite war ein gut aussehender junger Marquis, auf ihrer anderen Seite hatte eine flotte, frisch verheiratete Gräfin gesessen. Nach dem Essen, als die meisten der Gäste sich zum Kaffee und zu winzigen, delikaten Teilchen zurückzogen, kam Edwina zu Thea, Modesty und Lady Roland, die an einem Ende des Raumes standen.

Ihre Augen leuchteten, und es lag ein Strahlen um sie. Als sie die glänzende Versammlung der Titelträger in dem hübschen Raum betrachtete, stieß sie einen wohligen Seufzer aus. »Oh, Thea, was kannst du dich glücklich schätzen! Findest du mich sehr schlimm, wenn ich sage, dass ich dich beneide?« Sie schüttelte ihre goldenen Locken. »Heute Abend hier zu sein, hat mich begreifen lassen, wie sehr ich mir wünschte, ich hätte auf dich und Modesty gehört, als du mich damals gewarnt hast, Hirst zu heiraten! Mein Leben wäre so anders verlaufen.«

»Im Nachhinein sind wir alle klüger«, meinte Modesty spöttisch. »Der Trick ist, klar vorausschauen zu können.«

Edwina nickte. »Natürlich hast du Recht. Und ich verspreche dir, von diesem Augenblick an werde ich mein Leben ändern.« Als sie Modestys skeptischen Blick sah, fügte sie hinzu: »War ich denn nicht auch einverstanden damit, Theas Rat zu folgen und aufs Land zu ziehen? Beweist das denn nicht, dass ich versuche, mich anständig zu benehmen?«

»Das tut es in der Tat«, sagte Thea und lächelte warm. »Aus London wegzugehen ist ein wundervoller erster Schritt, dir dein Vermögen zu bewahren.« Thea dachte an die Wirkung, die Hirsts Ermordung auf Edwina haben würde, wenn sie davon erfuhr, deshalb sprach sie weiter. »Manchmal sieht die Zukunft dunkel aus, aber glaube mir, mit der Zeit verschwindet die Dunkelheit wieder. Und wenn du dich von denjenigen leiten lässt, die dich lieben, dann schwöre ich dir, wirst du eine helle und strahlende Zukunft haben.«

»Das will ich auch«, antwortete Edwina, und ihr hübsches, junges Gesicht wurde plötzlich ernst.

Gerade in diesem Augenblick kam Patrick, sein dunkles, gut aussehendes Gesicht war spöttisch verzogen. Er nahm Theas Hand in seine und murmelte: »Ich fürchte, liebe Damen, dass ich meine Braut von euch wegholen muss. Mutter besteht auf einer weiteren Runde von Trinksprüchen, ehe der Abend zu Ende ist.«

Als die Trinksprüche vorüber waren, endete die Party langsam, und Thea war sehr froh, endlich gehen zu können. Patrick begleitete die Damen nach Hause. Edwina war mit Thea und Modesty gekommen, und sie brachten sie als Erste nach Hause. Als sie am Grosvenor Square ankamen, begleitete Patrick Thea und Modesty ins Haus.

Modesty wünschte Thea und Patrick eine gute Nacht und ließ sie dann in dem kleinen Wohnzimmer zurück, um ihnen vor ihrer Hochzeit am nächsten Tag einen Augenblick allein zu gönnen.

Patrick lächelte Thea an. »Morgen Abend um diese Zeit wird alles vorüber sein – wir werden Mann und Frau sein und nicht länger die Aufmerksamkeit aller auf uns ziehen. Ich weiß nicht, wie es dir geht, aber ich habe mich den ganzen Abend lang gefühlt wie eine Kirmesattraktion. War es sehr schlimm für dich, meine Süße?«

Thea lachte, sie sah bezaubernd aus in ihrem tief ausgeschnittenen Kleid aus bernsteinfarbener Seide. »Du hast vergessen, ich bin es gewöhnt, angestarrt zu werden – normalerweise voller Verachtung, daher ist es neu für mich, mich inmitten so vieler guter Wünsche und anerkennender Blicke zu bewegen. Ich habe es beinahe genossen.«

»Und ich bin davon überzeugt, dass es dir gefallen wird, mit mir verheiratet zu sein«, meinte er leise, und seine Lippen legten sich auf ihre. Er küsste sie zärtlich und hielt seine Leidenschaft unter Kontrolle. Dies sollte nicht mehr sein als ein kurzer Gutenachtgruß. Nicht mehr. Es machte nichts, dass er den ganzen Abend vom Duft ihres Parfüms gequält worden war und von dem Wissen, dass sie in weniger als vierundzwanzig Stunden seine Frau sein würde. Er hatte sich geschworen, dass ein Vorfall wie bei Mrs De Land nicht noch einmal vorkommen würde. Aber sie war so süß, so warm und verlockend, als er sie in seinen Armen hielt, und er verlangte so sehr nach ihr, dass all seine guten Vorsätze schwanden.

Wie er es schon den ganzen Abend hatte tun wollen, riss er ihren schlanken Körper an sich, ein ersticktes Stöhnen kam von seinen Lippen, dann presste er sie auf ihre, und seine Zunge schob sich tief in ihren Mund. Ein Feuer der Leidenschaft erfasste seinen Körper, berauscht und blind vor drängendem Verlangen, hätte er sie beinahe gegen die Wand gedrängt und sie an Ort und Stelle besessen.

Thea hatte sich niemals träumen lassen, wie schnell das Verlangen sie überwältigen konnte, wie schnell ein einfacher Kuss zu so viel mehr werden konnte. Der Gedanke, sich ihm zu verweigern, wäre ihr nie gekommen, nicht, wenn ihr Herz und ihr Körper sich verzweifelt danach sehnten, dass er sie besaß. Er presste sie an seinen kräftigen Körper, der Beweis seines Verlangens war offensichtlich, und sie schlang die Arme um seinen Hals und erwiderte seinen Kuss mit der gleichen Wildheit, dem gleichen Verlangen.

Er griff nach dem seidenen, bernsteinfarbenen Stoff ihres Kleides und zog ihn hoch. Als er die warme Haut ihrer Schenkel berührte, stöhnte er auf, er hörte nicht auf mit seinen wilden Zärtlichkeiten, während er sie gleichzeitig immer weiter zurückdrängte, bis sie an der Wand angekommen waren.

Mit ihrem Rücken gegen die Wand gepresst, rann ein Schauer durch Theas Körper, als es ihm schließlich gelang, sich durch die Lagen ihrer Kleidung zu kämpfen und die zarte Haut zwischen ihren Schenkeln zu berühren. Sofort fanden seine Finger die Stelle, die sich so schmerzlich nach seiner Berührung sehnte. Thea stöhnte auf, Wogen eines heißen Glücksgefühls rannen durch ihren Körper, als er die empfindsame Stelle rieb und drückte und sein Kuss gleichzeitig härter und verlangender wurde.

Er war verrückt nach ihr, das Verlangen, sich in ihren sanften Tiefen zu verlieren, ließ ihn alles andere um sich herum vergessen, nur noch das wilde Verlangen, sie zu besitzen, zählte. Er hob eines ihrer Beine und legte es um seine Hüften, seine Hand ging zum Verschluss seiner Hose. Er würde sie besitzen, sie konnte ihn nicht zurückweisen. Zum Teufel mit der Zurückhaltung.

Dieser Gedanke schickte einen eisigen Pfeil der Vernunft durch seinen Körper, beinahe wäre er an seiner Frustration erstickt. Seine Bewegungen wurden langsamer, sein Kuss sanfter. Er küsste sie noch einige Augenblicke und achtete dabei nicht auf das Verlangen seines Körpers. Sie war erregt und bereit, und da er entschlossen war, wenigstens einen von ihnen heute Abend die Erfüllung finden zu lassen, glitt er auf die Knie. Eines ihrer Beine legte er über seine Schulter, dann küsste er sie intim zwischen ihren Schenkeln, seine Zunge und seine Lippen tranken ihren Duft und ihren Geschmack. Er hielt sie gegen die Wand gedrückt, seine Finger und seine Zunge quälten sie, die Art, wie sich ihr Körper anspannte, sagte ihm deutlicher als Worte, dass sie sich am Rande der Erfüllung befand.

Überwältigt von schockierenden, unglaublichen Gefühlen bei jeder Berührung seiner Finger, bei jedem Streicheln seiner Zunge, die sie zu neuen Höhen führte, vergaß Thea alles andere. Das Glücksgefühl, die schmerzlich süße Erregung waren so überwältigend, dass sie sicher war, es keinen Augenblick länger ertragen zu können. Sie hatte geglaubt, dass das, was sie bei Mrs De Land miteinander erlebt hatten, sie auf die körperlichen Freuden vorbereitet hätte, doch jetzt entdeckte sie, dass es Glücksgefühle gab … und Glücksgefühle. Ganz plötzlich spannte sich ihr Körper an, in einem süßen, süßen Schmerz. Im nächsten Augenblick ergriff sie die Ekstase.

Benommen lehnte sie sich gegen die Wand, nur Patricks Hände verhinderten, dass sie zu Boden sank. Noch ein letztes Mal küsste er die prickelnde Stelle zwischen ihren Schenkeln, und ein eigenartig zufriedenes Lächeln umspielte seinen wissenden Mund, dann stand er auf, und ihr zerknittertes Kleid fiel wieder über ihre Beine.

Sein Körper schmerzte, weil er die Erfüllung nicht gefunden hatte, aber da er wusste, dass wenigstens einer von ihnen heute Nacht gut schlafen würde, war der Schmerz erträglich.

Thea starrte ihn blicklos an, ihr Körper zog sich noch immer rhythmisch zusammen, und kleine Schauer der Erregung rannen hindurch. Erst die sanfte Berührung seiner Finger auf ihrer Wange brachte sie langsam in die Wirklichkeit zurück.

Ihre Pupillen waren geweitet, ihr Gesicht sanft, und Patrick fand, dass er noch nie etwas so Liebliches und Erregendes gesehen hatte. Es war ein Blick, so sagte er sich, den er in Zukunft noch sehr oft zu sehen hoffte. Beim nächsten Mal würde sein Gesicht den gleichen Ausdruck haben.

Er lächelte ein wenig schief. »Das habe ich nicht gewollt«, murmelte er. »Aber ich habe dich gewarnt.«

»Gewarnt?«, krächzte Thea, ihre Gedanken waren ein verwirrtes Durcheinander.

»Dass ich die Hände nicht von dir lassen kann.«

»Ach das«, murmelte sie und errötete.

Patrick lachte. »Ja, das!« Er küsste sie und flüsterte an ihren zitternden Lippen. »Und ich habe die Absicht, das noch öfter zu tun.«

Nachdem er sich versichert hatte, dass ihrer beider Kleidung wieder in Ordnung war, küsste er sie noch einmal. »Ich verlasse dich jetzt besser, ehe sich herausstellt, dass du doch zu verlockend bist. Ich habe meine Vorsätze sowieso schon viel zu sehr außer Acht gelassen.«

Wie Thea es die Treppe hinauf in ihr Zimmer schaffte, wusste sie später nicht mehr.

Eingehüllt in einen sanften Schimmer, ihr Körper befriedigt und matt, gelang es ihr schließlich, sich auszuziehen und ein Nachthemd aus hauchdünnem Batist überzuziehen. Es war ein langer, ermüdender Tag gewesen. Ganz sicher war er zum Teil sehr angenehm gewesen, sie errötete, als sie daran dachte, wie angenehm. Hinter ihrem Lächeln und ihrer Gelassenheit nach außen hin war sie ständig auf Hochspannung gewesen. Sie war froh, dass sie endlich in ihr Bett gehen konnte, sie war davon überzeugt, dass es nicht lange dauern würde, bis sie schlafen konnte.

Sie warf sich unruhig in ihrem Bett hin und her und lauschte voller Bestürzung, wie die Uhr im Flur vor ihrem Schlafzimmer die Stunden schlug. Ein Uhr war vorüber, und dann auch zwei Uhr. Als die Uhr begann, die dritte Stunde zu schlagen, und sie noch immer nicht schlafen konnte, schob sie die Decke zurück und stand auf.

In ihrem verzweifelten Wunsch nach Schlaf lief sie durch das Zimmer und fragte sich, ob ein Glas warme Milch ihr wohl helfen würde. Aber dann müsste sie in die Küche gehen, das Feuer schüren und die Milch auf den Herd stellen –

dann wäre sie wahrscheinlich endgültig wach. Also verwarf sie den Gedanken wieder.

Sie ging hinüber zu einem der großen Fenster, von denen aus sie in den kleinen Garten hinter dem Haus sehen konnte, dann schob sie die dünne Gardine zur Seite und starrte blicklos vor sich hin, ihre Gedanken waren bei Patrick und ihrer bevorstehenden Hochzeit. Der Garten unter ihr war voller Schatten, der Halbmond warf Strahlen seines silbernen Lichtes hierhin und dorthin.

Sie war aufgeregt und fürchtete sich vor der Zukunft. Es gab noch so vieles von ihrem zukünftigen Ehemann, was sie nicht wusste, ihre plötzliche Verlobung erschreckte sie nach wie vor und dennoch … Sie lächelte. Und dennoch würde sie ihn heiraten, und zwar mit Freude in ihrem Herzen. Freude, gestand sie sich, gedämpft durch Vorbehalte.

Das vorsichtige Öffnen der Tür ihres Schlafzimmers riss sie aus ihren Träumereien. Erschrocken wandte sie sich halb um. Nur schwaches, ungleichmäßiges Mondlicht erhellte das Zimmer, und sie konnte kaum die dunkle Gestalt desjenigen erkennen, der das Zimmer betreten hatte. Sie hatte den Eindruck, dass es ein Mann war. Ein Mann, der vorsichtig die Tür hinter sich schloss, ehe er sich auf das Bett zubewegte. Thea hätte ihn beinahe angesprochen, hätte verlangt zu wissen, wer er war, doch ihre Zunge schien ihr plötzlich am Gaumen zu kleben. Es lag etwas so Verdächtiges, so Hinterhältiges und Geheimnisvolles in den Bewegungen des Eindringlings, dass Angst sie ergriff und sie tunlichst vermied, ihm zu verraten, wo sie war.

Von der Stelle, an der sie stand, halb verborgen hinter der Gardine am Fenster, konnte sie seine Gestalt sehen, sie konnte hören, dass er schwer atmete, und sah, dass er vorsichtig durch das Zimmer zum Bett schlich. Ihr stockte der Atem, und sie strengte sich an, mit ihren Blicken die schattige Dunkelheit zu durchdringen, ihr Herz schlug schmerzhaft laut in ihrer Brust.

Wer auch immer es war, der das Zimmer betreten hatte, er wollte ihr etwas antun – das wusste sie, aber sie konnte nicht sagen, woher sie das wusste. Sie wusste nur, dass ihr Leben in Gefahr war, daran gab es keinen Zweifel. Sie fürchtete sich zu verraten, wo sie war, deshalb stand sie wie erstarrt in dem schwachen Licht, und in ihrem Kopf rasten die Gedanken.

Es konnte keiner der Diener sein. Sie alle waren der Familie verbunden, und es war undenkbar, dass einer von ihnen ihr etwas antun würde. Aber irgendjemand schlich sich im Augenblick zu ihrem Bett, in dem sie eigentlich jetzt schlafend liegen sollte. Wer?

Derjenige, der Hirst umgebracht hatte! Ihr Mund wurde ganz trocken. Auch wenn sie vieles nicht wusste, so war sie doch sicher, dass er gekommen war, um sie umzubringen. Er musste, so überlegte sie erschrocken, durch eines der Fenster in der unteren Etage eingebrochen sein. Ein Gedanke kam ihr und verstärkte ihr wachsendes Entsetzen noch. Woher hatte er gewusst, welches Zimmer das ihre war? Kannte sie ihn, kannte er sich in ihrem Zuhause aus?

Unter ihrer Furcht begann die Wut zu brennen. Wie konnte dieser Mensch es wagen, sich in ihr Haus zu schleichen, und daran denken, sie in Angst und Schrecken zu versetzen! Sie ballte die Hand zur Faust. Schnell gingen ihr Dutzende von Gedanken durch den Kopf, diesen Schrecken zu beenden, doch sie verwarf alle wieder.

Die Diener schliefen alle in der oberen Etage, Modestys Zimmer war in der Nähe, aber Thea glaubte nicht, dass Modestys Anwesenheit ihr helfen würde, es würde nur Modesty zusätzlich in Gefahr bringen. Abgesehen davon, dass sie wie ein Dummkopf dastehen würde, glaubte sie nicht, dass es sinnvoll wäre, wenn sie um Hilfe rief. Bis ihre Schreie die Leute im Haus wecken würden und Hilfe kam, wäre sie schon tot. Frustration, Hilflosigkeit und Wut auf den Eindringling hatten den größten Teil ihrer Furcht vertrieben, sie suchte nach einem Ausweg. Ihr kam ein Gedanke: Die Duellpistole, die sie zum Haus in der Curzon Street mitgenommen hatte. Nur durch einen Zufall war sie hier, in diesem Zimmer, in der Schublade ihres Nachttisches.

Ganz plötzlich blitzte das Mondlicht auf etwas, das diese Person in der Hand hielt. Es war ein Dolch, Thea keuchte, als sie die blitzende Klinge sah.

Das machte den Eindringling auf sie aufmerksam, und mit der Schnelligkeit einer Schlange wirbelte der Mann in ihre Richtung und sprang auf sie zu. Sie hatte keine Zeit mehr, nachzudenken oder etwas zu planen, ihre Reaktion wurde von ihrem Instinkt bestimmt. Sie sprang vor, packte den silbernen Kerzenständer, der auf der Anrichte in der Nähe des Fensters stand.

Ihre Bewegung hatte den Eindringling erschreckt, und er zögerte. Mehr Zeit brauchte sie nicht. Theas Hand schloss sich um den schweren Leuchter, und mit einem wilden Kriegsschrei wirbelte sie herum, um ihrem Angreifer gegenüberzutreten. Ihr lauter Schrei erschreckte beide, der Eindringling erstarrte, und Thea war erstaunt, dass ein solches Geräusch aus ihrem Mund kam.

Sie fing sich als Erste, sprang vor und hielt den Kerzenständer wie einen Knüppel vor sich. »Hier bin ich, du elendes, stinkendes Stück Abfall. Mal sehen, wie tapfer du jetzt bist.«

Angst mischte sich mit Wut, machte sie kühn und verlieh ihr eine Kraft, von der sie gar nicht gewusst hatte, dass sie sie besaß. Mit aller Kraft schlug sie zu, eine erregende Befriedigung ergriff sie, als der Kerzenständer seine Schulter traf. Es war zwar nicht die Stelle, auf die sie gezielt hatte, aber es machte ihr Freude zu wissen, dass sie ihn hart getroffen hatte.

Er stöhnte auf und stolperte zurück. Thea schrie noch einmal, ein weiterer, erstaunlich lauter Ruf, der durch das Zimmer drang. Sie dachte nicht an die Gefahr, in der sie sich befand, sie verfolgte ihn, schlug zu und schrie.

Er hatte nicht mit Gegenwehr gerechnet, das war ihr Vorteil, aber der Eindringling erholte sich rasch. Mit einer Mischung aus einem Fluch und einem Aufstöhnen sprang er auf sie zu. Mit sorgloser Kraft schlug er ihr den Kerzenleuchter aus der Hand. Thea verlor die Balance, sie stolperte zurück.

Im nächsten Augenblick war er über ihr, sie stolperten beide und fielen zu Boden.

Thea war sich bewusst, dass er einen Dolch in der Hand hielt, sie wand sich wie ein Aal, und ja, sie schämte sich, es zuzugeben, sie schrie, so laut sie konnte. Wieder und wieder wich sie nur um Haaresbreite dem niedersausenden Dolch aus. Es war ein hässlicher, verzweifelter Kampf, die Chancen standen gut für den Angreifer. Er war größer und stärker als sie, aber Thea war wütend und hatte Angst um ihr Leben, sie teilte aus, so gut sie konnte. Immer wieder fuhr sie ihm mit den Fingernägeln durchs Gesicht und setzte ihre Füße und ihre Knie gegen ihn ein. Seine Größe war für ihn ein Vorteil, sie musste nicht nur dem Dolch ausweichen, sondern auch seinen Fäusten, die er ohne zu zögeren auch einsetzte. Aber es war der Dolch, vor dem Thea sich am meisten fürchtete. Ein plötzlicher Schmerz an ihrer Schulter und ein anderer an der Seite ihres Halses, dann an ihrem Handgelenk sagten ihr, dass sie nicht unverletzt davonkommen würde, wenn sie diesen Kampf überleben würde. Sie brauchte eine Waffe.

Ihre Hand ertastete den heruntergefallenen Kerzenständer, und mit erneuter Heftigkeit schlug sie ihn ihrem Angreifer auf den Kopf. Fluchend griff er danach und riss ihn ihr noch einmal aus der Hand. Ihre Furcht machte sie verzweifelt, sie griff nach der Hand, in der er den Dolch hielt, und biss hinein, der salzige Geschmack seines Blutes auf ihrer Zunge ließ sie würgen.

Er stieß einen wütenden Schrei aus, dann griff er in ihr Haar und riss ihren Kopf zurück. Ihre Umklammerung ließ ein wenig nach, doch mit der Handkante traf sie ihn voll gegen den Hals. Er lockerte seinen Griff, rang nach Luft und vergaß einen Augenblick lang seinen Angriff.

Das war alles, was sie brauchte. Sie stieß ihn heftig zurück. Als er ein wenig zurückwich, kam sie wieder auf die Füße. Stolpernd, laufend und schwer atmend, mit schmerzendem Körper rannte sie zu dem Nachttisch neben ihrem Bett. Die Schublade öffnete sich, und sie fühlte die Pistole angenehm kühl in ihrer Hand.

Sie war geladen und bereit, Thea schwang herum, um sich ihrem Angreifer zu stellen. Er hatte sich von dem Schlag gegen seinen Hals wieder so weit erholt, dass er auf die Füße kam, und stand nur etwa zwei Meter von ihr entfernt. Sie sah ihn nur als dunklen Schatten in dem Dämmerlicht des Zimmers.

»Stehen bleiben!«, rief sie. »Ich werde Sie erschießen, wenn Sie sich bewegen.«

Die Tür ihres Schlafzimmers flog auf, und herrliches, helles, goldenes Licht fiel in das Zimmer. Modesty in ihrem Morgenmantel, mit einem langen Zopf, der über ihre Schulter hing, stand an der Tür und hielt einen hell erleuchteten Kerzenhalter in der Hand. »Du liebe Güte«, rief sie aus. »Was ist denn hier los, all das Geschrei und Gebrüll – oh, mein Gott!«

Ohne einen Blick zurückzuwerfen, konzentrierte sich der Angreifer ganz auf sein Opfer. Mit dem Dolch in der Hand sprang er auf Thea los. Sie sah ein verzerrtes Gesicht, zurückgezogene Lippen und den Dolch, der auf ihr Herz gerichtet war. Es war mehr der Instinkt als ihre Entschlusskraft, der ihre Hand führte und sie abdrücken ließ.

Der Knall des Schusses in dem Raum war wie eine Explosion. Theas Ohren dröhnten, und ihre Augen brannten von der blauen Rauchwolke, die aus der Pistole kam. Der scharfe Geruch nach Schwarzpulver war überwältigend.

Modesty schrie. Der Eindringling stolperte zurück, auf seinem Gesicht lag ein Ausdruck äußersten Erstaunens. Er hielt sich die Brust, auf der plötzlich ein roter Fleck erschien. Voller Entsetzen beobachtete Thea, wie er vor ihr auf den Boden sank, den Dolch hielt er noch immer in der Hand. Er bewegte sich ruckartig, stöhnte auf und lag dann still.

Erschüttert und ganz elend sank Thea auf die Bettkante, ein unerwartetes Schluchzen erschütterte ihren Körper. Benommen starrte Modesty sie an, dann blickte sie auf den Körper am Boden, dann wieder zu Thea.

Ohne ein Wort griff sie nach dem Klingelzug und zog mehrmals heftig daran. Dies war nicht der Augenblick, der

Dienerschaft gegenüber nachsichtig zu sein – wenn von ihnen nach dem Schuss überhaupt noch jemand schlief.

Sie stellte den Kerzenleuchter auf den Tisch und kam dann zu Thea. Sanft untersuchte sie deren blaue Flecke und Verletzungen. Sie schwiegen beide, während sie Thea untersuchte, doch ihre Berührungen waren sanft und beruhigend. Mit einem Ende ihres Morgenmantels wischte sie Thea die Tränen ab. »Ganz ruhig, mein Hühnchen«, murmelte sie. »Es ist alles vorbei. Niemand kann dir jetzt noch etwas antun. Du bist in Sicherheit.«

Die entsetzten Ausrufe von Tillman und einem untersetzten Lakai ließen Modesty aufblicken. Sie wandte sich an Tillman. »Wir brauchen etwas warmes Wasser und ein wenig Glühwein.« Sie blickte auf den Körper. »Und bringen Sie dieses Objekt aus dem Haus – für den Augenblick können Sie ihn in den Garten bringen – doch lassen Sie die anderen Diener nicht sehen, was Sie tun. Oh, und danach schicken Sie«, sie warf einen Blick auf den Lakai neben Tillman, »Eldon zu Mr Blackburne, mit der Bitte, dass er sofort hierher kommt.« Sie sah Tillman ernst an. »Und kein Wort von all dem hier zu irgendjemand. Sagen Sie den anderen Dienern, dass Miss Garrett einen Alptraum hatte und in ihrem Schreck aus dem Bett gefallen ist.« Ihr Blick wurde hart. »Jede Vermutung, dass jemand einen Schuss gehört hat, wird sofort als Unsinn abgetan. Haben Sie mich verstanden?«

Tillman nickte mit grimmigem Gesicht, wie durch ein Wunder verschwanden er und Eldon und schlossen fest die Tür hinter sich.

Modesty setzte sich neben Thea auf das Bett, mit einer Hand rieb sie beruhigend über Theas Rücken.

Das schlimmste Schluchzen Theas hatte ein wenig nachgelassen, und mit einem schwachen, tränenfeuchten Lächeln murmelte sie: »Hat dir eigentlich schon einmal jemand gesagt, dass du cin guter General geworden wärst?«

Modesty strahlte sie an. »Weißt du eigentlich, dass das das Netteste war, was du mir je gesagt hast?« Noch einmal sah sie

Thea nachdenklich an, sie blickte auf die Abschürfungen, die jetzt überall auf ihrem Gesicht und ihrem Körper zu sehen waren. Sie würden wieder verschwinden, und auch die Schnitte an ihrer Schulter, ihrem Hals und dem Handgelenk waren nicht tief. Mit einigen geschickt arrangierten Tüchern und Handschuhen würden sich die Schnittwunden verbergen lassen, bis sie verheilt waren. Theas Gesicht allerdings war etwas ganz anderes.

»Ich nehme an, für eines sollten wir dankbar sein«, meinte Modesty.

»Und was ist das?«

Modesty tätschelte Theas Hand. »Du und dein Bräutigam, ihr werdet, fürchte ich, beide mit einem blauen Auge auf eurer Hochzeit erscheinen.«

Kapitel Fünfzehn

Als Patrick kam, hatte man den Körper des Mannes bereits weggebracht, und Thea und Modesty, beide in ihren Morgenmänteln, empfingen ihn im kleinen Wohnzimmer. Theas Wunden waren versorgt worden, und der Becher mit warmem Glühwein, den Modesty ihr aufgedrängt hatte, hatte ihr geholfen, ihre Nerven zu beruhigen.

Patrick stürmte in das Haus wie ein Wirbelwind, er lief an Tillman vorbei, als würde dieser gar nicht existieren. »Wo ist sie?«, wollte er wissen und blieb doch nicht stehen, um auf eine Antwort zu warten. Als Tillman es ihm sagte, ging er mit großen Schritten schnell weiter. Sein dunkles Gesicht war angespannt, als er das Wohnzimmer betrat, nur der Anblick von Thea in ihrem rosafarbenen Morgenmantel, die auf dem kleinen Sofa saß, ließ ihn innehalten. Sie sah sehr klein aus und unerträglich süß, wie sie dort saß, ihre Hände hatte sie fest im Schoß verschränkt, in ihren dunklen Augen stand das Entsetzen. Lieber Gott! Sie war in Sicherheit. Nie wieder wollte er diese Angst fühlen, die ihn erfasst hatte, als er von der Nachricht aufgeweckt worden war, dass einer ihrer Diener unten war und verlangte, dass er sofort zu ihr kommen sollte. In Gedanken hatte er sich die fürchterlichsten Bilder ausgemalt, noch nie hatte er die Entfernung zwischen ihren beiden Häusern in so kurzer Zeit zurückgelegt.

Patrick stand an der Tür, er holte tief Luft und bemühte sich, seine aufbrausenden Gefühle unter Kontrolle zu halten. Sie lebte, und wie es schien, war sie trotz der blauen Flecken in ihrem Gesicht unversehrt. Doch die Abschürfungen in ihrem Gesicht ließen sein Herz erstarren, und ein gefährliches, feindseliges Leuchten trat in seine grauen Augen. Er kam durch das Zimmer und sank vor ihr auf die Knie, seine Hände legte er auf ihre. Sein Blick ruhte auf ihrem blassen Gesicht. »Was ist geschehen?«, fragte er. »Dein Diener wollte mir nichts sagen, er hat nur darauf bestanden, dass ich sofort komme.« Er lächelte freudlos. »Ich habe daran gedacht, ihn auf der Stelle zu erdrosseln.«

Thea schenkte ihm ein zittriges Lächeln. »Ich glaube, unser Eindringling aus der Curzon Street ist gekommen, um mir einen Besuch abzustatten.« Sie schluckte, ihre eiskalten Finger schlossen sich um seine starken, warmen Hände. »Ich habe ihn erschossen. Ich … ich … ich habe ihn umgebracht, Patrick.«

»Das ist auch gut so«, antwortete er mit ausdrucksloser Stimme. »Das erspart mir die Mühe.« Sein Blick glitt über ihren Körper, er sah ihre Wunden und verzog grimmig das Gesicht, als er den Verband um ihr rechtes Handgelenk bemerkte. Mit kühler Geschicklichkeit löste er den ordentlichen Verband, den Modesty angelegt hatte. Ein Muskel zuckte in seiner Wange, als er auf die dünne rote Linie auf ihrer weichen, weißen Haut starrte. Zärtlich küsste er die rote Wunde; als ihm klar wurde, dass es nur ein Glücksfall war, dass er sie heute Nacht nicht verloren hatte, zog sich sein Magen zusammen. Er kämpfte gegen die nackte Wut gegen den Mann, der Hand an sie gelegt hatte, während er vorsichtig ihren Körper untersuchte.

»Ich bin wirklich unverletzt«, versicherte sie ihm. »Er hat mich mit einem Messer angegriffen, und ich habe ein paar Schnitte abbekommen, aber es ist nichts Ernstes.«

»Hmm, ist das so?«, fragte Patrick und schob mit einer Hand den Kragen ihres Morgenmantels beiseite. Wieder zuckte dieser verräterische Muskel in seiner Wange, als er den Schnitt an ihrem Hals untersuchte und den zweiten an ihrer Schulter.

Beunruhigt durch sein kühles Verhalten und verlegen durch die intime Art, mit der seine Hände über ihren Körper glitten, murmelte Thea: »Mir geht es gut – wirklich. Ich habe dir doch gesagt, er hat keinen großen Schaden angerichtet. Du kannst Modesty fragen, sie hat mich bereits gründlich untersucht.«

Patricks Blick ging zu Modesty, und ihr schnelles Nicken gab ihm die Antwort auf seine unausgesprochene Frage.

»In der Tat«, versicherte sie ihm. »Genau wie Sie musste ich mich versichern, dass sie relativ unverletzt ist.« Mit blitzenden Augen meinte sie: »Ich kann Ihnen versichern, lieber Sir, dass es außer ein paar Abschürfungen und drei Schnitten nichts gibt, worüber Sie sich Sorgen machen müssen.« Ein wenig spöttisch fügte sie hinzu: »Sie wird es überleben, aber das verdanken wir nicht unserem Eindringling.«

»Ah, ja, der Eindringling«, murmelte Patrick und sank wieder vor ihr nieder. »Und wo sind seine, äh, Überreste?«

»Ich habe seinen Körper von den Dienern in den Garten bringen lassen. Möchten Sie ihn sehen?«, fragte Modesty.

Patrick nickte. Modesty stand auf und sah Thea an. »Es wird nicht lange dauern, mein Hühnchen.«

Aber Thea hatte nicht die Absicht, sich noch länger umsorgen zu lassen. Ihre dunklen Augen waren noch immer viel zu groß in ihrem blassen Gesicht. Sie stand auf. »Ich werde mit euch kommen.«

Patrick und Modesty warfen einander einen Blick zu, Modesty verzog das Gesicht und zuckte mit den Schultern. Patrick sah Thea lange an, dann nickte er. Es wäre einfacher, entschied er, Thea nahe bei sich zu haben, als sie allein zu lassen.

Es war feucht und kühl im Garten, Nebelschwaden zogen über die geschnittenen Hecken und den gepflegten Rasen. Der Körper lag auf einem Rasenstück hinter dem Haus, Eldon stand in der Nähe, in der Hand hielt er eine flackernde Kerze.

Patrick und Modesty trugen beide einen doppelten Kerzenleuchter, und in dem goldenen Schein dieses Lichtes betrachteten sie den Körper. Der Tote lag mit dem Gesicht nach unten, aber Patrick erkannte an der Qualität und dem Schnitt seines Rockes und der Hose, dass es sich nicht um einen gewöhnlichen Einbrecher handelte. Die Stiefel waren aus gutem Leder, und selbst im flackernden Licht der Kerzen glänzten sie.

Mit ausdruckslosem Gesicht stieß Patrick mit der Spitze seiner polierten Stiefel den Körper auf den Rücken. Thea und Modesty schraken zurück bei dem entsetzlichen Anblick der klaffenden Wunde, die den Mann umgebracht hatte. Der Lakai, dessen Gesicht ganz grün war, wandte sich ab.

Patrick betrachtete die Wunde und dann das schlaffe Gesicht des toten Mannes. Er kannte ihn nicht, aber er nahm an, dass er seinen Namen wusste.

Er warf Modesty einen Blick zu. »Haben Sie die entsprechenden Behörden informiert?«

Modesty schüttelte den Kopf. »Nein. Ich wollte, dass Sie zuerst davon erfuhren.«

»Sehr schnell überlegt – mein Kompliment.« Er sah zum Haus. »Wissen Sie, wie er ins Haus gekommen ist?«

»Ja, das ist eine weitere Sache, die Tillman erledigt hat, während wir auf Sie gewartet haben. Wir haben alle Türen und Fenster überprüft und haben festgestellt, dass die Tür des Lieferanteneingangs aufgebrochen worden ist. Sie stand offen, als Tillman danach gesehen hat, und wir nehmen an, dass der Mann dort eingedrungen ist.«

Patrick sah mit gerunzelter Stirn Thea an. »Gab es Anzeichen eines Raubes?«

Modesty schüttelte den Kopf. »Nein. Soweit wir es sagen können, ist er durch den Lieferanteneingang eingebrochen und sofort zu Theas Zimmer gegangen. Keiner der anderen Räume im Haus scheint betreten worden zu sein. Ich habe Tillman extra nachsehen lassen.«

»Er ist gekommen, um mich umzubringen, nicht wahr?«, fragte Thea schmerzlich.

Es hatte keinen Zweck, die Wahrheit vor ihr zu verbergen, und Patrick nickte. »Nach allem, was ich gerade erfahren habe, scheint es so zu sein, meine Süße.« Er lächelte trotz der

Umstände, und Thea fühlte sich warm und beschützt. »Und du, mein kluger, kleiner Schatz, hast es geschafft, ihn in seinem eigenen Spiel zu schlagen.«

Thea erschauderte. »Es war nur ein Zufall, dass ich nicht in meinem Bett gelegen habe. Wenn ich geschlafen hätte …« Sie schluckte. »Oder wenn ich nicht die Duellpistole in meiner Schublade gehabt hätte …« Sie hielt inne, als das Entsetzen der Nacht sie wieder einholte.

Im nächsten Augenblick hatte Patrick seine starken Arme um sie gelegt, und er drückte die Lippen in das seidige schwarze Haar an ihren Schläfen. »Denke nicht mehr daran«, drängte er. »Es ist vorüber. Du bist in Sicherheit.« Er hob den Kopf, um auf sie hinunterzublicken. »Und ich werde dafür sorgen, dass das auch so bleibt. Das schwöre ich, beim Mond am Himmel.«

Modesty räusperte sich, und beide sahen sie an. »Im Augenblick wissen außer uns nur Eldon, der Diener, der zu Ihrem Haus gekommen ist, und Tillman von der Sache.« Sie warf Patrick einen bedeutungsvollen Blick zu. »Sie sind beide diskret und außerordentlich loyal der Familie gegenüber – besonders zu Thea. Eldon ist Tillmans Neffe, und Tillman ist schon als junger Mann zu den Garretts gekommen, zuvor war schon sein Vater bei der Familie. Sie werden nichts sagen. Wenn Sie jedoch glauben, dass es besser ist, wenn wir die Behörden informieren, dann werde ich Eldon losschicken, um das zu tun.«

Patrick legte den Arm um Theas Schultern und schüttelte den Kopf. »Noch nicht, bitte. Ich möchte ihn zuerst identifizieren, und ich kenne den Mann, der das tun kann.«

Falls Nigel erstaunt war, aus seinem Bett geholt zu werden, um in aller Eile zum Grosvenor Square zu kommen, so war seinem Gesicht nichts davon anzusehen, als Patrick ihn in der Eingangshalle von Theas Haus traf. Beim Anblick der beiden Frauen in ihren Morgenmänteln zog er eine Augenbraue ein wenig hoch, doch sonst ließ er sich nichts anmerken. In seinem dunkelblauen Rock, der Hose aus Wildleder und der makellos gebundenen Krawatte sah er aus, als wäre er bereit, über die St. James Street zu schlendern, anstatt sich gegen fünf Uhr am Morgen im Haus der berüchtigten Thea Garrett einzufinden.

Während er und Patrick durch die Eingangshalle in den hinteren Teil des Hauses gingen, murmelte er: »Ich hoffe, dass du einen guten Grund dafür hast, mich zu dieser Stunde am Morgen aus meinem Bett geholt zu haben.«

Patrick griente ihn an. »Du willst doch nicht wirklich behaupten, dass du schon im Bett warst?«

»Erst seit einer Stunde«, beeilte sich Nigel zu erklären, um seinem Ruf als Schwerenöter gerecht zu werden.

»Dann kannst du ja auch noch nicht so fest geschlafen haben, nicht wahr?«, meinte Patrick und führte seinen Freund in den Garten. Beim Anblick der Leiche blieb Nigel stehen, seine blauen Augen wurden ganz groß, er sah erschüttert aus.

»Gütiger Gott!«, rief er aus. »Was zum Teufel ist denn hier passiert?«

»Oh, eigentlich nicht sehr viel«, antwortete Patrick gedehnt. »Nur ein Mordversuch, den Thea abwehren konnte, dabei hat sie den Täter erschossen.«

»Du liebe Güte, du liebe Güte«, murmelte Nigel und ging vorsichtig um den Körper des Mannes herum. Nachdem er einige Sekunden lang beim flackernden Licht einer Kerze in das Gesicht gestarrt hatte, blickte er zu Patrick. »Du bist ihm nie begegnet, nicht wahr?« Als Patrick den Kopf schüttelte, nickte er. »Das habe ich mir gedacht. Nun, darf ich dir den, äh, verstorbenen Mr Thomas Ellsworth vorstellen?«

»Ich dachte mir bereits, dass dies sein Name ist«, meinte Patrick.

Nigel sah zu Eldon, der in der Nähe stand. Dann winkte er Patrick zu und ging ein Stück weiter weg.

»Wie viele Leute wissen davon?«, fragte er leise.

Patrick zuckte mit den Schultern. »Die Damen, der Butler, sein Neffe dort drüben und du und ich.«

Nigel stieß ein ärgerliches Geräusch aus. »Also sechs Leute. Das sind viele, um ein Geheimnis zu bewahren, ganz besonders ein solches Geheimnis!«

»Modesty hat mir gesagt, dass Tillman und Eldon der Familie schon seit langer Zeit treu ergeben sind, sie werden nichts verraten.« Als Nigel erleichtert aufatmete, sprach Patrick weiter. »Allerdings weiß beinahe der ganze Haushalt, dass heute Nacht irgendetwas passiert ist. Tillman hat alle wieder ins Bett geschickt, mit der Geschichte, dass Thea einen Alptraum hatte, dass sie orientierungslos und verängstigt in ihrem Schlafzimmer gefallen ist und einige Dinge umgeworfen hat. Sie werden es wahrscheinlich nicht glauben – nicht, wenn im Haus eine Pistole abgefeuert wurde –, aber sie können wohl kaum behaupten, dass Tillman lügt. Sie spekulieren vielleicht, aber wenn wir uns einig sind, sollten wir die ganze Sache mit einem Minimum an Klatsch hinter uns bringen.«

»Verdammt! In einer Stunde wird ganz London es wissen! Du weißt doch, wie die Dienerschaft klatscht, selbst wenn sie nicht wirklich wissen, was passiert ist.«

»Wenn wir die Sache erst einmal den Behörden melden, wird es nicht mehr wichtig sein, was die Dienerschaft sagt«, antwortete Patrick und sah Nigel eindringlich ins Gesicht.

»Nun, wir werden es nicht melden, das weißt du genauso gut wie ich«, behauptete Nigel und warf Patrick einen bösen Blick zu. »Wir müssen die ganze Angelegenheit erst einmal durchdenken, ehe wir etwas Dummes tun.«

»Was würdest du denn vorschlagen?«, fragte Patrick, erleichtert, dass Nigels Gedanken in die gleiche Richtung gingen wie seine.

»Im Augenblick schlage ich gar nichts vor«, beklagte sich Nigel. »Aber ich sage dir eines, und das ist so klar wie nur was: Keiner von uns möchte mit einem Toten in Verbindung gebracht werden.« Er warf Patrick einen schnellen Blick zu. »Ganz besonders nicht Thea! Wir beide wissen, dass sie unschuldig ist, aber glaubst du, der Rest von London wird auch so denken? Deine unerwartete Verlobung und die eilige

Hochzeit haben sowieso schon genug Aufregung hervorgerufen, der Überfall auf dich hat die Neugier noch geschürt. Das Letzte, was ihr beide jetzt noch gebrauchen könnt, ist eine Leiche.«

Patrick nickte. »Ja, ich stimme dir zu«, murmelte er. »Die Dienerschaft wird nicht reden, das hat Miss Bradford bereits bestätigt.« Er hielt inne und dachte über einen Plan nach. »Bist du mit der Kutsche gekommen?« Als Nigel nickte, sprach er schnell weiter. »Also, falls du deinem Kutscher trauen kannst, dann würde ich vorschlagen, du lässt die Kutsche hinter das Haus fahren, wir laden Ellsworth in deine Kutsche und fahren hinaus nach Hounslow Heath. Ellsworth wird dann eben das unglückliche Opfer eines Straßenräubers geworden sein.«

»Mein Kutscher wird den Mund halten«, behauptete Nigel und war beleidigt, dass Patrick etwas anderes denken könnte. Er dachte einen Augenblick über den Plan nach. »Das könnte klappen«, erklärte er schließlich. »Die Hauptsache ist, dass man die Leiche nicht hier findet.«

Patrick ging zu den Damen zurück, er verriet ihnen den Namen des Mannes und erklärte ihnen, was er und Nigel mit der Leiche zu tun beabsichtigten. »Warum benachrichtigen wir nicht einfach die Bow Street?«, fragte Thea, und ihre dunklen Augen ruhten auf Patricks Gesicht. »Immerhin habe ich den Mann wirklich umgebracht.«

Patrick seufzte und sah zu Modesty. Sie drei waren allein in dem kleinen Morgenzimmer, Nigel, Tillman und Eldon waren damit beschäftigt, Ellsworths Leiche hinter dem Haus in Nigels Kutsche zu laden.

Modesty hatte Patricks Blick richtig verstanden. »Das mag ja so sein, meine Liebe, aber hast du schon einmal über all die Komplikationen nachgedacht? Du hast auf einen Mann geschossen und hast ihn umgebracht, in deinem Schlafzimmer, am Vorabend deiner Hochzeit mit Patrick – niemand wird dir glauben, dass es etwas anderes war als ein abschließendes Stelldichein, bei dem etwas schief gelaufen ist. Der Klatsch und der Skandal werden die Wahrheit nicht ans Licht kommen lassen.« Sie senkte den Blick. »Und natürlich wird es für Patrick noch viel schlimmer sein – er wird wahrscheinlich ein halbes Dutzend Duelle ausfechten müssen für deine Ehre, ehe ihr in vielleicht zwei Wochen heiraten könnt. Der arme Kerl. Wenn du darauf bestehst, die Bow Street zu benachrichtigen, dann können wir nur hoffen, dass dein zukünftiger Ehemann geschickt mit dem Degen und der Pistole umgehen kann, bis sein makelloser Ruf wiederhergestellt ist.«

Patrick war vielleicht mit Modestys Taktik nicht ganz einverstanden, aber er konnte nicht abstreiten, dass sie funktionierte. Bei Modestys letzten Worten stand Thea in seinen Armen, sie zitterte, als hätte ein Pfeil sie getroffen, und er wusste, dass sie sich an ein anderes Duell erinnerte, an ein Duell, das über ein Jahrzehnt zurücklag und in dem ihr Bruder gestorben war.

»Modesty macht die ganze Sache viel schlimmer, als sie wirklich ist«, murmelte er. »Aber ein wenig Wahrheit liegt schon in ihren Worten. Es wäre besser für alle Beteiligten, wenn man Ellsworth irgendwo anders findet.«

Thea nickte, bei dem Gedanken, dass Patrick ein Duell würde ausfechten müssen, hatte all ihr Kampfgeist sie verlassen. Sie krallte die Finger in seine Jacke und zerknitterte seinen makellos gebügelten Jackenaufschlag. »Du wirst doch vorsichtig sein?«

Er nickte, und seine grauen Augen blitzten. »Mein Schatz, glaub mir, nichts wird mich davon abhalten, dich morgen zu heiraten.«

»Das habe ich nicht gemeint!« Sie hielt inne und sah ihn gequält an. »Dieser Mann, Ellsworth«, begann sie leise. »Er hat versucht, mich heute Abend umzubringen. Ich … ich … ich möchte nicht, dass dir etwas zustößt.«

»Nigel wird bei mir sein und ich kann mir niemanden vorstellen, den ich in einer gefährlichen Situation lieber an meiner Seite hätte. Nichts wird mir zustoßen, mein Schatz.« Er war sich Modestys interessiertem Blick bewusst, als er

Thea züchtig einen Kuss auf die Stirn drückte und nicht auf ihren verlockenden Mund, nach dem er sich sehnte. »Ich möchte, dass du wieder ins Bett gehst und versuchst, ein wenig zu schlafen – ich weiß, das wird schwierig sein. Aber du solltest jetzt ruhiger sein, wo wir wissen, dass Ellsworth derjenige gewesen sein muss, der Hirst umgebracht und seine Leiche versteckt hat. Ich bin sicher, dass es auch Ellsworth war, mit dem wir in der Nacht des Hilliard-Balles gekämpft haben.« Er schüttelte sie sanft. »Es ist vorbei, mein Schatz. Unser Rätsel ist gelöst. Wir werden vielleicht niemals wissen, was zwischen Hirst und Ellsworth geschehen ist, warum sie sich gestritten haben, aber ich bin davon überzeugt, dass es so gewesen ist. Sie müssen sich gestritten haben, nachdem Hirst wieder zu sich gekommen ist, lange, nachdem du das Haus bereits verlassen hattest. Ellsworth hat Hirst umgebracht. So einfach ist das.« Er verzog das Gesicht. »Natürlich haben wir noch immer das Problem, dass wir die Einzigen sind, die wissen, dass Hirst tot ist. Und leider können wir es niemandem erzählen, ohne uns damit verdächtig zu machen. Es wird so aussehen, als sei Ellsworths Tod die Tat eines Straßenräubers.«

Als Thea protestieren wollte, legte er ihr einen Finger auf die Lippen. »Mir ist klar, dass die Tatsache, dass Hirst tot ist, schon bald ans Tageslicht kommen muss,schon allein wegen deiner Schwester. Sobald es nach unserer Hochzeit möglich ist, werde ich sie dazu bringen, nach ihrem Mann zu suchen.« Er warf Modesty einen Blick zu. »Eigentlich könnte Modesty sogar schon sofort damit beginnen. Wenn deine Schwester erst einmal versucht, ihn zu finden, dann wird wahrscheinlich sehr schnell deutlich werden, dass er London nie verlassen hat – wenigstens nicht lebend. Es wird eine Suche eingeleitet werden, und ich bin sicher, dass ein diskreter Hinweis an jemanden in der Bow Street sie dazu bringen wird, sich die Verbindung von Hirst und Ellsworth etwas genauer anzusehen. Es ist zwar ein wenig riskant, aber Nigel und ich sollten in der Lage sein, die, äh, Untersuchung in die Richtung zu leiten, die wir wünschen.« Als Thea ihn noch immer ängstlich ansah, konnte er nicht anders, als ihr einen Kuss auf die Lippen zu drücken. »Denke nicht mehr an das, was geschehen ist. Morgen ist unser Hochzeitstag, und ich möchte keine Braut mit müden Augen haben! Nachdem Nigel und ich uns um die Leiche gekümmert haben, werden wir nach Hause fahren und auch ein wenig schlafen.«

Es war klar, dass Thea in dieser ganzen Angelegenheit noch Bedenken hatte. Sie seufzte, dann meinte sie: »Du hast zweifellos Recht. Aber ich …« Sie verzog das Gesicht. »Es gefällt mir nicht, aber da alle anderen damit zufrieden zu sein scheinen, habe ich wohl kaum eine andere Möglichkeit, als mit deinen Plänen übereinzustimmen.« Sie sah ihn nachdenklich an. »Ich möchte dich allerdings eines fragen. Glaubst du, dass Nigel den Mund halten kann? Du hast doch sicher nicht vergessen, dass er liebend gern den neuesten Klatsch verbreitet.«

»Nur, wenn er das möchte«, antwortete Patrick mit ausdrucksloser Stimme. »Er findet es lustig, dass er diesen Ruf hat, aber wenn es nötig ist, kann er seinen Mund halten.« Patrick griente sie an. »Außerdem ist er tief in unsere Pläne verstrickt und möchte auch nicht, dass die Abenteuer der heutigen Nacht bekannt werden.«

»Das mag ja sein, aber du wirst ihm doch nicht alles erzählen?«

Patricks Belustigung verschwand. Er sah sie eindringlich an. »Ich werde ihm nur so viel erzählen, wie du möchtest.«

Thea biss sich auf die Lippe. »Bist du ganz sicher, dass du ihm trauen kannst?« Und als Patrick nickte, meinte sie: »Dann sage ihm das, was du glaubst, das er wissen muss. Er hat die Wahrheit verdient, weil er bewiesen hat, dass er unser Freund ist, und weil er seinen eigenen Ruf aufs Spiel setzt, um uns zu helfen.«

Kurz darauf holperten Patrick und Nigel durch die Straßen von London, in Nigels eleganter Kutsche, mit dem Körper eines Toten auf dem Sitz ihnen gegenüber. Es gab eine ganze Menge an ihrem Plan, was schief laufen konnte, und keiner von beiden war glücklich darüber, dass sie sich darauf verlassen mussten, dass so viele Menschen den Mund hielten. Wenn auch nur ein Einziger einen kleinen Hinweis auf die Wahrheit gab … Patrick schob diesen Gedanken weit von sich. Niemand würde reden. Es gab keinen Grund, dass jemand etwas von den Geschehnissen dieser Nacht verriet, aber wenn es doch jemand tat, so nahm er sich mit grimmigem Gesicht vor, dann wäre die Hölle los.

Als hätte Nigel gewusst, woran Patrick dachte, sagte er: »Die Lippen meines Kutschers sind versiegelt, und Theas Leute sind ihr treu ergeben, sie werden sicher nicht reden. Aber wenn wirklich das Schlimmste eintritt und jemand etwas erzählt, dann halten wir alle zusammen und leugnen, damit werden wir davonkommen. Zum Teufel! Ich bin ein verdammter Graf! Niemand würde mir vorwerfen, dass ich lüge.«

Sie fuhren durch das vorüberziehende Land, ohne sich weiter zu unterhalten, beide waren sich des heller werdenden Himmels bewusst und der Tatsache, dass der Tag bald anbrechen würde. Als sie einen abgeschiedenen Teil der Straße erreicht hatten, beeilten sie sich, Ellsworths Leiche neben einem Dickicht aus Bäumen abzuladen, und wenige Minuten später waren sie auf dem Rückweg nach London.

»Jeder, der uns um diese Zeit nach Hause kommen sieht, wird glauben, wir hätten deine letzte Nacht als Junggeselle mit einem Trinkgelage verbracht«, meinte Nigel.

Patrick unterdrückte ein Gähnen. »Immer noch besser als das, was wir wirklich getan haben.«

Nigel warf ihm einen schnellen Blick zu. »Was hat denn Thea davon gehalten, dass wir die Leiche weggeschafft haben?«

»Sie wollte sich eigentlich dagegen wehren, aber Modesty und ich haben ihr sehr schnell deutlich gemacht, dass es die beste Lösung war.«

Nigel schwieg noch einen Augenblick, dann rieb er sich die Nase. »Äh, ich will ja nicht neugierig sein, alter Junge, aber glaubst du nicht, dass es an der Zeit ist, dass du mir sagst, was hier eigentlich los ist?«

Patrick seufzte. Blicklos starrte er aus dem Fenster auf die vorüberziehende Landschaft. Thea hatte Recht, Nigel hatte eine Erklärung verdient, aber er hatte gehofft, das vermeiden zu können. Dennoch konnte er nicht leugnen, dass Nigel sofort gekommen war, dass er keine Fragen gestellt hatte, nicht einmal, als er mit einem Toten konfrontiert worden war. Er behielt nur seine eigenen Gründe für sich, warum er an jenem Abend in dem Haus in der Curzon Street gewesen war, und erzählte Nigel die ganze Geschichte.

Als er damit zu Ende gekommen war, betrachtete Nigel ihn in dem dämmrigen Inneren der Kutsche einige Minuten lang. »Schöne Geschichte«, meinte er dann schließlich. »Tatsache ist, mein Freund, du hast nicht erwähnt, warum du in jener Nacht dort gewesen bist.«

Patrick stöhnte auf. »Nigel, meine Gründe, warum ich dort war, haben nichts mit dem zu tun, was geschehen ist.«

Nigel zog die Augen zusammen. »Da irrst du dich aber gewaltig! Hirst und Ellsworth waren ein paar Halunken, die nichts Gutes vorhatten – ein halbes Dutzend Leute können das bestätigen. Und ich soll dir glauben, dass du in dieser Nacht ganz zufällig dort gewesen bist. Das ist doch Unsinn.«

Patrick lächelte. »Das mag ja sein, aber mehr werde ich dir nicht erzählen.« Er zögerte einen Augenblick. »Nigel, es ist nicht mein Geheimnis«, lenkte er dann ein.

»Hmm, einfach so?«

»Jawohl.«

Sie sprachen nicht weiter, und schon bald kamen die Außenbezirke von London in Sicht. Die Sonne schien schon, als Nigel Patrick vor seinem Haus absetzte.

»Ein schöner Tag für eine Hochzeit«, meinte Nigel, als Patrick die Tür der Kutsche schließen wollte.

»In der Tat.« Patrick zog eine Augenbraue hoch. »Und ein unvergesslicher Vorabend, der meinen letzten Tag als unverheirateter Mann gekrönt hat.«

Nigel lachte laut auf. »Und das Verteufelte daran ist, wir können niemandem davon erzählen. Wirklich, mit den Ereignissen des heutigen Abends könnte ich ein ganzes Jahr lang jeden Abend woanders essen.«

»Aber das wirst du nicht tun, nicht wahr?«, fragte Patrick mit einem verräterisch schläfrigen Blick in seinen grauen Augen.

Nigel schüttelte den Kopf. »Also, jetzt werde nicht hässlich. Wenn du glauben würdest, dass ich rede, dann hättest du mich überhaupt nicht holen lassen. Guten Tag, mein Freund.«

In weniger als acht Stunden war die Hochzeit angesetzt, und Patrick war sicher, dass er nicht mehr schlafen könnte. Doch zu seiner Überraschung lag sein Kopf gerade erst auf dem Kissen, als er auch schon eingeschlafen war.

Thea konnte nicht so leicht schlafen, aber nachdem sie sich eine Zeit lang unruhig hin und her geworfen hatte, schlief auch sie ein. Sie schlief nicht so tief wie Patrick, Bruchstücke von eigenartigen und schrecklichen Träumen gingen durch ihren Kopf.

Sie wachte auf, als Geschirr klirrte, mit trüben Augen setzte sie sich im Bett auf, als Modesty das Zimmer betrat, mit einem Tablett in der Hand.

»Gut!«, sagte Modesty und sah unverschämt gut gelaunt und fröhlich aus, als sie das Tablett auf die Kommode stellte. »Du bist wach.«

»Wie könnte ich nicht wach werden, wenn du das Hausmädchen spielst und nicht einmal sehr gut«, murmelte Thea, warf die Decke beiseite und stand auf. Sie reckte sich und stöhnte, ihre verkrampften Muskeln und die blauen Flecke machten sich bemerkbar.

Theas schlechte Laune störte Modesty nicht. »Komm schon, Hühnchen«, lockte sie, während sie aus der Kanne auf dem Tablett eine Tasse Kaffee eingoss, »trink etwas von diesem schönen heißen Kaffee, danach wirst du dich gleich besser fühlen.«

Modesty hatte Recht, und ein paar Minuten später lächelte Thea ihre Freundin über den Rand ihrer Kaffeetasse an. »Hast du eigentlich immer Recht?«

Modesty kniff sie ins Kinn. »Normalerweise schon. Und jetzt komm. Ich habe ein Bad für dich vorbereiten lassen, und in etwa einer Stunde wird Mrs De Land hier sein, zu einer letzten Anprobe deines Kleides. Sie hat gesagt, die letzten Änderungen würde sie gleich hier zu Hause machen.«

Sie hatten keine Zeit für eine weitere Unterhaltung, und die nächsten Stunden vergingen wie im Fluge, jede Minute brachte sie dem Augenblick näher, an dem sie neben Patrick Blackburne stehen und seine Frau werden würde. Thea versuchte, die Angst zu unterdrücken. Mal war sie aufgeregt und konnte es kaum erwarten, mal war sie starr vor Entsetzen. Während der Morgen verging, fragte sie sich, ob sie wohl verrückt war. Hatte sie wirklich zugestimmt, einen beinahe Fremden zu heiraten? Die Antwort war in dem Durcheinander und dem hektischen Geschehen um sie herum deutlich, während Modesty, Mrs De Land und die verschiedensten Kammerzofen sich mit jeder Einzelheit ihres Kleides, ihres Haares und ihres Gesichtes beschäftigten.

Ihr Gesicht ließ sie alle verzweifeln. Das blaue Auge, das Modesty gestern Abend vorhergesagt hatte, war Wirklichkeit geworden, außerdem prangte ein dunkelblauer Fleck auf ihrer Wange. Eine üppige Anwendung von Reispuder überdeckte die schlimmsten Kratzer und man hoffte, dass die Ringe unter ihren Augen als Anzeichen der Nervosität einer Braut angesehen würden.

Mrs De Land zog die Augenbraue hoch, als man ihr die Geschichte des Alptraumes und des schrecklichen Sturzes erzählte, der die vielen blaugrünen Flecke auf Theas Körper erklären sollte. Die Schnitte wurden einfach ignoriert.

Mrs De Land bewies, dass sie so diskret war, wie ihr immer nachgesagt wurde. Sie kam durch das Zimmer und griff dabei nach einem Stück des gleichen seidenen Stoffes, aus dem das Unterkleid gefertigt war. Ruhig riss sie die kleinen Puffärmel aus dem Kleid, und vor den erstaunten Blicken aller entstanden wie durch ein Wunder zwei lange, gefältelte Ärmel für das Kleid, die die blauen Flecken auf Theas Armen verbargen. Nachdem Mrs De Land den letzten Nadelstich getan hatte, trat sie einen Schritt zurück und betrachtete ihr Werk. Die langen Ärmel, so entschied sie, waren großartig. Sie machten viel mehr aus dem Kleid als die ursprünglichen Puffärmel. Aber dieser Ausschnitt … Lady Caldecott wäre nicht sehr erfreut, wenn die Braut ihres Sohnes durch die Kirche schritt und alle bemerkten, dass sie einen unverkennbaren Messerschnitt am Hals hatte und mehrere blaue Flecken ihren sanften weißen Busen zierten. Und Lady Caldecott würde, so schloss Mrs De Land, bereit sein, eine ansehnliche Sonderzuwendung zu der bereits astronomischen Rechnung zu zahlen, wenn man ihr die Umstände erklärte. Sehr, sehr vorsichtig erklärte, natürlich.

Es blieb nicht mehr viel Zeit, und mit dem Blick auf die vergoldete Uhr auf dem Kaminsims hob Mrs De Land den Einsatz des Ausschnittes aus Brüsseler Spitze. Mit geübter Hand setzte sie noch ein paar Reihen aus Spitze zu der hinzu, die bereits den Ausschnitt verzierte. Als sie fertig war, reichte die Spitze bis zur Hälfte von Theas Oberkörper, alle sichtbaren Spuren der Verletzungen waren unter der kostbaren Spitze verschwunden.

»Ein bescheidenes Kleid ist sehr wichtig für eine Braut, finden Sie nicht auch«, murmelte Mrs De Land an Modesty gewandt.

»Unbedingt«, antwortete Modesty und fand, dass die Veränderungen überhaupt nicht von dem urprünglichen Entwurf des Kleides ablenkten. In der Tat waren die Änderungen recht entzückend. Sie warf einen Blick auf den Schnitt an Theas Hals. Aber es war alles umsonst, dachte sie, wenn man nichts gegen den langen, roten Schnitt unternahm.

Doch Mrs De Land war nicht so schnell abzuschrecken. Ein letztes Stück des Stoffes wurde gebracht, und mit geschickten Fingern formte Mrs De Land aus der rosafarbenen Gaze des Überkleides eine Schleife um Theas Hals.

Als man Thea dann endlich erlaubte, sich in dem Spiegel anzusehen, konnte sie kaum glauben, dass sie diese überwältigende Gestalt sein sollte. Ihr dunkles Haar war zu einer Masse aus Locken auf ihrem Kopf aufgetürmt worden, einige Löckchen hingen bis zu den Ohren hinunter. Die langen Ärmel und der höhere Ausschnitt gaben dem Kleid ein beinahe mittelalterliches Aussehen, und die bezaubernde Schleife an der Seite ihres Halses, nun, diese Schleife, entschied Thea, rettete alles. Mit einem schwachen Lächeln auf den Lippen berührte sie die Schleife. Es war sehr gut möglich, dass sie damit eine neue Modewelle startete.

Die Kutsche, die sie zum Haus der Caldecotts bringen würde, wartete schon vor dem Haus, und Thea war endlich in der Lage, ihrem Aussehen den letzten Schliff zu geben; mit einem Paar Ohrringen aus Perlen. Alle bis auf Modesty waren schon voraus gefahren. Modesty, die in ihrem neuen Kleid aus grau gestreifter Seide sehr gut aussah, stand neben Thea.

»Bist du glücklich, mein Schatz?«, fragte Modesty mit einem weichen Blick in ihren Augen. »Ich weiß, es war nicht gerade die konventionelle Art einer Werbung, aber irgendwie war sie doch passend, findest du nicht auch?«

Thea seufzte, ihre dunklen Augen glänzten. »Nach allem, w-w-was geschehen ist, habe ich geglaubt, ich würde niemals heiraten …« Sie blickte an ihrem Kleid hinunter, voller Verwunderung berührte sie es. Dann sah sie zu Modesty, und ihr Gesicht strahlte. »Ob ich glücklich bin? Oh, ja!«

Die Tür des Zimmers wurde aufgerissen, und Edwina stürmte herein, ihre blonden Locken hüpften. Sie trug eine Kreation aus himmelblauer Seide und Spitze und blieb gleich an der Tür stehen.

In ihren blauen Augen lag ein erstaunter Blick, als sie Thea sah. »Oh, Thea«, hauchte sie schließlich, und ein Lächeln erschien auf ihrem rosigen Mund. »Du siehst wunderschön aus!«

Thea lachte und verbeugte sich neckend. »Danke, meine Liebe.«

»Fährst du mit uns?«, fragte Modesty. »Ich dachte, du wolltest gleich von zu Hause zum Haus der Caldecotts fahren.«

Edwina kam durch den Raum und legte ihren Arm um

den von Thea. »Das stimmt, das hatte ich geplant, aber dann wurde mir klar, dass ich viel lieber mit meiner Schwester dort ankommen wollte. Immerhin sind wir Familie.«

Modesty schob die beiden Frauen aus dem Zimmer zur Treppe. »An diese Tatsache scheinst du dich immer nur dann zu erinnern, wenn es dir passt.«

Edwina verzog schmollend den Mund. Thea schüttelte den Kopf und sah von einer Frau zur anderen.

»Meine Damen«, meinte sie. »Es ist mein Hochzeitstag. Um meinetwillen seid bitte nett zueinander. Und seid zusammen mit mir glücklich.«

Modesty schämte sich, sie nahm Thea in den Arm, und um ihr nicht nachzustehen, tat Edwina es ihr gleich, sie beide versprachen, ihre Streitigkeiten zu begraben.

Mit Edwina an einer und Modesty an ihrer anderen Seite ging Thea die Treppe hinunter, in dem Wissen, dass sie Mrs Patrick Blackburne sein würde, wenn sie das nächste Mal in dieses Haus zurückkehrte. Der Gedanke war sowohl aufregend als auch äußerst beängstigend.

Kapitel Sechzehn

Auf Drängen von Lady Caldecott wurde die Hochzeit im großen Ballsaal des Hauses der Caldecotts abgehalten. Sie hatte alle Leute, die sie kannte und die ein Gewächshaus besaßen, gedrängt, ihr alle verfügbaren Blumen zu liefern. Unter ihren erfahrenen Händen hatte sich der Ballsaal in einen Paradiesgarten verwandelt.

Lange grüne Ranken hingen von der hohen Decke, Girlanden von Lilien und Rosen zierten in anmutigen Windungen die Wand. Eingetopfte Palmen und kleine Bäume in goldenen und silbernen Töpfen standen entlang der Wände des Saales. Eine glänzende silberne Laube, bedeckt von rosa und weißen Lilien, erhob sich über einem großen Podium. Patrick, in einem prächtigen Rock und Kniehosen aus mitternachtsblauem Stoff, stand unter dem Bogen, die blauen Flecken in seinem Gesicht, die mittlerweile in allen Farben leuchteten, gaben seinem harten Gesicht ein entschieden bedrohliches Aussehen. Nigel stand als Trauzeuge an seiner Seite. Hinter ihnen, auf der Empore, wartete eine in einen Talar gekleidete Gestalt, die Hände hatte sie locker vor dem Körper verschränkt.

Die Reihen der eilig errichteten Bänke waren mit weißen und grünen Schleifen aus Satin geschmückt, auf ihnen hatten die Mitglieder der vornehmen Gesellschaft in ihrer besten Kleidung Platz genommen, alle warteten auf die Braut. Modesty, Edwina und andere Mitglieder aus Theas Familie saßen in einer der ersten Bänke, in der anderen Patricks Familie und Freunde. Lady Caldecott sah so stolz aus wie eine Königin in ihrem braunroten Kleid und mit den Perlen, ihr mit silbernen Strähnen durchzogenes Haar war perfekt frisiert.

Lord Caldecott saß neben ihr, sein Rock und seine Hose hatten den gleichen Ton wie ihr Kleid. Sanfte Musik von dem gemieteten Orchester erfüllte den Raum. Alles war bereit.

Thea war es nicht möglich gewesen, sich zwischen ihren beiden Onkeln zu entscheiden, die sie durch den Gang zwischen den Bänken hindurch zum Altar führen sollten, als sich also die großen Doppeltüren öffneten und sie losging, war Lord Hazlett an ihrer einen Seite, Lord Garrett auf der anderen. Beide Männer lächelten liebevoll, stolz und erfreut. Der Anblick des Ballsaales ließ Thea blinzeln. Er war ein Märchen aus Rosa und Weiß, Silber und Gold, und ein Schauer des Glücks rann durch ihren Körper. Es war wunderschön.

Sie zögerte nur einen Augenblick am Eingang und war plötzlich unsicher. Aber als ihr Blick auf Patrick fiel und er sie anlächelte, verschwand alles andere, die ganze Welt, ihre beiden Onkel an ihrer Seite und die neugierigen Blicke der Leute aus der feinen Gesellschaft, bis auf Patrick. Auf Füßen, die den Boden kaum berührten, mit einem Lächeln auf den Lippen, das mit der Kraft von tausend Kerzen strahlte, schwebte sie den Gang entlang. Das Wissen, dass sie so viel Glück gehabt hatte, dass sie vielleicht sogar gesegnet war, diesen großen, gebieterischen Mann zu heiraten, erfüllte sie.

Patrick stockte der Atem, als er sie ansah. Er hatte gewusst, dass sie ihn außergewöhnlich faszinierte, aber er hatte bis zu diesem Augenblick nicht begriffen, wie sehr. In ihrem Hochzeitskleid, mit Augen, die strahlten wie Opale, mit ihrem bezaubernden Lächeln war sie wunderschön, atemberaubend. Aber es war mehr als ihre körperliche Schönheit, die ihn anrührte, mehr als ihr schlanker Körper und ihr intelligentes Gesicht, das sein Herz auf eine höchst unbekannte Art schlagen ließ. Es war ganz einfach Thea selbst, etwas von ihrer Begeisterung, ihr kühner Mut und auch die Art, wie sich ihr Mund in den Mundwinkeln hob, die leuchtende Aufregung in ihren Augen, das ihn anzog, und er wusste, dass er niemals wieder daran zweifeln würde, dass es die Liebe gab. Er war überwältigt von ihr. Von einer ganz besonderen Frau. Von Thea.

Es war eine schlichte Zeremonie, Patricks Stimme klang laut und deutlich, als er die Eheschwüre sprach, Theas Stimme war leiser, aber sie war unter den versammelten Gästen genauso deutlich zu hören. Und dann war es vorüber. Sie waren verheiratet.

An den restlichen Tag erinnerte Thea sich hinterher nicht mehr. Sie wusste, dass die Gäste in den Garten geladen wurden, während die Bänke auf wundersame Art verschwanden und Tische mit Erfrischungen erschienen. Sie wusste, dass man ihr und Patrick gratulierte, dass sie tanzten, tranken, aßen und lachten, aber alles erschien ihr unwirklich. Nur eines war wirklich: Patrick. Ihr Ehemann. Und während der Nachmittag verging, war sie sich seiner so sehr bewusst, seines großen, kräftigen Körpers, der neben ihr stand, dass sie sich nicht auf das konzentrieren konnte, was um sie herum gesagt wurde. Unterhaltungen, Bemerkungen, Fragen, freundlich oder spöttisch, gingen an ihr vorbei, sie achtete nur darauf, wie ihre Haut prickelte, wann immer sie ihn berührte, und wie ihr Herz schneller schlug, wenn ihre Blicke sich trafen. Sie sehnte sich danach, schmerzlich, gestand sie sich, allein mit ihm zu sein. Damit er all diese lüsternen Dinge mit ihr tat, die er bereits mit ihr gemacht hatte. Ein Schauer der Erwartung rann durch ihren Körper.

Lebhaft erinnerte sie sich an die vergangene Nacht, an ihren Rücken, den er gegen die Wand gepresst hatte, das Kleid über seine Schultern gelegt, als er sie geschmeckt und zwischen ihren Schenkeln geliebt hatte, und eine heiße Röte stieg in ihre Wangen. Sie war sich einer plötzlichen Feuchtigkeit zwischen ihren Schenkeln bewusst, die sie verlegen machte. Sie war eine schamlose, lüsterne Frau! Aber das kümmerte sie nicht; alles, was sie interessierte, war, dass er ihr Ehemann war und dass sie heute Nacht in seinen Armen liegen würde.

Weil ihre Hochzeit so überstürzt geplant worden war, hatte man keine förmlichen Pläne für eine Hochzeitsreise gemacht. Patrick hatte Thea vorgeschlagen, dass sie die ersten Nächte ihrer Ehe in seinem Haus in London verbringen sollten. Am Anfang der folgenden Woche konnten sie sich dann auf einen Ort einigen, der sie vor all den neugierigen Blicken schützen würde, denen sie ausgesetzt wären, wenn sie in London blieben. Thea hatte zugestimmt.

Natürlich hatte sie auch ihre Gründe, die Stadt nicht sofort zu verlassen. Sie hatte versprochen, sich am Montag mit dem Mann zu treffen, der Edwina so einschüchterte, Mr Yates. Da sie mit der Hochzeit und einem Toten so beschäftigt war, hatte sie Mr Yates und das Problem, das er darstellte, ganz in den Hintergrund ihrer Gedanken geschoben, doch vergessen hatte sie ihn nicht. Sie war jetzt vielleicht Mrs Patrick Blackburne, aber Mr Yates war eine letzte Kleinigkeit, die sie noch selbst zu erledigen entschlossen war. Die enorme Summe Geldes hatte sie bereits abgehoben, alles, was sie jetzt noch zu tun hatte, war, am Montag ihrem neuen Ehemann für eine kleine Weile zu entkommen und in Edwinas Haus Mr Yates zu treffen.

Thea war bereit, Mr Yates das Geld zu geben, das er von Edwina verlangt hatte, dieses eine Mal. Doch sie wollte ihn so stark beeindrucken, dass er begriff, dass von ihr kein Geld mehr kommen würde. Niemals mehr. Modesty hatte sie gedrängt, darüber nachzudenken, ob es nicht weiser wäre, wenn Patrick sich mit Mr Yates traf, aber Thea hatte diesen Gedanken verworfen. Patrick würde ihr vielleicht zustimmen, den Mann zu bezahlen … vielleicht aber auch nicht. Wenn sie ihn in die Sache hineinzog und er sich entschied, als ihr Ehemann und mit der Kontrolle über ihr Vermögen, Hirsts Schulden nicht zu zahlen, dann wäre das sein Recht. Und wenn er ihre Schwester sich selbst überließ, würde Edwina schließlich von einem Kerl verfolgt und belästigt werden, der ihr offensichtlich Angst machte. Sie glaubte zwar nicht, dass Patrick so unvernünftig und so unfreundlich wäre, aber sie wollte kein Risiko eingehen. Es war besser, wenn sie sich selbst um die Angelegenheit kümmerte und sich erst Gedanken um die Konsequenzen machte, wenn ihr Mann es herausfand, und sie war sicher, dass er es irgendwann herausfinden würde.

Thea hatte nicht das Gefühl, dass sie etwas vor Patrick verbarg, sie sah es eher so, als würde sie eine alte Angelegenheit bereinigen. Ihre eigene Angelegenheit.

Aber im Augenblick dachte sie nicht an Mr Yates und auch nicht an ihre Begegnung am Montag, all ihre Gedanken waren bei Patrick und der Frage, wie schnell sie hier verschwinden und allein sein konnten. Ein leises Schuldgefühl beschlich sie. Lady Caldecott hatte sich so viel Mühe gemacht, den Tag und die Umgebung so bezaubernd und hübsch wie nur möglich zu machen, und alles, was Thea wollte, war zu verschwinden.

Auch Patrick sehnte sich diesen Augenblick herbei, obwohl seinem höflichen Gesicht niemand hätte ansehen können, dass er ungeduldig war und es kaum erwarten konnte, mit seiner Braut allein zu sein. Er war sich Theas Nähe genauso sehr bewusst wie sie sich seiner Nähe. Seit sie zu Mann und Frau erklärt worden waren, befand er sich in einem Zustand der Erregung. Und bei seinen engen Hosen war das für ihn sehr unangenehm. Wieder und wieder, während sie sich durch die Menge bewegten, verbarg er seinen Unterkörper hinter Theas Kleid und verfluchte sein ungehorsames Glied. Sie war ganz einfach zu verlockend. Er wollte nicht hier sein, wollte nicht mit Fremden reden und lächeln. Er wollte allein mit seiner Braut sein. Nackt.

Obwohl sie ständig von Gratulanten umringt wurden, waren all seine Sinne nur auf sie gerichtet. Allein der Anblick ihrer schlanken Gestalt ließ seinen Puls schneller schlagen, und der Duft ihrer Haut verlockte ihn, den Ursprung dieses Duftes zu suchen. Während sie die guten Wünsche der Gäste entgegennahmen, war er sich der seidigen Sanftheit ihrer Haut und ihres Armes unter seinen Finger bewusst, die nicht aufhören konnten, ihre sanfte Haut zu streicheln. Die ein wenig verführerische Rauheit ihrer Stimme schien ihn einzuhüllen, sie bezauberte ihn und erregte ihn gleichzeitig. Und auch wenn es schon Stunden her war, so fühlte er noch immer den Geschmack ihres Hochzeitskusses auf seinen Lippen, er konnte es kaum erwarten, ihren süßen Mund noch einmal zu schmecken.

Sein Glied schwoll bei dem Bild, das durch seine Gedanken ging, und mit einem Geräusch, das halb ein Stöhnen und halb ein Fluch war, zog er Thea von der Gruppe der Gratulanten weg und murmelte: »Wir sind schon Stunden hier – es ist Zeit, dass wir verschwinden. Wenn wir das nicht tun, fürchte ich, werde ich gleich etwas Schockierendes tun.«

Von der anderen Seite des Raumes beobachtete Lady Caldecott das Paar und lächelte. Sie hattenicht gehört, was ihr Sohn zu seiner Braut gesagt hatte, aber sie konnte sich sehr gut vorstellen, was es gewesen war. Sie mochte Patricks Mutter sein, und man dachte vielleicht auch, dass sie längst nicht mehr in dem Alter war, in dem das körperliche Verlangen drängend war, aber tatsächlich kannte sie dieses Verlangen noch recht gut.

Lord Caldecott lächelte und berührte ihre Hand, ihre Blicke trafen sich. Er hob ihre Hand an den Mund und drückte einen Kuss auf ihre sanft duftende Haut. »Ich gratuliere dir für einen Job, den du sehr gut gemacht hast, meine Liebe.« Er betrachtete die Menschenmenge vor sich. »Ich hätte nicht geglaubt, dass man das in so kurzer Zeit schaffen kann, du hast die Hochzeit deines Sohnes zu dem Ereignis der Saison gemacht. All diejenigen, die nicht dabei sein konnten, werden stöhnen und mit den Zähnen knirschen … und vor allem diejenigen, die nicht eingeladen waren.«

»Ich weiß«, antwortete sie, und ihre hübschen Augen blitzten belustigt auf. »Darum ging es ja auch.« Das Leuchten aus ihren Augen verschwand, und sie blickte wieder zu Thea und Patrick. »Glaubst du, sie werden glücklich werden?«

Er zuckte mit den Schultern. »Vielleicht. Aber wenn sie das nicht werden, dann ist das ganz sicher nicht dein Fehler.« Er lächelte. »Allerdings hast du ihnen nicht die Möglichkeit der Wahl gelassen, dazu hast du zu schnell gehandelt.«

Lady Caldecott verzog das Gesicht. »Ja, das habe ich getan, aber ich glaube, dass es das Richtige war. Wer weiß, was diese beiden ohne einen kleinen Stoß in die richtige Richtung zustande gebracht hätten.« Sie erschauderte ein wenig. »Zuzustimmen, seine Geliebte zu werden! Was hat sich das Kind nur dabei gedacht?«

»Ich glaube kaum, dass man eine junge Frau von siebenundzwanzig Jahren als Kind ansehen kann.« Ein berechnender Ausdruck lag auf seinem Gesicht, als er Patrick und Thea ansah. »Es wäre sicher interessant gewesen, ihre Werbung mitzuerleben. Ganz sicher wäre es unterhaltend gewesen.«

»Und zweifellos skandalös!«

Er warf ihr einen schläfrigen Blick zu. »Ein Skandal dient seinem Zweck, meine Liebe.«

Ihre Finger gingen zu den Perlen, die um ihren Hals lagen. »Das mag sein, aber ich wollte nicht, dass mein Sohn oder seine zukünftige Braut Futter für alle bösen Zungen in London bieten. Wenn ich an Patricks Ruf als Schwerenöter denke und an ihre Vergangenheit, dann weiß ich, dass die gehobene Gesellschaft über sie hergefallen wäre wie ein Rudel ausgehungerter Wölfe. Das wäre sehr hässlich gewesen. So hässlich, dass es die ganze Affäre hätte verderben können.« Wieder sah sie zu dem jung verheirateten Paar, und ihr Gesicht wurde sanft. »Sie ist die erste Frau, die je sein Herz angerührt hat, und nach allem, was Modesty mir erzählt hat, glaube ich, dass er der erste Mann ist, der sie tief angerührt hat. Ich werde nicht zulassen, dass die Umstände gegen die beiden sind.«

»Bravo. Das solltest du auch nicht, mein Schatz. Bedauern ist etwas für Dummköpfe.« Zum ersten Mal bemerkte er, dass sie nervös mit der schweren Perlenkette um ihren Hals spielte, und er runzelte die Stirn. »Ich dachte, du wolltest heute deine Diamanten tragen.«

Sie zuckte zusammen und ließ schnell die Hand sinken. »Oh, ich habe daran gedacht, aber dann habe ich entschieden, dass sie für eine Hochzeit am Nachmittag bei weitem zu auffällig sind. Die Perlen passen viel besser.« Sie lächelte ihn an. »Außerdem sind sie ein Geschenk von dir.«

Er verbeugte sich vor ihr und küsste ihr die Hand. »Erinnere mich daran, dass ich dir die dazu passende Brosche kaufe.«

»Du bist so gut zu mir«, sagte sie.

»Jawohl, das bin ich«, antwortete er, und seine blassblauen Augen ruhten zärtlich auf ihr.

Selbst in ihrem Alter errötete Lady Caldecott unter seinem warmen Blick. Ihr Herz schlug schneller, und sie fragte sich, wie sie in ihrem Alter noch so viel Glück hatte haben können, sich so sehr zu verlieben und im Gegenzug geliebt zu werden. Ihre Augen blitzten. Sie würde nicht zulassen, dass die Vergangenheit ihre Zukunft zerstörte. Wieder gingen ihre Finger zu den Perlen. Diese verdammten Briefe! Und diese verdammte Person, die ihr Glück bedrohte.

Während der nächsten Stunden dachte Lady Caldecott nicht mehr an ihre Probleme. Von der anderen Seite des Raumes ließ Patrick sie wissen, dass er und Thea bald gehen würden, und sie ging zu ihnen hinüber. Sie drückte einen warmen Kuss auf Theas Wange. »Sei glücklich, meine Liebe.« Als sie ihren großen Sohn ansah, fühlte sie plötzlich einen Kloß im Hals. Sie verbarg die Gefühle, die in ihr aufstiegen, gab ihm einen festen Klaps auf die Wange und murmelte: »Und wenn du nicht glücklich bist, dann bist du selbst schuld.«

Patrick griente sie an.

Dann machten Patrick und Thea sich in einem Durcheinander von Lachen und derben Neckereien auf, das Haus zu verlassen. Schließlich waren sie weg.

Nachdem das jung verheiratete Paar gegangen war, legte sich die Aufregung, und etwa eine Stunde später verabschiedete Lady Caldecott die letzten Gäste. Zehn Minuten später, nachdem sie dem Butler und der Haushälterin ihre Anweisungen gegeben hatte, war Lady Caldecott oben in ihrem Zimmer und bereitete sich auf einen ruhigen Abend mit ihrem Mann vor.

Nachdem sie das Kleid ausgezogen und in ein elegantes blaues, seidenes Negligé geschlüpft war, das mit heller Spitze besetzt war, schickte Lady Caldecott ihr Mädchen für den Abend weg. Sie war allein in ihrem Zimmer und bürstete ihr Haar, das sie geöffnet hatte. Ihre Gedanken waren bei ihrem Ehemann, den sie jeden Augenblick erwartete, als ihr Blick auf ein kleines, silbernes Tablett fiel, das am Rande ihrer Kommode stand. Ein Umschlag lag darauf, und nachdem sie ihre Bürste beiseite gelegt hatte, starrte sie einige Minuten lang darauf.

Sie sagte sich, dass der Umschlag nicht mehr als eine unschuldige Nachricht enthielt, eine Freundin drückte ihr Bedauern aus, dass sie nicht in der Lage gewesen war, an der Hochzeit teilzunehmen, oder es war eine frivole Antwort auf eine Nachricht, die sie selbst geschrieben hatte, vielleicht schon vor Tagen. Was auch immer sich in diesem viereckigen Umschlag befand, hatte bestimmt nichts mit ihrem Erpresser zu tun. Aber tief in ihrem Herzen wusste sie, dass es nicht so war.

Das Haus war heute voller Fremder gewesen, Gäste, Lieferanten und neu eingestellte Diener, die bei dem großen Fest helfen sollten. Das Haus war seit dem frühen Morgen wie ein Bienenkorb voller Aktivitäten gewesen, und wenn jemand unbemerkt eine Nachricht hätte hinterlassen wollen, dann war heute der richtige Tag dafür gewesen. Sie dachte daran, nach Grimes zu läuten und ihn zu fragen, wann und wo man diese Nachricht gefunden hatte, aber sie wusste, dass das keinen Zweck hatte.

Wer auch immer diese Nachricht hinterlassen hatte, hatte den Zeitpunkt und den Ort gut gewählt. Grimes oder einer der anderen Diener hatte sie wahrscheinlich irgendwo entdeckt, nachdem die Gäste angekommen waren. Zu dieser Zeit hatte sie viel zu tun gehabt und war wahrscheinlich abgelenkt gewesen, daher hatte Grimes wahrscheinlich die Nachricht in ihre Privaträume gebracht, damit sie sie sich später ansehen konnte. Niemand hätte ihr irgendeine Bedeutung zugemessen.

Sie sah den Umschlag an, als wäre er eine Schlange, dann

griff sie danach und öffnete ihn. Wie sie erwartet hatte, war die Nachricht von dem Erpresser.

Ich kann nicht länger warten. Sie müssen mir spätestens bis Mitternacht am Sonntag die Summe von tausend Pfund liefern. Sie wissen, wo Sie das Geld hinterlassen müssen.

Das wusste sie nicht, nicht wirklich, aber sie nahm an, dass es dabei um das Haus in der Curzon Street ging. Sie legte die Nachricht beiseite und starrte blicklos vor sich hin. Unter diesen Umständen, und sie nahm an, dass der Erpresser diese Tatsache bereits bedacht hatte, konnte sie Patrick nicht bitten, sich mit diesem ekelhaften Schuft zu treffen. Sie runzelte die Stirn. Sie könnte das Geld nehmen und selbst zu diesem Haus in der Curzon Street gehen, aber etwas in ihrem Inneren wehrte sich dagegen, so einfach ein Vermögen wegzugeben.

Es ging nicht um das Geld, sondern darum, sich wie ein Lamm scheren zu lassen. Sie zweifelte nicht daran, dass es nur die erste Forderung von vielen sein würde, wenn sie darauf einginge. Es gab noch einen anderen Grund, warum ihr der Gedanke nicht gefiel, den Anweisungen in der Nachricht zu folgen. Sie war kein Dummkopf, obwohl sie nicht leugnen konnte, sich ab und zu so benommen zu haben. Sie hatte nicht die Absicht, allein zu diesem Haus zu gehen, ganz besonders nicht bei Nacht. Und sicher nicht mit tausend Pfund! Natürlich könnte sie einen der Diener bitten, sie zu begleiten, aber das war ganz einfach dumm und könnte sie *beide* in Gefahr bringen. Was also sollte sie tun? Es gibt wirklich nur eine Lösung, dachte sie mit einem Seufzer, so hätte sie von vornherein handeln sollen.

Mit entschlossenem Gesicht nahm sie die Nachricht und stand auf. Entschlossenheit lag in jedem Schritt, als sie durch den Raum zu der Tür ging, die ihr Schlafzimmer von dem ihres Mannes trennte. Sie klopfte kurz und trat dann ein.

Das Schlafzimmer Lord Caldecotts war dunkel und leer,

doch das flackernde Licht, das aus dem daneben liegenden Wohnzimmer kam, verriet ihr, wo er war. Sie erlaubte sich kein Zögern mehr, sondern ging auf das Licht zu, das Herz in ihrer Brust war schwer.

Die Briefe waren vor langer Zeit geschrieben worden, sie hätten ihr gleichgültig sein sollen, das waren sie aber nicht. Die Briefe bewiesen, dass sie nicht immer ein Ausbund an Tugend gewesen war … und skandalös. Sie schämte sich der leidenschaftlichen Gefühle nicht, von denen sie vor vielen Jahren geschrieben hatte, aber sie fürchtete sich vor der Reaktion ihres Ehemanns. Würde er sie verachten?

Ehe sie geheiratet hatten, war Lord Caldecott ein bekannter Schwerenöter gewesen und sie ein Ausbund tugendhafter Anständigkeit. Ihre Ehe hatte die Gesellschaft erstaunt, da sie aus so unterschiedlichen Kreisen kamen. Beide waren von hoher Geburt und wohlhabend, aber während sie in hochanständigen Häusern verkehrte, trieb er sich mit harten Trinkern, Spielern und Frauenhelden herum. Ihrer beider Vergangenheit war etwas, über das sie nie gesprochen hatten, die Macht und das erstaunliche Wunder ihrer Liebe war das Einzige, was eine Rolle spielte.

Lady Caldecott hatte den Ruf ihres Mannes gekannt, ehe sie geheiratet hatten, und obwohl sie davon überzeugt war, dass er sie liebte, konnte sie sich des Gedankens nicht erwehren, dass er sich womöglich wegen ihrer Anständigkeit von ihr angezogen fühlte. Ein Gentleman konnte so viele Geliebte haben, wie er wollte, aber eine Frau ihres Standes, die sich Hals über Kopf in eine Affäre mit einem verheirateten Mann einließ, würde die gehobene Gesellschaft niemals akzeptieren. Festzustellen, dass sie nicht die tugendhafte Frau war, für die Lord Caldecott sie gehalten hatte, könnte ihre Ehe sehr wohl zum Schwanken bringen. Sie wusste, dass sie so ängstlich und dumm war wie ein junges Mädchen, aber sie konnte nicht anders. Ihr Ehemann glaubte, dass sie über jeder Kritik stand, und sie wollte ihm diese Illusion nicht nehmen – sie wollte auch nicht, dass er voller Verachtung auf sie blickte.

Sie betrat das hübsche Wohnzimmer, das in blauen und cremefarbenen Tönen eingerichtet war, und entdeckte ihn auf einem der mit blauem Damast bezogenen Sofas. Er trug einen saphirblauen seidenen Morgenmantel und genoss offensichtlich ein Glas Brandy.

Als sie das Zimmer betrat, stellte er den Schwenker mit Brandy ab und stand auf. Er kam auf sie zu und küsste sie auf die Wange. »Ah, meine Liebe, dein Anblick erwärmt einem Mann das Herz. Ganz besonders diesem Mann.« Er deutete auf das Sideboard auf der anderen Seite des Raumes. »Möchtest du etwas trinken? Ein wenig Wein?«

Sie holte tief Luft. »Ein Brandy wäre nett. Ein großer.« Er zog die Augenbrauen hoch, doch er sagte nichts, er ging einfach zu dem Sideboard hinüber und goss ihr einen Brandy in einen Schwenker. Dann reichte er ihr das Glas.

»Brauchst du nach dem heutigen Tag eine Stärkung?«

»D-d-das hat mit dem heutigen Tag nichts zu tun«, stotterte sie und sank auf das Sofa ihm gegenüber. Sie hielt den Schwenker mit beiden Händen, dann atmete sie tief den rauchigen Duft ein. Sie nippte einen kleinen Schluck und hustete ein wenig von dem starken Alkohol.

Mit leicht gerunzelter Stirn nahm er seinen Platz ihr gegenüber ein. Er hob sein eigenes Glas und nippte daran. »Also, was hat dich von deiner üblichen damenhaften Enthaltsamkeit abgebracht?«

Sie sah ihn an. »Liebst du mich?«, platzte sie heraus, und ihre Finger umklammerten das Glas. Entsetzt über die Art, wie sie damit herausgeplatzt war, senkte sie den Blick. Sie war ein Dummkopf. Was musste er nur denken? Dass er ein dummes Ding mit dem Verstand einer Gans geheiratet hatte?

Er schien erstaunt. Er stellte sein Glas ab, kam zu ihr hinüber und setzte sich neben sie auf die Couch. Dann nahm er ihr das Glas aus der Hand, und nachdem er es auf den Boden gestellt hatte, zog er sie in seine Arme. Mit ihrem Kopf an seiner Schulter sagte er: »Und jetzt erzählst du mir, worum es hier überhaupt geht. Und ja«, murmelte er und drückte ihr einen warmen Kuss auf die Schläfe, »ich liebe dich. Daran darfst du niemals zweifeln.«

Lady Caldecott wusste nicht, wo sie anfangen sollte, aber schließlich heftete sie den Blick fest auf den blauen Teppich und erzählte ihm die ganze Geschichte. Alles. Er unterbrach sie nicht, und als sie zu Ende gesprochen hatte, senkte sich Schweigen über sie.

»Nun, das erklärt allerdings die vielen Besuche deines Sohnes«, meinte er schließlich. »Ich gestehe, dass ich mich deswegen schon gewundert habe.« Er drehte sie so, dass sie ihn ansehen musste. Seine blauen Augen zogen sich zusammen, als er lächelte. »So anhänglich war er sonst nie. Er erinnerte mich an mein eigenes Leben, natürlich bevor ich dich kennen gelernt habe.«

Lady Caldecott errötete und blickte weg. Mit dem Finger drehte er sanft ihr Gesicht wieder zu sich.

»Ich wollte dich nicht necken, mein Liebling. Es ist nur so, dass ich in gewisser Weise in einem Dilemma stecke. Ganz so hatte ich die ganze Sache nicht geplant. Du hast mich überrascht – auf höchst angenehme Art und Weise, muss ich zugeben.«

Verwirrt starrte sie ihn an. Mit einem seltsamen Ausdruck sah er sie an. »Du bist nicht die Einzige, die ein Geständnis zu machen hat. Warte hier. Ich muss dir etwas zeigen.« Er ließ sie auf dem Sofa zurück und verschwand in seinem Schlafzimmer. Dann kam er zurück und reichte ihr ein kleines Päckchen Briefe.

Mit zitternden Fingern löste sie das verblichene gelbe Band, mit dem die Briefe zusammengehalten waren, dann öffnete sie den ersten Brief und las ihn. Ihr Herz sank. Es waren ihre Briefe. Sie wusste nicht, was sie denken sollte. Ihr Ehemann war ihr Erpresser? Das konnte nicht sein. Sie sah ihn an. »Warum?«

Er setzte sich neben sie. »Ich wollte, dass du mir vertraust.«

»Du wolltest, dass ich dir vertraue?«, rief sie aus, und ihre Stimme wurde schrill. »Deshalb hast du mich erpresst?«

»Äh, nein. Dein, äh, ursprünglicher Erpresser war dieser Kerl – Ellsworth. Ich, äh, ich habe ihm die Briefe gestohlen.«

Sie schüttelte den Kopf. Das alles ergab keinen Sinn. Sie sah ihm mit schmerzlichem Blick in seine blauen Augen. »Erzähl mir alles.«

Zum ersten Mal sah er ein wenig beunruhigt aus. »Mein Part in der ganzen Geschichte ist eher peinlich und zeigt, was für ein Dummkopf ein Mann in meinem Alter sein kann, wenn er sich zum ersten Mal verliebt.« Er nahm eine ihrer Hände in seine Hand und küsste ihre Finger. »Siehst du, ich liebe dich – mehr als alles andere, und ich fürchte, wenn es um dich geht, bin ich so verletzlich und dumm wie jeder andere Mann auch.« Wieder küsste er ihre Finger. »Patricks häufige Besuche haben mein Misstrauen geweckt.« Als er ihren Gesichtsausdruck sah, schüttelte er den Kopf. »Nein, ich war nicht eifersüchtig auf ihn, aber ich habe vermutet, dass mehr hinter seinen Besuchen steckte als nur kindliche Zuneigung. Dein Verhalten hat das nur bestätigt – du hast das vielleicht nicht bemerkt, aber du warst in letzter Zeit offensichtlich besorgt und ängstlich, abgelenkt – ich wusste, dass dich etwas beschäftigt.« Er verzog das Gesicht. »Ich hatte gehofft, du würdest zu mir kommen, was auch immer dein Problem war – wenn du dich recht erinnerst, habe ich dir genügend Gelegenheiten gegeben, das zu tun. Aber trotz all meiner Bemühungen hast du dich abgewendet und dich stattdessen deinem Sohn zugewandt. Nicht ich, dein dich anbetender Ehemann, sondern dein Sohn sollte den Ritter für dich spielen. Und das hat mich wirklich eifersüchtig gemacht.«

»Dazu hattest du keinen Grund«, erklärte sie mit rauer Stimme. »Es war nur so, dass ich …«

»Es war nur so, dass du nicht wolltest, dass ich davon erfuhr«, erklärte er brummig. Seine Finger schlossen sich fester um ihre. »Hast du mir so wenig vertraut?«

»Oh, so war es nicht! Ich hatte Angst, deine Gefühle für mich würden sich ändern, wenn du herausfinden würdest, dass ich nicht immer so anständig gewesen bin.«

Er lachte laut auf. »Du kleiner Dummkopf! Mit meiner Vergangenheit? Wie konntest du nur glauben, dass ich weniger von dir halten würde? Hast du mir denn nicht zugehört? Ich bete dich an! Was kümmern mich ein paar Briefe, die du vor einem Jahrzehnt geschrieben hast?«

Ein schweres Gewicht wurde von ihrem Herzen genommen. Ihre Augen waren so hell und strahlend wie bei einem jungen Mädchen. »Wirklich?«, hauchte sie.

Er zog sie in seine Arme und küsste sie. »Wirklich.«

Alles in ihrem Kopf drehte sich, sie schmiegte sich an ihn. »Erzähl mir alles«, bat sie.

»Es gibt nicht viel zu erzählen. Als ich bemerkt hatte, dass etwas nicht stimmte, habe ich schamlos gelauscht, und aus den Teilen, die ich mitgehört habe, konnte ich die ganze Geschichte zusammensetzen. Nachdem ich wusste, dass du erpresst wurdest und dass ein gewisses Haus in der Curzon Street der Ort war, von dem aus der Erpresser arbeitete, habe ich mir die Nächte dort um die Ohren geschlagen und beobachtet, was dort vor sich ging. Ich bin sogar so weit gegangen, in das Haus einzubrechen, aber ich habe nichts gefunden, was mir geholfen hätte.« Er warf ihr einen tadelnden Blick zu. »Da ich keine Ahnung hatte, was wirklich vorging, musste ich immer darauf hoffen, dass mir das Glück hold war.« Ein erfreuter Ausdruck trat in sein Gesicht. »In einer Nacht hatte ich dann endlich Glück. Genau wie dein Sohn hatte ich herausgefunden, dass der Täter wahrscheinlich Thomas Ellsworth war. Ich überlegte, wie ich mich ihm am besten nähern konnte«, meinte er ein wenig spöttisch, »ohne dabei über Patrick zu stolpern, als mir zu meiner großen Freude Ellsworth eines Abends genau in die Arme gelaufen kam. Natürlich wusste ich zu diesem Zeitpunkt nicht, dass es Ellsworth war, denn dort, wo ich mich versteckt hatte, war es sehr dunkel. Aber als ich dann plötzlich einem verdächtigen Kerl gegenüberstand, der sich in der Gasse verstecken wollte, habe ich geahnt, wer er sein könnte. Glücklicherweise musste ich nicht handgreiflich werden – der dumme Kerl ist gefallen und war bewusstlos – ich hatte genügend Zeit, ihn zu durchsuchen. Da ich gesehen hatte, dass Patrick und Thea zuvor das Haus betreten hatten und kurz danach Ellsworth, war ich ziemlich sicher, wer mein unerwarteter Besucher sein würde, und nachdem ich ihn durchsucht hatte und seine Identität bestätigt fand, habe ich ein interessantes Päckchen gefunden.« Er lächelte bei der Erinnerung.

»Ich war mir nicht sicher, was ich dort gefunden hatte, ich habe es einfach eingesteckt und zugesehen, dass ich fortkam, vor lauter Angst, dass Patrick und Thea Ellsworth verfolgen und mich entdecken würden. Erst als ich nach Hause zurückgekehrt war und Zeit hatte, das Päckchen zu öffnen, wurde mir alles klar. Ich muss zugeben, dass ich großes Glück hatte, dass Ellsworth die Briefe wirklich bei sich hatte, als er genau in die Gasse gerannt kam, in der ich mich versteckt hatte.«

Sie drehte sich um und sah ihn an. »Warum hast du es mir nicht gesagt?«

Er rieb sich die Nase. »Nun ja, siehst du, ich habe diesen lächerlichen Wunsch verspürt, dass du zu mir kommen und dich mir anvertrauen solltest – was immer es auch war. Ich wollte, dass du mir deine Sorgen anvertrautest.« Er schien sich ungemütlich zu fühlen. »Mein Problem war, dass ich nicht weit genug vorausgedacht hatte – nachdem ich die verdammten Dinger endlich hatte und begriff, was los war, wusste ich nicht, was ich damit hätte anfangen sollen.«

»Du hättest sie einfach vernichten können – mein Erpresser wäre verschwunden – er hätte aufgehört, mich zu bedrohen.«

Er schüttelte den Kopf. »Nein, du musstest wissen, dass sie nicht länger existierten, dass der Spuk vorüber war – für immer.«

Sie zog eine Augenbraue hoch. »Also hast du dich entschieden, mich selbst zu erpressen.«

»Nicht unbedingt. Ich hatte gehofft, dass du zu mir kommen würdest. Wenn du das nicht getan hättest, hätte ich die

Briefe einfach irgendwo im Haus liegen lassen, damit du sie morgen Abend findest.«

»Und das Geld?«

Ein teuflisches Blitzen trat in seine Augen. »Oh, ich denke, in den nächsten Monaten hätte ich dich mit den ausgefallensten Geschenken überschüttet.«

»Von meinem eigenen Geld?«, fragte sie übertrieben freundlich.

Er griente und nickte. »Was hätte ich sonst mit dem verdammten Geld tun können – ich brauche es ganz sicher nicht. Das hat auch dein Sohn herausgefunden, als er meine Finanzen hat untersuchen lassen.«

Lady Caldecott sah ihn mit offenem Mund an. »Er hat dich durchleuchten lassen?«

Er zog eine Augenbraue hoch. »Das hast du nicht gewusst?« Als sie heftig den Kopf schüttelte, verschwanden seine letzten Ängste. »Nun ja, ich muss sagen, das ist eine Erleichterung. Es hat mir Sorgen gemacht, dass du vielleicht gewusst haben könntest, was er im Schilde führte, und dass du seiner Theorie, dass ich der Erpresser bin, vielleicht zustimmen könntest.«

»Er hat mir gegenüber nie ein Wort davon erwähnt. Dieser hinterhältige Kerl! Wenn ich ihn das nächste Mal sehe, werde ich ihm einiges zu sagen haben.« Ihr kam ein Gedanke, und sie runzelte die Stirn. »Wie hast du herausgefunden, dass er sich für deine Finanzen interessiert hat?«

»Meine Liebe, dein Sohn kennt vielleicht viele Kniffe und Hinterlisten, aber du darfst nicht vergessen, dass ich weitaus erfahrener bin als er. Ich habe meine eigenen Quellen und wurde darüber informiert, dass diskrete Nachforschungen über meine geschäftlichen Aktivitäten angestellt wurden.«

»Ich verstehe. Bist du böse auf ihn?«

Er schüttelte den Kopf. »Nein. Und du solltest das auch nicht sein. Er liebt dich, und er war entschlossen, alle Hebel in Bewegung zu setzen, dir zu helfen – selbst wenn das bedeutete, deinen Ehemann zu verdächtigen.«

Sie schnaubte. »Und glaubst du etwa, es hätte mich glücklich gemacht, herauszufinden, dass mein eigener Ehemann mich erpresst?«

»Das will ich doch nicht hoffen. Aber da es sowieso vorbei ist, würde ich vorschlagen, dass wir nicht mehr darüber reden. Und dann schlage ich weiter vor, dass du deinem Sohn keine Vorwürfe für etwas machst, worum du ihn selbst gebeten hast.«

»Du hast wahrscheinlich Recht.« Sie warf ihm einen Blick zu. »Was soll ich ihm denn jetzt nur sagen? Ohne die Briefe hat Ellsworth keine Macht über mich, und es gibt keinen Grund, dass Patrick meinetwegen seine Bemühungen fortsetzt.« Sie lächelte. »Außerdem hat er eine Frau, die Anspruch auf seine Zeit hat.« Sie zögerte. »Macht es dir etwas aus, wenn ich ihm sage, was passiert ist? Dass du die Briefe jetzt hast?«

»Äh, nein. Ich denke, es wäre besser, wenn ich mit ihm rede und ihm alles erkläre.« Er warf ihr einen Blick von der Seite zu, und mit einem Anflug von Vorwurf in der Stimme fügte er hinzu: »Immerhin bin ich dein Ehemann, und als dieser hätte ich derjenige sein sollen, den du um Hilfe bittest. Lass mir wenigstens die Freude, die ganze Sache zu beenden.« Er küsste sie. »Es ist mir eine sehr große Ehre, dir zu Diensten zu sein – wenn du mir das erlaubst.«

»Oh, mein Lieber, ich bedaure so sehr, dass ich nicht sofort zu dir gekommen bin.« Sie sah weg. »Aber ich habe mich so sehr geschämt, und es hat mich so verlegen gemacht. Zu denken, dass jemand in meinem Alter und in meiner Stellung erpresst wird. Und noch dazu mit ein paar dummen Briefen, von denen ich geglaubt habe, sie seien schon vor Jahren vernichtet worden. Es war so hässlich und entsetzlich, dass ich mich nicht dazu überwinden konnte, es dir zu sagen.« Sie lächelte ein wenig spöttisch. Mit einer leichten Röte in den Wagen fragte sie: »Äh, hast du die Briefe gelesen?«

Er lächelte sie zärtlich an. »Nur einen, und nur so weit, bis ich herausgefunden hatte, warum du so aufgeregt warst. Meine Rolle als Lauscher hat mir nicht gefallen, und noch weniger hat es mir gefallen, die Worte zu lesen, die für einen anderen Mann bestimmt waren.« Er schaute zu Boden, dann warf er ihr einen herausfordernden Blick zu. »Ich muss zugeben, einiges von dem, was du geschrieben hast, hat mich davon überzeugt, dass ich bei unserem Liebesspiel bis jetzt viel zu zahm gewesen bin.«

»Oh, wirklich?«, meinte sie. Sie schlang die Arme um seinen Hals. »Vielleicht kannst du mir genau zeigen, was du damit meinst?«

Er zog sie an sich und küsste sie. »Oh, das werde ich ganz sicher tun«, murmelte er. Und das tat er auch.

Kapitel Siebzehn

Als Thea und Patrick vor all ihren Gratulanten davonliefen, in die Abgeschiedenheit ihrer wartenden Kutsche, war Thea erstaunt, dass die Dämmerung bereits angebrochen war. Die Lampenanzünder gingen langsam durch die Straßen, und purpurne Schatten senkten sich hernieder. Aber dann hatte sie keine Zeit mehr für solche Gedanken – die Kutsche begann gerade, sich zu bewegen, als Patrick sie auch schon heftig in seine Arme zog und sie küsste.

Sie atmeten beide schwer, als er den Kopf wieder hob, und sie vorsichtig auf den mit Samt bezogenen Sitz ihm gegenüber setzte. Benommen und erregt saß Thea einfach nur da und starrte ihn an, dabei hatte sie das Gefühl, eine sanfte Flamme hätte jeden Zentimeter ihres Körpers berührt. Ihre Brüste und deren rosige Spitzen prickelten, ihre Haut war gerötet und warm, und zwischen ihren Schenkeln pulsierte es. Mit weit aufgerissenen Augen starrte sie Patrick in der dämmrigen Kutsche an, ihre leicht geöffneten Lippen waren rot von seinen Küssen und geschwollen.

»Sieh mich nicht so an, meine Süße«, murmelte er, »wenn du nicht willst, dass ich gleich hier und jetzt das beende, was wir begonnen haben.«

»Nun ja, wir sind verheiratet …«, sagte sie atemlos und meinte das nicht nur neckend.

»Hexe«, murmelte Patrick, und ein lüsterner Blick trat in seine Augen. »Du solltest mich nicht zu weit treiben. Ich halte mich schon sehr zurück. Nur das Wissen, dass es nur noch wenige Minuten dauern wird, bis wir zu Hause sind, rettet dich vor einer gründlichen Verführung.«

Die sexuelle Anspannung zwischen ihnen war beinahe mit

Händen zu greifen, als sie endlich den Hamilton Place erreichten. Patrick half ihr aus der Kutsche und führte sie die Treppe zum Haus hinauf.

Chetham begrüßte sie, und nachdem Patrick ihm seine Braut vorgestellt hatte, verbeugte sich der Butler tief. Mit einem Lächeln auf seinem normalerweise ernsten Gesicht sagte er: »Es ist mir eine Freude, Madam. Ich bin davon überzeugt, dass Sie hier glücklich sein werden und auch zufrieden mit der Dienerschaft. Wann immer es Ihnen Recht ist, würden der Koch und die Haushälterin Sie gern kennen lernen. Dieser Haushalt war bis jetzt ein Junggesellenhaushalt, und wir freuen uns auf die Veränderungen, die die Anwesenheit einer Frau im Haus mit sich bringen wird. Wir werden gut für Sie sorgen, Ihre Wünsche werden alle erfüllt werden.«

»D-danke«, antwortete Thea bezaubert.

Patrick schnaufte. »Lass dich von seinen eleganten Manieren nicht hinters Licht führen. Er ist ein alter Despot und versucht, mich mit eiserner Hand zu beherrschen – das Gleiche wird er auch mit dir tun, wenn du nicht vorsichtig bist.« Patrick griente, als er Chethams Gesichtsausdruck sah. »Natürlich würde er lieber sterben, ehe er zugibt, dass er mich mag.«

Chetham richtete sich auf. Er verzog verächtlich das Gesicht, dann sah er Patrick an. »Wenn Sie mir folgen würden, Sir. Der Koch hat ein Festessen für Sie und Ihre Braut vorbereitet.« Er hüstelte hinter vorgehaltener Hand. »In Ihrem Zimmer oben.«

Patrick wollte ihn noch weiter necken, doch als Thea ihn in die Rippen stieß und den Kopf schüttelte, hielt er den Mund. Patrick griente und folgte seiner Frau und dem Butler die Treppe hinauf.

Nachdem er sich noch einmal tief verbeugt hatte, verließ Chetham die beiden vor der Tür zu Patricks Zimmer. Patrick stieß die Tür auf. »Bitte, komm doch herein, Mrs Blackburne«, forderte er sie auf. Er drückte ihr einen Kuss in den Nacken. »Und lass mich dir versichern, dass dein Ehemann die Absicht hat, dort weiterzumachen, wo er in der Kutsche aufgehört hat.«

Ein Kichern stieg in Thea auf, doch als sie ihn dann ansah und den eindeutigen Ausdruck in seinen grauen Augen entdeckte, erstarb es wieder. Patrick ließ ihr keine Zeit zum Nachdenken. Stattdessen hob er sie auf seine Arme und trug sie mit schnellen, sicheren Schritten in das Zimmer, die Tür schlug er mit seiner breiten Schulter hinter ihnen zu.

Das Zimmer war mit wenigen Kerzen sanft erhellt. Das Bett mit seinem dunkelvioletten und silbernen Himmel ragte riesig aus den Schatten des großen Zimmers. Gegenüber vom Bett war ein Kamin mit einem Sims aus blassgrauem Marmor. Gardinen in der gleichen Farbe wie der Betthimmel zierten die schmalen Fenster, und ein dicker Teppich in miteinander verwobenen Farben aus Weinrot und Grau lag auf dem Boden. Ein kleiner Tisch mit einem Tischtuch aus weißem Leinen war in einer Ecke des Raumes aufgestellt worden, ein weiterer kleiner Tisch daneben war beladen mit Tabletts, unter deren Deckel sich die verschiedensten Gerichte verbargen. Drei Flaschen Wein und eine Flasche Brandy standen auf einem Eichenstuhl neben dem Serviertisch. Im ganzen Raum standen kleine Sträuße aus Rosen und Lilien.

Als Patrick die Blumen sah, meinte er: »Die Blumen tragen die Handschrift meiner Mutter.«

»Das ist sehr freundlich von ihr«, meinte Thea und lehnte den Kopf an Patricks Schulter.

Langsam stellte er sie neben dem Bett auf die Füße und schüttelte den Kopf. »Aber eine Mühe, die vergebens war, fürchte ich.« Er streckte die Hand aus und zupfte eine Locke ihres Haares aus ihrer eleganten Frisur. Seine Augen wurden ganz dunkel, und seine Stimme klang tiefer. »Wir könnten in einer Schale sitzen voll mit den exotischsten Blumen der Welt, ich fürchte, ich würde es gar nicht bemerken.« Er zog sie an sich, und seine Lippen pressten sich auf ihre. Sie bewegten sich auf ihren Lippen, und seine Zähne rieben sinnlich über ihre Unterlippe. Thea erschauderte und öffnete ihm die

Lippen. Sein Geschmack erfüllte sofort ihre Sinne, als sich seine Zunge in die vom Wein süße Höhle schob, die sie ihm bot. Langsam und gründlich erforschte er ihren Mund, dabei war seine Zunge wie ein feuriger Funke auf der empfindsamen Oberfläche, der die Flamme anfachte, die bereits in ihr brannte. Als sich sein Mund schließlich von ihrem löste, ging sein Atem heftig. »Weißt du, es gibt nur eine ganz besonders zauberhafte und köstliche Blüte, der meine Aufmerksamkeit gilt«, meinte er rau. Seine Lippen berührten die ihren. »Du, meine Süße. Nur du.«

Wieder küsste er sie und schob sie langsam zum Bett. Teil um Teil zog er ihr dabei ihre wunderschöne Hochzeitskleidung von ihrem heißen Körper. Zuerst glitten seine Hände über sie, dann sein Mund, er knabberte an ihrer Haut, schmeckte sie, neckte und erregte sie. Als er sich dann endlich auch seiner Kleidung entledigt hatte und alles auf dem weinroten und grauen Teppich lag, hatte ein solch mächtiges Verlangen sie erfasst, dass ihr ganzer Körper sich schmerzlich nach ihm sehnte.

Patrick ging es ganz genauso. Nachdem er den ganzen Nachmittag im Zustand der Erregung verbracht hatte und jetzt schließlich Theas schlanken, weißen Körper in seinen Armen hielt, brauchte er seine ganze Willenskraft, um nicht wie ein lüsterner Eber über sie herzufallen. Seine Lippen strichen sanft über ihre blassen Brüste, und er stöhnte auf, als sein hart aufgerichtetes Glied gegen ihren schlanken Oberschenkel stieß. Das Wissen, dass sie seine Braut war, seine Frau, war das mächtigste Aphrodisiakum der Welt. Getrieben von einem Verlangen, so alt wie die Menschheit, berührte er die krausen schwarzen Locken zwischen ihren Schenkeln und suchte das sanfte Fleisch, das sie bedeckten. Als er gefunden hatte, was er suchte, schob er einen Finger tief in die heiße, feuchte Höhle, streichelte sie und ahmte die Bewegungen des Liebesspiels nach.

Thea stöhnte auf, als er in sie eindrang, sie hob die Hüften, um ihn zu ermutigen, ihre Finger krallten sich in seine nackten Schultern. Sein Mund an ihren Brustspitzen, der sie quälte, zusammen mit dem süßen Gefühl seines warmen, muskulösen Körpers, der sich halb über sie geschoben hatte, dem Rhythmus seiner Hände zwischen ihren Schenkeln, all das brachte sie an den Rand des Erträglichen. Das Gefühl, das in ihr aufstieg, war so eindringlich, dass sich ihr Körper ihm entgegenhob wie ein gespannter Bogen. Sie schrie in einem heißen Glücksgefühl auf, als ein Strom der Hitze und Ekstase durch ihren Körper rann. Benommen von der Macht und dem wilden, süßen Gefühl ihrer Erfüllung sank sie auf das Bett zurück.

Patrick hob das Gesicht von ihrer Brust mit einem angespannten Lächeln. Er drückte einen Kuss auf ihre Wange. »Das ist erst der Anfang, meine Süße«, murmelte er.

Er küsste sie noch einmal, seine Lippen waren hart und fordernd, seine Hände umfassten ihre Hüften, und er schob, sich zwischen ihre Schenkel. Er wartete ein paar Sekunden, sanft drängte er sich gegen sie, sein hartes Glied schob sich erregend durch die krausen Locken.

Thea schlang die Arme um seinen Hals, und obwohl noch die sanften Wogen des Glücks ihren Körper durchströmten, konnte sie es kaum erwarten, ihm ganz zu gehören. Sie zog ihn an sich, verschränkte ihre Beine mit seinen und brachte sie beide der Vereinigung noch näher, die ihnen das höchste Glück schenken würde. Seine Küsse wurden drängender, beinahe grob in ihrem Verlangen, sein Griff um ihre Hüften wurde fester, als er sie in die richtige Stellung brachte und dann mit einem einzigen schnellen Stoß tief in sie eindrang.

Thea erstarrte, das Gefühl, von einem erregten Mann ausgefüllt zu werden, war für sie noch neu und ungewohnt. Einen kurzen Augenblick lang fühlte sie sich verletzlich und hilflos, doch dann bewegte sich Patrick auf ihr, so süß und so sanft, dass das Glücksgefühl in ihr erwachte und alle anderen Gefühle vertrieb, nur noch das Glück blieb ... und Liebe.

Patrick hatte ihr kurzes Erstarren gefühlt und den Grund dafür erraten. Er kämpfte gegen das Verlangen seines Körpers an und behandelte sie mit all der Zurückhaltung, die er aufbringen konnte, aber sie war so eng, so heiß und geschmeidig, dass er glaubte, vor Glück zu vergehen, wenn er noch viel länger so langsam vorgehen musste. Sein Körper verlangte einen schnelleren Takt.

Die schüchterne Bewegung von Theas Zunge in seinem Mund und die Art, wie sie die Beine um seine Hüften schlang, raubten ihm den letzten Willen und zerstörten die Zurückhaltung, die er sich auferlegt hatte. Ein unterdrücktes Stöhnen kam aus seinem Mund, und er begann, sich heftig und schnell zu bewegen, sein bis zum Bersten gespanntes Glied drang bei jedem Stoß tiefer in sie ein.

Thea hielt ihn an sich gedrückt, die heftigen Stöße seines Körpers schenkten ihr ein ganz neues Glücksgefühl. In diesem Augenblick zählte nichts auf der Welt für sie außer Patrick, und es gab nichts außer der Vereinigung ihrer Körper, dem süßen Druck seines Gliedes und dem hungrigen, drängende Verlangen seines Kusses. Die wilde Eindringlichkeit ihrer Vereinigung dauerte nicht lange an, plötzlich erbebte Patricks Körper, und er führte sie in den Himmel, den nur die Liebenden kennen.

Ein heißes Glücksgefühl erfasste sie. Theas Körper umschloss ihn, ihre Scheide zog sich zusammen, und er hielt sie engumschlungen. Sie kämpfte darum, das flüchtige Glück festzuhalten, und ihr schlanker Körper wand sich unter ihm. Aber es nützte nichts, sie wurde hinweggetragen von Gefühlen, die so süß waren, so eindringlich, dass sie sie kaum ertragen konnte, es war unvermeidlich, dass das Glücksgefühl seinen Höhepunkt erreichte und sie danach benommen und erfüllt in den Armen ihres Mannes lag.

Patrick war genauso erschüttert und befriedigt wie Thea, als er von ihrem Körper glitt. Er fühlte sich matt, die Macht und die Süße ihrer Vereinigung waren etwas, das er noch nie zuvor erlebt hatte. Er stützte sich auf einen Ellbogen und starrte in Theas erhitztes Gesicht, sein Herz blieb beinahe stehen vor Glück, als er sie ansah. Ihr zerzaustes Haar breitete sich wie schwarze Seide auf den herrlich weißen Laken aus, und ihre Augen waren dunkle, unergründliche Tiefen, die vergrößerte Iris zeigte ihm das tiefe Glück, das er ihr geschenkt hatte. Er fühlte männlichen Stolz in dem Bewusstsein, dass seine Frau, seine Braut, die Eindringlichkeit dieses Augenblickes mit ihm geteilt hatte, und er wunderte sich darüber, wie sehr sie sein Leben verändert hatte.

Er, Patrick Blackburne, der über die Liebe gespottet und sich lustig gemacht hatte, hatte sich wild und heftig verliebt – in dieses schlanke, dunkeläugige kleine Ding. Zärtlich fuhr er mit dem Finger über ihre Nase, hielt inne an ihrem geschwungenen Mund und fand, dass er der glücklichste Mann war. Und das hatte er zwei verschwörerischen Frauen zu verdanken. Er lächelte vor sich hin. Er würde für seine Mutter und für Modesty ein ganz besonderes Geschenk finden müssen.

Thea hatte die Gefühle beobachtet, die sich auf seinem Gesicht abzeichneten. »Woran denkst du?«, fragte sie benommen.

»An dich«, antwortete er und drückte ihr einen Kuss auf die Nase.

Sie reckte sich genüsslich und lächelte. »Hmm, das will ich auch hoffen.«

Patrick lachte und legte sich wieder neben sie, er zog sie an sich und bettete ihren Kopf an seine Schulter. Mit einer Hand strich er langsam über ihren Arm. »Hast du dir schon Gedanken über unsere Hochzeitsreise gemacht?«, fragte er. »Gibt es einen Ort, an den du gerne fahren möchtest?«

Angenehm müde, warm und matt schmiegte Thea sich noch näher an ihn und wunderte sich darüber, wie natürlich sich das anfühlte. »Ich finde es gar nicht nötig, irgendwo hinzufahren«, murmelte sie und schaffte es kaum, die Augen offen zu halten. »Da ich annehme, dass wir schon bald nach Natchez abreisen, können wir ja die Seereise zu unserer Hochzeitsreise machen.«

Patrick runzelte die Stirn. Wegen der Eile, mit der die

Hochzeit vorangetrieben worden war, gab es viele Dinge, über die er und Thea noch gar nicht gesprochen hatten, das Datum ihrer Abreise nach Natchez gehörte auch dazu. Offensichtlich glaubte sie noch, dass die Eile, mit der die Hochzeit geplant worden war, etwas mit seiner bevorstehenden Heimreise zu tun hatte. Das war ein kleines Problem, denn eigentlich wollte er bis zum Frühjahr in England bleiben. Eine Reise über das Meer machte man nicht aus einer Laune heraus. Thea war jetzt mit ihm verheiratet, und es war an der Zeit, sie über seine Pläne zu informieren.

»Äh, wärst du sehr enttäuscht, wenn wir unsere Abreise nach Natchez verschieben würden, vielleicht bis zum Frühling?«, fragte er. »Ich habe es gar nicht mehr so eilig, England zu verlassen, wie noch, äh, vor ein paar Wochen.«

Thea kämpfte gegen den Schlaf, der sie zu überwältigen drohte. »Wie meinst du das? Haben wir denn nicht wegen deiner bevorstehenden Abreise so übereilt geheiratet?«

»Äh, ich fürchte, das war die Idee meiner Mutter«, antwortete Patrick ehrlich.

Thea setzte sich auf und starrte auf ihn hinunter, die Stirn hatte sie ein wenig gerunzelt. »Die Idee deiner Mutter? Wovon redest du überhaupt? Werden wir nicht bald nach Natchez reisen?«

»Nicht, wenn du das nicht unbedingt willst.«

Seine Antwort verwirrte sie, sie war jetzt hellwach und starrte ihn an. »Ich dachte«, meinte sie, »dass der einzige Grund, warum wir so übereilt geheiratet haben, dein Plan war, nach Natchez zurückzukehren.«

Er berührte leicht ihr Gesicht. »Pläne kann man ändern, mein Schatz. Es ist nicht nötig, dass wir England schon so bald verlassen, es sei denn, du möchtest das.«

Sie schob seine Hand weg, ihre Augen zogen sich zusammen, Misstrauen stieg in ihr auf. »Wenn du deine Pläne so leicht ändern kannst, warum konntest du sie dann nicht ändern, ehe du mich zum Altar gedrängt hast?«

»Nun ja, siehst du, du hättest vielleicht noch einen Weg gefunden, dich davor zu drücken, mich zu heiraten, wenn ich dich nicht, äh, zum Altar gedrängt hätte.«

Theas Augen weiteten sich. »Das war alles eine Lüge, nicht wahr? Ein Trick?« Als sie sein schuldbewusstes Gesicht sah, rief sie aus: »Ich habe es gewusst! Du hast mich angelogen! Und deine Mutter steckt mit dir unter einer Decke.« Sie sah beleidigt aus und gleichzeitig verletzt. »Warum? Warum hast du mich so getäuscht?«

»Hättest du mich denn sonst geheiratet?«, fragte Patrick mit ausdrucksloser Stimme, und sein Blick hielt den ihren gefangen.

»Natürlich nicht«, fuhr sie ihn an. »Eine Ehe mit mir ist das Letzte, was sich ein Gentleman mit Verstand wünschen würde. Hast du das alles nur getan, weil ich meine Meinung geändert habe und nicht deine Geliebte geworden bin?«

Patrick schüttelte den Kopf. »Nein, mein süßer Dummkopf, das hat gar nichts mit deiner Weigerung zu tun, meine Geliebte zu werden, sondern allein damit, dass ich den starken Wunsch hatte, dich zu heiraten. Wenn du dich recht erinnerst, war es deine Idee, meine Geliebte zu werden, nicht meine.« Spöttisch fügte er hinzu: »Ich hatte für dich eine ganz andere Position vorgesehen – die meiner Frau.«

Thea starrte ihn mit offenem Mund an. »Deine Frau! Aber warum?«, jammerte sie. »Kein Gentleman mit Verstand würde jemanden wie mich heiraten wollen. Hast du etwa vergessen, dass meinetwegen zwei Männer gestorben sind? Jeder weiß, dass ich ruiniert bin – warum also solltest du mich heiraten wollen?«

Patrick setzte sich auf, seine breiten Schultern lehnte er gegen das Kopfteil des Bettes. Er nahm eine ihrer Hände, dann senkte er den Kopf und starrte nachdenklich auf ihre schlanken, ruhelosen Finger. »Weißt du eigentlich, dass ich es langsam leid bin, immer wieder von einem alten, alten Skandal zu hören, aus einer Zeit, als du noch jung warst und nicht mit der Frau verglichen werden konntest, die du heute bist. Ich glaube fast, du genießt es, dich immer wieder für das zu bestrafen, was geschehen ist, obwohl die meisten Menschen mittlerweile begriffen haben, dass nicht du gesündigt hast, sondern dass man gegen dich gesündigt hat.«

Thea keuchte empört auf und versuchte, ihm ihre Hand zu entziehen. Doch als es offensichtlich wurde, dass er nicht die Absicht hatte, sie entkommen zu lassen, starrte sie ihn böse an, in ihren dunklen Augen blitzte der Zorn. »Wie kannst du es wagen! So, wie du das sagst, klingt es, als sei ich eine dieser jammernden, sentimentalen, schafköpfigen Heldinnen in einer gotischen Novelle.«

Patrick sah sie nur an. Es gelang ihr nicht, seinem ruhigen Blick standzuhalten, und sie senkte den Kopf. »Es tut mir Leid, dass du glaubst, ich sei so dumm«, erklärte sie steif.

»Nicht dumm«, antwortete er sanft. »Aber du hast die Angewohnheit, deine Vergangenheit wie einen sehr großen, sehr bedrohlichen Schild vor dir herzutragen, mein Schatz. Bei jeder Gelegenheit, die sich ergibt, reibst du ihn jedem Mann unter die Nase, der denkt, dass du eine sehr begehrenswerte Frau bist.« Seine Stimme wurde tiefer. »Eine sehr, sehr bezaubernde und begehrenswerte Frau, die er sehr gern heiraten würde.«

»Natürlich«, antwortete sie spöttisch. »Deshalb bin ich auch in den vergangenen Jahren so unermüdlich umworben worden. Deshalb musste die arme Modesty auch die Bewerber von meiner Tür vertreiben.«

Patrick lächelte schwach. »Wenn du diesen beängstigenden Schild auch nur für einen Augenblick gesenkt hättest, dann wäre das sicher auch der Fall gewesen. Ich bin dankbar, dass du es nicht getan hast, denn sonst wäre ich ganz sicher nicht der glückliche Mann gewesen, der deine Hand gewonnen hat.«

»Du hast meine Hand nicht *gewonnen,* du hast sie durch offensichtlichen Betrug bekommen«, murmelte sie. Dann sah sie ihm gerade in die Augen. »Ich weiß, wer ich bin, was ich bin und dass ich ganz bestimmt nicht der Fang der Saison bin.« Aus ihrer Stimme war die Frustration deutlich zu hören, als sie fragte: »Also, warum hast ausgerechnet du mich heiraten wollen?«

»Weil ich dich liebe, du kleine Gans.«

Thea starrte ihn mit offenem Mund an. Sie blinzelte mit ihren herrlichen dunklen Augen, schloss den Mund und blinzelte noch einmal. Offensichtlich war dieser Gedanke ihr noch nie gekommen. Wortlos starrte sie ihn an, ihr Blick glitt langsam über das Gesicht, das ihr so schnell lieb und vertraut geworden war, dass sie es gar nicht bemerkt hatte. Er liebte sie! War das möglich? Hatte er Recht? War sie diejenige gewesen, die mögliche Bewerber vertrieben hatte? Hatte sie den jahrzehntealten Skandal wie einen Schild vor sich hergetragen, um sich zu schützen? Sie senkte den Blick und biss sich auf die Lippe. Sie war so schrecklich verwundet gewesen, so voller Schmerz nach diesem schrecklichen Ereignis, das zum Tode ihres Bruder geführt hatte – und auch zu dem von Hawley –, dass Patrick vielleicht Recht haben könnte, gab sie zögernd zu. Es war sehr gut möglich, dass sie den Skandal, der sich daraus ergeben hatte, wie ein stolzes Banner vor sich hergetragen hatte, wie einen undurchdringlichen Schild, um sicherzugehen, dass jeder wusste, wie ruiniert sie war. Das alles hatte sie getan, begriff sie plötzlich, weil sie sich gefürchtet hatte, noch einmal ihrem Herzen zu folgen. Sie hatte so schreckliche Angst gehabt vor dem Risiko, dass der nächste Mann, der ihre Zuneigung gewinnen würde, genauso schlecht sein könnte wie Lord Randall. Deshalb hatte sie alles getan, um die Männer abzuschrecken. Nie wieder würde ein Mann die Möglichkeit haben, an ihr Herz zu rühren. Sie seufzte. Doch es war alles umsonst gewesen, denn Patrick, ein Mann, von dem sie so wenig wusste, ein Mann, der ihr keinen Grund gegeben hatte, ihm zu vertrauen, hatte es geschafft, trotz all ihrer Vorsicht zu ihr durchzudringen, sie hatte sich in ihn verliebt.

Ein kleiner Hoffnungsschimmer erwachte in ihrer Brust. Liebte er sie wirklich? Er hatte es gesagt. Konnte sie es wagen, ihm zu glauben? Konnte sie ihm vertrauen? Ihr sanfter Blick war ängstlich und voller Fragen, als sie in sein ruhiges, dunkles Gesicht sah. Beinahe flehend fragte sie: »Liebst du mich? Liebst du mich wirklich?«

Patrick lächelte und zog sie an seine Brust. »Ich bete dich an! Und ich habe mir alle Mühe gegeben, dich an mich zu binden.« Er drehte ihr Gesicht zu sich, sein Blick hielt den ihren gefangen. »Thea, du kleiner Dummkopf«, murmelte er. »Ich liebe dich mehr als mein Leben. Das ist der Grund – der einzige Grund, warum ich dich geheiratet habe.«

»Oh«, brachte sie schwach heraus, und die Gedanken wirbelten unkontrolliert durch ihren Kopf. Er liebte sie! Und er hatte sie geheiratet, weil er sie liebte. Ein Schauer wundervollen Staunens rann durch ihren Körper. Er liebte sie!

Er verzog den Mund, als er ihr Gesicht beobachtete. »Könntest du nicht ein wenig begeisterter sein, meine Süße? Ich habe dir gerade meine Liebe erklärt. Ich habe es gewagt, dir mein Herz zu Füßen zu legen.« Er küsste sie sanft. »Ich könnte ein wenig Ermunterung vertragen, musst du wissen.« Als sie ihn noch immer anstarrte, schüttelte er sie ein wenig. »An dieser Stelle wäre es höflich«, murmelte er, »wenn das Objekt meiner Zuneigung meine Gefühle erwidern würde.«

Thea warf all ihre Zweifel beiseite, sie ließ sich von der Liebe leiten, die ihr Herz erfüllte. Sie schlang die Arme um seinen Hals und schmiegte ihren schlanken Körper an ihn. Tief holte sie Luft. »Oh, ich liebe dich *wirklich!«* Schüchtern fügte sie hinzu: »Deshalb habe ich dich geheiratet.« Sie warf ihm einen herausfordernden Blick zu. »Du musst wissen, ich hätte auch weglaufen können.«

»Gott sei Dank hast du das nicht getan«, murmelte er rau, und seine Lippen legten sich auf ihre. »Es hätte mir nämlich nicht gefallen, ganz England nach dir abzusuchen.« Er küsste sie, all seine Liebe und Sehnsucht lagen in diesem Kuss. Als er den Kopf wieder hob, strahlten seine Augen. »Und das hätte ich getan, musst du wissen, ich hätte ganz England, die ganze Welt, nach dir abgesucht, und ich hätte nicht eher aufgehört als bis ich dich gefunden hätte. Ganz gleich, wo du dich auch versteckt hättest, ich hätte dich gefunden«, murmelte er an ihren Lippen. »Du darfst niemals daran zweifeln, dass ich dich liebe, nur dich allein.« Seine grauen Augen wurden dunkel und bezwingend, als er schwor: »Ich schwöre beim Mond, dass ich dich mehr liebe als mein Leben, und ganz gleich, wie weit oder wie schnell du vor mir weggelaufen wärst, du wärst doch am Ende meine Frau geworden und hättest in meinen Armen gelegen.«

»Oh, Patrick, ich war *wirklich* ein Dummkopf, nicht wahr?«

»Aber ein anbetungswürdiger Dummkopf«, murmelte er, und seine grauen Augen blitzten neckend. Er küsste sie noch einmal und zog ihren nackten Körper noch enger an sich. Der Kuss wurde eindringlicher, Leidenschaft sprang zwischen ihnen auf.

Sie liebten einander. Die machtvollen Gefühle, die sie zu der wilden Vereinigung ihrer Körper führten, waren so stark und so eindringlich wie ihre vorherige Vereinigung, aber diesmal lag etwas Neues in ihrer Liebe. Diesmal beherrschte sie das Wissen, dass sie liebten und geliebt wurden, und das machte alles nur noch süßer und eindringlicher.

Lange nachdem ihr Verlangen gestillt war, lagen sie eng beieinander, die Arme umeinander geschlungen, ihre feuchten, nackten Körper aneinander geschmiegt. Sie murmelten zärtliche Worte und genossen es, zusammen zu sein in dem Wissen, dass noch ihr ganzes Leben vor ihnen lag und dass die Zukunft strahlend hell und voller Glück sein würde. Ein Glück, das sie zusammen erleben würden.

Einige Stunden später gelang es ihnen schließlich, die Freuden des ehelichen Bettes zu verlassen und das Essen zu genießen, das man ihnen zubereitet hatte. Sie probierten und knabberten an den verschiedenen Speisen, doch schon zu bald erwachte das Verlangen nacheinander wieder und war größer als jeder Gedanke an Essen. Wie ausgehungerte Pilger fielen sie übereinander her, ihre jungen, gesunden Körper genossen die körperlichen Freuden, die sie einander schenken konnten.

Nach ihrem letzten Liebesspiel brannte Theas Körper noch immer von Patricks Liebe. Ihr Kopf lag an seiner Schulter, ein Bein hatte sie über seine Beine gelegt, ihre Finger spielten mit dem krausen Haar auf seiner Brust. Ihr Körper schmerzte an Stellen, die sie vorher kaum gekannt hatte, aber sie war glücklich, glücklicher als je zuvor in ihrem Leben. Sie war verheiratet. Mit Patrick Blackburne, und was das Beste daran war – er liebte sie!

Ganz unvermeidlich stellte sie die Frage, die alle Liebenden stellen. »Wann hast du es gewusst?«

Ein lässiges Lächeln lag auf Patricks Gesicht, als er antwortete. »Dass ich dich liebe?« Als er fühlte, wie sie an seiner Schulter nickte, sprach er weiter. »Nun ja, es war nicht gleich beim ersten Mal, als ich dich im Park gesehen habe, und auch nicht beim zweiten Mal, als du dich praktisch in meine Arme geworfen hast. Nein, damals habe ich dich noch nicht geliebt.« Er drückte einen Kuss in ihr dunkles Haar. »Es war beim dritten Mal, als ich dich sah, in der Nacht, als ich zu dir kam, um dir zu sagen, dass du deinen Schwager nicht umgebracht hattest. Damals habe ich mein Herz verloren.«

Theas Augen wurden ganz groß, und sie setzte sich auf, eine ihrer Brüste stahl sich unter dem Laken hervor, das sie vor ihre Brust gezogen hatte. »So früh schon? Da hast du es schon gewusst?«

Patrick nickte, sein hartes Gesicht blickte zufrieden, und aus seinen Augen strahlte ihr seine Liebe entgegen. »Hmm, eigentlich habe ich es damals auch noch nicht gewusst, aber wenn ich zurückblicke auf die Zeit unserer, äh, Werbung, dann wird mir klar, dass es in der Nacht war, in der ich mich zum ersten Mal richtig mit dir unterhalten habe, in der du mich verzaubert hast.« Er lächelte in der Erinnerung. »Ich bin in dein Haus gekommen und habe erwartet, eine vulgäre Frau vorzufinden, und stattdessen ...« Seine Augen wurden ganz dunkel, und seine Stimme klang tiefer. »Und stattdessen habe ich die Liebe meines Lebens gefunden.«

»Oh, Patrick!«, rief Thea erschüttert. »Ich habe mich erst

schrecklich lange danach in dich verliebt, wenigstens glaube ich das.«

Er lächelte und zog sie an sich. »Das Wichtigste ist, dass du mich jetzt liebst. Und das tust du doch, nicht wahr?«

»Das tue ich – von ganzem Herzen«, murmelte sie an seinem Mund. Und dann machte sie sich daran, ihm ganz genau zu zeigen, wie sehr sie ihn liebte.

Als Thea am nächsten Morgen aufwachte, war sie einen Augenblick lang verwirrt, doch dann fühlte sie Patricks warmen Körper an ihrer Seite, und der Anblick ihres Hochzeitskleides auf dem Teppich ließ die Erinnerungen an den vergangenen Tag wieder aufsteigen. Sie war verheiratet. Mit Patrick. Und er liebte sie! Ein glückliches Lächeln lag auf ihrem Gesicht, und sie reckte sich genüsslich und zuckte dann zusammen, als sie ihren Körper spürte.

Patrick war kurz vor ihr aufgewacht, er fühlte, wie sie zusammenzuckte, und fühlte sich ein wenig schwach. Es war ihm nicht gelungen, in der letzten Nacht die Hände von ihr zu lassen, zweifellos war sie jetzt wund.

Er nahm sich vor, am heutigen Abend mehr Zurückhaltung zu zeigen, drückte ihr einen Kuss auf die Schulter und murmelte: »Guten Morgen, meine Süße. Was würdest du denn heute gern tun?«

»Ein Bad wäre nett«, meinte sie. »Und etwas zu essen. Weißt du eigentlich, dass ich förmlich ausgehungert bin?« Sie setzte sich auf und lächelte ihn an. »Ich frage mich, warum.«

Er griente sie an. »Ich denke, du weißt sehr gut, warum du hungrig bist, du unersättlicher kleiner Fratz. Aber ich stimme dir zu, dass ein Bad und etwas zu essen ein schöner Beginn des Tages wären.«

Er ließ Thea in dem großen Schlafzimmer zurück, das zu den Haupträumen des Hauses gehörte, und ging ins Nebenzimmer, um nach Chetham zu läuten.

Eine Stunde später saß das jung verheiratete Paar gebadet und entsprechend gekleidet vor einem großen und abwechslungsreichen Frühstück im Esszimmer. Trotz der Großartigkeit des Zimmers mit den hohen geschnitzten Decken und der Größe des Raumes lag zwischen ihnen eine gewisse Intimität. Ganz gegen die Gewohnheit hatten sie ihre Gedecke auf eine Seite des beeindruckenden Tisches aus Mahagoni gelegt und verbrachten den größten Teil der Mahlzeit mit den Köpfen zusammengesteckt, indem sie einander mit Köstlichkeiten von ihren Tellern fütterten und Pläne für die Zukunft machten.

Einige Dinge waren sehr schnell entschieden. Ihre Hochzeitsreise würden sie zu Theas Landhaus machen, das jetzt eigentlich Patrick gehörte, zum Halsted House. Da sie am Montag Yates treffen wollte, schlug Thea vor, dass sie erst am Dienstagmorgen nach Cheltenham und Halsted House abreisen sollten. Auch wenn sie ihm Gründe dafür nannte, so fühlte sie doch ein heftiges Schuldgefühl, als sie merkte, wie schnell sich Patrick betrügen ließ und wie leicht er ihr ihre Wünsche erfüllte.

Nachdem sie die wichtigsten Entscheidungen getroffen hatten, zogen sie sich in ein hübsches Zimmer im hinteren Teil des Hauses zurück. Von dort aus überblickte man einen recht großen Garten, der zwar um diese Jahreszeit nicht gerade großartig aussah, aber doch einen hübschen Anblick bot. Einige spät blühende Rosen verliehen ihm ein lebhaftes Aussehen. Sie saßen in hellen, mit Satin bezogenen Sesseln und genossen eine letzte Tasse Kaffee, dann sprachen sie ausgiebig über den Zeitpunkt ihrer Reise nach Natchez.

Patrick lächelte neckend. »Du kannst entscheiden, mein Schatz. Mir ist es ziemlich gleichgültig, wo ich bin … solange du in meiner Nähe bist.«

Über den Rand ihrer zierlichen Porzellantasse betrachtete ihn Thea mit leuchtenden Augen. Sie widerstand dem Wunsch, sich zu kneifen, um festzustellen, ob das alles nur ein Traum war. Es war schwer zu glauben, dass sie je gezögert hatte, Patrick zu heiraten, alle Zweifel, die sie gehabt hatte, waren verschwunden, als er ihr seine Liebe gestanden hatte. Wie zärtlich er sie zu seiner Frau gemacht hatte. Sie wollte nicht an schmerzliche Dinge denken, doch ohne es zu wollen, verglich sie die reine Freude, die an diesem heutigen Morgen in ihrem Herzen war, mit dem schmerzlichen, schrecklichen Morgen vor über einem Jahrzehnt. Bedauern stieg in ihr auf und minderte das Leuchten ihrer Augen. Oh, wie sehr wünschte sie, dass Tom noch leben würde und sie heute sehen könnte, wie sie mit dem Mann glücklich verheiratet war, den sie liebte. Er hätte Patrick gemocht, dessen war sie ganz sicher, und er wäre erfreut gewesen, sie in seine Obhut zu übergeben.

Als Patrick sah, dass das Licht in ihren ausdrucksvollen Augen erlosch, beugte er sich vor. »Was ist los, meine Süße? Du siehst traurig aus.«

Sie lächelte wehmütig. »Ich dachte gerade an meinen Bruder Tom und daran, wie sehr er dich gemocht hätte und wie stolz er gewesen wäre, wenn er mich gestern durch das Kirchenschiff zum Altar geführt hätte.«

»Du hast ihn sehr geliebt, nicht wahr?«

»Oh ja, das habe ich. Ich vermisse ihn noch immer entsetzlich. Ich nehme an, ich werde ihn immer vermissen.«

Patrick nahm eine ihrer Hände in seine und drückte einen Kuss darauf. »Weißt du, wir werden unseren ersten Sohn nach ihm benennen. Es wird ihn zwar nicht zurückbringen, aber ich denke, ich hätte ganz gern einen Sohn mit dem Namen Tom.«

»Und ich erst!«, rief Thea aus, ihr Lächeln war so strahlend, dass Patrick blinzeln musste.

»Vielleicht sollten wir nach oben gehen und dieses Projekt gleich in Angriff nehmen?«, murmelte er, und ein deutlich lüsternes Lächeln lag um seinen vollen Mund.

Thea konnte nicht anders, sie errötete bei seinen Worten, doch aus ihren sanften Augen strahlte ihm Liebe entgegen, und sie beugte sich vor und drückte die Lippen auf seine. »Weißt du, ich kann mir nichts vorstellen, was ich lieber täte.«

Patrick zog sie auf die Füße, legte ihre Hand auf seinen Arm und führte sie aus dem Zimmer. »Auf keinen Fall sollst du behaupten, dass ich ein tyrannischer Ehemann bin. Natürlich werden wir genau das tun, was du willst.«

Thea kicherte und glaubte, ihr Herz würde überlaufen von all der Liebe, die sie für ihn fühlte. »Oh, Patrick, ich liebe dich wirklich«, erklärte sie, und ihre Gefühle waren an ihrem Gesicht abzulesen.

An der Tür blieb er stehen und zog sie an sich. Seine normalerweise so kühlen grauen Augen waren warm und liebkosend. »Aber nicht so sehr, wie ich dich liebe, meine Süße – vergiss nicht, ich habe es beim Mond geschworen.«

Kapitel Achtzehn

Der Montagmorgen kam für Thea viel zu früh. Sie und Patrick hatten ihre ersten Stunden als Mann und Frau ausgiebig genossen, und es war nicht überraschend, dass sie dabei nicht ein einziges Mal an das bevorstehende Treffen in Edwinas Haus gedacht hatte.

Aber jetzt war es elf Uhr am Montagmorgen, und Thea wusste, dass sie in weniger als einer Stunde Yates gegenüberstehen würde, einem höchst unangenehmen Kerl. Sie fürchtete sich vor diesem Augenblick, nicht zuletzt, weil sie Patrick anlügen musste.

Nicht zum ersten Mal dachte sie daran, ihrem Ehemann die ganze Geschichte zu erzählen und es ihm zu überlassen, das Problem zu lösen. Sie wanderte unruhig durch das kleine Zimmer im hinteren Teil des Hauses und verzog die Nase. Patrick die ganze Last aufzuladen, schien so feige, deshalb schob sie diesen Gedanken schnell wieder von sich. Yates' Drohungen und Edwinas Probleme waren nichts, was sie in diesem Augenblick mit ihrem frisch gebackenen Ehemann teilen wollte.

Sie waren verheiratet und liebten einander, aber dennoch kannten sie einander noch nicht sehr lange, und sie hatte keine Ahnung, wie ihr Mann auf diese Situation reagieren würde. Nein, es war weit besser, wenn sie bei ihrem ursprünglichen Plan blieb. Sie würde ihm alles erklären, wenn alles vorüber war.

Thea hatte die siebzehntausend Pfund, die sie Yates bezahlen sollte, bereits abgehoben. Das hatte sie noch vor der Eheschließung getan, als ihr Vermögen, so dachte sie mit Bedauern, noch ihr gehörte. Das Geld hatte sie im Augenblick in ihrer größten Handtasche verstaut, es wartete nur darauf, Yates übergeben zu werden.

Das bedeutete, dass sie sich in Kürze etwas einfallen lassen musste, um das Haus zu verlassen – allein. Und das war ein wirkliches Problem, denn jede Besorgung, die sie sich vorstellen konnte, würde Patrick dazu veranlassen, entweder einen Diener zu schicken oder sie zu begleiten.

Das Schicksal kam ihr in Form einer Nachricht von Lady Caldecott zu Hilfe. Als Patrick das Zimmer betrat, hielt er eine Nachricht in der Hand und sein gut aussehendes Gesicht wirkte nachdenklich. Er sah sie an. »Es ist wirklich verflixt, aber meine Mutter will mich sprechen. Sofort.« Er verzog den Mund. »Sie entschuldigt sich zwar sehr, mich in einem solchen Augenblick zu stören, aber sie hat eine Angelegenheit, die wirklich sehr dringend scheint, über die sie mit mir reden möchte. Hast du etwas dagegen, wenn ich dich einen Augenblick allein lasse? Ich werde nicht länger als eine Stunde weg sein.«

Thea strahlte ihn förmlich an. »Aber nein! In der Tat wird mir das eine Entschuldigung sein, Modesty zu besuchen und mich darum zu kümmern, wie das Packen meiner Sachen vorangeht.«

Patricks Gesicht erhellte sich wieder. Er hatte nicht gewusst, wie seine Frau darauf reagieren würde, wenn er sie allein ließ, und er war froh, dass sie so verständnisvoll war. Er hätte ihr keinen Vorwurf gemacht, wenn sie ihm böse gewesen wäre, immerhin waren sie noch nicht einmal achtundvierzig Stunden verheiratet, und schon wollte er sie allein lassen.

»Sollen wir uns dort treffen, wenn ich fertig bin?«

»Oh, nein!«, rief sie aus, und der Gedanke entsetzte sie. Sie nahm schnell all ihre Gedanken zusammen und erklärte dann ruhiger: »Ich meine, das wird nicht nötig sein. Ich weiß nicht, wie lange ich brauchen werde, und du würdest dich nur langweilen, wenn du uns zusehen müsstest, wie wir Stapel um Stapel Sachen durchsehen. Das würde dir ganz sicher nicht gefallen. Nein. Lass dir nur Zeit bei deiner Mutter, und wir treffen uns dann hier zu Hause, sagen wir, kurz nach eins?«

Er kam durch den Raum und blieb vor ihr stehen. Dann drückte er ihr einen Kuss auf die Nase. »Ich kann von Glück sagen, eine so verständnisvolle und aufmerksame Frau zu haben. Habe ich dir eigentlich schon gesagt, was für eine vorbildliche Frau du bist?«

Thea unterdrückte das heftige Schuldgefühl, das in ihr aufstieg, sie schlang die Arme um seinen Hals und presste ihre Lippen auf seine. »Hmm, ich kann mich nicht erinnern, dass du genau das gesagt hast, aber ich glaube, dass du gestern Abend recht deutlich angedeutet hast, dass ich dir größte Erfüllung schenke.«

Seine Augen wurden ganz dunkel, und seine Stimme klang rau. »In der Tat hast du das getan, mein Liebling. So große Erfüllung, dass ich es kaum abwarten kann, es zu wiederholen.« Die Nachricht fiel unbeachtet zu Boden, er zog sie in seine Arme und küsste sie hungrig.

Benommen schmiegte sich Thea an ihn und erwiderte seinen Kuss. Leidenschaft und Verlangen erwachten zwischen ihnen. Endlose Augenblicke hielten sie einander in den Armen, die Welt um sie herum verschwand.

Nur mit Mühe hob Patrick den Mund von ihrem, seine Augen blitzten. »Du bist eine Hexe«, murmelte er. »Ich muss dich jetzt verlassen, aber wenn ich zurückkomme …«

Sowohl ein Versprechen als auch eine Warnung lag in seiner Stimme, und Thea schauderte vor Erwartung. Oh, die Dinge, die er mit ihr tun würde. Sie kicherte. Und sie mit ihm!

Sie verabschiedete sich von ihrem Mann, und kaum eine Viertelstunde später war sie bereits auf dem Weg zu Edwina. Sie hatte sich von Chetham zur Kutsche bringen lassen, und er hatte dem Kutscher gesagt, wohin sie wollte. Es war ganz einfach gewesen, einen Augenblick später diesen Befehl zu ändern und dem Kutscher die Richtung zu Edwinas nicht gerade eleganter Adresse zu nennen.

Als sie am schmalen Haus ihrer Schwester ankam, ließ sie sich von dem Lakai aus dem Wagen helfen, lächelte ihn an und bat: »Kommen Sie mich bitte in einer Stunde wieder hier abholen.«

Der junge Mann in der grünen Livree verbeugte sich vor ihr und stieg dann wieder zu dem Kutscher auf den Sitz. Thea blickte die Straße hinauf und hinunter, ihre Stirn war leicht gerunzelt. Obwohl es eine respektable Adresse war, lag ein Hauch von Schäbigkeit über der ganzen Straße, und sie war entschlossener denn je, Edwina hier wegzuholen. Sie verzog unglücklich den Mund. Wenn erst einmal bekannt wurde, dass Edwina Witwe war. Bis dahin musste sie zunächst einmal mit Yates fertig werden. Sie reckte die Schultern unter dem roten Umhang, atmete tief ein und ging die wenigen Schritte zu Edwinas Tür. Sie würde mit Yates fertig werden, ehe überhaupt jemand wusste, dass sie ihre Schwester besucht hatte, und dann würde sie nach Hause fahren, zurück in die Arme ihres Ehemannes und würde ihm die ganze Geschichte erzählen. Mit diesem festen Entschluss klopfte sie an die Tür.

Doch Thea irrte sich, wenn sie glaubte, dass niemand außer Modesty wusste, dass sie im Haus ihrer Schwester war. Sie wurde eindringlich von einem Augenpaar beobachtet, als Edwinas Tür sich öffnete und sie im Inneren des Hauses verschwand.

Zwei Häuser weiter stieg gerade John Hazlett aus einer Mietkutsche, als Thea im Haus von Edwina verschwand. Thea! Was zum Teufel tat sie hier? Nicht, dass es ihm etwas ausmachte – seine Aufgabe musste er dennoch ausführen. Thea war eine zusätzliche Komplikation, die er zu vermeiden gehofft hatte. Er hatte damit gerechnet, dass ihre Ehe mit Blackburne sie im Augenblick von Edwina fern halten würde. Er seufzte. Offensichtlich hatte er sich geirrt. Einige Minuten lang stand er mit gerunzelter Stirn und dachte über die Lage nach, dabei war er unsicher, ob Theas Anwesenheit im Haus ihrer Schwester gut oder schlecht war. Schließlich schüttelte er den Kopf und winkte einer anderen Mietkutsche, die die Straße entlanggerumpelt kam. Nun ja, es gab nur eines, was er tun konnte, und das hätte er gleich von Anfang an tun sollen. *Verlass dich auf Thea,* dachte er, als er in den Wagen sprang, *sie wird jeden perfekten Plan verderben.*

Thea hatte ihren Cousin nicht bemerkt, als sie in den Flur des Hauses trat, das Edwina mit Hirst teilte. Sie war erstaunt, als sie feststellte, dass es ihre Schwester war und kein Diener, die ihr die Tür geöffnet hatte. »Edwina!«, rief sie aus. »Wieso öffnest du die Tür selbst? Wo ist dein Butler?«

Edwina lächelte schwach. »Ich habe dir doch gesagt, dass wir uns in einer verzweifelten Situation befinden – es gibt keine Diener mehr, außer wenn Alfred gewinnt, dann haben wir viele Diener, aber nur so lange, bis das Geld wieder weg ist. Bei uns gibt es entweder Festlichkeiten oder Hunger.« Ihr Gesicht blickte ein wenig spöttisch. »Meistens allerdings Hunger. Es ist mir gelungen, von seinem letzten Gewinn so viel beiseite zu schaffen, um zweimal in der Woche eine Putzfrau zu bezahlen und eine Frau, die an den meisten Tagen kocht. Aber etwas so Großartiges wie ein Butler …« Sie lachte bitter. »Das Geld für einen Butler oder für andere Luxusartikel hat mein lieber Mann am Spieltisch vertan.«

Thea wusste nicht, was sie dazu sagen sollte. Sie konnte kaum versuchen, Edwina zu trösten, indem sie ihr sagte, dass sie sich keine Sorgen mehr darüber zu machen brauchte, dass ihr Ehemann ihre Mittel verspielte – er war tot. Aber sie war entsetzt, als sie feststellte, wie schlecht die Dinge für ihre Schwester wirklich standen. Modesty würde sich schrecklich fühlen, weil sie behauptet hatte, Edwina würde übertreiben. Wenn überhaupt, so hatte Edwina noch untertrieben, in welche Lage ihr Ehemann sie gebracht hatte.

Obwohl Edwina behauptete, dass zweimal in der Woche eine Putzfrau sich um das Haus kümmerte, so stellte Thea doch fest, dass das Haus heruntergekommen war. Es gab zwar keine schmutzigen Fußböden und auch keine staubigen Möbel, doch es lag ein Hauch von Unordnung über allem.

Thea schob ihre Eindrücke beiseite, sie lächelte aufmunternd. »Bist du bereit für unser Treffen mit Yates?«, fragte sie. »Nachdem ich mit ihm fertig bin, bin ich sicher, dass du dich viel besser fühlen wirst. Und vielleicht könnte ich … ich könnte dir genug Geld leihen, damit die Dinge für dich ein wenig leichter sind.«

Edwina führte Thea in den hinteren Teil des Hauses. Sie blickte über ihre Schulter. »Glaubst du? Ich frage mich, ob dein neuer Ehemann zustimmen würde, die Frau eines anderen Mannes zu unterstützen.«

Thea biss sich auf die Lippe und wünschte, sie hätte wenigstens über dieses Thema mit Patrick gesprochen. Sie wollte Edwina keine falschen Hoffnungen machen und auch keine Versprechen, die sie nicht einhalten konnte. Patrick, so überlegte sie mit gerunzelter Stirn, würde doch wohl mit dem Geld genauso charmant sein wie mit allem anderen. Ein sanftes Lächeln umspielte ihren Mund. Er würde großzügig sein, entschied sie im nächsten Augenblick, sie war sicher, dass sie sich nicht in einen geizigen Tyrannen verliebt hatte.

Irgendwo läutete eine Uhr. Thea wurde klar, dass es bereits Viertel vor zwölf war. »Wohin gehen wir?«, fragte sie. »Sollten wir nicht auf Yates warten? Er wollte doch um zwölf Uhr kommen, nicht wahr?«

Edwina zuckte mit den Schultern. »Um ihn brauchst du dir keine Sorgen zu machen. Das Wichtigste ist, hast du das Geld bei dir?«

»Ja, ich habe es in meiner Tasche. Ich werde froh sein, wenn ich es los bin – selbst am hellen Tag in der Kutsche hatte ich schreckliche Angst, überfallen zu werden.«

Edwina führte Thea in ein kleines, muffig riechendes Zimmer im hinteren Teil des Hauses. »Bei deinem Vermögen fällt so eine Summe doch nicht ins Gewicht, oder?«, murmelte sie.

»Nun ja«, antwortete Thea unangenehm berührt. »Siebzehntausend Pfund sind ein kleines Vermögen – mehr als die meisten Menschen in ihrem Leben zu sehen bekommen.

Mein Bankier war nicht sehr glücklich, als ich eine so große Summe abgehoben habe. Ich bin sicher, er hat sich das Schlimmste gedacht.«

»Natürlich hast du Recht, es ist nur so, dass ich schon erlebt habe, dass Hirst in einer Nacht mehr als das verloren hat. Einmal hat er bei einem einzigen Kartenspiel fünfzigtausend Pfund verloren. Nach einer Weile denkt man nicht mehr, dass es so schrecklich viel Geld ist.«

»Fünfzigtausend Pfund!«, quietschte Thea, entsetzt bei dem Gedanken, in einer einzigen Nacht so viel durchzubringen.

Edwina setzte sich hinter einen kleinen Schreibtisch aus Kirschbaumholz und sah ihre Schwester an. »Ich weiß gar nicht, warum du so schockiert bist, du wusstest doch, dass er ein Spieler war, ehe du mir erlaubt hast, ihn zu heiraten.«

Thea sank auf einen gepolsterten Stuhl, der mit verblichenem goldenem Stoff bezogen war. »Ich habe dir gar nichts erlaubt. Du warst entschlossen, ihn zu heiraten.«

Edwinas blonde Locken rahmten ihr hübsches Gesicht ein, mit ihren großen blauen Augen sah sie Thea an. Ihr süßer Mund nahm einen störrischen Ausdruck an. »Aber war es nicht deine Pflicht, mich vor Glücksrittern wie Hirst zu schützen?«, wollte sie wissen.

»Edwina! Ich habe alles getan, was in meiner Macht stand, um dich davor zu bewahren, ihn zu heiraten«, protestierte Thea. »Du warst entschlossen – du bist mit ihm weggelaufen, das weißt du doch.« Eine verlegene Röte trat in ihre Wangen. Ein wenig leiser fügte sie hinzu: »Es war schon gut, dass du ihn schließlich geheiratet hast, niemand wollte noch einmal eine Situation wie die meine erleben.«

»Darauf kommst du immer wieder zurück, nicht wahr?«, beklagte sich Edwina. »Ich war immer gezwungen, in deinem Schatten zu stehen, immer wieder hat man mir schmerzlich bewusst gemacht, dass du ein Vermögen hast, das viel größer ist als das meine, und dass die Familie immer bereit ist, der ›armen Thea‹ zu Hilfe zu kommen – selbst wenn ich diejenige bin, die Hilfe braucht. Sie machen sich alle solche Sorgen um dich, dass es niemandem etwas ausmachen würde, wenn ich vom Erdboden verschwinde. Immer wieder heißt es ›Thea, Thea, Thea‹! Ich bin es leid!« Ein harter Ausdruck trat in ihre blauen Augen. »Wenn du nicht gewesen wärst, hätte ich die großartige Partie machen können, die ich verdient habe. Es ist deine Schuld, dass ich mich jetzt mit einem verschwenderischen Ehemann herumschlagen muss und dass ich mich in meinem eigenen Haus verstecken muss, um zu vermeiden, von Schuldnern überfallen zu werden.«

Thea starrte ihre Schwester an. Sie hatte nie geahnt, wie sehr Edwina sie verachtete und sie für ihr Unglück verantwortlich machte. Vielleicht hatte Modesty ja Recht und sie war mit Edwina zu nachsichtig gewesen. Zu bereitwillig hatte sie ihre Ausbrüche und ihre wilden Anschuldigungen überhört und hatte sich selbst für Edwinas Pech verantwortlich gemacht – Pech, das ihre Schwester oft selbst verschuldet hatte.

Thea hielt Edwinas vorwurfsvollem Blick stand. »Es tut mir Leid, dass du so fühlst«, erklärte sie ruhig. »Ich kann die Vergangenheit nicht ändern, aber ehe ich mit Patrick England verlasse, werde ich mein Bestes tun, die Dinge für dich ins Reine zu bringen. Es ist vielleicht besser, dass ich auf der anderen Seite des Ozeans leben werde. Wenn ich nicht länger in der Nähe bin, um dein Leben zu ruinieren, wirst du vielleicht beginnen, die Verantwortung für deine eigenen Entscheidungen zu übernehmen. Wenn das Pech dich dann trifft, kannst du mich nicht dafür verantwortlich machen.«

Edwina keuchte auf, sie hätte nicht überraschter aussehen können, wenn Thea sie gebissen hätte.

Thea ignorierte Edwina, sie stand auf und begann, in dem schäbigen kleinen Zimmer unruhig hin und her zu laufen. Das Haus schien sehr ruhig, verlassen, doch ganz plötzlich glaubte Thea, ein Geräusch gehört zu haben.

Sie sah Edwina an. »Hast du das gehört? Es hat sich angehört, als sei jemand an der Vordertür. Könnte das Yates sein?«

Edwina legte den Kopf ein wenig schief, und sie beide

lauschten. Stille hatte sich über das Haus gesenkt. »Du hast dich geirrt«, murmelte Edwina, und ihre blauen Augen blickten missmutig. »Außerdem habe ich Yates gesagt, er soll durch den Dienstboteneingang im hinteren Teil des Hauses kommen.«

Thea lauschte noch ein paar Minuten, doch als sie nichts mehr hörte, nahm sie ihre Wanderung durch das Zimmer wieder auf. Mit dem Finger fuhr sie über das Bücherregal mit der Glastür, das an der Wand stand, und stellte fest, dass es ganz staubig war. Eine kleine goldene Uhr stand mitten in dem Regal, zwölf Uhr war bereits vorüber. Mit gerunzelter Stirn sah sie Edwina an. »Hätte Yates nicht längst hier sein sollen?«

Edwina warf einen Blick auf die Uhr und nickte. »Ja, das hätte er. Ich frage mich, wo er bleibt.«

Das Fehlen von Yates war nicht das Einzige, das in diesem Augenblick bemerkt wurde. Patrick pfiff fröhlich vor sich hin, als er das Haus seiner Mutter verließ, er war bestens gelaunt. Die Neuigkeit, die Lady Caldecott ihm mitgeteilt hatte, war ausgezeichnet. Die Bedrohung durch den Erpresser bestand nicht länger, die Briefe waren ihr zurückgegeben worden, ausgerechnet von ihrem Ehemann! Patrick schüttelte den Kopf und lächelte über die Umwege, mit denen Lord Caldecott versucht hatte, das Herz seiner Frau zu gewinnen. *Was wir armen Männer nicht alles aus Liebe tun,* dachte er reumütig und versuchte, sich den eleganten und weltmännischen Lord Caldecott vorzustellen, wie er sich in einer dunklen Gasse versteckte.

Der Besuch bei seiner Mutter hatte nicht lange gedauert, und er hatte sich entschieden, den Wunsch seiner Frau zu ignorieren und sie doch bei Modesty zu treffen. Die Neuigkeit, die ihn in Theas früherem Zuhause erwartete, ließ ihn die Stirn runzeln.

Er starrte Tillman an. »Was wollen Sie damit sagen, Miss Bradford ist nicht zu Hause?«, wollte er von ihm wissen. »Meine Frau wollte sie doch besuchen.«

Tillman sah ihn erstaunt an. »Das kann ich nicht sagen, Sir. Ich weiß nur, dass Miss Bradford vor beinahe einer halben Stunde das Haus verlassen hat, um eine Besorgung zu machen.« Er räusperte sich. »Sie, äh, hat nicht gesagt, wohin sie wollte oder wann sie zurückkommt.« Mit besorgter Stimme fügte er hinzu: »Und was Miss Th… äh, Mrs Blackburne betrifft, sie ist heute nicht hier gewesen.« Er zögerte, offensichtlich kämpfte er mit sich, dann holte er tief Luft. »Äh, würde es Ihnen vielleicht helfen, wenn ich Ihnen sagte, dass Mr John Hazlett hier war, kaum fünf Minuten nachdem Miss Bradford weg war? Er schien, äh, sehr aufgeregt darüber zu sein, dass sie nicht zu Hause war.«

Patrick dankte ihm für die Information, er verdrängte das Gefühl, dass Unheil drohte, und fuhr nach Hause. Es gab keinen Grund, so sagte er sich, so besorgt zu sein. Niemand hatte einen Grund, seiner Frau etwas zuleide zu tun. Hirst war tot. Ellsworth war tot. Die Erpressung war vorüber. Er hatte keinen Grund, eine solche Panik zu fühlen, nur weil Thea nicht dort war, wo sie zu sein behauptet hatte. Sie hatte ihre Meinung vielleicht geändert und wartete jetzt zu Hause auf ihn. Der dicke Knoten in seiner Brust verschwand. Natürlich, das musste die Antwort sein. Seine gute Laune kehrte zurück, und er eilte nach Hause.

Doch im Hamilton Place wurde er mit der Neuigkeit begrüßt, dass seine Frau nicht zu Hause war. Dass sie kurz nach ihm das Haus verlassen hatte, um Miss Bradford zu besuchen. Mit grimmigem Gesicht starrte Patrick Chetham an.

Chetham hustete, und als er Patricks bösen Blick sah, murmelte er: »In der Bibliothek wartet ein Gentleman, Sir. Er war enttäuscht, als er feststellte, dass Sie nicht zu Hause waren. Ich glaube, er schreibt Ihnen gerade eine Nachricht. Es ist ein Mr John Hazlett.«

Mit einem schnellen »Danke« über seine Schulter machte sich Patrick in Richtung Bibliothek auf. Als er durch die Tür trat, entdeckte er Mr John Hazlett, der ihm gerade eine Nachricht schrieb.

Sie begrüßten einander knapp. John stand auf und kam hinter dem Schreibtisch hervor, wo er gesessen hatte. »Ich bin froh, dass Sie zu Hause sind. Ich habe schlechte Neuigkeiten.« Er blickte auf den Zettel, den er geschrieben hatte. »Nicht die Art von Neuigkeiten, die man gern schriftlich übermittelt.«

»Was ist geschehen?«, wollte Patrick wissen, der Kloß der Angst in seiner Brust war wieder da. »Ist etwas mit Thea geschehen?«

John sah ihn erstaunt an. »Guter Gott, nein! Es ist Hirst. Edwinas Ehemann. Er ist tot. Ermordet. Seine Leiche wurde gefunden, versteckt in einem alten Schrank, der in einen aufgegebenen Brunnen geworfen wurde, in einem kleinen Weiler nicht weit weg von Cheltenham. Wir haben erst gestern Abend davon erfahren. Offensichtlich hat ihn einer der Anwohner erkannt.« Er verzog den Mund. »Oder wenigstens das, was von ihm noch übrig war. Obwohl es in letzter Zeit ziemlich kühl war, hat die Leiche bereits begonnen, sich zu zersetzen, der Gestank war ziemlich eindringlich. Als man versuchte, den Grund des Gestankes zu finden, hat man seine Leiche gefunden. Er wurde zweifelsfrei identifiziert. Mein Vater war der Erste, der die Neuigkeit erfahren hat. Während wir uns hier unterhalten, werden die Mitglieder der Familie von der Neuigkeit unterrichtet.« Er zögerte. »Da Sie erst vor kurzem geheiratet haben, wollte mein Vater nicht, dass Sie und Thea in die ganze Sache hineingezogen werden – wenigstens nicht in den ersten Tagen. Er wollte, so habe ich es verstanden, dass Sie noch einige Zeit für sich haben sollten, ehe Sie sich mit dieser schlimmen Sache auseinander setzen müssen.« Er verzog das Gesicht. »Ich hätte zuerst zu Miss Bradford gehen sollen, wie ich es ursprünglich vorhatte, aber ich dachte, es wäre besser, mich zu versichern, ob Edwina zu Hause ist, ehe ich Miss Bradford aufsuchte. Obwohl Miss Bradford nicht mit Edwina verwandt ist, hat sie doch geholfen, sie großzuziehen, und wir dachten, da wir Thea noch nicht in die Sache hineinziehen wollten, sollte Miss Bradford in einer solchen Zeit bei Edwina sein. Danach wollten wir

Edwina auf dem Besitz der Familie unterbringen.« Auf seinem Gesicht lag ein ironischer Ausdruck, als er weitersprach. »Theas Anwesenheit bei Edwina heute Morgen hat meinen Plan ein wenig durcheinander gebracht. Ich hatte gehofft, dass Thea wieder weg sein würde, wenn ich mit Miss Bradford zurückkäme, deshalb bin ich gegangen, aber als ich bei Miss Bradford ankam, hatte ich sie gerade verpasst, sie war zu einer Besorgung unterwegs.« Er lächelte entwaffnend. »Ich wusste nicht mehr weiter. Da ich nicht mit Miss Bradford reden konnte, habe ich mich entschieden, Ihnen zu erzählen, was geschehen ist. Sie sollten entscheiden, wann Thea von dieser Tragödie erfahren soll.« John verzog das Gesicht. »Sie mochte Hirst nicht sehr, aber selbst sie hätte ihm nicht den Tod gewünscht – besonders nicht durch einen Mord.« John schüttelte den Kopf. »Es ist eine schockierende Sache. Man erwartet nicht, dass seine Verwandten, auch wenn sie nur angeheiratet sind, ermordet werden.«

Patrick reagierte nur auf die Information, die für ihn wichtig war. »Sie haben Thea heute Morgen bei Edwina gesehen?«, wollte er wissen, und der Blick aus seinen grauen Augen war eindringlich.

John war durch Patricks Benehmen ein wenig befremdet. Er antwortete langsam. »Ja, ich war gerade bei Edwina angekommen, als ich sah, wie sie in Edwinas Haus ging. Stimmt etwas nicht?«

Patrick entspannte sich ein wenig und begriff, was geschehen sein musste. »Es ist sicher nur ein kleines Missverständnis«, wehrte er leichthin ab. »Thea hat mir gesagt, sie wolle heute Morgen Modesty besuchen, während ich etwas Dringendes zu erledigen hatte.« Er zuckte mit den Schultern. »Meine Erledigung hat nicht lange gedauert, und ich habe mich entschlossen, sie zu treffen, doch dann stellte ich fest, genau wie Sie, dass Miss Bradford nicht zu Hause war. Thea muss wohl das Gleiche festgestellt und dann Edwina besucht haben.« Als Patrick diese Worte aussprach, wusste er sofort, dass seine Schlussfolgerung nicht stimmte. Tillman hatte deutlich gesagt, dass Thea den ganzen Morgen über nicht dort gewesen war. Woher hatte sie also gewusst, dass Modesty nicht zu Hause war?

»Jetzt, wo Sie wissen, dass Hirst tot ist«, unterbrach John seine Gedanken, »was wollen Sie anfangen? Wollen Sie Thea die Tatsache noch ein paar Tage verschweigen oder wollen Sie es ihr sagen?«

Patrick verzog das Gesicht. Er konnte John wohl kaum sagen, dass Thea schon seit einiger Zeit wusste, dass Hirst tot war. Aber er fand, es wäre ganz gut, wenn Hirsts Tod öffentlich gemacht würde. Thea müsste sich nicht länger sorgen, wann und wo die Leiche gefunden wurde. Er verzog reumütig den Mund. Natürlich bedeutete das, dass er jeden Gedanken an Flitterwochen vergessen könnte. Thea würde bei ihrer Schwester sein wollen, und dafür konnte er ihr noch nicht einmal einen Vorwurf machen. Nein. Es wäre besser, wenn Thea jetzt erfuhr, dass Hirsts Leiche entdeckt worden war und sie Edwina trösten könnte. Sie hätten noch genügend Zeit für Flitterwochen – Flitterwochen, die Thea weitaus mehr genießen könnte, wenn diese hässliche Geschichte hinter ihnen lag.

Er warf einen Blick in Johns ängstliches Gesicht. »Ich werde mit Ihnen zu meiner Schwägerin gehen. Ich denke, das Beste ist, wenn Thea in diesem Augenblick bei ihr ist.« Er lächelte. »Meine Frau ist sehr stark. Es wird ihr lieber sein, gleich jetzt von Hirsts Tod zu hören als später.«

»Sie kennen meine Cousine sehr gut«, meinte John. »Selbst wenn Miss Bradford dabei gewesen wäre, hätte ich Edwina nicht gern die Nachricht von Hirst überbracht – sie neigt zu Hysterie, müssen Sie wissen. Ich weiß, es stört Ihre Pläne, aber ich bin froh, Sie und Thea an meiner Seite zu wissen.«

Patrick nickte, als sie zur Tür gingen. »Haben die Behörden eine Ahnung, wer Hirst umgebracht haben könnte?«, fragte er.

John schüttelte entschieden den Kopf. »Nein. Aber ich finde es nicht sehr überraschend, wenn man bedenkt, was Hirst für ein Mann war. Er war ein Spieler der schlimmsten Sorte, und sein Ruf war nicht gerade gut.« Er seufzte und warf Patrick einen Blick zu. »Es gibt da noch einen eigenartigen Zufall … Haben Sie gewusst, dass die Leiche seines Cousins Tom Ellsworth am Tag Ihrer Hochzeit gefunden wurde? Auch er ist ermordet worden. Erschossen. Man fragt sich, ob die beiden nicht in eine gefährliche Sache verwickelt waren, nicht wahr?«

»Äh, die Möglichkeit besteht«, antwortete Patrick.

»Es ist schlimm, so etwas zu sagen«, murmelte John. »Aber ich glaube nicht, dass Hirst oder Ellsworth von vielen betrauert werden. Ich weiß, dass es dem größten Teil der Familie nicht Leid tun wird, dass Edwina endlich von Hirst befreit ist. Einige von uns standen kurz davor, ihn zu fordern.« Er grinste. »Das heißt, wenn wir Thea davon hätten abhalten können, ihm den Kopf einzuschlagen. Sie hat ihn verachtet.«

Als sie die Eingangshalle erreicht hatten, läutete Patrick nach Chetham. Einen Augenblick später erschien der Butler. Auf Patricks Bitte, dass er die Kutsche vorfahren lassen sollte, verbeugte er sich und verschwand, um den Befehl auszuführen.

Die beiden Gentlemen entschieden sich, draußen auf die Kutsche zu warten. Ihre Unterhaltung war höflich, aber unkonzentriert, beide waren mit ihren Gedanken beschäftigt. Keiner der beiden freute sich auf das, was vor ihnen lag, wobei Patrick weniger Sorgen hatte als John. Die Neuigkeit von Hirsts Tod würde für Thea keine Überraschung sein, wahrscheinlich wäre sie sogar erleichtert. Ihre Kutsche war gerade um die Ecke gebogen und näherte sich dem Haus, als ein eleganter Wagen, von einem Paar Grauer gezogen, vor dem Haus anhielt. Zu Patricks Erstaunen sprang Nigel aus dem Wagen und wandte sich um, um seinem Passagier, Miss Bradford, aus dem Wagen zu helfen. Es dauerte einen Augenblick.

Patrick warf einen Blick in Modestys Gesicht, dann winkte er seinem Kutscher, der gerade hinter dem Wagen gehalten hatte, zu warten.

»Was ist geschehen?«, fragte er, und ein beängstigendes Gefühl beschlich ihn.

Nigel verzog das Gesicht. »Das wirst du dir von Miss Bradford erzählen lassen müssen. Ich habe sie nur zu dir gebracht.«

Als Patrick Modesty ansah, schüttelte sie heftig mit dem Kopf. »Hier können wir nicht reden. Lassen Sie uns ins Haus gehen.«

Als sie wieder in der Bibliothek waren, starrten die drei Gentlemen Modesty an. Sie seufzte. »Ich hatte gehofft, eine solche Szene zu vermeiden, aber Thea hat mir keine andere Wahl gelassen.« Sie warf Patrick einen Blick zu. »Hat sie Ihnen von Edwina und Mr Yates erzählt?«

»Yates!«, unterbrach Hazlett ihn. »Was hat dieser Halunke mit Edwina zu tun?«

»Nicht mit Edwina, aber ich glaube, dass ihr Ehemann ihm eine große Summe Geldes schuldet. Geld, das Yates versucht, von Edwina zurückzubekommen. Thea sollte sich heute Morgen um zwölf mit Yates in Edwinas Haus treffen und ihm siebzehntausend Pfund zahlen.« Als sie den Ausdruck in Patricks Gesicht sah, verteidigte sie sich: »Ich habe ihr gesagt, sie sollte Ihnen alles erzählen, aber ich konnte sie nicht dazu bringen.«

Patrick zog eine Augenbraue hoch. »Und Sie fanden es nicht richtig, mir zu schreiben und es mir zu sagen?«

Modesty errötete und sah unangenehm berührt aus. »Ich hatte das Gefühl, dass ich mich, äh, bereits genug in euer Leben eingemischt hatte. Und ich hatte gehofft, dass Thea es Ihnen selbst sagen würde, ohne dass ich einzuschreiten brauchte.«

»Aber jetzt schreiten Sie ein. Was hat Ihre Meinung geändert?«

»Weil ich fürchte, dass Thea zu diesem Treffen gegangen ist, ohne Ihnen davon zu erzählen! Ich dachte, ich halte mich aus der Angelegenheit heraus, aber heute Morgen habe ich mich entschlossen, zu Edwina zu fahren.« In ihren blauen Augen stand die Angst. »Ich habe an ihre Tür geklopft, aber niemand hat geantwortet.« Sie ballte die Hände zu Fäusten.

»Ich wusste nicht, was ich tun sollte. Ich wusste, dass Thea dort sein muss, aber das Haus schien verlassen zu sein. Jedenfalls hat niemand auf mein Klopfen reagiert.«

Patrick wandte sich um und sah Nigel an. Sein Gesicht und auch seine Stimme waren verräterisch mild. »Und was hast du mit der Sache zu tun?«, wollte er wissen.

»Oh, lassen Sie ihn in Ruhe«, fuhr Modesty ihn an. »Ich hatte dummerweise meine Mietkutsche weggeschickt und ging zu Fuß von Edwinas Haus weg, als er gerade vorüberfuhr. Er ist stehen geblieben, und wir haben einander gegrüßt, dann habe ich ihm meine Lage erklärt, und er hat mir freundlicherweise angeboten, mich mitzunehmen.«

»Ich muss Ihnen danken, liebe Lady, dass Sie mich verteidigen«, murmelte Nigel. »Wenn Patrick diesen schläfrigen Ausdruck in seinem Gesicht hat, ist er sehr gefährlich.« Er warf Patrick einen Blick zu. »Es ist offensichtlich, dass Thea wieder einmal entschlossen ist, ihren Kopf durchzusetzen«, meinte er. »Die Tatsache, dass Yates auf der Bildfläche erschienen ist, beunruhigt mich. Ich denke, wir sollten losfahren und deine Frau retten, findest du nicht auch?«

»Wenn Yates mit der Sache zu tun hat, dann wird sie sicherlich gerettet werden müssen«, murmelte John und sah sehr unglücklich aus.

»Ich stimme zu«, meinte Nigel, und sein Blick begegnete dem von Patrick. »Hässliche Dinge passieren den Menschen, die Yates' Weg kreuzen. Er ist ein sehr gefährlicher Mann.«

Patrick biss die Zähne zusammen und unterdrückte einen Fluch. Er hätte wissen sollen, dass die ganze Sache nicht so einfach enden würde, wenn Thea mit darin steckte! Sein unvorsichtiger Schatz traf sich mit einem der gefährlichsten Männer in London und war wahrscheinlich sogar noch davon überzeugt, die Dinge in der Hand zu haben. Stattdessen befand sich ihr hübscher kleiner Hals in Gefahr – wenn nicht durch Yates, so entschied er grimmig, dann doch durch ihren ergebenen Ehemann. Er hatte das dringende Bedürfnis, sie zu erwürgen.

Modesty starrte Nigel an, ihr Gesicht war vor Entsetzen ganz weiß geworden.

»Gütiger Himmel. Wir hatten ja keine Ahnung, dass er einen so schlimmen Ruf hat«, meinte sie benommen, wandte sich um und sah Patrick an. »Alles, was wir wussten, war, dass er Edwina bedroht und sein Geld verlangt hat. Ich dachte, sie übertreibt, wie sie es immer tut. Thea wollte ihn bezahlen ...« Ihre Stimme erstarb. »Und sie wollte ihm mit den Behörden drohen, wenn er es wagen sollte, Edwina noch einmal zu belästigen.«

Patrick sah einer schläfrigen Katze sehr ähnlich. »In diesem Falle sollte ich wohl an der Seite meiner Frau sein, wenn sie diesem brutalen Kerl gegenübertritt«, schnurrte er. »Ich werde, äh, ihrer Drohung noch mehr Ausdruck verleihen.« Er zog eine Augenbraue hoch und sah Nigel an. »Findest du nicht auch?«

»Oh ja, genau, mein lieber Junge. Genau.«

In diesem Augenblick warf Thea noch einen Blick auf die Uhr in dem Bücherregal. Der Minutenzeiger zeigte halb eins, und noch immer war von Yates nichts zu sehen. Sie stand auf und wanderte noch einmal durch das Zimmer.

»Oh, das ist lächerlich«, meinte sie schließlich. »Wo ist denn dieser Kerl?«

»Oh, er wird bald kommen«, versicherte ihr Edwina. »Dessen kannst du sicher sein. Siebzehntausend Pfund sind ein sicheres Lockmittel.«

Sie hatte die Worte gerade ausgesprochen, als sich Schritte näherten. Die beiden Frauen erstarrten und sahen einander an.

»Das muss er sein!«, zischte Thea. »Wie zum Teufel ist er ins Haus gekommen?«

Edwinas blaue Augen waren riesengroß. »Er ... er ... er hat mir gesagt, ich soll den Dienstboteneingang unverschlossen lassen, und das ... das ... das habe ich auch getan.« Als sie Theas ungläubigen Blick sah, verteidigte sie sich: »Er ist ein sehr einschüchternder Mann. Ich habe es nicht gewagt, ihm zu widersprechen.«

Thea stieß ein ungeduldiges Geräusch aus, doch dann bereitete sie sich auf den Kampf vor. Sie griff nach ihrer Tasche, die auf dem Boden neben dem Stuhl gestanden hatte, auf dem sie gesessen hatte. Sie hob das Kinn, reckte die Schultern und wandte sich mit laut klopfendem Herzen der Tür zu.

Kapitel Neunzehn

Der Mann, der die Tür aufstieß und das Zimmer betrat, war Thea fremd. Nach Edwinas Beschreibung war sie ein wenig erleichtert, dass er nicht besonders bedrohlich aussah. Er war groß und untersetzt, das stimmte, aber er hatte die fröhlichsten blauen Augen, die Thea je gesehen hatte, und sie fühlte, wie ein wenig ihrer Unsicherheit verschwand. Er war geschmackvoll gekleidet, sein dunkelblauer Rock und die weiche Lederhose waren elegant geschneidert, seine Stiefel glänzten, sein Hemd und seine Krawatte waren sauber und ordentlich gebunden. Er lächelte, als er das Zimmer betrat und die Tür hinter sich schloss.

»Meine Damen«, sagte er mit angenehmer Stimme. »Es tut mir Leid, dass ich Sie habe warten lassen.«

Er kam auf Thea zu und verbeugte sich mit all der Anmut eines geborenen Gentleman. »Erlauben Sie, dass ich mich Ihnen vorstelle. Ich bin Asher Yates. Und Sie sind, wie ich glaube, Mrs Blackburne? Ihre Schwester hat oft von Ihnen gesprochen.«

»Äh, ja«, murmelte Thea und versuchte, diesen charmanten Mann mit dem Unhold zu vereinen, von dem Edwina gesprochen hatte.

»Oh, hören Sie doch auf zu schauspielern«, meinte Edwina nervös von ihrem Platz hinter dem Schreibtisch. »Nehmen Sie das Geld und tun Sie das, wofür ich Sie bezahlt habe.«

Yates ignorierte Theas erstaunten Gesichtsausdruck und sah Edwina an. »Also haben Sie Ihre Meinung nicht geändert?«

Edwina vermied Theas Blick, sie schüttelte den Kopf. »Nein.«

Yates wandte sich zu Thea um. Er lächelte, und seine Augen waren noch immer fröhlich, aber sie hatte plötzlich das Gefühl, sich in Gefahr zu befinden. Er griff nach ihrer Tasche, doch sie umklammerte sie noch immer. »Das werde ich nehmen, Madam«, sagte er. »Ich glaube, das gehört mir.«

»Das glaube ich nicht.« Thea machte einen Schritt von ihm weg. Sie versuchte, Zeit zu gewinnen, während sie sich bemühte, sich über Edwinas Benehmen klar zu werden. Sie sah Yates in die Augen. »Sie und ich«, erklärte sie, »haben noch einige Dinge zu klären, ehe ich Ihnen diese Tasche gebe.«

Er schüttelte den Kopf. »Wir haben gar nichts zu klären, Madam – mein Abkommen habe ich mit Ihrer Schwester.«

»Und was ist das für ein Abkommen mit meiner Schwester?«, wollte Thea wissen.

Er lächelte, und Thea fragte sich, wie sie je glauben konnte, dass sein Lächeln angenehm und seine Augen fröhlich waren. Es waren die kältesten, berechnendsten Augen, die sie je in ihrem Leben gesehen hatte.

»Das ist eine recht einfache Aufgabe«, erklärte er. »Ich soll Sie umbringen und dafür sorgen, dass Ihre Leiche weit weg von hier gefunden wird.« Er sah sie gefühlvoll an. »Ich denke, es wird ein tragischer Unfall sein. Vielleicht werden Sie aus einer Kutsche geworfen und brechen sich dabei den Hals.«

Thea blickte von einem Gesicht zum anderen, die Gedanken wirbelten durch ihren Kopf. Es fiel ihr schwer, Edwina eine solche Schlechtigkeit zuzutrauen, aber es war offensichtlich, dass ihre Schwester diesen Halunken mit dem lächelnden Gesicht angeheuert hatte, um sie umzubringen. Was sie am meisten erstaunte, war die Tatsache, dass sie so einfach akzeptierte, dass Edwina zu so etwas fähig war.

Edwina konnte sie nicht ansehen, sie hielt den Blick gesenkt und das Gesicht abgewandt. Ihre Wangen waren gerötet, ihr Mund war mürrisch verzogen. Sie sieht aus, dachte Thea objektiv, wie sie immer aussieht, wenn sie etwas angestellt hat. Schuldig und dennoch unbeeindruckt.

Thea zweifelte nicht daran, dass Yates die Wahrheit sagte. Warum sollte er lügen? Aber sie wollte die Worte von Edwina selbst hören. Ganz ruhig fragte sie: »Ist das wahr? Hast du ihn angeheuert, um mich zu ermorden?«

Ganz kurz sah Edwina sie an, dann wandte sie den Blick schnell wieder ab. »Ich wollte das nicht«, sagte sie leise.

»Aber warum?«

Edwina presste die Lippen zusammen. »Was macht das denn jetzt noch? Außerdem, warum sollte ich dir das erklären?«

»Da ich sterben soll … und noch dazu nach deinem Willen, denke ich, es ist nur fair, dass ich wenigstens weiß, warum«, meinte Thea. Als Edwina weiter schwieg, bat sie: »Ich werde mit dem Leben bezahlen – würdest du mir bitte einen letzten Wunsch erfüllen? Du hast nichts zu verlieren. Ich werde sterben, also werde ich nicht in der Lage sein, irgendetwas von dem zu wiederholen, was du mir sagst.«

»Die Dame hat ein überzeugendes Argument«, meinte Yates gedehnt. »Warum sagen Sie es ihr nicht? Warum lassen Sie nicht zu, dass sie Sie so sieht, wie Sie sind?«

»Halten Sie den Mund!«, rief Edwina und warf Yates einen wütenden Blick zu. Sie sah zu Thea. »Du bist recht ruhig bei der ganzen Sache.«

Thea verzog das Gesicht. »Ich bezweifle, dass es mir etwas nützen würde, hysterisch zu werden.« Sie versuchte, Zeit zu gewinnen, trotz der Umstände war sie auch neugierig, deshalb holte sie tief Luft und fragte dann: »Also, erzähl mir, warum hast du diesen Gentleman angeheuert, um mich umzubringen?«

»Ich wollte das nicht«, wiederholte Edwina und hatte sich offensichtlich entschieden, Thea die Erklärung zu geben, die sie hören wollte. »Ich hatte ganz einfach keine andere Wahl.«

»Was soll das heißen – du hattest keine andere Wahl«, rief Thea aus.

Edwina warf ihr einen bockigen Blick zu. »Ich war dort in dieser Nacht. Ich habe gehört, was Hirst zu dir gesagt hat. Er war bereit, mich zu verlassen, für Geld! Es war offensichtlich, dass er mich nie geliebt hat, und der einzige Grund, warum er mich geheiratet hat, war, weil er an dein Vermögen wollte.«

»Du warst dort? Aber woher hast du von dem Treffen gewusst? Das sollte doch ein Geheimnis sein«, erklärte Thea überrascht. Andererseits kannte sie Edwinas unangenehme Angewohnheit, an Schlüssellöchern zu lauschen. Außerdem hatte sie in dieser Nacht damals das Gefühl gehabt, beobachtet zu werden.

Edwina lachte unangenehm auf. »Auf die gleiche Art, wie ich erfahren habe, dass Hirst und Ellsworth Erpresser waren – ich habe an der Tür gelauscht. Ellsworth kam zu Besuch, und Hirst hat ihm alles von dem Treffen erzählt, das er mit dir vereinbart hatte. Ich wusste bereits ein paar Tage vorher von ihrem Plan, Lady Caldecott zu erpressen, und ich wusste auch, dass sie das Haus in der Curzon Street als ihre Ausgangsbasis nutzten. Es war ganz einfach, vor euch beiden dort anzukommen. Es war allerdings ein wenig schwierig, einen passenden Ort zu finden, von dem aus ich euch belauschen konnte.« Sie lachte bitter auf. »Keiner von euch beiden hat auch nur geahnt, dass ich dort war.«

Thea gelang es, ihre Überraschung darüber zu verbergen, dass Hirst und Ellsworth Lady Caldecott erpresst hatten. Patricks Anwesenheit in der Curzon Street an diesem schicksalhaften Abend hatte endlich eine Erklärung gefunden. Er musste zu dem Haus gekommen sein, um den Erpresser seiner Mutter zu treffen. Kein Wunder, dass er ihr nicht hatte erzählen wollen, warum er dort gewesen war!

»Äh, nein, das haben wir nicht«, antwortete Thea matt. Sie blickte zu Yates und fragte sich, welche Rolle er in dieser Nacht gespielt hatte. Hirst war an diesem Abend verängstigt gewesen. Er hatte verzweifelt versucht, das Geld von ihr zu bekommen. Hatte Yates ihn umgebracht, weil er nicht bezahlen konnte?

Es war beinahe so, als hätte Yates ihre Gedanken gelesen, denn er schüttelte den Kopf. »Nein, Madam, ich war es nicht, der ihm den Dolch in den Leib gestoßen hat.« Mit dem Kopf deutete er in Edwinas Richtung. »Es war seine liebe, süße, liebende Ehefrau. Ich habe nur, äh, die Leiche entsorgt, für sie und diesen flennenden Feigling Ellsworth.«

Abscheu stieg in Thea auf. Es war *Edwina* gewesen, die ihn auf eine so abscheuliche Weise umgebracht hatte! Sie schluckte die Galle hinunter, die in ihr aufstieg. Die liebe, süße, unschuldig aussehende Edwina. Thea sah ihre Schwester ungläubig an. »Du hast ihn umgebracht?«

Edwina zuckte mit den Schultern. »Ich wollte das gar nicht – ich war einfach nur so wütend und verletzt. Das musst du doch verstehen. Ich hatte gerade erfahren, dass mein Mann mich nie geliebt hatte – dass es nur das Geld war, was ihn zu mir hingezogen hat. Ich war aufgeregt. Ich kam die Treppe hinunter und wollte nachsehen, wie schwer du Hirst verletzt hattest, als ein Fremder dazukam. Ich war entsetzt. Mein einziger Gedanke war zu fliehen, aber er hat gehört, wie ich versucht habe, die Treppe wieder hinaufzuschleichen, und er ist mir gefolgt.« Sie erbebte. »Ich habe einen eisernen Türstopper gepackt, um ihn als Waffe zu benutzen, dann habe ich mich oben in dem großen Schrank versteckt. Ich hatte solche Angst, ich hörte, während ich in dem Schrank hockte, wie er nach mir suchte. Als er schließlich die Tür des Schrankes öffnete, habe ich nicht länger nachgedacht. Ich habe ihn mit dem Türstopper geschlagen. Ich habe ihn nicht einmal angesehen. Ich habe nur zugeschlagen und bin dann weggelaufen.« Sie seufzte. »Ich war erleichtert, als ich später zurückkam und feststellte, dass er weg war. Wer auch immer er gewesen ist, ich muss ihn bewusstlos geschlagen haben.«

»Die Dame«, unterbrach Yates ihren Bericht, »hat ein sanftes Herz, aber nur, wenn es um Fremde geht.«

Edwina warf ihm einen Blick reinsten Abscheus zu. »Hirst hat verdient, was er bekommen hat«, brachte sie heraus. »Wäre er mir ein ehrlicher Ehemann gewesen, wäre ich in dieser Nacht gar nicht dort gewesen, Hirst und ich hätten uns nicht gestritten, und ich hätte nicht mit dem Dolch auf ihn eingestochen.«

»Ist das alles, was passiert ist?«, fragte Thea sanft, ihr Herz tat ihr weh, ihr eigenes Schicksal hatte sie für den Augenblick vergessen.

Edwina nickte. »Als ich zurück nach unten kam, war Hirst wieder auf den Beinen, er hielt sich den Kopf.« Ihre Lippen wurden ganz schmal. »Er war wütend, als er mich sah, und er hat mich angeschrien und mich verflucht. Ich … ich … ich habe zurückgeschrien und ihn mit der Wahrheit konfrontiert. Wir hatten einen schrecklichen Streit. Ich wusste nicht mehr, was ich tat, ich habe ganz einfach den Dolch von dem Schreibtisch genommen«, sie schluckte, »und habe damit auf ihn eingestochen.« Edwina barg das Gesicht in den Händen. »Es war schrecklich.«

Thea starrte auf Edwinas gesenkten Kopf. Was konnte sie ihr sagen? Edwina hatte einen Mann umgebracht, nichts würde diese Tatsache je wieder ändern. »Und was ist dann passiert?«, fragte Thea leise. »Hast du dich mit Yates in Verbindung gesetzt?«

»Oh, nein«, rief Edwina aus und hob das Gesicht aus den Händen. »Das war Ellsworth. Ich bin nach Hause gerannt, als ich erst einmal begriffen hatte, was ich getan hatte. Ellsworth wartete dort, um zu erfahren, wie Hirsts Treffen mit dir ausgegangen war.« Sie sah schuldbewusst und gleichzeitig gerissen aus. »Und er wollte mich sehen. Er und ich sind … wir standen einander sehr nahe.«

Thea verstand ihre Worte sehr gut, auch ihren Gesichtsausdruck. »Ich verstehe, du und Ellsworth, ihr wart Geliebte«, erklärte sie mit ausdrucksloser Stimme. Sie sah zu Yates. »Und es war Ellsworth, der sich mit Ihnen in Verbindung gesetzt hat?«

Yates verbeugte sich. »In der Tat hat er das getan, Madam. Ich erledige viele Dienste für meine Kunden.«

Thea zog eine Augenbraue hoch. »Waren Sie es, der meinen Mann in der Kutsche angegriffen hat?«

Wieder verbeugte er sich. »Ein paar meiner Lakaien.« Er lächelte wieder dieses angenehme Lächeln, das so irreführend war. »Ihrer Schwester und Ellsworth hat der Gedanke nicht gefallen, dass Sie heiraten wollten. Sie hatten ihre Augen auf Ihr Vermögen geworfen.«

»Das ist nicht wahr!«, erklärte Edwina hitzig. »Es war Ihre Idee – nicht unsere.«

Thea ignorierte die Unterbrechung, ihr Blick hing an Yates. »Mr Yates, Sie scheinen in der Tat sehr viel zu wissen«, meinte sie nachdenklich.

»Nun ja, das tue ich auch. Ich habe großes Interesse am Leben meiner Kunden«, gestand er voller Bescheidenheit. »Es ist wirklich alles ganz einfach. Hirst und Ellsworth schuldeten mir beide eine große Summe Geld. Wegen ihrer Schulden bei mir haben sie den Plan entwickelt, Lady Caldecott zu erpressen. Ellsworth hatte unter dem Nachlass einer alten Tante einige belastende Briefe gefunden und glaubte, dass er sie nutzen könnte.« Yates sah sie bedauernd an. »Sie haben nicht begriffen, dass ich ihnen ihre Schuld erlassen hätte, wenn sie mir die Briefe gegeben hätten. Die Briefe hätten mir hübsche regelmäßige Zahlungen eingebracht, verstehen Sie?« Yates seufzte der verlorenen Gelegenheit nach. »Aber es sollte nicht sein. Stattdessen kam Ellsworth mit den Briefen zu Hirst, weil sie verwandt waren und weil Hirst bessere Verbindungen zur gehobenen Gesellschaft hatte. Ich wusste nichts von ihrem Plan, bis Ellsworth zu mir kam, verzweifelt, weil er Hirsts Leiche loswerden wollte. Erst dann hat er mir gestanden, dass er in eine Erpressung verwickelt war und auch Hirsts Plan, Geld von Ihnen zu bekommen.« Er zupfte an seinem Ohr. »Also, ich bin Geschäftsmann und werde für das bezahlt, was ich tue. Hirst und Ellsworth schuldeten mir bereits eine beachtliche Summe. Ich wollte nicht für Ellsworth eine Leiche beseitigen, wenn ich nicht auch wusste, dass ich dafür bezahlt werden würde, und zwar sehr gut bezahlt. Da hat Ellsworth mir erklärt, dass Sie ein Vermögen besitzen. Hirst mochte ja tot sein, aber ich würde dennoch mein Geld bekommen, deshalb war ich bereit, mir seinen Plan anzuhören. Ich war sogar bereit, zu helfen – daher auch der Angriff auf Blackburne.«

Edwina keuchte auf. »Also wirklich, Sie lügnerischer Schuft! Das ist eine verdammte Lüge. Hör nicht auf ihn, Thea, er versucht nur, dich mir gegenüber einzunehmen.«

»Oh, sei still«, meinte Thea und runzelte die Stirn. »Ich fürchte, ich bin ein wenig verwirrt wegen des Angriffes auf Patrick. Wenn ihr doch hinter meinem Geld her wart, wie konnte es euch da nützen, wenn Patrick etwas zustieß …« Thea hielt inne. Sie schüttelte den Kopf über ihre eigene Dummheit. »Natürlich, wie dumm von mir. Ihr hattet die Absicht, ihn umzubringen, nicht wahr? Und wenn er tot war, dann hätte ich ihn nicht heiraten können, stimmt's? Mein Vermögen wäre sicher gewesen.« Sie blickte Edwina eindringlich an. »Deshalb ist auch Ellsworth in der Nacht vor der Hochzeit in mein Zimmer gekommen. Da es ihm nicht gelungen war, Patrick umzubringen, hat er gedacht, er versucht es bei mir, noch ehe ich heiratete.«

»Das ist alles seine Schuld«, rief Edwina und deutete mit der Hand auf Yates. »Er hat verlangt, dass wir ihn bezahlen, nicht nur die siebzehntausend Pfund, die ihm Hirst schuldig war, sondern noch neuntausend mehr, weil er Hirsts Leiche hat verschwinden lassen und weil er sich um Blackburne kümmern wollte. Sechsundzwanzigtausend Pfund. Thea! Das war ein Alptraum. Wir wussten nicht mehr, was wir tun sollten. Yates hat uns keine Zeit gelassen, um nachzudenken. Hirsts Leiche lag vor unseren Füßen, als er von Ellsworth verlangt hat, ihm sein Londoner Haus zu überschreiben und jeden Penny, den er besaß. Er hat gesagt, er würde Hirsts Leiche keinen Zentimeter bewegen, falls Ellsworth nicht zahlte.« Sie verzog den Mund. »Er hat all meine Juwelen mitgenommen und alles Silber, das ich im Haus hatte. Er hat behauptet, da wir so vernünftig gewesen seien, würde er uns ein wenig Zeit lassen, ehe er den Rest des Geldes verlangte.« Ihre Augen blickten betrübt. »Deshalb habe ich den Brief geschrieben und habe neuntausend Pfund verlangt, um all das zu ersetzen, das er mitgenommen hatte.« Sie senkte den Blick. »Wir mussten an dein Vermögen, und deshalb mussten wir sichergehen, dass du Blackburne nicht heiraten würdest. Als uns Blackburne entkam, mussten wir schnell zuschlagen. Wir konnten nicht zulassen, dass du ihn heiratest.«

»Gibt dein Freund Yates eigentlich einen Rabatt, wenn ihm etwas nicht gelingt?«, fragte Thea mit offensichtlichem Interesse für einen gedungenen Mörder. »Mir scheint, da er nicht, äh, das getan hat, was er dir versprochen hat, hättest du dein Geld zurückbekommen müssen.«

»Das ist nicht lustig«, fuhr Edwina sie an.

»Glaube mir«, meinte Thea im Ton der Überzeugung, »ich finde das alles auch nicht lustig. Allerdings bin ich neugierig, warum es Ellsworth war, der mich angegriffen hat. Warum hast du nicht Yates angeheuert, um mich in dieser Nacht umzubringen?« Zunächst herrschte ein angespanntes Schweigen, dann rief Thea aus: »Oh, wie dumm von mir! Natürlich hast du versucht, Geld zu sparen und die Arbeit selbst zu tun. War es nicht so?«

Ehe Edwina antworten konnte, hörten sie alle laute Geräusche aus dem vorderen Teil des Hauses. Alle drei erstarrten und lauschten eindringlich. Theas Herz hob sich, weil sie glaubte, Patricks Stimme über dem lauten Klopfen gehört zu haben. Doch dann erstarb der Lärm wieder, und nichts als Stille senkte sich über das verlassene Haus. Welche Hoffnung sie auch immer auf ein Wunder gehabt hatte und auf Patrick, der irgendwie zu ihrer Rettung aufgetaucht war, sie verschwand wieder. Sie blieben noch ein paar Minuten still und warteten, ob noch einmal jemand klopfen würde.

Als nichts geschah, entspannte sich Yates sichtbar. »Wer immer das auch war, er ist wieder weg«, meinte er.

»Zweifellos war es ein wütender Gläubiger, der sein Geld wollte«, murmelte Edwina, und ihr Mund verzog sich bitter.

»Du hast meine Frage noch nicht beantwortet«, sprach Thea weiter, als wären sie gar nicht unterbrochen worden. »Wolltest du Geld sparen, oder warum ist Ellsworth in dieser Nacht in mein Zimmer gekommen?«

»Jawohl, verdammt!«, zischte Edwina. »Yates hat uns bis aufs Blut ausgenommen, und wir fanden einfach keinen anderen Weg mehr. Wir wollten ihm nicht noch mehr Geld schulden. Ellsworth hatte ihm bereits alles überschrieben, was er besaß, um seine Forderungen zu erfüllen. Hirst hatte mein Vermögen durchgebracht, und Yates«, sie warf ihm einen hasserfüllten Blick zu, »hat mich bedrängt, die Schulden meines Mannes zu bezahlen.« Sie sah wieder zu Thea. »Wir hatten gar keine andere Wahl! Dein Vermögen war das Einzige, was uns noch vor dem Ruin retten konnte.« Benommen fügte sie hinzu: »Das musst du doch verstehen, ich wollte nicht, dass du sterben solltest, nicht wirklich … aber wir … ich brauchte dein Geld.«

»Hättest du nicht einfach zu mir kommen und mich um das Geld bitten können?«

Edwina sank in sich zusammen, sie blickte weg. »Oh ja, das hätte ich gekonnt, wenigstens für Hirsts Spielschulden. Ich wusste, dass du mich retten würdest.« Sie schluckte. »Aber siehst du, als ich Hirst umgebracht hatte, hat das alles verändert. Ich wollte nicht hängen! Wir mussten die Leiche verstecken, und Yates war der Einzige, den wir kannten, der so etwas für uns tun konnte. Als er uns erst einmal in den Händen hatte, wurde alles nur noch schlimmer.« Erschöpft sprach sie weiter. »Wenn wir die Leiche vielleicht selbst versteckt hätten, dann wäre es nicht so weit gekommen. Wir wussten nicht, was wir tun sollten. Noch ehe wir Zeit hatten, all das zu überlegen, war Ellsworth schon in Panik geraten und hatte Yates in die Sache mit hineingezogen. Yates hat den Plan geändert. Dich umzubringen und an dein Vermögen zu kommen, das war seine Idee. Er hat es uns als Lösung all unserer Probleme geraten. Wir waren viel zu verängstigt, als dass wir seinen Plan hätten ablehnen können.«

»Dir ist doch sicher klar«, erklärte Thea ruhig, »dass es nicht das Ende deiner Probleme sein wird, wenn Yates meine Leiche verschwinden lässt. Danach musst du noch mit Patrick fertig werden. Und natürlich begreifst du doch auch, wenn du mit Yates weitermachst, dann gibst du ihm damit eine Waffe in die Hand.« Thea blickte zu Yates, der noch immer in der Mitte des Zimmers stand und recht zufrieden mit sich zu sein schien, vollkommen entspannt. »Du wirst ihn nie wieder loswerden«, erklärte Thea heftig. »Er wird dich erpressen und dafür sorgen, dass du für den Rest deines Lebens zahlst, nicht wahr, Mr Yates?«

»Nun ja, so direkt würde ich es nicht ausdrücken«, murmelte Yates. »Aber ich nehme an, von Zeit zu Zeit würde ich mich darüber freuen, ein kleines Geldgeschenk von der Lady anzunehmen. Für geleistete Dienste, verstehen Sie.«

Thea schnaufte.

Edwina starrte Yates voller Entsetzen an, während sie begriff, dass Thea die Wahrheit sagte. »O Gott!«, rief sie aus. »Was habe ich nur getan? Mein Ehemann ist tot. Mein Geliebter ist tot. Und all das für nichts.«

»Also, also, Mrs Hirst, Sie sollten sich nicht so aufregen«, meinte Yates beruhigend. »Wenn ich mich erst einmal um Ihre Schwester hier gekümmert habe, können Sie deren Ehemann trösten, und nach einer angemessenen Trauerzeit für Sie beide werden Sie ihn heiraten und werden Zugang zu seinem Vermögen haben und auch zu dem Ihrer Schwester. Genau, wie wir es besprochen haben, daran erinnern Sie sich doch noch.«

Thea wusste nicht, ob sie entsetzt oder belustigt sein sollte. Sie fragte sich kurz, wie viel von diesem Plan wohl Yates' Idee war und wie viel Edwinas. Aber eines war deutlich, noch ehe etwas von diesem Plan verwirklicht werden könnte, würde sie sterben. Vielleicht würde Edwina ihren Tod sogar betrauern, aber sie würde Yates ganz sicher nicht davon abhalten, sie umzubringen.

Ein leises, gedämpftes Geräusch schien das Haus zu erfüllen, und Edwina zuckte zusammen. »Was war das?«, fragte sie ängstlich.

Yates legte einen Finger an die Lippen und schlich zur Tür. Eine gefährlich aussehende Pistole hielt er plötzlich in seiner Hand und öffnete dann vorsichtig die Tür. Langsam und mit großer Sorgfalt blickte er durch den Türrahmen in den dunklen und düsteren Flur.

Thea fand, dass sie nichts zu verlieren hatte, entgegen jeder

Hoffnung glaubte sie, dass Patrick sie vielleicht hier suchte, deshalb füllte sie ihre Lunge mit Luft und schrie, so laut sie konnte. »Hilfe! Helft mir! Sie wollen mich umbringen!«

Yates wandte sich um und sah sie an. Er lächelte. Ihr Herz sank. Offensichtlich hatte er nichts gesehen, das ihn beunruhigte.

Er schloss die Tür hinter sich und trat wieder mitten in das Zimmer. »Also wirklich, meine Lady, so sollten Sie sich nicht benehmen. Niemand kann Sie hören, und wenn Sie Schwierigkeiten machen, dann werde ich Sie zum Schweigen bringen müssen.« Seine Augen blitzten. »Und die Art, wie ich das tun werde, wird Ihnen gar nicht gefallen.«

Unter gesenkten Augenlidern hervor betrachtete Thea Yates und fragte sich, ob es wohl eine Möglichkeit geben könnte, ihn außer Gefecht zu setzen. Wenn sie ihn nur weit genug von der Tür wegbekommen könnte – und wenn sie dann um ihn herumkommen könnte. Natürlich musste sie sich auch Sorgen um Edwina machen, doch wusste Thea, dass Yates das wirkliche Problem war und nicht Edwina. Sie könnte Edwina wahrscheinlich von ihrem Vorhaben ablenken, aber sie glaubte nicht, dass ihr das bei Yates gelingen könnte. Er war mit der Absicht hierher gekommen, sie umzubringen. Vielleicht nicht gerade hier, doch irgendwo in der Nähe. Eine Rettung in letzter Minute schien unwahrscheinlich. Nur Modesty wusste, wo sie war, und Modesty hatte deutlich gemacht, dass sie mit der ganzen Sache nichts zu tun haben wollte. Thea zog die Nase kraus. *Genau das hätte ich auch tun sollen,* dachte sie unglücklich. *Oh, Patrick, es tut mir so Leid – und ich war ein solcher Dummkopf, dir nichts zu erzählen.*

»Mich umzubringen«, erklärte Thea mit fester Stimme, trotz des schmerzlichen Klopfens ihres Herzens, »garantiert Ihnen keinen Erfolg. Mein Mann wird Edwina nicht heiraten wollen. Haben Sie schon einmal darüber nachgedacht?«

»Oh, darüber würde ich mir keine Sorgen machen«, meinte Yates, und seine blauen Augen blitzten fröhlich. »Diese Dinge lassen sich arrangieren, und ich bin genau der richtige

Mann dafür. Ich kann mit einem Fingerschnippen eine Sondergenehmigung für so etwas bekommen. Es gibt da einen Mann, den ich kenne, der die Eheschließung durchführen wird, selbst wenn der Ehemann, äh, halb tot aussieht. Und wenn das erst einmal erledigt ist …«

Thea biss sich auf die Lippen und sah sich in dem schäbigen kleinen Zimmer um. *Oh, Patrick,* dachte sie voller Reue, *was habe ich nur getan? Nicht nur mein Leben steht auf dem Spiel, sondern auch das deine.* Ein heißer Schmerz fuhr durch ihren Körper, als ihr klar wurde, was sie durch ihre sture Dummheit angerichtet hatte. *Ich werde nicht zulassen, dass sie das tun,* schwor sie sich in einem plötzlichen Wutanfall. *Wie können sie es wagen, unser Leben auf diese Art und Weise zu zerstören!*

Sie hob das Kinn. »Nun, *Sie* scheinen ja wirklich an alles gedacht zu haben, nicht wahr?«, meinte sie kühl.

Yates versuchte, bescheiden auszusehen, und Thea verzog verächtlich den Mund. Sie sah sich noch einmal in dem Zimmer um, in ihrem Kopf wirbelten verzweifelt die Gedanken. Yates hatte bereits die Art ihres möglichen Todes angedeutet. Sie sollte aus einer Kutsche geworfen werden … natürlich nachdem er ihr den Hals gebrochen hatte. Sie schluckte, blickte auf seine riesigen Fäuste und stellte sich vor, wie diese sich um ihren Hals schlossen. Patricks Gesicht, seine zärtlichen grauen Augen kamen ihr in den Sinn. Lieber Gott! Sie hatte so viel, für das es sich zu leben lohnte. Sie wollte nicht sterben!

Aber wie? Wie sollte sie entkommen? Sie besaß keine Waffe. Keine, bis auf ihre große, schwere, mit Geld gefüllte Tasche …

Yates hatte keine Ahnung, was ihn da getroffen hatte. In einem Augenblick stand er voller Selbstvertrauen vor Thea, und schon im nächsten Augenblick hatte Thea einen schnellen Schritt nach vorn gemacht und ihn mit der gefüllten Tasche ins Gesicht geschlagen. Angst und Wut gaben ihr eine erstaunliche Kraft. Yates stolperte zurück, als hätte man ihn mit einem Vorschlaghammer getroffen.

Thea wartete gar nicht darauf, den Erfolg ihrer Verzweiflungstat zu sehen, sie ließ die Tasche wie eine heiße Kartoffel fallen, hob die Röcke und lief zur Tür.

»Oh, nein, das wirst du nicht tun«, brummte Edwina. Sie sprang von ihrem Platz hinter dem Schreibtisch auf, rannte um den Schreibtisch herum und packte Thea in der Taille. Die Wucht von Edwinas Körper ließ sie beide die Balance verlieren, in einem Wirbel von fliegenden Unterröcken fielen sie auf den Boden.

Thea fing sich als Erste, sie löste sich aus Edwinas Griff, schlug ihrer Schwester so heftig ins Gesicht, dass Tom stolz auf sie gewesen wäre. Edwina schrie auf, als Blut aus ihrer Nase floss. Thea kam auf die Füße, sie warf nicht einmal einen Blick auf Edwina und verspürte auch keine Reue für das, was sie getan hatte, als sie zur Tür stolperte.

Doch das kurze Gefecht mit Edwina hatte sie zu lange aufgehalten. Yates hatte sich schon beinahe wieder erholt, mit einem Brummen warf er sich nach vorn und griff in Theas Haar, gerade als sie die Türklinke berührte. Brutal zerrte er sie zurück und drückte ihr die Pistole gegen das Kinn.

»Wenn Sie das noch einmal versuchen, meine Lady, dann werde ich mir keine Sorgen darum machen, ob Ihr Tod aussieht wie ein Unfall oder nicht«, fuhr Yates sie an.

Edwina kam mit der Hand an ihrer Nase wieder auf die Beine, sie lehnte sich gegen den Schreibtisch und sah Thea wütend an. »Danke, liebe Schwester«, brachte sie mit belegter Stimme hervor. »Jetzt wird mir dein Tod nicht mehr Leid tun.«

Es gab ein leises Geräusch, und Theas Herz schwoll an, als sich die Tür öffnete und Patrick, dunkel und gut aussehend, in der offenen Tür erschien. Sein Gesicht war über der weißen Krawatte sehr dunkel, seine Schultern sehr breit in dem eleganten, dunkelblauen Rock. Mit einem Blick hatte er die Situation erfasst. Er war sich bewusst, dass es noch immer gefährlich war, doch die schlimme Faust, die sein Herz in den letzten Minuten zusammengepresst hatte, lockerte sich ein wenig.

Sein Blick glitt über Theas schlanken Körper. Auch wenn sie ein wenig zerzaust aussah und eine Locke ihres mitternachtsschwarzen Haares über eines ihrer Augen fiel, so schien sie doch unverletzt, und deswegen, so entschied er, würde er Yates vielleicht doch nicht umbringen.

Mit einem lässigen Lächeln auf den Lippen trat Patrick in das Zimmer, in der Hand schwang er einen Spazierstock aus Elfenbein und Ebenholz. »Ah, da bist du ja, meine Liebe«, murmelte er. »Ich hoffe, du hast nichts dagegen, wenn ich dich nach Hause bringe?«

Thea lächelte ihn an, es war ein so strahlendes Lächeln, dass Patrick blinzeln musste, er wurde ein wenig atemlos und beinahe geblendet. Er hatte sie nie so geliebt wie in diesem Augenblick, doch er machte sich keine Illusionen über das, was sie beide erwartete. Sie vier, er, Nigel, Hazlett und Modesty, hatten sich eine recht unangenehme Szene vorgestellt. Wie es aussah, hatten sie sich nicht geirrt.

Eines war ihnen allen klar, Edwina musste in das, was vor sich ging, verwickelt sein. Es war möglich, dass Edwina unschuldig war und wirklich nicht mehr wusste als das, was sie Thea erzählt hatte. Doch es war genauso gut möglich, wie Modesty gemeint hatte, dass Edwina Yates geholfen hatte, denn es war in ihrem eigenen Interesse, weil Yates sie unter Druck setzte. Patrick waren Edwinas Motive und auch das Geld, das Thea offensichtlich Yates zahlen wollte, gleichgültig. Er wollte seine Frau wiederhaben. Sofort.

Als er auf die Pistole starrte, die Yates Thea an das Kinn gedrückt hatte, zog sich sein Herz schmerzlich zusammen. Er hatte gewusst, dass die Situation gefährlich sein würde, aber nicht, wie gefährlich sie wirklich war, als sie alle an der Tür gestanden hatten und niemand ihnen geöffnet hatte – Gott allein wusste, dass sie genügend Lärm gemacht hatten, um einen Toten aufzuwecken. Instinktiv hatte er gewusst, dass etwas überhaupt nicht stimmte – er traute seinem Instinkt immer. Er war bereit gewesen, das ganze Haus Stein um Stein einzureißen. Nur Nigels Vorschlag, dass sie einen weniger auffälligen Weg würden finden müssen, um in das Haus einzudringen, hatte ihn davon abgehalten, die Haustür einzuschlagen.

Nachdem er sich von seinem ersten Erstaunen über Patricks plötzliches Erscheinen erholt hatte, brummte Yates: »Bleiben Sie stehen! Wie Sie wohl sehen können, wird die Lady sich ein wenig verspäten.«

Patrick lächelte überfreundlich. »Aber ich hoffe, nicht sehr.«

Yates lachte brüllend. »Sie haben Nerven, das muss ich Ihnen gestehen, mein lieber Junge. Aber ich fürchte, dass alles, was dabei herauskommen wird, Ihre Begegnung mit dem Sensenmann sein wird.«

»Ich fürchte, ich bin da anderer Meinung«, entgegnete Patrick. »Ich habe nicht die Absicht, in naher Zukunft meinem Tod zu begegnen. Ich habe gerade erst dieses charmante kleine Ding geheiratet, das Sie gerade festhalten, und ich habe vor, ein langes Leben mit ihr zu verbringen.« Patricks Blick begegnete dem von Thea. Seine Stimme klang tiefer. »Wir beide haben großartige Pläne.«

»Oh, hört doch auf!«, meinte Edwina mit gedämpfter Stimme. Sie hatte ein zierliches Spitzentaschentuch gefunden, das sie an ihre blutende Nase hielt. Sie sah Yates an. »Was sollen wir jetzt machen?«, fragte sie besorgt. »Wir können ihn nicht laufen lassen, und wenn sie beide tot sind, dann werde ich überhaupt kein Vermögen erben.«

»Ah, darum geht es hier also?«, wollte Patrick interessiert wissen. »Ein Vermögen zu erben?«

Edwina warf ihm einen Blick zu und fragte sich, wie sie ihn je charmant hatte finden können. »Jawohl«, behauptete sie. »Darum geht es – und Sie haben das jetzt alles ruiniert.« Wieder sah sie zu Yates. »Nun? Was sollen wir tun?«

Yates sah nachdenklich aus. »Zuerst einmal werden Sie diese verdammte Tür abschließen müssen. Ich möchte nicht, dass noch jemand hier hereinkommt.«

Mit einem Blick auf Patrick kam Edwina hinter dem

Schreibtisch hervor und schloss die Tür ab, dann kehrte sie schnell wieder auf ihren Platz zurück.

Yates nickte zustimmend. »Das könnte doch noch alles gut gehen für uns«, meinte er. »Ich nehme nicht an, dass Ihre Schwester ein neues Testament gemacht hat, immerhin hat sie ja gerade erst geheiratet. Und wenn der neue Ehemann nicht da ist, um das Testament anzufechten, dann sollten Sie das erben, was Sie geerbt hätten, als Ihre Schwester noch nicht verheiratet war.« Er sah Patrick mit hochgezogener Augenbraue an. »Habe ich Recht?«

Patrick zuckte mit den Schultern. »Ich bin kein Gelehrter.« Er rieb sich mit dem Spazierstock am Kinn. »Aber ich denke, Sie haben etwas vergessen ... ich bin nicht allein hierher gekommen.«

Yates lächelte. »Sehr gut, Sir. Ich bewundere einen Mann mit Nerven und Verstand, aber ich fürchte, ich bin nicht so dumm, mich von so einer Geschichte abschrecken zu lassen.«

»Oh, Patrick! Es tut mir so Leid, dass ich dich in diese Sache hineingezogen habe«, rief Thea, und ihre Verzweiflung war offensichtlich. »Es ist alles so schrecklich verwickelt. Edwina hat Hirst umgebracht! Sie hat es gestanden. Sie und Ellsworth waren Geliebte, und sie haben diesen Kerl hier, Yates, angeheuert, um die Leiche verschwinden zu lassen.«

Patrick sah zu Edwina. »Eine unternehmerische junge Lady, das ist sicher. Modesty hat gesagt, Sie könnten sich um sich selbst kümmern.«

»Und Sie«, fuhr Edwina auf mit dem Taschentuch vor ihrer Nase. »Sie hätten sich auch um sich selbst kümmern sollen!«

»Das ist richtig«, antwortete Patrick bereitwillig. »Aber da das bedeutet, dass ich mich auch um die Frau kümmern muss, die ich liebe, bin ich sicher, dass Sie mein Zögern verstehen, einfach nur dazustehen und zuzulassen, dass sie in Ihre sanften Klauen gerät.« Er sah Thea an, und seine grauen Augen blickten eindringlich. »Sie hat sich recht gut gehalten, finden Sie nicht auch? Wirklich, ich hätte geglaubt, wenn sie herausfindet, dass ihre Schwester eine Mörderin ist und sich dann auch noch so einem Halunken wie Yates gegenübersieht, dann würde sie ohnmächtig werden.«

»Nicht Thea!«, murmelte Edwina. »Sie ist für eine solche Dummheit viel zu stark.«

»Zweifellos haben Sie Recht, aber es wäre sicher passender gewesen«, murmelte Patrick, noch immer starrte er dabei Thea in die Augen.

Thea lächelte plötzlich, ihre Augen wurden feucht, und sie erwiderte seinen Blick. »Oh, ich liebe dich wirklich, Patrick Blackburne – ganz gleich, was auch geschieht. Du bist ein so schlauer Kerl.«

Patrick verbeugte sich. »Danke, meine Liebe, deine Meinung ist mir sehr viel wert.«

Yates lachte. »Wenn er ein so schlauer Kerl ist – was zum Teufel ...«

Noch eine Sekunde zuvor hatte Yates einen schlanken, festen Körper an sich gedrückt, schon in der nächsten Sekunde kämpfte er mit einer Gestalt, die zusammensackte. Thea wurde ohnmächtig und entzog sich so seinem Griff. Es war genau die Ablenkung, die Patrick brauchte.

Blitzschnell kam aus dem Spazierstock aus Ebenholz und Elfenbein der kleine Dolch heraus, der darin versteckt war, und mit einer schnellen Bewegung des Handgelenkes fuhr Patrick damit über die Hand, in der Yates die Pistole hielt.

Ein Schmerzensschrei kam aus Yates' Mund, und die Pistole flog davon. Thea, die sich wunderbarerweise sofort wieder erholt hatte, packte sein anderes Handgelenk und biss mit aller Macht hinein, bis hinunter zum Knochen. Noch ehe Yates blinzeln konnte, hatte sich Thea aus seinem Arm gelöst und stand neben ihrem Mann, Patricks Dolch drückte sich in Yates' Hals.

Patrick war noch nicht einmal atemlos, als er in tödlich ruhigem Ton sagte: »Ich bin wirklich ziemlich schlau – finden Sie nicht auch?«

»Aber nicht ganz so schlau, wie Sie denken«, antwortete Edwina.

Patrick bewegte den Dolch nicht, als er in ihre Richtung sah. Mit angespanntem und grimmigem Gesicht stand Edwina hinter dem Schreibtisch, eine kleine, zierliche Pistole war genau auf Theas Herz gerichtet.

»Das gleicht die Chancen ein wenig aus«, gestand Patrick. »Wir scheinen hier zu einem Stillstand gekommen zu sein. Ich schlage einen Handel vor – Sie lassen uns gehen, und wir werden so tun, als hätte dieser Morgen niemals stattgefunden.«

Edwina lachte hässlich auf. »Oh, Sie würden mich Yates' Gnade ausliefern?« Ihre Augen zogen sich zusammen. »Das glaube ich nicht!«

Ehe jemand ahnte, was sie vorhatte, schwang sie die Pistole von Thea weg und schoss auf Yates. Der Knall der Pistole war unnatürlich laut in dem Zimmer, grauer Rauch und der Geruch nach Schwarzpulver erfüllten die Luft. Yates, den sie genau in die Schläfe getroffen hatte, fiel ohne ein Geräusch zu Boden.

»Ich habe ihn nie leiden können«, gestand Edwina. »Alles ist nur sein Fehler. Er hat es verdient, zu sterben.«

Patrick hatte Thea hinter sich geschoben, den Dolch hielt er locker an seiner Seite, während er über seinen nächsten Schritt nachdachte. Edwina hatte ihm gerade bewiesen, dass sie sich mit Feuerwaffen auskannte, und er wollte nicht noch eine Demonstration ihres Könnens erleben – nicht, solange er oder Thea das Ziel waren.

Es wurde laut gegen die Tür geklopft, und man hörte Nigels Stimme. »Patrick, um Himmels willen, öffne die Tür. Was ist da drinnen los?«

Mit ruhiger Stimme wandte sich Patrick an Edwina. »Mein Angebot steht noch immer. Lassen Sie Thea und mich gehen, und wir werden vergessen, was geschehen ist. Man hat die Leiche Ihres Mannes gefunden. John Hazlett war gerade auf dem Weg hierher, um es Ihnen zu sagen, als er Thea entdeckte, die das Haus betrat. Er ist im Flur, zusammen mit Lord Embry, sie sind mit mir gekommen. Modesty weiß auch, dass wir hier sind. Sie haben nur noch einen Schuss in Ihrer Pistole. Uns alle können Sie nicht umbringen. Es ist vorüber.« Sanft fügte er noch hinzu: »Das Spiel ist verloren. Sie können nicht gewinnen. Geben Sie mir die Pistole.«

Edwinas Gesicht zeigte, dass sie begriffen hatte, es gab keinen anderen Weg als den, den Patrick ihr anbot. Sie würde ihr Leben behalten, doch nicht viel mehr. Die Familie würde schweigen, doch alle würden wissen, was sie getan hatte. Ihr Vermögen war weg. Ihr Geliebter war tot. Sie würde sich nie wieder an Thea wenden können, um sie um Hilfe zu bitten. Ihr Leben war ruiniert. Sie begriff, dass es nichts mehr gab, für das es sich zu leben lohnte. Überhaupt nichts. Die langen, trüben Jahre als verarmte Verwandte lagen endlos vor ihr.

»Edwina, Patrick hat Recht«, meinte Thea ruhig. »Es ist vorbei. Du hast versagt. Gib ihm die Pistole und lass es jetzt und hier zu Ende sein.«

»Niemals!«, rief Edwina, und vor ihren entsetzten Blicken hob sie die Pistole an ihren eigenen Kopf und drückte ab.

Kapitel Zwanzig

Es war ein wunderschöner Abend im April. Ein voller, silberner Mond stand hoch am Himmel, und Thea und Patrick hatten gerade in dem herrlichen Garten in Halsted House zu Abend gegessen. Modesty, die im späten Februar zu ihnen gekommen war, aß an diesem Abend zusammen mit Lord und Lady Garrett im Herrenhaus von Garrett.

Die schrecklichen und entsetzlichen Vorfälle an dem Montag im späten September schienen weit weg zu liegen, und das taten sie wirklich, denn seit diesem schicksalsschweren Tag waren beinahe sieben Monate vergangen. Thea wurde noch immer vom Tod Edwinas verfolgt. Es gab nichts, was sie hätte tun können, um Edwina davon abzuhalten, sich das Leben zu nehmen, doch noch Monate danach machte sie sich Sorgen und fragte sich, ob sie für diese Tragödie verantwortlich war.

»Wenn ich sie doch nur nicht so sehr verwöhnt hätte«, sagte sie mehr als einmal. »Wenn ich vielleicht auf Modesty und den Rest der Familie gehört hätte und strenger mit ihr gewesen wäre, dann hätte sie nicht den Weg eingeschlagen, den sie genommen hat.«

Patrick nahm sie dann immer in seine Arme, er zog sie an sich und murmelte: »Was geschehen ist, war nicht dein Fehler. Du darfst dir für das, was Edwina getan hat, keine Vorwürfe machen. Und es ist nutzlos, jetzt darüber nachzudenken, was für ein Mensch aus ihr geworden wäre, wenn du sie anders behandelt hättest. Denke immer nur daran, dass du das Beste getan hast, was du tun konntest. Denke daran, Edwina hat ihre eigene Wahl getroffen – genau wie bei der Wahl ihres Ehemannes, gegen den du immer gewesen bist. Es gibt gar nichts, was du hättest tun können.«

Und wenn Thea dann protestieren wollte, küsste er sie und flüsterte an ihren Lippen: »Du weißt, dass ich Recht habe, mein Schatz. Sie hat ihre Wahl getroffen – auch die, sich selbst umzubringen.« Er lächelte in ihr Gesicht. »Den einzigen Vorwurf, den man dir machen kann, ist, ein großzügiges und liebevolles Herz zu haben – und das ist keine besonders schreckliche Eigenschaft.«

Geschlagen legte Thea den Kopf an seine Brust und war für eine Weile getröstet. Und als die Wochen und Monate vorübergingen, wurde auch ihr Schuldgefühl immer geringer, bis sie sich kaum mehr Sorgen darüber machte und auch Edwinas Namen nicht mehr erwähnte.

Natürlich hatte es einen entsetzlichen Skandal gegeben, als die Leichen gefunden wurden, auch wenn die Familie, die wieder einmal geschlossen antrat, genau wie vor einem Jahrzehnt ihr Bestes tat, um ihn zu vermeiden. Edwina war kaum tot hinter ihrem Schreibtisch zusammengesunken, als Patrick Thea auch schon zurück zum Hamilton Place brachte, wo Modesty bereits ängstlich auf sie wartete. Er hatte Nigel und Hazlett zurückgelassen, um Wache bei den beiden Leichen zu stehen, dann war er schnell zurückgekehrt, nachdem er sich versichert hatte, dass Thea bei Modesty in Sicherheit war.

Die drei Gentlemen hatten entschieden, dass es das Beste war, überhaupt nichts zu tun. Niemand bis auf sie und die treuen Kutscher, die sie bis zu diesem Haus gebracht hatten, wusste etwas von der Anwesenheit Theas in diesem Haus. Ihre eigene Anwesenheit wäre schwierig zu erklären, aber sie waren davon überzeugt, dass ihr erster Besuch an Hirsts Haustür von niemandem bemerkt worden war, trotz des Lärms, den Patrick gemacht hatte. Ihr eigentliches Eindringen in das Haus durch die Hintertür war heimlich geschehen. Es war unwahrscheinlich, dass jemand gesehen hatte, wie sie das Haus betreten hatten.

Nach einer angespannten und eiligen Diskussion stimmten sie überein, dass es das Beste war, das Haus so schnell wie möglich wieder zu verlassen, ehe jemand sie entdeckte. Da die beiden Leichen ihre eigene Geschichte erzählten, würden sie sie dort liegen lassen, wo sie lagen. In der Dämmerung sollten sie dann von John Hazlett entdeckt werden, wenn er offensichtlich zum ersten Mal in das Haus kam, um Edwina vom Mord an ihrem Ehemann zu berichten.

Alles lief wie geplant. Hazlett rief ein Mitglied der Wachmannschaft, der ihm half, in das Haus einzudringen, als sein heftiges Klopfen an der Tür seiner Cousine niemanden herbeirufen konnte. Zusammen mit dem Wachmann entdeckte er die entsetzliche Szene in dem kleinen Raum im hinteren Teil des Hauses.

Die Familie versuchte, die Umstände um Edwinas Tod geheim zu halten, doch das war unmöglich. Die Tatsache, dass sie sich selbst umgebracht hatte und noch dazu, wie man glaubte, ihren Geliebten, den berüchtigten Yates, genügte, um in der gehobenen Gesellschaft für einen Aufruhr zu sorgen. Der Mord an Hirst trug noch dazu bei, dass der Klatsch und die Spekulationen geschürt wurden. Patricks und Theas überstürzte Hochzeit war vergessen, alles, worüber die Menschen in diesem Herbst redeten, waren die schockierenden Tode von Hirst und diesem Yates.

Wie sie es vereinbart hatten, reisten Patrick und Thea noch am gleichen Nachmittag nach Halsted ab, ehe man Edwinas Leiche entdeckt hatte. »Ich will, dass Thea aus der ganzen Sache herausgehalten wird«, hatte Patrick mit angespanntem Gesicht zu Nigel gesagt. »Und die einzige Möglichkeit, wie ich das schaffen kann, ist, sie aus London wegzubringen. Niemand wird sich etwas dabei denken, immerhin wollten wir morgen sowieso aufs Land reisen. Wir sind dann eben einen Tag früher abgereist als erwartet. Sie kann die Neuigkeit vom Tod ihrer Schwester genauso gut in Halsted hören. Dort haben wir unsere Ruhe, man wird uns nicht belästigen. Sie hat sowieso schon genug, das sie verarbeiten muss, ich werde nicht zulassen, dass sie angestarrt wird und sich die Klatschweiber die Mäuler über sie zerreißen.«

Thea hatte ihm nicht widersprochen, sie war benommen und entsetzt von dem, was geschehen war, sie war so gehorsam gewesen wie nie zuvor, nicht einen Widerspruch gegen Patricks Plan hatte sie gehabt. Wie eine kleine, zierliche Puppe hatte sie in seinem Arm in der Kutsche gesessen, die an diesem Tag aus London geholpert und im schwindenden Tageslicht verschwunden war. Ihre Gedanken waren düster und schmerzlich gewesen.

Wahrscheinlich würden sie niemals genau wissen, was zu den Geschehnissen dieses Tages geführt hatte. Ob es nun Yates gewesen war, der zuerst den Gedanken gehabt hatte, Theas Vermögen zu bekommen, oder ob es Edwina gewesen war, die ihm diese Idee unterbreitet hatte, würde nie ans Licht kommen. Modesty, die sich Edwinas wegen keine Illusionen machte, war der Meinung, auch wenn Edwina Theas Vermögen hätte haben wollen, so hätte sie doch niemals aus einem Impuls heraus gehandelt, ohne von Yates in ihrem Vorhaben unterstützt worden zu sein. Patrick dachte anders darüber, immerhin hatte er miterlebt, wie Edwina einen Mann kaltblütig erschossen hatte.

Thea und Patrick hatten sich über Ellsworths Rückkehr in das Haus in der Curzon Street in der Nacht nach dem Mord unterhalten.

»Wir wissen jetzt, dass er gekommen war, um die Briefe deiner Mutter zu holen, aber warum hat er sie in der Nacht von Hirsts Mord nicht mitgenommen? Warum hat er sie überhaupt in dem Haus gelassen?«, hatte Thea Patrick gefragt.

Patrick hatte das Gesicht verzogen. »Wahrscheinlich wollte er nicht, dass Yates oder auch Edwina sahen, wo die Briefe waren. Nach allem, was in der Nacht des Mordes dort geschehen ist, würde ich behaupten, dass er so voller Entsetzen war, dass er überhaupt nicht mehr an die Briefe gedacht hat. Ganz sicher hatte er keine Möglichkeit, sie in dieser Nacht zu holen, in der sowohl Yates als auch Edwina in dem Haus waren. Also hat er ganz einfach bis zur nächsten Nacht gewartet.«

Doch all das lag jetzt schon Monate zurück, und während sie am Anfang über nichts anderes als dieses Thema spekuliert und Vermutungen angestellt hatten, so war es inzwischen längst nicht mehr interessant für sie, zumal Thea nicht mehr mit diesem herzzerreißenden, gequälten Gesicht herumlief. Ganz besonders nicht an diesem angenehmen Abend im April, an dem der Vollmond wie ein geheimnisvoller silberner Ball an einem sternenübersäten samtschwarzen Himmel stand und der Duft der frühen Rosen in der Luft lag.

Patrick hatte den Arm um Theas Taille gelegt, während sie über den breiten Gartenweg durch den großen, vom Mond erhellten Garten wanderten. Patrick war sehr verliebt, er freute sich auf die Zukunft, die er mit Thea teilen würde, er war glücklich und zufrieden. Ein Leben ohne Thea konnte er sich nicht mehr vorstellen, einen Tag, ohne in ihre hübschen, ausdrucksstarken Augen zu sehen, oder eine Nacht ohne ihren schlanken, warmen Körper neben sich. Und auch wenn er es vorgezogen hätte, dass Thea niemals in Gefahr gewesen wäre und dass die Ereignisse nicht so tragisch geendet hätten, so war er doch niemals traurig darüber, dass sie sich unter solch unangenehmen Umständen kennen gelernt hatten. Ohne den Versuch der Erpressung an seiner Mutter und Hirsts Versuch, Geld von Thea zu bekommen, hätten sich ihre Wege niemals auf so dramatische Weise gekreuzt, und er würde an diesem Abend nicht neben der Frau hergehen, die für ihn die Welt bedeutete. Eine Frau, deren langsam wachsender Bauch von dem neuen Leben erzählte, das sie zusammen geschaffen hatten. Das Baby würde im Oktober geboren werden, und sie waren beide ganz aufgeregt bei diesem Gedanken.

Als er daran dachte, drückte er ihr einen Kuss auf ihr dunkles Haar. Thea blickte zu ihm auf und schenkte ihm dieses bezaubernde Lächeln, das ihn noch immer ganz atemlos machte. »Wofür war das denn?«, fragte sie.

»Weil ich dich liebe«, antwortete er, und seine grauen Augen blickten warm und voller Liebe. Er legte die Hand auf ihren leicht gerundeten Bauch. Dann streichelte er darüber. »Und auch für das Baby«, gestand er. Er griente. »In diesem Augenblick liebe ich dich so sehr, dass es nichts gibt, was ich dir abschlagen würde.«

Sie kicherte. »Das muss die Wahrheit sein – nicht viele Ehemänner wären glücklich, Modesty in ihrem Haushalt aufzunehmen.« Doch dann wurde sie wieder ernst. »Du hast wirklich nichts dagegen, dass sie bei uns lebt?«

Patrick schüttelte den Kopf. »Nein. Halsted ist ein großes Haus, und so lange ich dich immer bei mir haben kann, wann ich möchte, kannst du halb London einladen, bei uns zu leben, wenn es dir Freude macht.«

»Glaubst du, Modesty wird es in Natchez gefallen? Ich konnte es kaum glauben, als du vorgeschlagen hast, dass sie im nächsten Monat mit uns segeln sollte, und sie auch noch damit einverstanden war. Ich war sicher, dass sie bei mir bleiben wollte, bis das Baby geboren ist, aber ich war erstaunt, dass sie dein Angebot angenommen hat, für immer bei uns zu wohnen.« Thea runzelte die Stirn. »Ihr hat es nie auf dem ruhigen Land gefallen – nur deshalb habe ich das Stadthaus in London gekauft. Ich mache mir Sorgen, dass sie sich langweilt und ruhelos wird.«

»Die wichtige Frage, mein kleiner Liebling, ist, ob du glaubst, dass es dir in Natchez gefallen wird?«

Theas Gesicht begann zu strahlen. »Oh, das wird es. Ich weiß es ganz einfach. Ich freue mich so sehr darauf, dein Zuhause zu sehen und all deine Freunde und Nachbarn kennen zu lernen. Es wird ein solches Abenteuer sein.«

Patricks Augen blitzten. »Mit dir verheiratet zu sein, ist Abenteuer genug für mich!«

»Du unfreundlicher Mann!« Sie blickte auf ihren Bauch, in dem ihr Kind heranwuchs. »Hast du das gehört, Tom? Dein Vater findet uns viel zu aufregend für ihn.«

»Oh, aufregend ist ganz sicher ein Wort, das ich benutzen würde, um dich zu beschreiben«, meinte er gedehnt. »Und zauberhaft und charmant ... störrisch kommt mir auch noch in den Sinn, genau wie Furcht erregend und einen zur Raserei treibend.« Als Thea den Mund öffnen wollte, um zu protestieren, küsste er sie und fügte noch schnell hinzu: »Und was am wichtigsten ist – absolut anbetungswürdig!«

Was konnte sie anderes tun, als seine Gefühle zu erwidern. Mit verschränkten Armen, den Kopf an seiner breiten Schulter, wandten sich Thea und Patrick um und gingen langsam auf das Haus zu. Hoch am Himmel zeigte ihnen der Mond mit seinem silbernen Licht den Weg nach Hause.

ENDE